현대문학과 패러디

신익호

제이앤씨
Publishing Corporation

● 머리말 ●

　오늘날 패러디는 탈중심주의 원리로서 문학뿐만 아니라 사회의 전반적인 문화 현상에 나타난다. 패러디의 역사는 문학사만큼이나 끊임없이 수정·보완되고 재정의되는 시대성을 띠고 있다. 현대의 패러디는 문학 이론의 양대 산맥을 형성해온 리얼리즘과 모더니즘의 대립 축이 붕괴되면서 나타난 고갈의식의 반영으로서 상호텍스트성과 자기 반영성의 성격이 주조를 이룬다. 따라서 과거를 새롭게 바라보는 문학적 전략으로서, 뿐만 아니라 문학적 전위성을 획득하는 새로운 가능성의 방법으로 자리 잡고 있다.

　필자는 오래전부터 문학과 패러디에 관심을 가져 자료를 모으면서 단편적으로 글을 써 왔다. 그러던 중 본격적으로 매달리게 된 것은 4년 전 본교에 '현대문학과 패러디'라는 인터넷 강좌가 개설되면서부터이다. 이 과목은 성격상 방송 매체를 통한 강좌이기 때문에 강의실에서 진행되는 일반적인 강의와 다르게 더 긴장하고 신경을 쓸 수밖에 없었다. 교수는 교수법뿐만 아니라 일찬 강의 내용을 위해서 꾸준히 준비하고 보완해야 하기 때문이다. 따라서 이 책에 실려 있는 내용은 이 과목을 개발하고 준비하기 위해 그 동안 여러 학회지에 발표했던 논문들을 보완하고, 추가로 비평적 성격의 글을 덧붙인 것이다. 이렇게 한 권의 책을 엮어냄으로써 이 과목을 수강하는 학생들에게 조금이나마 도움이 되리라 생각한다.

　이 책이 나오기까지 워드 작업 및 교정을 맡아준 안현심, 박송이, 전재형 대학원생들에게 고마움을 느끼며, 어려운 경제 여건 속에서도 흔쾌히 이 책을 출간해준 제이앤씨 윤석원 사장님께 감사를 드린다.

2012. 2
저자 씀

● 목 차 ●

현대문학과 패러디

1장 : 패러디의 개념 및 발전 양상

　　동서양을 막론하고 고전에서부터 최근의 포스트모더니즘에 이르기까지 패러디는 문학 창작의 주요한 방법으로 광범위하게 활용되어 왔다. 광의의 모방 개념이라 할 수 있는 패러디 형태는 진지한 작품을 우스꽝스럽게 풍자적으로 모방했던 익살극이나 조롱극(burlesgue, travesty)에서 찾아볼 수 있다. 흔히 벌레스크는 하위 장르로 패러디와 트래비스티를, 패러디의 하위 장르는 벌레스크와 트래비스티로 구분하기도 한다. 따라서 패러디의 협의 개념은 과거 문학 작품에 대한 조롱이나 경멸을 위해 쓰여졌던 시적 장치로서 오랜 전통에 뿌리를 내리고 있다. 한편, 광의의 개념은 선행 텍스트와 현텍스트 혼합의 상호텍스트성뿐만 아니라 공시적으로 여러 이질 텍스트의 혼합이라는 혼성모방의 의미를 내포한다. 이런 상호텍스트와 장르 혼합은 차이를 둔 반복성, 희극적 불일치 등으로 기존 작품의 형식이나 문체, 스타일을 통해 이질적인 내용을 치환하는 일종의 문학적 모방이다.

1. burlesgue(戱作)[1]와 travesty(戱化)[2]

벌레스크(burlesgue;戱作)는 18C에 이르러 현대적으로 변형된 패러디로 기술되었지만, 그 이후에는 더 고전적 패러디의 의미로 제한해 사용되었다. 벌레스크는 그리스어 패러디보다 한참 후에 사용된 어휘이었지만 농담이나 속임수를 의미하는 이탈리아어 'burla'에서 유래한 것으로 볼 수 있다. 패러디가 모호하고 복잡한 메타 소설적 방식에서 다른 작품들을 모방하거나 코믹하게 변형한 것으로 사용되었지만, 벌레스크는 초기 사용자들에게는 이와 다르게 쓰였다. 하우스홀더(Householder)가 지적한 것처럼 약간의 희작은 특별한 문학적 양식을 요구하지 않았으며, 또한 그 어휘는 다양한 유형의 코믹이나 심지어 비코믹한 것들을 기술하는 데에 사용되었고 반드시 조롱의 의미를 지닌다는 점에서 풍자의 영역에 가깝다고 할 수 있다.

---

1) M. H. ABRAMS, 최상규 역, 『문학용어사전』, 대방출판사(1985), pp.27~30 참조. 흔히 'burlesgue'는 풍자의 한 유형으로 "일치하지 않는 模作"으로 정의된다. 즉 순수한 문학 작품이나 문학 장르의 내용과 양식을 모방하되, 그 형식이나 내용 사이의 익살스런 불균형으로 재미를 만들어 내려 한다. 'burlesgue', 'parody', 'travesty' 등은 대체로 같은 뜻으로 쓰이기도 하지만, 'burlesgue'는 種의 명칭으로 보고 'parody'나 'travesty'는 희작(burlesgue)의 종류를 분별하는 용어로 사용 되기도 한다. ① 희작적 모작에 있어서, 그 형식과 양식이 일치하지 않게 모작되 고 있는 작품 내용보다 그 수준이나 품위에 있어 낮거나 높다. 만일 형식이나 양식의 품위는 높은데 내용은 저급하거나 하찮은 것이라면, 이것은 '고급스런 희작'이다. 이에 반해 내용은 진지하고 품위가 있는데 양식이나 처리 방법이 저급하거나 품위 가 없다면 이것은 '저급한 희작'이다. ② 희작은 일반적 유형이나 장르를 모방하느 냐, 혹은 특정한 작품이나 작자를 모방하느냐에 따라 구분되기도 한다. 따라서 '고 급스런 희작' 유형으로 ㉠ 僞-敍事詩(mock-epic), 僞-英雄詩(mock-heroic) ㉡ parody 등이 있고, '저급한 희작'의 유형으로 ㉠ 휴우디브라스풍의 시(Hudibrastic poem) ㉡ 戱化(travesty) 등이 있다.

2) 戱化(travesty)는 패러디와 같이 특정한 작품을 우스꽝스럽게 만드는 방법으로 고 상한 주제를 장난스럽고 품위없는 양식이나 문제로 다루는 것이다. 'burlesgue'와 'travesty'의 본고 내용은 Margaret A. Rose의 Parody(Cambridge University Press(1993))를 많이 참고하였음.

헨릭 마르키비치(Henryk Markiewicz)는 이탈리아에서 유래한 'burlesgue'란 낱말이 주로 16C에 이탈리아에서, 그리고 17C에 프랑스에서 사용되었는데, 이 낱말이 경멸적인 뜻으로 변해 훨씬 다양한 의미를 내포한다고 보았다. 그 당시 이 낱말은 문학 장르에 상관없이 괴상한, 천한, 얼빠진 익살, 스타일이나 상상력의 무절제한 낭비(저속하고 터무니없는 언어 사용) 등을 의미했다. 그는 이 戲作(burlesgue)을 좁은 의미에서 戲化(travesty)나 영웅시를 모방하는 뜻으로 사용했다. 트래비스티(travesty)는 '변장', '옷을 갈아 입음'을 의미하는 'travestire'에서 유래했다. '벌레스크'나 '트래비스티'라는 비평적 용어가 18c에 근본적으로 다른 작품을 코믹하게 모방하거나 변형하는 패러디의 기법 특색을 기술하지 않았음에도 후에 패러디의 기능을 이어받은 현대적 용어로 보는 경향이 있었다.

오늘날 많은 비평가들은 패러디를 희작으로 정의할 뿐만 아니라, 패러디의 고전적 형식의 역사나 특성 일부를 이 희작에서 찾는다. 브래들리 왓슨(E. Bradlee Watson)은 그의 논문에서 패러디가 우스꽝스럽게 특별한 작품이나 작가, 유파의 스타일이나 매너리즘 등에 천박하면서도 익살맞은 목적을 병행할 때 희작은 패러디라고 언급했다. 따라서 패러디의 고전적 개념은 '고급스런 희작'의 한 종류로 분류된다.

리치몬드 본드(Richmond Bond)는 戲作(burlesgue)을 높고 낮은 것, 특수하거나 일반적인 것으로 구분한다. 그리고 모든 희작은 감소되거나 확대되는 것, 타락하거나 향상되는 것 등으로 부를 수 있다고 주장한다. 그는 희작의 구성 요소를 자세히 분류하여 명칭을 사용한다. 즉 戲化(travesty)는 익살맞고도 친숙하게 품위 없는 것을 적용함으로써 특별한 작품을 저급하게 만든다. 풍자적인 시도 일반적인 문제에 똑같은 양상을 나타내나, 단지 차이점은 특수하거나 일반적인 것 중에 어느 한 쪽이라는 것이다. 패러디는 가치가 없거나 적은 주제를 변화시킴으로써 개별적인 작가나 시작법을 흉내낸다.

'僞-모방시'(mock poem)는 시인과 시에 관해 특별한 언급이 없이 일반적인 부류의 시 방법을 베끼지만, 단지 차이점은 모방의 엄격함이 따른다. 그러나 트래비스티나 패러디는 얼마간 명확한 작품이나 스타일을 모방한다. '저급한 희작'은 주제를 스타일 위에 두며, 모방의 친밀 정도가 두 가지 종류를 구별하는 희화와 휴우디브라스풍의 시(Hudibrastic[3])를 구성한다. '고급스런 희작'은 스타일을 주제 위에 두며 수준 정도가 같은 패러디와 '僞-모방시'(mock poem)를 구성한다. 보통 패러디와 트래비스티는 풍자적인 표현과 친밀하다. 트래비스티와 풍자시는 저급한 스타일에서 진지한 주제를 격하시킨다. '저급한 희작'은 트래비스티와 풍자시를 형성하고, '고급스런 희작'은 '僞－모방시'를 형성한다. 패러디가 가치가 떨어진 주제에 작가나 작품의 스타일을 적용함으로써 만든 '고급스런 희작'이라면, 트래비스티는 아주 친숙한 스타일에 작품의 주제를 적용하여 만든 특수한 작품의 '저급한 희작'이다. '고급스런 희작'으로서 패러디의 정의는 고전적인 패러디 개념에 조소를 첨가시킨다.

조셉 에디슨(Joseph Addison)은 戲作을 두 가지 유형으로 나누는데, 하나는 영웅 차림을 한 속된 사람을 나타내고, 다른 하나는 가장 천한 사람처럼 행동하고 말하는 위대한 사람을 뜻한다. 그것은 세르반테스(Cervantes)의 「돈키호테」(Don Quixote)가 첫 번째 예이고, 루시앙(Lucian)의 「신들」(Gods)이 두 번째 예에 해당한다. 이 희작의 유형은 코미디와 다르게 인물을 조롱하는 형식에 속하는 것으로 기술한다. 이처럼

---

3) 이 명칭은 청교도 기사 휴우디브라스의 모험을 써서 엄격한 청교주의를 풍자한 새뮤얼 버틀러(Samuel Butler)의 「휴우디브라스」에서 연유한 것이다.

조셉 에디슨은 '하찮은 인간'이 '영웅적인 모습'으로 그려진다는 점에서 「돈키호테」를 희작의 형태로 축소시켰지만, 한편으로 세르반테스의 소설은 영웅이 되려고 그려진 '하찮은 인간'의 묘사 때문에 패러디로 기술되었다. 그것은 단지 고급스런 것에 대한 저급한 것의 대립 때문이 아니고, 기법에 있어 그의 영웅이 영향 받은 기사도적인 로맨스를 패러디 작가처럼 인용하고 분석하도록 허용하기 때문이다. 에디슨이 루시앙의 작품을 희작으로 묘사하는 반면에 일부 사람들은 그것을 戱化로 기술했다. 따라서 패러디는 '고급스런 희작'으로, 희화는 '저급한 희작'으로 분류할 수 있다. '고급스런 희작'은 관습적으로 고상한 방법으로 하찮은 주제를 취급하고, '저급한 희작'은 속된 방법으로 고상한 주제를 취급한다. 데이빗 워체스터(David Worcester)는 '저급한 희작'을 저급한 것에 대한 수준 높은 대비를 포함하는 것으로, '고급스런 희작'을 고급스런 것에 대한 하찮은 것의 대비를 포함하는 것으로 묘사함으로써 '고급스런 희작'과 '저급한 희작'을 구별하였다.

리치몬드 본드(Richmond Bond)는 유머의 본질은 부조화에 있으며 모방이 가미될 때 희작이 된다고 본다. 즉 희작은 스타일과 주제 사이의 부조화로서 재미있게 다룬 진지한 문제와 기법을 사용하거나 모방하는 것에서 성립된다. 형식과 내용 사이의 부조화, 말하는 것과 말하는 방식 사이의 대조는 희작의 필수적인 자질이다. 그는 패러디를 희작의 형식 중 하나로 보았다. 보일로(N. Boileau)의 「Le Lutrin」(1667)은 일종의 희작시로, 수도승들의 사치와 나태, 논쟁하기 좋아하는 정신을 폭로하기 위해 저급하면서도 하찮은 삽화를 구실로 삼은 것이다. 그는 주제를 조롱하기 위해 극도의 존엄과 관록을 가진 것으로 가장함으로써 영웅 스타일로 변장시킨다. 그러나 조소(ridicule)는 시인이 목표하는 것으로서 자신이 진지하게 한 번도 웃음을 나타내지 않는다. 조소는 주제와 이것을 다루는 방법 사이의 대조를 통해 만들어진다. 조소를 목표로 하는 희작은 스타일을 주제보다 훨씬 더 고상하게 만듦으로써 효과를 자아낸다. 조소는 패러디에서 필수적인 요소는 아니지만 그들 사이에 대립은 없다. 조소는 성공적으로 패러디 안에 속하므로, 패러디는 조소를 발전시키는 데 얼마간 중요한 역할을 할 것이다.

패러디는 희작의 형태에 포함되었다. 그리고 戱化가 패러디에 포함될 수 있고, 패러디가 戱化에 속하는 요소들을 포함할 수 있다. 일반적으로 패러디는 형식과 내용이라는 관점에서 정의되었다. 패러디 작가들이 형식을 모방하는 동안에 작품의 내용을 바꾸거나, 또는 대상의 형식과 내용을 모두 바꾸었다. 패러디가 부적합한 방법으로 내용이 변하더라도 원본의 형식적 요소들을 보유하기 때문에 희화와 다르고, 희화(travesty)는 새롭고 어울리지 않는 옷을 입는 반면 원본의 내용을 보유하는 것이다. 패러디에 대한 현대용어로서 '희작'이나 '희화'를 적용하는 것은 패러디에 다양한 특성을 부여하는 것이다. 이 특성들은 기술된 고전적 용어나 작품들만큼 오래되지 않았을 뿐만 아니라, 가능한 더 오래된 용어의 기능과 의미에 적합하거나 설명에 도움이 될 만한 것도 아니다. 즉 고대 그리스의 '僞-敍事詩'(mock epics)나 로마인인 메니피언(Menippean)의 풍자에서도 동일한 텍스트에서 '패러디'나 '희화'를 다 적용하여 기술했는데, 이처럼 어느 것을 구별하여 적용하기란 무의미한 일이다. 이 때 그런 작품들에 대해 희화라는 어휘를 적용한다거나 패러디로부터 희화의 특성을 분리한다는 것은 패러디 어휘를 그것들에 적용하는 것보다 역사적으로 덜 정확하다. 최근의 모던 이론은 더 심각한 메타소설적이거나 상호텍스트적인 형식으로 그것을 취급하기 위해 '희작'과 '코믹' 두 가지를 패러디로부터 분리하려고 시도한다.

2. parody(모방)[4]

송대 시학의 영향을 크게 받은 우리 고전시학에서 '用事'는 '新意'와 함께 중요한 창작 방법으로 다루어졌다. '용사'는 經書・史書・諸家의 원문에 나타나는 특징적 관념이나 사적(事迹)을 몇 개의 어휘에 집약시켜 원관념을 보조하는 일종의 수사법이다. 이 기법은 일정한 외형률(5・7자)의 시구 속에 다양한 사상과 감정을 표현하는 한시 창작의 수사법으로 다루어졌다. 산문에 있어서는 『육경삼사』(六經 三史), 시의 경우에는 『文選』・李白・杜甫・韓愈 등의 시구가 인용되었다. 그러나 경전이나 사서의 인용과는 달리 시문을 인용할 때는 표절과 도습에 휘말리기 쉽다. 용사의 내용은 古人名, 官名, 古人語, 古人事, 성명 등으로 다양하다.

'용사'는 시인이 意象을 심화시키기 위해 사용하는 방법인데, 이것을 잘 활용하기 위해서는 자기 시세계에 적합한 典故를 보조관념으로 원용해야 한다. 용사는 과거의 것에 새로운 의미를 부여해 과거에 대한 재해석, 비판과 계승을 병행함으로써 관습을 새롭게 인식하는 예술적 가치를 지닌다. 따라서 인용자는 典故를 정확하게 섭렵해야 할 뿐만 아니라 그 궁원까지 천착해서 원용의 묘를 얻어야지, 단지 어구나 意境 등을 차용 수준으로 인용하면 표절에 지나지 않아 창작의 생명력이 없어지는 것이다. 이 기법은 의도적이면서도 인정된 모방 행위이므로 원작에 대해 직접적・암시적으로 제시하고, 독자가 그것을 인식했을 때 패러디 기능이 발휘된다.

이런 用事에는 패러디 관계를 가시적으로 드러냄으로써 원텍스트를 쉽

---

4) 서구에서 'parody'는 19C 초부터 오늘날까지 애용되어 온 戲作의 형식으로 특정한 작품의 진지한 내용이나 양식, 또는 특정한 작가의 특징적 문체를 모방하여 저급한 주제에 적용한다.

게 알 수 있는 正用과 내재화해 암시하는 暗用이 있다. 이 정용 방법에는
세분화해 直用, 反用, 飜案法이 있다. '直用法'은 일반적인 패러디 양식으
로 원작의 의미를 그대로 활용하는 次韻詩가 여기에 속한다. 차운시는
원작의 운을 그대로 활용할 뿐만 아니라 어조, 주제, 표현까지도 차용한다.
'反用法'은 원작에 대해 대척적인 관계에서 비판이나 풍자의 목적을 지녀
원텍스트의 의미를 반대로 해석한다. '번안법'은 원작과 친화적 관계에서
특정한 부분의 비유 관계만을 전도시키는 수사법이다. 그리고 '集句詩'는
현대적 의미의 패스티쉬에 해당하는 것으로 전대의 고전적 작품에서 시
구절을 뽑아내어 새로운 작품을 구성하는 기법이다.

이인로와 같은 용사론자는 用事를 적법한 시작 기법으로 다루기 때문
에 나름대로 긍정적인 논거를 제시한다. 즉, '用事論'은 시의 내용이 형식
에 좌우되므로 그 형식을 잘 조탁하면 내용도 저절로 뛰어나게 되고, 또한
인간의 능력은 한계가 있어 무한한 창작 능력은 불가능하므로 선인의 意
境이나 어구를 자기 시작에 대응시켜 적절하게 활용하면 응집력 있게 의
미를 표현할 수 있다는 것이다. 조선 후기 실학자 정약용도 용사의 중요성을
강조하여 용사의 대상을 중국이 아닌 우리 고전에서 찾을 것을 주장했다.

이에 반해 이규보와 같은 신의론자는 용사는 주체성과 창조성의 관점에
서 볼 때 표절이나 도습에 가까운 시작 방법이므로 시의 품위를 떨어뜨릴
수 있다고 보았다. '신의론'은 시란 設意가 가장 어렵고 또한 시작의 성공
을 좌우하므로 먼저 내용에 포함되는 뜻을 잘 세운 후에 형식이라는 그릇
에 담아 적절하게 표현해야 한다는 것이다. 따라서 선인의 어구나 의경을
답습하지 않고 항상 새롭게 창의력을 가지고 참신한 시작을 해야 한다고
본다. 이런 관점은 용사의 부정적 측면을 지적한 것으로 볼 수 있는데,
사실 단순히 모방 수준에 머문 것들은 표절이나 환골탈태[5]라 하여 이인로

나 최자 등도 작시법에서 금하였다. 따라서 '용사'가 典故를 이용한다는 데에 초점을 두었다면, '신의'는 그것을 딛고 새로운 것을 창출하는 데에 무게를 둔 모방의 또다른 방법이라 할 수 있다. 이런 관점은 어떻게 하면 깊이 있는 사상을 참신하게 창작할 수 있느냐의 논쟁으로서 모방과 창조의 거리가 그만큼 가깝다는 것으로 이해할 수 있다.

조선 중기 이후에는 사회체제 변동에 편승해 주자학적 사조를 계승하는 재도적 문학관이 풍미하는 가운데 문학의 자율성과 사실성을 강조하는 탈주자학적 문학관이 대두되었다. 차천로・유몽인 등 재도적 문학관을 가진 문인들은 시의 본질을 道指向으로서 性・情의 순화로 보고 있으며, 허균・이수광 등 탈주자학적 문학관을 가진 문인들은 시를 妙悟의 세계 자체인 성정의 표현으로 보았다. 따라서 후자의 입장을 추종하는 문인들은 미의식에 중점을 두므로 미적 효과를 위해서는 품위를 잃지 않는 가운데 속어나 일상어를 과감히 사용하였다. 이처럼 모방 논의는 포스트모더니즘의 조류에 따라 오늘날 새롭게 등장한 것이 아니라 우리 시학의 전통에서 용사라는 개념으로 꾸준히 이어져 내려 왔다.[6]

---

5) 用事는 옛 典故를 원용하여 사용하는 것이라면, 換骨奪胎는 모방 또는 표절이라 할 수 있다. 즉 용사 → 환골탈태 → 표절로 변질되어 나타나게 된 것이다.(『한국 고전시학사』p.78.)
'환골법'이 특정 작품의 시상은 그대로 두고 다른 어휘를 사용하는 것이라면, '탈태법'은 그 시상 자체만 빌어오는 것이다. 이 두 기법은 작품 속에서는 얽혀 있어 뚜렷하게 구분하기가 어렵고 특정 작품의 시상을 차용하는 데에는 일치하지만, 환골법이 문자 상의 가공과 개작에, 탈태법은 문의 상의 가공과 개작에 중점을 두었다. '용사'와 '환골탈태'는 원텍스트와의 관계에서 비판적 의도보다는 친화적 모방 양상이 우세하다. 따라서 그 전거에 대한 유희나 쾌락의 대상이 아니라 일상적인 삶 속에서 진지하게 받아들여야 할 도덕이나 윤리적 지표로서 받아들였기 때문에 비판적 거리를 지닌다는 것은 불가능했다.
6) 이 고전시학의 내용은 전형대 외 2人 『한국고전시학사』, 조동일의 『한국 문학사상 사시론』 내용을 참고하였음.

한편, 서양에서 패러디의 어원은 그리스어 parôdia에서 찾을 수 있다. 이 낱말은 para(대응하는, 반하는) + ôdia(노래) 결합어로, 옆의 노래(chant à côte)라는 뜻이다.[7] 접두어 'para-'는 오디아(본체)와는 대립적인 또는 오디아에 덧붙여진 장식적 의미로, 오디아는 '부수적인, 외부적인, 추가적인, 옆의, 나머지' 등의 뜻을 가진다. 이처럼 패러디의 어원은 대조와 상반, 혹은 일치나 친숙이라는 이중적 개념을 내포하지만, 본질적 개념은 본체에 덧붙여진, 즉 단순한 모방이 아닌 변형된 새로운 요소가 추가되는 것이다.

서구문학에서 모방은 플라톤(Platon), 아리스토텔레스(Aristoteles) 시대 이후 시학에서 중요하게 다루어졌다. 플라톤은 예술가의 모방이 절대적 진리 세계를 외면하고 현실과 현상 세계의 모습만을 반영한다는 점에서 예술을 부정적으로 보았다. 그러나 아리스토텔레스는 인간의 특성을 모방 행위로 보고 이 모방적 관점에서 비극을 정의하였다. 그가 생각하는 모방은 단지 우연적·외형적 특성을 닮기보다 일반적인 보편성을 창조하는 것이었다. 그후 르네상스, 신고전주의 시대에는 모방을 더 중요시 여겨 예술가들은 로마나 그리스시대의 작가나 작품의 형식·문체 등을 의도적으로 모방하여 창작하였다. 이 모방은 단지 외형적 일치가 아니라 창작 원리나 법칙, 정신에 중점을 둔 것이다. 그러나 낭만주의 시대에는 자기 충족적이고 독창적인 예술관이 강조되어 모방론에 바탕을 둔 고전주의 시대 예술관을 거부하였다. 낭만주의자들에게 자연은 더 이상 확고부동한 절대적 대상이 아니었다.

그후 오늘날 포스트모더니즘 논의와 병행해 패러디는 문화 현상, 즉 문학·연극·영화·미술 등 다양한 예술 장르를 넘나들며 중요한 예술 양

---

7) 김영순 외, 『패러디와 문화』, 한양대출판부(2005), pp.116~118 참고.

식으로 자리 잡았다. 포스트모더니즘 이후 예술의 독창성을 거부한 모방은 표절의 개념에서 패러디라는 형태로 탈바꿈해 현대 예술의 주된 창작 전략으로 대두되었다. 문학에서도 작품의 독창성이나 원본성에 회의하는 패러디 시학이 중심을 이루어 작품의 고유성은 작품 자체보다 작가가 전하려고 하는 의미에 의해 결정되므로 원작과의 대화나 상호텍스트성을 위해 원작과 구별되는 변형이나 차이를 보여야 한다는 것이다. 모든 텍스트는 어떻게든 다른 텍스트와 관계를 맺으며, 독자는 그 텍스트 속에서 문맥을 읽는 주체가 된다. 오늘날 문학은 독창적 스타일이나 소재 등이 이미 고갈되어 과거로 돌아갈 수밖에 없으므로 기존 텍스트의 형식이나 담론에 의지하여 재구성하는 가운데 의미의 차이를 둘 수 있다는 것이다. 따라서 패러디는 고정된 기존 관념이나 전형적인 틀을 깨뜨려 변용·활용하므로 글쓰기의 자유로운 해방을 가져왔다고 할 수 있다. 원작과 패러디한 작품 간에는 연속성과 단절성, 모방과 창조, 반복과 일탈, 추수와 전복 등 다양성이 내재되어 있다.

블룸도 『시적 영향에 대한 불안』[8]이라는 책에서 후배 시인은 의식적이든 무의식적이든 선배 시인에 대해 수정·보완을 통해 모방한다고 주장했다. 선배 시인에 대한 후배 시인의 감정은 존경과 선망, 질투와 두려움 등 양면성이 있기에 무의식적으로 선배의 작품을 오독함으로써 수정화 과정을 통해 독자적인 작품의 자율성을 지니는 것이다. 이처럼 시인이 직·간접적으로 접한 선배 시인들의 시세계는 당연히 후배 시인에게 영향을 미칠 수밖에 없는 것이다. 이 말은 모방의 대상이 아주 다양하다는 것으로, 이 세상에 존재하는 시들이 이전의 전통 없이는 창작될 수 없다는 뜻이기도 하다.

---

8) Harold Bloom, 윤호병(편역), 『시적 영향에 대한 불안』(*The Anxiety of Influence : A Theory of Poetry*), 고려원(1991) 참조.

광의의 모방 개념이라 할 수 있는 패러디의 오랜 형태는 진지한 작품을 우스꽝스럽게 풍자적으로 모방했던 익살극이나 조롱극(burlesgue, travesty) 등에서 찾아볼 수 있다. 패러디는 선행 텍스트의 진지한 형식과 어조를 모방하면서 거기에 부합되지 않는 하찮은 내용이나 천박한 형식을 삽입한다. 이것은 기존 문학 작품이나 장르, 도덕적 관습까지도 익살스럽게 만드는 대표적 풍자 양식으로 조롱·야유·과장 등의 성격을 내포한다. 오늘날 문학 작품에서 패러디 양식은 고정적이며 닫혀 있는 세계가 아니라 항상 열림의 상태에서 꾸준히 변신하거나 창조하는 기능을 갖고 있다. 즉 두 텍스트 간의 형식적·구조적 관계로서 텍스트 상의 대화 형식이다. 텍스트는 고정될 수 없고 독자들과 대화 속에서 끊임없이 재읽기·재해석을 통해 살아 있는 유동체로 인식되어 새로운 의미를 부여한다. 작품 간의 맥락성과 독서 과정의 구체화는 선행텍스트의 의미를 새로운 텍스트 의미로 전이시킨다. 모든 패러디는 선행텍스트를 빌려 현재의 메시지를 담고 있기에 비평적 담론과 자기 반영적 특징이 있다. 따라서 다중적이고 복합적인 특성으로 독자에게 삶의 의미를 반성케 하고 현실의 상황을 인식케 하는 표현 방법이라 할 수 있다.

원텍스트에 대한 모방 형식도 시어, 어구, 문장, 플롯, 문체 등 형태 구조적 차원인가, 내용 중심의 주제적 차원인가에 따라 가시적(외재화) 혹은 암시적(내재적)으로 다양하게 나타난다. 이 때 유명한 작품이나 대상을 원텍스트로 활용하는 것은 ㉠ 기존 작품의 권위에 도전하고자 하는 욕망 ㉡ 새로운 시각에서 대상을 바라보고자 하는 의도 ㉢ 유명세에 편승하여 자신의 의도를 극대화시킴 ㉣ 소재와 제재의 고갈 현상 극복 등 다양한 목적을 지니기 때문이다. 패러디스트는 비판적 관점에서 대상을 경멸하거나 조롱하든, 혹은 긍정적 관점에서 친화적으로 계승한다 해도 문맥의 차이를 강조해 거리화·개성화하는 것이 중요하다.

> 떠나는 그대
> 조금만 더 늦게 떠나준다면
> 그대 떠난 뒤에도 내 그대를
> 사랑하기에 아직 늦지 않으리
> 그대 떠나는 곳
> 내 먼저 떠나가서
> 그대의 뒷 모습에 깔리는
> 노을이 되리니
>
> 옷깃을 여미고 어둠 속에서
> 사람의 집들이 어두워지면
> 내 그대 위해 노래하는
> 별이 되리니
>
> 떠나는 그대
> 조금만 더 늦게 떠나준다면
> 그대 떠난 뒤에도 내 그대를
> 사랑하기에 아직 늦지 않으리
>
> — 정호승의 「이별노래」 전문 —

정호승의 시경향은 민중적 감성인 恨의 정서가 밑바탕을 이루고 있다. 일반적으로 이런 정서는 현실의 고통을 딛고 일어서려는 내적 힘으로서 슬픔을 아름다움으로 승화시키는 역동적인 힘을 내포한다.

이 시는 대중가요로도 널리 회자된 작품으로 우리 문학 작품 속에 원형성으로 자리잡고 있는 한의 정서가 지배적으로 나타난다. 이런 이별과 만남은 전통 서정시인 「정읍사」「가시리」「님의 침묵」「진달래꽃」 등에서 반복되는 정서이다. 화자는 사랑하는 '그대'를 어쩔 수 없이 떠나보내야 하지만, 떠난 후의 이별까지도 사랑하고픈 슬픔을 담고 있기에 독자에게 애잔한 마음을 불러일으킨다. 특히 수미쌍관식으로 반복되는 1, 4연은 역설적 표현으로서 갑자기 부닥친 이별을 도저히 받아들일 수 없다는 슬픔이 담겨 있다. 화자는 '그대'가 조금만 더 늦게 떠나주기를 바라며, 만일 그렇게 한다면 이별 후라도 '그대'를 원망하지 않고 사랑하리라는 미련을 토로한다. 이런 역설적 표현은 '아직'이라는 시간 부사가 잘 함축하고 있다. 그대가 떠날 수밖에 없지만 조금이라도 늦게 떠나는 것은 그대의 마지막 배려이다. 그렇지만 조금 늦게 이루어지는 이별이 보내는 자에게 이별의 충격을 줄이거나 일시적 위안이 될 수 없다. 그것은 단지 '그대'와의 이별을 조금이라도 늦게 받아들이고자 하는 강렬한 애착의 표현이다.

2, 3연에서 화자는 이별을 도저히 받아들일 수 없기에 '그대'가 조금만 늦게 떠나준다면 '그대'의 뒷모습에 깔리는 '노을'이 되고, 그런데도 숙명적으로 다가오는 이별의 어둠이 그들 사이를 차단시킬 때 노래하는 '별'이 되어 '그대' 곁을 영원히 떠나지 않겠다는 강렬한 의지를 나타낸다. 화자는 이별을 피하려고 '그대'에게 울며불며 매달리거나 애원하지 않는다. 이처럼 떠나는 상대방을 증오하거나 원망하지 않고 모든 것을 자신의 책임으로 돌리며 스스로 슬픔을 삭이는 것은 표면적으로 이별을 가로막으며 거부하는 것보다 더 강렬한 태도이다. 오히려 떠나는 '그대'를 향해 너그러운 모습을 보이는데, 이런 태도는 보편적인 한의 정서라 할 수 있다.

이런 역설적 표현은 「가시리」의 '잡ᄉᆞ와 두어리마ᄂᆞᆫ 선ᄒᆞ면 아니올세라'나 「진달래꽃」의 '사뿐히 즈려밟고 가시옵소서', '죽어도 아니 눈물 흘리우리다' 등의 시구와 일맥상통하는 분위기이다. 이들 작품 속에 나타나는 '님'은 현실이 아닌 미래가정형의 상태에서 똑같이 화자로부터 떠나려는 존재이다. 그렇지만 시적 화자는 그 님이 떠나지 않기를 바라고, 설령 떠나더라도 바로 돌아오기를 바라며 체념과 인종의 자세를 보인다. 「진달래꽃」에서 화자는 님이 굳이 떠난다면 고이 보내드리며 죽어도 눈물을 흘리지 않으며 떠나는 님이 진달래꽃을 밟고 가도록 한아름 뿌려 놓겠다고 한다. 이 땅에 뿌리는 '진달래꽃'은 보내는 이의 마음을 암시한 객관적 상관물이다. 그러나 화자는 표면적으로 초연한 태도인 것 같지만 내면적으로는 원망과 자책, 좌절과 미련의 상호 모순된 감정을 갖고서 처절한 슬픔을 안으로 되씹고 있는 것이다.

3. 패러디와 타 이론과의 연계성

1) 형식주의의 '낯설게 하기'(defamiliarization)

러시아 형식주의는 1915년 모스크바 대학교의 일부 학자 중심으로 '모스크바 언어학회'를 설립, 그 후 언어학자와 문학사가들이 '시어 연구회'를 결성하면서 탄생되었다. 이 형식주의는 문학 연구의 자율성을 바탕으로 문학성을 철저히 연구하기 위해 체계적인 방법으로 리듬과 음보, 문체와 구성의 문제 등 문학 작품의 형식적·구조적 해명에 중점을 두었다.

형식주의자들은 패러디를 문학사 발전의 원동력으로 보아 문학사를 곧 패러디의 역사로 인식함으로써 그 가치를 격상시켰다. 그들은 새로운 예술 형식을 독창적인 표현 기법이라기보다 선행 시대의 형식들 속에 감춰진 것들을 발견하는 행위로 보았다. 따라서 새로운 예술은 기존의 것을 부정하는 것이 아니고 낡은 가치관을 파괴하거나 낡은 요소를 재구성하므로 과거 작품을 모방함으로써 문학이 진화한다고 본다. 그들이 활용하는 시적 이미지는 진부하고 관습적인 것을 비틀어 새로운 양식으로 표현하거나, 혹은 그것을 예기치 않은 문맥 속에 삽입함으로써 '낯설게 하기'를 시도한다. 이런 기법은 세계에 대한 인식을 한층 새롭게 해 긴장감의 밀도를 높여 준다. 이 '낯설게 하기' 기법은 관습적인 문학적 장치를 드러내어 선행 작품이나 익숙한 과거 전통을 새롭게 만드는 패러디에도 적용할 수 있다. 패러디는 기존의 낡은 형식으로부터 꾸준히 새로운 형식을 만드는데, 이 새로운 형식은 낡은 형식을 무조건 거부하거나 파괴하지 않고 단지 그 기능만을 변형시켜 발전하는 것이다.

2) 상호텍스트성(intertextuality)

'상호텍스트성'이란 한 텍스트가 다른 텍스트와 맺고 있는 상호 관련성으로 그 텍스트들 간에 모든 지식이나 예술의 총체성을 내포한다. 이 총체성은 텍스트가 씌어진 당대의 지식이나 모든 담론 양식인 역사·철학·예술 등을 포함한다. 상호텍스트성은 창조냐 모방이냐라는 논쟁의 배경 속에서 바흐친의 대화주의를 통해 본격적으로 거론되기 시작하면서 60년대 이후 바르트·데리다·라캉·푸코·들뢰즈 등 탈구조주의자들의 영향에 힘입은 바 커 서구의 인문학 및 모든 예술 분야로 확산되었다. 오늘날 수용미학, 후기구조주의에 이르기까지 다양한 문예 미학들은 상호텍스트성을 예술적 행위의 근간으로 발전시켜 왔다. 이들에게 텍스트란 주체가 독창적인 의미를 생산하기 위해 만들어낸 닫힌 통일체가 아니라 열린 공간에서 수많은 조각들이 모여 이루어내는 모자이크와 같다.

메타 언어적 성격을 지닌 상호텍스트성은 우연과 전복, 분열과 단절,

환상과 허구 등 탈중심 경향으로 통합의 전체성이 사라지고 해체적 사유에서 비롯된다. 따라서 텍스트를 하나로 통합하는 대신 분열하고 해체시켜 열림의 시학으로 접근한다. 텍스트의 의미는 고정적·결정적인 것이 아니라 무한히 확대되어 다양하게 생성될 수 있다. 텍스트는 여러 담론들로 구성된 모자이크와 같다. 여러 차이들이 조합해 만들어내는 그물망으로서 그 복합적인 가치들이 열린 공간에서 공존하는 것이다. 작가는 텍스트를 창작하는 과정에 의식적·무의식적인 영향 관계 속에서 수많은 텍스트들을 병합할 뿐만 아니라 변형해 새로운 텍스트에 역동적인 생산성을 부여한다. 독자는 텍스트의 다양한 의미들과 약호에 관계할 때 비로소 텍스트는 완성되어 간다. 그런데 이러한 상호텍스트성을 환기시키는 대표적인 전략이 '차이 있는 반복'이라 할 수 있는 패러디이다. 패러디는 시·공간적으로 다른 텍스트와 영향을 주고 받는 문학적 교감의 총체이다. 현대 패러디 작가들은 원텍스트의 담론적 권위와 창작 기법에 의존하지만 비평적 맥락에서 원텍스트의 주제, 형식, 제재 등을 당대의 감수성에 따라 새롭게 해석해 생산하려는 욕망에 기본 전략을 세우고 있다. 구조주의자들은 패러디를 희극적인 요소를 배제한 채 상호텍스트성의 영역에 중점을 둔다.

3) 풍자(satire), 인유(allusion), 반어(irony)

풍자는 인간의 사악함이나 부조리한 현실에 대해 분노와 조롱의 태도를 취함으로써 도덕적 비판을 가하여 올바르지 못한 것을 개선하려는 뚜렷한 목표를 지닌다. 그리고 새로운 어떤 것을 창조하는 것이 아니라 있는 것에서 실제 악을 폭로한다. 따라서 어떤 동기나 원인보다 결과에 의해 판단되며 훈계성 전달에 의미를 부여한다. 패러디는 고대에는 주로 풍자나 조롱의 목적을 위해 사용되다가 르네상스 이후 포스트모더니즘 시대에 와서 희극적·아이러닉한 형태로까지 발전하여 포괄적인 개념을 지니게 되었다. 풍자는 비평적 거리나 가치 판단, 공격적인 태도를 취한다는 점에서 패러디와 유사하다. 그러나 목표 지향성에서 패러디가 텍스트 내적(권내적)이라면, 풍자는 사회적·도덕적(권외적)인 경향이 있다. 즉 패러디가 목표를 이루기 위해 활용하는 제재가 반드시 패러디 구조의 구성 성분에서 내재하는 것이어야 한다면, 풍자는 그 활용하기 위한 제재들의 인용에 제한받을 필요가 없다. 패러디는 형식적 총체로서 전형화된 본질성의 원텍스트와 그것을 모방, 재현하는 패러디 텍스트 간에 두개의 기호를 공존시킨다면, 풍자는 비전형화된 본질을 비평적으로 재현시키는 실용적 차원에서 이해하는 것이다.

인유는 널리 알려진 고전·역사·인물·사건 등을 텍스트 내에 인용하여 비유하는 구성 원리로 주제적 의미를 강화하기 위해, 혹은 시어에 자세한 주석을 붙임으로써 참조, 융합 등 배합과 조화의 효과를 얻기 위해 활용된다. 이 방법은 '자르기'와 '붙이기'의 두 가지로 실행되는 작업인데, 이것은 인간이 어려서부터 종이, 가위, 풀 등을 사용하여 경험하게 되는 놀이 유형의 한 범주라 할 수 있다. 흔히 문학이나 영화 예술에서 사용하는 혼성모방 기법은 이런 유년기의 무의식에 잔존하는 즐거움을 환기시키는 것이다. 다양한 인용 작업을 필요로 하는 혼성모방은 모든 양가적 가치를 동시에 포함해 텍스트의 끊임없는 충돌과 융합의 역동성을 보여주는 작업이라 할 수 있다. 인유는 주제를 뒷받침하기 위해 텍스트를 초맥락화한다는 점에서 패러디와 동질성을 지니며, 광범위한 범주의 정신적 허용과 이해 가능케 하는 공유성을 지닌다는 점에서 구조적·실용적으로 밀접한 관련이 있어 패러디의 한 형식이 될 수 있다. 그러나 패러디는 단순한 인용보다 강력한 양텍스트적(bitextual) 결정성을 지닌다. 린다 허천은 비평이 개입되지 않는 인용을 패러디 기능에서 경시했지만, 데이빗 로즈는 오히려 강조한 일면이 있다.

아이러니는 다양한 속성을 지니지만 그 중에서도 표면적으로 나타낸 것과 실제로 의도한 것 사이의 차이, 즉 현실과 외관의 대조가 가장 기본 개념이다. 패러디와 풍자의 성격을 내포한 아이러니는 차이성을 나타낸다는 점에서 패러디 영역에, 비판적 판단을 암시하기 위해 조소나 경멸적인 표현을 사용한다는 점에서 풍자의 영역에 속한다. 표면적인 표현과 의도된 의미 사이의 차이를 공유하는 아이러니와 패러디는 더 많은 것을 제공함으로써 정상적인 의사 소통 과정을 혼동시키는 유사한 측면이 있다. 패러디가 아이러닉한 효과를 유발하는 것은 주제나 분위기 등에서 원작과 모방작 사이의 대조를 통해서, 혹은 모방작이 보여주는 현실에 대한 반어적 태도 때문일 수도 있다. 아이러니스트는 패러디를 의미의 혼동을 위해 사용할 수 있는 반면, 패러디스트는 원텍스트와 상이한 방법으로 다양하게 메시지를 다루는 데 아이러니를 사용한다. 아이러니가 하나의 약호를 통해 두 개의 메시지를 은폐한다면, 풍자는 단일한 약호를 통해 뚜렷한 목표를 전하기 위해 하나의 분명한 메시지를 전한다. 그러나 패러디는 두 가지의 분명한 메시지를 전하기 위해 적어도 두 개의 약호를 활용한다. 그리고 패러디는 은연중에 아이러닉하고 풍자적인 특성도 지닌다.

4) 대화성(dialogisme)과 메타 픽션(meta-fiction)

대립적 모순 관계가 혼합해 공존하는 카니발적 문학 양식은 진지하면서도 해학적인 것으로 복합적인 장르의 성격을 띤다. 중세의 카니발적 세계관이 지배하는 민속 문화에는 해학적 형태의 패러디가 깊이 뿌리박고 있다. 중세시대에는 수도승이나 학자들이 종교적 의식이나 이데올로기를 희극적으로 풍자하는 데에 종교적 패러디를 사용하였다. 바흐친에게 패러디는 이중의 목소리로 된 다중적 지시 형태의 언술 유형이다. 두 개의 목소리는 두 개의 의미를 지니므로 작중 인물의 직접적인 목소리와 작가의 굴절된 의도가 동시에 표현된다. 이런 두 개의 목소리는 대화적으로 상호 관련되어 서로 간에 뜻을 알고 실제로 대화하고 있는 것처럼 보인다. 다성적 목소리의 형태와 이데올로기는 사회적인 상호 작용과 교류의 산물이다. 따라서 이중의 언술 형태를 지닌 패러디는 항상 대화적이라 할 수 있다.

예술의 자기 반영성은 메타 형식으로 드러난다. 패러디 텍스트는 원텍스트를 어떻게 읽고 해석했느냐라는 문제와 직결되므로 원텍스트에 대한 글 읽기이며 동시에 비평이 되는 글쓰기이다. 글쓰기에 대한 글쓰기라는 메타 픽션의 자기 반영적 방식은 기존의 문제를 담론 문제로 대체시키기 위해 창작과 비평을 아우르는 패러디 전략과 상통한다. 자기 반영성은 픽션과 리얼리티의 관계에 의문을 제기하기 위해 가공물로서의 존재 가치에 대해 자의식적이고 체계적으로 관심을 갖는 허구적인 글쓰기이다. 이 메타 형식으로 시론시나 창작한 픽션에 대한 창작 과정의 진술이 포함된다.

2장 : pastiche(혼성모방)[1]의 개념 및 작품 분석

오늘날 모든 예술에 적용되는 패스티쉬는 이탈리아 어휘 'pasticcio'에서 유래했다. 이 어휘는 일반적으로 여러 작품 속에서 모티프를 편집하는 것을 뜻한다. 즉 다양한 첨가물들을 포함한 '패스티(pasty)'나 '파이' (pie) 요리인 'pasticcio'와 어떤 그림들에 적용한 것으로부터 유래했다. 『옥스포드 영어사전』(Oxford English Dictionary)에서 'pasticcio'는 여러 가지 재료의 혼합이라 할 수 있는 잡탕찜, 뒤범벅, 뒤죽박죽 등을 의미한다. 이 사전에서는 패스티쉬를 더 자세히 설명하고 있는데, ① 최고급 재료인 다양한 고기류와 마카로니(macaroni : 이탈리아 국수)로 만들어진 파이 ② 다른 작가의 작품이나 자료 속에서 단편적인 모티프를 취하여 만든 오페라나 칸

---

1) 마르크스 비평가인 제임슨(F. Jameson)은 『후기 자본주의의 문화 논리』(The Cultural Logic of Late Capitalism)라는 저서에서 포스트모더니즘의 대표적 기법으로 pastiche를 제시하면서 이 기법이 출현하게 된 사회적·지적 상황을 설명하고 있다.

타타, 접속곡 ③ 단편적인 조각들을 짜깁기해 만들거나 원본을 변형하여 복사한 그림이나 디자인, 또는 다른 예술가의 스타일에 대한 전문적인 모방을 뜻한다. 특히 회화에서 원본이나 복사본도 아닌 화가들의 그림을 '패스티시'(pastici)라 불렀다. 그것은 다양한 재료로 만든 고기 만두 'pasty'가 한 가지 맛으로 농축되는 것처럼, 'pastici'로 구성되는 위조물들도 궁극적으로 한 가지 진실을 표현하려는 목적을 갖기 때문이다.

동시대의 재료들로 만들어진 건물에 대해 고전적 스타일을 모방하는 18, 19C 건축가나 고전 양식을 현대 양식에 이중기호화한 후기모더니즘 건축가의 경우 패스티쉬를 상상적인 방법이라고 생각할 수 없을 것이다. 그들은 자신들이 만든 작품이 진정으로 고전적이거나 고대적이라고 믿을 수 있도록 작품에 조합하여 활용한 위조품이나 위작들을 우리에게 제공하려 했다. 다양한 양식을 조합하는 건축의 패스티쉬는 흔히 패스티쉬가 위조물이나 위작을 뜻하는 것으로서 쉽고도 안일하게 사용될 수 없다는 것을 보여주었다. 따라서 단지 위조하거나 더 심각하게 날조하는 은폐를 사용하지 않고 다양한 양식들과 모티프를 신중히 활용하여 구성하는 예술작품에 있어서 패스티쉬는 적합하지 않다고 할 수 있다.

포스트모던 건축에서 패스티쉬는 다른 예술 분야와 달리 더 건축학적인 전통을 확대시킬 수 있는 방법으로 사용되었다. 그래서 어떤 작품에서는 이전에 훨씬 발달하였던 디자인을 답습하기 위해 더 많은 이해와 묘사를 하였다. 이런 점은 개별적으로 작가 중심적이고 원본지향적인 회화와 문학 예술 분야에서 패스티쉬를 단순한 모방으로 비난하는 것에 대해 어느 정도 비난을 상쇄시킬 수 있었다. 건축학의 역사는 패스티쉬의 다양한 용법과 그것들에 대한 평가를 보여준다. 럿슬 스터지스(Russel Sturgis)의 『건축학과 건물사전』(A Dictionary of Architecture and Building, 1902)은 패스티쉬가 분명히 다른 예술보다 모방성에 있어 도덕적으로 비난을 덜 받고, 또한 건축학적 역사에 공헌한 사람들이 사용하였던 방식을 잘 소개한 역작이라 할 수 있다. 특별히 이 저서에서는 개별적이고 본질적인 재주의 중요성을 강조하였다.

이 사전에서는 오늘날 포스트모던 건축에 있어서 여전히 사용가능한 패스티쉬를 광범위하면서도 적절하게 정의하였는데, 즉 ① 대가의 작품에서 취해진 것으로 어떤 사람이나 몇 사람들을 계획적으로 모방해서 생산한 예술 작품 ② 특별히 장식적 예술에서 어떤 디자인을 다른 매체로 옮기기 위한 변형 등이라 할 수 있다. 한 매체에서 다른 매체로 변형되는 패스티쉬는 로버트 아담(Robert Adam)이나 토머스 치펜데일(Thomas Chippendale)이 설계한 신고전주의 가구에서 발견할 수 있다. 이런 가구에서는 고전적인 돌과 대리석 건축의 외양이나 장식이 줄어드는 대신 목재가 주로 모방되었다.

한편, 문학에서 패스티쉬는 위조하거나 속이려는 의도를 내포하지 않았는데도 몇 사람들에 의해 문학 위조물의 한 형식으로 기술되어 왔다. 피터(Peter)와 린다 머레이(Linda Murray)의 『예술과 예술가 사전』(Dictionary of Art and Artists)에서는 패스티쉬를 모방이나 희화로 정의했고, 프레드릭 제임슨은 '공허한 패러디'라는 개념을 사용했다. 그것은 예술가가 창작한 예술 작품의 존재 가치가 다양한 작품들로부터 취해진 다수의 모티프로 구성되기 때문이다. 이처럼 패스티쉬는 위조하려는 의도가 없는데도 다른 작품들에서 찾을 수 있는 요소들의 결합으로 기술된다.

패스티쉬는 패러디보다 더 역사가 짧고 차이가 있는데도 패러디와 동의어로 사용되어 왔다. 특히 프랑스 문학에서는 패스티쉬가 의식적이거나 무의식적으로 패러디로 사용되었다. 그러나 패스티쉬는 패러디보다 최근에 사용된 용어일 뿐만 아니라, 필연적으로 작품을 구성하는 재료들이 비평적이거나 희극적이지도 않은 중립적 입장에서 편집된 것으로 설명되기 때문에 패러디와는 다르다.

현대 몽타주(montage) 형식 기법은 패러디처럼 희극적인 대조를 포함하지 않고, 또한 패스티쉬처럼 대상을 덜 통합하기 때문에 각각 구별된다. 그러나 최근에 몽타주와 패스티쉬 기법은 모두 다른 예술 형식에 사용되기 때문에 변별성에 대한 심각한 논란은 줄어들었다.『옥스포드 영어사전』에서 몽타주는 혼합물, 융합, 또는 다양한 요소들의 뒤범벅으로, 패스티쉬는 잡동사니 문집이나 연속적인 장면을 구성하는 과정으로 각각 비유하여 정의한다. 콜라주(collage)와 몽타주는 본래 미술이나 영화에서 비롯된 기법으로 서로 상이하거나 이질적인 단편적 요소를 나란히 병치시켜 여러 텍스트를 동시에 결합시킨다. 이 단편적 소재들은 어떤 논리나 필연성이 없이 우연히 배열되지만 창작자의 통일된 관점에 따라 질서화가 이루어지므로 전체적인 통일성을 지닌다.

패스티쉬 주제의 대가인 알버트슨(L. L. Albertsen)은 패스티쉬를 패러디나 트래비스티(travesty)와 다르게 구분하였다. 그는 패스티쉬를 작품의 형식과 내용의 재생산을 의미하는 것으로 보았다. 그러나 패스티쉬는 작품의 내용을 변화시키고 형식을 모방하는 패러디와 구별된다. 특히 패스티쉬는 다른 작품을 편집하거나 '이중약호화'한다는 것 때문에 패러디와 가장 잘 구별된다. 패스티쉬는 패러디에서 발견되는 부조리한 구조나 희극적 효과가 없다. 그렇지만 패스티쉬는 패러디의 일부, 또는 전체로서 패스티쉬에 포함되어 있는 몇 가지 패러디적 요소로서 패러디 작가들에 의해 사용되곤 하였다.

> 패스티쉬는 다른 작가의 작품으로부터 거의 변형이 없이 차용하는 것으로서 주로 구, 모티프, 이미지나 에피소드 등으로 구성된다. 표절과는 달리 표면상의 일관되고 고답의 세련된 효과를 지향하는 패스티쉬는 남을 속이려고 하지 않는다. 패러디와 이것과의 구별이 대단히 힘든 경우가 있다.[2]

미학적 변용이나 가공 없이 그대로 복사하는 이 패스티쉬는 전에는 몽타주나 콜라주 기법의 한 변형으로 다루어져 패러디와 거의 구분을 하지 않았지만 장 보들리야르의 '시뮬레이션' 이론 등장으로 패러디와 구분하게 되었다. 패러디가 다른 텍스트와의 관계에서 변형을 통한 비평적 아이러니의 거리를 지닌 상이성의 모방이라면, 패스티쉬는 대상에 대해 거리를 두지 않고 그대로 모방하는 유사성에 상응한 모방성이다. 또한 패러디는 한 텍스트의 일부나 전체를 대상으로 모방하지만, 패스티쉬는 거의 여러 텍스트의 부분들을 뚜렷한 풍자나 비판, 유머 감각이나 미학적 변형이 없이 그대로 차용하는 것이다. 패러디가 상호 텍스트성에 중점을 둔다면, 패스티쉬는 상호문체간의 관계를 유사성에 의해 특징 짓는다. 따라서 패스티쉬는 작품의 고유한 창작성이나 시인의식을 중시하지 않고 단지 원텍스트를 그대로 복제하거나, 혹은 일부 선택·발췌하여 짜깁기하므로 주체성이 소멸된 채 반어적·유희적 어조로 희극성만 나타낸다. 그리고 원텍스트의 권위와 해석에 중점을 두지 않고 비판이나 풍자성이 없이 그대로 끌어와 혼합하므로 혼성모방성과 자기 반영성이 나타나며, 풍자를 드러내지 않는다는 점에서 중성 모방적이다. 이 때 원텍스트보다 텍스트 밖의 현실이 대상화되는 경우가 많다. 또한 패스티쉬는 뚜렷한 동기를 가지지 않고 원텍스트를 모방하므로 우연성·임의성·무작위성만이 존재한다.

---

2) 린다 허천, 김상구·윤여복 역, 『패로디 이론』, 문예출판사(1993), p.216.

　오늘날 문학 작품에 나타나는 패스티쉬 경향은 후기자본주의 산물인 기술 복제와 영상 전자매체의 발달에 따른 대중화 현상의 한 징후라 할 수 있다. 후기산업사회는 개인의 독창성이나 주체성이 부정되고 어떤 기준이나 가치가 전도된 불확정한 세계이므로 삶의 진지성이나 고뇌가 없이 무한한 욕망만 즐기는 경향이 있다. 현대인은 광고를 통한 이미지의 홍수 속에서 살아가므로 소비 성향과 구매 욕망을 즐기는 해소 방안으로 분류하는 표층기호와 이미지만의 언어를 즐기고 있다. 언어는 현실이나 심층의 의미를 표현하지 않고 단지 기호로서 존재할 뿐이다. 모든 기호는 독자적으로 의미를 생산하기보다는 다른 기호를 지시하고, 이런 지시는 끝없이 계속되어 기표들의 놀이만 존재한다. 이런 기호의 자기 지시성은 메타언어의 개념과 관련된다. 모든 텍스트가 재현 대상으로 하는 존재나 세계 자체가 기호이자 이미지이므로 텍스트 자체만의 독창성은 무의미하다. 단지 주위에 남는 것은 기호들만의 시뮬레이션(simulation) 뿐이다. 텍스트의 창작은 독창적인 생산이 아니라 의미 있는 다른 텍스트의 기호들을 혼성기법의 방식으로 이리저리 엮어서 재조립하는 것이다. 새로운 것이란 없기에 모든 텍스트는 상호 시뮬레이션의 대상으로 혼성모방에 열려 있는 등가물이다. 따라서 패스티쉬는 원작인 진품을 표절하는 기법이 아니라 모조품을 복사해서 또 하나의 모조품을 만들어 내는 순수한 복사 행위가 되는 것이다. 탈산업사회에서는 더 이상 문학의 독창성과 스타일은 없기에 복제 생산만이 직접적인 생산을 압도한다는 것이다. 기존의 문학적 형식이나 가능성은 다 고갈되어 과거적인 소재를 재생산해야 하므로 기존 작품에 대해 짜깁기·다시쓰기·덧쓰기 등이 나타난다. 이처럼 텍스트의 겹침과 섞임을 통해 장르 개념의 전복과 언어 해체라는 탈중심의 해체적 글쓰기를 보여준다.

　모든 예술가는 절대적 권위의 독창성을 갖는 존재가 아니라 일반적인 생산자에 지나지 않는다. 생산자는 독자가 작품을 읽을 때에만 존재하므로 절대적인 권위와 독창성이 필요없는 것이다. 따라서 텍스트도 우연적이며 부가적인 기성품의 조립이지 총체적 유기성을 갖춘 절대적 산물은 아니다. 이런 기성품으로 집합된 시도 내용보다 형식적 표현에 중점을 두므로 때로는 전위적이면서도 충격적인 기법이 독자에게 새롭게 느껴진다. 텍스트의 자율성은 해체되므로 개별성이나 독창성이 사라져 표층의 다양성만이 존재한다. 이런 기법이 환기하는 것은 주체의 소멸과 총체성에 대한 갈망이 와해되는 포스트모더니즘 세계관의 미적 반영이라 할 수 있다.

　특히 현대와 같이 포스트모더니즘 시대에는 문학과 비문학, 순수예술과 대중예술의 영역이 무너진다. 오늘날은 문학 작품 내에 광고·신문기사·TV 등이 착종되어 원텍스트의 권위나 형식은 무너지고 텍스트 간의 구분도 불가능하여 혼성모방적 패러디화 현상이 두드러지게 나타난다. 이런 비문학장르의 패러디화는 80년대 이후 유하·황지우·박남철·장정일 등의 시에서 엿볼 수 있다. 이처럼 장르가 무너지는 다원적 담화 형태는 전통적인 예술이나 글쓰기에 대한 도전이며 거부 현상으로 우리의 삶을 새롭게 인식할 수 있는 계기를 부여한다. 따라서 현대인들에게 현재의 정치적 굴레와 이데올로기를 벗어나게 하며 문명 발달에 따른 소외의 굴레에서 해방시켜 주는 활력소가 되게 한다.

> 　① 그는 즈려밟힌 진달래 좋아했고, 죽어도 아니 눈물 흘리우리다라고 소금바다에서 다짐했습니다. ② 그러나, 오오 불설워, 좌절의 접동새 설움 낳고, 베갯가에 흩어지는 幽靈의 눈결 아니 잊고, ③ 1934년 12월 23일 남 다 자는 夜三更 양귀비汁 먹고서 중얼거렸습니다. ④ "世紀는 저를 버리고 혼자 앞서서 달아난 것 같사옵니다."

⑤ ― 하눌과쌍사이가 넘우넓구나.

⑥ 그는 온몸으로 시를 썼습니다. 自由의 破片과 녹슬은 펜과 巨大한 悲哀 위해. 그러나, ⑦ 날이 흐리면 더 울다가 풀처럼 빨리 눕고 풀처럼 늦게 울다가 파블로프의 개같이 소금바다에서 바람보다 먼저 일어나곤 했습니다. ⑧ 1968년 6월 15일 술먹고 오다가 좌석버스에 부딪히며 중얼거렸습니다. ⑨ "침을 뱉어라 뱉어라 시여!"

⑩ ― 諷刺가 아니면 解脫이다

― 홍희표의 「소금바다」 전문 ―

이 시는 전반부에 김소월의 시·산문·타계 일시 등을, 후반부에 김수영의 시·시론·타계 일시 등을 혼성모방한 것으로 문학 작품 내에서 장르 간의 경계가 무너진 예이다. 이런 경향은 오늘날 포스트모더니즘 문학에서 문학과 비문학 장르 간의 경계는 물론 광고·신문기사·영화·만화등 대중매체까지 차용해 혼합하는 것으로 나타난다. 이처럼 패스티쉬는 작품이 어느 하나의 장르적 제한에 얽매이는 것을 싫어하므로 매체·문체·장르 등이 혼합되는 다원주의적 색채를 띤다. 이런 다원주의적 경향과 모순은 우리 시대의 복잡한 삶의 양상을 반영하는 징후라 할 수 있다.

이 시에서 두 시인을 모티프로 하여 혼성모방한 것은 시의 본질이라할 수 있는 운율성과 사회성에 중점을 두었기 때문이다. 즉 김소월 시에서 민요적 운율을 바탕으로 한 전통적 경험과 정서를, 김수영 시에서 풍자적기법을 바탕으로 한 저항과 시대 비판적인 전형상을 발견했다고 볼 수있다. 詩題인 '소금바다'는 현실의 고달픔과 사회의 부식을 정화시킬 수있는 상징적 의미이다. 그것은 시인이 시대의 아픔과 고뇌를 반영하며 예언자적 역할을 해야 하기 때문이다.

　이런 관점에서 볼 때, 패스티쉬가 단지 자기반영성과 유희성의 차원에서만 머물지 않고 부분적으로는 작품의 내적 필연성과 작가의 세계관에 의해 자기 목적성을 가진다고 볼 수 있다. 따라서 패스티쉬는 정당한 절차를 거치지 않고 남의 작품을 마음대로 도용하거나 표절해 오는 기법을 가리키는 용어가 아니라 작가의 상상력과 예술적 재능에 의하여 새로운 작품을 만들어내는 수법이다.[3]

　①은 우리에게 널리 회자되는 김소월의 「진달래 꽃」 중 '가시는 걸음걸음/ 놓인 그 꽃을/ 사뿐히 즈려밟고 가시옵소서'와 '나보기가 역겨워/ 가실 때에는/ 죽어도 아니 눈물 흘리우리다' 부분을 차용한 구절이다. 이 別離에 따른 恨은 어느 개인적 차원이 아닌 우리 민족의 보편적 정서로 자리잡고 있는 원초적 경험이다. 화자는 떠나는 님에게 자신이 뿌려 놓은 '진달래 꽃'을 밟고 가라고 하면서, 님이 떠나더라도 굳이 붙잡지 않고 눈물을 흘리지 않겠다는 비장한 결의를 나타낸다. 그러나 이런 표면적 태도는 님을 쉽게 보낼 수 없다는 의지의 표현으로 열정어린 사랑과 원망, 한이 서려 있다. 그것은 님과의 이별이 있을 수도 없겠지만, 가령 일어난다고 가정해도 슬픔 속에서 극복하겠다는 강렬한 의지이다. 이것은 충격으로부터 자신의 자존심을 위장 보호하려는 방어기제로서 다름 아닌 애원과 만류의 역설적 표현이다.

　②는 「접동새」의 4, 5연 중 '누나라고 불러보랴/ 오오 불설워/ 시새움에 몸이 죽은 우리 누나는/ 죽어서 접동새가 되었습니다/… 夜三更 남 다 자는 밤이 깊으면' 일부 시구로서 유일하게 화자의 감정이 드러난 부분으로 원한과 슬픔의 정조가 얽힌 민담을 차용한 것이다. 즉 누나라고 불러보

---

3) 김욱동, 『문학의 위기』, 문예출판사(1993), p.203.

려고 해도 너무나 서러워 말이 나오지 않고, 의붓어미 시샘에 죽은 누나는 접동새가 되었다는 내용이다. 이처럼 소월은 蜀의 望帝가 죽어 새가 되었다는 중국고사를 주변의 민담적 소재와 접맥시켜 보편적인 원한과 슬픔의 정조를 잘 나타내었다. 시집 의붓어미 시샘과 가난 때문에 죽은 누나는 '접동새'가 되어 밤마다 고향집 산에 와서 슬피 우는데, 이것은 원한이 많은 넋은 저승에 가지 못하고 이승에 남아 방황한다는 민속신앙에 바탕을 두고 있다. 민간전승이란 다양한 설화 형태를 통해 전해지는 것으로 인간의 가장 진솔하고 직접적인 마음의 표현이 담겨 있다.

③은 「접동새」의 일부 시구와, 그가 33세의 젊은 나이로 원인 모르게 세상을 떠난 일시를 차용한 것이다.

④는 김소월이 스승인 岸曙가 보내준 『忘憂草』라는 책과 편지를 받고서 쓴 답장 내용의 일부이다. 〈멧해만에 先生님의…〉(「조선중앙일보」 1935.1) 글 중 '~山村와서 十年 잇는 동안에 山川은 별로 변함이 업서보여도 人事는 아주 글러진 듯 하옵니다. <u>世紀는 저를 버리고 혼자 압서서 다라간것 갓사옵니다.…</u>'의 일부 내용으로서, 김소월이 10여년 동안 작품 창작도 아니하고 龜成 산촌에서 할 일 없이 보낸 무료함이 담겨 있다. 즉 빠른 세월의 흐름 속에서 느끼는 인간사의 덧없음이 착잡한 심정으로 술회되어 있다. 이 답장 속에 「岸曙先生 三水甲山韻」 시가 포함되어 있다.

⑤는 「초혼」의 4연 중 '설움에 겹도록 부르노라/ 설움에 겹도록 부르노라/ 부르는 소리는 빗겨가지만/ <u>하늘과 땅 사이가 너무 넓구나</u>'의 일부이다. 원래 '초혼'이란 사람이 죽으면 북쪽을 향해 죽은 사람의 이름을 3번 부르는 皐復儀式이다. 이런 의식은 죽은 사람의 혼을 불러들여 다시 소생시키려는 의도에서 나왔다.

이 시구는 죽은 님에 대한 강렬한 그리움을 초혼 형식을 빌려 표현했다.

하늘과 땅 사이의 무한대 공간은 시적 화자와 죽은 님 사이의 단절감을 나타내는 거리이다. 따라서 화자는 하늘과 땅 사이가 너무 넓다고 느끼기에 님을 부르는 애절한 소리는 님에게 전달되지 않고 허공을 빗겨가며 울릴 뿐이다. 시적 화자는 님에 대한 강렬한 사랑이 현실 벽을 뛰어 넘어 자신의 마음 속에 있지만 냉정한 이성이 자리잡음으로써 현실적으로 불가능하다는 것을 인식한다. 그래서 님의 죽음으로 도저히 만날 수 없는 슬픔을 느끼기에 직정적이면서도 격렬한 어조로 님에 대한 그리움을 처절하게 부르짖는다.

⑥은 김수영 시인의 기본적인 시창작 태도로서 '시작은 머리로 하는 것이 아니고, 심장으로 하는 것도 아니고, 몸으로 하는 것이다. 온몸으로 밀고 나가는 것이다'[4]에 잘 나타난다. 그는 고독·불안·허무·절망·좌절 등을 피하지 않고 온몸으로 부딪치는 행동을 통해 자유를 이행하고 죽음을 초극하려 했다. 그에게는 온몸으로 밀고 나가는 것이 사랑이고, 궁극적으로 시의 형식인 것이다. 그는 시 창작의 궁극적 목표를 물질적 궁핍과 소외로부터 인간성을 회복시키는 일이라 생각했다. 따라서 시는 인간성 옹호에 중점을 두므로 비인간적인 체계의 구속이나 억압으로부터 자유로운 생명을 누릴 권리를 옹호해야 한다.

이런 시적 진리는 체계적인 이론에서 얻어지는 것이 아니라 생생한 묘사와 체험을 통해 표현된다. 체계화된 논리적 사유는 인간이 경험하는 구체적 사실을 온전히 해명하기에 부족하므로 명석한 사유는 시에 방해가 되는 것이다. 체계적인 이론은 구체적 존재를 자세히 살피지 못하고 모든 관점을 논리적 틀 속에 구속시켜 버린다.

---

4) 김수영, 「詩여, 침을 뱉어라」, 『김수영 전집2』, 민음사(1997), p.250.

그에게 있어 '자유'는 억압이나 핍박을 거부하며 직접 행동으로써 해방을 추구하는 것이다. 이 자유는 희생이다. 이런 자유 추구는 획득 과정에서 야기되는 공포·불안·고독·설움 등을 죽음의 의지로 초극할 때 완성되는 것이다.

> ㉠ ― 自由
> ― 悲哀
>
> ―「헬리콥터」―

> ㉡ 자유에의 이행에는 전후좌우의 설명이 필요없다. 그것은 援軍이다. 원군은 비겁하다. 자유는 고독한 것이다.
>
> ―산문 「시여, 침을 뱉어라」―

> ㉢ 革命은 안되고 나는 방만 바꾸어버렸다
> 나는 인제 녹슬은 펜과 뼈와 狂氣―
> 失望의 가벼움을 財産으로 삼을 줄 안다
>
> ―「그 방을 생각하며」―

한편, 「소금바다」에서 '거대한'의 이미지는 하나의 몸부림인데, 이것은 김수영 시 중 '거대한 뿌리'나 '거대한 悲哀' 등의 시구에서 찾을 수 있다.

> ㉠ 病에 매어달리는 것은
> 필경 내가 아직 健康한 사람이기 때문이리라
> 巨大한 悲哀를 갖고 있는 사람이기 때문이리라
> 巨大한 餘裕를 갖고 있는 사람이기 때문이리라
>
> ―「파리와 더불어」―

> ㉡ ― 第三人道橋의 물속에 박는 철근기둥도 내가 내 땅에

> 박는 <u>거대한</u> 뿌리에 비하면 좀벌레의 솜틸
> 내가 내 땅에 박는 <u>거대한 뿌리</u>에 비하면
>
> ―「거대한 뿌리」―

김수영 시인은 오늘날 한국 현실의 병리적 현상을 문화적 혼란에 있다고 보면서, 이 혼란을 극복할 수 있는 것은 우리의 전통생활 경험과 문화에 뿌리를 두어야 한다는 것이다. 진정한 문화 정립은 외부에서 수입된 공허한 이념이나 맹목적인 추종이 아니라 우리 일상생활 속에서 뿌리 박은 전통적인 관습이나 경험인 '거대한 뿌리'에서 가능하다.

㉠은 김수영의 시「풀」3연의 일부 내용이다.

> 날이 흐리고 풀이 눕는다
> 발목까지
> 발밑까지 눕는다
> 바람보다 늦게 누워도
> 바람보다 먼저 일어나고
> 바람보다 늦게 울어도
> 바람보다 먼저 웃는다

이 시에서 '풀'과 '바람'은 단지 자연물로서 머물지 않고 삶의 현장을 함축하고 있다. 흔히 '풀'은 생명체 중에서 가장 흔하고 비천한 식물이지만 어떤 시련에도 견딜 수 있는 강인한 생명력을 갖고 있다. '풀'은 '바람'이 휘몰아치면 '더 빨리' 눕고 '먼저' 일어나는 주체 행위의 의지를 보여준다. 아무리 강한 억압과 힘이라도 하찮은 '풀'의 생명력을 완전히 억누르지 못한다. 따라서 이 '풀'은 인간 사회에서 소외받고 지배받는 民衆의 표상이다. 이처럼 하찮은 존재도 무시할 수 없는 것은 깊은 사랑에 바탕을 둘 때 가능하다. 김수영 시인은「거대한 뿌리」에서 사회적으로 버림받은 존

재에 대해 사랑과 관심을 둔다. 따라서 그의 시에서 죽음의식은 자유와 사랑을 추구하고 정직한 양심을 확보하기 위한 내적 갈등인 것이다. 아울러 살아 있는 존재를 더욱 참되고 살찌게 하며 새로움을 향한 소멸이라 할 수 있다.

⑧은 김수영이 귀가길에 舊水洞 집 근처에서 버스에 치여 의식불명이 되는 교통사고 날짜로, 그는 다음날 타계한다.

⑨는 김수영의 시론 제목인 「시여, 침을 뱉어라」를 차용한 구절이다. 그는 '인간 상실로부터 인간 회복이 시인의 임무'라고 주장한다. 즉 인간을 가난하게 하는 모든 것에서 인간을 지키려는 노력을 詩作으로 보고, 이렇게 소중하게 여기는 모든 것이 그에게는 사랑이었다. 그는 현실 상황에서 깊이 있는 관심을 갖는 것이 사랑이라 생각했다.

⑩의 '諷刺가 아니면 解脫이다'[5]는 다음 「누이야 장하고나!」의 한 시구이다.

> 누이야
> 諷刺가 아니면 解脫이다

---

5) 김지하는 「풍자냐 자살이냐」(1970)라는 시론에서 김수영 시구를 패러디하여 "풍자가 아니면 자살이다"라며 그의 시를 비판한다. 그는 해탈이나 자살을 자기로부터 벗어나는 행위로 인식한다. 따라서 이런 해탈은 죽음의 상태에 가까우며, 이것이 김수영 시의 한계라고 지적한다. 풍자가 아니면 해탈의 길이 있는 것이 아니라 죽음, 자살의 길이 있을 뿐이다. 오늘날 물신숭배사상이 현실을 지배하고, 이런 물신의 폭력 앞에서 시인은 여지없이 추락한다. 이 패배감은 비애를 불러 일으켜 갈등 관계에 놓인다. 이런 갈등 관계를 해결하는 방법이 자살 아니면 풍자이다. 그런데 자살은 물신의 폭력 앞에 굴복하는 것이고, 풍자는 그런 폭력 앞에 적극적으로 대처하는 방법이다. 따라서 김지하가 강조하는 풍자시는 비애와 한이 어우러지는 것으로 비극적 표현을 충족하면서 해학을 배합하는 형식이다. 그러나 김수영의 풍자가 비판의 대상이 되는 것은 소시민 의식을 대상으로 하기 위한 민중성을 띠기 때문이다. 김수영의 해탈은 물신의 폭력 앞에 굴복하는 것이 아니라 오히려 그 속세 속에서 물신에 적극적으로 대처하며 부딪칠 때 가능하다.

네가 그렇고
내가 그렇고
네가 아니면 내가 그렇다
우스운 것이 사람의 죽음이다

　이 시는 누이방에 걸려 있는 '동생의 사진'을 모티프로 한 것으로 진혼가를 풍자의 대상으로 놓는다. 화자는 죽은 혼을 위해 노래부른다는 것이 우스꽝스럽기 때문에 죽은 동생에 대한 진혼가를 피하면서 10여 년의 세월을 보냈다고 한다. 그러나 죽은 자가 추구하던 자유 이상이 4월혁명 이후에도 실현되지 않아 그는 이에 따른 환멸감을 '설움'과 '부끄러움'으로 나타낸다. 이 설움과 부끄러움을 이겨내는, 즉 내적 갈등을 극복하는 방법은 풍자와 해탈 두 가지이다. 화자는 내적 갈등 그 자체를 온몸으로 받아들여 풍자하는 방법과 해탈이라는 초월의 방식 두 가지 중에서 풍자를 택한다.[6] 해탈은 번뇌의 속박에서 벗어나 자유로운 경지에 이르는 상태이지만 이 시대적 상황에서는 현실도피의 합리화인 기만으로 여겨졌다. 결국 내적 고뇌에 따른 풍자를 온몸으로 부딪치지만, 이것 또한 대수롭지 못한 것이라고 비꼬는 것이다. 따라서 대상 풍자에서 점차 자기 풍자로 이어진다. 즉 '모르는 것 앞에는 무조건 하고 숭배하는 것'이 자기 관습이며 인내라고 자기 비하를 시킬 때 즐거운 마음으로 '누이야 장하고나!'라고 말할 수 있다. 결국 이런 마음 상태가 해탈에 이르는 길이 된다.

　① 내 누님같이 생긴 꽃아 너는 어디로 휠휠 나돌아 다니다가 지금 되돌아와서 수줍게 수줍게 웃고 있느냐 ② 새벽닭이 울 때마다 보고 싶었다. ③ 꽃아 순아 내 고등학교 시절 널 읽고 천만번을 미쳐 밤낮없이 널 외우고 불렀거늘

---

6) 이숭원・박호영, 『한국시문학의 비평적 탐구』, 삼지원(1985), p.335.

그래 지금도 ④ 피 잘 돌아가고 있느냐 잉잉거리느냐 새삼 보아하니 이젠
아조 아조 늙어 있다만 그래도 내 기억 속에 깨물고 싶은 숫처녀로 남아 있는
서정주의 순아 난 잘 있다 오공과 육공 사이에서 민주와 비민주 보통과 비보
통 사이에서 잘도 빠져 나가고 있단다 그럼 또 만나자 꽃나비꽃아.

ー박상배의 「戲詩. 3」ー

　이 작품은 서정주의 시를 규범으로 삼거나, 또는 풍자하기 위해 개작한
것이 아니라 단지 서정주의 여러 작품들을 짜깁기해 상호텍스트성만을 보
여줄 뿐이다. 따라서 하나의 텍스트로서 총체성과 통일성이 없을 뿐만 아
니라 인용되는 텍스트에 대한 비판이나 풍자도 나타나지 않는다. 줄친 부
분의 원텍스트를 보면 아래와 같다.

　①′ 인제는 돌아와 거울 앞에 선/ 내 누님같이 생긴 꽃이여

ー「국화 옆에서」ー

　②′ 내 너를 찾아왔다. ……臾娜. 너 참 내 앞에 많이 있구나 내가 혼자서
鐘路를 거러가면 사방에서 네가 웃고오는구나. 새벽닭이 울 때마닥 보고 싶
었다…

ー「復活」ー

　③′ 꽃아. 아침마다 開闢하는 꽃아.

ー「꽃밭의 獨白」ー

　순이야. 영이야. 또 도라간 남아.

ー「密語」ー

　④′ 피가 잉잉거리던 病은 이제는 다 낳았습니다.

ー「娑蘇 두번째의 편지斷片」ー

박상배는 창작 동기에서 평소에 서정주의 시들을 애송하여 아무렇게나 기억되는 단편들을 모아 구성한 것이 「희시」라고 밝히고 있다. 이 작품은 未堂의 여러 작품들을 짜집기해 만들었지만, 작품 속에서 '서정주의 순아나는 잘있다'며 원텍스트의 모방 인용 사실을 구체적으로 밝히면서 창작 의도를 갖고 있기 때문에 표절이나 도용이라고 말할 수 없다.

일반적으로 패러디나 패스티쉬가 합법적으로 차용 행위를 밝히지만 표절은 비합법적인 모방으로서 도용 행위를 숨긴다. 따라서 표절은 남몰래 대상 텍스트를 훔치는 행위가 밝혀지는 것을 두려워하므로 표절 부분을 그대로 베끼기보다 교묘하게 변형시켜 창작품처럼 위장한다. 대부분 표절은 스타일이나 형식보다 내용이나 주제, 모티프 등에서 이루어진다. 표절 행위의 판단 기준은 그 작품이 완성된 작품으로서 자기 독창성을 지니고 있느냐, 그렇지 않으냐 하는 데 있다. 다시 말해서 주어진 어느 한 작품은 비록 다른 작가들의 작품에서 영향을 받고 어떤 요소를 부분적으로 빌려오고 있더라도 그 작품에 의존하지 않고서 홀로 설 수 있을 때 비로소 표절이나 도용의 혐의에서 벗어날 수 있다.[7] 이런 점에서 표절은 작가의 창작성이나 미학적 전략에 의존하지 않고 단지 기존 텍스트의 권위나 유명세에 편승하려는 상업적 동기, 비도덕적·비합리적인 행위라 할 수 있다.

한편, 이 작품은 전반부와 후반부로 나눌 수 있는데, 전반부는 고등학생 시절의 화자 시점에서 기억을 더듬으면서 未堂의 여러 작품들 중 단편적인 시구를 끌어와 구성했고, 후반부는 80년대의 불안한 정치적 상황을 경험한 중년의 시점을 통해 현재 상황을 아이러닉하게 비꼬고 있다. 차용된 원텍스트의 중심 이미지인 '꽃'과 '피'는 미당 시에서 빈번히 나타나는 원형

---

7) 김욱동, op. cit., pp.201-202.

심상이다. 그의 시에서 '꽃'은 구체적인 이름을 명시하여 사용하는 경우와 구체적인 이름이 없이 붉은, 하얀색 등의 다양한 색감을 내포한 일반적 의미로 사용되는 경우가 있다. 이 '꽃'은 누님·순이·영이 등 순박한 한 국적 심성의 이미지와 관련되어 포근함과 안정감을 자아낸다. '꽃'의 개화 는 수직 상승의 완성을 지향하므로 정신적 기쁨과 안정감을 불러 일으킨 다. '피'는 초기의 동물적 상상력과 결합한 격정적 관능의 세계에서 점차 인간 생명을 탐구하는 생명의식의 원형성으로 자리잡는다. 이것은 격렬한 무질서와 혼란을 내포한 부정적 의미에서 인간의 생명 탐구와 안정감을 내포한 긍정적 의미로 변화된 것을 뜻한다.

> 인간을 먼저 생각하는 휴먼테크의 아침 역사를 듣는다. 르네상스 리모컨을 누르고 한쪽으로 쏠리지 않는 휴먼 퍼니츠 라자 침대에서 일어나 우라늄으로 안전 에너지 공급하는 에너토피아의 전등을 켜고 21세기 인간과 기술의 만남 테크노피아의 냉장고를 열어 장수의 나라 유산균 불가리~스를 마신다 인생 은 한편의 연극, 누군들 드라마의 주인공이 되고 싶지 않을까 사랑하는 여자 는 드봉 아르드포 메이컵을 하고 함께 사는 모습이 아름답다 꼼빠니아 패션 을 입는다 간단한 식사 우유에 켈로크 콘 프레이크를 먹고 가슴이 따뜻한 사람과 만나고 싶다는 명작 커피를 마시며 어떤 두려움이 닥쳐도 할말은 하 고 쓸 말은 쓰겠다는 신문을 뒤적인다 호레이 호레이 투우의 나라 쓸기담과 비가와도 젖지 않는 협립 우산을 챙기며 정통의 길을 걸어온 남자에게는 향 기가 있다는 ─────
>
> 제1의 톰보이가 거리를 질주하오
> 천만번을 변해도 나는 나
> 제2의 아모레 마몽드가 거리를 질주하오
> 나의 삶은 나의 것
> 제3의 비제바노가 거리를 질주하오

그 소리가 내 마음을 두드린다
제4의 비비안 팜팜브라가 거리를 질주하오
매력적인 바스트, 살아나는 실루엣
제5의 캐리어쉬크 우바가 거리를 질주하오
오늘 봄바람의 이미지를 입는다
제6의 미스 빅맨이 거리를 질주하오
보여주고 싶다 새로운 느낌 새로운 경험
제7의 라무르메이크업이 거리를 질주하오
사랑은 연두빛 유혹
제8의 쥬단학 세렉션이 거리를 질주하오
나의 색은 내가 선택한다
제9의 캐리어가 거리를 질주하오
남자의 가슴보다 넓은 바다는 없다
제10의 마리떼 프랑소와 저버가 거리를 질주하오

───────

-함민복의 「광고의 나라」 중에서-

이 시는 현대 산업 사회에서 대중매체를 통해 홍수를 이루는 다양한 광고 문구와 이상 시인의 「오감도」를 혼성모방하여 쓴 광고시이다. 광고 시란 광고의 문맥이나 내용을 소재나 제재로 삼은 문화시이다. 오늘날 광고 홍수로 뒤덮인 자본주의 사회는 소비 욕망을 자극하는 상업 광고로 짜깁기 돼 인간의 주체성과 정체성은 상실된 지 오래이다. 대중들은 이미지의 허위 욕망에 빠져 소비를 자극하는 대량 생산품의 노예가 되어 간다. 이런 소비 욕망이 만연된 시대는 인간의 가치관에 혼란을 불러오고 물질 지상주의를 야기시켰다. 소비자는 소비의 행위를 통해 즐거움과 행복을 얻는다. 이 작품에서 이상의 「오감도」 형태를 변용 차용한 것은 유명세에 편승해 광고의 위력을 극대화시키면서 문화 상품에 현혹되고 물질에 종속되는 현대 사회의 풍조를 비판하기 위한 장치라 할 수 있다. 이처럼 패스티쉬 기법은 다른 대중 문화 장르와도 혼합해 다원주의적이며 대화적인 열린 세계를 지향한다. 즉 여러 텍스트의 모방과 짜깁기 차원의 유희성에 머물지 않고 사회의 이데올로기적 담론과 현상을 우회적으로 비판하는 역할도 한다. 후기 산업사회의 산물인 광고에 대해 메타적인 비평을 함으로써 독자에게 자아 정체성과 현대의 문화 담론에 대해 반성적인 독서를 하는 데 목적을 두고 있다.

패스티쉬는 원텍스트의 범위를 대중 장르에까지 확대함으로써 키치 (kitch)적인 경향을 나타낸다. 키치는 대중에 영합하기 위해 생산된 저속하고 졸속한 예술 작품으로 상업 광고, 만화, 유행가, 텔레비전이나 영화의 잡다한 프로그램, 선정적인 싸구려 잡지 등을 패러디화한 것이다. 이처럼 시의 소재가 될 수 없는 천박하고 조야한 것들을 시에 도입하는 것은 기존의 시 형식을 거부하고 일상 자체에 대한 독자들의 관심과 반성을 이끌어 내는 전략을 내포하고 있기 때문이다.

3장 : 현대시의 패러디 양상

　　오늘날 패러디는 오랜 문학사적 전통 속에서 자리 잡아 왔던 리얼리즘과 모더니즘의 대립축이 붕괴되면서 나타난 '고갈 의식'의 반영이다. 이 기법은 탈중심의 원리로서 문학뿐만 아니라 문화 현상의 기반이 되어 상호텍스트성과 자기 반영성의 개념으로 확대 재생산된다. 특히 현대 사회가 정보화 · 디지털 시대에 접어들자 진정한 창작 정신은 점차 소멸되면서 원작품을 새롭게 모방하는 창조적 모방이라는 패러디 기법이 유행을 이룬다. 이것은 후기 산업 사회의 대량 복제와 신속한 이미지 조작과 변형이 흔하게 되어버린 전자 영상 시대에 새로운 문화 양식으로 보편화되었는데 이전의 예술 작품을 재편집하고, 재구성하고, 전도시키고 '초맥락화'하는 통합적인 구조적 모방의 과정을 뜻한다.[1]

　　패러디는 전통 시학에 대한 도전으로 변화와 위기에서 형성된 양식으로

---

1) Linda Hutcheon, 김상구 · 윤여복 역, 『패로디 이론』, 문예출판사(1992), p.23.

서 근원적인 본질과 동일성, 지배 이데올로기를 부정하고 현상과 차이, 반권위주의와 주변적 가치를 수용한다. 이런 수용은 궁극적으로 존재와 세계에 대한 재해석과 평가를 동반한다. 따라서 패러디는 두 텍스트 간의 형식적·구조적 관계 속에 나타나는 담론 형식으로서 파괴와 창조라는 양면성의 심미적 기능과 차이를 둔 반복의 비평적 거리를 유지한다.

1. 정지용의 「유리창1」과 이가림의 「유리창에 이마를 대고」

    ① 琉璃에 차고 슬픈 것이 어린거린다.
    ② 열없이 붙어서서 입김을 흐리우니
    ③ 길들은양 언날개를 파다거린다.
    ④ 지우고 보고 지우고 보아도
    ⑤ 새까만 밤이 밀려나가고 밀려와 부디치고,
    ⑥ 물먹은 별이, 반짝, 寶石처럼 백힌다.
    ⑦ 밤에 홀로 琉璃를 닦는 것은
    ⑧ 외로운 황홀한 심사이어니
    ⑨ 고흔 肺血管이 찢어진 채로
    ⑩ 아아, 늬는 山ㅅ새처럼 날러갔구나!

                  －정지용의 「琉璃窓1」 전문－

  이 시는 어린 딸을 잃고 쓴 작품이지만 그 슬픔을 직접 노출하지 않고 철저히 통제하여 극도로 내면화시켰다. 그것은 감상을 구체적인 시어로써 여과시켜 '유리' '언날개' '물먹은 별' '보석' '폐혈관' '山ㅅ새' 등 감각적·즉물적인 이미지로 나타냈기 때문이다. 따라서 즉물적인 이미지의 결합에 의해 시는 조각과 같이 견고한 구조의 특성을 획득하고 있으며, 이런 점에

서 이 작품은 이미지즘의 이론을 실천한 본보기가 된다.[2] 또한 시적 주체
인 화자는 처절한 슬픔을 '유리창'에 입김을 불었다가 지우는 덤덤한 행동
으로 나타내어 독자로 하여금 유리창에 서서 슬픔을 되씹으며 멍하니 자
식을 회상하는 심정을 느끼게 해준다.

　이 시에서 숨겨진 화자는 자아의 내적 공간을 방으로 설정한 후 '유리창'
이라는 매개항을 통해 밖을 내다본다. 일반적으로 '유리창'이나 '문'은 바깥
공간과 안의 공간을 가르는 경계로서 내부와 외부를 마음대로 오갈 수
있는 연결 통로이다. 따라서 '유리창'이라는 매개항은 내부 공간과 외부
공간의 이항 대립적인 의미소, 즉 '방안/방밖, 입김/차고 슬픈 것, 지우고
봄/언 날개, 유리 닦음/새까만 밤, 외롭고 황홀한 심사/찢어진 폐혈관' 등
으로 나눌 수 있다. 또한 통사론적 층위에서 언술 방식이 결합 관계 축보
다 계열 관계 축을 지향하며 공간 배경 속에서 시각적 이미지가 중심을
이룬다. 중첩된 대구 형식은 계열 관계 축에서 '어린거리다/파다거린다,
새까만/물먹은, 고흔/찢어진, 밤/별·보석' 등으로 나눌 수 있다.

　이 시는 편의상 통사 구조로 볼 때 3단락으로 나눌 수 있다.[3] 첫째 단락
은 ①~③행까지인데, 창밖과 창안의 대립 구조로서 바깥의 차가움과 안
의 따뜻한 공간으로 구분한다. ①행은 창밖 '유리창'에 '차고 슬픈' 환영이
어른거릴 뿐 뚜렷한 실체가 보이지 않기에 화자가 이 환영을 확인하고

---

2) 김시태, 「영상 미학의 탐구」, 『한국 현대 작가·작품론』, 이우출판사(1982),
　p.170.
　이런 이미지즘의 기법은 그의 초기 대표작인 「향수」「고향」 등에서도 잘 나타난다.
3) 이어령, 『詩 다시 읽기』, 문학사상사(1995), p.108 참조.
　그는 3단락으로 나누되, 첫째 단락은 ①~④행까지 밖과 안을 차가움/따뜻함으로,
　둘째 단락은 ⑤~⑧행까지 밖과 안을 어둠/밝음으로, 셋째 단락은 ⑨~⑩행까지
　안과 밖을 생(이승)/사(저승) 등으로 대비시킨다. 이 시는 밤의 공간에서 ①~⑧행
　까지는 현시점에서, ⑨~⑩까지는 과거 시점에서 회상하는 구조이다.

붙잡으려는 행위이다. 화자는 창안에서 좀더 환영을 잘 보기 위해 입김을 흐리운다. 화자는 입김을 부는 행위를 통해 외부 공간의 부정적 현실을 인식한다. 그는 따뜻한 내부 공간에서는 입김을 흐리우며 지워보는 행위를 하고, 차가운 외부 공간에서는 '어린거리며, 파다거리는' 아이의 환영을 인식한다. 그런데 화자가 열없이 붙어서 있는데도 입김이 창을 흐리우게 되는 것은 그만큼 밖이 차기 때문이고 방안은 상대적으로 따뜻하다는 것이다. ③행은 다시 창밖 세계로서 화자의 입김을 통해 슬픈 환영이 '파다거리는 언날개'처럼 감각적으로 묘사된다. 그것은 마치 자유롭지 못한 채 짓눌려 있는 상태에서 발버둥치는 새의 이미지로 화자의 불안하고 안타까운 심정을 암시한다.

두 번째 단락은 ④~⑥행으로 창안/창밖 대립 구조로서, 화자가 창안에서 입김을 지우는 행위와 창밖의 어둠 속에서 별이 박히는 상태를 나타낸다. 화자가(④행) 창에 파다거리는 날개를 인식하기 위해 입김을 지우는 행위를 반복하지만 실체는 나타나지 않는다. 화자는 아무리 환영의 실체를 붙잡으려 하지만 새까만 밤만 있을 뿐이다. 그의 시 속에 표출된 밤과 관련된 이미지는 어둡고 쓰라린 고뇌의 밤인 동시에 자아를 유폐시켜 세계를 상실하거나 단절하는 이미지들로 구성되어 있다. 어떤 세계에 대하여 상실 의식을 갖는다는 것은 의도적으로 자신을 숨기고자 하는 페르소나적 행위에 속한다.[4] ⑥행에서 '파다거리는 언날개'가 '물먹은 별'로 치환되는데, 이 '파다거리는 언날개'는 비상을 꿈꾸지만 그런 꿈의 실현이 어려운 삶의 조건을 상징한다면, '물먹은 별'은 이런 삶의 조건을 극복하는 아름다운 경지를 상징한다.[5] 화자는 계속 유리창에 어린 것을 입김을 불어

4) 정의홍, 『정지용 시 연구』, 형설출판사(1995), p.77.
5) 이승훈, 『한국 현대시 새롭게 읽기』, 세계사(1996), p.84.

반복해서 닦아내지만 이 유리창에 '물먹은 별'이 보석처럼 박힌다. 이 '물
먹은 별'은 투명성과 부드러운 속성으로서 '산새' '죽은 자식'과 동격으로
눈물어린 슬픔을 뜻한다. 그런데 이 슬픔(눈물)이 보석으로 화하는 것은
아름다움과 그리움으로 승화시켜 슬픔을 극복하려는 노력이다. 이런 노력
은 입김을 지우고 보는 반복 행위에 나타난다.

  셋째 단락은 ⑦~⑩행으로 나/너의 대립 구조로서, 화자인 내가 캄캄한
밤에 혼자 유리를 닦는 이유가 나타난다. 그것은 '외로운 황홀한 심사' 상
태로서 자식의 죽음에 따른 고통이 있기 때문이다. 화자는 유리창을 닦아
맑게 함으로써 의식 과정을 통해 바깥 세계를 투시하여 환영을 자각한다.
⑦행과 ⑧행은 인과 관계로서 '홀로=외로운', '유리닦음=황홀한(그리움 회
상)'과 같은 상관 관계의 의미가 반복된다. 이 숨은 화자와 청자 간의 통화
모형인 '(나) - 너'는 주체가 화자의 위치에서 대상을 통제한다기보다는
대상의 자리에 투사되어 담론의 객관화를 지향하면서도 한편으로는 청자
인 '너'에게 화자의 목소리를 들려주고자 한다는 점에서, 시적 자아의 갈등
양상을 드러내는 가장 적합한 모형이라 할 수 있다.6) 따라서 ⑦ ⑧행에
나타나는 시적 자아의 삶은 ⑨ ⑩행의 죽음과 대비되어 외부 세계와 갈등
양상을 반영한다.

  이 시에서 유리창에 대한 인식 행위는 ① ③ ⑤ ⑥에서처럼 '차고 슬픈
것'이 점차 '파다거리는 언날개로, 그것을 살려내려는 화자의 노력이 새까
만 밤에 보석처럼 '물먹은 별'로 맺혀 나타난다. 즉 선택의 축인 계열체를
형성하여 '차고 슬픈 것 - 언날개 파다거림 - 밤이 밀려나가 부딪침 - 물먹
은 별이 박힘-山ㅅ새처럼 날아감' 등의 동적 관계로 발전해 간다. 또한

---

6) 김동근, 「1930년대 시의 담론체계 연구」, 전남대 박사학위논문(1996. 2), p.56.

유리창을 통해 그리움을 떠올리기 위한 인식 행위로 ② ④ ⑦ ⑧ '입김흐림－지우고봄－유리닦음'의 반복적인 행위로 나타나는데, 그것은 '외로운 황홀한 심사'의 감정 상태에 기인한다. 그런데 더욱 고통스러운 것은 그런 반복 행위의 노력에도 불구하고 대상은 '山ㅅ새'처럼 날아갔다는 사실이다. 화자의 이런 반복 행위는 시인의 내면 의식을 표출하는 것으로서 의식과 표리 관계를 이룬다. 이 '차고 슬픈 것'의 환영을 붙잡으려는 반복 행위는 '입김'이라는 촉매 역할이 작용함으로써 생명력을 불어넣는다.

이 시는 '유리창'을 통해 내면 의식과 외부와의 단절된 관계를 회복시켜 대상과의 동일화를 꾀하고 있다. 창은 밝음과 어둠의 공유 공간으로 화자와 대상이 조화를 이루는 장소이다. 화자의 의식 속에 '차고 슬픈 것'으로 존재하는 대상을 '입김'과 '닦는' 행위를 통해 생명력이 있는, '물먹은 별'이라는 동적 매체를 이끌어 내고 있다. 이 '유리창'은 불가시적인 세계, 즉 밖의 공간을 의식과 내면세계로 연결시켜 준다. 이 '유리창'에 어려 있는 '차고 슬픈 것'이 '물먹은 별'로 전이되는 것은 화자가 계속적으로 입김을 불어 닦는 행위를 통해 나타난다. 이 '입김'은 대상이라는 환영을 붙잡으려는 그리움이며 '닦는다'는 것은 이 대상에 다가가 뚜렷이 인식하는 노력이다. 입김을 닦는 것은 슬픈 환영인 대상을 잊으려는 것이 아니라 오히려 아픈 상처를 생각하여 붙잡으려는 것이다. 그래서 이런 역설적인 아픈 기억은 '외로운 황홀한 심사'이다. '고흔'은 '혈관'과 발음상의 반복으로 핏줄의 슬픔과 고움을 느끼게 한다. 즉 그것은 과거의 고통스런 기억과 현재의 그리움이 중첩된 이중적 음가이다. 친근하면서도 슬픔이 담겨 있는 이중성은 반복된 'ㅎ'음들, '홀로/황홀한'의 대립에서도 잘 드러난다.[7] 단지 잊

---

7) 김용희, 『현대시의 어법과 이미지 연구』, 한문사(1996), p.50.

기만 한다면 그것은 오히려 상처를 생각하는 외로운 감정뿐이다. 그러나 다시 아픈 상처의 기억을 붙잡는 것은 그리움이기에 '황홀한 심사'가 된다. 이런 모순어법의 양가적 환기는 시적 화자의 슬픔과 그리움이라는 내면적 충돌과 긴장감을 불러일으킨다.

> 유리창에 이마를 대고
> 모래알같은 이름 하나를 불러본다
> 기어이 끊어낼 수 없는 죄의 탯줄을
> 깊은 땅에 묻고 돌아선 날의
> 막막한 벌판 끝에 열리는 밤
> 내가 일천번도 더 입맞춘 별이 있음을
> 이 지상의 사람들은 모르리라
> 날마다 잃었다가 되찾는 눈동자
> 먼 不在의 저편에서 오는 빛이기에
> 끝내 아무도 볼 수 없으리라
> 어디서 이 투명한 이슬은 오는가
> 얼굴을 가리우는 차거운 입김
> 유리창에 이마를 대고
> 물방울같은 이름 하나 불러본다
> ─이가림의 「유리창에 이마를 대고」 전문─

본래 원텍스트를 모방할 경우 정확히 출처를 밝히지 않거나 구체적으로 암시하지 않으면 시어나 시정신의 패러디 관계는 인지하기 어렵다. 그것은 원텍스트의 인용 부분이 구체적으로 없는데다, 시정신이나 이미지는 후대 작품 속에 자연스럽게 용해되어 나타나기 때문이다. 그렇지만 정지용의 「유리창1」은 사회적으로 널리 알려진 작품이므로 모방 인자를 전경화하지 않더라도 쉽게 인식할 수 있다. 「유리창에 이마를 대고」는 정지용의 「유리창1」과 비교해 볼 때, 단지 무의식적 모방 형태인 단순한 영향 관계로도 볼 수 있지만, 시적 동기라 할 수 있는 자식의 죽음, 시적 소재, 이미지, 시어 등 전반적인 분위기가 매우 유사한 느낌이다. 이런 모방 관계는 원텍스트에 대해 비판이나 조롱보다 우월한 입장에서 바라본 영향 관계라 할 수 있다. 흔히 유명한 작품들을 모방적으로 패러디하는 패러디스트의 동기는 원텍스트의 권위를 재생시켜 그 영향력을 강화하거나 그 이상의 힘을 발휘하도록 하려는 의도에서 비롯된다. 모방적 패러디는 원텍스트의 중심 시어, 이미지, 시작 동기 등을 집약적으로 내재화해 환기시킴으로써 유사점과 차이점을 독자의 관점에서 인식할 수 있다. 따라서 원텍스트의 의미에서 벗어나지 못하거나 모방 인용이 생경하게 자리잡아 창작성이 무시된다면 표절에 지나지 않는다. 중요한 것은 의식적으로 패러디 동기나 원텍스트의 흔적을 뚜렷하게 전경화시켜야 한다. 즉 원텍스트와 대화성을 확보하여 자기화함으로써 유기적인 예술적 형상화로 승화시켜야 한다. 모방적 패러디는 원텍스트를 긍정적 입장에서 호감을 가지고 원텍스트의 시정신 계승이나 의미 확장에 중심을 두므로 비판성이나 풍자적 희극성이 배제된다. 따라서 패러디스트는 주체적인 상상력 속에서 원텍스트를 닮아가는 과정, 원텍스트와 어떤 문맥의 차이와 대화성을 유지하느냐가 중요하다.

이 시는 자식을 잃은 부모의 입장에서 인간의 보편적인 슬픔과 그리움을 잘 형상화했다. 시적 화자는 구체적으로 지칭하지 않은 모든 사람을 향해 개인적 차원의 감상성을 냉정히 절제하여 담론의 객관화를 지향함으로써 자아의 고뇌와 아픔을 덤덤히 묘사하였다. 이 시의 통사 구조는 수미쌍관식으로 이름을 부르는 행위와 의미소의 계열적인 반복 형태로 짜여 있다. 즉 '이름 하나를 불러본다'는 불변이소에 '모래알' '물방울' 등의 변이

소가 계열관계 축으로 반복된다. 이름을 부른다는 것은 자아의식 속에 대상이라는 존재의 객체를 인식하며 환기시키는 행위이다. 이 '부른다'의 객체는 처음에는 딱딱하면서 생명력이 없는 '모래알'로 시작하여 투명하고 부드러운 '물방울'로 종결된다. 이 '모래알'에서 '물방울'로 전이되는 과정에 '죄의 탯줄－별－눈동자－이슬' 등의 순환 반복적인 상상력이 확대된다. 이 병렬적 반복성은 자식에 대한 그리움의 징표이다. 특히 전반부의 단단하고 딱딱한 이미지가(모래알, 죄의 탯줄) 자식을 잃은 처절한 상황이라면, 후반부의 투명하고 영롱한 이미지(별, 눈동자, 이슬, 물방울)는 슬픔이 정신적으로 승화되어 그리움으로 자리잡는 상황이라 할 수 있다. 즉 '모래알'이 처절한 육체적 고통을 내적으로 삭이는 것이라면 '죄의 탯줄'은 숙명적이고 존재론적인 인간 관계를 뜻한다. 이에 반해 '별빛' '눈동자'는 그리움과 희망을, '이슬'과 '물방울'은 투명하면서도 부드러운 생명력의 이미지가 되어 환영으로 자리잡는 그리움의 표상이다. 따라서 반복적인 그리움의 표상은 이 시가 시간적 진행 과정보다 동일한 공간적 배경 속에서 시각적 이미지의 보여주기에서 확인할 수 있다.

소련 기호학자 쉬치글로프(Shcheglov)는 창을 내부 공간과 외부 공간의 대립으로 보고 있는데, 즉 내부 공간의 특징은 안전성, 안락성, 가정성, 만족성, 친밀성, 따뜻함, 마음 맞는 사람끼리의 짝으로, 외부공간의 모험적 요소는 기회, 위험, 행운의 역전, 대사건, 변천, 불안, 투쟁 등의 변별 특징으로 규정하고 있다.8) 이 '유리창'은 방 안과 밖의 세계에 가로 놓인 매개항으로서 불가시적인 세계를 의식세계로 끌어오는 통로 작용을 한다. 밀폐된 안의 공간에서 불가시의 세계로 통하는 길을 바라보고자 할 때 유리

---

8) 이어령, op. cit., p.109. 재인용.

라는 통로망이 필요하다. 따라서 창안이 지상이라는 삶의 공간이라면 창 밖은 '깊은 땅' '막막한 벌판' '부재의 저편'과 같은 저승의 공간이다. 이 저승은 불가시적이며 관념적인 공간이므로 수식어가 추상적이며 불투명한 어휘로 꾸며져 있다.

이것을 간략히 도표화하면 다음과 같다.

내부 공간 동위소	매개항	외부 공간 동위소
· 유리창 안 (방안)		· 유리창 밖 (방밖)
· 지상 (이승)	유리창	· 깊은 땅, 막막한 벌판, 부재의 저편 (저승)
· 자식의 존재		· 모래알, 죄의 탯줄, 별, 눈동자, 이슬, 물방울

그런데 이 시에서 대상의 인식은 정지용의 「유리창1」처럼 '입김'이라는 촉매제를 통해 이루어지지 않고 '이마를 대는' 행위로 나타난다. 신체 중 가장 상부에 위치한 '이마'는 이성적으로 제일 먼저 인식할 수 있는 정신 영역의 상징이다. 이마에 싸늘하게 와 닿는 촉감은 대상을 인지해 내는 인식 과정을 형상화한다. 그런 점에서 이마를 통해 느끼는 차가움은 이성 적으로 사물을 의식하여 자기를 중심으로 세계를 구성하려는 그 의식의 과정을 잘 보여준다.[9] 따라서 이마를 대는 행위에서 느끼는 차가움은 대 상이나 사물의 존재성을 인식하는 실존적 감각 작용의 과정이다. 이 '입김' 은 이름을 부르는 촉매 역할을 하는 것이 아니라 오히려 유리창을 흐리우 게 함으로써 대상 간의 소통을 방해한다. 즉 이름을 부르는 행위에 필요한 북받치는 감정을 절제하는 것을 방해하는 매체이다. 화자는 '유리창'을 통 해서만 대상에 접근할 수 있는데, 그는 내적 감정의 뜨거움을 식히는 차가 움만으로 냉정을 되찾아 객체의 대상을 부른다. 그런데 이 화자의 뜨거운 내적 감정이 '유리창'의 차가운 투명성을 차단해버린다.

---

9) 김용희, op. cit., p.115.

이 시에서 화자가 지향하는 공간은 '유리창 안'이 아닌 '유리창 밖'으로 '깊은 땅' '벌판 끝' '부재의 저편' 등의 불가시적인 세계이다. 화자는 이런 세계를 현실에서 인식할 수 없기에 '유리창'이라는 의식 공간에 끌어온다. 그런데 '유리창'에는 '입김'이 어려 희미하므로 환영을 붙잡을 수 없기에 안타까울 뿐이다. 그래서 그는 다시 부재하는 대상을 확인하고 이름을 부르는 것이다. 자식에 대한 환영은 뚜렷하게 현실에 각인되는 것이 아니라 갑자기 불가시적으로 떠오르기에 '날마다' '일천번'의 반복적인 의식 속에 자리 잡는다. 이처럼 아무도 볼 수 없었기에 문득 찾아오는 자식에 대한 그리움은 '이슬'처럼 순간적으로 영롱하게 자리 잡는다.

「유리창1」과 「유리창에 이마를 대고」를 비교해 볼 때, 두 작품 모두 어두운 밤 '유리창'에 서서 죽은 자식에 대한 그리움과 슬픔을 다룬 것으로서 아버지의 비통한 심정을 반복적인 행위(지우고 닦는, 부르는)와 투명한 이미지를 통해 잘 표현하였다. 또한 창안의 밝음과 창밖의 어둠이 생사의 공간이며, 창안이 자식을 그리워하는 부모의 심정이라면 창밖은 자식을 잃은 아비의 비통하고 괴로운 마음으로 비유할 수 있다. '유리창'은 이 두 공간의 세계가 만나는 접점인데, 밖의 어둡고 차가움은 이 유리창에 응결된다. 「유리창1」에서는 서정적 자아가 입김을 촉매로 하여 응결된 유리창을 닦는 행위를 반복하는데, 이것은 잊혀져가는 환영을 붙잡으며 실체를 확인하고자 하는 모습이다. 화자는 유리창에 어리는 반짝이는 별과 '물먹은 별'을 통해 아이를 만나는 현상 체험을 하고 있다. 화자가 기억해 내는 환영은 그리움과 고통의 자국이기에 역설적으로 '외로운 황홀한 심사'이다. 반면에 「유리창에 이마를 대고」에서는 화자가 '유리창'에 이마를 대고 이름 부르는 행위를 반복한다. 화자는 시야를 유리창에 한정하지 않고 유리창 밖의 저편인 불가시적 세계까지도 확대하고 있다. 그가 이름을 부르

는 행위는 의식 속에 자리잡은 처절한 고통과 혼돈을 점차 감정 순화의
내적 질서를 통해 그리움으로 자리 잡기 위한 과정이다. 그런데 이 '입김'
은 그러한 행동을 방해하는데, 이것은 화자의 내면 속에서 제어되지 못한
대상을 향한 그리움의 불길인 것이다.

2. 최두석의 「성에꽃」과 문정희의 「성에꽃」

새벽 시내버스는
차창에 웬 찬란한 치장을 하고 달린다
엄동 혹한일수록
선연히 피는 성에꽃
어제 이 버스를 탔던
처녀 총각 아이 어른
미용사 외판원 파출부 실업자의
입김과 숨결이
간밤에 은밀히 만나 피워낸
번뜩이는 기막힌 아름다움
나는 무슨 전람회에 온 듯
자리를 옮겨다니며 보고
다시 꽃이파리 하나, 섬세하고도
차거운 아름다움에 취한다
어느 누구의 막막한 한숨이던가
어떤 더운 가슴이 토해낸 정열의 숨결이던가
일없이 정성스레 입김으로 손가락으로
성에꽃 한 잎 지우고
이마를 대고 본다
덜컹거리는 창에 어리는 푸석한 얼굴

오랫동안 함께 길을 걸었으나
지금은 면회마저 금지된 친구여

－ 최두석의 「성에꽃」 전문－

   이 시는 내용상 전반부(1행~14행)와 후반부(15행~22행)로 나눌 수 있다. 전반부는 '성에꽃'의 아름다운 모습 속에서 가난과 고통을 딛고 일어서는 민중의 따뜻한 인간애와 의지를, 후반부는 시적 화자가 이런 민중과 유대감을 형성하며 자아 반성을 확인하는 내용이다. 추운 겨울날 새벽에 시내버스를 타본 사람이라면 누구나 한 번쯤은 창가에 서려 있는 '성에꽃'을 바라보며 입김을 불어 지운 경험이 있을 것이다. 시적 화자는 이런 '성에꽃'을 통해 창가에 비친 민중들의 삶을 객관적 시점에서 생생히 묘사하였다. 따라서 화자는 자신의 사상과 감정을 직접적으로 표현하기보다 서술적인 구조로 형성화된 이야기나 사건 상황을 통해 간접적으로 전달하는 방식을 취하고 있다. 이 시에서도 객관적인 상황(1행~10행)과 화자의 주관적인 정서가 결합하여 한층 시적 긴장감을 자아낸다. 그렇지만 이 객관적인 상황도 일단 시인의 주관적인 정서나 세계관 속에서 여과되어 객관화된 시적 형상으로 진술되는 것이다.

   이 시에서 모든 민중의 삶과 애환이 형상화된 것이 '성에꽃'이다. 새벽의 시내버스는 광명의 아침, 새로운 창조의 아침을 밝히는 또 다른 민중들과 어제의 민중들이 만나는 장소이다. 그 곳에서 시적 화자를 포함한 오늘의 민중들은 또다시 자신의 입김으로 '성에꽃'을 만들어서 어제의 민중들과 만나고 있다. 이 '성에꽃'은 '성에 + 꽃'의 복합어로서 차가움과 아름다움, 고통과 희망의 복합적인 의미를 담고 있는 모순어법(oxymorn)형태이다. 이런 역설적 표현은 표면적으로 모순되게 함으로써 상식적으로 받아들여

진 기존의 개념을 재천착시켜 놀라움과 즐거움의 충격을 주는 언어 효과
이다. 따라서 이러한 역설은 논리적인 해석이 가능하며 관념들의 관계를
분명히 밝혀주면 논리적인 언어로 환원될 수 있다.[10] 이런 모순어법은 '차
창에 찬란한 치장' '일 없이 정성스레' '막막한 한숨이던가 ~ 정열의 숨결이
던가' 등 작품 도처에 나타나 있다.

　따라서 '성에'의 항에는 '차가움' '차창' '일 없이' '막막한 한숨'이, '꽃'의
항은 '아름다움' '찬란한 치장' '정성스레' '정열의 숨결' 등으로 나눌 수 있
다. 전자 항이 민중의 고통과 가난, 무기력이라면, 후자 항이 이런 고통과
가난을 딛고 일어서는 민중의 희망과 의지이다. 이 '성에꽃'은 엄동설한에
시내버스 유리창에 핀 자연적인 현상이지만, 내포적 의미로는 처녀 · 총
각 · 아이어른 · 미용사 · 외판원 · 파출부 · 실업자 등의 가난과 고통이 어
려 있는 숨결과 입김이라 할 수 있다. 이 꽃에 서려 있는 '입김'은 간밤에
늦게 돌아와 지쳐있는 몸을 다시 이끌고 새벽녘을 향하는 민중들의 호흡
이며, '숨결'은 진지한 삶 속에서 느끼는 뜨거운 인간애와 신념이다. 따라
서 시적 화자는 가난과 고통 속에서 이런 아름다운 인간애가 있기에 전람
회에 구경 온 듯 들뜬 기분에 젖어 자리를 옮겨 다니며 '기막힌 아름다움'
에 취하는 것이다. 이처럼 '성에꽃'은 차가움과 아름다움, 고통과 희망을
포괄하는 내포적 이미지로서 끈끈한 민중의 삶이라 할 수 있다.

　그런데 시적 화자는 전반부에서 느낄 수 있는 아름다움에 도취되어 자
기 만족으로 끝나지 않고 자기 반성의 시간을 갖는다. 그는 유리창을 통해
어떤 대상을 바라보는 것이 아니라 단지 거울과 같이 비치는 환영을 확인
하는 것이다. 그는 '덜컹거리는' 불안한 세계 속에서 유리창에 어른거리는

---

10) 오세영, 『문학 연구 방법론』, 이우출판사(1988), p.237.

친구의 얼굴을 본다. 그 비치는 환영은 '푸석한 얼굴'로 지금 만날 수 없는
친구의 얼굴이며 동시에 자신의 얼굴이다. 그 동료는 지금은 감옥에 가
있거나 혹은 수배령으로 도피하고 있기에 자신과 만날 수 없는데 그 창가
의 '성에꽃'에서 친구의 환영을 발견하며 자신을 반성하는 것이다. 따라서
이 '성에꽃'은 아름다운 객관적 대상이 아니라 열정적으로 굳건히 살아가
고 있는 민중의 애환과 삶의 모습이다. 비록 이 민중의 모습이 미래지향적
인 강렬한 의지와 적극적으로 투쟁하는 구체적 행동으로 형상화되어 있지
않더라도 건강한 삶 속에서 보여주고 있는 끈끈한 인간애와 신념을 상징
한다.

> 추위가 칼날처럼 다가든 새벽
> 무심히 커튼을 젖히다 보면
> 유리창에 피어난, 아니 이러한 황홀한 꿈을 보았나.
> 세상과 나 사이에 밤새 누가
> 이러한 투명한 꽃을 피워 놓으셨을까.
> 들녘의 꽃들조차 제 빛깔을 감추고
> 씨앗 속에 깊이 숨죽이고 있을 때
> 이내 스러지는 나르바나의 꽃을
> 저 얇고 날카로운 유리창에 누가 새겨 놓았을까.
> 하긴 사람도 그렇지.
> 가장 가혹한 고통의 밤이 끝난 자리에
> 가장 눈부시고 부드러운 꿈이 일어서지.
> 새하얀 신부 앞에 붉고 푸른 색깔들 입 다물 듯이
> 들녘의 꽃들 모두 제 향기를
> 씨앗 속에 깊이 감추고 있을 때
> 어둠이 스며드는 차가운 유리창에 이마를 대고
> 누가 저토록 슬픈 향기를 새기셨을까.

한 방울 물로 스러지는
불가해한 비애의 꽃송이들을

―문정희의 「성에꽃」 전문―

이 작품은 최두석의 「성에꽃」과 비교해 볼 때, 동일한 제목 하에서 '유리창'이라는 시적 소재와 '성에꽃'의 모순 구조, '유리창에 이마를 대고' 행위를 중심으로 시적 형상화 측면이 유사한 점을 느낄 수 있다. 화자는 추운 겨울날 새벽에 무심코 창문 커튼을 열자 유리창에 서려 있는 아름다운 '성에꽃'을 바라보며 시적 상상력을 확장한다. 추운 겨울날 '성에'가 만들어 낸 신비한 꽃 모양을 보고, 여기에서 인간 삶의 고통과 허무, 희망과 의지를 형상화하였다. '유리창'은 세상과 나 사이에 가로놓인 선으로 '인간의 삶'과 '나르바나의 꽃'의 세계, 즉 지상적·유한적인 세계와 무한적·초월적 세계 사이에 존재한다. 이 '유리창'은 생사의 경계에 위치한 것으로 죽음을 통해서 생을, 생을 통해서 죽음을 나타내는 매개 공간이 된다.[11] 9행까지는 이 '성에꽃'의 객관적 묘사이나, 10행부터는 이 꽃을 통해 인간의 삶을 비유하고 있다. 이 '유리창'에 새겨진 '성에꽃'은 빛깔도 없는 투명한 존재로서 신비적이다. 후반부의 차가운 겨울 이미지는 인간 삶의 세파에 비유된다. 매서운 추위 속에서 신비적·아름다운 '성에꽃'이 창가에 피워지듯 인간도 고통과 시련을 통해 훨씬 성숙해져 '황홀한 꿈'과 '부드러운 꿈'을 가질 수 있다. 즉 삶의 고통과 아픔이라는 통과의례를 거침으로써 한껏 향기와 아름다움을 발할 수 있다.

이 시의 전체 시상은 섬세하면서도 서정적인 분위기가 특징을 이룬다. 이 '성에꽃'은 '황홀한 꿈' '투명한 꽃' '나르바나의 꽃' '슬픈 향기' '비애의

---

11) 이어령, 『詩 다시 읽기』, 문학사상사(1995), p.108.

꽃송이' 등으로 확장되고 은유화되어 나타난다. 즉 '성에 = 슬픈 = 비애'와 '꽃 = 향기 = 꽃송이'의 등식이 성립된다. '성에꽃'은 '성에 + 꽃'의 복합어로서 '차가움'과 '아름다움', '고통'과 '희망'의 다의적 의미를 내포한다. 전자인 차가움과 고통의 이미지는 '추위가 칼날처럼' '들녘의 꽃들조차 제 빛깔을 감추고' '씨앗 속에 꿈이 숨죽이고' '가혹한 고통의 밤' '어둠이 스며드는' 등의 시구에, 후자인 아름다움과 희망의 이미지는 '황홀한 꿈' '부드러운 꿈' 등의 시구에 나타나 있다. 전자가 삶의 고통과 시련을 뜻한다면, 후자는 이런 시련과 고통을 극복하는 희망을 상징한다.

그러나 서두에서부터 희망의 상징인 '새벽'은 칼날처럼 차가우며 '어둠'은 창안의 현존 세계에 여전히 존재한다. 이런 현실은 그다지 희망적이지만은 않다. 이런 현실에 대한 자각은 '유리창에 이마를 대고'라는 행위로 이루어진다. 이마에 싸늘하게 와 닿는 촉감은 대상을 인지해내는 인식의 과정을 형상화한다. 그런 점에서 이마를 통해서 느끼는 차가움은 이성적으로 사물을 의식하여 자기를 중심으로 세계를 구성하려는 그 의식의 과정을 잘 보여준다.[12] 따라서 이마를 대는 행위에서 느끼는 차가움은 대상이나 사물의 존재성을 인식하는 실존적 감각 작용의 과정이다.

창 밖은 현실 세계인 창 내와 대조되는 신비적·초월적인 무한 세계이다. 그렇게 아름다운 '성에꽃'은 오래 가지 못하고 '슬픈 향기'를 새기며 '한 방울의 물'로 녹아 내린다. 불가해한 꽃송이를 피운 채 허무하게 사라지는 '성에꽃'은 삶의 고통을 극복하고 희망으로 승화되는 인간 내면의 성찰 과정이고 유한적 존재의 실존적 슬픔을 뜻한다. 그는 고통이나 죽음, 이별을 노래하면서도 삶의 깊이에서 회생하는 생의 건강미를 갖고 있다.

---

12) 김용희, op.cit., p.115.

3. 서정주의 「님은 주무시고」와 서지월의 「베갯모의 금실 안에」

님은
주무시고,
나는
그의 벼갯모에
하이옇게 繡놓여 날으는
한 마리의 鶴이다.

그의 꿈 속의 붉은 寶石들은
그의 꿈 속의 바다 속으로
하나 하나 떠러져 내리어 가라앉고

한 寶石이 거기 가라앉을 때마다
나는 언제나 한 이별을 갖는다.

님이 자며 벗어 놓은 純金의 반지
그 가느다란 반지는
이미 내 하늘을 둘러 끼우고

그의 꿈을 고이는
그의 벼갯모의 금실의 테두리 안으로
돌아오기 위해
나는 또 한 이별을 갖는다.

－서정주의 「님은 주무시고」 전문－

　세상이 모두 잠든 고요한 밤 시적 화자는 님과 헤어진 후 그 님을 그리
워하며 잠을 이루지 못한다. 그는 떠나버린 님을 다시 만날 수 없기에 베
갯모에 수놓아진 한 마리 '학'을 통해 님 곁에 있고자 하는 간절한 염원을

담고 있다. 이 '학'은 님과 아름다운 사랑을 나눌 때는 어두운 밤하늘과 바다 위를 자유롭게 날아다니는 모습으로 나타나지만, 님과 이별한 후에는 단지 님의 베갯모에 수놓아진 모습으로 머문다. 이 비상하지 못하는 '학'은 사랑과 자유를 잃은, 즉 생명력이 상실된 모습이다. 따라서 그들의 사랑이 무르익은 황홀한 순간은 '붉은 보석'으로 절대적 가치를 지니지만, 헤어졌을 때 그들의 사랑은 꿈을 상실한 채 바다 속으로 침잠하고 만다. 이런 상실의 비극적 상황에서 그를 초월시키는 방법이 역설적으로 '바다에 의한 존재의 자기 침몰인 것이다.'[13] 즉 이별의 아픔을 통해 사랑의 영원성을 간직하듯이 서정주 시인의 바다는 고독, 절망, 아픔의 실존주의적 의미를 내포한다. 이 '보석'은 견고함, 순수함, 불변성 등을 내포한 영원한 사랑을 뜻한다.

특히 1연의 5행과 2연 1행의 '하이옇게'와 '붉은'의 색채 이미지는 각각 아픈 이별과 아름다운 사랑을 나타낸다. 이 '보석'이 바다 속에 가라앉을 때마다 이별하게 된다는 것은 그들의 이별이 일회성에 머물지 않았음을 느낄 수 있다. 따라서 서로가 몸은 헤어지는 이별을 감수하지만 마음만은 항상 같이 하기에 손가락의 '반지'로 증표를 남긴다. 님이 잠 잘 때 벗어놓은 '순금의 반지'는 '하늘'에 버금갈 정도로 자신의 절대적 사랑을 공유해 담아 낼 수 있는 매개체이다. '반지'는 항상 몸에 지니는 신체의 일부이기에 화자 자신이 님의 일부가 되고자 자신의 '하늘'을 끼워놓음으로써 간절한 그리움을 나타낸다.

1연과 4연은 각각 이미지 활용에서 대칭을 이룬다. '벼갯모/ 순금의 반지', '학/ 하늘'의 대칭 구조이다. 마치 「冬天」('하늘에다 옮기어 심어놨더

---

13) 오세영, 『20세기 한국시의 표정』, 새미(2001), p.332.

니')에서처럼 떠나버린 님에 대한 그리움을 현실 세계를 초월한 우주론적 상상력까지 확대하여 나타내는 것과 유사하다. 「동천」에서 대지적 사랑에서 벗어나 정신의 유연화와 사랑의 투명화를 획득하여 우주적 질서내에서 마침내 정신적 사랑의 미학을 구축한 것이다.[14] 현세적인 지상에서의 육신의 구속과 운명의 조건을 극복해 우주적 상상력으로 상승해 감으로써 천상적·정신적 사랑으로 승화시킨다. 하늘을 자유롭게 비상하는 '학'은 지상의 굴레와 운명의 무게로부터 자유로워진 영혼의 모습이다. 화자는 자유로운 '학'이 되어 님이 잠자는 방을 마음대로 드나들며 사랑의 꿈을 나누기 위해 '바다'와 '하늘'을 자유롭게 날아다닌다. 꿈 속의 '붉은 보석'은 이별의 아픈 흔적을 쌓아가듯 '바다' 속으로 침잠한다. 이런 과정 속에서 시적 화자는 쓸쓸한 공간 속에서 삶의 원리를 깨닫게 된다. 그는 사랑의 결실과 이별을 통해 삶에 대한 통찰력과 관조의 경지를 터득한다. 따라서 인간적인 인연과 아픔을 통해 내면적 성숙을 가져와 삶을 진솔하게 천착하는 것이다.

> 밤이 드니
> 풀벌레 소리 귓전에
> 별빛처럼 부서지고
> 万里 밖 찬 江물소리
> 문지방 넘나들며
> 어느새 찰랑찰랑 옆구리에 와 닿아라.
> 바람이 드니
> 이웃한 꽃들 잠 못 이루고
> 千年 내 愛人

---

14) 김재홍, 『한국현대시인연구』, 일지사(1986), p.342.

숨가쁜 입김 토해내며
향기로운 몸뚱아리 가졌어라.

그 달하고 나하고 밤새도록
뒤척이며 지내는데
베갯모의 금실 안에
丹鶴 두 마리 노저어
금빛 강을 건너고 건너더라.

　　　　　　－서지월의 「베갯모의 금실 안에」 전문－

　이 작품은 서정주의 「님은 주무시고」와 시적 소재, 이미지, 시어 등 전반적인 분위기가 흡사하다. 이런 모방 관계는 원텍스트에 대해 비판이나 조롱보다 우월한 입장에서 바라본 영향 관계라 할 수 있다. 특히 시적 언어의 아름다움과 전통적 서정성의 밑바탕에서 문맥의 차이성과 대화성을 나눌 수 있다. 「님은 주무시고」는 님과 이별한 후 애틋한 심정으로 님을 그리워하는 사모의 정을 나타내지만, 「베갯모의 금실 안에」는 사랑하는 연인과 아름다운 사랑을 공유하려는 감정을 표현하였다. '베갯모(벼갯모)의 금실'은 시적 모티브로 전경화되고, '님'은 애인으로, '바다'는 '강'으로 대체되었다.

　시적 화자는 깊은 밤 잠 못 이루고 몸을 뒤척이면서 '만리 밖 강물소리'와 '바람' 소리에 귀 기울인다. 님에 대한 사모의 정은 꽃들조차 잠 못 이루며 같이 나눈다. 이처럼 주위의 아름다운 자연에 동화된 화자의 연모의 정은 '달'로 상징화된 님과 순수한 사랑을 나눈다. 그리고 베갯모에 수놓아진 두 마리의 '붉은 학'은 님과 자신을 비유하는데, 그들은 아름다운 사랑을 위해 유한적 현실 세계를 초월하여 '금빛 강'을 노저어 간다. 흘러가는 물은 자연의 섭리에 가장 충실한 순응주의자요, 만물유전, 인생무상의 상징이기 때문이다.[15] 강물은 부처의 윤회, 혹은 연기의 가르침, 그리고 노장의 자연귀의 사상에 일치한다. 이처럼 이 시는 숭고한 남녀 간의 사랑을 아름다운 자연과의 교감을 통해 승화시켰다.

4. 고시조 「나비야 청산 가자」와 서지월의 「나비야 靑山 가자」

    ① <u>북망이라도 금잔디 기름진데</u>
    ② <u>나비야 靑山가자.</u>
       울 아버지 흰 띠 매고 압록강 건너고 울 엄마
       초승달같이 쓰러져 울던 저녁
       우리 누나 새하얀 박꽃같이 피어서
       독립만세 부르다 숨진 곳,
       나비야 청산 가자.
       가서는 영영 돌아오지 못해도
       오천년 피강물 낯낱으로 굽어보고
       잠든 말발굽소리 천변의 돌멩이
       산천도 내 것 초목도 나의 것
       곱고 고운 나래 나비야 청산 가자.
       피피새 우는 오리목 메밀밭에 나래 접고
       북녘 땅 내려다보면 눈물 왈칵 쏟아지고
       남쪽 하늘 바라보면 강남제비 온다야
       어느 날 우리 아침상 받아 허기진 배
       채울지 몰라도
       눈물겨운 한 가슴에 못박히우던 저
       멍든 세월의 풀잎 하늘,
       나비야 청산 가자 가서는

---

15) 오세영, 『20세기 한국시의 표정』, 새미(2001), p.320.

곱게 물든 편지 한 장 빵 한 조각 없어도
산천은 다 우리 것 초목은 다 우리 것
ㅡ 서지월의 「나비야 靑山 가자」 전문ㅡ

한시 창작의 모방 기법에는 典故나 사실을 인용·활용하는 用事論 가
운데 換骨奪胎가 있다. 환골법은 널리 알려진 특정 작품의 통사 구조와
시상에다 어휘나 지배소만을 치환하는 기법이고, 탈태법은 유명한 원전의
시상을 빌려와 작가가 의도한 바를 주제화하는 기법이다. 서지월의 이 작
품은 고시조와 박두진 시의 원전 통사 구조에 구속받지 않고 필요한 어휘만
차용하여 시적 화자의 시상을 재창조하는 데 중심 지배소로 활용하였다.

①은 박두진의 「묘지송」 중 '북망(北邙)이래도 금잔디 기름진데 동그만
무덤들 외롭지 않어이'에서 차용한 구절이다. 원래 '북망'은 '북망산천'으로
중국 하남성 낙양 땅 북쪽에 위치한 산으로 무덤이 많은 곳이다. 그 곳은
무덤이 많았기 때문에 오늘날 사람이 죽으면 가는 곳을 '북망산천'이라 한
다. 시적 화자는 따뜻한 봄날 이 '북망산'의 무덤 가에 돋아난 '금잔디'를
바라본다. 일반적으로 '무덤'은 생명이 단절된 부정적 공간으로 종말의 의
미를 내포한다. 그런데 이런 절망적인 공간에 '금잔디'가 돋아난다는 것은,
그것도 기름지게 자라난다는 것은 역설적 상황이다. 이 모순 관계는 '북망
이래도'에 잘 나타난다. '금잔디'가 돋아나지 못할 곳에 돋아나고 있다는
것이다. 따라서 이 '무덤'의 죽음 세계는 모든 삶이 단절되고 어둠과 절망
이 자리잡는 종말의 공간이 아니라 오히려 희망과 생명력이 돋아나는 생
성의 공간이다.

②는 『청구영언』에 실려 있는 무명씨의 시조 작품 「나비야 청산 가자」
의 한 구절을 차용한 것으로, 원작은 '나비야 청산 가자, 범나비 너도 가자/

가다가 저물어든 꽃에 들어 자고 가자./ 꽃에서 푸대접하거든 잎에서나
자고 가자.'는 내용이다. 이 '靑山'은 단지 푸르고 높은 산의 이미지가 아니
라 세속과 먼 자연 세계이다. 화자는 범나비가 되어 이런 청산에 들어가
자연과 일체 속에서 잠시나마 인간의 괴로움과 고통을 잊고 순수한 자연
의 순리에 동화되는 안빈낙도의 삶을 구하고 있다. '(범)나비'는 날아가는
비상의 상징성으로 어떤 것에도 구속받지 않고 희망의 나래를 펼 수 있는
자유나 생명력의 역동성을 지닌다. 따라서 어떤 시련과 거부감에도 굴복
하지 않고 자연의 순리에 조응하는 긍정적 세계관이 나타난다. 특히 매
장 구마다 '~가자'는 청유형 어미를 활용하여 화자의 강인한 의지를 담고
있다.

시적 화자는 마음대로 오갈 수 없는 북녘 땅을 향한 그리움과 애타는
심정을 '나비'를 통해 승화시키고 있다. '나비'는 어느 곳에도 자유롭게 비
상할 수 있으므로 이념에 따른 인간적 갈등을 극복할 수 있다. 고시조「나
비야 청산 가자」는 우리가 어딘든지 오갈 수 있는 '북녘 땅'까지도 시적
공간으로 자리잡지만, 서지월의「나비야 靑山 가자」에서는 마음대로 오
갈 수 없는 제한된 공간이다. 화자는 이런 북녘 땅을 자유롭게 오갈 수
없기에 이념에 따른 장벽의 아픔을 극복하고자 고시조를 패러디했다. 이
처럼 한 텍스트에 대한 반복은 그 텍스트가 놓여진 상황에 따라 시대적
현실과 의미를 내포한다. 단지 원텍스트의 이미지나 구절 차용에 머물지
않고 역사적·사회적 문맥까지 포괄하는 패러디의 대사회적 기능을 지닌
다. '울 아버지' '울 어머니' 살던, 지금은 갈 수 없는 '북망'이 되어버린 조국
산천을 그리워하는 심정에 따른 것이다. 화자는 현실적으로 '북녘 땅'에
육신은 갈 수 없기에 '나비'로 화하여 조국산천을 마음껏 날고 싶어하는
강한 의지를 담고 있다. 시적 주체는 '독립 만세 부르다 숨진' '하얀 박꽃처

럼' 피던 '우리 누이'이고, '아침상 받아 허기진 배' 채우는 한 많은 민중이다. 이들은 역사의 비극적 상황에서도 절망하지 않고 희망과 의지를 가지는 강한 생명력을 지닌다.

5. 백석의 「모닥불」과 안도현의 「모닥불」

새끼 오리도 헌신짝도 소똥도 갓신창도 개니빠디도 너울쪽도 짚검불도 가락잎도 머리카락도 헝겊조각도 막대꼬치도 기와장도 닭의 짗도 개터럭도 타는 모닥불

재당도 초시도 門長 늙은이도 더부살이도 아이도 새사위도 갓사둔도 나그네도 주인도 할아버지도 손자도 붓장사도 땜쟁이도 큰개도 강아지도 모두 모닥불을 쪼인다.

모닥불은 어려서 우리 할아버지가 어미아비 없는 서러운 아이로 불쌍하니도 몽둥발이가 된 슬픈 역사가 있다.

－백석의 「모닥불」 전문－

이 시는 '모닥불'을 중심 소재로 하여 3연 형식 즉 ① 모닥불의 질료 ② 모닥불을 쪼는 주체 ③ 모닥불이 갖고 있는 슬픈 역사 등으로 구성되어 있다. 전체 시 구조는 하나의 단어를 꾸미는 여러 관형절이 특수조사 '도'로 연결된 산문 형태이지만 유사한 의미를 지닌 어휘가 계속 반복되기 때문에 경쾌한 리듬을 자아낸다. 이러한 리듬은 흔히 민요에서 찾을 수 있는 것으로 흥을 돋우어 주기 위한 노동요에서 쉽게 접할 수 있으며, 의미의 강조를 위해서도 쓰인다.[16] 1연과 2연의 형태를 더 구체화하면,

1연 : n1도 + n2도 + n3도 +······ 타는 모닥불
2연 : n1도 + n2도 + n3도 +······ 모두 + 모닥불을 쪼인다.

전체 시 구조는 하나의 단어를 꾸미는 여러 관형절이 특수조사 '도'로 연결된다. 1연에서 모닥불의 질료들은 일상생활에서 흔히 접할 수 있는 하찮은 것들이다. 그러나 대수롭지 않은 이 존재들은 불꽃을 훨훨 타오르게 할 수 있는 구성 인자로서 불의 존재 가치를 지니는데 중요한 역할을 담당한다. 2연에서 모닥불을 쪼는 주체 역시 평범한 계층이다. 이들은 세대와 계층은 물론 인간과 동물까지도 일체화된 평범한 존재들이다. 따라서 인간끼리의 혈연 관계뿐만 아니라 큰개, 강아지에 이르기까지 유대 관계를 형성하여 통일체의 화합을 나타낸다. 시적 화자는 우리의 슬픈 역사를 극복하려는 힘을 이런 공동체에서 찾으려 하며, 이 시대적 상황의 고통을 '모닥불'이라는 버팀목에서 극복하려 한다. 그런데 이 모닥불을 구성하는 질료나 쪼는 주체들은 동일한 공간 속에서 하나의 역사를 공유하는데, 그것은 이 모든 구성 인자들이 동등한 자격으로 역사를 만들어가고 역사에 참여하는 것이다.

특수 조사 '도'는 둘 이상의 사물이나 개념을 동시에 열거할 때 사용하며, '역시', '또한'의 문맥적 의미와 '함께 한다'는 정서적 환기력을 자아낸다. 대개 '도' '을' '에' 등의 조사는 동격의 의미로 쓰인다. 이 '도'의 열거는 이 시에서 주격 조사 대신에 사용되어 자연까지 포함하는 혈연 공동체의 삶을 구체적으로 보여준다. 이러한 공동체 영역에서 백석은 자아 동일성을 확보하였으며, 희망을 잃지 않는 즐거움을 갈구했던 것이다.[17]

---

16) 문덕수·함종선 편, 『한국 현대 시인론』, 보고사(1996), p.506.
17) 박종석, 『한국 현대시의 탐색』, 역락(2001), p.27.

　이 특수 조사 반복은 어려운 방언 의미의 거부감을 줄이면서 4음절 중심의 음보를 형성하여 리듬감을 자아낸다. 이 조사 반복이 운율 조성의 수단으로 되는 것은 동일 음질을 가진 조사가 규칙적으로 반복되는 데 있다. 같은 성격의 조사를 여러 번 반복하면 개별적 시어들의 의미가 강조되고 운율과 어세에 굴곡을 가져와 훨씬 리듬감이 살아난다. 그리고 흐름세를 더디게 하여 사색하는 시간을 갖게 함으로써 시의 정서적 효과를 깊게 불러일으킨다. 동일한 조사가 한 시행 안에 배열될 때 반복되는 간격이 좁고 파동이 잦게 주어지면서 그 음향적인 율동의 기복이 뚜렷하게 나타난다. 더 나아가 당시대 사람들의 모습을 현실감 있게, 세부적으로 또한 신뢰성 있게 독자에게 전달하는 효과를 발휘하는 문체상의 특징을 나타낸다.[18)]

　　　모닥불은 피어오른다
　　　어두운 청과시장 귀퉁이에서
　　　지하도 공사장 입구에서
　　　잡것들이 몸 푼 세상 쓰레기장에서
　　　철야농성한 여공들 가슴 속에서
　　　첫차를 기다리는 면사무소 앞에서
　　　가난한 양말에 구멍난 아이 앞에서
　　　비탈진 역사의 텃밭 가에서
　　　사람들이 착하게 살아 있는 곳에서
　　　모여 있는 곳에서
　　　모닥불은 피어오른다
　　　얼음장이 강물 위에 눕는 섣달에
　　　낮도 밤도 아닌 푸른 새벽에
　　　동트기 십 분 전에

---

18)　김영민, 『백석 시특질 연구』, 현대문학(1989. 3), p.345.

쌀밥에 더운 국 말아 먹기 전에
무장 독립군들 출정가 부르기 전에
압록강 건너기 전에
배 부른 그들 잠들어 있는 시간에
쓸데없는 책들이 다 쌓인 다음에
모닥불은 피어오른다
언 땅바닥에 신선한 충격을 주는
훅훅 입김을 하늘에 불어놓는
죽음도 그리하여 삶으로 돌이키는
삶을 희망으로 전진시키는
그날까지 끝까지 울음을 참아내는
모닥불은 피어오른다
한 그루 향나무 같다

－안도현의 「모닥불」 전문－

안도현의 『서울로 가는 전봉준』『모닥불』 등의 시집은 서정성을 바탕
으로 역사와 사회, 인간에 뿌리를 둔 민중 문학 성격을 띠고 있다. 그는
"가장 좋아하는 시인은 어제도 오늘도 백석"이라고 고백할 정도로 백석
시에 심취되어 있음을 알 수 있다. 그의 시 「생활」 중 '찬물에 걸레 빨다가
문득/ 고 계집애, 백석의 시에 나오는/ 內地人 駐在所長 집에서 밥짓고
걸레치던/ 고 계집애 생각이 났다'에서 '계집애'는 백석 시 「八院」에 나오
는 '계집아이'이다.

계집아이는 몇해고 內地人 駐在所長 집에서
밥을 짓고 걸레를 치고 아이보개를 하면서
이렇게 추운 아침에도 손이 꽁꽁 얼어서
찬물에 걸레를 쳤을 것이다.

－백석의 「八院」 부분－

일상 생활에서 걸레 빠는 것은 흔한 일이지만 이 '계집아이'는 내지인(일본인) 주재소장 집에서 식모살이를 하는 식민지하의 불쌍한 조선인의 자화상이다. 아픈 시대를 살아가는 시인은 손등이 패인, 흐느껴 우는 그 계집아이에게서 현실의 아픔을 공감한 것이다. 안도현 시인이 걸레를 빨다가 문득 이 계집아이를 생각한 것은 걸레 빠는 행위 자체가 아픈 흔적을 지우는 가시적인 행위이기 때문이다. 또한 그의 시집『외롭고 높고 쓸쓸한』(문학동네, 1994)의 제목도 백석 시의「흰 바람벽이 있어」의 시구에서 차용한 것이라 볼 수 있는데, 그는 自序에서 '모든 것들이 좀더 가난해지기를, 좀더 외로워지기를, 좀더 높아지기를, 좀더 쓸쓸해지기를' 갈망한다. 이는 마치「흰 바람벽이 있어」('~하눌이 이 세상을 내일 적에 그가 가장 귀해하고 사랑하는 것들은 모두/ 가난하고 외롭고 높고 쓸쓸하니 그리고 언제나 넘치는 사랑과 슬픔 속에 살도록 만드신 것이다.')의 시적 화자가 하늘이 귀해하고 사랑하기 때문에 '가난하고 외롭고 높고 쓸쓸하게' 살아가도록 태어났다고 고백하는 점과 일맥상통한다.

안도현의「모닥불」은 백석의「모닥불」과 시제 및 3단 구성의 시 형태가 유사하다. 이 작품은 비연시이지만 조사 형태에 따라 3연으로 나눌 수 있다. 장소를 나타내는 처격조사 '~에서'(1행~11행), 시간이나 상황을 나타내는 부사격 조사 '~에'(12행~20행), 모닥불을 수식하는 관형어 '~는'(21행~27행) 등 3연으로 나눌 수 있다. '모닥불은 피어오른다'는 문장은 매 연의 서두와 말미에 양간 걸림의 형태로 반복되어 의미 강조를 부여한다. 이처럼 조사 반복이 두 작품의 형태 구조에 특징을 이루지만, 백석 시에 나타나는 명사 반복의 간결성에 비해, 안도현 시에서는 여러 유형의 조사 반복으로 다양성을 띠지만 구절에 따른 반복성을 지니므로 리듬감이 이완된 느낌이다.

1연에서 '모닥불'이 '청과시장 귀퉁이' '지하도 공사장' '쓰레기장' '여공들의 가슴 속' '새벽 면사무소 앞' '가난한 아이' 등과 같은 구체적인 공간과 '비탈진 역사의 텃밭가' '사람들이 착하게 살아 있는 곳' 등의 추상적 공간에서 피어오른다. 이 시대에서의 '모닥불'은 삶의 훈기를 촉발시키는 기폭제일 뿐만 아니라, 모닥불의 주변은 모두가 함께 그 훈기를 나눠 가질 수 있는 공존공생의 장소이다.19) 2연에서 '모닥불'은 '섣달' '푸른새벽' '동트기 십분전' '쌀 밥에 더운 국 말아먹기 전' 등 구체적 삶의 시간에서부터 '무장 독립군들 출정가 부르기전' '압록강 건너기 전'의 역사적 시간 속으로까지 피어오른다. 그러나 다음의 '배부른 그들' '쓸데없는 책들과 같은 이질적인 이미지는 앞에서 예시한 이미지에 비해 매우 관념적이어서 백석의 「모닥불」에서 나타나는 상호 이질적인 충돌 효과를 느낄 수 없다.

3연은 '모닥불'의 생명력을 나타내는데, 마지막 행 '한그루 향나무 같다'는 사족에 지나지 않는 진부한 느낌이다. 이 작품은 백석의 「모닥불」이 구체적인 물상들의 상호 관계 속에 숨쉬는 생명력을 표현한 데 비해 사변적, 설명적이다. 그리고 구체적인 것과 추상적인 것과의 부조화, 구체적인 것에서 추상적인 것으로 비약적 표현을 나타낸다. 이 때 구체적인 것이란 그의 삶 속에서 우러나는 체험적 요소이고, 추상적인 것이란 민중의 역사 인식이라 할 수 있다. 즉 일상적 삶에서 역사 인식으로 발전하는 양상이다. 그러나 이러한 인식을 표현하는 이미지가 부분과 전체가 조화를 이루지 못하고 각각 개별적으로 존재하는 생경한 느낌이다. 따라서 이미지 간의 통합 속에서 긴장감이 없이 열거되므로 이완된 느낌을 자아낸다.

---

19) 이동순 편, 『백석 시 전집』, 창작과비평사(1989), p.169.

6. 박목월의 「산이 날 에워싸고」와 정희성의 「저 산이 날더러」

산이 날 에워싸고
씨나 뿌리며 살아라 한다
밭이나 갈며 살아라 한다

어느 짧은 山자락에 집을 모아
아들 낳고 딸을 낳고
흙담 안팎에 호박 심고
들찔레처럼 살아라 한다
쑥대밭처럼 살아라 한다

산이 날 에워싸고
그믐달처럼 사위어지는 목숨
그믐달처럼 살아라 한다
그믐달처럼 살아라 한다

－박목월의 「산이 날 에워싸고」 전문－

　이 시에서 자연은 객관적 대상으로서 소재적 차원에 머물지 않고 시적 화자와의 합일을 통해 안식처의 공간으로 자리 잡는다. 표면적인 주체는 자연과 합일을 이루고자 하는 시적 화자가 아니라 자연물인 '산'이다. 이 '산'은 화자에게 시 뿌리며 밭 갈고, '들찔레'나 '쑥대밭' 그리고 '그믐달'처럼 살아가라고 권한다. 그러나 논리적으로 정작 주체는 시적 화자 자신으로 자연과 하나가 되고자 하는 소박한 의지를 담고 있다. 화자는 아름다운 자연을 벗하며 무소유의 삶 속에서 순수하고도 맑게 살아가려 한다. 1연에서 조사 '~나'(이나)는 여럿 중 선택하는 뜻을 강조하며 '씨'나 '밭'을 제한하므로 겨우 '따위'와 같은 비하적인 뜻으로 현실에 만족하지 못한 삶을 의미한다. 그러나 2, 3연에서는 '~처럼'으로 바꾸어져 대상과의 합일화를 통해 유유자적하는 모습이 나타난다. 이런 자연관은 그의 초기시 경향의 소박하면서도 향토적인 정서와는 달리 그가 자연을 삶의 의미로 파악하여 자기 구원을 추구하는 태도이다.

산촌에서 아들 딸 낳고 씨 뿌리며 밭갈이 하는 삶은 자연의 법칙에 순응하는 무소유의 삶이다. '흙담' '호박' '들찔레' '쑥대밭' 등 모든 식물적 소재가 소박하면서도 보잘 것 없는 무욕의 존재로서 강인한 생명력을 내포한다. 이런 무욕의 가난한 삶은 '그믐달처럼 사위어지는 목숨'의 비유로 잘 대변된다. 풍요로운 둥근달은 더 이상 찰 수 없어 소멸되어 가듯이 '그믐달'은 점차 쇠락의 모습을 보여준다. '그믐달' 같은 삶은 무욕의 상태로 스스로 마음을 비움으로써 정신적으로 풍족감을 누릴 수 있는 것과 같다. 따라서 이런 무소유와 무욕의 삶이 어떤 제도나 굴레에서 해방되어 자유를 만끽할 수 있는 것이다. '산'은 이런 삶을 지탱해 주는 원동력이다. 흔히 물질적 가난은 때로 궁핍함과 초라함을 느끼게 하지만 화자는 '산'을 통해 넉넉하면서도 의연한 의지를 갖게 된다. 이처럼 박목월 시에서 '산'은 정신적인 안식처이자 이상적인 생명의 공간으로 나타나고 있다. 산이 현실과의 격리나 초월을 통해 새로운 생명의 발현을 꿈꾸는 이상향으로 구현되는 것이다.[20]

산이 날더러는
흙이나 파먹으라 한다
날더러는 삽이나 들라 하고
쑥굴형에 박혀

---

20) 정수자, 「박목월 시의 산에 나타난 미학적 특성」, 『한국시학연구』 제16호(2006.8), 한국시학회, p.278.

쑥이 되라 한다
늘퍼진 날 산은
쑥국새 울고
저만치 홀로 서서 날더러는
쑥국새마냥 울라 하고
흙파먹다 죽은 아비
굶주림에 지쳐
쑥굴헝에 나자빠진
에미처럼 울라 한다
산이 날더러
흙이나 파먹다 죽으라 한다

－정희성의 「저 산이 날더러」(-木月詩韻을 빌어) 전문－

「저 산이 날더러」는 '木月詩韻을 빌어'라는 부제를 달았듯이 木月 의「산이 날 에워싸고」를 패러디한 작품인데, 전반적인 시적 소재나 분위기, 비하투의 '~나(이나)' 보조조사, 주체의 강한 의지가 담긴 '~한다'의 명령투의 단정적 어미 등이 일치한다. 그러나 의미상으로 볼 때, 자연과의 합일을 추구하는 木月의 시에 비해 물질적 가난과 굶주림에서 벗어나지 못하는 민중의 삶을 대변한다. 이런 삶은 강인한 생명력을 가진 '쑥' 이미지와 '에미' '아비'의 서민적 심성의 호칭에서 엿볼 수 있다. '쑥'은 옛날부터 우리 민족의 삶과 함께 온 식물로서 끼니를 대용하거나 입맛을 내게 하는 먹거리로, 그리고 민속신앙에서는 귀신을 쫓는 대상으로 사용되었다. 이 숙명적인 굴레에서 벗어나지 못하는 민중의 삶은 마지못해 순응하는 의미의 '~나(이나)' 투의 보조조사와 직정적이면서도 비하적인 어휘('파먹으라' '나자빠진' '박혀' '죽으라 한다' '울라 한다') 등에서 한결 느낄 수 있다. 따라서 이 작품은 원텍스트에 비해 삶의 현장감과 치열성이 훨씬 생생하게 나타난다고 할 수 있다.

하늘은 날더러 구름이 되라 하고
땅은 날더러 바람이 되라 하네
청룡 흑룡 흩어져 비 개인 나루
잡초나 일깨우는 잔바람이 되라네
뱃길이라 서울 사흘 목계 나루에
아흐레 나흘 찾아 박가분 파는
가을볕도 서러운 방물장수 되라네
산은 날더러 들꽃이 되라 하고
강은 날더러 잔돌이 되라 하네
산서리 맵차거든 풀속에 얼굴 묻고
물여울 모질거든 바위 뒤에 붙으라네
민물 새우 끓어넘는 토방 툇마루
석삼년에 한 이레쯤 천치로 변해
짐부리고 앉아 쉬는 떠돌이가 되라네
하늘은 날더러 바람이 되라 하고
산은 날더러 잔돌이 되라 하네

― 신경림의 「목계장터」 전문―

'목계'는 1910년대만 해도 충주·제천·단양·괴산 등 중부지방에서 생
산한 각종 산물의 집산지로, 생산품들을 나루터에서 배에 실어 서울로 보
내는 큰 장터였다. 반면에 서울에서 가져온 소금이나 온갖 해산물들은 이
곳에서 각 지역으로 배급되었다. 이처럼 '목계'는 중부지방에서 수백 년
간 산업과 교통의 요충지였지만 일제시대 일본 상품 시장화 및 식민지의
식량 기지화 정책으로 충북선이 부설되자 그 기능이 축소되었다.

이 시는 전통적인 4음보와 '~고 ~네'의 대구법 형태의 각운 반복 등 절제
된 민요조 가락으로 민중의 끈질긴 생명력과 삶을 형상화했다. 전체적인
시상은 '하늘'과 '땅'의 우주적 시·공간 속에서 유한한 인간 존재의 의미
추구에 바탕을 두고 있다. '하늘'과 '땅'은 나에게 '구름' '바람' '방물장수'

'들꽃' '잔돌' '떠돌이' 등이 되라고 한다. 이런 대상들은 영원불멸의 우주 속에서 순간적인 삶을 살다 허무하게 사라지는 인간 존재의 덧없음인 동시에 어느 한 곳에 뿌리내리지 못하고 떠도는 민중들의 모습이라 할 수 있다.

시적 화자는 목계장터에서 '짐부리고 앉아 쉬는 떠돌이', 즉 방물장수가 되어 모든 삶의 애환을 보고 들으라는 운명의 소리를 독백 형식으로 전달해 준다. 독백하는 주체는 '나'이지만, 나에게 지시하는 주체는 온갖 자연물이다. 주어진 삶의 조건과 운명에 순응하라는 충고적인 메시지이다. '나'로 대변되는 민중은 '구름' '바람'처럼 정처 없이 표류하는 떠돌이 삶이지만, '잡초' '들꽃' '잔돌'처럼 단단하며 끈질긴 생명력을 지니고 있다. '산서리' '물여울'은 민중이 처한 현실의 가혹한 상황이고, '풀 속에 얼굴 묻고' '바위 뒤에 붙는' 행위는 현실에 대처하며 극복하는 민중의 모습이다. 화자는 '천치'같은 바보라도 되어 현실의 시련과 고통을 인식하지 않기를 반어적으로 나타낸다.

7. 서정주의 「국화 옆에서」와 유종순의 「5共非理 한 토막」

한송이의 국화꽃을 피우기 위해
봄부터 솥작새는
그렇게 울었나보다

한송이의 국화꽃을 피우기 위해
천둥은 먹구름 속에서
또 그렇게 울었나보다

그립고 아쉬움에 가슴 조이든
머언 먼 젊음의 뒤안 길에서
인제는 돌아와 거울앞에 선
내 누님같이 생긴 꽃이여

노오란 네 꽃닢이 필라고
간밤엔 무서리가 저리 내리고
내게는 잠도 오지 않았나보다

— 서정주의 「국화 옆에서」 전문 —

　이 시는 기승전결 형태에다 순환 반복되는 자연의 법칙을 통해 인간의
정신적 성숙함을 표현했다. 즉 한송이의 '국화꽃'을 피우기 위해 봄부터
소쩍새가 울고 천둥치며 무서리가 내린 것처럼 한 인간이 인격체로서 완
전히 성숙하기까지는 불안과 방황, 시련과 고통이 뒤따른다는 것이다.
　1, 2연은 '국화꽃'이 개화하기까지의 험난한 역경이 불교의 인연설과 생
사윤회설을 바탕으로 나타나 생명에 대한 외경심을 자아낸다. 불교에서는
모든 생명체가 인연에 의해 생멸이 계속되고, 반복되는 생멸의 순환 과정
속에서 다른 생명으로 태어난다고 본다. 특히 원한의 이미지인 '소쩍새'와
'천둥' '먹구름'으로 비유되는 생의 시련과 고통이 상호 결합하여 한 인격체
를 갖춘 생명체(꽃)를 탄생시킨다. 3연에서 전반부 2행은 과거 젊은 날의
어둡고 불안정한 모습으로서 생의 온갖 욕망·갈등·모순 등을 내포한다.
후반부 2행은 인고의 기다림을 통해 정신적으로 안정되고 성숙한 중년의
현재 모습으로 비쳐진다. 4연은 새로운 생명의 탄생을 위한 정신적 삶의
소중함과 외경심을 환기시킨다.

─옛날 5共이라는 나라에 無毛症에 걸린 全氏라는 한 義禁府 捕卒이 살고 있었다. 그 위인은 의금부 포졸이란 지위를 이용하여 수천의 양민을 학살하고 온갖 부정을 자행하여 온 백성의 지탄의 대상이 되었으나 당시 임금 盧泰宗의 도움으로 사형만은 면한 채 백담사라는 절로 귀양가 살게 되었다. 그런데 하루는 심기가 너무 울적하여 옛 친구인 未堂이라 하는 당대의 유명한 문인을 불러 상품이 몰아치는 난세를 한탄하며 대작하게 되었는데, 전씨라는 그 위인 혀가 꼬부라진 채 未堂 선생께 이르기를 "말당(未堂) 선생, 우리의 정신적 지주인 尾國 땅에서 유행하고 있는 영화 '토관(土官)과 신토(神土)'나 함께 관람하시지요. ─"

한 송이의 사꾸라꽃을 피우기 위하여
日帝 때부터 5共까지 말당은
그렇게 울어쌓나 보다

한 송이의 사꾸라꽃을 피우기 위하여
日帝, 이승만, 박정희, 전두환 독재의 먹구름 속에서
더러는 皇軍 독려의 간사한 혀 세 치로
더러는 新羅精神의 고상한 거짓부렁으로
또 더러는 TV 화면 속 폼나는 출연료 3억짜리 관제배우로
말당은 또 그렇게 울고 불고 찢고 까불고 했나보다

부귀와 영화와 명성에 가슴 울렁이던
그대 매국과 반역과 반동의 뒤안길에서
인제는 모든 피와 땀과 눈물 짓밟은 화사함 앞에 선
그대 말당의 누님같이 생긴 꽃이여

구역질 나는 네 꽃잎이 피려고
간밤엔 총칼과 폭력이 저리도 난무하고
말당에게는 잠도 오지 않았나보다
─유종순의 「5共非理 한 토막」 전문─

「5共非理 한 토막」은 과거의 모방이면서 비판적인 패러디의 이중적 기교를 잘 나타낸 작품이다. 패러디는 과거의 모방이면서 항상 비판적 거리를 유지하므로 반권위적이며 탈중심적이다. 이처럼 지배체제나 지배이데올로기에 비판적 태도를 취하는 패러디는 한 개인의 삶까지도 풍자의 대상으로 삼아 신랄히 조롱한다. 이 시는 서두 부분부터 80년대 광주사태 이후 5, 6공시대가 탄생하는 정치적 상황과 정치인의 외모, 그리고 그 시대에 편승해 처신했던 원로 시인을 조롱하고 있다. 특히 '말당(未堂)' '尾國(美國)' '토관(士官)과 신토(神士)' 등 발음이나 표기를 의도적으로 틀리게 하여 특정 정치인의 무지함을 폭로한다. 그리고 원로 시인을 비꼬기 위해 그의 과거 행적이나 시 정신까지 들추어 독설로써 비아냥거리며, 그의 작품을 선행텍스트로 삼아 의도적으로 의미를 왜곡해 풍자한다. 즉 원텍스트의 기승전결 형태 및 종결형 어미를 그대로 차용하여 일부 시적 소재와 의미만을 변용하였다. 그 예로서 기회주의자를 '사꾸라꽃'으로, 독재로 인한 인권 유린 상황을 '먹구름'으로, 처세술을 '관제배우'로, 기회주의적인 부끄러운 삶을 '뒤안길' 등으로 나타냈다. 따라서 이 '누님같은 꽃'은 인권 유린에 따른 온갖 고통과 폭력의 산물이라 할 수 있다.

8. 서정주의 「無等을 보며」와 문병란의 「가난」

> 가난이야 한낱 襤褸에 지내지않는다
> 저 눈부신 햇빛속에 갈매빛의 등성이를 드러내고 서있는
> 여름 山같은
> 우리들의 타고난 살결 타고난 마음씨까지야 다 가릴수 있으랴
> 靑山이 그 무릎아래 芝蘭을 기르듯

우리는 우리 새끼들을 기를수밖엔 없다
목숨이 가다 가다 농울쳐 휘여드는
午後의때가 오거든
內外들이여 그대들도
더러는 앉고
더러는 차라리 그 곁에 누어라

지어미는 지애비를 물끄럼히 우러러보고
지애비는 지어미의 이마라도 짚어라

어느 가시덤풀 쑥굴형에 뇌일지라도
우리는 늘 玉돌같이 호젓이 무쳤다고 생각할일이요
靑苔라도 자욱이 끼일일인것이다.

* 無等－湖南 光州의 山名

－서정주의「無等을 보며」전문－

  이 시는 그의 자서전『천지유정』에서 언급하고 있듯이 피란시절 광주
의 조선대학교 교수로 부임해 '한 달에 겉보리 열 닷 말'의 봉급을 받으며
궁핍하게 생활할 때 쓴 작품이다. 그가 멀리서 무등산과 그 곳에서 떠오르
는 이내(해질 무렵 멀리 보이는 푸르스름하고 흐릿한 기운)를 바라보면서
시적 착상을 했다고 한다. 시적 화자는 전지적 시점의 어조로 가난이나
양육 등의 현실적인 문제에 급급하지 않고 초연한 태도로 살아야 한다는
삶의 원숙한 통찰력을 보여준다. 물질적 결핍에 따른 불편한 삶이 인간의
정신적 가치를 훼손할 수 없다는 자긍심으로 눈 앞의 현실에 얽매이기보
다 자연 섭리의 본성에 순응해야 한다는 것이다. '無等'은 '등급이 없다'는
의미로 인간 관계에서 귀천이나 빈부의 차별이 없는 더할 나위 없는 자연
인으로서의 모습을 뜻한다. 인간이 아무리 고통스러운 상황에 처해 있을

지라도 순수하고 깨끗한 삶을 살아간다면 옥돌에 청태가 끼이듯 아름다운 결과를 얻을 것이다.

1연 : 가난은 몸에 걸친 헛누더기에 지나지 않고, 마음씨는 푸른 여름산처럼 맑고 깨끗하다. 이 가난이 누더기를 걸친다 해도 가릴 곳을 다 못 가리듯 타고난 살결과 마음씨 같은 아름다운 모습을 다 가리지는 못한다. 즉 물질적 가난이나 인위적 강요성이 순리적인 자연 현상이나 질서를 거역하지는 못한다.

2연 : 청산이 지란을 기르듯 어떠한 역경 속에서도 부모가 자식을 양육하는 것은 당연한 일이다. 흐르는 물길이 잔잔하다가 격랑의 소용돌이로 변하듯 우리 인생사도 이와 비슷하다. 부부의 의좋은 모습이 무등산 형상으로 비유되어 앞뒤에 겹쳐진 무등산 산자락이 부부 간에 서로 앉아 누워 있는 모습으로 비쳐진다.

3연 : 부부 간의 위로와 배려 속에 역경을 극복할 수 있는 아름다운 인간애를 표현했다. 피곤에 지쳐 엇비슷 누워 있는 아내 옆에서 남편이 아내의 이마를 짚는 생각에 이른다.

4연 : 앞 연에서 살핀 삶의 보편적 진리를 결론 형식으로 마무리해 정리하는 구조이다. '가시덤풀 쑥굴형'에 누일지라도 '옥돌 같이 호젓이' 묻혔다고 생각하듯이 아무리 고통스런 상황에 처할지라도 우리는 깨끗하고 순수한 존재로 생각하라는 것이다. 어떤 자리에서도 사람은 '옥돌'처럼 자리매김으로 존재 가치를 지녀야 한다.

이 '가난'이나 '가시덤풀 쑥굴형'은 시적 화자가 처한 물질적 궁핍함이나 정신적 위기를 반영하고 있다. 그는 이런 절박한 위기 상황을 벗어나기 위해 '靑山'이라는 이상향의 공간을 설정한다. 영원한 생명의 상징이라 할 수 있는 '청산'은 현실의 고난과 역경에서 벗어난 이상적 공간[21]으로 시적 화자의 물질적·정신적 결핍을 충족시켜 줄 수 있는 영원한 유토피아이다.

> 가난이야 한낱 남루에 지나지 않는다 ―서정주
>
> 논 닷 마지기 짓는 농부가
> 자식 넷을 키우고 학교 보내는 일이
> 얼마나 고달픈가 우리는 다 안다
> 집 한 칸 없는 소시민이
> 자기 집을 마련하는 데
> 평생을 건다는 것을 우리는 다 안다
> 네 명의 새끼를 키우고
> 남 보내는 학교도 보내고
> 또 짝 찾아 맞추어 준다는 것이
> 얼마나 뼈를 깎는 아픔인가는
> 새끼를 키워 본 사람이면 다 안다
> 딸 하나 여우는 데 기둥 뿌리가 날아가고
> 새끼 하나 대학 보내는 데 개똥논이 날아간다
> 하루 여덟 시간 하고도 모자라
> 안팎으로 뛰고 저축하고
> 온갖 궁리 다하여도 모자란 생활비
> 새끼들의 주둥이가 얼마나 무서운가 다 안다
> 벌리는 손바닥이 얼마나 두려운가 다 안다
> 그래도 가난은 한낱 남루에 지나지 않는가?

---

21) 이승하 외, 『한국현대시학사』, 소명출판사(2005), p.186.

쑥구렁에 옥돌처럼 호젓이 묻혀있을 일인가?
그대 짐짓 팔짱끼고 한눈파는 능청으로
맹물을 마시며 괜찮다! 괜찮다!
오늘의 굶주림을 달랠 수 있는가?
청산이 그 발 아래 지란을 기르듯
우리는 우리 새끼들을 키울 수 없다
저절로 피고 저절로 지고 저절로 오가는 4계절
새끼는 저절로 크지 않고 저절로 먹지 못한다
지애비는 지어미를 먹여 살려야 하고
지어미는 지애비를 부추겨 줘야 하고
사람은 일 속에 나서 일 속에 살다 일 속에서 죽는다
타고난 마음씨가 아무리 청산같다고 해도
썩은 젓갈이 들어가야 입맛이 나는 창자
창자는 주리면 배가 고프고
또 먹으면 똥을 싼다
이슬이나 바람이나 마시며
절로절로 사는 무슨 신선이 있는가?
보리밥에 된장찌개라도 먹어야 하는
사람은 밥을 하늘로 삼는다
사람은 밥 앞에 절을 한다
그대 한 송이 국화꽃을 피우기 위해
전 우주가 동원된다고 노래하는 동안
이 땅의 어느 그늘진 구석에
한 술 밥을 구하는 주린 입술이 있다는 것을 아는가?
결코 가난은 한낱 남루가 아니다
입었다 벗어버리는 그런 헌옷이 아니다
목숨이 농울쳐 휘어드는 오후의 때
물끄러미 청산이나 바라보는 풍류가 아니다
가난은 적, 우리를 삼켜버리고
우리의 천성까지 먹어버리는 독충

옷이 아니라 살갗까지 썩혀버리는 독소
우리 인간의 적이다 물리쳐야 할 악마다
쪼르륵 소리가 나는 뱃속에다
덧없이 회충을 기르는 청빈낙도
도연명의 술잔을 빌어다
이백의 술주정을 흉내내며
괜찮다! 괜찮다! 그대 능청 떨지 말라
가난을 한 편의 시와 바꾸어
한 그릇 밥과 된장국물을 마시려는
저 주린 입을 모독하지 말라
오 위선의 시인이여, 민중을 잠재우는
자장가의 시인이여.

— 문병란의 「가난」 전문 —

이 시는 원텍스트의 첫 구절인 '가난이야 한낱 남루에 지나지 않는다'를 제사 형태로 취하면서 시종일관 조롱과 비꼼의 어조로 원텍스트의 내용과 시인을 비판하고 있다. 원텍스트의 시구에 '~인가?' 형태의 설의법 종결어미로 바꾸어 되묻거나, 원텍스트의 시구 의미와 반대되는 단정적인 서술어를 직정적으로 토로하여 원텍스트와 비판적 거리를 유지한다. 이처럼 의도적으로 원텍스트의 시구를 비틀어 뒤짚음으로써 서민이 겪는 가난의 고통이 얼마나 절박한가를 격앙된 어조로 토해낸다. 이런 분위기에 걸맞게 비속 어휘('새끼들의 주둥이'), 경쾌하면서도 생동감 자아내는 반복 리듬('저절로 피고 저절로 지고 저절로 오가는 4계절/ 새끼는 저절로 크지 않고 저절로 먹지 못한다', '사람은 일 속에 나서 일 속에 살다 일 속에서 죽는다'), 대구법('지애비는 지어미를 먹여 살려야 하고/ 지어미는 지애비를 부추겨 줘야 하고') 등이 시적 분위기를 뒷받침하고 있다. 화자의 비판적 의도는 현실적인 삶 속에서 볼 때 원텍스트의 문맥과 선배 시인의 삶이 얼마나 허구적이며 위선적인가를 공격하는 데에 있다. 따라서 화자는 '가난'이 '남루' '헌옷' '풍류'가 아니라 '독충' '독소' '악마'라고 결론을 맺으며, 시인이 서민의 소외된 삶에 '능청'을 떤다고 '오 위선의 시인이여, 민중을 잠재우는 자장가의 시인이여' 하며 분노에 찬 독설을 퍼붓는다. 이런 비판적 태도는 선배 시인이 살아왔던 가치관과 시정신에 대한 부정적 시선에서 기인한다.

이 작품에서 구체적으로 원텍스트를 차용한 시구를 비교해 보면 다음과 같다.

「무등을 보며」
① 가난이야 한낱 남루에 지내지않는다
② 우리들의 타고난 살결 타고난 마음씨까지야 다 가릴수 있으랴
③ 청산이 그 무릎아래 지란을 기르듯
　　우리는 우리 새끼들을 기를 수밖엔 없다
④ 지어미는 지애비를 물끄럼히 우러러보고
⑤ 어느 가시덤풀 쑥굴형에 뇌일지라도
　　우리는 늘 옥돌같이 호젓이 무쳤다고 생각할일이요

「가난」
①' 그래도 가난은 한낱 남루에 지나지 않는가?
②' 타고난 마음씨가 아무리 청산같다고 해도
③' 청산이 그 발 아래 지란을 기르듯
　　우리는 우리 새끼들을 키울 수 없다
④' 지애비는 지어미를 먹여 살려야 하고
　　지어미는 지애비를 부추겨 줘야 하고
⑤' 쑥구렁에 옥돌처럼 호젓이 묻혀 있을 일인가?

이 외 '그대 한 송이 국화꽃을 피우기 위해'는 「국화 옆에서」를, '괜찮다!
괜찮다! 그대 능청 떨지 말라'는 「내리는 눈발속에서는」에 나오는 다음
구절을 차용한 것이다.

괜, 찬, 타, ……
괜, 찬, 타, ……
수부룩이 내려오는 눈발속에서는
까투리 매추래기 새끼들도 깃들이어 오는 소리. ……
괜찬타, …… 괜찬타, …… 괜찬타, …… 괜찬타, ……

이 작품은 미당이 가장 고통스러운 시기에 쓴 것이지만 내리는 눈발을
보고 독특한 뉘앙스를 환기시키는 '괜, 찬, 타'의 표현으로 모든 인간사를
포용하는 여유를 나타낸다. 그러나 문병란의 「가난」에 차용된 이 시구의
의미는 절박한 현실에 대한 방관과 위선적 삶을 비판하기 위한 의도적
장치라 할 수 있다.

9. 김광규의 「희미한 옛사랑의 그림자」와 최영미의 「또 다시 희미한 옛사랑의 그림자」

4·19가 나던 해 세밑
우리는 오후 다섯시에 만나
반갑게 악수를 나누고
불도 없는 차가운 방에 앉아
하얀 입김 뿜으며
열띤 토론을 벌였다

어리석게도 우리는 무엇인가를
정치와는 전혀 관계없는 무엇인가를
위해서 살리라 믿었던 것이다
결론 없는 모임을 끝낸 밤
혜화동 로터리에서 대포를 마시며
사랑과 아르바이트와 병역 문제 때문에
우리는 때묻지 않은 고민을 했고
아무도 귀 기울이지 않는 노래를
누구도 흉내낼 수 없는 노래를
저마다 목청껏 불렀다
돈을 받지 않고 부르는 노래는
겨울밤 하늘로 올라가
별똥별이 되어 떨어졌다
그로부터 18년 오랜만에
우리는 모두 무엇인가가 되어
혁명이 두려운 기성세대가 되어
넥타이를 매고 다시 모였다
회비를 만원씩 걷고
처자식들의 안부를 나누고
월급이 얼마인가 서로 물었다
치솟는 물가를 걱정하며
즐겁게 세상을 개탄하고
익숙하게 목소리를 낮추어
떠도는 이야기를 주고받았다
모두가 살기 위해 살고 있었다
아무도 이젠 노래를 부르지 않았다
적잖은 술과 비싼 안주를 남긴 채
우리는 달라진 전화번호를 적고 헤어졌다
몇이서는 포커를 하러 갔고
몇이서는 춤을 추러 갔고

몇이서는 허전하게 동숭동 길을 걸었다
돌돌 말은 달력을 소중하게 옆에 끼고
오랜 방황 끝에 되돌아온 곳
우리의 옛사랑이 피 흘린 곳에
낯선 건물들 수상하게 들어섰고
플라타너스 가로수들은 여전히 제자리에 서서
아직도 남아 있는 몇 개의 마른 잎 흔들며
우리의 고개를 떨구게 했다
부끄럽지 않은가
부끄럽지 않은가
바람의 속삭임 귓전으로 흘리며
우리는 짐짓 중년기의 건강을 이야기했고
또 한 발짝 깊숙이 늪으로 발을 옮겼다
　　　　　　　　　-김광규의 「희미한 옛사랑의 그림자」 전문-

　김광규 시는 60년대 이후 관념과 추상이 주조를 이루어 왔던 현대시 경향에 비해 평범한 일상 주변사를 매우 구체적이면서도 단순하게 이야기 하듯 서술해가면서 삶을 성찰하여 그 진실을 정확히 포착하고 있다. 그의 시는 치열한 현실 고발이나 사회 모순에 대한 커다란 저항은 없지만 생생한 언어의 생동감을 통해 현실을 냉철하게 인식하며 반성하는 경향이 주조를 이룬다. 이 '희미한 옛사랑의 그림자'는 원래 외국 가요의 국내 번안 제목으로 일상생활에서 흔히 들어 왔던 대중가요의 구절이다. 제목만큼이나 지나간 사랑의 추억은 그리움과 회한의 정서를 불러일으켜 누구에게나 친근감을 느끼게 한다. 이 시에서도 젊은 날의 열정은 사라지고 희미한 옛사랑의 그림자만 어른거려 그 열정을 그리움으로 떠올리게 된다. 중년 화자의 시점에서 무기력하고 속물화된 현재의 모습이 18년 전 학창 시절의 순수했던 열정과 대조되어 애상적 어조로 솔직 담백하게 서술되고 있다. 중년 화자는 과거 4·19혁명의 열기에 가득 찼던 젊은 시절을 회상하면서 세월의 자취만큼이나 변해버린 부끄러운 자화상을 구체적인 이야기 형식으로 정직하게 토로한다. 그러나 이 '나'라는 화자는 개인적 고백에 머무르지 않고 '우리'라는 집단적 화자의 시선으로 비쳐져 삶의 순수성과 진정성을 상실한 채 살아가는 모습들을 반영한다.

이 시는 연 구분이 없는 장시 형태이지만 편의상 내용 중심으로 볼 때 1~19행의 열정어린 젊은 시절 회상, 20~37행의 중년이 된 소시민의 모습, 38~49행의 변화된 모습에 대한 통찰과 회오 등 3연으로 나눌 수 있다.

1연 : 4·19가 나던 해 차가운 방에서 열띤 토론을 벌이며 '때묻지 않은 고민'을 했던 젊은 시절을 회상하는 내용이다. 현실이 정치적 관계와 얽혀 있다는 사실을 알지 못했던 대학생들은 자신의 열정과 순수성이 세상을 밝히는 불이 되리라 믿었다. 그러나 '별똥별이 되어 떨어졌다'처럼 그 순수성과 열정이 현실의 벽에 부딪쳐 좌절된다.

2연 : 18년 후 동창들은 '혁명이 두려운 기성세대가 되어' 평범한 소시민으로 만난다. 그들은 생활에 찌든 소시민처럼 서로 만나 만원씩 회비를 걷고 치솟는 물가를 걱정하며 정치와 관련된 이야기를 낮은 목소리로 주고 받는다. 그리고 모임이 끝난 후 일부는 여흥을 즐기러 갔지만 몇몇은 허전한 마음 속에 동숭동 옛 캠퍼스를 찾는다.

3연 : '옛사랑이 피흘린 곳에' 낯선 건물이 들어서 있을 뿐 반겨주는 이는 아무도 없이 플라타너스 몇 그루가 서서 그들의 부끄러움을 일깨운다. 그러나 그나마 스스로를 반성할 수 있는 순간도 저버린 채 그들은 다시 속화된 일상성으로 되돌아간다. 시적 화자는 현재의 삶인 '늪'으로 다시 발을 옮기듯이 그만큼 빠져버리거나 빠져나올 수 없는 상태이다. 이러한 삶 속에서 '희미한 옛사랑의 그림자'에 대한 그리움과 회한은 더욱 커진다. 이런 회한의 감정은 우리를 진정한 반성 차원으로 이끌어간다.

이 시의 전체 구조 틀은 대조적 비유가 특징을 이루는데, '불도 없는 차가운 방에 앉아/ 하얀 입김 뿜으며/ 열띤 토론을 벌였다' → '혁명이 두려운 기성세대가 되어/ 넥타이를 매고 다시 모였고', '사랑과 아르바이트와 병역 문제 때문에/ 우리는 때묻지 않은 고민을 했고' → '치솟는 물가를 걱정하며/ 즐겁게 세상을 개탄하고', '저마다 목청껏 불렀다' → '아무도 이젠 노래를 부르지 않았다'에 나타난다. 즉 부끄러워 전전긍긍하는 현실 속의 자아와 이 모습을 회오의 눈으로 바라보는 내면 속의 자아가 대조되고 있다. 이 외 '즐겁게 세상을 개탄하고'의 반어법, '부끄럽지 않은가/ 부끄럽지 않은가'의 자괴감 섞인 반복법, '별똥별이 되어 떨어졌다' '바람의 속삭임 귓전으로 흘리며' 등의 감각적 표현이 시적 긴장감과 생동감을 높이고 있다.

불꺼진 방마다 머뭇거리며, 거울은 주름살 새로 만들고
멀리 있어도 비릿한, 냄새를 맡는다
기지개 켜는 정충들 발아하는 새싹의 비명
무덤가의 흙들도 어깨 들썩이고
춤추며 절뚝거리며 4월은 깨어난다

더러워도 물이라고, 한강은 아침해 맞받아 반짝이고
요한 슈트라우스 왈츠가 짧게 울려퍼진 다음

9시 뉴스에선 넥타이를 맨 신사들이 침통한 얼굴로 귀엣말을 나누고
청년들은 하나 둘 머리띠를 묶는다

그때였지
저 혼자 돌아다니다 지친 바람 하나
만나는 가슴마다 들쑤시며 거리는 초저녁부터 술렁였지
발기한 눈알들로 술집은 거품 일 듯
부글부글 취기가 욕망으로 발효하는 시간
밤공기 더 축축해졌지
너도 나도 건배다!
딱 한잔만
그러나 아무도 끝까지 듣지 않는 노래는 겁 없이 쌓이고
화장실 갔다 올 때마다 허리띠 새로 고쳐맸건만
그럴듯한 음모 하나 못 꾸민 채 낙태된 우리들의
사랑과 분노, 어디 버릴 데 없어
부추기며 삭이며 서로의 중년을 염탐하던 밤
새벽이 오기 전에 술꾼들은 제각기 무릎을 세워 일어났다
택시이! 부르는 손들만 하얗게, 텅 빈 거리를 지키던 밤
4월은 비틀거리며 우리 곁을 스쳐갔다
해마다 맞는 봄이건만 언제나 새로운 건
그래도 벗이여, 추억이라는 건가
　　　　　　　　　　－최영미 「또 다시 희미한 옛사랑의 그림자」 전문－

　이 작품은 제목뿐만 아니라 시적 동기, 구조, 소재, 이미지 등에서 원작
과 유사점을 발견할 수 있다. ‘4월은 자유와 민주화를 열망하는 4·19혁명
을 의미한다. 자연의 섭리처럼 해마다 4월이 되면 ‘무덤가의 흙들도 어깨
들썩이고/ 춤추며 절뚝거리며’ 다시 깨어난다. 그러나 오늘의 현실은 순수
한 열정과 혁명의 의지가 사라진 것이 원작과 흡사하다. 젊은 시절에 ‘청년
들은 하나 둘 머리띠를 묶는’ 것처럼 굳은 신념과 열정을 갖고 행동하려

했지만 이미 중년이 되어버린 지금은 술집을 전전하며 '술꾼'이 되어 밤거리를 배회한다. 그리고 순수한 열정으로 '그럴듯한 음모 하나 못 꾸민 채' 늙어간다. 이처럼 이 시는 원작처럼 중년이 되면서 현실에 안주하며 현실주의자가 되어버린 소시민의 삶을 비판하려는 의도를 담고 있다. 원작과 패러디 관계는 두 작품 모두 과거의 청년들이 지금은 중년으로 변했고, 4·19세대의 순수한 열정과 신념, '우리'라는 공동체적 화자의 시선, 소시민적 삶에 대한 비판과 회오, 술집 배경, 3연의 구조 등에서 엿볼 수 있다. 그 외 구체적인 패러디 관계의 시구를 비교해 보면 이미지나 분위기 면에서 유사점을 발견할 수 있다.

「희미한 옛사랑의 그림자」
① 하얀 입김 뿜으며/ 열띤 토론을 벌였다
② 누구도 흉내낼 수 없는 노래를/ 저마다 목청껏 불렀다
③ 혁명이 두려운 기성 세대가 되어/ 넥타이를 매고 다시 모였다
④ 익숙하게 목소리를 낮추어/ 떠도는 이야기를 주고 받았다

「또 다시 희미한 옛사랑의 그림자」
①' 청년들은 하나 둘 머리띠를 묶는다
②' 그러나 아무도 끝까지 듣지 않는 노래는 겁 없이 쌓이고
③' 9시 뉴스에선 넥타이를 맨 신사들이
④' 침통한 얼굴로 귀엣말을 나누고

① ①'은 젊은 시절의 순수한 열정과 신념을, ② ②'는 젊음의 패기를, ③ ③'은 소시민이 된 중년 모습을, ④ ④'은 현실 정치 상황에 대한 자유스럽지 못한 분위기를 각각 느낄 수 있다. 그리고 원작이 평이하면서도 단순하게 이야기체로 서술되는 반면에, 패러디한 작품은 풍부한 상상력의

확대로 감각적이고 신선한 시적 비유가 돋보인다. 특히 기괴하면서도 폭력적인 비유('기지개 켜는 정충들 발아하는 새싹의 비명' '발기한 눈알들로 술집은 거품 일듯' '그럴듯한 음모 하나 못 꾸민 채 낙태된 우리들의 사랑과 분노')는 독자가 당혹할 정도로 시적 긴장감을 높인다.

10. 김소월의 「往十里」와 박목월의 「왕십리」

비가 온다
오누나
오는비는
올지라도 한닷새 왓스면죠치.

여드레 스무날엔
온다고 하고
초하로 朔望이면 간다고햇지.
가도가도 往十里 비가오네.

웬걸, 저새야
울냐거든
往十里건너가서 울어나다고,
비마자 나른해서 벌새가 운다.

天安에삼거리 실버들도
촉촉이저젓서 느러졋다데
비가와도 한닷새 왓스면죠치.
구름도 山마루에 걸녀서 운다.

— 김소월의 「往十里」 전문 —

「왕십리」는 기승전결 형태의 매 연 4행 구조로 각각 3, 4행에는 객관적 상관물이 나타난다. 그리고 주체의 불투명성, 연 사이의 비약적 전환, 이미지의 병치, 다양한 형태의 종결어미(감탄, 청유, 평서문), 대화적 화법 등이 특징을 이루고 있다. '왓스면 죠치' '햇지(~다네)' '~하고(~다고)' 등의 종결어미는 도달할 수 없는 목적을 향한 바람, 혹은 체념의 분위기를 환기시킨다. 또한 전통적인 3음보, 7·5조에다 '오누나' '오는' '올지라도' '왓스면' 등의 '오'운, '울냐거든' '울어나다고' '운다' 등의 '우'운 반복은 경쾌한 리듬을 자아낸다. '오'운의 반복 효과는 독자의 관심을 계속 내리는 비에 붙잡아두고 2연의 '온다고 하고/ 간다고 했지'에 이어지면서 사람을 연상케 하여 기다림의 상황으로까지 전개된다. 그래서 내리는 비는 부재하는 님과 기다림의 정서를 대변하고 시적 화자는 이러한 정조를 반영하듯 '한닷새 왓스면 죠치'라는 역설적 표현을 하고 있다. 울음, 나른함, 젖음, 늘어짐 등의 시적 정서와 상황 묘사는 이별과 기다림에 따른 애틋한 슬픔을 반영한다. '비'는 화자에게 님을 생각하게 하거나 기다리게 해 슬픔에 젖게 하고, 님을 오지 못하게 해 장해 인자로 작용한다.

1연: 감탄형, 서술형 종결어미 형태의 독백 어조로 화자의 슬픈 정조를 내리는 비에 투사시킨다. '오는' 주체가 비이지만, 다음 연에서는 인간으로 발전해간다. '한닷새 왓스면 죠치'는 그 정도면 충분하므로 이제 그쳤으면 좋겠다는 원망의 심리가 나타난다.

2연: 1, 2행과 3행이 대구를 이루며, '오다/ 가다'의 행위가 반복된다. 오고 가는 주체가 '비'인지 인간인지 불투명하다. 만일 인간이라면 떠난 주체는 님이고, '가도가도'의 주체는 시적 화자로 님이 그리워 '왕십리'의 공간에 갇혀 기다리고 있다. '가도가도'의 반복 어휘는 과거적 상황이 현재까지, 앞으로도 계속 진행되는 시간의 지속성을 나타낸다. '간다'는 행위는 무한히 반복되지만, 그렇다고 가지 않으면 안 되는 당위론적 숙명성과 가보았자 뚜렷한 목적지가 없는 헤맴의 양면성을 지닌다. '~했지'의 간접 인용법 어투가 실현 가능성의 불확실성을 암시하듯 화자는 님이 오리라는 확신도 없이 무작정 기다리는 애틋함을 보인다.

3연: '벌새'는 벌처럼 꽃의 꿀을 빨아먹는 작은 새이다. '웬걸'은 의외의 상황에 대한 의심, 부정, 강조를 나타내는 감탄 진술로,[22] 다음 쉼표 표시는 화자와의 동격을 나타내는 장치라고 할 수 있다. 자유롭게 비상해야 할 '벌새'가 왕십리를 가기도 전에 비를 맞아 나른해 지쳐 우는 모습은 육체적·정신적으로 지친 화자의 심리 상태를 반영한다. 화자는 새에게 대화적 어법으로 고조된 감정을 이완시키지만 '운다'의 지배소가 '왕십리'를 벗어날 수 없는 존재의 숙명성에 대한 슬픈 정서를 묶어두고 있다.

4연: 3행은 1연의 4행에, 4행은 3연의 4행에 각각 대칭되는 반복 형태의 구조이다. '천안삼거리'의 실제 지명을 사용한 것은 보편적 정서의 유대감을 환기시키기 위한 것이다. '구름'이 개인적 정서를 반영한다면, '천안삼거리'는 공간성을 확보해 집단적 정서를 반영한다. 설령 '왕십리'를 벗어난다 해도 '천안삼거리'에까지 내리는 비는 기다림에 묶여 있는, 즉 굴레를 벗어날 수 없는 인간 존재의 한계 상황을 내포한다. '도'의 한정조사는 '우는' 행위와 '벌새' '실버들' '구름' 등의 대상에 감정이 이입되는 기능을 한다.

---

22) 정끝별, 「애련한 기다림의 공간, 왕십리」, 『시의 아포리아를 넘어서』, 이룸(2001), p.18.

'왕십리'는 '십리를 더 가다'는 뜻이지만, 그 목적지에 도달해도 힘든 길을 더 가야 하는 당위성을 지닌다. 이 곳은 님에 대한 기다림과 그리움의 복합적인 정서를 내포한 관념적인 공간으로 '나'와 '님', '고향' 사이의 주관적 거리를 뜻한다. 더 나아가서 님을 상실한 화자의 처지는 일정한 곳에 정착하지 못하고 정처 없이 떠도는 유랑민의 슬픔으로 확대된다. 귀향하려는 회귀 본능과 그럴 수 없는 현실 상황과의 괴리감에서 야기되는 당대의 슬픔을 반영하고 있다. 가야 하는 당위성 속에서 안식처에 정착할 수 없는 유랑민의 슬픈 정조가 내리는 비에 잘 반영되어 있다.

> 내일 모레가 六十인데
> 나는 너무 무겁다.
> 나는 너무 느리다.
> 나는 外道가 지나쳤다.
> 가도
> 가도
> 바람이 입을 막는 往十里
>
> ─박목월의 「왕십리」 전문─

이 시는 군더더기 묘사나 수식이 없이 아주 간결한 형태로서 두운과 낱말 반복이 중심을 이룬다. 노년에 접어든 시적 화자는 반성적 주체로서 자신의 삶을 반추하며 스스로 깨달음과 회한을 토로하고 있다. 전체적인 시상은 단정적이면서도 직설적인 어조로 상황을 단순하게 고백하는 듯하지만 삶의 무게만큼이나 행간에 숨겨진 의미는 상상력의 확대를 불러온다. 인생에서 '육십'이란 나이는 치열한 삶의 현장에서 한 발짝 물러나 허무와 죽음을 인식하며 삶의 발자취를 뒤돌아보는 때이다. 화자는 '무겁다' '느리다'는 표현만큼이나 인간의 유한적 존재성에 대한 통찰로써 아쉬움과 아픔을 고백한다.

2, 3, 4행은 자신의 삶을 성찰하면서 자책하는 태도를 보인다. '무겁다'의 중량감은 후회에 따른 고통의 감정 척도를, '느리다'는 깨달음의 시간적 인식을 의미한다. 즉 순리대로 가지 않고 인간적 욕심이나 욕망에 따른 삶을 돌이켜 볼 때 고통스럽고 아쉬움이 남는다는 것이다. 화자가 세상 이치를 생각하고 인생을 돌이켜 볼 이순(耳順)의 나이인데도 삶이 무겁고 느리게 느껴지는 것은 '外道'에 집착했기 때문이다. '외도가 지니쳤다'는 것은 살아가는 현실적 조건에 급급했던 자신의 삶에 대한 강렬한 질책이라 할 수 있다. 이런 자아 반성적 인식은 2, 3행의 현재 상황에서 느끼게 되는 원인 제공에 따른 결과이다.

5-7행은 지나온 삶의 역정과 고투로 김소월의 「往十里」 8행을 차용한 구절이다. 원작의 1행을 3행으로 처리한 것은 '가다'는 행위의 지속성을 강조하기 위한 장치로 과거에서부터 앞으로도 계속 그럴 것이라는 반복성을 나타낸다. '왕십리'를 가는 길은 누구나 추구해야 할 인생의 본질론적 문제이다. '바람'은 正道를 가지 못하게 했던 부정적인 인자로 자아 반성하는 화자에게 어떠한 합리화도 허용하지 않는 결벽성을 지닌다. '왕십리'는 삶의 현실적 조건과 방황을 뜻하는 관념적인 공간으로, 그 곳을 가는 길은 존재의 유한성을 초극하고 통찰의 깊이를 인식하는 동적 인자로 초월적 진리를 깨달을 수 있는 과정이라 할 수 있다. '외도' '바람'은 이 '왕십리'라는 부정적 요소를 강화시키는 촉매 역할로 작용한다. 따라서 이 시는 외도의 삶을 반추하면서 順理와 轉身, 이쪽과 저쪽의 삶이 조화를 이루는 균형잡힌 세계, 즉 있어야 할 삶에의 갈망을 담아냈다고 볼 수 있다.[23]

---

23) 손진은, 「시 '往十里'의 상호텍스트성 연구」, 『어문학』76집(2002), p.379.

원작과 비교해 반복성의 차이를 살펴보면, 실제 지명에서 관념적 공간으로 발전한 '왕십리', 절망적·부정적 현실 인식을 각각 내포한 '비'와 '바람'의 이미지, 님의 부재에 따른 현실의 절망적 상황과 반성적 주체로서 자아 탐구를 추구하는 '가다'의 동적 인자, 그리고 '간다'는 행위가 원작에서는 개별성과 역사성을 지닌다면 패러디한 작품은 개별성에 국한된다.

11. 정호승의 「허허바다」와 정희성의 「허허」

> 찾아가 보니 찾아온 곳 없네
> 돌아와 보니 돌아온 곳 없네
> 다시 떠나가 보니 떠나온 곳 없네
> 살아도 산 것 이 없고
> 죽어도 죽은 것이 없네
> 해미가 깔린 새벽녘
> 태풍이 지나간 허허바다에
> 겨자씨 한 알 떠 있네
>
> -정호승의 「허허바다」 전문

이 시는 비연시이지만 거의 매 행 반복되는 '~이(니)~네(에)'의 서술형 종결어미 형태 구조를 바탕으로 편의상 ①~③행, ④~⑤행, ⑥~⑧행의 3단락으로 나눌 수 있다. 전체적으로는 '있네/없네'의 대립과 3음보, 3·3조의 변이형태에 대구적 구조를 지니고 있다. 그리고 '찾아가다'와 '돌아오다', '떠나가다'와 '떠나오다', '살다'와 '죽다', '허허바다'와 '겨자씨'의 대비를 통한 진한 삶의 허무감과 '찾아가보니 찾아온 곳 없고', '돌아와보니 돌아온 곳 없고' '다시 떠나가보니 떠나온 곳 없는 인생에서 '살아도 산 것이 없고'

'죽어도 죽은 것이 없다'는 인식이 삶의 아이러니를 반영하고 있다.

　이런 아이러니 구조는 표면적 표현이 두드러진 ①~⑤행의 전반부와 삶의 통찰이 드러난 ⑥~⑧행의 후반부로 나눌 수 있는데, 전반부는 다시 장소적 개념의 '곳'이미지가 사용된 ①~③행과 존재적 개념의 '것'이미지가 사용된 ④~⑤행으로 나눌 수 있다. 시적화자는 ①~③행에서 어느 곳에서부터 떨어져 다른 어딘가에 도착한 상태에서 뒤를 돌아본다. 그러나 과거의 삶은 망각되고 찾아간 곳과 돌아온 곳, 떠나간 곳은 이미 지워져버린다. 이 지점에서 화자는 ④~⑤행에서 보여주듯 살고 죽는 것이 전반부와 같다는 인식 상황에 놓이게 된다. 즉 살다가 죽으면 남김없이 지워져버리는 인생의 허무함을 느끼는 것이다. 찾아온 곳은 그렇게 그리던 그곳이 이미 아니다. 안주할 곳이 없어 부표처럼 떠다니는 존재 상실감과 부재 상태의 허무성이 드러난다.

　그러나 ①~⑤행의 허무적 인식은 ⑥~⑧행에서는 다시 한 번 아이러니컬한 상황에 놓이게 된다. 그것은 '태풍이 지나'가고 '바다안개(해미)'가 깔린, 아무것도 없는 것 같은 '허허바다'에서 '겨자씨 한 알'을 발견하는 것이다. 이런 상황은 시적 화자가 직접 바다에서 겨자씨를 목격했다고 볼 수 없기에 세상을 바라보는 따뜻한 희망의 시선이라 할 수 없다. 그것은 찾아가지 않고 돌아오지 않아도, 떠나지 않아도 남아 있는, 또한 살아도 죽은 것, 죽어도 살아 있는 것에 대한 희망이라는 인식이다. 고독한 인간의 숙명과 그것을 극복할 미세하고도 따뜻한 사랑의 시선이라 할 수 있다.

　이런 시적 분위기는 이 작품이 발표된 시기인 1997년 IMF 위기 상황과 맞물려 있다. '태풍'이 불어닥친 절대절명의 상황에서 앞날은 마치 '해미'가 짙게 깔려 한 치 앞도 내다볼 수 없는 까마득하고 막연한 상황이었을 것이다. 그러나 이런 절박한 상황에서도 '겨자씨 한 알 떠'있는 한 줄기 희망의 길이 놓여있다.

> 5공 시절 겁이 많아 뒷전에 섰던 나를
> 별 수 없는 소시민이라 손가락질하더니
> 이제 와선 좌파라고 물러나라 다그치네
> 체셔 고양이[24]가 얼굴 가리고 웃겠네
> 몸뚱이가 있어야 목을 자르지
> 아, 물러나고 싶어도 물러날 자리 없네
> <u>떠나온 곳 가보니 떠나온 곳 없네</u>
> 그 사이 세월은 얼마나 흘렀던가
> 머리숱이 성글고 어금니가 흔들리네
>
> -정희성의 「허허」 전문

이 작품은 시제뿐만 아니라 원작의 '다시 떠나가보니 떠나온 곳 없네'와 ⑦행 '떠나온 곳 가보니 떠나온 곳 없네', 원작의 '살아도 산 것이 없고/죽어도 죽은 것이 없네'와 ⑥행 '물러나고 싶어도 물러날 자리 없네' 등에서 패러디 관계를 확인할 수 있다. 즉 4음보 중심으로 '~고/도~네'의 연결 서술형이 원작의 '~이/니~네'와 같은 반복형태 구조를 취하고 있다. 이런 형태구조는 '~(하)다'라는 단정적인 서술적 마무리의 성격을 지녀 두 시 사이의 패러디 관계를 좀 더 명확하게 짚어주는 구실을 한다. 원작의 허무한 정서를 차용하여 아이러니컬한 처지에 놓인 시적 화자의 상황을 효과적으로 표현하고 있는 것이다.

「허허」는 사회에 대한 냉소적 시선을 도드라지게 나타내고 있다. 시적 화자는 5공 시절에 겁이 많아 뒷전에 물러섰다는 이유로 '소시민'으로

---

24) 치즈로 유명한 체셔 지방에서 간판에 웃는 고양이를 그리거나 치즈로 웃는 고양이를 만드는 풍습에서 나온 '체셔 고양이 같은 웃음'이라는 속담에서 기원.

손가락질 당하고 지금은 '좌파'라며 물러나라고 다그침을 당한다. 따라서 화자는 시대에 편승하는 그런 세인들에게 환멸을 느끼며 '체셔 고양이'가 얼굴을 가리고 웃을 일이라고 냉소한다. 그러면서 '몸뚱이가 있어야 목을 자'를 수 있는 것처럼 그것이 뜻대로 되지 않을 것이라 여긴다. 지금은 ⑥⑦행처럼 시적화자의 인생이 이미 많은 세월을 보내고 늙어버렸기 때문이다. 이 시는 정희성 시인의 삶과도 매우 밀접한 관계가 있어 보인다. 그가 한때 민족문학작가회 이사장직을 맡고 있었던 시대를 생각해 볼 때, '물러날 자리'를 추측해 볼 수 있다.

두 작품 공히 제목에서도 인생의 허무함에 대한 정서를 반영하고 있다는 것에서 유사성을 느낄 수 있다. 원작의 「허허바다」가 '겨자씨'와의 대비를 통해 아무것도 있지 않을 것 같은 안개 낀 망망대해에도 희망의 알갱이가 있음을 강조하기 위한 아이러니컬한 상황이라면, 「허허」는 오히려 시대에 편승하는 세인들을 바라보는 냉소적 시선을 강하게 보내고 있다 그러면서도 자신의 삶의 태도를 시시콜콜 변호하거나 합리화하지 않고 모든 것을 '허허' 웃음으로써 인생의 달관의 경지를 보여준다.

12. 천상병의 「귀천」과 정희성의 「야망」

나 하늘로 돌아가리라
새벽빛 와 닿으면 스러지는
이슬 더불어 손에 손을 잡고,

나 하늘로 돌아가리라
노을빛 함께 단둘이서

기슭에서 놀다가 구름 손짓 하며는,

나 하늘로 돌아가리라
아름다운 이 세상 소풍 끝내는 날,
가서, 아름다웠더라고 말하리라…

-천상병의 〈귀천〉 전문

　이 시는 3연 3행, 매 연 서두에 '나 하늘로 돌아가리라'는 반복형태 구조
로 자유시인데도 외형적으로 정형시처럼 보인다. 전체적으로 현란한 장식
적 수사나 지적 조작이 없이 단순하고 투박한 느낌이다. 혹자는 반복구인
'나 하늘로 돌아가리라'를 자칫 현실을 회피하려는 것으로 볼 수도 있으나,
마지막 행인 '가서, 아름다웠다고 말하리라'의 구절로 보아 현실초월의 자
세로 느낄 수 있다. 사전적으로 '돌아가다'의 의미는 "본래의 있던 곳으로
가거나, 그 상태가 되는 것"을 뜻한다.
　시적화자는 이 세상에서의 삶을 잠깐 천상에서 휴식을 취하러 온, 마치
소풍 나온 것으로 본다. 이런 삶에 대한 달관과 명상, 죽음을 초월한 달인
의 경지는 노장사상의 세계관을 느낄 수 있다. 장주는 삶과 죽음을 동일한
한 가지 현상의 앞과 뒤같은 것으로 보고 있고, 노자는 삶과 죽음을 세상
에 나왔다가 다시금 돌아가는 과정으로, 온갖 만물에 공통된 법칙으로 파
악하고 있다.[25] 자연의 이치는 모든 존재가 원점으로 돌아갈 수밖에 없는
보편적인 현상이다. 한 생물이 순환 반복되는 삶과 죽음도 연속적이고 동
일한 형태이다. 무속에서도 인간을 육신과 영혼의 이원적 결합체로 본다.
영혼은 인간 생명의 근원으로 시공을 초월한 무형의 정기인데, 이 영혼이
육체와 결합할 때 인간으로서 존재성을 지니지만, 분리될 때에는 죽음의

---

25) 막스 칼텐마르크, 장원철 역, 『노자와 도교』, 까치(1993), P.125

상태에 이른다. 육체는 썩어 없어지나 영혼은 불멸하여 저승에 간다. 따라서 죽음이란 단지 이승을 떠나 제자리인 저승으로 되돌아가는 것이다. 삶과 죽음은 거리가 가깝고 자연스럽다. 이것은 코스모스적 육신의 존재로부터 카오스적 영원 존재로 회귀한다는 무속의 원형적 영혼관·사상관이라 할 수 있다.26)

　이 시에서 시적 화자는 천상과 지상의 대립 구조 속에서 그 영역을 자유롭게 넘나들며 인생을 달관해 관조하는 여유가 있다. 영혼 세계인 천상 이미지는 '하늘"새벽빛"구름'으로, 육적 세계인 지상 이미지는 '이슬''노을' '기슭' 등으로, 즉 '천상/지상"하늘/세상 기슭' '새벽빛/노을"구름/이슬' 등 대립적인 구조를 지닌다. 천상 이미지는 정신적 자유로움의 상승과 초월 지향성 속에서 순간적이고 현실적인 육신의 세계를 벗어나 신적 질서의 편입을 반영한다. '하늘'은 자연의 섭리에 따른 우주질서의 표상으로 인간의 윤리적 삶에 대한 가치척도의 기준이 되어 자아의 존재 완성을 구현하는 공간이다. 즉 자아성찰의 매개로서 아름다운 것, 순결한 것, 열린 것, 꿈꿀 수 있는 것으로서 천상적 질서에 도달하고자 하는 것이다. 이에 반해 지상적 이미지인 '노을' '이슬' 등은 일시적인 순간성이나 소멸성으로 육신의 한계성을 뜻한다. 따라서 고등종교 세계에서나 희랍철학에서는 일반적으로 이 육신의 세계를 배타적이고 부정적인 것으로 바라본다.

　그러나 시적 화자는 이 시에서 지상 세계를 배타적이거나 부정적으로 보지 않고 있다. 이 시에서는 인간사의 희로애락이 직관적으로 표출되지 않을 뿐만 아니라 치열한 생의 갈등이나 좌절도 나타나지 않는다. 화자는 육적 욕망을 초연한 상태에서 세상을 관조한다. 그가 삶을 하늘로부터 소

---

26) 이몽희, 『한국 현대시의 무속적 연구』, 집문당(1990), P.27

풍 온 것에 비유한 것은 인간의 삶에 갈등·고통·욕망·불행 등이 없다
는 것이 아니라 그만큼 달관의 경지에서 대상을 아름답게 본다는 것이다.
그는 모든 대상이나 가치관을 맑게 여과시켜 자연의 서정성을 바탕으로
티 없이 맑고 순수한 동심의 세계로 바라본다. 이런 순수 동심지향성은
결코 자신의 고고함이나 이상을 위해 혼탁한 현실을 비하하거나 도피하려
는 위장된 모습이 아니다. 오히려 세상물정을 모르는 순수함 그대로이기
때문에 때로는 바보스럽고 연민의 대상이 되는 것이다. 이런 순수지향성
은 각박하면서도 물질지향적인 현대인의 삶에 휴머니즘적 정신의 기틀을
마련해준다. 또한 서정적 표현의 아름다움 속에서 달인의 인생관과 사상
의 깊이를 느낄 수 있다.

> 무슨 야망이 남아 있는 것도 아닌데
> 내 마음 이렇게 무거운 것이냐
> 벗은 나더러 이념을 그만 내려놓으라 한다
> 이제 우리가 가지고 있던 것도 하나하나
> 버려야 할 나이가 되지 않았느냐고
> 아무 생각 없이 거드렁거리며 놀다 가자고
> 그럴 리도 없겠지만 청문회에 불려나가
> 재산이 몇푼 안 된다는 게 들통나서
> 지금까지 뭐 하고 살았냐고 추궁당할까봐
> 걱정인 나더러 별걱정 다한다고
> 아무것도 가진 것 없는 나더러
> 무엇을 더 내려놓으라고
> 그것이 팔자고 자기 몫의 십자가라고
> <u>나 하늘로 돌아가리라 하며</u>
> <u>이 세상 소풍 끝내고 돌아가는</u>
> 천상병 시인만큼 가볍지는 않은 걸 보면

무언가 내 마음에서 더 내려놓아야 할 것이
있기는 있는지도 모르지만

-정희성의 〈야망〉 전문

 이 작품은 연 구분이 없지만 편의상 ①~⑥행, ⑦~⑬행, ⑭~⑱행 등 3단락으로 나눌 수 있다. 첫 단락은 이념까지 내려놓고 인생말년을 유유자적하게 보내자는 벗의 권유, 두 번째 단락은 '청문회'비유를 통해 반어적으로 화자 자신의 물질적 가난의 변호, 세 번째 단락은 무소유한 삶 속에서도 신념을 포기하지 않겠다는 냉소적 태도 등을 나타낸다. 전체적인 시상은 표면적으로 자책하는 어조를 띠지만 은연중 자신의 삶의 가치관을 변호하기 위해 냉소적·반어적 태도로 덤덤하게 고백하는 어투를 취하고 있다.
 이런 자신의 합리화는 마지막 행인 '있기는 있는지도 모르지만' 내려놓을 것이 아무것도 없다는 반어적 어조에서 강조된다. 그러나 벗의 권유에 쉽게 수긍하지 못하는 화자의 고뇌는 '팔자고 자기 몫의 십자가'라는 숙명적인 체념으로 자기성찰을 위한 숙고가 뒤따르고 있다. 벗이 권유하는 핵심적인 화제는 '내려놓으라'와 '버려야 할 것이다. 자신은 내려놓고 버려야 할 것이 아무것도 없다고 생각했지만 벗의 충고를 통해 그것이 '이념'임을 알 수 있다. 그것은 마음 한구석에 무겁게 느껴지고, 또한 '이 세상 소풍 끝내고 돌아가는' 무소유의 삶만큼 가볍지 않게 느껴지는 반증일지도 모른다. 이념이란 한 개인이나 사회의 밑바탕에 깔려있는 정치관이나 사회관, 세계관으로 삶의 방향을 정하고 가치를 추구하는 주요인자이다. 따라서 화자는 이런 이념이라는 신념까지도 버려야한다는 데에 자조어린 자괴감에 젖는 것이다. 화자가 천상병 시인의 시 구절을 패러디한 의도는 벗의 권유에 자신을 되돌아보며 더 내려놓고 버릴 것을 찾기 위한 장치로, 혹은 천상병 시인의 무소유와 현실초탈의 삶을 권유하는 벗의 말과 대비해 '아무 생각없이 거드렁거리며 놀다가자'는 부르주아적 교만의 가치관에 대한 기대감(야망)을 비판한 것으로 볼 수 있다.

4장: 현대시에 나타난 김춘수의 「꽃」의 패러디 양상

1. 서론

　김춘수의 「꽃」을 모방한 일련의 작품들은 일반적으로 원텍스트를 비판적으로 재해석하는 '비판적 패러디' 양식을 취하고 있다. 이런 유형은 60년대 이후 작품에 나타난 전경화 장치가 선명하여 패러디 기법을 통해 원텍스트에 대한 비판 및 재해석의 정도나 동기가 뚜렷한 것에 기인한다. 이렇게 패러디화 형식은 선행 작품을 재구성·초맥락화하는 통합적 구조의 모방 과정으로 항상 타자를 향해 열려 있는 텍스트의 원리이다. 따라서 원전을 밝혀 영향 관계를 제시하여 가치 평가를 내리기보다 이런 패러디화를 통해 목적의식이 얼마나 효과적인 미적 가치를 얻느냐가 중요하다.

　패러디는 원텍스트와 패러디한 텍스트 간의 상호 관계 속에 나타나는 대화적인 행위이므로 현재·미래를 과거와 접목시켜 놓은 형식 구조의 긴장 관계이다. 글쓰기는 시·공간을 뛰어넘어 끊임없이 반복함으로써 새로운 의미를 찾으며 변화 방법을 추구하는 역사적 행위이다. 이런 반복 과정 속에서 과거를 재해석하고 동시대 것을 새롭게 수용하여 계승 발전해 가므로 끊임없이 부정과 실험 정신이 요구된다. 창조 주체는 언어 구성물의 역할에 지나지 않기 때문에 텍스트의 자율성, 즉 고유한 의미를 인정할 수 없어 텍스트를 상호 주체적 행위로 본다. 이것은 마치 역사와 같은 집적물이 단지 복고 차원에서 과거 회상이 아니라 현재에 투영되어 재해석됨으로써 새로운 의미를 찾아 미래의 비전을 제시하는 것과 같다. 독자는 원텍스트와 패러디한 텍스트 간의 간격을 좁히고 새로운 시각으로 조명하므로 차이를 둔 반복성의 시점에서 작품을 감상한다.

이 「꽃」을 패러디한 일련의 시인들은 원텍스트가 독자에게 널리 알려진 점을 활용하여 독자와의 친밀감과 신뢰감을 기틀로 하여 자신의 창작과 예술적 가치를 보상받으려 한다. 이때 패러디한 텍스트가 원텍스트의 의미에 국한되어 모방 인용이 생경하게 드러나면 무의미하다. 그것은 패러디스트의 창작 의도가 뚜렷이 나타나 독자의 흥미를 끌어낼 때 미적 교류가 가능하다. 패러디한 작품이 현실에 대한 비판이나 반성도 없을 뿐만 아니라 유기적으로 예술적 형상화가 이루어지지 못할 때 실패한다. 즉 명확한 동기나 뚜렷한 진지성이 없이 언어 나열이나 기교로 포장된다면 무의미하여 표절에 머물고 말 것이다.

텍스트는 꾸준히 재해석과 재읽기가 요구된다. 따라서 그 텍스트가 놓여진 현실 상황에 따라 새로운 의미화 과정이 가능하다. 이런 반복 과정 속에서 작품의 형식·내용은 쇠퇴와 발전을 거듭한다. 패러디는 과거의 관습과 자동화된 형태에 새로운 의미를 부여함으로써 계승과 비판이 곁들여 독자에게 새롭게 인식된다. 이 상호텍스트성은 한 텍스트가 다른 텍스트와 맺고 있는 상호관련성으로 독자가 인식할 수 있는 다른 텍스트와의 관련 속에서 의미를 찾을 수 있다. 즉 원텍스트 속에 나타난 대상들을 소재로 하여 또다른 허구의 세계를 창작하는 점에서 확인된다. 독자는 자신이 해독할 수 있는 원텍스트와 패러디한 텍스트 간에 동화·괴리 작용을 일으킴으로써 발생하는 변화에 놀라게 된다. 그는 두 텍스트의 관련 속에서 주체적으로 문맥을 파악하여 패러디스트의 숨겨 놓은 의미를 능동적으로 재구조화해 의미를 완성하는 것이다.[1]

이 「꽃」을 모방한 작품들은 곁텍스트성(paratextuality)으로서 제목·부제·소제목·주석·서문·題詞(text 곁에 있는 성질) 등을 활용하여 패러디하였다. 이처럼 원텍스트에 대해 모든 장치를 활용하여 명료하게 밝힘으로써 합법성과 정당성을 인정받고 유희성까지도 효과를 얻는다. 원텍스트의 전경화는 가시적이든 암시적이든 독자에게 원텍스트를 환기시킴으로써 자신의 작품을 인식시키기 위한 뚜렷한 목적이 될 수 있다. 이 전경화란 작품의 전체구조 속에서 독자가 쉽게 환기할 수 있도록 중심 이미지나 형식이 앞으로 돌출되어 있는 것이다. 텍스트의 전경화 현상은 예술의 독창적이면서도 새로운 스타일을 더 이상 사용할 수 없어 과거 외에 돌아갈 수 없는 산물로 볼 수 있다. 그렇지만 이런 모방된 작품들이 누구의 작품을 어떻게 모방했느냐의 원론적인 문제보다 일련의 모방이 새로운 맥락 속에서 어떤 효과를 자아내느냐가 중요하다. 따라서 본고에서는 김춘수의 「꽃」을 패러디한 장경린의 「김춘수의 꽃」, 장정일의 「라디오같이 사랑을 끄고 켤 수 있다면— 김춘수의 「꽃」을 변주하며」, 오규원의 「꽃의 패러디」, 고정희의 「민자야 민자야 민자야」 등을 형태와 의미 구조의 관점에서 상호 비교하여 자세히 분석하고자 한다.

---

1) Margaret A. Rose, *Parody*, Cambridge University Press(1993), pp.39~40 참고.

2. 「꽃」의 패러디 수용 양상

김춘수의 「꽃」은 「꽃을 위한 序詩」「꽃의 소묘」「나목과 시」 등과 같이 그의 초기작으로 존재론적이고 형이상학적인 인식의 문제를 탐구한 작품이다. 그의 이런 경향은 릴케의 영향으로 상징주의와 초현실주의 사조의 산물에 따른 것이다. 이 '꽃'은 전통시가나 김소월·김영랑 시에 나타나는 현상적·구체적 지시대상으로 머물지 않고 현상학적 현상으로 자리잡는 관념적 존재를 뜻한다. 서정적 주체인 화자는 꽃에 대한 시적 언술에 직접 개입하여 설명하지 않고 일정한 거리를 유지한 채 객관적 시점에서 '꽃'이라는 대상을 존재 그 자체로 인식하고 논증한다. 따라서 '꽃'은 대상에 대한 사물의 이미지로서 주관적 정서 표출로 나타나지 않고 대상 자체로서 객관화되기 때문에 새로운 의미가 탄생한다.

① 내가 그의 이름을 불러주기 전에는
② 그는 다만
③ 하나의 몸짓에 지나지 않았다.

④ 내가 그의 이름을 불러주었을 때
⑤ 그는 나에게로 와서
⑥ 꽃이 되었다.

⑦ 내가 그의 이름을 불러준 것처럼
⑧ 나의 이 빛깔과 香氣에 알맞는
⑨ 누가 나의 이름을 불러다오.
⑩ 그에게로 가서 나도
⑪ 그의 꽃이 되고 싶다.

⑫ 우리들은 모두

⑬ 무엇이 되고 싶다.

⑭ 나는 너에게 너는 나에게

⑮ 잊혀지지 않는 하나의 意味가 되고 싶다.

－김춘수 「꽃」 전문－

이 시의 형태 구조를 살펴 보면 다음과 같다.[2]

(1) ① ……a   (2) ④ ……a1   (3) ⑦ ……a2   (4) ⑫ ……d

    ② ……b   ⑤ ……b1   ⑧ ……□   ⑬ ……c3

    ③ ……c   ⑥ ……c1   ⑨ ……a3   ⑭ ……d1

                             ⑩ ……b2   ⑮ ……c4

                             ⑪ ……c2

    ① ② ③행의 관념을 각각 a, b, c라 할 때 연속에서 이 세 관념은 변주·반복되어 나타난다. ① ② ③행의 의미 a, b, c는 2연의 ④ ⑤ ⑥행, 3연의 ⑦ ⑩ ⑪행에 반복되어 나타난다. 3연에서 ⑧ ⑨행이 구조적 변화가 있지만, ⑦ ⑨행은 의미의 유사성이 있다. 4연에서는 ⑫행의 관념이 부연되어 c, d의 의미론적 요소가 반복된다.

    1연에서 나/그의 이름(①행), 나/그(①행과 ② ③행), 2연에서 나/그의 이름(④행), 나/그(④행과 ⑤ ⑥행)는 반복되는 대립 구조이다. 1, 2연은 사물과 언어의 관계로서, 연과 연이 대립 구조로 발전했을 때는 명명전(a)/명명후(a1), 그(b)/나(b1), 몸짓(c)/꽃(c1)으로 대립된다. 그러나 1연에서 미완성된 존재의 확정성이 2연에서는 서로 존재의 공유성을 인정하는 유

---

2) 이승훈, 『한국시의 구조분석』, 종로서적(1987), pp.175~184 참조.

대감을 형성한다. 이 1, 2연은 '꽃'에 대한 진술로서 논리 전개상 서두(기-승)로 논증의 명제 부분에 해당한다.

3연은 2연의 유추, 4연은 3연의 유추 관계처럼, 앞면의 연쇄적인 유추 현상을 통해 가설의 명제에 대한 논증을 전개시켜 결론을 내리고 있다. 즉 나/너(그) → 우리들, 몸짓/꽃 → 의미의 귀결점을 향해 '~고 싶다'는 소망으로 결론을 맺고 있다. 이 3연은 나의 진술 시점에서 언어와 존재 관계를 나타내는데, 나/그의 이름(⑦행), 누구/나의 이름(⑨행), 그/나(10행) 등 동일한 행에서 대립 구조를 바탕으로, ⑦행과 ⑧ ⑨행 사이의 유추, ⑧ ⑨행과 ⑩ ⑪행 사이에 유추 관계가 반복으로 나타난다. 4연은 우리들의 진술 시점에서 존재의 의미를 나타낸 것으로, 나/너(⑭행), 우리들/무엇(의미)(⑫행과 ⑬ ⑮행)의 대립, ⑫ ⑬행과 ⑭ ⑮행 사이에 유추 관계를 살필 수 있다. 이 3, 4연의 유추·대립 관계를 도표화하면 다음과 같다.

```
(3)   나    ↔  그의 이름
     --- ↕ ---------- ↕ ---   (유추·대립)
      누구   ↔  나의 이름


(4)   우리   ↔   무엇
     --- ↕ ---------- ↕ ----   (유추·대립)
      나/너  ↔   의미
```

이처럼 3연은 대립이 행 자체 내에서 나타나고 유추 현상은 행과 행끼리 나타나지만, 4연은 대립이 행 내와 행끼리, 유추 현상은 행과 행끼리 나타난다.

따라서 이 시는 대립과 유추에 의한 인과론적인 연역법의 논증 형식으

로 '꽃'이라는 대상을 설정하여 나, 우리들의 점층적인 지향성을 통해 언어
와 존재의 문제를 철학자의 시점에서 제기하고 있다. 또한 통사 구조와
시어의 반복성, 아어(雅語)나 고어체 문장을 바탕으로 추상적 개념에 지나
지 않았던 '꽃'을 구체적인 모습으로 변화시켜 이상적이고도 영원한 가치
의 불변성을 추구하였다.

이 '꽃'은 현상적 사물로서 존재하지 않고 주체가 객체(꽃)를 판단 중지의
백지 상태에서 인식론·존재론적 관점에서 현상학적 현상으로 바라본 존
재자의 표상이다. 화자는 '꽃'에 대해 일정한 거리를 유지하며 '꽃'의 의미에
대해 모든 진술이 '가설-증명-결론' 등 논리적 관계를 논증하는 태도이다.[3]
이 '꽃'에 대한 절대적 관념은 주체가 객체를 대할 때 선입관을 배제하고
어떤 의식 지향을 하느냐에 따라 하나의 의미망이 형성된다. 의식 주체는
모든 선입관이 배제된 판단 중지 상태에서 객체(대상)와의 의식 작용을 통
해 하나의 존재로서 인식한다. 이 대상은 계속 이어져 나타났다 사라지는
현상들의 결합체라 할 수 있다. 따라서 대상은 의식 주체가 의미망을 형성
할 때 존재 가치를 지닌다. 이 작품에서 의식 주체인 내가 대상의 이름을
불러주기 전에는 하나의 존재로서 불완전한 몸짓에 지나지 않다가 명명하
였을 때 '꽃'으로서 존재 가치가 부여된다. 주체가 의미를 부여하는 명명작
용을 해줌으로써 대상은 참된 의미와 존재 가치를 지니는 것이다.

　　나는 나의 관념을 담을 유추를 찾아야 했다. 그것이 장미다. 이국 취미가
　　철학하는 모습을 하고 부활한 셈이다. 나의 발상은 서구 관념 철학을 닮으려

---

3) Ibid., pp.170~171.
　　그는 시의 유형으로, 자신의 관념을 직접 서술하는 설명시, 서술의 인과성, 즉 '가
　　설-증명-결론' 등 논리적 타당성을 앞세우는 논증시, 대상이나 상황에 직접 참여하
　　고 그러한 세계에 독특한 심리적 반응을 보여주는 경험시로 나누고 있다.

고 하고 있었다. 나도 모르는 사이 나는 플라토니즘에 접근해 간 모양이다. 이데아라고 하는 非在가 앞을 가로막기도 하고 시야를 지평선 저쪽으로까지 넓혀 주기도 하였다.[4]

　김춘수는 그의 첫시집『구름과 장미』서문에서 불모지와 같은 이 땅에 꽃처럼 곱게 눈을 뜨고 견디어 나가는 것이 시작 행위임을 암시한다. 그는 자신의 시력을 밝히는 과정에서 서른 넘어서야 관념을 담을 유추로 장미를 찾았다고 한다. 이처럼 그는 '꽃'을 형이상학적 관념의 구체적 표현으로 보았다.

　1, 2연은 '꽃'의 존재가 구체적으로 드러나는 과정이다. 그것은 먼저 내 앞에 구체적인 형상도 취하지 않은 채 단지 '하나의 몸짓'으로 현존한다. 나와 그는 구체적 관계가 성립되지 않은 채 별개의 존재로 현존할 뿐이다. 그는 나와 대응할 뿐 더 이상 구체적인 모습이 아니다. 이 物象으로서 '꽃'은 하나의 현상으로만 존재할 뿐 존재의 형상으로 나타나지 않는다. 따라서 '꽃'이라는 이름이 없다면 그것은 '하나의 몸짓'에 지나지 않아 사물의 정체가 무엇을 뜻하는지 분명하지 않다. 그런데 내가 그에게 적절한 이름을 불러줌으로써 '꽃'이라는 구체적 존재가 성립된다. 이 명명 행위는 숨어 있던 존재의 모습을 찾아 드러내는 것이다. 이는 다른 사물(대상)과의 변별성을 차별화하는 것이다. '하나의 몸짓'에 지나지 않은 미완성의 존재는 명명 행위를 통해 잊혀지지 않는 '하나의 의미'를 갖는다. 이것은 막연한 몸짓에서 존재성을 획득한 존재로 변모하는 과정이다. 이런 과정은 인간이 사용하는 언어와 사물, 즉 언어와 존재의 관계를 밝혀준다. 인간이 대상에 대해 이름을 부른다는 것은 구체적으로 상대방의 실체를 객

---

4) 김춘수, 「의미에서 무의미까지」,『김춘수 전집2』, 문장사(1982), p.383.

체로서 인정하여 존재 가치를 부여하는 것이다. 언어화란 의미를 부여하는 것으로 주체와 객체가 서로 필연적 관계에서 현존의 순간 서로 의식 흐름을 통해 현존의 세계가 펼쳐지는 것을 뜻한다.

3, 4연에서는 내가 상대방의 존재를 인식한 것처럼 나도 상대방으로부터 올바른 인식을 통해 존재를 확인받고 싶어한다. 이 '나의 이름을 불러다오'란 구절은 하나의 객체적 존재로서 본래적 자아를 회복하고자 하는 열망이다. 누구에게 나의 이름을 불러달라는 것은 나 자신에게도 이름이 없다는 뜻이다. 이 '빛깔'과 '향기'란 좀 더 구체적으로 자기 존재를 밝히는 개체적 현상 인식이다. 이 '꽃'은 보편적인 대상에 머물지 않고 '빛깔'과 '향기'에 알맞는 이름을 가진 존재자로 인지되었을 때 비로소 존재성을 인정받는다. '빛깔'이 유형성의 외형적 가치라면 '향기'는 무형성의 내면적 가치를 뜻한다. 존재론적 현현인 '꽃'은 '무엇', '잊혀지지 않는 의미'와 등가 관계를 형성하며 새로운 의미를 갖는다. 이것들은 동일한 성질을 지니는 공통성이 있어야 한다. 존재의 현현으로 나타나는 '꽃'과 말을 통해 형성된 '하나의 의미'는 똑같이 순수하며 존재의 언어성을 내포한다. 따라서 이 말은 단순한 의사 전달의 도구가 아니라 사물의 본질을 성찰하여 가장 정제된 형태로서 실재적인 형상을 표현하는 시적 언어이다. 말은 존재를 개시할 수 있는 절대적인 대상이다. 말은 현존재로 하여금 자신의 고유한 본래성으로 돌아가 존재를 개시할 수 있게 한다. 이러한 이유에서 '꽃'의 의미는 존재, 존재의 의미와 동일한 것이 된다.[5]

원작에서 '하나의 의미'가 후에 '하나의 눈짓'[6]으로 고쳐졌다면 '눈짓'과 '의미'는 동일한 것이다. 잊혀지지 않는 '하나의 의미'란 영원한 가치성을

---

5) 이미순, 『한국 현대시와 언어의 수사성』, 국학자료원(1997), p.270.
6) 이 '하나의 의미'가 후에 그의 시선집에서는 '하나의 눈짓'으로 고쳐진다.

지닌다. 그런데 '눈짓'은 명확히 어떤 뜻을 나타내는 것이 아니라 알 듯 모를 듯 무엇인가를 말하면서 동시에 의미를 감추고 있는 것이다. 드러내면서 동시에 자신을 감추는 것, 알 것 같으면서도 동시에 알 수 없는 것, 그것이 삶의 의미이고, 이 세상에 존재하는 사물들의 의미이다. 이런 의미가 진리이다.[7] 따라서 삶의 의미는 잊혀지지 않는 '하나의 눈짓'으로 인식되어 상대방에게 영원한 진리로 각인되는 것이다.

그러나 '하나의 의미'는 '꽃'이라는 이미지를 통해 구체적 현현에 대한 간절한 열망을 나타낼 수 있지만 자연 대상의 본질 자체는 될 수 없다. 시적 화자는 우리 모두가 '무엇이 되고 싶다'처럼 존재와 일치를 확신하기보다 단지 갈망하고 있을 뿐이다. 그는 결코 이름을 부름으로써 존재를 현현할 수 없다. 시인은 기원을 지시하고 희망을 표시할 수 있을 뿐이다. 시인이 이름 부르는 것은 그가 존재를 보았기 때문이 아니라 존재의 현현을 희구하기 때문이다.[8] 그것은 언어 자체가 결코 사물이나 자연(꽃)과 같이 존재성을 가질 수 없다. 특히 4연에서는 앞면의 '나-그'의 화자와 청자 구조가 '나-너'로 바뀐다. '그=누구'는 꽃 이외의 복합적 보편성을 지닌 인칭 지칭이다. 이 '나-너'가 '우리'의 의미로 확대된 것은 '나-너'의 근본적인 인간 관계를 바탕으로 어떤 무엇을 지향할 수 있는 영원한 의미의 존재 갈망이라 할 수 있다.

① 나와 섹스하기 전에는
② 그녀는 다만
③ 하나의 꽃에 지나지 않았다

---

7) 이승훈, 『한국 현대시 새롭게 읽기』, 세계사(1996), p.222.
8) 이미순, 「김춘수의 '꽃'에 대한 해체론적 독서」, 『梧堂 趙恒瑾 先生 華甲紀念論叢』, 보고사(1997), p.824.

④ 나와 섹스를 하고 난 후
⑤ 그녀는 더 이상 꽃인 체하지 않는
⑥ 利子가 되었다

⑦ 내가 그녀와 섹스를 한 것처럼
⑧ 세일즈맨이든 경찰이든 꽃이든 망치든 컴퓨터든
⑨ 무엇이든 내게 와서
⑩ 나의 떨리는 가슴에 온몸을 비벼다오
⑪ 그와 한 몸이 되어 利子가 되고 싶다
⑫ 나도 그로부터 자유로운 利子가 되고 싶다

⑬ 우리들은 모두
⑭ 한 송이의 利子가 되고 싶다
⑮ 나는 너의 利子가 되고 싶다
⑯ 너는 나의 利子가 되고 싶다
⑰ 우리들은 서로에게
⑱ 꽃보다 아름다운 利子가 되고 싶다

　　　　　　　　　　　　　－장경린 「김춘수의 꽃」 전문－

　이 시의 형태 구조는 원텍스트처럼 2연까지는 관념이 동일하게 반복되나 3, 4연에서 구조적 변화가 많이 나타나 의미적 유사성의 부연행이 첨가·반복되어 나타난다.

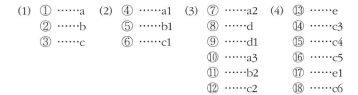

(1) ① ……a　　(2) ④ ……a1　　(3) ⑦ ……a2　　(4) ⑬ ……e
　　 ② ……b　　　　 ⑤ ……b1　　　　 ⑧ ……d　　　　 ⑭ ……c3
　　 ③ ……c　　　　 ⑥ ……c1　　　　 ⑨ ……d1　　　　 ⑮ ……c4
　　　　　　　　　　　　　　　　　　　　 ⑩ ……a3　　　　 ⑯ ……c5
　　　　　　　　　　　　　　　　　　　　 ⑪ ……b2　　　　 ⑰ ……e1
　　　　　　　　　　　　　　　　　　　　 ⑫ ……c2　　　　 ⑱ ……c6

위 도표에서 볼 수 있듯이, 3연에서 ⑧⑨⑩행이 구조적 변화가 있지만, ⑦⑩행과 ⑧⑨행은 각각 의미의 유사성이 있다. 4연에서는 ⑬⑰행, ⑮⑯⑱행의 유사한 의미행이 반복되면서 ⑬⑰행의 관념이 새롭게 첨가되었다. 1연에서 나/그녀(①행과 ②③행), 2연의 나/그녀(④행과 ⑤⑥행) 등 각 행간의 대립이 연의 대립 구조로 발전할 때는 섹스 행위 전(a)/섹스 행위 후(a1), 그녀(b)/나(b1), 꽃(c)/이자(c1)로 나타난다. 1, 2연은 섹스 행위 결과에 따른 진술로서 논리 전개상 논제의 명제 부분에 해당되며, 원텍스트와 통사 구조는 같지만 1, 2연의 첫 행에 객체인 '그녀'와 ⑤행에서 주체인 '나'가 생략된 상태이다. 3연과 4연은 각각 2연과 3연의 유추 형태로서, 이런 연쇄적인 유추 관계를 통해 명제에 대한 논증을 전개시켰다.

3연은 나/그녀, 무엇(⑦행과 ⑧⑨행)의 대립, ⑦행과 ⑧⑨⑩행의 유추, 다시 ⑧⑨⑩행과 ⑪⑫행 사이에 유추 형태가 나타난다. 단지 '그녀=무엇=그' 형태는 섹스의 대상을 한 여성에 두지 않고 모든 '세일즈맨·경찰·꽃·망치·컴퓨터' 등과 같이 생물이나 무생물까지 확대된다. 시적 화자는 이런 대상과 관계를 맺기 위해 인격적인 만남을 초월해 '온몸을 비벼다오'라고 희망한다. 따라서 이런 구체적인 대상들은 '그'로 화하여 '몸을 비비는 행위'를 통해 화자와 인격적 관계를 맺는다. 그러나 '그'와의 관계 설정은 소외감과 단절감을 극복하지만, 한편으로 상대방에게 얽매어 구속을 받게 된다. 즉 모든 대상과의 관계 설정은 구속을 받기에 화자는 자유로운 '이자'가 되고 싶어한다.

이 3연 부분은 원텍스트처럼 '빛깔과 향기'에 알맞는 이름이라는 개체성의 대상보다, 모든 대상에까지 확대하므로 '무엇'이라는 의미를 다양하게 열거하였다. 4연은 3연에 비해 유추 형태가 명확하지 않고 비슷한 내용이 단조롭게 반복된 구조이다. 즉 나/너(⑮⑯행), 우리들/이자(⑬행과 ⑭⑮

⑯행)의 대립, ⑬⑭⑮⑯행과 ⑰⑱행 사이에 유추 관계가 나타난다. 이 ⑮⑯행은 ⑭행이나 ⑱행에 덧붙여 부연 설명이 될 수 있다. 특히 이 시는 원텍스트에 비해 '나/너'의 이자 관계를 별행 처리하여 반복하거나, 부연 설명하는 수식행이 많이 나타난다.

```
(3)  나  ↔  그녀              (4)  우리  ↔  이자
   --↕----------↕-- (유추·대립)       ------------ (유추·대립)
     무엇      나                    우리  ↔  이자
                                        (나/너)
```

3, 4연은 유추 관계이지만, 3연은 행 내에서 대립되고, 유추는 행과 행끼리 나타난다. 4연은 대립과 유추 관계가 공통으로 행과 행끼리 나타난다.

일반적으로 패러디한 작품에서 부제를 쓸 경우 원텍스트를 쉽게 확인할 수 있다. 이 작품은 원텍스트의 제목과 작자명을 동시에 사용하여 제목을 붙였다. 따라서 김춘수의 「꽃」이라는 작품의 형식과 의미와 상호변증법적 교호과정의 끊임없는 대화를 통해 하나의 의미와 변별성을 생산하는 것이다. 독자는 두 텍스트 사이를 부유하면서 선행 텍스트를 비판하며 계승하는 이중적 효과를 얻는다. 즉 두 텍스트 사이에 나타나는 비동일성의 긴장을 즐기며 의미론적 변화를 경험하는 것이다.

이 비판적 패러디는 원텍스트에 근거를 두지만 그 세계관이나 의미를 완전히 새롭게 해석하거나 비판적으로 개작하므로 풍자성이 강하다. 이것은 관습화된 원텍스트에 도전함으로써 자동화된 기대지평을 거부한다. 이때 패러디 대상은 그 작품뿐만 아니라 때에 따라서는 일반화된 해석이나 당시의 정치적 현실, 사회적 관습에까지 확대된다. 이처럼 비판적 패러디는 아이러닉한 방식으로 원텍스트를 재읽기하므로 기존의 관념화된 언어

모방을 벗어나 모순·부조화·조롱하는 표현 방법으로 원텍스트를 변형
하거나 왜곡시킨다. 따라서 비판적 패러디는 규범화되고 관념화된 언어의
모방에서 한걸음 나아가 그것들을 거부함으로써 기존의 언어 질서를 파괴
하고 재조정하려는 전략을 내포하고 있다.[9] 이 때 독자는 부조화의 병치
속에서 차용된 원텍스트의 기대감을 저버리고 당혹감을 자아낸다. 이런
점에서 패러디는 과거 원전의 비판적 모방인 만큼 메타언어적이다. 그것
은 대상을 지시하는 참조기능보다 이 대상 언어를 반성하는 메타언어적
기능을 수행한다.[10] 즉 현실이 아니라 언어 자체가 참조 대상이 된다.

　이 시의 전체 구조는 주체, 대상인 객체, 주체와 객체의 관계 행위, 관계
행위에 따른 결과 유형이 1연에서 4연까지 계속하여 반복·변형되는 구조
이다. 1, 2연은 대립 구조로서, '나'와 '그녀'의 관계 설정은 성적 관계를
통해서 유지된다. 그녀는 나와 관계 맺기 이전에 '꽃'에 지나지 않았지만
관계 후에 '이자'가 된다. 이 '꽃'은 아름다운 대상으로서 실재하는 것이
아니라 관념적인 존재이다. '꽃'은 나와 관계 맺기 이전에는 경멸의 대상으
로서 가식으로 점철된 미완성의 존재이다. 그녀는 나와 의미 있는 만남을
통해 관계를 맺음으로써 '이자'가 되어 결실을 맺으며, 가식을 벗은 순수한
존재가 된다. 그러나 이런 의미 있는 만남의 인간 관계는 한편으로 구속이
되는 것이다.

　3연은 전환점이 이루어지는 부분이다. 1, 2연이 인간 관계의 만남의 행
위라면, 3, 4연은 사물과 대상과의 관계 설정을 강조하기 위한 전경화 부
분이다. 즉 내가 그녀와 관계를 맺은 것처럼 세일즈맨이나 경찰관과 같은
인간 관계이든, 아니면 현대산업 사회에서 꽃·망치·컴퓨터 등과 같은

---

9) 정끝별, op. cit., p.270.
10) 김준오, 『도시시와 해체시』, 문학과비평사(1992), p.167.

모든 사물이나 대상과 맺는 관계이다. 그런데 이런 사물과의 만남은 인격체의 관계를 초월하여 필연적인 관계로서 떨림의 순간으로 맺어진다. 이 만남의 관계는 '이자'의 결실을 가져오는데, 시적 화자는 더 자유롭고 아름다운 '이자'가 되고 싶어한다. 객체인 그녀는 3연에서부터 산업사회에서 필요한 모든 대상에 전이된다. 따라서 '무엇'은 인간 관계뿐 아니라 인격적 만남을 초월한 모든 사물이나 대상을 뜻한다. 그는 객체의 대상으로서 일대일의 관계 설정이기에 '그녀=문명매체=人間'과 동격을 이룬다. 그러나 주·객체의 합일은 서로 일치하면서도 역설적으로 상대방에게 구속력을 자아낸다. 그러므로 이 구속에서 벗어날 수 있는 자유로운 '이자'를 추구한다. 즉 자본주의 사회에서 어떤 조건이나 물질의 구속에 얽매이지 않는 자유로운 '이자'를 추구한다.

'이자'는 자본주의 사회에서 없어서는 안될 화폐 기능의 결실이다. '이자' 없는 화폐는 생명력의 상실이다. 이자는 채권자의 입장에서는 덤으로 차지하는 수익이지만 채무자 입장에서는 실제의 빚과는 무관하게 부가적으로 지불해야 하는 이중 부담의 빚이다. 그것은 빈익빈 부익부라는 자본주의 원칙에 의한 넘침과 결핍의 욕망을 뜻한다. 따라서 '이자가 되고 싶다'는 것은 섹스를 통해 매개적으로 이루어지는 자본주의 사회에서 남녀의 사랑이란 '덤이자 빚'이라는 넘침의 욕망이자 결핍의 욕망이라는 메시지이다. 이 '아름다운 이자'는 사사로운 이해 관계를 떠나 나와 너, 나와 모든 사물, 대상 간에 맺는 아름다운 결실이다.

특히 이 시는 이질적인 이미지의 결합과 당돌한 언어 구사로 독자에게 당혹감을 불러일으킨다. 이미지와 의미의 불연속적 단절감은 현대사회의 파편화된 분열 양상을 유희적·즉흥적으로 묘사하는 포스트 모더니즘의 한 징후라 할 수 있다. 이처럼 산업사회의 비인간화된 단면을 나타낸 해체

시는 전통미학과 기존시학을 해체하고 기존의 인간관을 해체시키는 일종
의 무규범성으로서 소외 양상이었다.[11] 따라서 현대 산업사회의 물질에
따른 경박성과 인간성 상실에 따른 타락한 양상이 언어에 대한 불신으로
상징되어 현대사회를 신랄히 풍자하고 있다. 즉 현대 산업사회에서 물질
만능에 따른 인간 관계가 '성'과 '돈'으로 모든 척도를 가늠하게 되는 현
세태를 풍자한다. 아울러 소외감과 노예화로 치닫는 인간 관계의 단절감
을 공유하는 자유로운 관계에서 인간성을 회복하고자 하는 것이다.

　① 내가 단추를 눌러 주기 전에는
　② 그는 다만
　③ 하나의 라디오에 지나지 않았다.

　④ 내가 그의 단추를 눌러 주었을 때
　⑤ 그는 나에게로 와서
　⑥ 전파가 되었다.

　⑦ 내가 그의 단추를 눌러 준 것처럼
　⑧ 누가 와서 나의
　⑨ 굳어버린 핏줄기와 황량한 가슴 속 버튼을 눌러다오
　⑩ 그에게로 가서 나도
　⑪ 그의 전파가 되고 싶다.

　⑫ 우리들은 모두
　⑬ 사랑이 되고 싶다
　⑭ 끄고 싶을 때 끄고 켜고 싶을 때 켤 수 있는
　⑮ 라디오가 되고 싶다.
　　－장정일의 「라디오같이 사랑을 끄고 켤 수 있다면
　　　　　　　　　　－김춘수의 「꽃」을 변주하여」 전문－

---

11) Ibid., p.115.

이 시의 형태는 아래 도표처럼 원텍스트에 가장 유사한 구조이다. 단지 4연에서 ⑫⑭행의 의미가 유사하지 않고 별도로 ⑭행의 관념이 부연되었다.

(1) ① ……a   (2) ④ ……a1   (3) ⑦ ……a2   (4) ⑫ ……d
    ② ……b   ⑤ ……b1   ⑧ ……□   ⑬ ……c3
    ③ ……c   ⑥ ……c1   ⑨ ……a3   ⑭ ……e
                             ⑩ ……b2   ⑮ ……c4
                             ⑪ ……c2

1연에서 나/단추(①행), 나/그(①행과 ②③행), 2연에서 나/그의 단추(④행), 나/그(④행과 ⑤⑥행)는 반복되는 대립 구조이다. 1연과 2연의 대립 형태는 누르는 행위 전(a)/ 누르는 행위 후(a1), 그(b)/나(b1), 라디오(c)/전파(c1) 구조로 논리 전개상 논증의 명제 부분에 해당하며, 3연과 4연은 각각 2연과 3연의 연쇄적인 유추 관계를 통해 논증을 전개시키는 구조이다. 3연에서 나/그의 단추(⑦행), 누가/나의 버튼(⑧행과 ⑨행), 나/그(⑩행) 등 동일한 행 내, 행과 행의 대립 구조를 바탕으로 ⑦행과 ⑧⑨행 사이의 유추, ⑧⑨행과 ⑩⑪행 사이에 유추 관계가 반복적으로 나타난다. 4연에서 켜고/끄는(⑭행), 우리들/사랑, 라디오(⑫행과 ⑬⑮행) 등 대립, ⑫⑬행과 ⑭⑮행 사이의 유추 관계가 나타난다. 또한 원텍스트처럼 ⑭행이 ⑫행을 반복·부연 설명하는 것이 아니고 주체의 능동적인 행위를 강조하는 데에 중점을 두었다. 이 3, 4연의 유추·대립 관계를 도표화하면 다음과 같다.

(3) 나   ↔   그의 단추
    --↕-----------------↕---- (유추·대립)
    누구   ↔   나의 버튼

```
(4)  우리    ↔    무엇
  --- ↕ ----------------- ↕ ---  (유추・대립)
     끄고    ↔    켜는
```

이처럼 3, 4연에서 대립은 행 자체(⑦행 혹은 ⑭행), 행과 행(⑧⑨행 혹은 ⑫⑬행)의 혼합된 형태이고, 유추 관계는 행과 행 사이에 나타난다.

이 작품은 『길 안에서의 택시잡기』(1998)에 수록된 것으로서 80년대 이후 유행된 포스트 모더니즘 경향을 대변한다. 이 포스트 모더니즘 시 경향은 미국을 중심으로 전개되었는데, 전통시 형식과 의미를 해체하여 우연성・유희성・대중매체를 시에 끌어 들이는 것이다. 이런 시형식은 일명 고백시・도시시・해체시・투사시 등으로 규정되며, 우리나라에서는 황지우・박남철・이윤택・최승호・김영승・오규원 시인 등의 작품에서 엿볼 수 있다. 이 시에서도 언어를 통한 진지한 의미를 추구하는 노력보다 경박한 재치와 언어유희가 중심을 이룬다. 그것은 김춘수가 진지하게 보여준 존재성 탐구에 대한 도전으로 경박하고 표피적인 것에서 표류하는 깊이 없음의 태도이다. 더 이상의 의미를 부여하려는 진지성이 없이 산뜻한 재치만이 돋보인다. 존재 추구의 진지한 노력에 대한 도전이며, 가볍고 표면적인 것에서 더 이상의 의미를 부여하지 않으려는 깊이 없음의 태도다. 하나의 산뜻한 재치만이 있다.[12]

이 시에서 전반부와 후반부의 '라디오'는 각각 다르다. 전반부의 '라디오'는 단지 나와 관계가 없는 하나의 사물에 지나지 않지만, 후반부의 '라디오'는 끄고 싶을 때 끄고 켜고 싶을 때 켤 수 있는, 즉 마음대로 작동할 수 있는 대상으로 자리잡는다. 단지 사물에 지나지 않는 이 '라디오'에 '단추'

---

12) 장도준, 『우리시 어떻게 읽을 것인가』, 태학사(1996), p.307.

를 누름으로써 '전파'가 통하듯이 능동적인 행위와 서로의 관심이 있을 때 교감할 수 있는 것이다. 문명은 후기 산업사회에서 인간의 삶에 편리함을 주며 이기적인 도구로 사용되지만, 한편으로는 현대인에게 인간성을 말살 시키고 문명의 노예로 만들어 버렸다. 이제 더 이상 인간이 주체의식을 가지고 기계를 조종하는 주체자가 될 수 없다. 오늘날 문명이 삶에 최대한 도로 혜택을 주었지만 한편으로 현실은 '굳어버린 핏줄기'와 '황량한 가슴 속'처럼 소외와 단절감이 만연된 삶이 되어버렸다.

이 시의 부제가 '꽃을 변주하여'라고 암시하듯이, 이 시는 자연 소재를 패러디하여 문명과 현대인과의 상관 관계를 다루었다. 이것은 문명과 자연을 대립적인 관계로 보기보다 서로 상보적인 관계로 보려는 능동성(~ 되고 싶다)을 나타낸다. 이 점은 전반적인 시상이 전반부의 문명비판으로 끝나지 않고 그 비판적 부정성을 후반부에서 단추를 누르는 사랑과 관심의 행위로 극복하려는 점에서 엿볼 수 있다. 이 사랑의 관심은 인류애적인 차원으로 확대된다. 우리 주위에 전파는 많지만 누가 그것을 누르냐에 따라 서로 소통이 가능하다. 따라서 '라디오'가 가시적인 외형적 문명의 이기라면, '전파'는 서로 화통시킬 수 있는 불가시의 정신적 사랑과 관심이다. 이런 사랑은 일방적으로 이루어지지 않고 더불어 주고 받는 공유의 관심이 전제될 때 가능하다. 그러나 사랑이 이런 인격적인 만남이 없이 경박하고 조급한 것으로 치달을 때 소비적일 수밖에 없으므로 마음대로 스위치를 끄고 켤 수 있는 도구적 대상으로 되는 것이다.

① 내가 그의 이름을 불러 주기 전에는
② 그는 다만
③ 왜곡될 순간을 기다리는 기다림
④ 그것에 지나지 않았다.

⑤ 내가 그의 이름을 불렀을 때
⑥ 그는 곧 나에게로 와서
⑦ 내가 부른 이름대로 모습을 바꾸었다.

⑧ 내가 그의 이름을 불렀을 때
⑨ 그는 곧 나에게로 와서
⑩ 풀, 꽃, 시멘트, 길, 담배꽁초, 아스피린, 아달린이 아닌
⑪ 금잔화, 작약, 포인세치아, 개밥풀, 인동, 황국 등등의
⑫ 보통명사나 수명사가 아닌
⑬ 의미의 틀을 만들었다.

⑭ 우리들은 모두
⑮ 명명하고 싶어했다.
⑯ 너는 나에게 나는 너에게
⑰ 그리고 그는
⑱ 그대로 의미의 틀이 완성되면
⑲ 다시 다른 모습이 될 그 순간
⑳ 그리고 기다림 그것이 되었다.

$$- 오규원의 「'꽃'의 패러디」 전문 -$$

이 시의 형태는 아래 도표에서 볼 수 있듯이 원텍스트에 비해 3, 4연이 많은 구조적 변화를 나타낸다. 3연에서는 ⑩⑪⑫행이 ⑬행을 반복하여 수식하는 형태이고, 4연에서 ⑭⑮⑳행은 각각 유사한 의미 반복, ⑩⑯⑰⑱⑲행의 d, e, f, g 관념이 다양하게 나타난다.

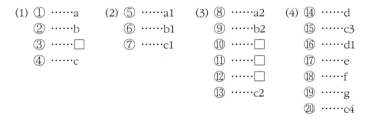

(1) ① ······a	(2) ⑤ ······a1	(3) ⑧ ······a2	(4) ⑭ ······d
② ······b	⑥ ······b1	⑨ ······b2	⑮ ······c3
③ ······□	⑦ ······c1	⑩ ······□	⑯ ······d1
④ ······c		⑪ ······□	⑰ ······e
		⑫ ······□	⑱ ······f
		⑬ ······c2	⑲ ······g
			⑳ ······c4

1연에서 나/그의 이름(①행), 나/그(①행과 ②③④행), 2연에서 나/그의 이름(①행), 나/그(⑤행과 ⑥⑦행)는 대립 구조이다. 1, 2연이 각 연 사이에 대립할 때는 명명전(a)/ 명명후(a1), 나(b)/그(b1), 그것(c)/모습(c1)으로 나타나고, 이 부분은 추상적인 '그것'에 대한 진술로써 논리 전개상 논증의 명제 부분에 해당한다. 3연은 2연의, 4연은 3연의 연쇄적인 (1연 ← 대립 → 2연 → 유추 → 3연 → 유추 → 4연) 유추 형태로 반복적인 구조를 통해 가설 명제에 대한 논증 전개로 결론을 맺는다. 또한 시제는 전부 단정적인 과거체이고 아어체(~오) 서술형 어미가 생략되었다.

특히 3, 4연은 원텍스트에 비해 구조상 많은 변화가 있는데 3연은 마지막 행('의미의 틀')을 수식하는 수식행이 많이 첨가되었고, 4연은 의미를 구체적으로 부연하기 위해 별도의 행이 첨가되었다. 3연은 나/그의 이름(⑧행), 나/그(⑨행) 등 행 안에서 대립이 나타나지만 원작처럼 행간의 유추 형태는 나타나지 않는다. 단지 유추 현상이 없이 내가 대상에게 명명하는 순간 명명된 의미의 틀로 자리 잡는다. 따라서 유추 현상이 생략되어서 ⑩⑪행이 ⑧행의 명명 대상으로서 구체적으로 부연되고 있다. 하나의 '의미'는 고정화되지 않고 계속 흔적으로 남기에 3연은 2연의 반복에 지나지 않는다. 즉 상호 존재성의 명명 행위가 아니라 주체자의 일방적인 명명 행위를 통해 고유한 의미가 형성된다. 이 '의미의 틀'은 영원 불변한 것이 아니라 완성되는 순간 또다른 의미의 변화를 기다리고 있다. 3, 4연은 서로 유추 관계이지만 연 안에서 행의 유추 형태는 나타나지 않고 행 내에서 대립만 나타난다.(나/너(⑯행)) '나/너'는 서로 명명하고 싶은 주체자의 관계이지만 후에 명명 행위를 통해 하나의 의미가 완성되면 '너'는 '그'로 변한다. 이 '그'는 다른 모습과 의미를 갖추기 위한 기다림의 상태이다. 특히 ⑰~⑳행은 원텍스트에 비해 형식 구조상 유추 형태가 완전히 일탈한 상태이다. 4연 후반은 병렬적인 계기성의 구조이다.

(3)　　나　↔　그의 이름　(대립)

(4)　　우리　↔　명명원함

　　　　　　　　　　　　　(대립)

　　나/너　↔　　기다림

　이 작품은 원텍스트 의미를 변용시켜 일부분을 재해석했으나 형식에는 직접적인 변용이 거의 없이 전체 구조를 그대로 차용하였다. 단지 원텍스트의 '하나의 몸짓'은 '왜곡된 순간을 기다리는 기다림'으로, '꽃'은 '내가 부른 이름대로'로, '무엇'은 '의미의 틀'로 변용되었다. 오규원은 존재론적 관념에서 인식하는 사물이나 현실에 대한 언어의 고정 관념을 거부하고 언어의 그물로부터 해방되어 진정한 자율적 상태로 대상을 바라보고자 한다. 이처럼 패러디한 텍스트의 의미는 다른 텍스트와의 변증법적 관계에서 꾸준히 의미를 보충하며 사회적 문맥의 차이에 의해 생성되는 것이다.

　시인은 상상력을 통해 언어로서 대상을 명명하고 의미화를 추구한다. 이것은 기존의 관습적·합리적인 일상적 언어틀을 벗어나 새롭게 형상화하여 꾸준히 의미를 발견하고 창조하는 것을 뜻한다. 사물의 드러나지 않는 본질과 그것의 발견을 탐구하는 시인의 존재에 대한 인식은 사물의 실제를 밝히는 행위인 동시에 존재자로서의 존재를 창조하는 행위이다.[13] 그러나 언어가 부여한 의미는 자연적 실재와 본질적으로 일치할 수 없다. 말이 존재성을 개시할 수 있는 대상이지만 결코 사물의 본질 자체와는 절대적인 동일성을 확보할 수 없는 것이다. 그렇지만 시인은 언어를 사용

---

13) 박철희·김시태 편, 『현대시의 이해』, 문학과 비평사(1988), p.259.

할 수밖에 없기에 언어를 통해 언어를 초월하여 대상과 직접 만나려 하거나, 혹은 대상을 배제한 채 언어 자체만으로 새로운 세계를 구축하려 한다. 시인은 언어에 구속받지 않고 어떤 대상과 실재에 접촉하려 하기 때문에 관념적 의미 틀을 벗어나려 하거나 기존의 언어를 해체하려 하는 것이다. 따라서 시인은 의미가 배제된 이미지와 언어 자체를 시의 실체로 인식한다.

이 시에서 명명함으로써 절대적 의미를 갖게 되는 '이름'은 시인에게는 왜곡된 순간에 지나지 않는다. 이 '이름'은 오랜 기다림으로 유보되었지만 명명되는 순간 왜곡된다. 즉 이름을 부른다는 것은 그 대상이라는 실존을 완전히 현현시키는 것이 아니라 단지 의미라는 고정 관념을 덧붙이는 행위에 지나지 않는다. 대상의 본질에 가까이 가는 것이 아니라 단지 허상에 이름을 덧씌워 놓는 것에 불과한지도 모른다. 그것은 그 의미의 틀이 완성되면 바로 다른 모습으로 되어버리기 때문이다. 대상은 명명되는 순간 그 모습에 걸맞는 존재가 되기 위해 본래의 본질을 잃어버리거나 모습을 바꿔버린다. 이름과 언어가 갖는 한계에 의해, 그리고 그것을 부른 자의 주관적 관념에 의해 '그'는 존재의 본질을 잃어버리고 오히려 더 '왜곡'되거나 모습을 '바꾸어' 버리는 것이다.[14] 따라서 '명명' 행위는 고정 관념을 깨뜨리기는커녕 의미를 가두어 놓고 한정시키는, 존재를 억압하는 하나의 관념이나 틀, 혹은 왜곡에 지나지 않는다. 그렇지만 인간의 본성은 명명하면 왜곡되는 줄 알면서도 명명하고 싶어하는 것이다. 반복되는 '기다림'은 '명명전'과 '명명후'의 시간적 차이라 할 수 있다. 이 시에서는 원텍스트의 의미인 사물과 존재를 거부하기에 중심 소재인 '꽃'에 국한하지 않고 모든 사물을 대상화했다. 이 사물들은 명명되는 순간 추상적이거나 일반적인

---

14) 이연승, 「장르해체 현상을 활용한 시 교육 방법 연구」, 『한국시학연구』16호(2006. 8), 한국시학회, p.61.

의미가 아닌 구체적인 '의미의 틀'로 형성된다. 따라서 이 시가 시사하는 바는 무엇이 되고자 하는 존재 설정이 아니라 실존에 앞서 어떤 존재로 인정받는 것, 즉 명명되는 순간으로 이름과 존재의 본질 사이에 놓인 거리를 더 강조하고 있다.

> 나는 봄에게로 가서 어떤 의미가 되지 않았다 나는
> 기혼남자였고 아내가 무서웠기 때문이다
> 나는 봄에게로 가서 꽃이 되지 않았다 내가
> 인간으로 태어난 사실을 남보다 다 알고 있었기 때문이다
> 나는 봄에게로 가서 復活하지 않았다 나는
> 戶籍에 사망신고가 되어 있지 않았기 때문이다
> ─오규원 「나는 復活할 이유가 도처에 없었다」 중에서─

일반적으로 봄의 원형성은 생명의 탄생·부활·희망 등의 뜻이 있다. 이 시에서는 '꽃'에 대한 존재론적 명명 대신에 사회적·정치적 이데올로기가 가미되어 있어 혁명 정신·개혁 정신·정화의 의미가 내포되어 있다. 따라서 '나는 봄에게로 가서 꽃이 되지 않았다', '나는 봄에게로 가서 부활하지 않았다'는 표현은 김춘수의 「꽃」 중 '그는 나에게로 와서 꽃이 되었다'는 표현을 거부하는 반대적 진술이다. 시 문맥에서 볼 때 내가 봄에게로 가서 어떤 의미가 되지 못한 것은 기혼 남자였고 아내가 무서웠기 때문이다. 또 내가 꽃이 되지 못한 것은 인간으로 태어났기 때문이고, 부활하지 못한 이유는 호적에 사망 신고가 되어 있지 않기 때문이다. 이처럼 인과 관계를 통한 비존재론적 부정 진술은 원텍스트가 가진 존재론적 현상을 현실적 차원에서 비판적으로 재해석하려는 의도적 장치라 할 수 있다.

① 육공의 망초꽃 민자야
② 노른자가 너의 이름을 불러주기 전에는
③ 너는 다만 징그러운
④ 오공의 구렁이에 지나지 않았다.

⑤ 노른자가 너의 이름 불러 주었을 때
⑥ 너는 육공에게로 가서
⑦ 대권밀약의 신부가 되고
⑧ 이대한 결단의 할미꽃이 되고
⑨ 보통사람 시대의 눈물꽃이 되었다.
⑩ 나눠먹기 나눠갖기 갈대꽃이 되었다.
⑪ 그래 민자야 민자야
⑫ 노른자가 너의 이름 불러준 것처럼
⑬ 야권통합 흰자도 너에게로 가서
⑭ 못살겠다 갈아보자…
⑮ 대권밀약설 붕괴에 알맞는 최후의 이름을 준비할 수 있을까
⑯ 참여 속의 변절에 걸맞는
⑰ 최후의 종말을 안겨줄 수 있을까

　　　　　　　　　　　　　－고정희의 「민자야 민자야 민자야」 전문－

　이 시의 형태는 아래 도표처럼 원텍스트에 비해 구조적 일탈이 가장 심하다. 다른 작품들은 2연까지는 원텍스트와 유사한 형태 구조이었는데, 이 작품은 2연부터 일탈이 심해 원텍스트의 3, 4연 구조가 축약된 형태이다. ⑦⑧⑨⑩의 유사한 의미행의 반복, 3연에서는 ⑪⑯의 수식행, ⑮⑰의 유사한 의미행과 ⑭⑮행의 관념이 반복·부연되어 나타난다.

(1) ① ‥‥‥ □
② ‥‥‥a
③ ‥‥‥b
④ ‥‥‥c

(2) ⑤ ‥‥‥ a1
⑥ ‥‥‥b1
⑦ ‥‥‥c1
⑧ ‥‥‥c2
⑨ ‥‥‥c3
⑩ ‥‥‥c4

(3) ⑪ ‥‥‥ □
⑫ ‥‥‥a2
⑬ ‥‥‥b2
⑭ ‥‥‥d
⑮ ‥‥‥e
⑯ ‥‥‥□
⑰ ‥‥‥e1

　1연에서 노른자/너의 이름(②행), 노른자/너(②행과 ③④행)의 대립, 2연에서 노른자/너의 이름(⑤행), 노른자/너(⑤행과 ⑥～⑩행)의 대립이 1연과 2연의 대립 구조로 나타날 때는 명명전(a)/명명후(b), 노른자(b)/너(b1), 구렁이(c)/신부(c2), 눈물꽃(c3), 갈대꽃(c4) 등으로 상상력이 확대된다. 그러나 1연에서 미완성된 존재성의 단정적 표현이 2연에서는 서로 완성된 존재로서 가치성을 공유한다. 이 1, 2연은 5·6공의 정치 상황과 민자당의 탄생 과정을 풍자한 부분으로서 논리 전개상 논증의 명제 부분에 해당한다. 2연은 원텍스트에 비해 c1…n식의 부연 설명으로 상상력이 확대된 부분이다. 3연은 원텍스트의 3, 4연이 통합된 형태로, ⑪～⑭까지는 轉에 해당하는 3연, ⑮～⑰행까지는 結에 해당하는 4연의 구조이다. 이 3연은 시의 전체 구조상으로 볼 때 행으로는 균형을 이루었지만 원텍스트에 비해 형태는 많이 일탈한 구조이다. 1연과 2연은 대립 구조이지만 3연은 2연의 유추 구조로 가정·추측의 시제로 결론을 맺으며, 1, 3연의 서두 행에 '민자야'라는 호칭을 반복 사용하여 강조하였다. 3연에서 노른자/너의 이름(⑫행), 흰자/너(⑬행)의 행 내의 대립, ⑬⑭행은 ⑪⑫행의 유추 관계, ⑫⑬행과 ⑮행, ⑫⑬행과 ⑯⑰행은 각각 ⑭행을 전제로 강조하여 유추 관계를 형성한다.

⑫행　　　노른자　　↔　　　민자
　　　　　-- ↕ -------------　(유추·대립)
⑬행　　　흰 자　　↔　　　너

　고정희 시에는 시적 자아가 70년대 이후 세계와의 갈등 양상이 리얼하게 나타나 부조리한 사회 모순에 따른 삶의 고통·허무·좌절이 중심을 이룬다. 따라서 산업사회의 경제 성장에 따른 빈부 격차의 갈등, 한국적 민주주의라는 구실하에 행해진 유신독재 권력의 횡포와 인권 남용, 권력의 횡포 앞에 부당하게 피해당하며 전전긍긍하던 지식인의 무기력함이 나타난다. 그는 현실과 이상의 괴리라는, 오늘날 우리 세대가 안고 있는 가장 첨예화된 삶의 문제를 그 밑바닥에 깔고 7·80년대의 한국 사회를 시적 자아가 존재하는 공간으로 설정하고 있다.15) 그의 시는 표현 과정상 현실 폭로와 정치적인 구호·선동이 앞서 때로는 시어가 잘 정제되지 않아 낯설고 생경한 느낌이 든다. 그렇지만 그는 도시 문명과 일상생활 속에서 과감히 일상적 언어를 구사하여 난해시 경향을 극복하였다. 그의 관심은 고향 정신에 대한 포근한 인식과 함께 남녀 평등의 삶을 지향한 여성 해방의 목적시를 많이 발표하였고, 개인적인 사랑을 통하여 그리움과 사랑을 깊게 하고 구원하는 처연한 낭만성을 보였다.16)

　흔히 언어유희는 풍자적인 한 기법으로서 풍자 효과를 극대화시킬 수 있는 방법인데, 이 시에서는 지나친 관념어의 남발로 인해 지배적인 어조가 비난 형태를 취하였지만 비교적 아이러니가 미진한 풍자가 나타난다. 패러디 문학은 사회 역사적 문맥에 위치시킴으로써 불가피하게 문학을 정

---

15) 송현호,『한국 현대문학의 비평적 연구』, 국학자료원(1996), p.203.
16) 정영자,『한국 여성시인 연구』, 평민사(1996), p.307.

치적이게 한다.17) 패러디의 희극적 풍자 기법은 패러디 원전의 모방, 변형
과 함께 중요한 방법 중의 하나이다. 패러디스트는 원전의 형식과 문체·
의미를 왜곡시킴으로써 일정하게 비평적 거리를 확보하면서 자기 주장을
나타낸다. 이런 정치 풍자적 기법은 원전에 대한 패러디스트의 이중적 태
도와 현 정치 세태를 조롱하는 목적을 반영한다.18)

　이 시는 김춘수의 「꽃」에 비해 전체 구조상을 볼 때 1, 2연은 비슷한
구조이나 3연이 「꽃」의 3, 4연을 통합한 형태로서 후반부에 많은 변화가
나타난다. 시점도 주－객체 관계가 3인칭(노른자)－2인칭(민자) 형태로서
서정시의 본질인 1인칭의 서정적 자아를 지양하여 철저히 객관화 관점에
서 시상을 전개하였다. 시대적 배경은 6공의 '민자당'이 탄생하는 정치적
상황이라 할 수 있다. 민자당은 여소야대의 정치적 혼란기에 국정을 원만
히 운영하기 위해 민주당·공화당·민정당을 합쳐 새로운 정당으로 탄생
한다. 여당은 국민이 선택한 정치적 상황을 무시하고 일부 야당과 통합하
여 6공의 민자당을 탄생시키지만, 정통성을 인정받지 못하기에 '망초꽃'이
라는 잡초에 비유된다. 이 정치적 야심은 겉으로 드러나지 않기에 '구렁이'
로 비유된다. 이 '노른자'는 5공 시절 여당(민정당)으로 권력 핵심에 기생
하는 권력층으로, '신부'는 마치 계약 결혼을 하는 여인으로서 대권밀약의
묵계적인 약속을 갖고 민자당에 합류하는 특정 정치인을 뜻한다. 따라서
민자당의 성격은 '신부=할미꽃=눈물꽃=갈대꽃'에 비유된다. '갈대꽃'은 대
권밀약의 나눠먹기식으로 지조없이 변절하는 모습을, '이대한'은 '위대한'
의 표준어를 제대로 발음하지 못하는 특정 정치인의 발음을, '할미꽃'은
'백발당'으로 비유되는 정치적 집단을, 노씨 정권인 '보통사람' 시대의 '눈

---

17) 김준오, op. cit., p.157.
18) Margaret A. Rose, op. cit., p.45.

물꽃은 작금의 정치적 비리에 따른 마음 고생과 비극적 상황을 각각 알레
고리화하였다. 또한 '노른자'에 대비되는 '흰자'는 순결한 여자로서 중매
인·주변 인물을 뜻한다. 달걀의 핵심인 '노른자'는 '흰자'가 주위를 둘러
싸 보호하는 부분이다. 따라서 '노른자'를 둘러 싸고 있는 '흰자'는 5공 말
기 일부 야당을 중심한 포괄적인 야합정치 세력이다.

시적 화자는 일부 야권 혹은 '흰자'와 같은 순수한 인물들이 과연 문민정
부라는 정통성을 내세우는 '민자당'을 향해 '못살겠다. 갈아보자'고 외칠
수 있을까라고 비꼬며 야권의 무기력을 비판한다. 아울러 민자당도 문민
정부라는 구실하에 군정 종식이나 민주적인 정권 교체를 부르짖을 수 없
다고 조롱한다. 화자는 현재 정치적 상황이 이렇게 떳떳하지 못한데 하물
며 다음 세대가 정권 교체의 정당성을 주장할 수 없다고 반문한다. 이처럼
이 시는 원텍스트를 풍자적으로 패러디하여 권력 핵심부에 밀착하는 정치
인의 부도덕성과 정치적 목적을 달성하기 위해 합종연횡하는 정치집단을
신랄히 비판하고 있다.

3. 결론

패러디는 역사적·사회적 문맥 속에서 반복되어 나타난다. 원텍스트에
대한 반복은 어느 한 구절의 답습에 그치지 않고 그 텍스트가 놓여진 상황
에 따라 역사적 현실과 의미를 내포한다. 따라서 상호텍스트성 속에서 서
로 의미를 보충하고 무수한 틈새와 맥락의 심층 구조 속에서 차이를 발견
한다. 김춘수의 「꽃」을 모방한 일련의 작품들은 곁텍스트성으로서 제목·
부제·소제목·주석·서문 등을 활용하여 패러디하였다. 이처럼 원텍스

트에 대해 모든 장치를 활용하여 명료하게 밝힘으로써 합법성과 정당성을 인정받고 유희성까지도 효과를 얻는다.

김춘수의 「꽃」은 뚜렷한 비유나 시적 기교가 없이 평범한 일상언어로써 존재론적이고 형이상학적인 인식의 문제를 탐구한 작품이다. 이 '꽃'은 현상적·구체적 지시 대상으로 머물지 않고 현상학적 현상으로 자리잡는 관념적 존재이다. 시적 화자는 꽃에 대한 시적 언술에 직접 개입하여 설명하지 않고 객관적 시점에서 꽃이라는 대상을 존재 그 자체로 인식하고 논증한다. 따라서 꽃은 대상 자체로서 객관화되기 때문에 새로운 의미가 탄생한다.

장경린의 「김춘수의 꽃」은 이질적인 이미지의 결합과 당돌한 언어 구사로써 물질에 따른 경박성과 인간성 상실을 신랄히 풍자한다. 즉 현대산업사회에서 물질만능에 따른 인간 관계가 성과 돈으로 모든 척도를 가늠하게 되는 현세태를 풍자하며, 아울러 소외감과 노예화로 치닫는 인간 관계의 단절감을 공유하는 자유로운 관계에서 인간성을 회복하고자 한다.

장정일의 「라디오같이 사랑을 끄고 켤 수 있다면」은 경박한 재치와 언어유희를 중심으로 존재 추구의 진지한 노력에 도전한다. 그는 문명과 자연을 대립 관계로 보기보다 상보적 관계로 보려는 능동성을 가진다. 이점은 전반적인 시상이 전반부의 문명 비판으로 끝나지 않고 그 비판적 부정성을 후반부에서 단추를 누르는 사랑과 관심의 행위로 극복하려는 것에서 엿볼 수 있다.

오규원의 「꽃의 패러디」는 존재론적 관념에서 인식하는 사물이나 현실에 대한 언어의 고정관념을 거부하고 언어의 그물로부터 해방되어 진정한 자율적 상태로 대상을 바라보고자 한다. 이름을 부른다는 것은 그 대상이라는 실존을 완전히 현현시키는 것이 아니라 단지 의미라는 고정관념을 덧붙이는 행위에 지나지 않는다.

고정희의 「민자야 민자야 민자야」는 원텍스트를 풍자적으로 패러디하여 권력 핵심부와 밀착하는 정치인의 부도덕성과 정치적 목적을 달성하기 위해 합종연횡하는 정치 집단을 신랄히 비판하고 있다.

5장: 현대시에 나타난「춘향전」의 패러디 수용 양상

1. 서론

「춘향전」은 창작 소설이기 전에 설화와 판소리 양식으로 널리 구연되어 민중의 집단적인 삶과 의식을 반영하고 있다. 이 작품은 유교 사회의 가치관인 열녀 사상을 기본틀로 하여 봉건 시대의 신분 질서와 이념에 대한 수용과 갈등을 동시에 보여 주면서 인간 평등이라는 보편적 주제를 갖고 있다. 「춘향전」을 소재로 한 현대시에서는 「춘향전」의 서사 구조 틀을 그대로 유지하여 재구성하지 않지만 독자들은 한국인이라면 누구나 이해할 수 있는 민족 문화의 원형성에 의지하여 받아들인다. 이 때 시적 변용 과정에서는 「춘향전」을 이야기하는 정보 전달의 차원이 아닌 서정화된 장면, 화자의 목소리, 이미지 등을 통해 다양한 시적 효과와 문학적 정보와 관습을 바탕으로 문학사회학적 의미 구조를 내포한 재창작 과정이 따른다. 흔히 「춘향전」의 일반적인 서사 사건은 만남과 이별, 사랑의 시련으로서 변학도의 억압이라는 현재적 상황 설정, 두 사람 간의 재회를 기대하는 것 등을 전제한다. 이 때 사랑의 시련은 춘향의 정절을 극대화시키는 척도로서 전경화된다.

현대시에서 '춘향'은 사회적 맥락 속에서 민중의식을 반영한 몇 작품 외에 전반적으로 사랑의 신화를 구축한 전형적 한국 여인상으로서 자리잡고 있다. 이런 원형적 사랑의 회귀는 현대인의 소외감이나 갈등을 극복하고 나아가 민족 동질성과 정체성을 공유하려는 장치의 한 양상이라 할 수 있다. 따라서 본고에서는 차이를 둔 모방이라는 관점에서 「춘향전」이 현대시에 어떻게 변용 수용되었나를 밝힘으로써 민족 원형성이라 할 수 있는 한 문화의 근원적 정서를 이해하고자 한다.

2. 불교적 인연설

인간은 현실 세계에서 그의 행위에 따라 죽은 후에도 그에 상응하는 보답을 받아 다양한 생명체로 태어난다. 사후에 다시 지상이나 천체를 포함한 천상에 태어날 수도 있고, 조상이나 신들의 세계에 태어날 수도 있다. 만일 지상에 다시 태어난다면 자신의 모습이 동·식물이나 인간일 수도 있는데, 인간으로 태어난다면 그 신분은 이전의 세상과는 다르다. 이처럼 사후 세계는 일회성으로 그치는 것이 아니라 다음 세상에서의 행위에 따라 그 다음 세상으로 끊임없이 이어지는데, 이것을 불교에서는 윤회(輪廻)라 한다.[1] 이 윤회 세계는 번뇌로 더럽혀진 인간의 생존이기 때문에 生死

---

1) 정승석, 『불교의 이해』, 대원정사(1989), p.325참조.
   윤회 세계는 번뇌·사바·此岸·꿈의 세계이다. 생사를 거듭하는 윤회 세계는

라고도 하며, 수레바퀴 돌듯이 계속 맴돈다.

> 香丹아 그넷줄을 밀어라
> 머언 바다로
> 배를 내어 밀듯이,
> 香丹아
>
> 이 다수굿이 흔들리는 수양버들 나무와
> 벼갯모에 뇌이듯한 풀꽃뎀이로부터,
> 자잘한 나비새끼 꾀꼬리들로부터
> 아조 내어밀 듯이, 香丹아
>
> 珊瑚도 섬도 없는 저 하늘로
> 나를 밀어 올려다오.
> 彩色한 구름같이 나를 밀어 올려다오
> 이 울렁이는 가슴을 밀어 올려다오!
>
> 西으로 가는 달 같이는
> 나는 아무래도 갈수가 없다.
> 바람이 波濤를 밀어 올리듯이
> 그렇게 나를 밀어 올려다오
> 香丹아.
>
> — 서정주의 「鞦韆詞」 전문 —

　이 시의 기본적 형태 구조는 '밀다'의 기본형이 '내어 밀다' '밀어 올리다'로 변주되면서 운동 방향과 폭이 상승하거나 커지고 있다. 1연에서는 미는 동작의 반복, 2연에서는 내어 밀고, 3연과 5연에서는 밀고 올리는 동작의 복합어인 '밀어 올리다'가 반복되고 있다. 그리고 4연을 제외한 모든 연이

　六道輪廻로 나눠지는데 지옥, 아귀, 축생, 아수라, 인간, 천상 세계이다.

동사 '밀다'를 사용하고 있지만, 이 4연만 '가다'라는 동사에다 '없다'는 부정성의 단정적 어조를 사용해 피할 수 없는 운명을 암시하고 있다. '서로 가는 달같이' 갈 수 없는 운명이다. '밀다'라는 동사의 활용으로 주술적인 효과를 성취하고, 정작 주제는 '가다' 동사가 있는 제 4연에 둔 것이다.[2]

1연은 '바다'와 '하늘', '배'와 '그네'가 각각 대칭을 이루어 먼바다로 배를 내밀듯이 '그네'를 미는 것으로 비유하고 있다. '바다'와 '하늘'은 수평적인 무한 공간으로 동일한 속성을 지니는데, '바다' 이미지는 '머언 바다로/ 배를 내어 밀 듯이' '바람이 파도를 밀어 올리듯이', '하늘' 이미지는 '서로 가는 달같이' '산호도 섬도 없는 저 하늘'처럼 서로 대응을 이루어 그네 타는 행위로 귀착된다. 이 '하늘'이 자아의 내적 성찰의 매개로서 지상적·육체적 한계를 벗어나 아름답고 순수한 영원성, 천상적 질서에 이르고자 하는 정신이라면, '바다'는 꿈과 이상을 실현할 수 있는 무한 세계의 열린 공간으로서 영혼의 안식처이며 생명의 근원지이다.

'그네'의 속성은 상승과 하강의 반복 작용으로 수직을 이룬다. 지상과 하늘 사이를 오가는 이런 반복 작용은 인간의 존재론적 숙명성을 나타낸다.[3] 인간은 철저히 지상적·현실적·육체적 삶을 추구하면서도 한편으로는 천상적·영원적·정신적인 세계를 갈망한다. '그네'가 지상에서 점점 멀어지는 것은 인간의 현실적·지상적 인연을 끊고 영원한 자유 세계에 대한 비상을 의미한다. 이 지상적 인연은 인간 사회의 굴레나 제도, 사랑의 번뇌이므로 춘향은 이 지상을 떠나려고 몸부림친다. '머언 바다'는 춘향에게는 자신의 연인인 이도령이기도 하지만 다른 한편으로는 현실의

---

2) 김한식, 『서정시의 운명』, 역락(2006), p.94.
3) 김종길, 『서정주 연구』, 동화출판공사(1975), pp.43-49 참조. 그는 '그네'의 상징성을 지상적 괴로움과 운명을 벗어나려는 것으로 본다.

질긴 끈으로부터 벗어나고자 하는 시적 자아의 의도를 내포한다.4) 그러나
'그네'가 다시 회귀하듯이 인간이 추구하는 이상이나 영원성은 지상이라는
현실이 뒷받침될 때 아름다운 공간이 된다. 이 '그네'와 같은 인간의 숙명성
에서 인간이 가지는 이상향은 인간 스스로 현실의 좌절과 고달픔을 극복하
고 실존 한계를 철저히 인식할 수 있으므로 정신적 위로가 되는 것이다.

2연에서 이런 지상적인 번뇌의 상징물은 '수양버들' '풀꽃뎀이' '꾀꼬리'
등이다. '수양버들'은 수줍어하면서도 요염한 여인의 자태를 '벼갯모에 뇌
이듯한 풀꽃뎀이'는 함께 누운 베개에 수놓았던 그림을, '자잘한 나비새끼
꾀꼬리'는 다정한 연인들의 행복한 모습을 뜻한다. 그는 이 행복했던 시절
을 그리워하는 아픔을 잊고자 광한루에 나왔지만 현실의 번뇌에 사로잡혀
있다. 이런 번뇌는 역설적으로 현실의 인간적인 집착에서 야기된다. 이런
지상적인 것에서 벗어나 이상 세계에 대한 갈망이 크면 클수록 현실의
번뇌에 사로잡힐 뿐이다. 화자는 이런 지상적 번뇌를 벗어나고 싶어하면
서도 한편으로는 이 지상적인 것에 집착하는 모순성을 지닌다.

그런데 그가 추구하는 이상 세계는 3연에서 보듯이 '산호도 섬도 없는'
무한 공간인 '하늘'이다. 이 '산호'와 '섬'은 지상적인 자연의 질서이고 현실
적인 것에 얽매이는 굴레다. '산호도 섬도 없는 저 하늘'은 사랑의 번뇌
가 없는 평정한 마음 상태이고, '채색한 구름'5)은 그런 상태 속에서 아름답
고 자유로운 존재를 뜻한다. 즉 사랑이라는 아름다운 감정을 유지하되 번
뇌에 얽매이지 않는 자유로운 세계이다.6) '구름'은 가벼운 표량성의 속성

---

4) 송기한, 『한국전후시와 시간 의식』, 태학사(1996), p.40.
5) 김화영, 『미당 서정주의 시에 대하여』, 민음사(1984), p.51.
   김화영은 '채색한 구름'을 '허무한 하늘'로 읽기보다 '울렁이는 가슴'의 동격으로 보
   아, 지상적인 세계에서 투명한 하늘로 상승하는 진행으로 본다.
6) 이남호, 『문학의 위족』, 민음사(1990), p.57.

으로서 정신적 투명함과 상승 욕구를 표상한다. 춘향이 이런 세계에 대한 갈망을 '밀어올려다오'를 3번 반복함으로써 솟구쳐 오름에 대한 강력한 갈망을 나타낸다. 따라서 이 부분은 한층 호흡이 빨라지면서 감정이 긴박하게 고조되므로 사설적이다. 그러나 4연에서 인간적인 지상의 굴레를 벗어나 이상 세계를 갈망한다는 것이 그리 쉬운 일이 아니다. 인간이란 아무리 현실을 초월하고 이상을 추구하지만 숙명적으로 지상과 인연을 맺고 있기 때문에 현실의 굴레를 벗어날 수 없다. '달'같이 순조롭게 갈 수 없는 화자의 한계 인식은 영원성과 세속성 사이에 놓여 있는 갈등으로서 "울렁이는 가슴"의 심적 상태와 비슷하다. 떠나고 싶지만 떠날 수 없다는 자아의 모순을 인식하는 감정의 충동 상태이다.

'서역'은 서방정토로서 불교에서 이상적·초월적 공간으로 탈속의 세계이다. '달'은 이 지상의 굴레를 벗어나 마음대로 갈 수 있지만, 인간인 춘향은 아무리 '그네'를 타고 지상의 인연을 벗어나려 하지만 '그네'가 제자리로 하강하듯이 스스로 운명의 한계를 인식할 수밖에 없다. 그것은 천상 공간에서 '달'은 수평적으로 이동하지만 '그네'는 매어달린 속성으로 상승과 하강의 수직 이동이기 때문에 완전히 자유로운 비상이 될 수 없다. '그네'의 수직 운동은 바람의 역동성에 의해 파도가 일듯이 타자의 도움에 의해 이루어진다. 이런 상황은 자연 현상에 비유하여 마치 '바람'이 파도를 밀어올리려 하지만 원 위치로 돌아올 수밖에 없는 것과 같다. '바람'은 세월의 덧없음이나 소멸, 열망이나 숨결의 창조적 힘을 상징하는데, 여기서는 지상적 삶 속에서 직면하는 괴로움이나 갈등, 시련을 뜻한다. 그러나 '바람'은 계속해서 허무하게 시도하므로 인간의 비극적 운명일 수밖에 없다. 마치 춘향이 사랑의 실패로 이별 후에 처한 현실 상황과 같다. 이런 지상의 굴레는 신분 속박에 따른 구속으로서 춘향은 사랑의 번뇌를 벗어나기는 어렵다는 것을 인식하게 된다.

> 안녕히 계세요
> 도련님
>
> 지난 오월 단오ㅅ날, 처음 만나든날
> 우리 둘이서 그늘 밑에 서 있든
> 그 무성하고 푸르든 나무같이
> 늘 안녕히 안녕히 계세요
>
> 저승이 어딘지는 똑똑히 모르지만
> 춘향의 사랑보단 오히려 더 먼
> 딴 나라는 아마 아닐 것입니다
>
> 천길 땅밑을 검은 물로 흐르거나
> 도솔천의 하늘을 구름으로 날드래도
> 그건 결국 도련님 곁 아니예요?
>
> 더구나 그 구름이 쏘내기되야 퍼부을 때
> 춘향은 틀림없이 거기 있을 거예요!
>
> — 서정주의 「춘향遺文-춘향의 말」[7] 전문—

이 시의 구조는 춘향이 죽음을 앞에 두고 이도령과 헤어진 후 유언을 남기는 독백 형태이다. 시적 화자는 춘향 자신인데도 '나' 대신에 3인칭 화자 형태로서 일정한 거리를 유지하여 감정을 절제하고 있다. 서두에서부터 청자를 의식하면서 하직 인사를 하는 춘향의 모습은 사랑의 영원성을 확신하기에 의연한 태도이지만 내면적으로는 죽음과 이별의 두려움을

---

7) 부제가 「춘향의 말」로 된 연작시로 「추천사」 「다시 밝은 날에」 「춘향유문」 등이 있다.

떨치지 못하며 현실에 집착하기에 지상과 천상을 잇는 영원한 사랑을 갈망한다. 그는 불교적 상상력을 통해 영원한 사랑을 노래한다. 이런 강한 확신과 의지는 3·4·5연의 '—일 것입니다', '—아니예요', '—있을 거예요' 등의 화자 어조에서 확인된다. 화자는 죽음과 이별을 두려워하면서도 죽음을 통해 사랑의 승화를 확신하는 내면적 갈등을 나타낸다.

춘향은 비극적인 현실 상황에서 과거의 추억을 돌이키며 현실의 고통을 승화시킨다. 그 아름다운 추억은 '무성하고 푸르른 나무[8]'처럼 싱그러우면서도 수직 상승의 생명력으로 비유되어 사랑의 결실을 나타낸다. 그가 마지막 하직 인사를 하며 육신은 떠나지만 이도령을 향한 불변의 사랑은 시·공간을 초월하여 정신적인 사랑으로 승화된다. 그는 육신의 죽음을 초극하는 사랑의 영원성을 '도솔천'이라는 불교의 시·공간을 설정하여 우주의 순환 원리로 나타낸다. 「추천사」에 나타나는 세속적 유한성의 삶이 이 작품에서는 불교의 인연설을 통해 영원한 삶을 지향하는 인간의 유토피아적 욕망을 나타낸다. 기독교의 종말론과는 달리 인도의 내세관은 순환론으로서 그 영혼이 다양한 모습을 취하면서 영원히 다양한 세계로 전전한다. 서정주의 설화적 시들이 불교적 윤회설에 의해서 찰나적인 육신을 순환의 시간성 속에 편입시켜 영원성이라는 질서의 구축으로 나아갔다.[9] 이도령과의 이별은 현상적 순간이지만 그들의 사랑은 '검은 물·구름·소나기' 등의 윤회적인 상상력의 바탕에서 우주 원리로 순환되어 정신성·

---

8) 김재홍, 『한국현대시인 연구』, 일지사(1986), p.332.
　　일반적으로 서정주 시선에는 '나무' '그네' 그리고 '구름'과 '하늘'의 이미지가 커다란 비중을 차지하고 있는데, 「추천사」「춘향유문」에서도 '그네'와 '나무', '구름'과 '하늘'의 이미져리가 핵심이다. '나무'는 상승적 이미지로 인간이 다다를 수 없는 이상이나 절대자의 세계를 표상한다.
9) 송기한, op.cit., p.144.

영원성으로 승화된다. 춘향은 육신이 여러 형태로 轉生해도 생사 시공을 초월하여 영혼은 항상 도련님 곁에 있겠다는 사랑의 영원성을 강조한다. 물이 실체를 끊임없이 변모시키는 원소의 속성으로 존재의 소멸과 탄생, 정화, 생의 연속성을 지닌다. 그는 죽어서 '천길 땅밑을 검은 물로 흐르거나' 혹은 '도솔천의 하늘을 구름으로 날드래도' 언젠가는 다시 소나기되어 이승인 현실 세계로 다시 돌아오리라 확신한다. 이런 사랑의 승화는 육체적·현실적 공간에서 수직 상승의 '나무'와 '그네'를 통해 정신적·천상적으로 상승하여 영원성을 획득한다. 즉 그들의 사랑 구현은 현실적으로 불가능하지만 소나기를 퍼부어 푸르른 나무를 싱싱하게 자라게 하듯이 그들의 정신적 사랑도 싱그럽게 익어간다는 것이다. 춘향은 구름이 소나기로 변해 비를 퍼부을 때 확실히 도련님 곁에 있을 것이므로 죽어도 죽지 않는 불사조처럼 이승과 저승을 마음대로 넘나들 수 있는 확고한 사랑을 확인한다.

3. 민중 의식

민중이란 중세 봉건 사회가 무너지고 근대 시민 사회가 형성되는 역사 발전 단계에 나타난다. 그것은 역사의 주체이며 사회적 실체로서 정치적·경제적·문화적 지배 관계에서 피지배층을 뜻하며 역사적 경험 속에서 각기 다른 모습으로 파악된다. 따라서 민중은 역사의 경험 속에서 생성되는 개념이므로 그 생성 배경이 되는 시대·사회 조건에 따라 다양한 모습과 성격을 지닌다.

앞산머리 자주빛 고름 옥색빛이 섞갈려 휘돌더니

그 빛 연한 솔잎마다 그늘지는 소리
山봉우리들도 수런수런 잔기침을 놓아
보기 좋은 달 하나 解散하고
몸을 푼다.

선한 눈, 코, 입, 짙은 숱, 눈썹
처음 눈맞춘 罪로
옥사장 큰 칼을 쓰고 창틀을
넘어다볼 줄이야!

진개내 앞냇가에 개가 짖어 개가 짖어
銀粧刀 날을 갈아
눈물에 띄운
달하

鬼氣 서린 앞산 그리며
밤부엉이 울어쌓는데

구리 동전 녹슨 常平通寶
몇 바리쯤 동헌 마루에 져다 부려야
이 몸 하나 平安하겠느냐? 平安하겠느냐?
　　　　　　　　　　　－송수권의 「춘향이 생각」 전문－

　이 작품은 70년대 격변기의 시대적 상황과 유신독재에 항거하는 민중
의식을 춘향이 처했던 조선조 봉건 시대의 상황에 비유하여 표현하였다.
춘향은 조선시대 엄격한 신분 계층의 사회에서 천민 신분으로 양반과 자
유 연애를 함으로써 봉건 사회의 제도적 모순과 계급을 타파하고 인간의
평등 사상을 고취시켰다. 이것은 임·병란 이후 지배층인 양반 계층이 서
서히 몰락하고 피지배층인 평민층이 자각을 통해 대두하면서 반봉건 의식

이 싹트는 계기가 되었다. 이 시 속에서 춘향은 어떤 시련과 절망 속에서
도 굴복하지 않고 꿋꿋하게 일어서는 민중의 표상이다.

70년대 이후 민중은 정치·경제·사회·문화적 상황하에서 형성된 개
념으로 지배층에 대한 피지배 계층으로서 주로 사회에서 소외된 계층을
뜻한다. 하지만 이들은 사회 구성원의 절대 대수의 기층 세력을 형성하면
서 역사의 주체이며 사회적 실체로서 인식된다. 근대 자본 경제 사회에서
민중 구성원은 가난한 자, 억눌린 자로서 노동자·농민·도시 빈민·소
상공업자·진보적 지식인 등이 포함된다. 이들은 끊임없이 역동적으로 변
화하고 살아 움직이는 실체로서 인간 간의 사회적 관계 속에서 주어지는
집단적 존재이다.[10] 이들은 항상 지배당하는 처지이기에 지배를 벗어나기
위해 꾸준히 싸워왔다. 이런 점에서 민중은 어떤 특수한 집단의 억압과
물신의 폭력에 의해 고통받는 자이다. 그러나 그 고통 속에서 비애를 축적
하여 축적된 비애로부터 부정과 저항의 가능성을 잠재하고 있다.

이 작품은 서두부터 애절하면서도 한에 서린 판소리 가락으로 한 여인
의 비극적 운명을 구성지게 노래하고 있다. 시적 화자는 현실의 아픔을
수용하되 최대한 감정을 추스리면서 차분한 어조로 이끌어간다. 특히 치
렁치렁하면서도 감각적인 어휘가 전체 시상에 자리잡고 이야기 구조로 전
개된다. '수런수런' '그리매' '바리' 등 토속적이면서도 고전적인 정취의 시
어는 감칠맛 나는 서정적 분위기를 자아낸다.

1연에서는 아름답고 행복한 삶의 터전에 '그늘지는 소리'처럼 서서히 어
두운 그림자가 드리우면서 불길한 조짐이 엿보인다. 그러나 이런 불안정
한 삶 속에서도 해산의 고통을 통해 '달'을 생산한다. 이 '달'은 민중 의식의

---

10) 박현채, 「민중과 역사」, 『민중』, 문학과 지성사(1984), p.13.

표상이고, 기침하는 행위는 민중 의식이 살아 있다는 자각 현상이다.

2연에서 춘향은 이도령을 사랑하여 변학도의 수청을 거부했다는 죄로 감옥에 투옥되어 고통을 당한다. 춘향은 비천하면서도 나약한 아녀자로서 감히 변학도의 수청을 거부한다는 것은 불가항력적인 일이지만 정절을 지키기 위해 온갖 수모를 당하며 죽음의 상황에 처한다. 이 춘향의 모습은 유신시대 군부 독재에 항거하다 가혹하게 탄압 받고 짓밟히는 민주 인사, 민중의 자화상이다. 따라서 이 '감옥'은 불의로운 권력 횡포에 짓밟히는 인권 유린과 항거할 수 없는 자유의 박탈을 상징한다.

3, 4연에서는 서서히 죽음의 그림자는 다가오지만 민중의 항변은 무기력할 수밖에 없다. 마치 춘향이 나약한 아녀자로서 당대 지배층의 권력 횡포에 무력할 수밖에 없는 모습과 같다. 그러나 민중은 '개가 짖어 개가 짖어'처럼 울부짖는 분노와 고통의 신음 속에서도 의식은 살아 있다. 예리하면서도 선명한 금속성의 '칼날'(은장도)은 인간 내면에서 솟구치는 충동과 욕망을 행동화하기 위한 자의식적 형상으로 예리한 결단력을 뜻한다.

5연은 권력자들의 온갖 금권 정치의 절정을 반어적인 풍자 기법으로 비꼬고 있다. '─평안하겠느냐?'의 수사적 의문은 모든 민중이라는 독자를 시에 끌어들이는 대화적 수법이다. 이 수사적 의문은 독자의 주위를 끌기 위해, 다양한 정서적 표현을 위해, 때로는 하나의 주제로부터 다른 주제로 넘어가는 전이 장치로 사용되는 설득적 담화인데 그는 이 수사적 의문으로 그 같은 효과를 충분히 살리고 있다.[11] 춘향과 같은 민중은 아무리 많은 뇌물을 바쳐도 평안하지 않다는 무기력함을 시적 화자의 냉소적 어조로 비꼬고 있다.

---

11) 박호영, 『한국현대시인론고』, 민지사(1995), p.248.

우리들의 침상은 여전히 차고
우리들의 자유를 속박하면서 칼들이 번쩍입니다.
검은 숲처럼 달은 침묵을 데리고 내려와 있습니다.
지친 모든 것들을 버리고 무간지옥으로 흘러가면서,
死者들이 떼지어 싸우는 투쟁의 투쟁의 무간지옥으로 가면서, 어머니 어머
니여
우리는 우리의 전모를 드러내는 달을 보고 있습니다.
틀림없는 그 달입니다. 숲속의 잎새마다 번쩍이는 달, 물과 바람과 구름의 달
사랑하는 사람의 사랑이 시작하던 달빛 속에서
우리는 압제의 질긴 손을 물리치고
내일은 어머니의 차입까지도 물리치고
죽음의 실물을 맞이하렵니다.
죽음은 사랑하는 사람을 위한 사랑입니다.
아아 달빛 젖은 오늘밤의 영창처럼 음산하게 끝나는 우리들의 사랑이여
모든 가해와 싸우고 기절하면서도 싸우던 우리들의 사랑이여
이제는 끝나갑니다. 바다와 같은 그들의 힘이 그를 가게 하고
가버린 사랑이 불타오르면서 불길 속에서
어두운 벽의 모서리가 열리고
그리고 기다리던 날의 최후가 옵니다.
최후를 그들이 가지고 옵니다.

　　　　　　　　　　　　　　　　　－최하림의 「春香悲歌」 전문－

　이 작품은 현실의 비극적 상황을 억울하게 감옥에 갇혀 있는 춘향의
모습을 통해 반영하면서 비장한 저항 의식을 담고 있다. '춘향'은 표면적으
로 등장하지 않지만 감옥이라는 공간이 제목과 연관되어 주인공이 춘향이
라는 것을 추측케 한다. '춘향'은 사회에서 소외 받고 고통당하는 민중의
표상으로서 자유와 정의, 사랑을 위해 싸우고 있다. 최하림의 민중 의식은
고발과 저항을 통한 현실 참여적 태도라기보다는 역사적 현장에서 소외되
거나 물질적 궁핍과 정신적 억압에 시달리는 민중의 어두운 삶을 포착하

여 연민과 애정의 시선을 통해 서정적 감각으로 형상화한다. 따라서 화자
는 항상 소외된 계층, 궁핍한 하층민 등 뿌리뽑힌 자들이 주류를 이룬다.
이 하층민들의 밑바닥 삶을 통해 당대의 아픔을 체험하여 좀더 건강한
삶과 밝은 미래를 지향하고자 하는 역사 인식의 소산이라 할 수 있다. 춘
향이 갇혀 있는 감옥은 당시대의 사회와 정치 상황을 비유하는 상징적
장치이다. 이 '감옥'은 부자유와 통제된 삶, 정신적 억압을 받는 공간으로
서 폭력화된 정치·불의의 사회, 권력의 횡포를 암시한다. 이런 점에서
그의 시는 은유적이다. 그런데 그 은유적 진술 방법은 언어 자체의 미묘한
질감과 충격보다는 전체를 통어하는 일관된 격정의 어조에 의해 질서 지
어져 있고, 진술의 자세에 담긴 시인의 진실성에 크게 힘입어 보인다.[12]
　서두에서부터 '우리들의 침상은 여전히 차고/우리들의 자유를 속박하면
서 칼들이 번쩍이는 유신 독재의 암울한 시대 상황이 전개된다. 이 차가운
겨울의 계절 감각은 당대의 억압되고 암울한 삶의 질곡을 의미한다. 그러
나 이러한 극한 상황 속에서도 맹렬히 저항하며 격앙된 어조로 비판하는
것이 아니라 그 고통을 인내하면서도 모성애적인 사랑으로 감싸 안으며
극복하려는 태도를 보인다. '바다' 이미지가 불행과 고통의 현실을 초극케
하는 희망과 구원의 표상으로서 건강한 삶과 밝은 미래를 기약하는 빛의
이미지와 결합된다. 따라서 절제된 감정의 어조가 냉정하면서도 침착한
태도를 유지하여 고통스런 민중의 삶을 아름다운 사랑으로 승화시키고 있
다. 자칫 민중시가 첨예한 갈등이나 풍자성, 적대감을 통해 사회 의식을
강조하다 보면 생경하면서도 공소한 부르짖음으로 흐르기 쉬운데, 최하림
은 이를 잘 극복하였다. 그의 시에는 어떤 현실 상황에서도 절망하거나

---

12) 조창환, 『한국시의 넓이와 깊이』, 국학자료원(1998), p.235.

굴복하지 않고 짓눌린 억압과 횡포에 맞서 정면 대결하는 강인성과 울분이 잔잔하게 스며있다. 그가 추구하는 자유란 진정한 해방으로서 현실적 삶의 구현에 있다고 본다. 그의 시는 정서적 복합체의 시적 상상력을 취하기보다 일관된 진술의 담화 형식을 취하는 경향이 있다. 때로는 연 구분 없는 서술적 시행의 나열에 의지한 작품이 많고, 한편의 시가 하나의 큰 이야기 단락으로 구성된 경우가 많다. 그것의 그의 시가 형상시의 범주에 속하면서도 그 형상화의 실체가 추상적 관념성의 두터운 외피에 싸여 있다는 의미이다.13)

4. 가부장적 정절관

가부장제란 남성이 사회 제도나 문화적·경제적 차원에서 여성보다 상위 우월감을 갖는 지배 체제로서 여성의 이익이 남성의 이익에 예속되는 권력 관계를 뜻한다.14) 신분제와 친족적 혈연 체계의 결합으로 나타난 조선조 가부장제는 일반적인 사회 제도와 이데올로기를 통해 여성을 더 억압하게 되었다. 유교의 이념에 편승하여 씨족 집단의 지배체제가 점차 강화되자 남성은 유교적인 혈연체계, 부계 혈통 중심의 직계주의·적서차별·장자우선권 등을 중시했고, 여성에게는 열녀·재가금지·칠거지악 등의 규범을 강조했다. 이런 가부장제의 사회 구조는 봉건 시대의 왕권 강화와 중앙 집권 중심의 국가적 통치 이념으로 발전했다. 유교는 우리나

---

13) Ibid, p.235.
14) 크리스 위턴, 조주현 역, 『여성해방의 실천과 후기구조주의 이론』, 이대출판부 (1993), p.2.

라에서 가부장제의 근본적인 요인이라고 할 수는 없지만 남성 지배와 양
반 지배의 사회 질서를 합리화시켜 주고 보장해 주는 이념의 토대는 되었
다. 그래서 사회는 남성 지배 구조를 보존·강화하기 위해 현모양처상이나
정절을 표방하여 여성은 남성과 자식에게 희생하고 봉사하도록 하였다.

> 「도련님 인제 가면 언제 오실라우 벽에 그린 황계
> 짧은 목 질게 늘여 두 날개 탁탁 치고
> 꼬꾜하면 오실라우 계집의 높은 절개
> 이 옥지환과 같을 것이요 천만년이
> 지내간들 옥빛이야 변할납디」
> 옥 가락지 위에 아름다운 전설을 걸어 놓고
> 춘향은 사랑을 위해 달게 刑틀을 썼다
> 獄 안에서 그는 椿꽃보다 더 지탓다
>
> 　　　　　　　　　　　　　　　　－노천명의 「春香」부분－

우리 고전 시가에서 사랑과 別恨의 정서는 전통적인 여인상의 원형으
로서 기다림의 세계를 나타낸다. 이런 원형성은 「공무도하가」이후 「정읍
사」「가시리」와 기녀 시조, 소월, 만해시까지 이어진다. 노천명의 「춘향」
에서는 춘향을 꽃이라는 여성성의 상징으로 나타내어 아름다움을 가꾸어
가는 꽃을 형상화했다. 춘향은 눈 속의 매화처럼 온갖 시련을 딛고 지조
절개를 지키는 여인상으로 묘사된다. 춘향의 지고지순한 사랑을 강조하기
위해 獄 안에서 춘향이 '椿꽃보다' 더 짙었다고 한다. 사실 이 시에서 '님'
이 돌아온다는 것은 '벽에 그려진 황계'가 살아서 올 수 있을 때에야 가능
한 일로 현실적으로는 거의 불가능한 상황이다. 그러나 춘향은 이런 불가
능한 상황에서도 임과의 해후를 확신하며 사랑의 불변을 맹세한다. 그녀
의 기다림은 기약할 수 없는 만남을 위해 무한성의 시간까지 가능하다.

   그녀의 정숙과 기다림은 이처럼 봉건 시대의 여성에게 여성의 삶을 규제하는 중심 덕목으로서 사랑의 전제 조건이 되었다. 그 '기다림'은 '옥지환'을 통해 지조와 열녀의 표상이 된다. 이처럼 여성의 인종과 기다림은 사랑의 묵계적인 계율로 유교 사회의 가부장제 가치관이 요구한 강요라 할 수 있다. 춘향이 이도령을 기다리면서 온갖 고통과 학대를 받으며 열녀적 사랑을 지켜 나갈 때 이몽룡은 조금도 사랑의 고통을 당하지 않고 출세 지향의 가도를 달린다. 그렇지만 춘향의 사랑은 자기 희생적인 기다림에 의해 후에 정렬 부인으로서 보상을 받는다. 이들의 사랑은 일방적으로 춘향의 가혹한 시련과 희생에 의해 지켜진다. 가부장제 유교 사회에서 '烈'이란 여성에게만 국한되는 선의 가치 척도로 권선징악의 명분이 되었다. 그러므로 춘향은 퇴기 딸인 천민의 신분으로서도 당대의 절대 권력에 저항하면서까지 일부종사하는 열녀상을 보여 준다.

I

큰칼 쓰고 獄에 든 춘향이는
제 마음이 그리도 독했든가 놀래었다
성문이 부서져도 이 악물고
사또를 노려보든 교만한 눈
그는 옛날 成學士 朴彭年이
불지짐에도 泰然하였음을 알았었니라
오! 一片丹心

… 중 략 …

V

깊은 겨울밤 비ㅅ바람은 우루루루
피칠해논 獄窓살을 드리 치는대

獄죽엄한 冤鬼들이 구석구석에 휙휙 울어
淸節春香도 魂을 잃고 몸을 버려 버렸다
밤 새도록 까무러치고
해 도들녘 깨어나다
오! 一片丹心

                    VI
믿고 바라고 눈앞으게 보고싶든 도련님이
죽기前에 와주셨다 春香은 살았구나
쑥대머리 귀신얼굴된 春香이 보고
李도령은 殘忍스레 우섰다 저때문의 貞節이 자랑스러워
「우리집이 팍 亡해서 上거지가 되었지야」
틀림없는 도련님 春香은 원망도 않했니라
오! 一片丹心

                                   －김영랑의 「春香」부분－

　이 작품은 그의 초기 시에 나타나는 전통적 서정성과는 다르게 「독을
차고」와 함께 현실 인식에 눈을 돌린 경향을 대변한 것으로, 처음 『문장』
(1940.9)지에 발표 당시 5연이었으나 후에 『영랑 시집』에는 7연으로 수정
되어 있다. 1~5연 「춘향전」의 내용과 거의 일치하나 6~7연은 구성 방법이
다르다. 이 부분은 춘향이 변학도의 수청을 거부해 감옥에서 고초를 겪는
내용이다. 1연에서부터 시적 화자는 춘향의 정절을 극대화하기 위해 그를
독한 마음과 교만한 눈을 가진 오기의 여인상으로 묘사한다. 그의 기다림
은 일부종사하는 인고의 모습이 아니라 '이 악물고/ 사또를 노려보는' 독한
모습으로 나타난다. 이런 변용된 모습은 '쑥대머리 귀신얼굴된 춘향이 보
고' 정절이 자랑스러워 잔인스럽게 웃는 이도령의 모습에서도 잘 나타난
다. 춘향의 교만한 눈과 이도령의 잔인한 웃음은 전통적인 서사 구조의

인물과는 다르게 묘사되었다. 이들의 만남은 「춘향전」처럼 모든 이에게 감격과 교훈을 주지 못한다. 춘향은 이도령을 만난 날 새벽에 까무라쳐 죽고 이도령은 그의 주검을 거두며 한탄하며 울고 있다. 이 춘향의 죽음과 이도령의 자탄적 회개는 새롭게 변용된 서사 구조인데, 이는 곧 전통적 상에서 가려진 춘향의 인간적인 면을 드러내는 일이며 상대적으로 이도령에 대한 시인의 공격이라고 볼 수 있다.[15]

위 내용은 원작 「춘향전」의 서사 구조에서 춘향이 이몽룡과 해후한 후 정렬 부인이 되는 해피엔딩 구조와는 달리 춘향이 이몽룡과 해후만 할 뿐 억울하게 죽게 됨으로써 한층 극적 비장미를 자아낸다. 이 죽음은 헛된 것처럼 보이지만 단순한 비애 차원에 머물지 않고 엄숙한 순결성을 지녀 시간을 초월하여 절대적 가치로 영원히 남는다. 이런 절박한 상황에서 춘향에게 구원자는 이몽룡이었으나 겨우 그를 만나자마자 춘향은 그 밤 새벽에 까무러쳐 죽어 그의 정절은 보상받지 못한다. 춘향에게 이몽룡이 어사가 되어 나타난다는 것은 단지 꿈같은 염원일 뿐 현실적으로 불가능한 상황이었다.

죽음을 무릅쓰고 정절을 지키는 춘향의 일편단심은 세조에 맞서 충절을 지킨 사육신, 일제에 대한 적개심으로 촉석루에서 몸을 던진 논개의 우국충정에 비유된다. 춘향이나 사육신, 논개는 모두 지조를 지키기 위해 목숨을 바친 공통점이 있다. 춘향의 절개는 역사와 민족을 위해 헌신한 인물의 지조에 비유되어 '민족혼'으로 상징화되었다. 춘향의 일편단심은 구원과 희망이 없는 비극적 자기 동일성이지만 암담한 시대 상황에서도 조국 독립과 민족 정신의 수호를 위한 전통적 지사 정신으로 승화되기 때문에

---

15) 백운복, 『현대시의 논리와 변명』, 국학자료원(2001), p.94.

적극적 자기 방어의 태도라 할 수 있다. 매 연마다 후렴구처럼 반복되는 '오! 일편단심'이란 말은 당시 암담한 상황에도 불구하고 이어져 오는 어떤 전통의 줄기나 정신의 맥락 같은 것을 암시해 준다. 말하자면 춘향을 사육신과 논개로 이어져 오는 일편단심의 역사적 맥락에 포함되는 존재로 설정한 것이다.16) 그러나 희망 상징인 이도령은 "우리집이 딱 망해서 상거지가 되었지야" 하며 잔인스럽게 웃는 능청스러움을 보여 주지만 춘향은 원망하지 않고 헌신적인 사랑을 보인다.

　춘향은 목숨을 걸고 이도령을 기다려야 하는 정절과 변학도에게 수청을 드는 현실 타협의 갈등이 있으나 결국 죽음을 각오하고 정절을 지킨다. 이 결연한 의지는 서두 연에서 구체적으로 제시된다. 이러한 춘향의 행동은 그 당시 시대 상황으로 볼 때 전혀 현실성이 없으나 유교적 가치관의 정절이 춘향을 영웅화시켰다. 이 일편단심 불경이부의 정절이 그 당시 조선 사회의 남성을 위한 윤리적 덕목이었지만 한편으로는 춘향 자신을 짓밟는 조선 사회에 대한 거부의 몸짓으로 자신을 방어하려는 개인적 윤리였다. 남존여비의 조선 사회에서 不更二夫는 여성에 군림하는 남성 사회의 원리라기보다 오히려 여성이 자기방어의 수단으로 삼고 있는 것이며 여성의 실존적 주체성을 지킬 수 있는 방패막이라 할 수 있다.17) 그는 목숨을 내걸고 정절을 지켰지만 단지 이도령을 보는 것으로 만족해야 했다. 그의 헌신적 사랑은 냉혹한 현실에 부딪쳐 보상받지 못하고 결국 죽음이라는 비극적 상황으로 마무리된다. 그렇지만 춘향은 자신의 처지를 한탄하거나 이도령을 원망하지 않는다. 그의 억울한 죽음은 두견의 슬픈 울음으로 상징화된다. 즉 춘향의 억울한 죽음이 원한 품고 죽은 두견새의

---

16) 이숭원, 『20세기 한국시인론』, 국학자료원(1997), p.108.
17) 김준오, 『가면의 해석학』, 이우출판사(1985), p.124.

피울음 소리로 합치되는데, 이것은 자아와 세계의 미분화 상태이다.[18) 춘향이 고통스런 현시점에서 이도령과의 행복했던 과거로 돌아가고픈 욕망과 그것의 불가능성에 대한 자각에서 오는 갈등, 그리고 욕망을 이루지 못한 고통이 한으로 반영된다. 이도령을 향한 그의 애절한 정이 좌절되었지만 그리움이 한으로 남게 된다. 그러나 근본적인 사회의 부조리와 불합리한 제도에 대해 비판이나 저항성이 구체적으로 제시되지 않고 억울한 죽음을 항변하는 분위기이다. 그러다보니 시적 감정이 여과되거나 적절히 육화되지 않아 극적 반전을 통해 생경한 외침으로 남는다.

5. 恨

우리 민족에게 있어 恨은 민족의 보편적 정서로서 민족의 기질적 요인도 있겠지만 역사가들이 말하듯이 짓눌린 역사의 아픔 속에서 그 원인을 찾을 수 있다. 5천년의 장구한 역사 속에서 지정학적 위치에 따른 이민족의 수많은 침입, 유교 사회의 가부장제 억압, 찌든 가난과 관리의 수탈, 동족 상잔의 비극 등 응어리진 아픈 흔적이 집단 무의식에 내재되었다. 이런 집단 무의식은 한이라는 정서 속에서 청승·한탄·애수·숙명성으로 나타난다. 따라서 우리는 고난의 역사와 경험을 현재화시켜 심층 무의식을 지향함으로써 민족 원형성의 향수감과 위로감을 느끼는 것이다.

> 목이 휘인채 꽃진 꽃대같이 조용히 春香이는 잠이 들었다. 칼 위에는 눈물방울이 어룽져 꽃이파리의 겹쳐진 그것으로 보였다. 그렇다, 그것은 달밤

---

18) 김윤식, 『한국 현대시론 비판』, 일지사(1975), p.42.

일수록 영롱한 것이 오히려 아픈, 꽃이파리, 꽃이파리, 꽃이파리들이 되어 떨고 있었다.

　　참말이다, 春香이 一片丹心을 생각해 보아라. 願이라면, 꿈 속엔 훌륭한 꽃동산이 온전히 제것이 되었을 그것이다. 그리고, 그것을 가꾸는 슬기 다음에는 마치 저 하늘의 달에나 비길 것인가, 한결같이 그 둘레를 거닐어 제자리 돌아오는 일이나 맘대로 하였을 그것이다. 아니라면 그 많은 새벽마다를 사람치고 그렇게 같은 때를 잠깰수는 도무지 없는 일이란 말이다.

　　　　　　　　　　　　　－박재삼의 〈華想譜〉「春香이 마음」抄 부분－

　박재삼의 「춘향이 마음」[19] 연작시는 모두 사랑하는 임을 기다리는 춘향의 슬픈 모습을 묘사한 것으로서 기다림과 그리움의 정조가 주류를 이룬다. 이 중 춘향이 직접 화자로 등장한 경우가 두 편이고, 나머지는 모두 제3자가 화자인 경우로서 객관적 시점에서 춘향의 순결한 사랑과 고난을 미화시켜 바라보고 있다. 대체로 현상적 청자는 구체적으로 나타나지 않지만 일반 독자를 향한 것이고, 화자는 춘향의 내면적 입장에서 묘사하고 있다. 즉 시적 화자는 춘향의 고달픈 육신과 마음을 통해 한 여인의 처절한 恨을 시적 모티브로 하고 있다. 전반부의 과거 지향적 시제는 한에 바탕을 둔 단면인데, 한은 억압이나 상실에 따른 분노에 야기된 것으로 과거적인 반복의 속성을 지닌다.

　이 한의 정서는 자연이라는 객관적 대상을 통해 자연스럽게 융화되어 빚어진다. 이 자연적 이미지(바람·물·나무·풀잎 등)는 있는 그대로의 모습이 아니라 한에 젖어 있는 춘향의 현재적 상황이다. 박재삼의 한적 비애는 원한이나 복수의 감정으로 발전해가거나 적극적인 의지의 극복으

---

19) 이 연작시에는 「水晶歌」「바람 그림자를」「매미 울음에」「자연」「화상보」「녹음의 밤에」「포도」「한낮의 소나무에」「無縫天地」「待人詞」 등 10편이 실려 있다.

로 나가지 못하고 단지 울음으로 승화된다. 이런 울음(눈물)은 그의 추억을 바탕으로 한 작품에서 주요 모티브로 작용하는데, 그 주된 이유는 유년 시절에 겪은 가난과 외로움에 기인하지만[20] 때로는 자연, 우주 자체의 본질로서 파악된다. 이런 점에서 비애야말로 인생과 자연의 온갖 비밀을 담고 있는 본질이라고 생각하는 데에 그의 시적 특징이 있는 것이다.[21]

그러나 소월시에 나타나는 恨은 박재삼의 경우와 같이 비애의 정서를 밑바닥에 깔고 있으면서도 그것을 초극하고 감내하려는 야무진 의지가 역설적 표현을 빌려 나타나고 있다는 점이 다르다. 박재삼은 비애를 오히려 더욱 심화시켜 무르익게 함으로써 그 성격을 보다 비가적 성격에 접근시키고 있다.[22] 즉 소월의 한이 갈등과 맺힘, 모순의 복잡한 양상을 띠나 박재삼은 이런 복잡한 갈등 양상이나 응어리가 없이 단순하게 심화된 비애감으로 자리잡는다. 따라서 좌절감에 따른 고통이나 한탄, 저주 등 이런 감정을 삭이고 인내하는 아픔이 없이 단지 눈물겨운 울음인 서러움으로만 머문다. 이 서러움은 삶의 본질적인 구조로서 인생과 자연의 온갖 비밀을 담고 있다. 그렇지만 이런 비애감의 정서가 감상에 흐르지 않는 것은 직설적인 감정 토로가 절제되고 비유적·우회적 표현을 통한 평이한 措辭法, 사투리를 사용한 독특한 영탄법의 구사에 기인한다. 이런 점에서 그의 시는 지극히 평범하고 소박한 일상에서 소재를 구하고 우리 국어의 섬세하고 애련한 가락을 찾아내어 그 소재들을 민족의 보편적인 정한의 정서로 빚어 놓는다.[23] 특히 여성적 한을 바탕으로 한 섬세한 감각적 표현, 타령조의 가락 기법은 우리 전통 서정시의 명맥을 이어온 시인이라 할 수 있다.

---

20) 김현, 「박재삼을 찾아서」, 『시인을 찾아서』, 민음사(1975), pp.74!75 참조.
21) 신규호, 「박재삼론」, 『한국현대시연구』, 민음사(1989), p.98.
22) 신규호, Ibid., p.100.
23) 장도준, 『우리시 어떻게 읽을 것인가』, 태학사(1996), p.221.

위 시는 춘향이 옥중에서 잠든 모습과 일편단심의 일상적 행위를 전지적 시점의 해설을 덧붙여 구성하였다. 화자는 1연에서 관찰자 시점에서 독백체 어법으로 바꾸어 마치 자신이 직접 경험한 것처럼 단정적인 어조로써 옥중의 춘향 모습을 묘사하고 있다. 즉 춘향의 잠든 모습이 '목이 휘인채 꽃진 꽃대'처럼, 칼 위에 얼룩진 눈물 방울이 '겹쳐진 꽃이파리'처럼, 아픔을 '영롱한' '반짝이는' 것처럼 감각적으로 인식하는 것이다. 2연은 화자의 어조가 변해 제3자인 화자가 청자에게 직접 향하여 논평을 겸해 대화적 어법을 구사하고 있다. 마치 소리하는 창자가 유장한 서술적 어조로써 슬픈 상황을 창과 아니리(사설)를 겸한 목소리를 통해 청중과 교감하는 형태이다. '그렇다, 참말이다'의 확신에 찬 단정적 어조, '보아라. 그것이다. -란 말이다'의 권유와 설명 중심의 어투 등 다양한 화법이 구사되고 있다.

그의 시에서 밝게 빛나는 현상은 대개 눈물이 마른 자국 위에 펼쳐진다. 칼날 위에 얼룩진 눈물은 마치 꽃 이파리처럼 겹쳐져 달빛 아래 더욱 영롱한 빛을 발한다. 이 빛나는 눈물 자국은 맑은 투명성의 속성으로 응어리진 슬픔을 승화시키는 차원으로 발전한다. 얼룩진 눈물이 한의 맺힘이라면, 이 눈물이 달빛을 통해 영롱하게 빛날 때 한의 삭임이다. 춘향이 임을 기다리는 그리움과 원망이 가슴에 맺혀 있음이 한적인 아픔이다. 그러나 이런 아픔을 인내의 고통으로써 극복하고 새벽빛처럼 기다리는 희망이 있을 때 한의 승화이다. 마음 속에 내재된 슬픔을 해소하고 삭임으로 승화되는 것은 빛으로 채워질 때이다. 그의 기다림은 단지 꿈속에서만 가능한 일로서 그는 매일 꽃동산을 한바퀴 돌고 새벽을 맞이한다. 이 기다림을 위한 초월적 행위는 실존적 한계 상황 속에서 그것을 극복하려는 의지의 발로라 할 수 있다. 이 새벽은 그가 꿈을 깬 후 현실을 인식하는 시간으로서 기다림과 희망을 뜻한다. 그의 일편단심은 꿈과 새벽의 반복으로 표상된다.

> 刑틀에 매여 원통하던 일을 이승에서야 다 풀고 갔으련만
> 저승에 가 비로소 못잊겠던가
> 春香이 마음은 조롱조롱 살아 다시 열렸네.
>
> 저것은 가냘피 아파 우는 소리였던 것을,
> 저것은 여럿이 구슬 맺힌 눈물이던 것을,
> 못견딜 만큼으로 휘드리었네.
>
> 우리의 무릎을 고쳐, 무릎 고쳐 뼈마치는 소리에 우리의 귀는 스스로 놀라고,
> 절로는 신물이 나, 신물나는 입맛에 가슴 떨리어,
> 다만 우리는 或時 刑吏의 손아픈 後裔일라…
>
> 그러나 아가야, 우리에게도 비치는 것은
> 네 눈이 葡萄라, 살결 또한 葡萄라……
> ―박재삼의 〈葡萄〉「春香의 마음」抄 부분―

이 작품에서 춘향의 한맺힘은 이승에서 원통함을 풀지 못하고 죽어간 것이 근원적 요인이다. 내적 화자는 '포도송이'를 통해 춘향의 고통과 슬픔을 연상하여 심미적 가치를 부여한다. 춘향의 마음은 '포도송이'에서 다시 '아가의 눈'으로 상상력이 확대된다. 이승에서의 춘향의 고통과 한은 저승에 가서도 못잊겠던지 '조롱조롱' 포도송이로 맺혀 사랑의 열매로 나타난다. 춘향이 죽음에 직면하여 못잊는 것은 형틀에서 당한 원통함인데, 이 원통함은 이도령과의 재회에 대한 기대를 가지지 못하는 점이다. '조롱조롱' 맺힌 '포도송이'는 구체적으로 '춘향의 구슬맺힌 눈물' '춘향의 마음'으로 상징화되고, 춘향의 '가냘피 아파 우는 소리'는 바람 스치는 '포도나무

가지'로 나타난다. 그리고 '포도의 신맛'에서 모진 고문으로 신물 흘렸을 춘향의 모습을, 또한 우리가 이런 춘향에게 손이 아프도록 태장을 가한 刑吏의 후손이 아닌지 두려워한다. 특히 3연은 춘향의 고통과 시련을 통해 하층민의 고통스런 삶을 경험화하는 역사적 인식이 나타나므로 화자는 현재적 삶에 반성적 인식까지 보여 준다. 그의 시에서는 화자의 신원이 명확히 드러나지 않고 보편성을 띠고 있기 때문에 '우리'라고 했을 때도 그 의미는 보편 청자를 향해 제한없이 열려 있게 되는 것이다.[24] 즉 보편적인 청자의 공감을 끌어들인다.

위 작품에서 '춘향'은 한이라는 우리 민족의 보편적 정서의 원형이며 슬픔을 초월하는 아름다움을 표상한 것이다. 한이 발생하게 된 역사적·사회적 상황에 대한 인식보다 단지 한의 초월과 승화라는 관념성에 머문 느낌이다. 따라서 치열한 맺힘이나 엉킴의 과정이 구체적으로 현현되지 않고 삭임 과정도 복잡함이 없이 자연 동화 상태로 나타난다. 이런 점에서 동적이거나 체험적이기보다 정적이며 관조적 시점에서 체질적으로 자연스럽게 한을 담아내고 있다. 이런 恨은 좌절이나 상실감에서 기인하지만 그 원인이 어디, 누구에게서 온 것인지, 혹은 어떻게 맺힘을 풀어야 할지 모르는 막연한 서러움이며 아픔이다. 그렇다고 원한의 대상을 알아보았자 자신의 정서적 고통만 더할 뿐 어떤 해결책이 없기에 스스로 체념하며 수용하는 허무주의적 태도이다. 이런 점에서 한은 어떤 대상에 대한 갈등이나 대립보다는 포용함으로써 체념이나 달관의 경지에 이르는 해학적 화해의 삶이라 할 수 있다.

---

24) 이경수, 「서정주와 박재삼의 '춘향' 모티브시 비교연구」, 『고대민족문화연구29』 (1996.12), p.164.

이 외에 「춘향전」을 현대시로 패러디한 작품으로 김소월의 「春香과 李道令」, 전봉건의 「춘향연가」 등을 들 수 있다. 「春香과 李道令」은 춘향과 이도령이라는 보편적 인물을 통해 남녀의 사랑을, 「춘향연가」는 구속된 삶 속에서 진정한 존재 가치와 자유 추구는 형이상학적인 사랑을 통해서 가능하다는 것을 보여준다.

> 平壤에 大同江은
> 우리나라에
> 곱기로 엇듬가는 가람이지요
>
> 三千里 가다가다 한가운데는
> 웃둑한 三角山이
> 솟기도 했소
>
> 그래 올소 내 누님, 오오 누이님
> 우리나라 섬기든 한옛적에는
> 春香과 李道令도 사랏다지요
>
> 이便에는 咸陽, 저便엔 潭陽,
> 쑴에는 각금각금 山을 넘어
> 烏鵲橋 차자차자 가기도햇소
>
> 그래 올소 누이님 오오 내 누님
> 해돗고 달도다 南原 쌍에는
> 成春香 아가씨가 사랏다지요
>
> ―김소월의 「春香과 李道令」전문―

시적 화자는 청자인 누님에게 「춘향전」의 배경을 '평양 대동강'으로 바꾸어 춘향과 이도령의 이야기를 들려주고 있다. 그리고 「춘향전」의 내용

중 두 연인의 이별 모티브에 '견우와 직녀' 설화를 비유해 견우와 직녀가 까막 까치가 놓은 다리를 통해 만날 수 있듯이 춘향과 이도령이 '오작교'를 통해 서로 만날 수 있음을 확신한다.

이 시는 전통적 민요풍인 7.5조의 3음보 형태로서 외형률의 리듬이 반복되어 우리에게 친숙감을 자아낸다. 단지 1, 2연의 음보 배열이 불규칙하게 이루어졌을 뿐 3, 4, 5연은 음보 배열이 똑같이 반복되어 단조로움을 탈피하지 못한 느낌이다. 이 시에서 춘향과 이도령은 우리나라의 젊은 선남선녀인데, 이들은 다시 '강'과 '山'으로 표상된다. 이 '강'과 '山'은 다시 '대동강'과 '삼각산'으로 구체화되어 남과 북을 표상한다. 이러한 대칭 구조는 후반에서 '함양'과 '담양'이라는 구체적 공간으로 설정되어 전라도와 경상도를 상징한다. 이 대동강과 삼각산, 함양과 담양은 궁극적으로 남원이라는 화합의 공간으로 합일되어 춘향과 이도령이 하나가 되는 것이다. 함양과 담양의 총각 처녀는 꿈 속에서조차 사랑에 빠져 험난한 산을 넘어 오작교를 찾아간다. 이 오작교에는 견우와 직녀, 춘향과 이도령, 더 나아가서는 모든 선남선녀가 만나는 밀회의 공간이다. 시적 화자인 어린 소년은 '그래 올소 누이님 오오 내 누님'하면서 꿈에서조차 사랑에 빠져 있는 누님을 변호한다. 따라서 춘향과 이도령은 모든 인간이 가질 수 있는 애정의 감정을 대변하는 보편적 인물로 나타나 삶의 존재 가치를 부여한다.

전체 3부작 1천행 이상으로 구성된 전봉건의 「춘향연가」(1967)는 시종일관 감옥에 갇혀 있는 춘향의 독백과 환상, 과거 회상을 통해 서술, 묘사되는 서술시 형태이다. 시종일관 인과론적 서사 구조가 생략된 채 현상적 화자인 춘향의 시점을 통해 주관적으로 시상이 전개되고 있다. 춘향이 처한 현실 공간은 감옥이지만 그의 사랑 타령은 실제 상황이 아니라 환상이나 회상에 의해 전개된다. 그가 출생 후 이몽룡을 만나 사랑하고, 변학도

에게 시련당하는 구조적 틀은 원텍스트의 중심 내용이라 할 수 있는 암행
어사 출도 장면이나 교훈적 정절관을 언급하지 않는다. 이 작품은 원텍스
트의 전기적인 평면성과 단편성, 미세한 서사 구조를 생략한 채 서정적
분위기를 바탕으로 감각적인 시어, 내적 고백과 대화 삽입, 독백체의 빠른
호흡, 묘사 중심의 상징적 표현, 극적 플롯 등으로 밀도 있게 구성하여
시적 긴장감을 높이고 있다. 그리고 춘향이 육감적으로 토해 내는 리비도
의 원색적 표현과 서술적인 이야기체가 한껏 감정을 고양시킨다. 그러나
장식적인 수식어 남발이나 사건 구성의 도식성이 단점으로 자리 잡는다.

「춘향연가」는 흔히 장시에서 단점으로 지적될 수 있는 주제, 구성, 스타
일 등에서 심리적인 내지 극적인 장면의 조직으로 훌륭하게 '내면적 통일
성'을 이루는 데 성공하였다.25) 장시는 단시와는 달리 이념적 주제를 뒷받
침하기 위해 긴 호흡을 유지하며 통일적 구성을 바탕으로 세계 인식을
확대해야 한다. 특히 각 장이나 단락이 독자적인 독립성을 지니지 못하고
전체의 부분으로 기능하므로 장 단락의 순서가 바뀌면 통일성이 파괴되기
쉽다. 내용을 지배하는 장시는 전체적 통일성의 긴밀도를 높이기 위해 긴
호흡과 적절한 리듬이 필수적이다. 그렇다고 도식적인 외형률이나 관습적
인 언어 구사는 감수성의 공감에 한계가 있다. 그런데도 이 작품은 시적
진술이 음운과 어구, 동일 어법 등 언어의 통사론적 반복과 의미 병치의
대응 구조를 적절히 배합하여 다양한 변화를 보여준다.

　　七尺의 劍이 내리쳐도
　　마음의 굽이마다 소나무는 푸르고,
　　대나무는 푸르른데.

---

25) 김종길,『시에 대하여』, 민음사(1986), p.430.

전나무는 잎마다 빛을 던지는데.
육천 마디 얽히고 맺힌 사랑인데.
이곳엔 눈물만으로는
전할 수 없는 것이 있는데.
지금은 옷 벗지 않고 돌아누운
가슴에 안겨 오는 壁이 있는데.
꿈 아니면 볼 것인가.
어디서 그 노래와 만날 것인가.

-전봉건의 「춘향연가」 중에서-

　춘향은 현실적으로 사랑을 나누지는 못하지만 환상과 회상을 통해 강한 결속력을 보여준다. 그가 옥중에 있다는 것은 현실적으로 육체가 구속되어 자유가 없다는 것이다. 이 감옥은 제한되고 억압된 실존적 한계 상황을 뜻하는 곳으로 외부 세계로부터 격리되었으면서도 역설적으로 자유가 풍성하게 내재되어 있는 몽상의 시적 공간이다. 춘향은 이곳에서 환상을 통해 이몽룡을 만나고 사랑의 추억을 더듬지만 아름다운 낭만이나 즐거움은 전혀 없고 갇혀 있는 자신의 처지만 자각한다. 이몽룡은 춘향 앞에 나타나지 않고, 춘향은 끝없는 사랑을 하소연하면서 감옥에서 고통스럽게 밤을 지새운다. 그는 처절한 고통이 가중될수록 이몽룡과의 에로스적 사랑을 기쁨으로 갈망한다. 그의 혹독한 시련은 사랑의 가치를 극대화시키는 효과를 지닌다. 춘향은 사랑의 신비한 힘을 격렬한 리비도로 분출시킴으로써 에로스적 사랑을 정신적 구원과 해방을 구현하기 위한 방식으로 나타낸다.

　따라서 구속된 삶에서 존재론적 구원이란 형이상학적인 사랑의 승화를 통해 가능하다는 것이다. 즉, 구속된 삶 속에서 참다운 존재 가치와 자유 추구는 지고지순한 정신적 사랑의 완성을 통해서 가능하다는 것을 뜻한다. 이런 점에서 이 작품이 시사하는 바는 실제 옥에 갇힌 춘향이라기보다 삶의 질곡과 무명에서 벗어나지 못한 우리들의 일상적 의식이라 할 수 있다.[26] 덧없고 허무한 우리의 일상적 삶은 구속된 존재로서의 춘향과 다를 바 없다.

6. 결론

이 「춘향전」은 문화적 가치관과 사회적 욕구에 따라 다양한 주제를 복합적으로 내포하지만, 근본적인 주제는 남녀 사랑이라 할 수 있다. 이런 지고지순한 사랑은 현대시에 다양한 형태로 패러디되어 나타난다.

첫째, 서정주의 「추천사」, 「춘향유문」에서는 불교적 상상력이나 윤회설을 바탕으로 현실에서 인간적인 번뇌와 갈등을 벗어나려 하거나, 찰나적인 육신을 순환의 시간 속에 편입시켜 영원성이라는 질서를 구축하고 있다. 「추천사」는 춘향이 '그네'를 통해 인간적인 번뇌와 갈등을 벗어나려 하지만 벗어날 수 없다는 인간의 존재론적 숙명성을, 「춘향유문」은 춘향이 죽음을 앞에 두고 유언을 남기는 독백 형태로써 불교적 윤회설을 바탕으로 영원한 삶을 지향하는 인간의 유토피아적 욕망을 나타낸다.

둘째, 송수권의 「춘향이 생각」, 최하림의 「춘향비가」에서는 춘향이 민중 의식의 표상으로서 동시대의 불합리한 사회적 모순과 제도, 불의로운 권력에 대한 저항으로 승화되고 있다. 「춘향이 생각」은 애절하면서도 한에 서린 판소리 가락으로 한 여인의 비극적 운명을 나타내는데, 이 춘향의

---

26) 오세영, 『20세기 한국시인론』, 월인(2005), p.271.

모습은 유신 시대 군부 독재에 항거하다 가혹하게 탄압받고 짓밟히는 민주 인사와 민중의 자화상이다. 「춘향비가」는 70년대 현실의 비극적 상황을 억울하게 감옥에 갇혀 있는 춘향의 모습을 통해 반영하면서 비장한 저항 의식을 담고 있다.

셋째, 노천명의 「춘향」, 김영랑의 「춘향」에서는 여성의 인종과 기다림은 사랑의 묵계적인 계율로서 유교 사회의 가부장제 가치관이 요구한 강요라 할 수 있다. 「춘향」은 눈속의 매화처럼 온갖 시련을 딛고 지조와 절개를 지키는 여인상으로, 「춘향」은 죽음을 무릅쓰고 정절을 지키는 춘향의 일편단심을 세조에 맞서 충절을 지킨 사육신과 일제에 대한 적개심으로 촉석루에 몸을 던진 논개의 우국충정에 각각 비유하였다.

넷째, 박재삼의 「춘향이 마음」 연작시는 모두 사랑하는 임을 기다리는 춘향의 슬픈 모습을 묘사한 것으로 기다림과 그리움의 정조가 주류를 이룬다. 그의 한은 복잡한 갈등 양상이나 응어리가 없이 단순하게 심화된 비애감으로 자리잡는다. 「화상보」에서는 춘향이 옥중에서 잠든 모습과 일상적 행위를 전지적 작가 시점에서, 「포도」에서는 이승에서 원통함을 풀지 못하는 한맺힘을 포도송이로 나타내고 있다.

6장 : 곽재구의 「사평역에서」와 임철우의 「사평역」

1. 서론

상호텍스트성(intertextuality)이란 한 텍스트나 장르가 그 이전 혹은 동시대의 다른 텍스트나 장르와 맺고 있는 상호관련성으로서 좁게는 인용이나 언급의 형태로 드러난 경우이고, 넓게는 텍스트와 텍스트, 주체와 주체 사이에서 나타나는 모든 지식이나 예술의 총체를 뜻한다. 이 총체성은 텍스트가 생산된 시대의 모든 지식이나 그 당시 통용되고 있는 모든 담론의 양식으로서 역사·철학·예술 등을 포함한다. 이런 점에서 하나의 텍스트는 독자적인 것이 아니라 이전에 존재했던 수많은 텍스트와의 상호 관련 속에서 이루어지는 것이다. 이 상호텍스트성은 마치 현상학에서 우리의 의식이 항상 무엇을 향해 대상의 지향성을 갖듯이 텍스트로의 지향성을 갖는 것이라 할 수 있다.

그런데 이런 상호텍스트성을 반영하는 대표적인 전략이 패러디이다. 모든 패러디는 상호텍스트성을 갖지만 상호텍스트성에 의한 모든 문학 작품이 패러디 관계를 갖는 것은 아니다. 따라서 상호텍스트성은 패러디와 달리 비판성이 결여되어 그 관계만을 나타내는 가치 중립적인 개념이다. 이 상호텍스트성은 작가의 창조적 기능이나 텍스트의 조건보다 텍스트에 대한 독자의 지각·해독 능력에 더 관심을 초점화한다.

일반적으로 장르란 창작 과정 속에서 재료를 일정한 형식으로 담아내는 규범 양식으로서 현실을 바라보고 이해하는 방법이자 수단이다. 수용자는 그 일정한 양식의 틀을 통해 미적 체험을 한다. 그런데 포스트모더니즘 시대의 다문화주의는 문학의 장르 패러디 현상을 더욱 가속화시킨다. 이는 고급문화 이념을 전복시키고 영상 매체 문화와 대중문화 발달이라는 시대적 상황의 산물에 기인한다. 따라서 현대시도 다른 문학 장르뿐만 아니라 비문학 장르와의 경계를 무너뜨리며 점차 문화적 역동성을 반영한다. 이런 역동성은 원텍스트의 권위나 장르의 규범 자체를 무너뜨려 점차 탈역사화하고 비판적 거리를 소멸시킨다. 이처럼 장르의 경계를 넘나드는 상호 작용 자체가 이미 상호텍스트성을 지니는 것이다.

장르 패러디는 최소한 두 개의 의사소통 모델을 내포하는데,[1] 즉 ① 패러디 작가와 패러디된 장르(선행 장르) ② 그 패러디 작품과 독자와의 소통 등이다. 패러디 작가는 선행 장르의 해독자이면서 동시에 새로운 약호자로서 비평과 창조의 패러디 기능을 반영한다. 이 때 작가가 선행 장르에 대해 호감을 지님으로써 우월한 기준에서 장르 패러디가 되기도 하지만, 일반적으로 선행 장르에 대해 조롱이나 경멸의 동기에서 패러디하는

---

1) 고현철, 「한국현대시와 장르 패러디」, 『한국현대시와 패러디』, 현대미학사(1996), p.157 참조.

경우가 흔하다. 이처럼 창작자는 한 장르에 대해 인습적으로 느낄 때, 혹은 실험적인 시도로 충격 효과를 자아내려 할 때 일정한 장르의 질료적·형식적 틀을 차용하여 그것들을 자양분으로 삼아 새로운 양식을 만들어 내는 것이다.[2]

한편, 독자는 이미 낯익은 선행 장르뿐만 아니라 패러디한 작품의 상호관계 속에서 새롭게 변형된 형식에 놀라며 각 장르의 고유성과 그 차이에 따른 변별적 자질을 비교하면서 해독한다. 장르 혼합 형태의 장르 패러디는 텍스트상의 대화 형식으로서 본질적으로 메타 언어적이라 할 수 있다. 더구나 같은 문학 장르에서도 한 장르 특징의 한계와 변별성을 극복하고 아우르기 위해 장르 간의 경계를 무너뜨리거나 패러디 형태를 취하기도 한다. 모든 텍스트는 정도의 차이가 있겠지만 일반적으로 역사적·사회적 문맥성을 갖는다. 한 텍스트에 대한 반복은 그 텍스트가 놓여진 시대적 상황에 따라 다양하게 현실인식과 의미를 내포한다. 따라서 본고에서는 1980년대라는 사회적·역사적 맥락 속에서 장르가 다른 곽재구의 시 「사평역에서」와 임철우의 소설 「사평역」의 상호텍스트성을 통해 현실 인식의 수용양상과 형식 구조의 특징, 장르 간의 변별성을 분석함으로써 문학적 장르 패러디의 가능성과 총체성을 살펴보고자 한다.

2. 패러디 형태 구조

오늘날 장르 간의 영역이 세분화되면서도, 한편으로는 인접 장르가 통합되고 있는 양극화 현상에서 상호 장르 간의 교류는 의미 있는 일이다.

---

2) 정끝별, 『패러디 시학』, 문학세계사(1997), p.151.

패러디는 "한 장르에서 다른 장르로의 변이"[3]로 기술된다는 점에서 장르 간의 상호 관계를 아우를 수 있는 척도가 될 수 있다. 따라서 시가 다른 문학 장르와의 열린 소통 관계를 유지할 때 독자는 시 양식의 한계를 극복하고, 더 나아가서는 다른 문학 장르를 접합시켜 그 장르의 특성을 이해하면서 양 장르의 독자성이 충돌하여 빚어지는 과정에서 창조적인 문학 양식을 새롭게 경험할 수 있다.

(Ⅰ) (1) 막차는 좀처럼 오지 않았다
      (2) 대합실 밖에는 밤새 송이눈이 쌓이고
      (3) 흰 보라 수수꽃 눈시린 유리창마다
      (4) 톱밥난로가 지펴지고 있었다
(Ⅱ) (5) 그믐처럼 몇은 졸고
      (6) 몇은 감기에 쿨럭이고
      (7) 그리웠던 순간들을 생각하며 나는
      (8) 한 줌의 톱밥을 불빛 속에 던져주었다
(Ⅲ) (9) 내면 깊숙이 할 말들은 가득해도
      (10) 청색의 손바닥을 불빛 속에 적셔두고
      (11) 모두들 아무 말도 하지 않았다
(Ⅳ) (12) 산다는 것이 때론 술에 취한 듯
      (13) 한 두름의 굴비 한 광주리의 사과를
      (14) 만지작거리며 귀향하는 기분으로
      (15) 침묵해야 한다는 것을
      (16) 모두들 알고 있었다
(Ⅴ) (17) 오래 앓은 기침소리와
      (18) 쓴 약 같은 입술담배 연기 속에서
      (19) 싸륵싸륵 눈꽃은 쌓이고
      (20) 그래 지금은 모두들

---

3) Margaret A, Rose, Parody, Cambridge University Press(1993), p.35.

　(21) 눈꽃의 화음에 귀를 적신다

(Ⅵ) (22) 자정 넘으면

　(23) 낯설음도 뼈아픔도 다 설원인데

　(24) 단풍잎 같은 몇 잎의 차창을 달고

　(25) 밤열차는 또 어디로 흘러가는지

　(26) 그리웠던 순간들을 호명하며 나는

　(27) 한 줌의 눈물을 불빛 속에 던져주었다.

—곽재구의 「沙平驛에서」 전문—

(1) 　㉠ 막차는 좀처럼 오지 않았다 (1행)

　　㉡ 막차는 좀처럼 오지 않았다. (311쪽)

(2) 　㉠ 대합실 밖에는 밤새 송이눈이 쌓이고 (2행)

　　㉡ 창밖엔 싸륵싸륵 송이눈이 쌓여 가고 (328쪽)

(3) 　㉠ 흰 보라 수수꽃 눈시린 유리창마다 (3행)

　　㉡ 유리창마다 흰 보라빛 성에가 (328쪽)

(4) 　㉠ 톱밥난로가 지펴지고 있었다 (4행)

　　㉡ 톱밥 난로의 불빛을 은은하게 되비추어내고 있을 뿐 (328쪽)

(5) 　㉠ 그믐처럼 몇은 졸고 (5행)

　　㉡ (대합실에 있는 사람들의 모습을 구체적으로 표현(312~313쪽, 328쪽))

(6) 　㉠ 몇은 감기에 쿨럭이고 (6행)

　　㉡ 콜록거리고 있는 중늙은이(312쪽)

(7) 　㉠ 그리웠던 순간들을 생각하며 나는 (7행)

　　㉡ 그리고 삼년 동안이나 자신을 …… 오래오래 생각했다. (317쪽)

(8) 　㉠ 한 줌의 톱밥을 불빛 속에 던져주었다 (8행)

　　㉡ 청년은 … 톱밥 한줌을 … 불빛 속에 뿌려 놓어 본다. (330쪽)

(9) 　㉠ 내면 깊숙이 할 말들은 가득해도 (9행)

　　㉡ 사람들은 약속이나 한 듯 말을 잊었다. …… 사실조차 망각하고 있는 것인지도 모른다.(328쪽)

(10) 　㉠ 청색의 손바닥을 불빛 속에 적셔두고 (10행)

　　㉡ 저마다의 손바닥을 불빛 속에 적셔 두고 (328쪽)

(11) ㉠ 모두들 아무 말도 하지 않았다 (11행)

　　 ㉡ 모두들 아무 말도 하지 않았다 (328쪽)

(12) ㉠ 산다는 것이 때론 술에 취한 듯 (12행)

　　 ㉡ 산다는 것이란 때로는 저렇듯 (330쪽)

(13) ㉠ 한 두름의 굴비 한 광주리의 사과를 (13행)

　　 ㉡ 한 두름의 굴비, 한 광주리의 사과를 (330쪽)

(14) ㉠ 만지작거리며 귀향하는 기분으로 (14행)

　　 ㉡ 만지작거리며 귀향하는 기분으로 (330쪽)

(15) ㉠ 침묵해야 한다는 것을 (15행) / 모두들 알고 있었다 (16행)

　　 ㉡ 침묵해야 한다는 것인지도 모른다. (330쪽)

(16) ㉠ 오래 앓은 기침소리와 (17행)

　　 ㉡ 늙은이의 기침 소리와 (330쪽)

(17) ㉠ 쓴 약 같은 입술담배 연기 속에서 (18행)

　　 ㉡ <u>남자들이 담배를 피우는 모습을 보고 있으려니 (325쪽)</u>

(18) ㉠ 싸륵싸륵 눈꽃은 쌓이고 (19행)

　　 ㉡ 싸륵싸륵 눈발이 흩날리는 소리 (330쪽)

(19) ㉠ 그래 지금은 모두들 (20행) / 눈꽃의 화음에 귀를 적신다 (21행)

　　 ㉡ <u>사람들은 각기 골똘한 얼굴로 생각에 빠져 있다. (330쪽)</u>

(20) ㉠ 자정 넘으면 (22행)

　　 ㉡ 두 시간을 연착한 후 (331쪽)

(21) ㉠ 낯설음도 뼈아픔도 다 설원인데 (23행)

　　 ㉡ <u>반가움보다는 차라리 피곤함과 허탈감에 젖은 모습으로 (331쪽)</u>

(22) ㉠ 단풍잎 같은 몇 잎의 차창을 달고 (24행)

　　 ㉡ 단풍잎 같은 차창들을 달고 (328쪽)

(23) ㉠ 밤열차는 또 어디로 흘러가는지 (25행)

　　 ㉡ 밤 열차는 또 어디로 흘러가고 있는 것일까. (328쪽)

(24) ㉠ 그리웠던 순간들을 호명하며 나는 (26행)

　　 ㉡ 그런 뜻 없는 질문을 홀로 던지며 청년은 (328쪽)

(25) ㉠ 한 줌의 눈물을 불빛 속에 던져 주었다 (27행)

　　 ㉡ 깊숙이 가라앉은 시선을 창밖 어둠을 향해 던지고 있다. (328쪽)

전체 예시 문 중 ㉠은 「사평역에서」의 시행, ㉡은 「사평역」소설의 문장 내용이다. 「사평역」은 題詞 형태로 곽재구의 시 「사평역에서」의 (9) (10) (11) 행을 서두에 제시한 후, 시 전체 구절을 소설의 도처에 원문이나 혹은 유사한 문장 표현으로 차용하고 있다.

(1)은 시와 소설의 각각 서두에, (5)의 시행은 소설 내에서 원문으로 차용되는 대신 대합실에 있는 승객들의 구체적인 모습(312~313, 328쪽)으로 묘사되었다. (6) (7) (8) (10)의 소설 문장은 시행 내용과 유사하게, (11) (12) (13) (14) (15) (16)의 문장은 거의 시행 원문과 똑같이 차용하였는데, (11)만 제외하고 한 문장으로 제시하였다. ('산다는 것이란 때로는 저렇듯 한 두름의 굴비, 한 광주리의 사과를 만지작거리며 귀향하는 기분으로 침묵해야 한다는 것인지도 모른'(330쪽)). 전체적으로 볼 때 (5) (9) (17) (19) (21)의 소설 문장만 시행 원문과 거리가 멀고, (22) (23) (24) (25)의 시행 ('단풍잎 같은 차창들을 달고 밤열차는 또 어디로 흘러가고 있는 것일까. 그런 뜻 없는 질문을 홀로 던지며 청년은 깊숙이 가라앉는 시선을 창 밖 어둠을 향해 던지고 있다.'(328쪽))과 (2) (3) (4) (10) (18) (20)의 시행은 소설 문장과 유사하다.

이처럼 전체 시행 중 절대 다수가 328, 330쪽 소설 문장에, 나머지 311, 312, 317, 331쪽 등의 소설 문장에서 한 두 번씩 차용되고 있다. 서두의 4행(A)과 마지막 4행(A´)이 각각 시행 원문과 거의 같거나 유사하게, (10) (11) (12) (13) (14) (15) 중간 부분(C)이 시행 원문을 그대로 차용하고, (5) (6) (7) (8) (9)와 (16) (17) (18) (19) (20) (21)의 B, B´부분이 부분적으로 변형되어 전체적인 구성에서 조화와 균형을 이루고 있다. 즉

(1) (2) (3) (4) ─ (5) (6) (7) (8) (9) ─ (10) (11) (12) (13) (14) (15) ─
      A   B   C

(16) (17) (18) (19) (20) (21) ─ (22) (23) (24) (25)
        B´   A´   형태이다.

좀 더 세부적으로 양쪽 패러디 관계 구조를 미세하게 분석해 보면 다음과 같다.

〈도표 1〉

단락	「사평역에서」	「사평역」	구성
1	㉠ 눈오는 역사 내·외의 풍경 : (1)~(4)행 · 막 차 · 대합실 · 송이눈 · 유리창 · 톱밥난로	㉠ 눈오는 역사 내·외의 풍경 · 30분 연착되고 있는 완행열차 · '일제 때 지어진 작은 산골 간이역 대합실' · '갓난아기의 주먹만한 눈송이', '레일위의 두툼한 눈' · '콧김이 서려 물방울이 된 유리창' · '양철통 두 개를 맞붙여서 세워 놓은 듯한 꼬락서니로', '녹이 잔뜩 슬어', '톱날모양으로 촘촘히 뚫린 구멍'	발 단 (311~313쪽)
2	㉡ 대합실 내의 풍경 : (5)~(8)행 · 몇 · 쿨럭(기침소리) · 톱밥	㉡ 대합실 내의 승객 묘사 - 부자지간 농부, 중년사내, 청년, 여인들 · 9명의 승객 · 읍내 병원에 가는 늙은 농부의 콜록거리는 기침소리, 장기복역수인 감방장 허씨의 해소병 · '난로 속에서 톱밥이 톡톡 튀어 오를 뿐' · '청년은 유리창에 반사된 톱밥난로의 불빛을 응시한다' ㉡´ 대합실 내 승객 묘사 - 뚱뚱한 여인, 춘심, 아낙네 2인	전 개 (313후반~320쪽)
3	㉢ 침묵해야 하는 필연적 자각 인식 :(9)~(16)행 · 청색 손바닥	㉢ 시대의 아픔과 고달픈 삶의 궤적 · '어느 날인가는 푸른 옷에 싸여 죽음을 맞아야 할 늙고 병든 무기수의 얼굴이'	

3	・불 빛 ・한 두름의 굴비 ・한 광주리의 사과 ・침 묵	・ '어둠을 질러오는 기차 불빛' ・ '보퉁이엔 한 두름의 굴비' ・ ―――――――――― ・시골집에서 어렵게 뒷바라지 하는 부모님 께 자신이 학생 운동하다 제적당했다는 사실을 직접 고백하지 못함 ・음울한 표정의 중년 사내만이 침묵으로 일관 한다 - 감방장 허씨의 부탁을 받고 그의 고향을 찾아가는 사실을 숨김 ・자신이 동란 중 혈혈단신 월남해 살아온 아픈 흔적	위 기 (321~ 325쪽 중간)
4	㉣ 시대의 고뇌・아픔 의 자각적 인식과 희 망 지님 : (17)~ (21)행 ・기침소리 ・담배연기 ・눈꽃 쌓임 ・눈꽃의 화음	㉣ 대화 속의 인간애 ・'노인이 쿨룩쿨룩 기침을 시작한다' ・ '남자들이 담배 피우는 모습을 보고 있으 려니' ・'난로가 달아 오르고 있었다' ・ 아낙네가 보따리에서 내 논 북어를 일행 이 같이 씹음 ・뚱뚱한 여인이 사평댁 가족에게 돈을 내 놓음	절 정 (325후반 ~328쪽)
5	㉤ 고통과 시련 속에서 그리움 기대 : (22)~ (27)행 ・밤열차 떠남 ・설 원 ・눈 물 ・불 빛	㉤ 산다는 것이 무엇인지? - 삶에 대한 모든 주인공들의 견해 표현 ・2시간 연착된 기차 출발('이미 열차는 어 둠 속으로 길게 기적을 남기며 사라져 버 렸다') ・ ―――――――――― ・'그것은 어느 찰나에 피어올랐다가 소리 없이 스러져버린 눈물겨운 아름다움 같 은 거였다고' ・'저마다의 손바닥들을 불빛 속에 적셔 두 고 망연한 시선을 난로 위에 모은 채, ・'사내는 불빛 속에서 누군가의 얼굴을 얼 핏 본 듯하다'	결 말 (328후반 ~끝)

1단락은 시 (1)~(4)행의 눈 오는 바깥 풍경과 대합실의 모습을 묘사한 것으로 막차, 대합실, 송이눈, 유리창, 톱밥난로 등이 중심 이미지이다. 소설에서는 이런 이미지들이 서사 구조상 더 구체화되어 섬세하게 표현되었다. '막차' 시간은 현재 30분이 연착된 것으로 보아 7시 45분이고, '대합실'은 일제 때 초등학교 규모로 지은 간이역을 사무실로 나누어 사용한 것이고, '송이눈' 내리는 풍경은 갓난아기의 주먹만한 크기나 철길 레일 위의 두툼한 눈으로, '유리창'은 콧김이 서려 물방울이 맺힌 모습으로, '톱밥난로'는 녹슨 양철통을 세워 놓은 듯 톱날 모양 촘촘히 구멍 뚫린 모습으로 각각 묘사되었다.

2단락은 시 (5)~(8)행의 대합실 내 풍경으로 승객들의 모습을 자세히 보여주고 있는데, '몇'은 구체적으로 9명의 등장인물로서 그들의 외형 묘사와 행적을 다시 두 부분으로 나누어 각각 묘사·설명하고 있다. 전반부는 읍내 병원에 가기 위해 열차를 기다리는 부자지간의 농부, 사상범으로서 12년 동안 감옥 생활하다 얼마 전 출감하여 감방장 늙은 허씨의 고향을 찾아가는 중년 사내, 학생 운동하다 제적당한 청년 등 1단락에서 간략히 제시되었던 4명의 남자 주인공과 미친 여자를 포함한 5명의 여인들이 소개되고 있다.

'쿨럭'이는 기침 소리는 시에서는 감기 때문이지만, 소설 속에서는 늙은 농부의 병 증상과 장기 복역수인 감방장 허씨의 해소병 때문이다. 이 기침 소리는 평생 농삿일에 지친 농부에게는 고달픈 삶이, 해소병을 앓는 무기수 허씨에게는 민족적 이데올로기의 희생에 따른 신념에 대한 의식적 자각 현상이다. 평소에 기침을 마음 놓고 내 뱉을 수 없듯이, 그것은 억압적이고 더럽혀진 세계에 차단당해 온 강렬한 항거와 울부짖음이다. 즉 추악한 세상에 대한 내뱉고 싶은 신랄한 비판적 의식이다. 이 기침 소리는 작품 전반에 주기적으로 반복되어 독자에게 상징적 의미를 계속 환기시켜 준다.

후반부는 전반부에 잠깐 소개되었던 4명의 여인들의 모습을 뚱뚱한 여자와 춘심을 중심으로 구체적으로 다루고 있다. 전반부에서 흐르는 침묵과 차가운 분위기는 여인들이 톱밥난로 주위에 다가와 온기를 느끼며 수다 떠는 과정에서 활발한 분위기로 바뀐다. 남자 주인공들이 등장하는 전반부는 대화가 거의 없이 무관심과 냉랭한 분위기였고, 또한 그들의 모습에서는 개인사적이 아닌 시대의 아픈 흔적을 찾을 수 있지만, 이 후반부에서는 남자들이 난로 뒤로 밀려나고 여인들이 난로 주위에 모여 속으로는 서로 경계하면서도 일상사의 대화로 수다를 편다. 그들은 3년만에 고향을 다니러 온 작부 출신 춘심(옥자), 자신의 음식점에서 일하다 갑자기 돈을 훔쳐 줄행랑친 사평댁을 찾으러 온 돈 많은 뚱뚱한 여인, 해산물과 옷 보따리 행상하는 2명의 아낙네들이다. 그들은 같은 처지에서 대화를 나누지만 우쭐하면서도 위축된 모습으로 서로 경계하며 속내를 드러내지 않는다.

밍크 목도리와 값비싼 코트를 입은 뚱뚱한 여인과 행상하는 아낙네의 초라한 모습, 도시 문명지대의 서울로 돌아가는 춘심이와 뚱뚱한 여인의 우쭐함과 가식없는 순박한 시골 아낙네의 인간미가 대조를 이룬다. 그리고 화장품 회사 다닌다며 집에는 속이고 작부 생활을 하는 춘심은 타인의 시선을 경계하는 피해 의식과 자격지심에 젖어 부정적 시각에서 주위를 바라본다. 이처럼 1, 2단락은 소설의 발단과 전개 부분에 해당되는데, 서두에서부터 눈 오는 배경과 구성, 내용이 두 작품 간에 많이 일치하고 있다.

3단락은 모두 침묵해야 하는 필연적 자각 인식의 상황으로 시 문장 구조상 (9)~(11)행, (12)~(16)행 두 부분으로 나눌 수 있다. 이 부분이 소설에서는 시대의 아픔과 고달픈 삶의 궤적을 다룬 내용으로 톱밥 난로 주위에 앉아 역장과 대화를 나누는 승객들 중 중년 사내와 청년, 춘심의 과거 행적과 삶이 구체적으로 소개된다. 중년 사내는 같이 감옥에 있었던 감방장 허씨의 부탁을 받고 그의 고향을 찾았으나 노모는 5년 전에 벌써 세상을 떠나 가족들은 이미 고향을 등졌고, 청년은 머슴살이 하며 자녀 6형제 중 유일한 희망으로 자신을 대학에 보낸 부모에게 학생 운동하다 제적당한 사실을 차마 말할 수 없는 아픔을, 생존 문제에 급급한 춘심은 자격지심의 입장에서 대학생을 냉소적으로 바라보는 태도 등이다.

이 단락에서 중심 이미지인 '청색 손바닥'은 소설에서는 언젠가는 푸른 옷에 싸여 죽음을 맞이해야 하는 무기수 허씨의 모습일 뿐만 아니라 힘들고 지친 삶 속에서 사회에 뿌리 내리지 못하고 표류하는 서민들의 가난과 병색의 모습들이다. 시종일관 주요 인자로 작용하는 '불빛'은 막차를 기다리는 승객들에게 '어둠을 질러오는 기차 불빛'으로 희망적 이미지를, '한 두름의 굴비'는 중년 사내가 허씨 노모를 찾아가면서 보통이에 준비한 '한 두름의 굴비'로, '침묵'은 청년이 부모에게 제적당했다는 사실을 말하지 못하는 것과 중년 사내가 역장의 물음에 자신의 처지를 숨기면서 자신이 피란 중 혈혈단신 어렵게 살아온 삶의 아픈 흔적이다. 그리고 감방장 허씨에게는 노모의 죽음과 고향을 떠난 가족의 소식조차 모른 채 늙고 병든 몸으로 평생을 무기수로 보내야 하는 한이다. 즉 사상적 이데올로기와 민주화 과정 속에서 희생당하는 한 인간의 고뇌와 아픈 흔적이다.

4단락은 (17)~(21)행으로 시대의 아픔과 고뇌의 자각적 인식 속에서 '눈 꽃'이 쌓이고 그 '화음'에 귀를 적시듯이 어려움 속에서도 희망을 갖는 조화의 절정 단계이다. 이 단락은 시에서 '오래 앓은 기침소리'의 (17)행처럼 소설에서도 '콜록콜록' 노인의 기침 소리(325쪽 중간)로 시작되고, '담배연기'는 남자들이 담배 피우는 모습에서 볼 수 있다. 따라서 소설에서는 대화 속에서 인간애를 느낄 수 있는 부분으로, 행상하는 아낙네가 꺼낸 북어를 일행들이 같이 씹으며 훈훈한 난로의 온기 속에서 서로 대화를 나누는 인정어린 모습이다. 뚱뚱한 여인이 자신을 배신하고 줄행랑을 친 사평댁을 찾아 갔으나 오히려 병색 짙은 사평댁과 가난에 쪼달린 아이들을 보고 얼마의 돈을 내놓고 되돌아가는 모습에서 따뜻한 인간애를 느낄 수 있다. 이런 분위기는 난로가 따뜻하게 달아오르듯이 눈꽃이 쌓이며 '눈꽃의 화음'을 이룬다. 서로 간에 대립이나 경계심이 없이 화합의 조화를 이루고 있다.

5단락은 (22)~(27)행으로 고통과 시련 속에서도 그리움으로, 소설에서는 작품 구조상 결말 부분이지만 부연 설명 형태로 극적 구성미가 반감된 느낌이다. 특히 '눈물' 이미지는 불빛 속에서 인간의 경험화된 인식으로 구체화되는 그리움과 따뜻한 인간애이다. 시에서는 '산다는 것'이 ⊙ '술에 취하듯' ⓛ '한 두름의 굴비와 한 광주리의 사과를 만지며 귀향하는 기분이었는데, 소설 속에서는 구체적인 묘사로써 모든 주인공들의 의견을 비교·열거하여 결론을 맺고 있다. 궁극적으로 '삶이란 무엇인가'의 문제 제기에 대한 각자 주인공들의 답변이라 할 수 있다.

삶이란 중년 사내에게는 일방적인 타율적 제도나 폭력에 의해 희생된 삶에서 그래도 희망을 가질 수밖에 없는 것이라고, 농부에게는 육체적·경제적인 고달픈 삶 속에서 근심 걱정을 갖고 살아갈 수밖에 없는 것이다. 뚱뚱한 여인은 삶의 목적을 지난날의 가난을 보상받고 싶듯이 물질적 행복 추구를 최대 가치로 두고, 춘심은 깊이 생각하거나 고민하지도 않고 그저 되는대로 살아가는 것이다. 그리고 청년은 신념을 갖고 의식 있는 삶을 추구하나 점차 현실과의 괴리감으로 갈등하며, 아낙네들은 하루하루 바쁜 행상 속에서 가족을 걱정하는 일이다.

3. 「사평역에서」 분석

곽재구의 「사평역에서」는 중앙일보 신춘문예(1981) 당선작으로 그의 첫시집(1983) 제목이기도 하다. 이 '사평역'은 실재하는 공간이 아니라 허구화된 시골역이다. 이처럼 구체적으로 존재하는 것처럼 고유명사를 사용한 것은 구체적인 이름을 부여함으로써 현실감을 자아내는 효과를 의도했기 때문이다. 현존하는 지역적 · 향토적 공간에 의미를 제한시켜 특수성을 갖기보다 우리 시대 모두의 한국인이라는 보편적 의미를 갖기 위한 의도였다고 볼 수 있다. 시인은 가명의 고유 명사를 통해 그가 전달하고자 하는 메시지에 현실성과 더불어 보편성을 부여하고자 했다.4)

귀향객들은 그믐날 밤 산골 간이역 대합실에서 마지막 열차를 기다리며 할 말들은 많지만 침묵에 젖어 있다. 밖에는 송이눈이 쌓여 설원이 펼쳐지고 어둠은 점점 깊어간다. 승객들은 추위를 피하기 위해 난롯가에 모여 있지만 한결같이 피로에 지친 모습이다. 몇은 졸고 기침하면서 무료하게 담배를 피우고 있다. 서로 위로의 말조차 건넬 수 없이 무기력하면서도 체념적인 모습들이다. 그러나 그들은 연착되는 막차를 하염없이 기다리며 그리움과 희망을 지닌다. 그 막차는 현실 상황을 벗어날 수 있게 하는 막연한 환상이든, 혹은 현실 극복의 지향점이든 그것 자체가 아름답고 희망적이다. 서민적인 분위기와 아름다운 풍경 속에서 삶에 대한 화자의 애상적인 사색과 투시력은 묘한 정서적 색조를 띠면서 우리에게 삶의 보편성과 역사적 의미를 느끼게 한다.

이 시는 전체 8개의 문장((1), (2)~(4), (5)~(8), (9)~(11), (12)~(16),

---

4) 오세영, 『20세기 한국시의 표정』, 새미(2001), p.171.

(17)~(21), (22)~(25), (26)~27))으로 짜여 있다. 그러나 '~고 ~다'형 구조의 열거·단정적인 서술 형태로 본다면 6단락((1)~(4), (5)~(8), (9)~ (11), (12)~(16), (17)~(21), (22)~(27)) 7개 문장으로 나눌 수 있다. (1)행을 문장 구조상 별도의 단락으로 놓을 수 있겠으나 전체 균형상 (1)~(4)행을 한 단락으로 포함시켰다. 전반부(3단락)까지는 사유의 단절감이나 이미지의 비약이 없이 논리적으로 전개되는 서술시 형태로 호흡의 템포가 빠르게 나타난다. 그러나 이런 서술 형태는 4단락부터는 주관적인 서정성이 감각적인 묘사로 전환하여 담담한 어조로 시상이 전개된다. 시적 화자는 전면에 나서지 않고 관찰자 시점에서 객관화시켜 묘사하고 있다.

화자의 단정적 진술 어조인, 즉 '막차는 좀처럼 오지 않았다' '모두들 아무 말도 하지 않았다' '모두들 알고 있었다.' 등은 화자가 처한 현실 상황을 정확히 인식하고 있다는 증거이다. 승객들이 마지막 열차를 기다리는 총체적 상황은 기다림과 그리움이다. 모두가 아무 말도 하지 않고 침묵으로 일관하는 것은 할 말은 많지만 해봐야 소용없는 일이고, 또는 말하고 싶어도 말할 수 없는 억압 인자가 작용하기 때문이다. '모두들 알고 있었다'는 것은 현실 상황을 침묵으로 일관해야 한다는 사실이다. 이런 불안과 억압을 벗어나기 위해서는 치열한 투쟁과 참여를 동반하는 삶이 있기도 하지만, 이 시에서는 침묵으로 일관해야 한다는 사실에 대해 자기 연민과 서러움의 애잔한 어조로 나타난다. 당대를 살아가는 개별 존재가 자신의 꿈과 희망을 상실하고 침묵하는 고통과, 그 침묵의 고통을 벗어나고자 하는 열망 사이에서 떠돌 수밖에 없는 운명을 기록하고 있는 것이다.[5] 그런데 이런 억압이라는 총체적 상황에 대한 탈출구가 기다림과 그리움이다.

---

5) 노철, 「1980년대 민중시의 서정 연구」, 『한국시학연구』16호(2006. 8), 한국시학회 (2006), p.85.

'막차는 좀처럼 오지 않았다'는 것은 이런 기다림의 열망에 대한 염원이 담겨 있다. 이 기다림의 과정은 '좀처럼'이 반영하듯 기다리는 이들의 초조와 불안감을 동반하는 절박한 상태이다. 따라서 이 시구를 서두에 제시한 것은 시상 전체를 아우르며 정보 제공을 함축시키는 기능을 강조하기 위한 것이다. 시행의 시작과 동시에 '막차'의 등장은 상호 모순적인 구조 형태로 시적 긴장감을 유발한다. 현실은 어둡고 암울하지만 그들의 시선은 따뜻하고 평화로워 비극적 상황을 극복할 수 있기에 아름다운 슬픔을 느끼게 한다.

이 '막차'는 그믐날 밤 시골역 대합실에 있는 서민들이 지치고 힘겨운 삶을 벗어나려는 탈출구와 같다. 이런 상황에서 그들의 간절한 기다림은 '송이눈'(눈=막차=기다림)으로 상상력이 확대되어 풍요로움과 희망을 지닌다. 이런 기다림의 강도가 클수록 거기에 반해 현실의 암울하고 차가운 분위기는 큰 대조를 이룬다. 이 추위 속의 외로움은 '톱밥난로'를 통해 더욱 선명해진다. '톱밥난로'는 沙平驛의 제목이 암시하듯 한알한알의 모래알처럼 개체적 집합성을 지닌 서민들의 인간애를 뜻하는 환유 관계로서, 그들은 그리움을 '불꽃'으로 지피는 것이다. '불꽃'은 상승 작용의 속성으로 동물적 삶의 존재와 정신적 생명력을 지향한다. 이 추위는 지친 일상 속에서 그들의 가난과 아픔이며 침묵으로 일관해야만 하는 현실 상황이다. 따라서 난로에 불을 지피는 것은 소외되고 억압된 사람에 대한 연민과 사랑이다. 가능한 한 그들에게 추위를 막아주면서 그들의 어둡고 암울한 삶에 밝은 빛이 비치기를 소망하는 화자의 심리가 투영된 것이다. 나아가 화자 자신의 불안정한 현재의 삶을 밝혀주는 과거의 그리웠던 추억들을 다시 한번 환하게 지피려는 무의식적 소산이기도 한다.[6]

(Ⅰ) (Ⅱ)의 객관적 상황 묘사는 (Ⅲ) (Ⅳ)의 현실 상황의 원인을 불러일

으키는 정보 제공 기능을 담당한다. 이들이 왜 좀처럼 오지 않는 기차를 기다려야 하는지는 침묵해야 하는 현실에서 찾을 수 있다. 이런 현실에 처한 내면의 고통이 구체적으로 어디서 시작하고 있는지 시적 상황으로는 잘 모르지만 80년대 암울한 시대를 살았던 우리 모두의 고통을 담아내는 보편성을 지닌다. '할 말들'은 현실에 대한 불만이나 원망 같지만, '침묵해야 하는 것처럼 표현의 자유가 없이 강요된 삶임을 추측할 수 있다. 삶이 지치고 힘들어도 때로는 '귀향하는 기분'처럼 안식과 평안을 가져오지만 현실은 침묵으로 일관해야 하는 상황이다.

그런데 후반부 (Ⅴ) (Ⅵ)은 전반부의 객관적인 시적 언술에 비해 감상적 분위기의 주관적 언술이 지배적이다. 이런 언술은 잘못하면 감상이 노출될 경향이 있는 데도 그것을 잘 극복하고 있는 것은 감정에 대한 적절한 언어적 여과와 지적 절제미가 뒷받침 되고 있기 때문이다. 직정적인 감정 토로나 생경한 이념이 직접 노출되지 않고 적절한 비유적 이미지를 통해 암시적으로 함축되어 있다. '한 두름의 굴비 한 광주리의 사과를/ 만지작거리며 귀향하는 기분'과 '술에 취한 듯' 사이의 유추는 정서적 합일의 긴장감과 신선미, 재치가 돋보인다. '그믐과 졸음', '단풍잎과 차창', '쓴약과 담배' 등의 참신한 비유와 '청색의 손바닥' '눈꽃의 화음'의 색채와 청각 이미지, '귀를 적신다'의 눈내리는 소리의 액체화 등은 감각적 인식의 구체성을 나타낸다. 소박한 소시민의 삶 속에서도 보이지 않는 거대한 폭력 앞에 무기력과 자괴감으로 인한 자기 연민의 비애감이 스며있다.

(Ⅰ)은 주체가 사람이 아닌 '막차' '송이눈' '톱밥난로' 등 사물인 비인칭이고, (Ⅱ) (Ⅲ) (Ⅳ)는 주체가 '모두들' 인간이다. (Ⅴ) (Ⅵ)은 인칭과 비인

---

6) 양병호, 『한국 현대시의 인지시학적 이해』, 태학사(2005), p.284.

칭의 혼합인데, 구체적으로 (V)는 '눈꽃'과 '모두들'은 비인칭과 인칭, (VI)
은 '낯설음'과 '뼈아픔'으로서 이런 감정은 인격적 주체만이 가능하므로 인
식 주체와 표현이 인칭과 비인칭의 혼합된 형태이고 '나'는 인칭이다.[7] 이
처럼 (V) (VI) 단락의 아우름은 인칭과 비인칭을 융합하는 주체뿐만 아니
라 사람들의 '기침소리'와 '담배연기' 속에서 눈꽃이 쌓이고 그 눈꽃에 귀를
기울이는 화합의 상태로서 '눈꽃의 화음'으로 대변된다. 눈이 내리는 소리
를 눈과 지상의 모든 사물들과의 화해와 동일화의 과정으로 보아내는 화
자의 인지 태도가 '화음'으로 들리게 한 것이다.[8] '기침소리'와 '담배 연기'
가 시대의 고뇌와 아픔의 표상이라면, '눈꽃의 화음'은 '기적소리'와 동질적
인 이미지로 화합 속에서 그리움과 희망을 뜻한다. 즉 주체와 대상이 어우
러지는 조화의 상태로서 도표화하면 다음과 같다.

〈도표 2〉

단락(문장)	작 용	주 체	상 황
(Ⅰ)【Ⅱ】	원 인	비인칭, 인칭 주어	객관적
(Ⅲ) (Ⅳ)	현실 상황	인칭 주어	주관적
(Ⅴ) (Ⅵ)	결 과	비인칭 + 인칭 주어	주관 + 객관적

특히 마지막 단락인 (VI) 후반부에서 주체인 '나'는 시 전체의 시적 언술
을 총괄하는 인식 주체로서 시 내용을 아우르며 마무리하는데, 이것은 마
지막 문장에 마침표를 찍은 것에서 엿볼 수 있다. 이 마침표는 (Ⅱ)에서
제시된 시행을 부분적으로 바꾸어 반복하고 있는데, 즉 '생각'을 '호명'으
로, '톱밥'을 '눈물'로 바꾸어 그 시어의 의미를 강조하기 위한 장치로 사용
되었다. '호명'은 관념적이고 주관적인 사유의 틀을 구체적으로 현시화한

---

7) 박수연, 「곽재구편」, 『대표시』, 실천문학사(2000), p.185.
8) 양병호, op. cit,., p.289.

화자의 신념이고, '눈물'은 따뜻한 인간애를 화자의 경험화된 인식으로 구체화하는 과정이다. 이 주·객관화의 포괄적인 합일이 한 개인의 내면적 고통으로 끝나지 않고 우리 모두의 아픔으로 인식되는 보편성을 지닌다. 전반부에서 현실 상황에 대해 소극적으로 보였던 화자의 태도가 점차 자기 반성과 헌신을 통해 희망적인 미래를 염원하는 적극적인 모습으로 나타난다.

이 때 시적 화자가 호명하는 '그리웠던 순간들'은 과거적인 감상의 추억으로 끝나지 않고 '침묵'을 강요당하는 현실에서 절망하지 않고 기다리는 '그리움'의 대상으로 자리 잡는다. 이 '그리웠던 순간'은 현재가 아닌 지나간 과거의 따뜻하고도 자유롭게 산 인간다운 삶일 터이다. 그들은 치열한 삶의 현장인 '설원'에 서서 눈꽃 달리며 올 막차를 기다린다. '단풍잎 같은 차창'을 단 열차는 미래를 향한 설렘과 기대를, '설원'은 암울하고도 불완전한 현실에서 고통이 제거된 이상향의 공간으로 상정된다. 그것은 시련과 억압 속에서 돌파구를 찾는 희망에 대한 그리움이다. 막차가 언제 올지, 혹은 오지 않더라도 그것은 중요하지 않다. 그들에게는 기다림과 그리움 자체가 현실의 암담한 삶을 버티어 내게 할 수 있는 버팀목이 되는 것이다. 따라서 '사평역'은 설원에서 펼쳐지는 시적 상상력의 공간으로서 에덴의 원형성으로 자리 잡는 그리움과 희망의 상징이다.

이 작품은 현실의 고통과 고뇌를 직접적으로 절규하거나 비판하지 않고 여과된 감정으로 객관화시켜 애잔한 어조로 시상을 전개시킨다. 대상에 대한 따스한 시선을 보내지만 적극적으로 맞서지는 않는다. 그렇지만 삶의 허무감과 좌절이 80년대 민주화 과정 속에서 야기된 정치적 상황의 소산이라 할 수 있다. '침묵'은 억압된 존재의 현실 상황일 뿐만 아니라 시적 표현의 방법에서 제기되는 기법상의 양태로 볼 수 있다. 따라서 지극

히 구체적인 한 정황을 내세워 삶을 바라보는 화자의 비애어린 사색과
깊은 투시력을 통해 삶의 보편적 의미와 함께 사회 역사적인 의미까지도
생각하게 하고 있다.[9] 특히 투명한 서정성과 이야기하는 서술 방식으로써
서민들의 구체적인 삶을 통해 그리움·사랑·외로움·슬픔 등 보편적 정
서를 잘 승화시켰다.

4. 「사평역」 분석

임철우의 「사평역」(1983)은 시 「사평역에서」 구체화되지 않은 인물들
의 설정을 통해 서사적 맥락을 확대한다. 이 작품은 우선 주된 소재와 배
경, 정황뿐만 아니라 적재적소에 쓰여진 원텍스트의 시구들이 곽재구의
시를 패러디했음을 알 수 있다. 특히 작품 서두에 원텍스트의 시 구절을
부분적으로 인용한 것은 시에서 창작 동기를 착안했음을 암시하는 곁텍
스트성이라 할 수 있다. 대체로 패러디 범주에는 장르에 대한 패러디, 한
시대나 조류에 대한 패러디, 특정 예술가에 대한 패러디, 개별 작품이나
작품의 일부분에 관한 패러디, 예술가의 전체 작품의 특징적 양식에 대한
패러디 등이 있다.[10] 이 중 개별 작품에 비해 장르 패러디는 사회적·문화
적 의미가 훨씬 크다. 따라서 작가가 「사평역에서」를 읽고 소설로 재창작
한 것은 문학의 대화적 성격을 중시한 패러디 효과를 기대한 것으로 볼
수 있다. 문학 장르가 다른 두 작품 간의 변별성은 각자 작품에 내재된
세계관이나 기법의 특징을 구체적으로 보여줄 뿐만 아니라 상호 작용을

---

9) 장도준, 『우리 시 어떻게 읽을 것인가』, 태학사(1996), p.305.
10) Linda Hutcheon, 김상구·윤여복 역, 『패로디 이론』, 문예출판사(1992), p.191.

통해 작품 간의 거리를 좁혀 새로운 지평을 넓히는 데 일조할 것이다.

「사평역」은 어느 눈 내리는 추운 겨울날 사평역 대합실에서 연착되는 열차를 기다리는 사람들의 삶의 모습을 담아내고 있다. 이들은 각자 나름 대로 사연을 지니고 사평에 들렀다가 다시 그들의 삶의 터전을 향해 돌아 간다. 작품 제목에서 암시하듯 마치 흩어지는 모래알처럼 각자 그들의 삶 을 살아가는 군상들의 모습이다. 그들은 주변에서 밀려난 뿌리뽑힌 자들 로서 꿈을 상실한 암담한 현실에서 파편화된 삶을 지향하던 80년대 우리 의 자화상이다. 돌아가는 그들의 모습은 눈 내리는 풍경과 연착되는 기차 가 병치되어 묘한 뉘앙스를 자아낸다. 그들은 대합실에서 자신들의 삶을 반추하면서 보다 나은 내일을 바라보며 연착된 막차를 기다린다.

이 작품은 「사평역에서」의 1인칭 시점의 화자와는 달리 전지적 작가 시점을 통해 객관화된 시선으로 카메라 렌즈를 이동시키듯이 군상들을 자 세히 관찰하고 있다. 소설이 지닌 극적 구성이나 성격 갈등이 없이 시종일 관 수평선상에서 모든 주인공들의 삶의 행적을 베일 벗기듯 열거식으로 설명과 묘사를 병행하고 있다. 모두가 주인공으로서 덤덤한 일상사의 모 습이 파노라마처럼 펼쳐지는 수필 형태의 서술 구조이다.

작품 구성은 등장인물 간의 대화도 거의 없이 역사 내외의 배경 묘사와 등장인물들의 인상이나 행적이 원근법 형태로 다뤄지고 있다. 즉 먼 곳에 서 가까운 곳, 바깥에서 안으로, 추상적·개괄적인 묘사에서 구체적·경 험적 묘사로 전개된다. 따라서 시골역의 풍경도 밖에서 안으로, 등장인물 도 서두에서는 간략히 인상만 제시된 후 점차 단락의 전개에 따라 인물 묘사나 삶의 행적이 구체적으로 소개되고, 결말 부분에서는 삶에 대해 각 자의 의견을 피력하는 논증식으로 결론을 마무리하는 형태이다. 또한 어 떤 대상이나 상황에 대해 묘사하거나 설명할 때 서사 구조의 문장에서 흔히 볼 수 없는 감각적이면서도 참신한 언어 표현으로써[11] 시적 분위기를 한층 자아낸다. 언어 구사에 빼어난 기량과 그 언어 속에서 깊이 배어 나오는 삶의 진실과 따뜻함이 감동을 준다.

시에서는 '모두'가 소설 속에서는 역장·노인·부자지간의 농부·중년 사내·청년·뚱뚱한 여자·춘심·아낙네들·미친 여자 등으로 각자 사연을 지니고 있는 주변적인 인물들로 구체화된다. 이들이 여정을 마치고 모여든 대합실 안은 다양한 삶의 양상으로 비쳐진다. 시대적 아픔과 이념의 갈등에 희생당한 청년과 중년 사내, 물질지향적인 뚱뚱한 여자, 가난과 생활고에 지친 여인들은 모두 무언의 침묵 속에서 초췌하기 짝이 없고 고달픈 모습이다. 그들은 처음에는 서로 경계하고 무관심한 모습이지만 '톱밥난로'의 온기에 둘러 앉아 때로는 대화를 나누며 따뜻한 시선을 보내기도 한다. 이런 따뜻한 인간애는 행상하는 아낙네가 북어를 내 놓자 일행이 같이 씹으며 난롯가에 모여 대화를 나누거나, 승객들이 모두 떠난 대합실에 혼자 남아 있는 미친 여자를 위해 역장이 톱밥난로에 필요한 톱밥을 준비하는 모습에서 엿볼 수 있다.

이들 중 작가의 전지적 시점과 병행하여 등장인물 가운데 스토리 전개 상 중심 초점이 맞춰지는 인물은 청년으로서 「사평역에서」의 시적 화자의

---

11) 감각적이면서도 참신한 비유적 표현이 작품 도처에 나타나는데, 그 예로서
  ㉠ 외눈박이 수은등이 껑충하게 서서 홀로 눈을 맞으며 희뿌연 얼굴로 땅바닥을 내려다보고 있다.
  ㉡ 봄 날 몸을 푼 강물이 흐르듯 반원을 그리며 유유히 산모퉁이를 돌아 사라지는 철길의 끝을 보고 있노라면
  ㉢ 천정까지 올라가 매미마냥 납작하니 붙어 있는 형광등의 불빛이 실내 풍경을 어슴푸레하게 드러내 주고 있다.
  ㉣ 섬뜩한 탐조등의 불빛이 끊임없이 어둠을 면도질해대고 있을 교도소의 밤이 뇌리에 떠오른다.
  ㉤ 단무지마냥 누렇게 뜬 사평댁의 낯빛이 선하게 떠오른 까닭이다. 등

목소리와 전체적으로 맥락을 같이 한다. 「사평역에서」의 시적 화자와 「사평역」의 관찰자는 동일한 시선으로 대합실 안과 밖, 그리고 대합실 내에서 '톱밥난로' 주위에 앉아 있는 사람들을 차분하면서도 덤덤하게 바라보고 있다. 어떤 상황에 개입하거나 벗어나 있지 않은 관찰자는 객관적 시점에서 적당한 거리를 유지하며 상황 전반을 아우른다. 따라서 어느 특정한 인물에 초점을 집중시키지 않고 모든 등장인물에 대한 초점화 시점은 우리 모두가 시선을 교차적으로 바라보면서 우리들의 삶의 이야기에 보편성을 지닌다.

> ─ 아우슈비츠의 학살이 있었고, 그 후 아무도 아름다움을 노래하지 않았다. 더는 누구도 꿈꾸지 않았다.
> ─ 침묵, 잠, 그리고 죽음.
> ─ 가슴의 뜨거움에 대해서 우리는 얼마나 오래 생각해야 하는 것일까, 이 ×× 자식들아[12]

위 인용 부분은 80년대 광주항쟁의 정치 상황을 연상할 수 있는 내용이다. 청년은 시골의 가난한 집안에서 유일한 희망이었지만 학생 운동을 하다 제적당하게 된다. 그는 세상 돌아가는 것을 모르고 사는 삶을 마취 상태에 빠져 잠을 자는 것이라고 생각한다. 그러나 현실은 그의 신념과 의식 있는 삶과는 달리 정반대의 상황이다. 제도의 폭력 앞에 자신이 제적당했다는 사실에 울분을 술로 달래는 친구들, 지도교수의 눈물겨운 표정, 이 모든 것이 무기력하고 왜소할 뿐이다. 이런 상황에서 자신이 취할 길은 단지 연민과 냉소적인 울분뿐이다. 이런 억압과 폭력은 이데올로기에 희생당해 무기수로 있는 감방장 허씨나 12년 동안 감옥 생활을 한 중년 사내

---

12) 임철우, 「사평역」, 『오늘의 한국소설』, 민음사(1999), 316쪽.

에게도 개인사적이 아닌 시대의 아픈 흔적으로 남아 있다.

「사평역」에서 화자가 바라보는 시선은 연민으로 가득 차 있다. 그는 연민의 시선으로 삶을 따뜻하게 바라보므로 독자는 소외되고 지친 인간사의 단면을 느낄 수 있다. 그것은 일상사의 삶을 반추하며 꿈을 그리워하는 시선인 동시에 마지막까지 꺼지지 않는 불길의 삶을 살고자 하는 소외된 서민들의 강인함이다. 청년은 불빛에 발갛게 상기되어 있는 이방인들의 얼굴에서 평화스러움과 아늑함을 발견하고 난로에 다가가 톱밥을 불빛 속에 뿌려 넣는다. 이 순간 머릿속에 부모 형제, 노 교수, 친구, 교정이 떠오르며 단절과 침묵이 화해와 인간애의 꿈으로 내비친다. 이런 분위기는 음울한 중년 사내에게도 영향을 미쳐 같이 톱밥을 던지게끔 만든다.

> 사내는 불빛 속에서 누군가의 얼굴을 얼핏 본 듯하다. 허씨 같기도 하고 전혀 낯모르는 다른 사람인 것도 같다. 확실치 않은 얼굴이었다. 사내의 음울한 눈동자가 간절한 그리움으로 반짝 빛나기 시작한다. 다시 한줌의 톱밥을 집어 불빛 속에 던져 넣고 있다.[13]

중년 사내도 누군가의 얼굴 환영이 떠오르며 '음울한 눈동자'가 '간절한 그리움'으로 반짝 빛나기 시작한다. 이 그리움은 삶에 대한 희망과 역동성을 지닌다. 모두들 막차를 기다리느라 피곤함과 허탈감에 젖어 있지만 새로운 출발을 향해 꿈을 지닌다. 그들은 언제 올지 모르는 막차를 기다리며 삶의 희망을 붙잡으려는 것이다. 「사평역에서」 화자는 '그리웠던 순간들을 호명'하고자 했지만, 「사평역」에서 청년은 과거를 추억하는 것은 '끝없는 질문'으로 본다. 열차 난간에 위태롭게 기대선 청년의 모습은 불안해 보이지만, 한편으로는 삶의 시련과 고통에 부딪치며 현실에 고뇌하는 적

---

13) Ibid. 330~331쪽.

극적인 모습이다.

　시에서는 기차역이 지친 몸을 쉬기 위해 귀향하는 공간이지만, 소설에서는 마지막 열차가 도착해 미친 여자만 제외하고 모두가 떠나는 공간이다. 그들은 지친 채 기다리다 겨우 막차를 타고 떠남으로써 각자 삶의 터전에 되돌아가 부대끼며 살겠다는 의지를 나타낸다. 그들은 보장된 미래의 확신은 없지만 어둠을 향해 질주하는 열차를 타고 떠남으로써 각자 새로운 기회를 갖는다. 빠르게 지나가는 특급열차는 그들에게 오는 듯한 기회이지만 정작 자신들과 관계 없는 것이다. 모두들 떠나지만 미친 여자만 떠날 의지도 없이 남는 것은 뚜렷한 목표나 기회조차 갖지 못하는 방관자의 모습이다. 이념적 갈등의 고통으로 오랜 세월을 감옥에서 보냈던 중년 사내도, 학생 운동하다 제적당해 방황하던 청년도 뚜렷한 지향점을 나타내지 않지만 열차를 타고 떠남으로써 새로운 삶의 좌표를 찾아가는 것이다.

5. 결론

　「사평역」은 「사평역에서」의 일부 구절을 題詞 형태로 제시한 후 시 전체 구절을 작품 도처에 원문 혹은 유사한 문장 표현으로 차용하였다. 특히 시의 서두와 마지막 각각 4행은 소설에 거의 원문과 같거나 유사하게 차용되었고, 시 속의 다양한 이미지들은 소설 속에서 서사 구조상 더 구체화되어 섬세하게 표현되었다. 이처럼 시를 패러디화해 소설로 재창작한 것은 장르가 다른 두 작품 간의 변별성이 각자 작품에 내재된 세계관이나 기법의 특징을 구체적으로 보여줄 뿐만 아니라 상호 작용을 통해 작품 간의 거리를 좁혀 새로운 지평을 여는 데 일조할 것이다.

「사평역에서」는 서민적인 분위기와 아름다운 풍경 속에서 삶에 대한 화자의 사색과 투시력이 애틋한 정서적 색조를 자아내면서 우리에게 삶의 보편성과 역사적 의미를 느끼게 한다. 전반부는 사유의 단절감이나 이미지의 비약이 없이 논리적으로 전개되나, 후반부는 주관적인 서정성이 감각적인 묘사로 전환하여 시상이 전개된다. 승객들이 돌아가기 위해 막차를 기다리는 총체적 상황은 기다림과 그리움이다. 좀처럼 오지 않는 기차를 기다리는 것은 침묵해야 하는 현실 상황에서 찾을 수 있다. 이 기다림과 그리움은 현실의 암담한 삶을 버틸 수 있게 하는 버팀목이 되고 있다. 이 작품은 현실의 고통과 고뇌를 직접적으로 절규하거나 비판하지 않고 여과된 감정으로 객관화시켜 애잔한 어조를 띠고 있다.

「사평역」은 등장인물들이 각자 나름대로 사연을 지니고 사평역에 들렀다가 다시 그들의 삶의 터전으로 되돌아가는 이야기이다. 이들은 주변에서 밀려난 뿌리 뽑힌 자로서 꿈을 상실한 암담한 현실에서 파편화된 삶을 지향하던 80년대 우리들의 자화상이다. 이 작품은 전지적 작가 시점을 통해 객관화된 시선으로 주인공들의 모습을 자세히 관찰하면서 극적 구성이나 성격의 갈등이 없이 그들의 삶의 행적을 베일 벗기듯 자세히 묘사하고 있다. 그들은 시대적 아픔과 이념의 갈등에 희생당한 청년과 중년사내, 가난과 생활고에 지친 농부와 여인들로서 모두 침묵 속에서 초췌하고 고달픈 모습이지만 각자 삶의 좌표를 찾아간다.

7장 : 기형도의 「빈집」과 신경숙의 「빈집」

1. 서론

크리스테바의 상호텍스트성은 미하일 바흐친의 다성성이나 카니발 문학의 영향 하에 발전된 것으로서 후기 구조주의 문학의 주된 개념으로 자리 잡았다. 상호텍스트성에 의하면 모든 텍스트는 작가의 고유한 상상력의 창작물이라기보다 현존하는 무수한 담론과의 영향 관계 속에서 '반복과 차이' '모방과 위반'이라는 과정을 통해 다층성과 다양성을 지닌 의미체로 존재한다. 이 상호텍스트성은 주체와 중심이 붕괴되고 전체적 통합이 사라진 해체적 사유에서 비롯되므로 전통적인 문학 규범의 이데올로기를 전복시켜 편집과 인용을 극대화함으로써 패러디나 패스티쉬 같은 메타 언어적 성격을 지닌다. 그리고 분열적 사고와 탈역사주의, 형식 및 장르 해체, 유희나 단절, 우연성 등을 바탕으로 한 전위적 이데올로기의 미학으로 정착된다.

　기형도는 4년여 동안의 짧은 시작 활동을 하면서 『입속의 검은 잎』이라는 1권의 유고 시집을 남겼다. 그런데도 그의 시에 대한 본격적인 연구는 미흡하지만 많은 문학 평론가들의 평론·해설·잡문·촌평 등을 통해 다각적인 검토가 이루어지고 있다. 이런 연구 검토의 흐름은 관점의 시각에 따라 미미한 변별성은 있지만 비극적 세계 인식과 부정적 세계관으로 보는 것이 지배적이다. 혹자는 그의 시를 순수한 유년 세계의 퇴영을 통한 자기 완결 추구, 동화적·환상적인 낙원으로의 도피, 불의 이미지를 통한 상승 등으로 희망과 밝음의 긍정적 세계 인식을 도출하고 있지만, 지배적인 경향은 죽음의 천착과 부재 공간에 집착하는 상실과 떠남의 비극적 세계 인식이 주조를 이루고 있다. 그의 어둡고 비통한 시적 어조는 세계와의 갈등 속에서 삶의 의미와 희망을 찾지 못하고 끝없이 방황하는 비관론적 실존주의 경향이 내재되어 있다.

　기형도의 시는 오늘날 영화·연극·소설 등 다양한 문화 장르를 통해 확대 재생산되고 있다. 이런 경향은 후기산업사회에서 영화·만화·광고·사진·드라마 등 다양한 대중문화가 소설 속에 유입되면서 자유로운 글쓰기로 인해 기존의 서사성이 약화되어 영상 차원의 서사가 생성되는 흐름과도 맥을 같이 한다. 신경숙의 「빈집」은 기형도의 시 「빈집」을 토대로 구체화된 인물 설정을 통해 서사적 맥락을 확대시켰다. 일반적으로 신경숙의 소설은 감각적이면서도 신선한 감성적 문체로써 아득해진 고향이나 유년기의 낙원을 회상적으로 치밀하게 묘사한다. 이런 과거적 회상 속에는 떠남이나 실연, 현실 부적응에 따른 허무와 좌절감이 슬픔으로 형상화된다. 그러나 그는 이런 슬픔이나 고통 속에서 바라보는 추억의 정서에서 현실의 한계를 수용·극복하며 삶의 아름다움을 향한 욕망의 탈출구를 찾는다.

신경숙의 「빈집」은 '비어 있음'의 부재 공간이라는 공통 자질을 바탕으로 소재와 공간 배경, 반복구조, 적재적소에 가미된 동물이나 시적 이미지 차용 등에서 기형도의 「빈집」과 상호텍스트성을 엿볼 수 있다. 특히 작품 서두에 제시한 원텍스트의 시 전문 인용이나 기형도의 시집 『입속의 검은 잎』 뒷 표지 시작 메모를 고쳐 인용하고 있음을 주석 형식으로 곁텍스트성을 제시하고 있다. 이처럼 장르가 다른 두 작품 간의 상호텍스트성은 문학의 대화적·서술적 성격을 반영한 것으로 각 작품의 특징이나 기법, 주제 의식 표현 등 다양한 변별성을 보여 줄 뿐만 아니라 상호 작용을 통해 장르 간의 거리를 좁혀 새로운 지평을 여는 데 일조할 것이다. 따라서 본고에서는 상호텍스트성의 맥락에서 두 작품 간의 패러디 관계를 구체적으로 파악하기 위해 형태 및 반복 구조, 이미지 차용, 객관적인 서술 시점 등으로 비교 분석할 것이다.

2. '빈집'의 원형적 공간성

'집'은 인간뿐만 아니라 살아 움직이는 생명체에게 보호와 휴식을 주는 안락한 공간으로 가족 구성원 간의 정신적 유대감과 공동체 사회의 기틀을 형성하는 뿌리이다. 집이 있음으로써 삶의 안락과 평안함으로 행복을 누릴 수 있고 더불어 살아가는 존재로서의 사랑의 공간을 확대할 수 있다. 집의 원형성은 모태의 자궁과 같은 보호막처럼 모성의 가치와 보호적 기능을 지니므로 우리 자신을 외부로부터 보호해 주고 유지시켜 주는 안식처이다. 집은 하늘의 뇌우와 삶의 뇌우들을 거치면서도 인간을 붙잡아 준다. 그것은 육체이자 영혼이며, 인간 존재의 최초의 세계이다[1]

인간은 모태의 자궁으로부터 자양분을 공급받으며 자라다 모태와 단절되는 순간 꾸준히 내밀한 공간을 확대해서 살아가고, 죽어서도 무덤이라는 은폐된 집을 갖는다. 이런 집은 유동적인 인간의 삶을 정착시켜 차가운 추위와 고달픈 노동에서 벗어나 휴식을 취하게 하고 외부 세계의 공포와 두려움으로부터 우리를 보호해 준다. 그래서 집은 인간이 안정된 삶의 구심점을 확보하기 위해 필연적으로 집착하는 근본적인 요인이 되는 것이다.

기형도 시인에게서 '집'이라는 내면 공간을 들여다보는 것은 그의 유년 시절에 잠재적으로 각인된 정신적 뿌리를 찾는 의미를 지닌다. 그의 많은 시에서 '빈집'이나 '빈방'이라는 '비어 있음'에 대한 집착은 근본적으로 부성의 부재와, 그 자리매김을 위해 생활 전선에 뛰어든 어머니의 역할로 인해 집 안에 부재하는 모성성에 기인한다고 볼 수 있다. 흔히 비어 있다는 것은 무엇인가가 채워지리라는 가능성의 여백을 남기므로 희망적이며 미래지향적이다. 그러나 기형도 시에서 이 '비어 있음'은 항상 부정적이며 결핍을 동반한다. 그가 이런 빈 공간에 갇힘은 항상 과거의 유년세계로 돌아가는 동기 부여가 되고 있다.

일반적으로 유년기의 체험은 인간에게 소중한 추억으로 간직되어 아름다운 것이다. 때로는 고통스럽고 아픈 상처가 있어도, 그런 과정 속에서 간직했던 순수함과 꿈만은 누구나가 침해받지 않는 성역으로 간직하고 싶어 한다. 따라서 순진무구한 유년기의 추억은 우리에게 영원한 그리움의 원형성으로 자리 잡는다. 그런데 기형도 시인에게는 유년시절에 대한 그리움이 근원적으로 자리 잡지만 천진난만한 순수함보다는 고통과 두려운 음영이 짙게 깔려 있다. 그는 유년 시절에 중풍으로 아버지의 쓰러짐, 불

---

1) 가스통 바슐라르, 곽광수 역, 『공간의 시학』, 동문선(2003), p.80.

의의 교통사고로 인한 누이의 죽음, 갑작스런 삼촌의 죽음에 따른 두려움
과 상실감, 부성의 부재에 따른 찌든 가난으로 그의 삶에 비극적 인식이
각인되어 있다. 「위험한 가계·1969」에서 가족은 그의 안식처가 되지 못
하고 '유리병 속에서 알약이 쏟아지듯 힘없이 쓰러진' 아버지와 '가늘은
유리막대처럼 위태로운 모습'의 어머니(「폭풍의 언덕」), '이파리 하나 피우
지 못한' 누이(「나리 나리 개나리」), '마른 기침은 가장 낮은 음계로 가라
앉은' 삼촌의 죽음(「삼촌의 죽음」) 등 가족의 불행은 그에게 감당하지 못
할 충격으로 다가온다. 그래서 그의 시에서 유년세계는 세계, 대상과 조화
나 화합보다는 고립·결핍·상실 등의 우울하고 절망적인 세계 인식이
그의 무의식 속에 자리 잡고 있다.[2] 그는 어른이 되어서도 끝없이 유년
세계로 회귀하지만 그곳에는 모성적인 원형성이 자리 잡는 합일된 공간이
아니다. 그곳은 그가 어렸을 때 '빈방'에 홀로 남아 외로움과 불안에 떨면
서 눈물을 흘리던(「엄마 걱정」 「기억할 만한 지나침」) 공간이다. 어린시절
어머니 없는 '빈집'에서 자아가 겪는 이런 슬픔은 자신을 보호해 줄 존재를
잃어 버린 자의 두려움과 외로움이다. 어머니는 보호막처럼 일종의 집과
같은 존재인 것이다.

　이 '빈방'에 갇혀 있음은 자의적이 아닌 어떤 외적 상황에 의해 강요된
억압이다. 이런 체험은 그에게 무의식적으로 세계에 대한 부정적 인식과
자기 폐쇄적 고립감으로 고착화되었고, 한편으로는 모태로부터 분리되기
이전의 충만한 공간에 대한 퇴행적 향수에 젖는 요인이 되었다. 그에게
세계는 닫힌 공간으로 자아의 유폐를 조장하는 억압과 환멸의 공간인 것
이다.[3]

---

　2) 그의 「겨울판화」 연작시에서는 죽음에 이르는 삶의 비극성과 고독한 절망을 엿볼
　　수 있다.

㉠ 엄마 안 오시네, 배춧잎 같은 발소리 타박타박
안 들리네, 어둡고 무서워
금 간 창 틈으로 고요히 빗소리
<u>빈방</u>에 혼자 엎드려 훌쩍거리던

—「엄마 걱정」 중에서—

㉡ 텅 빈 희망 속에서
어찌 스스로의 일생을 예언할 수 있는가
다른 사람들은 분주히
몇 몇 안되는 내용을 가지고 서로의 기능을
넘겨보며 書標를 꽂기도 한다

—「오래된 서적」 중에서—

㉠은 어머니가 가족의 생계를 책임지고 시장에서 밤늦도록 돌아오지 않자 혼자 어두운 방에서 외로움에 젖어 훌쩍거리는 모습이다. 어머니의 가장 역할로 인해 집안에 부재하는 모성은 시적 화자에게 '비어 있음'의 고착화로 나타난다. 생활 전선에 뛰어든 어머니의 강인함은 주로 밖에서 생활하므로 포근하고 따뜻한 자애로운 모성상으로 자리 잡지 않는다. ㉡에서 어두운 무채색 이미지는 삶에 대한 어떤 확신이나 희망도 없는 자아의 불안정한 내면의식을 반영한다. 기적이란 어리석은 자의 환상에 불과하며 예정된 것은 아무것도 없다. 단지 우리에게 주어진 것은 출생뿐이므로 어쩔 수 없이 숙명적으로 살아가야 하는 것이다. 이런 '비어 있음'의 이미지는 그의 시 도처에 나타난다.

· 빈 골목은 펼쳐진 담요처럼 쓸쓸한데　　　　　　　　　　　「白夜」
· 그 속에 둥글고 빈 통로를 얼마나 무수히 감추고 있는가!

「어느 푸른 저녁」

---

3) 박상천, 「기형도 시에 나타난 죽음의 상상력 연구」, 부산대 석사논문(2001), p.75.

- 빈 들판에 꽂혀 있는 저 희미한 연기들은 　　　　　　　「봄날은 간다」
- 어느 고장이건 한 두 개쯤 이런 빈집이 있더군 　　　　　「죽은 구름」
- 밤은 깊고 텅 빈 사무실 창밖으로 눈이 퍼붓는다 「기억할 만한 지나침」
- 새벽이면 세상 빈자리마다 　　　　　　「쓸쓸하고 장엄한 노래여 2」
- 잎 진 빈 가지에 　　　　　　　　　　　　　　　　　「가을에」
- 어두운 골목길엔 불켜진 빈 트럭이 정거해 있다 　　　「진눈깨비」
- 그 빈 기쁨들을 지금 쓴다 친구여 　　　　　　　　「포도밭 묘지 1」
- 쉽게 조용해지는 빈 손바닥 위에 가을은 　　　　　　　「10월」
- 빈 몸을 데리고 네 앞에 서면 　　　　　　　　　　　　　「풀」
- 이제는 어둠 속에서 빈 몸으로 일어서야 할 때 「쓸쓸하고 장엄한 노래여」

　이 '비어 있음'의 공간은 시적 화자가 세계와 단절된 채 버려져 있음을 자각하고 삶에 대한 부정적 인식의 반응을 보이는 계기를 부여한다. 이런 '빈' 공간의 원형성은 구체적으로 지시된 현실의 구체적인 장소 개념에 머물지 않고 작중 화자들을 둘러싸고 있는 시·공간 전체를 뜻한다. 이 '비어 있음'은 크고 작은 공간뿐만 아니라 자연·사물·육체에까지 다양하게 관련된 지배소로 작용하여 현대 산업사회 구조에 따른 피폐해진 농촌 공동화 현상의 외형적 단면, 혹은 인간의 내면적인 결핍의 공동화로 행복과 희망의 부재로 이어져 현대인의 내면 의식에 자리 잡는 허무·고독·죽음 등 변주된 양상으로 나타난다. 따라서 현대시 속에 '빈집'의 이미지는 우리 시대의 농경사회의 해체 현상과 무관하지 않으며, 개체들의 좌절된 욕망, 무화(無化)된 욕망과 무관하지 않다.4)

　한편, 신경숙 소설에서 '빈집'이나 '빈방'의 이미지는 『오래전 집을 떠날 때』 『겨울우화』의 작품집에 실려 있는 「벌판 위의 빈집」 「빈집」 「외딴 방」, 중편 「오래전 집을 떠날 때」 등에 자주 등장한다. 이 '빈집' 이미지의 '비어

---

4) 장석주, 「빈집의 시학」, 『현대시세계』 여름호(1992), p88.

있음'은 떠남이나 죽음과 같은 상실, 분리의 의미를 지닌다. 주인공들은 내면의 깊은 성찰을 통해 존재의 심층을 탐색하는 고독한 산책자로[5] 언제나 어둡고 비어 있음의 허전한 상태에 놓여 있다. 주인공의 집 떠나기는 이런 상태에서 이루어진다. 일상적 삶에서 죽음과 같은 절대적인 상실감이나 소외되고 공허한 내면의식이 '빈집'이라는 공간으로 대변되는 것이다. 주인공이 가난 때문에 고향을 등지거나 사랑하던 사람과의 이별이나 죽음으로 인해 떠나가는 것은 존재론적 상실인 단절을 뜻한다. 이처럼 신경숙 소설 속에 드러난 부재성은 이루어질 수 없는 불임의 사랑, 물질과 정신의 빈곤, 외로움과 절망으로 요약될 수 있다.[6]

「벌판 위의 빈집」은 벌판의 빈집에서 서로 인연을 맺어 아이를 낳아 짧은 행복한 삶을 누리나 계단에서 추락한 아이의 죽음으로 행복을 잃고, 「깊은 슬픔」은 가뭄 때 물싸움으로 아버지가 죽고 온 가족이 고향을 등지자 잡초가 무성한 빈방만 남아 있고, 「외딴 방」은 낮에는 공장에서 일하고 밤에는 산업체 특별학급에서 공부하며 소박한 행복을 꿈꾸던 한 소녀가 의상실에서 만난 재단사와 사랑하다 임신한 아이를 거부하는 그에게 상처를 입고 자살하는 내용이다. 미로 같은 서른 일곱 개의 방이 있는 이 '외딴 방'은 휴가를 떠나면서 자살 후 자신의 방문을 잠그게 할 정도로 척박한 현실로서 고독과 가난과 절망으로 대변된다. 「오래전 집을 떠날 때」는 떠남과 회귀의 환원 구조로서 여행길을 통해 어떤 깨달음에 이르는데, 즉 고향 상실을 통해 사랑하던 이들의 죽음에 따른 존재론적 아픔을 인식하는 것이다.

5) 이재복, 「신경숙 소설의 미학과 대중성에 관한 연구」, 『한국언어문화』 21집, 한국언어문화학회(2002), p.84.
6) 안남연, 「신경숙 소설의 부재성」, 『여성문학연구』 제2호(1999), p.285.

3. 기형도의 「빈집」 분석

시적 상상력 속에서 '집'의 이미지는 추억이나 꿈이 배어 있는 구체적 형태의 지시대상으로서, 혹은 어떤 생각이나 느낌을 내포한 관념적・수사학적 공간으로 나타난다. 그런데 기형도의 '집'은 단지 현실 공간에서 구체적 대상으로 머물지 않고 신축적인 변용 과정을 통해 관념적 의미를 지닌다. 이 '집'은 시적 화자의 마음을 공간화한 것으로 비극적 세계관의 내면 세계가 형상화되어 있다. 따라서 '집'은 결국 우리의 마음이고 영혼이며, 의식이자, 또한 우리를 본래의 모습으로 돌아가게 만드는 근원적 공간이며 시간이다.[7]

사랑을 잃고 나는 쓰네

잘 있거라, 짧았던 밤들아
창밖을 떠돌던 겨울 안개들아
아무것도 모르던 촛불들아, 잘 있거라
공포를 기다리던 흰 종이들아
망설임을 대신하던 눈물들아
잘 있거라, 더 이상 내 것이 아닌 열망들아

장님처럼 나 이제 더듬거리며 문을 잠그네
가엾은 내 사랑 빈집에 갇혔네

−「빈집」 전문−

이 시의 표면적 내용은 시적 화자가 가장 소중한 사랑을 포기하고 이별

---

7) 오생근, 「집과 시적 상상력」, 『그리움으로 짓는 문학의 집』, 문학과 지성사(2000), p.29.

하는 심정을 '빈집'에 그 사랑을 가두고 떠나가는 고통으로 비유하고 있다. 그는 스스로 고통스런 마음을 지닌 채 문을 잠그는데, 정작 그 집은 잠글 필요도 없이 비어 있는 아이러닉한 상황이다. 시적 화자는 사랑을 잃고 난 후 연인과 나누었던 지난날의 추억을 '빈집'에 남겨두고 어디론가로 떠나려고 한다. 그렇지만 한편으로는 실연의 고통을 이기지 못하고 죽음을 택하려는 비장의 결별사와 같은 느낌이다. 연인은 떠났기에 '빈집'이 되었고, 그 곳에 사랑은 외롭게 갇혀 있다. 그 집은 지금 연인이 떠나 비어 있지만 그들의 추억이 어려 있기에 시적 화자는 잊을 수가 없다.

그는 이별의 아픔을 담담한 추억의 어조를 통해 떨치려 한다. 따라서 일반적인 연시에서 흔히 볼 수 있는 연인이 떠날 때의 애절한 사연이나 떠나는 이를 붙잡지 못하는 안타까움을 나타낸 것이 아니라 이별의 아픔을 객관화시킴으로써 더욱 애틋한 비장미를 자아낸다. 이런 객관화된 시점의 어조는 기형도 시의 지배적인 틀인데, 그것은 타자화된 자신이 바라보는 세상이나 현실인식이 자신의 삶에 대한 깊은 성찰과 응시의 산물에 기인하기 때문이다. 이런 반성적인 자아 성찰과 응시의 시선은 끊임없이 자신의 존재를 현실에 반추하며 검증함으로써 내면에 몰입하는 나르시스적 태도를 보인다. 그러나 우물 속의 의식 관조를 통한 나르시스적 자아는 행복하고 긍정적이지만 기형도의 시적 자아 인식은 가없는 상실의 상태이다. 이런 태도는 자아의식을 새롭게 정화시키거나 생성시키지 못하고 마침내 죽음이나 이별의 정조를 불러일으키며 자아를 출구 없는 '비어 있음'의 공간에 갇히게 한다.

기형도 시인은 자신의 내면세계를 끝없이 관찰하며 냉정하면서도 객관적인 자세를 유지한다. 그는 자신의 내면의식을 제 3자인 '그'라는 허구화된 인물을 설정해 관찰하고 객관화한다. 「빈집」에서도 1, 3연은 자신의 내면세계를 관념적으로 고백하는 어조인데, 3연에서 '가엾은 사랑'은 '그'와 같은 타자로 설정되어 내가 꾸준히 관찰함으로써 내면의 고통과 공포, 아픔을 진술하고 있다. 물론 그의 시는 이야기의 구조가 거의 이미지의 흐름으로 이어지다가 한 번씩 시적 진술을 내뱉는 구조이다. 그러므로 그의 이야기는 이미지의 힘에 압도되어 이야기마저도 하나의 이미지로 남게 된다.[8] 일반적으로 이런 객관화된 시점의 서술시 형태는 대부분 체험적 형태의 정서를 반영하게 된다. 그러나 기형도 시에는 시적 진술이나 설명이 지배적인데도 시적 의미는 이미지 중심으로 이어져 고도로 추상화된다.

이 시의 전체 구조는 단순한 형식으로 1, 3연에 각각 '~네', 2연에 '~아(라)'의 반복되는 각운, 그리고 2연에서 이별의 대상이 되는 모든 명사에 복수형 접미사 '들'과 과거회상 시제인 '~던' 어미가 사용되었다. 특히 복수형 접미사와 과거 회상시제의 반복 사용은 1회성이 아니라 과거에도 반복되었던 것으로 시적 화자가 이런 이별의 대상, 곧 사랑으로 오랫동안 고통과 번뇌에 사로잡혀 있음을 직감할 수 있다.[9] '잘 있거라'의 반복 어구는 소설 속에서 주제나 사건을 암시하기 위한 복선으로, 혹은 강조 효과를 나타내기 위해 의미 있는 반복인 '패턴' 형태를 띠고 있다. 이 구절은 모든 행에 걸려 단조롭고 지루한 명사 반복에 휴지의 여유를 주어 리듬감을 조절해 주는 효과를 지닌다. 2연 ①행의 '잘 있거라'는 ①~③행, ③행의 '잘 있거라'는 ④~⑤행, ⑥행의 '잘 있거라'는 ⑥행의 주체에 대한 각각 도치 형태로 그 명사 어휘를 강조하기도 하지만, ① ② ③행의 주체에 대한 서술어로 ③행의 '잘 있거라'를, ④ ⑤행의 주체에 대한 서술어로 ⑥행의

---

8) 박상천, op. cit. p.41.
9) 권태효, 「기형도의 시에 투영된 '빈집'의 이미지와 그 지향점」, 경기대 인문논총 8호(2002), p.90.

'잘 있거라'를, ⑥행의 주체에 대한 서술어로 ①행의 '잘 있거라'를 순환 반복적으로 사용한 효과를 이중적으로 지닌다고 할 수 있다.

1연과 3연은 전통적인 서정 양식의 1인칭 시점으로 시적 화자의 생생한 자기 체험의 독백 형태의 구조이지만, 2연은 '사랑'이라는 추상적 관념의 구체화된 속성의 대상과 대화 형태인 2인칭 시점의 극적 태도를 지향하여 희곡적 기법의 대화 속에서 영상 언어처럼 다양한 이미지 장면을 담아내고 있다. 그래서 시적 화자는 2연에서 '밤' '안개' '촛불' '종이' '눈물' '열망' 등에 돈호법(~아)을 사용해 간절히 부르는 애틋한 어조로써 연민과 그리움의 정서를 환기시킨다. 돈호법은 생물이나 무생물, 관념적 어휘 등을 의인화시켜 친근하게 부르는 기법으로 언어에 생명력과 직접성을 가져와 준다는 이점을 가지고 있지만 시인 편에서 보면 이렇다 할 만한 상상력을 필요로 하지 않기 때문에 잘못 사용하다가는 자칫 매너리즘에 빠질 염려가 있다.[10]

1연은 전체 내용을 집약시켜 전제문처럼 서두에 제시함으로써 시적 화자의 실연에 따른 고통을 글쓰기를 통해 아픔을 표출하면서 극복하려는 것이다. 이런 글쓰기는 '나'의 내면에 대한 깊은 성찰을 통해 자아의 정체성을 찾는 일인데, 시적 화자는 내밀한 체험을 섬세한 감각으로 처리해 체험의 구체성을 나타낸다. 2연은 1연의 관념적 어휘인 '사랑'을 구체적 이미지로 부연시켜 열거하였다. 시적 화자는 객관적 거리를 둠으로써 이별의 상처에 따른 슬픈 감정을 절제시켜 '밤' '안개' '촛불' '종이' '눈물' '열망' 등이 빈집에 갇혀 있는 '가엾은 내 사랑'의 정체를 환기시켜 준다.

운문이 정서를 고도의 생략과 압축으로 의미 기능을 확대 다양화시키지

---

10) 김욱동, 『은유와 환유』, 민음사(2007), p.125.

만 그 본질이 구체성에 있다는 것을 전제한다면 2연에 열거된 다양한 이미지들은 정서적 효과를 잘 반영하고 있다. 이 이미지들의 나열과 부연은 서로 상보적 관계를 유지하며 의미의 정서적 기능을 배가시키므로 산만성을 초래하기보다 시적 주제를 다각적인 관점에서, 즉 사랑이라는 관념의 다양한 정서 내용을 상보적으로 통일시키고 조정하고 있는 것이다. 단지 함축된 시어의 단순한 나열이나 생경한 표현에 그치지 않고 시적 이미지의 지속성과 정서적 감동의 역동성을 잘 확대시키고 있다.

기형도 시에서 검고 흰 무채색 이미지('나의 영혼은 검은 페이지가 대부분이다'「오래된 서적」)는 죽음, 슬픔, 두려움의 상상력을 동반하여 현실의 비극적인 상황과 강박 관념의 불안한 내면의식을 반영한다. 그의 주된 시적 상상력은 현대 산업사회 속에서 삶의 위기에 대한 근원적인 모순과 부조리를 담아내며 유년기의 가난과 가족 구성원의 죽음에 대한 경험으로 부정적이고 절망적인 시의식으로 점철되어 있다. 그가 바라본 현대 사회는 무채색의 공간이기에 공장에서 일하는 여공들의 흰 얼굴은 공장의 검은 굴뚝과 겹쳐져 고통스럽게 느껴진다. 이 '짧았던 밤'은 젊은 날 성장의 시간으로 오랫동안 고뇌와 아픔, 기쁨으로 보냈던 사랑의 감정을 이별이라는 슬픈 상황에서 되돌아보는 추억에 대한 아쉬움과 애틋함이 담겨 있다.

'겨울 안개'는 유년시절부터 시적 화자의 우울한 경험에서 발아된 잠재의식의 부정적 이미지이다. '안개'는 공기와 물이 혼용된 불확정한 존재로 불투명하고 흐릿해 윤곽만 어렴풋이 나타나므로 모든 대상을 투명하게 보지 못하고 단절시키거나 덮어버리는 속성으로 이데올로기적 가상성과 물리적·정신적 폭력을 뜻한다('문을 열면 벌판에는 안개가 자욱했다/ 그해 여름 땅바닥은 책과 검은 잎들을 질질 끌고 다녔다「잎 속의 검은 잎」). 이 '안개'는 이중적 대립의 창문을 경계로 안으로 들어오지 못하고 바깥을 떠돈다. 그래서 창내의 따뜻함과 안정, 밝은 공간에서 시적 자아와 조화를 이루지 못하고 어둡고 차가운 바깥 공간에서 떠돌기 때문에 단절감과 부정적 인식을 지닌다.

> 날이 어두워지면 안개는 샛강 위에
> 한 겹씩 그의 빠른 옷을 벗어 놓는다. 순식간에 공기는
> 희고 딱딱한 액체로 가득 찬다. 그 속으로
> 식물들, 공장들이 빨려들어가고
> 서너 걸음 앞선 한 사내의 반쪽이 안개에 잘린다.
>
> ─「안개」 중에서─

이 '안개'는 산업사회에 따른 온갖 병폐와 부조리를 덮는 상징물이다. 사회는 자욱한 안개 속에서 여직공이 겁탈당하고 취객이 방죽 위에 얼어 죽어 쓰레기 취급당해도 일상사의 단편적인 일로 치부한다. 공장의 검은 굴뚝이 하늘을 향해 오염된 공해를 쏟아내도 구성원들은 산업화된 현대문명이라는 미명하에 무관심하다. 겉으로는 평온해 보이는 도시의 뒷골목은 온갖 병폐와 타락한 폭력적 상황으로 포장되어 있지만 구성원들은 평범한 일상 속에서 인식하지 못한다. 따라서 '안개'는 공원들의 자동화된 삶의 틀 속에서 감각이 마비된 사람들의 집단적 무의식이 되고 이들의 정체성을 가로 막는 존재가 된다.[11]

일반적으로 유리창이나 문은 바깥 공간과 안의 공간을 가르는 경계로서 내부와 외부를 마음대로 오갈 수 있는 연결 통로이다. '유리창'이라는 매개항은 내부 공간과 외부 공간의 대립적인 항으로 불가시적 세계를 의식

---

11) 이영섭, 「어둠과 고통의 시학」, 『한국문예비평연구』2집, 한국현대문예비평학회 (1998), p.24.

세계로 불러 오는 통로 작용을 한다. 창의 내부 공간이 안정성, 안락성, 가정성, 만족성, 친밀성, 따뜻함, 마음 맞는 사람끼리의 짝으로, 외부 공간의 모험적 요소는 기회, 위험, 행운의 역전, 대사건, 변천, 불안, 투쟁 등의 변별적 특징을 지닌다.12) 이 '밤'과 '겨울 안개'는 창밖에 펼쳐진 자연적인 현상으로 창내의 시적 화자와 단절되어 있다. 짙은 밤의 어둠이 검뿌연 빛의 '겨울안개'를 거쳐 밝은 '촛불'에까지 다다른다. 창내의 시적 화자와 함께 하는 '촛불'은 밝은 이미지로서 '아무것'도 모르니 상실이라는 비극적 상황을 전제하지 않는다. '촛불'은 자신의 몸을 태우는 눈물로 상대에게 빛을 발하므로 자기 희생과 희망을 지닌다. 그 전에는 이별이라는 고통을 결코 상상할 수 없는 행복한 시간이다. 사람들은 '촛불' 아래서는 깊게 잠들기 어려우므로 촛불은 우리로 하여금 몽상에 젖게 해 과거의 모든 추억을 되살려 준다. '촛불'의 불꽃은 끝없는 사상을 불러 일으켜 고독한 이미지를 연상시킨다. 따라서 속으로 애태우면서도 절망과 체념을 되씹는 남녀의 마음이나 짝사랑의 그리움은 혼자 조용히 타는 촛불의 이마주에 다름 아닌 것이다.13)

'흰종이'는 사랑의 편지이거나, 혹은 사랑의 고통과 이별의 아픈 마음을 글로 쓴다는 작업의 고통을 반영한다. 이것은 공포를 기다리는 '흰종이'이므로 자신이 쉽게 쓸 수 있는 내용이 아니라 자꾸만 두려움 때문에 주저하며 미루는 아픔이 내포되어 있다. 이 아픔이 실연에 따른 절망적 상황, 즉 죽음과 같은 극단적 상황을 취하려는 의지의 표현으로도 볼 수 있다.

'눈물'은 상실과 단절에 따른 슬픈 감상의 표출이지만 냉정한 감정의 절제로 맑은 투명성을 지닌다. '눈물'은 감정의 육체적인 발로로 내적인

12) 이어령, 『시 다시 읽기』, 문학사상사(1995), p.109 재인용.
13) 가스통 바슐라르, 이가림 역, 『촛불의 미학』, 문예출판사(2001), p.17.

고통을 수반한다. 내적인 영혼의 처절한 고통은 가시적인 감정으로 표출
되어 카타르시스 상태에 이른다. '눈물'이 아름답게 느껴지는 것은 그 슬픔
뒤에 감추어진 조화와 진정한 사랑 때문이다. 이런 '눈물'은 순수한 감정으
로 인간의 진실된 모습을 반영하므로 주체적인 자아의 존재를 현실에서
인식할 수 있게 한다. '망설임을 대신하던 눈물'은 모든 대상과 이별하기
직전의 시적 화자가 최대한으로 이 상황을 받아들이지 않으려는, 사랑을
잃지 않으려고 미련을 갖는 심리적인 거리감이다.

'열망'은 그 시절 시적 화자의 상처받은 꿈, 희망을 뜻한다. 그러나 사랑
이란 상대적이므로 어느 일방적인 한쪽에 의해 강요되거나 결정되는 것이
아니라 상호보완적이다. 자신은 이별하지 않고 싶더라도 상대방의 의지에
의해 불가항력적일 수도 있다. 그러므로 이 '열망'은 더 이상 내 것이 아닌
상대방에 의해 결정되는 것이다. 모든 것이 자신의 바람대로 사랑을 잃지
않으려고 하지만 현실적으로 상실의 고통을 수반할 때 단지 그것은 희망
상황에 머물 뿐이다. '더 이상'은 불가항력적인 현실 상황이다.

'장님'이 빛을 볼 수 없듯이 마지막 연에서 시적 화자가 영원한 어둠
속에서 '빈집'의 문을 더듬거리며 잠그는 행위는 스스로 어둠 속에 침잠함
으로써 평화로운 안식처를 찾으려는 모습이다. 그럼으로써 세상과의 단절
을 가져오며 '빈집'이라는 닫힌 공간에 스스로를 유폐시키는 것이다.

4. 신경숙의 「빈집」 분석

신경숙의 「빈집」은 극적 사건이나 이야기 구조 대신 인간사의 삶 속에
서 이별에 따른 고독과 그리움의 애잔한 마음을 한 폭의 시화처럼 감성적

으로 담아내고 있다. 이 작품은 기형도의 「빈집」을 모티프로 차용하여 장
르 패러디했음을 알 수 있는데, 그것은 작품 서두에 기형도의 「빈집」을
제시하고, 또한 중간 부분에 괄호 속의 문장 내용을 기형도의 시집 「입속
의 검은 잎」 뒤 표지에 제시된 시작 메모를 부분적으로 고쳐 인용하고 있음
을 주석 형식으로 밝히고 있다는 점에서 확인할 수 있다. 그 외 전체적인
구조나 반복기법, 동물이나 시적 이미지 차용, 객관적인 서술 시점에서
패러디 관계를 엿볼 수 있다. 신경숙의 「빈집」은 "스페인은 언제 가시우?"
로 시작해서 "스페인은 언제 가시우?/ 봄이 오면"의 수미쌍관식 문장으로
끝나는 남녀 이별의 내용인데, 이런 형태와 함께 편지 내용을 포함한 빈번
한 어휘나 문장 반복이 기형도 시에서 1, 3연의 사랑을 잃은 애틋한 심정
과 '~네'의 각운 반복, 2연에서 '잘 있거라'의 순환 반복 구조와 비슷하다.

신경숙 소설에서 '고양이'는 공포의 이미지로 겹쳐져 스토리가 전개되
고 있는데, 이 점은 『기형도 전집』에 실린 화보에 기형도 시인이 머리에
고양이를 올려 놓고 있는 사진이나 그의 시 (「여행자」, 「추억에 대한 경멸」
「나무공」, 「우중의 나이」)에 반복되어, 그리고 경비원이 기르는 '거위'는
「가는 비 온다」에 각각 등장한다. 신경숙 소설에서 소리를 듣지 못하는
여주인공의 아픔을 다양하게 암시하듯 온갖 소리들로 가득 차는데, 거위
의 꽥꽥 우는 소리, 윗집의 망치소리, 옆집의 T·V소리, 소독원의 노크소
리, 칼 들고 쫓고 쫓기는 남녀 고함과 비명소리, 고양이의 울음, 생쥐의
짹짹거리는 소리가 어지럽게 교차하고 있다. 이런 소리 이미지는 기형도
의 시 「소리1」, 「소리의 뼈」, 「종이달」, ('소리나는 것만이 아름다울테지./
소리만이 새로운 것이니까 쉽게 죽으니까./ 소리만이 변화를 신고 다니니
까.') 「바람의 집」에 반복되어 나타난다. 이 소리는 작중의 남자 주인공이
기타리스트로 설정되어 있는 것과 상관성이 있다. 기타리스트인 남자 주

인공은 기형도의 모습을 반영하고 있는 듯하다. 그는 고교시절 중창단으로 활동했듯이 그가 기타를 치고 노래를 잘 부르는 것은 문단에서도 이미 잘 알려진 사실이다.[14]

이 작품이 그를 추모하는 의미에서 씌었다는 사실을 감안한다면 소리를 듣지 못하는 여주인공은 기형도를 사랑하는 모든 이들을 의미할 수도 있다. 그 이유는 더 이상 그의 기타 소리를 들을 수 없기 때문이다. 작가는 아마도 이런 점들을 생각하고 기타 소리를 들을 수 없는 청각장애자를 여주인공으로 설정했는지도 모른다.

구성으로 볼 때, 이「빈집」은 기형도의「빈집」처럼 전체 구성이 3단계의 공간 구조로 짜여 있다. 시에서 1연이 사랑하는 사람과의 이별을, 2연이 이별하기 전까지 사랑에 얽힌 추억들을, 3연이 다시 이별을 확인하고 떠나가는, 즉 '이별-추억-확인'하는 구조인데, 소설에서는 시 1연에 해당하는 부분이 사랑했던 그녀가 떠난 집에 그가 들러 확인하고, 2연에 해당하는 부분은 그녀와 이별하기 전까지 그녀와의 만남을 시작으로 사랑의 추억을, 3연에 해당하는 부분은 그녀가 떠난 자취를 그가 확인하고 '빈집'을 잠그고 떠나가는 구조이다. 이 구조를 시행에 따라 더 미세하게 분석해 보면,

> (1)-㉠ 사랑을 잃고 나는 쓰네 (①행)
> ㉡ (그녀가 떠나간 '빈집'을 방문)[15]

---

14) 그는「먼지 투성이의 푸른 종이」에서 빈방에 혼자 있을 때 끊어진 기타 줄에서 아름다운 소리를 듣는 환상적 체험과 희망 속에 빠져드는 체험을 한다. 소설 속의 주인공이 기타리스트이며, 사랑하는 사람과 이별하는 공간인 빈방에서처럼 이 시에서도 화자의 아픔이 가득 채워져 있다.
15) 본고에서 예시하는 신경숙의「빈집」인용 페이지는 그의 작품집『오래전 집을 떠날 때』(창작과 비평사, 1997)를 참고했음.

①행은 시적 화자가 사랑하는 사람과 이별한 후 편지 혹은 시 쓰는 행위를 통해 자신의 심정을 고백하는 어조이다. 이런 글쓰기는 어떤 실존적인 문제나 이데올로기적 이념성보다는 개인의 내면의식을 섬세하게 표출하는 감성적인 표현에 중점을 둔다. 섬세하고 미묘한 정서적 세계는 감성적 체험을 토대로 인간의 보편적인 동질성을 회복하기에 걸맞다. 이 구절은 소설에서는 도입부의 발단 부분(~p.175전반)으로 기타리스트인 남자 주인공이 사랑하는 여인이 떠나간 '빈집'을 눈 내리는 밤에 방문하는 내용이다.

그는 음악학원에서 강의하는 기타리스트로 작은 평수의 원룸 방들이 모여 있고 도시 생활에 걸맞지 않게 경비원이 거위를 기르는 스튜디오에서 그녀와 일시적으로 동거 생활을 했음을 알 수 있다. 그런데 그는 그녀가 그곳을 떠나기 위해 이사할 때 몰래 훔쳐 보고, 더구나 그녀가 1개월 전부터 헤어지기 위해 주변을 정리하고 있음을 알면서도 모르는 척 하고 지내왔던 것이다. 그것은 단지 자신이 초연의 실연에 따른 상처를 잊고자 스페인에 가기 위해서, 또한 그녀가 떠나려 할 때 상처가 되지 않기 위한 방편이라는 것이다. 그녀가 떠나려 할 때 조금이나마 그녀의 고통을 나누기 위한 감당할 수 없는 마음이 그녀를 붙잡지 않게 한 것이다. 이처럼 그들의 사랑은 필연적으로 이별을 피할 수 없는 비극적 상황을 전제하고 있다.

(2)-㉠ 잘 있거라, 짧았던 밤들아 (②행)
㉡ · 밤이 되면서부터 내리기 시작한 눈…… (p.171)
　 · 빈집의 문을 잠그는데 옆집에서 막 켜는 텔레비전 자정 뉴스 소리가 확 퍼져 나왔다.(p.204)

②행의 '짧았던 밤'은 광범위하게는 그녀와의 사랑을 함께 나눴던 시간
이면서, 또한 그녀가 떠나간 날 '눈내리는 밤'에 그가 빈집을 잠그고 나올
무렵 옆집 텔레비전 자정 뉴스에 이사 가던 그녀가 교통사고를 당해 사망
했다는 사실을 추측케 하는 하룻밤의 시간적 맥락이다. 이 '밤'의 어두움은
검은색 이미지로 죽음과 관련된 이미지로 화자가 처한 음울한 상황을 암
시한다.

> (3) - ㉠ 창밖을 떠돌던 겨울 안개들아 (③행)
> ㉡ · 그가 그리고 있는 동안 창밖의 세상으로는 눈이 내렸다. (p.194)
> · 눈은 하염없이 내렸다. 바람이 불 때면 순간순간 눈은 그가 서
> 있는 창으로 달려와 판화처럼 어렸다. (p.199)
> · 창에 어리는 눈처럼 그의 마음에 그녀가 어렸다. (p.203)

창가에서 그의 시선에 비친 '겨울눈'은 헤어진 그녀에 대한 그리움이면
서 이별에 따른 자기 내면의 혼돈스런 심리 상태를 반영한다. 눈·비·안
개 등은 물의 공통적 속성을 지닌 이미지이다. 이런 물이 정화나 생명의
탄생보다 여기에서는 죽음이나 사라짐의 이미지로 머문다. 투명하지 못한
'안개'는 대상을 뚜렷하게 보여주지 못하고 윤곽만 흐릿하게 보여 주어 실
상을 감추는 답답함과 불투명성으로 생명성이 부재한다. 창이나 창문은
내부 공간과 외부 공간을 가르는 경계지점으로서 인간의 내면적 현존성을
확인케 하면서 동시에 밖을 향하는 안팎의 두 세계를 관련 지우는 통로이
다. 창은 열림과 닫힘의 속성으로 긍정과 부정적 세계관의 상징성을 동시
에 지닌다. 따라서 창은 빛의 시각적 통로로서 기억을 소생시키는 반사경
으로 그리운 사람이나 추억을 되살리는 마음의 가시화 현상에 대한 고독
한 정서의 매개적 장소이다. 또한 내적 고뇌와 답답함으로부터 벗어나는

자유의 의미를 내포한다.

　이처럼 창 밖에 내리는 '겨울눈'은 창 내의 따뜻하고 행복한 공간, 즉 그녀와 행복했던 시절과 대조를 이룬다. 특히 차가운 겨울에 집 안(창 내)은 내부 공간에서 보호와 휴식, 안식을 주는 행복한 공간이다. 눈 내리는 겨울과 집 안은 대립적 관계를 형성한다. 집은 눈보라치는 삭막한 추위로부터 우리를 지켜주고 외부 공간의 위협과 고통으로부터 우리의 삶을 따뜻하게 보호해 준다. 집 밖의 눈은 모든 자취를 흔적도 없이 덮어 버리고 우주 전체를 단색화시켜 버린다. 이런 속성은 안개와 유사하다.

　(4)－㉠ 아무것도 모르던 촛불들아, 잘 있거라 (④)
　　　㉡ 수은등 불빛이 눈빛 위에 창백하게 쏟아지고 있다. (p.197)

　'불빛'은 고난, 시련의 극복과 희망의 상승 의지를 지닌다. 이런 '불빛'이 붉게 타오르지 않고 눈 내리는 하얀 대지 위에 창백하게 비쳐짐은 어떤 불길한 조짐과 급박한 상황에 직면함을 암시한다. 그래서 살기등등한 남자의 폭력을 피하기 위해 공포에 젖어 맨발 차림으로 도망가는 여자의 절박한 모습이 복선으로 비쳐지는 것이다. 식칼 든 남자가 여자를 쫓는 장면이나 살기등등한 고양이가 쥐덫에 걸린 생쥐를 쫓는 절박한 장면은 1980년대의 암울한 시대적 상황을 연상할 수 있다.[16]

　(5)－㉠ 공포를 기다리던 종이들아 (⑤행)

16) 이 작품 중 괄호 속 문장은 작가가 기형도 시 『입속의 검은 』뒤페이지의 시작 메모를 일부 수정하여 인용한 것인데, 기형도는 시작 메모에서 이 땅의 나쁜 날씨 상태를 견디지 못해 글을 쓰지 못하거나 제대로 말 못하는 무력감에 젖었다고 술회하고 있다.

ⓛ 이 글을 그 쪽이 읽게 될는지요.……그러면 뒷날 그 쪽 마음에
  내가 가엾을는지 (pp.196~197)

위 인용 부분은 그녀가 떠나가면서 남겨 놓은 편지 내용이다. 그녀가
그의 곁을 떠나간 것은 편지 내용으로 보아 두통 때문이라는 것을 추측할
수 있다. 이 두통 증상은 그의 기타 소리를 듣지 못하는 고통 때문에 기인
한 것이다. 그 소리 속에 인간사의 진솔한 삶이 담겨 있으리라 생각되는데,
그녀는 정작 그 소리를 들을 수 없기 때문이다. 그녀가 듣고 싶어 하는
욕구가 두통으로 현시되는데, 그녀는 그 고통을 견디기 어려워 떠나가는
것이다.

(6)—㉠ 망설임을 대신하던 눈물들아 (⑥행)
    ㉡·너는 내 두 마음을 보았지? 붙잡고 싶으나 보내고도 싶은 내 두
       마음을……
      ·점박이는 알고 있었을 것이다. 그녀의 두통을. 점박이는 보았
       을 것이다.……(pp.192~193)
      ·가지고 다닐 수 없는 피아노가 멀어지는 대신 기타는 그의 신
       체 중의 하나가 되었던 그녀처럼 (p.194)
      ·카르릉 카르릉, 덫에 갇힌 생쥐와 어미쥐에게 달려 들어 그들
       을 물어뜯고 싶은 점박이는 베란다 문을 사납게 긁어대며 몸을
       부딪쳤다. (p.202)

이 '눈물'은 그녀와의 이별 후 그의 마음 고통을 나타내듯이 인용 부분의
기타 소리나 점박이 고양이의 울음소리처럼 그녀의 대자적 존재들 속에
비춰진 아픔이다.

(7)-㉠ 잘 있거라, 더 이상 내 것이 아닌 열망들아(⑦행)

㉡ · 나는 아무 소리도 들을 수 없었습니다. 이제 나는 그 무슨 대가를 치러도 좋으니 단 한번만이라도 그 쪽 손가락이 가는 자리에서 새어 나오는 진짜 소리를 듣고 싶다는 욕망이 싹 텄어요. (p.185)

· 처음 그녀가 그의 손가락을 봤을 때 그녀는 그의 손가락 움직임만 보고서도 소리를 들을 수 있다고 했는데, 무엇이 그 소리를 넘어 그녀로 하여금 한번만, 이라는 원을 품게 하였을까. (p.203)

이 '열망'은 그녀가 그와 이별을 결심하게 되는 동기인 들을 수 없는 것들에 대한 듣고자 하는 그녀의 욕망이라 할 수 있다. 나의 열망이 아니라 '내 것이 아닌 열망'이란 바로 제 3자인 그녀의 것이다. 그녀가 들을 수 없는 소리는 작품 서두의 거위 울음소리부터 기타 소리, 고양이 울음소리, 텔레비전 소리, 생쥐 소리, 이웃집 여자의 싸우는 소리 등 온갖 주위의 소리가 반복되어 지배소로 작용하고 있다. 그녀에게 삶의 욕망의 활력소가 되는 이 소리가 시종일관 복선처럼 암시되어 욕망을 환기시키고 있다.

이처럼 ②~⑦행의 이미지들은 '사랑'이라는 존재의 흔적을 더 구체화한 것으로 시적 화자가 이별해야 하는 객관적 상관물로서 '빈집'에 머물던 '가없은 사랑'의 정체를 환기시켜 준다. 이 '사랑'은 서성거리며 체념하는 화자의 태도에서 슬픈 눈물보다 애틋하면서도 아련한 그리움으로 다가온다. 소설에서는 이런 이미지들이 두 남녀의 사랑이라는 구체적인 서사 구조 속에서 만남과 헤어지기까지의 과정이 전반부터 발단과 후반부의 결말을 제외하고 작품의 전반적인 내용을 차지하고 있다.

(8)-㉠ 장님처럼 나 이제 더듬거리며 문을 잠그네 (⑧행)

㉡ 그는 기타를 기타집에 넣어 어깨에 메고, 그녀의 편지가 끼워진 책을 처음대로 선반 위에 올려 놓았다. 그가 방안의 불을 끄고

> 쥐나 고양이가 잠이 깨지 않게 가만가만 걸어 문밖으로 나와 빈
> 집의 문을 잠그는데 옆집에서 막 켜는 텔레비전 자정 뉴스 소리
> 가 확 퍼져 나왔다. (p.204)

그가 그녀와의 사랑의 흔적을, 편지까지도 '빈집'에 남겨 놓고 문을 잠그
는 순간 옆집 텔레비전 뉴스에서 그녀가 교통사고로 죽었음을 알리는 소
식을 접하게 된다. 그는 사랑을 잃고 난 후 연인과의 추억이 어려 있는
집에 문을 잠그고 떠나려 한다. 그가 떠나는 집은 비어 있지만 아픈 흔적
들로 가득 차 있다.

> (9)-㉠ 가엾은 내 사랑 빈집에 갇혔네 (⑨행)
> ㉡ 그녀가 없는 빈집의 창은 어두워졌다. 빈집을 뒤로 하고 고개를
> 떨구는 그의 내부가 빈집만큼 어두워졌다. (p.205)

그는 그녀가 완전히 떠난 자리에 자기 내면의 쓸쓸함을 응시하면서 번
민에 잠긴다. 그 곳은 그들의 추억이 머물고 있기에 그는 한 순간도 '빈집'
을 잊을 수가 없다. 그는 자신의 사랑을 '빈집'에 가둬 두지만 실재로 그
방에 갇힌 것은 그 자신일 것이다. 그것은 그가 평생 '빈집'에 갇혀 사랑하
는 이를 그리워할 것이기 때문이다.

이 '빈집'은 외연적 의미로 보면, 그대로 비어 있거나 상실된 부정적 의
미를 지니지만 그녀와 함께 있었던 추억의 공간으로 모든 사랑의 흔적을
남겨 놓은 곳이다. 그녀가 사랑한 사람은 아이러니컬하게도 소리의 마술
사인 기타리스트이다. 그녀는 소리를 들을 수 없는 만큼 기타 소리를 듣고
싶었을 것이다. 그녀는 들을 수 없으면서도 그의 기타 소리에 행복한 미소
를 지었지만, 사실 그 미소는 소리를 듣고 싶어하는 간절한 열망의 괴로움
이었던 것이다. 그런데도 그는 아랑곳 하지 않고 자신에게 심취되어 손가

락을 움직였으니 그녀는 얼마나 잔인한 고통에 시달렸을까. 그녀는 기타 소리를 듣고 싶어하는 만큼 그 고통은 심할 수밖에 없다. 그러나 그 무엇으로도 그녀의 고통은 치유될 수 없었다. 그녀는 끝내 자신의 아픔과 사랑, 열망을 끌어안고 그의 곁을 떠나는 것만이 그를 자유롭게 해 줄 수 있다고 생각한다. 사랑을 상실한 그 자리는 온갖 소리로 가득 차 있다.

그는 '보는 것'과 '듣는 것' 두 가지로 그녀를 추억하면서 애틋하게 그리워한다. 그녀는 들을 수 없는 장애로 고통을 받았지만, 그는 들을 수 있어도 이별의 상처로 인해 마음 속에 고통을 받을 수밖에 없다. 장애가 있고 없고의 문제가 아니라 볼 수 있어도 보지 못하고, 들을 수 있어도 듣지 못하는 우리의 '마음'에 있는 것이다. 기형도의 '집'은 '마음'과 유사하다. 우리의 마음은 볼 수 없는 공간이지만 인간사의 희로애락의 추억이 남아 있다. '빈집'은 추억의 공간이다. 그는 실연의 깊은 상처를 체험하면서 밀폐된 공간 속에 자신을 가둔 채 상처 받은 삶의 의미를 반추함으로써 존재의 심연을 들여다보는 고독한 응시자의 모습을 보여준다.

시각적 이미지는 '마음'이라는 단어가 지니는 무형의 이미지를 '빈집'이라는 단어로 형상화한다. 듣는 것이 행복일 수 있고, 들어서 행복하지 않을 수도 있다. 그래서 신경숙은 행복을 '빈집'에서 찾으려 하지 않고 '편지'에서 찾고자 한다. '편지'는 시각과 청각이 함께 공존할 수 없음에도 편지 읽는 과정을 시각과 청각이 공존된 상태로 설정하고 있다. 즉 들을 수 없는 고통과 듣는 고통을 '편지'로 보여주고 있다. 따라서 '편지'를 읽는다는 것은 '마음'을 읽는다는 행위로 확대시키고 있다. 이처럼 기형도는 '빈집'을 시각적 이미지를 활용하여 '마음'으로 형상화하고, 신경숙은 시각과 청각을 중복시켜 '편지'로 마음을 형상화하고 있다('그는 사진을 찍듯 선채로 편지의 글씨들을 마음에 찍었다'). 신경숙의 「빈집」은 물질 지향적이고 외형적 조건을 사랑의 척도로 삼는 현 세태에 이해 타산적 관계를 초월해 순수한 사랑 자체를 형상화함으로써 공허하고 삭막한 인간의 정서를 회복시켜 준다. 그리고 이별에 따른 슬픔을 자기희생과 헌신으로 수용함으로써 순애보적인 아름다움으로 승화시키고 있다.

이외 작품의 형태 구조나 기법면에서 살펴보면, 이 작품의 기본적인 서사 구조는 현실 상황과 과거 회상, 혹은 과거 회상과 현실 상황이 매 단락마다 파노라마처럼 교차 반복되어 전개되다 후반부에서는 몇 단락이 계속해서 과거 회상, 현실 상황으로 끝을 맺는다. 이런 구조에 걸맞게 동일한 단락 내의 문장 서술에서도 간혹 현재와 과거형 시제가 불규칙하게 병행되기도 한다. 이런 회상 장면을 떠오르는 고백·독백체 문장은 서사성 자체가 약화되고 작가의 사적 체험을 풀어 쓰는 내부 지향적 구조를 띠기 마련이다. 따라서 자신의 내면에 잠재해 있는 과거의 기억들을 실타래 풀듯이 끊임없이 들추어내므로 쉼표의 빈도수가 증가하여 만연체 문장을 형상한다. 이런 문장 구조는 기존의 통사 구조를 전복시키면서까지 내밀한 체험과 섬세한 감각 표현에 중점을 두는 것이다. 이런 점에서 신경숙 소설은 철저하게 세계에 대한 주관화된 서술과 사적인 영역에 대한 탐색으로 일관하고 있다. 그에게 중요한 것은 나라는 개인, 좀더 정확히 말하면 나라는 개인의 내면에 대한 깊은 성찰이며, 私人化된 세계 속에서 자신의 정체성을 찾는 일이다.[17] 따라서 허구적인 서술 주체도 작가와 독자의 심미적 거리가 소멸된다.

이 작품의 서술 주체는 시종일관 3인칭 관찰자 시점이지만 1인칭 시점 못지않게 작가 자신을 연상시키는 화법이나 정황이 내면적으로 숨어 있다. 이런 점을 뒷받침하듯 작품 내에서도 간혹 3인칭 관찰자 시점의 서술

---

17) 이재복, op.cit. p.71.

주체가 1인칭 관찰자 시점으로 바뀌기도 한다(p174, p192 부분). 그리고 타자와의 대화에서도 작중 인물의 대화 부분에 따옴표를 생략하거나 쉼표 사용으로 휴지를 통해 서술 주체의 목소리로 대신하기 때문에 서술 주체와 작중 인물의 목소리가 변별성이 없다. 그만큼 서술 주체의 주관적인 목소리가 작중 인물을 지배하고 있어 대화 장면과 어떤 상황을 묘사하거나 설명하는 지문과 구분하기 어렵다. 서술 주체는 작중 인물과 상황에 대해 작가적 거리를 가지지 못하고 그것에 대해 변호하거나 감상적인 시선으로 바라봄으로써 에세이적인 어투가 되어 스토리가 단조롭고 단선적인 감이 있다. 한편, 기법으로서 반복과 도치법이 특징을 이루는데 시에서처럼 일정한 간격으로 단어나 어절, 문장 반복을 통해 리듬감을 자아내면서 의미의 강조 효과를 나타낸다. 특히 이런 반복 기법은 쉼표의 잦은 부호 사용으로 호흡 조절과 도치법을 통한 다양한 비종결 형태의 문장으로 운문적 효과를 나타내고 있다.

> ①-㉠ 겨울에는, 겨울에는? 지금은 겨울인데 스페인의 겨울은 생각나지 않았다.
> ㉡ 그녀가 떠날 때 너는, 너는 어디 있었니.
> ㉢ 그녀가 있을 리가? 그래 있을 리가.
> ㉣ 안으로 몰아도 다시 베란다 창으로 향하는 점박이를 안으로 몰고 몰다가……
> ㉤ 무슨 힘으로? 그녀는 썼다. 그 쪽이 내 곁에 있는 힘으로.
> ㉥ 육년 만인지, 칠년 만인지. 그 동안 육년인지, 칠년 동안, 여섯 번인지 일곱 번인지 봄을 보내면서, 여름 가을 겨울을 보내면서 그는 스페인에 가리라, 했다.
> ㉦ 그러나 봄이 오면 혹은 여름이 오면 가을이거나 겨울이 오면 다시 또 봄이 오거나 여름이 오면 가을이 오면 혹은 겨울이 오면 가볼지도 모를, 스페인의 고성과 폐허,……

㉠은 경쾌한 시적 운율감, ㉡ ㉢은 인물 지칭 대명사와 의미 강조 효과, ㉣은 변형 반복 형태로 단조로움 극복, ㉥ ㉦은 일반적인 서사문에서 볼 수 없을 정도로 부호를 불규칙하게 사용하여 문장 반복을 함으로써 리듬감과 의미 강조 효과를 동시에 나타낸다. ㉤은 반복과 도치로 의미를 강조하는데, 이런 도치법이 문맥 속에 삽입되면서 다양한 문장 종결 형태로 나타난다.

> ②-㉠ 이제 더 앉아 있지 말자, 무슨 일인가 하자, 마음 먹으며 다시 기타를 메고 학원에 나갔을때 사람들은 그에게 기타 소리가 더 좋아졌네, 그로서는 알 수 없는 말을 했다.(p.183)
> ㉡ 그러다가 어느날 이제 더 이상 앉아 있지 말자, 무슨 일인가 하자, 마음먹으며 다시 기타를 메고 학원에 나가면 그 때도 사람들은 그를 향해 기타 소리가 더 좋아졌네, 그로서는 알 수 없는 말을 할 것이었다.(p.188)

②의 ㉠ ㉡은 똑같은 상황을 표현한 긴 문장을 과거와 미래형의 시제 변화만 다르게 반복해서 나타냈다. 이런 긴 문장의 반복 형태는 작품 속에서 그녀가 떠나가면서 남긴 편지 내용에서도 나타난다. 반복한 편지 내용은 원문과 똑같지만 부분적으로 쉼표가 덧붙여졌거나, 편지 내용을 읽으면서 서술 주체의 생각이나 느낌이 지문 형태로 삽입되어 있다.

5. 결론

'집'은 인간뿐만 아니라 살아 있는 생명체에게 보호와 휴식을 주는 안락한 공간으로 가족 구성원 간의 정신적 유대감과 공동체 사회의 기틀을 형성하는 뿌리이다. 기형도 시인에게서 '빈집(방)'이라는 비어 있음에 대한 집착은 근본적으로 부성의 부재와, 그 자리매김을 위해 생활 전선에 뛰어든 어머니의 역할로 인해 집안에 부재하는 모성성에 기인한다고 볼 수 있다. 그러나 신경숙에게서 '빈집(방)'은 떠남이나 이별, 죽음과 같은 상실·분리의 의미를 지닌다. 주인공들은 내면의 깊은 성찰을 통해 존재의 심층을 탐색하는 고독한 산책자로 언제나 어둡고 비어 있음의 허전한 상태에 놓여 있다.

기형도의 「빈집」은 사랑을 잃고 난 후 연인과 나누었던 지난날의 추억을 빈집에 남겨 두고 어딘가로 떠나려는, 한편으로는 실연의 고통을 이기지 못하고 죽음을 택하려는 비장의 결별사와 같은 느낌이다. 화자는 허구화된 대상을 타자로 설정해 자신의 내면세계를 객관적인 관점에서 꾸준히 관찰함으로써 이별의 아픔을 진술하고 있다.

신경숙의 「빈집」은 이별에 따른 고독과 그리움의 애잔한 마음을 감성적으로 담아내어 물질 지향적이고 외형적 조건을 사랑의 척도로 삼는 현세태에 이해 타산적 관계를 초월해 순수한 사랑을 형상화함으로써 삭막한 인간 정서를 회복시켜 준다. 이 작품은 서두에 기형도의 「빈집」을 제시한 후 중간 부분에 기형도의 시작 메모를 고쳐 인용하고 있다. 그 외 '연인과의 이별-사랑의 추억-떠남의 확인'의 전체 구조나 반복 기법, 동물이나 시적 이미지 차용, 객관적인 서술 시점 등에서 패러디 관계를 엿볼 수 있다. 특히 편지 내용을 포함한 빈번한 어휘나 문장 반복이 기형도 시에서 나타나는 운과 어휘 반복 구조와 비슷하다.

8장 : 현진건의 「빈처」와 은희경의 「빈처」

1. 서론

  '상호텍스트성'이란 한 텍스트가 다른 텍스트와 맺고 있는 상호 관련성으로 텍스트 간에 모든 지식이나 예술의 총체성이 나타난다. 이 총체성은 텍스트가 씌어진 시대의 지식이나 당대에 통용되는 모든 담론 양식인 역사·철학·예술 등을 포함한다. 상호텍스트성은 창조냐 모방이냐는 논쟁의 배경 속에서 바흐친의 대화주의를 통해 본격적으로 거론되기 시작한 이후 60년대 프랑스 구조주의자인 크리스테바, 바르트 등에 의해 정립되면서 서구의 인문학 및 모든 예술 분야로 확산되었다. 이들에게 하나의 텍스트란 주체가 독창적인 의미를 생산하기 위해 만들어내는 닫힌 통일체가 아니라 열린 공간에서 수많은 조각들이 모여 이루어내는 모자이크와 같다.

텍스트는 여러 차이들이 조합해 만들어내는 그물망으로서 그 복합적인 가치들이 열린 공간에서 공존하는 것이다. 작가는 텍스트를 창작하는 과정에 의식적·무의식적인 영향 관계 속에서 수많은 텍스트들을 병합할 뿐만 아니라 변형해 새로운 텍스트에 역동적인 생산성을 부여한다. 이러한 상호텍스트성을 환기시키는 대표적인 전략이 '차이 있는 반복'이라 할 수 있는 패러디이다. 패러디는 시·공간적으로 다른 텍스트와 영향을 주고 받는 문학적 교감의 총체이다. 현대 패러디 작가들은 원텍스트의 담론적 권위나 창작 기법에 의존하지만 비평적 맥락에서 원텍스트의 주제, 형식, 제재 등을 당대의 감수성에 따라 새롭게 해석해 생산하려는 욕망에 기본 전략을 지니고 있다.

현진건의 「빈처」는 1920년대 사회상을 한 지식인의 신변체험을 통해 형상화한 것으로, 무명 작가인 남편이 물질가치 지향의 현실 속에서 문학으로써 사회적·경제적 상승을 꾀하려 하나 실패하고 마는 이야기이다. 그는 이런 과정 속에서 아내의 헌신적인 사랑을 통해 진정한 행복의 가치를 인식하지만 물질 위주의 사회적 가치의 획일성에 버티고 있는 20년대 지식인의 소외와 무력감을 보여준다. 은희경의 「빈처」는 이기적 개인주의로 치닫는 현대 산업 사회에서 가족 내 부부 간의 소외 양상을 액자 형태인 아내의 일기를 통해 내면 세계를 섬세하게 보여준다. 따라서 두 작품이 70여 년이 넘는 시·공간의 차이에서 당대의 시대 상황과 문제 의식을 어떻게 형상화했는지 비교 분석해 보는 것도 흥미로운 일일 것이다.

본고는 러시아 형식주의의 소설이론인 '주제학'에 근거하여 주제와 플롯, 플롯 구성 요소인 모티프와 모티베이션을 중심으로 두 작품을 상호텍스트성의 관점에서 비교 분석할 것이다. 러시아 형식주의자들은 문학 작품 속에 내재된 미학적 규범들을 연구하는 데서 출발점을 삼는다. 그들은 문학 작품을 누가, 왜 창작했는가보다 어떻게 그것이 만들어졌는가를 알고자 한다. 작품이 조직된 기호들의 체계라면 각 시대나 문학 양식에 맞는 조직 원칙, 미학적 기법, 재료에 부과된 관습들의 체계를 추출해 작품을 분석하는 것이 우선적이다.

2. 작품의 구조 분석

1) 스토리 플롯 모티프

스토리는 소설에서 가장 기본이 되는 재료로서 작품 속에 구체화되어 있는 사건들을 시간적 순서에 따라 배열한 것이다. 그런데 작가는 인과 관계성에 의해 스토리 순서를 뒤바꾸거나 혹은 새로운 사건이나 배경, 에피소드 등을 덧붙이면서 하나의 작품을 창작하는데, 이런 일련의 창작 과정을 플롯이라 한다. 플롯은 모티프들의 단순한 총집합체가 아니라 예술적으로 형상화해 표상한 것이다. 따라서 소설의 예술성은 이 조직에 따라 성공하거나 실패하는 것이다.

플롯은 아리스토텔레스의 『시학』에서 '행동의 모방'이라는 미토스(mythos)의 번역어로 광의와 협의의 개념을 지닌다. 광의의 개념은 한 편의 작품이 만들어지는 소설 구성의 모든 청사진이라면, 협의의 개념은 인과 관계에 의한 사건 전개와 행동의 구조를 통해 주제 구현을 위한 예술적 기법의 지적 활동이다. 플롯은 작품의 정서적·예술적 효과를 얻기 위해 배열되므로 시간적 순서는 스토리와 같지만 인과적 감각이 덧붙여져 이야기된 줄거리나 또는 사건들이 함께 연결된 방법을 뜻한다. 따라서 스토리가 '그

다음엔'이라면, 플롯은 '왜'라는 물음에 치중할 것이다.[1]

현진건의 「빈처」(『개벽』, 1921) 스토리는 한 무명 작가의 인생사의 단면을 다루었는데, 그 내용을 간략히 요약하면 다음과 같다.

1) '나'는 가난하지만 예술가의 자긍심을 지닌 무명 작가이다.
2) 아내는 세간이나 옷감을 전당포에 맡겨가며 궁핍한 생활을 꾸려간다.
3) 장인 생일날 처가에서 부유한 처형의 행장에 비해 초라한 아내의 모습에 자괴감을 느낀다.
4) 물질적으로 풍요롭지만 마음 고생하는 처형에 비해 자신들의 정신적 행복감에 위로받으며 아내의 헌신에 고마움을 느낀다.

작품의 스토리는 1인칭 화자로서 남편인 '나'가 마치 작가의 실제 경험담을 말하는 것처럼 시종일관 일방적인 진술로 전개되고 있다. 작품 속의 화자가 주인공인 자신의 이야기를 하고 있는 것이다. 화자는 작품 속에서 이야기하는 작중 인물의 역할을 하므로 독자는 그의 이야기에 귀를 기울여 그가 보고 생각하는 것만을 지각할 수 있다. 따라서 '나'로 서술자가 제한되므로 아내의 생각을 직접 서술할 수 없기 때문에 '나'의 일방적인 추측으로 처리되어 서술자의 편집자적 논평이 부분적으로 첨가되어 있다.

이 작품은 4일 동안 있었던 일상사의 모습으로 1), 2)는 첫째 날 집안, 3)은 둘째 날 처갓집, 4)는 이틀 뒤 처형이 방문한 자택의 시·공간을 각각 설정하고 있다. 그리고 1), 2), 3)은 '나'의 내면적 갈등을 나타내는 데, 이를 위해 현재 장면에다 과거 장면의 회상으로 넘어가는 '현재─과거─현재'의 형태로 치밀하게 구성하였다.

위 스토리를 가지고 구성한 4일 동안의 사건을 살펴보면 다음과 같다.

---

1) 박덕은, 『한국현대소설의 이론과 적용』, 새문사(1989), p.40.

1) 아내가 전당포에 맡길 모본단 저고리를 찾고 있다.
2) 동년배 친척인 T가 방문해 여담을 나눈 후 돌아가다.
3) 지난 6년 간의 삶을 회상하며 아내에게 측은한 마음이 들다.
4) 장인 생일날 처갓집을 다녀오다
5) 처형이 비단신발을 아내에게 선물하러 집을 다녀가다.

이 4일 동안 있었던 사건 중에서 스토리, 즉 '나'의 일상사와 중첩되는 부분은 4), 5) 뿐이다. 3)은 플롯 전환에 해당하는 적절한 부분으로 '나'의 과거사를 배치하였다. '나'는 6년 전에 결혼해 외국에서 공부하는 남편을 뒷바라지하며 지금까지도 무명 작가의 아내로서 어려운 살림을 꾸려가는 아내에게 측은한 마음이 들어 그녀를 위로한다. 그리고 5)는 스토리의 4)와 같은 생각을 갖도록 동기 부여하는 부분으로 이 작품의 플롯과 스토리의 절정인 동시에 결말에 해당한다. 즉 남편의 방탕한 생활로 인해 정신적 고통을 느끼면서도 물질적 만족으로 위로 받는 처형에게 측은한 생각이 들면서, 한편으로는 처형의 선물을 받고 좋아하는 아내에게 미안한 생각과 고마움을 느끼며 진정한 행복이란 정신적 · 물질적 충족감에서 비롯된다는 것을 깨닫는다. 나머지 1), 2), 3), 4)는 스토리, 즉 '나'의 인생사에는 그렇게 중요한 사건이 아니다. 이 부분을 빼도 '나'의 삶을 재구성하는데 아무런 지장이 없다. 이처럼 스토리를 요약해 말할 때 빼버려도 큰 문제가 되지 않는 부분을 '자유 모티프(free motif)', 빼어서는 안 될 부분을 '구성 모티프(bound motif)'라 한다.[2]

그러나 이 '자유 모티프'에 해당하는 사건들은 작품 구성에 대단히 중요한 역할을 한다. 그것은 이 사건들이 작품에서 절정인 동시에 결말에 해당

---

2) 임영환, 『한국현대소설연구』, 태학사, 1995, 212쪽 재인용(Boris Tomashevsky, "Thematics", in *Russian Formalist Criticism*)

하는 부분에 필연적인 의미를 부여하기 때문이다. '나'는 결말에서 헌신적인 아내의 내조에 고마움을 느끼며 그녀를 행복하게 해주리라고 다짐을 한다. 이런 마음을 갖게 되는 근본적인 동기는 전적으로 아내의 헌신에 기인하지만, 간접적으로는 T나 처형이라는 상대적 인물의 물질적 가치관을 통해서이다. 따라서 1), 2), 4)는 이런 생각에 도달하기 위한 필연적인 플롯 과정이다. 아내의 궁색한 처지와 이들의 물질적 풍요로움은 자신의 경제적 무능력에 자괴감을 느끼게 해 아내에게 충동적으로 화를 내면서도 측은한 생각이 들게 한다. 아내는 T가 자기 아내에게 선물하기 위해 가져온 양산을 펴 보고 내심 부러워하거나, 처형이 선물한 비단신발을 보고 소녀처럼 좋아하는 여자의 순수한 본능을 나타내고 있다. 그는 이런 아내의 모습을 보고 예술가의 긍지를 내세워 자신을 합리화함으로써 아내를 속인으로 치부하거나, 혹은 남편으로서 경제적 무능력에 따른 미안한 마음으로 처형 눈가의 멍든 자국을 보며 스스로 위안을 삼는다. 그러면서 묵묵히 견디며 뒷바라지하는 아내의 헌신에 고마움을 느끼며 아내에게 물질적 행복을 줄 것을 다짐한다. T나 처형의 물질적 과시가 '나'에게 진정한 행복 가치의 필요 조건을 깨닫게 하며 아내에게 고마움을 느끼는 계기가 되는 것이다.

이처럼 1), 2), 4), 5)는 필연적인 인과 관계의 역동적 모티프로 순행법(順行法)에 의해 플롯을 진행시키면서, 종말 강조나 대조법 등 적절한 강조법을 구사하여 극적 구성으로 극적 장면과 서술로 형상화하고 있다.[3] 즉 좋은 플롯의 조건이 될 수 있는 '뒤바뀜'과 '알아차림'이 함께 일어나도록 짜여 있다. 2)에서 '나'는 T가 아내에게 선물하기 위해 가져온 '양산'을

---

3) 구인환, 『한국근대소설연구』, 삼영사(1980), p.244.

보고 내심 부러워하는 아내를 속인으로 치부하지만, 5)에서는 처형으로부터 비단신발을 선물받고 좋아하는 아내에게 측은한 생각이 들면서도 고마움을 느낀다. 그리고 '나' 자신이 전반부에서는 물질적 결핍으로 위축되지만, 후반부에서는 물질적 여유가 있으면서도 정신적으로 고통스러워하는 처형의 모습에서 스스로 위로 받으며 정신적 행복을 느낀다. 이런 '뒤바뀜'과 '알아차림'은 '나'뿐만 아니라 독자에게 놀라움과 즐거움을 주고 있다.

한편, 은희경의 「빈처」의 스토리와 플롯을 살펴보면,

1) 나는 회사 영업직에 근무하는 사원으로 매일 밤 늦게 귀가한다.
2) 아내가 써 놓은 일기를 통해 관습적 사랑에 대한 아내의 심리적 갈등과 변화를 이해하며 무관심했던 자신에게 자책감을 느낀다.
3) 부부 간의 진정한 사랑은 상대방에 대한 관심과 배려라는 삶의 엄숙성과 진지성을 깨닫는다.

이 작품은 페미니즘 소설인데도 1인칭 남성 화자의 시점에서 서술되고, 그 안에 아내의 일기가 삽입된 형식으로 마치 액자 소설 형태를 보여 주는 듯하다. 액자 내 서술자인 아내는 전지적 시점을 지녀 인간의 내면 세계뿐만 아니라 현상적인 외부 세계를 마음대로 넘나들며 생각하고 느낀 것을 서술하고 있다. 그래서 독자와 이야기 사이에 거리를 마음대로 조절할 수 있고, 생각이나 사건의 이야기를 요약하거나 부연할 수도 있다.

이 작품은 이런 스토리를 가지고 아내가 쓴 일기 중 무작위로 7일 동안의 평범한 일상사의 모습을 바탕으로 구성하였다. 이런 일련의 일기는 순서에 따르지 않고 임의대로 골라 날짜 순서가 뒤바뀌어 있어 인과 구조의 짜임이 아니다. 따라서 각 단락의 순서를 뒤바꿔도 스토리 구성에 아무런 지장이 없다. 일기 내용도 단순히 소개하는 데 그치지 않고 매 번 '나'가

일기 내용을 읽고 그 전후 관계를 설명하거나 남편으로서 느낌이나 생각을 부연해 덧붙이고 있다. 전체적인 구성은 현진건의 「빈처」에 비해 극적 긴장감이나 갈등 구조가 없이 평면적인 상황으로 전개되어 짜임새의 긴밀도가 떨어진다. 그렇지만 시점은 현진건의 「빈처」처럼 일인칭 서술로서 서술자 자신이 서술된 세계의 주인공이 되어 체험 영역의 관점에서 사건을 서술해 간다. '나'는 작가 자신의 초상을 경험적으로 재현하는 서술자로서 곧 서사적 자아이면서 허구적 자아이다. 따라서 이런 형태의 소설은 사회의 현실적인 차원을 수용하는 데 있어서 제한되고 폐쇄적인 내용을 담을 수밖에 없는 것이다.[4] 즉 서술자와 남편인 '나'가 접촉하는 일상사의 폭은 아내와 친척이라는 가정사적 범위에 국한될 수밖에 없다. 현진건의 「빈처」는 주변의 그런 일상적 삶의 모습을 통해 당시 사회 생활의 여러 국면을 사실적으로 다뤘다면, 은희경의 「빈처」는 이기적 개인주의로 치닫는 현대 산업사회에서 가족 내 부부 간의 소외 양상을 살폈다. 따라서 며칠 동안의 일상사를 구성한 것을 살펴보면 다음과 같다.

1) 새벽에 상갓집에서 돌아와 늦게 일어난 후 우연히 아내의 일기장을 발견하다.
2) 매일 술마시고 늦게 귀가하는 남편과의 가정 생활을 독신 여성이 직장 생활을 하며 가끔 애인을 만나는 것으로 비유하다.(일기 내용①)
3) 시장에서 돌아온 아내에게 동창 부친의 상갓집에서 만난 친구들의 근황에 대해 이야기하다.
① 부동산으로 부를 축적한 친구의 은근한 과시에 상대적으로 위축된 자신의 무기력감 술회
② 이민 간다는 친구의 화젯거리에 아내의 당돌한 부정적 반응

---

4) 이재선, 『한국현대소설사』, 홍성사(1979), p.286.

4) 남편과 많은 시간을 보내고 싶다는 마음을 연애하고 싶다는 것으로 표현하다.(일기 내용②)
5) 불편한 몸으로 저녁 식사를 준비했지만 늦는다는 남편의 전화에 허탈감을 느끼다.(일기 내용③)
6) 권태롭고 남루한 일상사에서 느끼는 외로움을 고백하다.(일기 내용④)
7) 아내와 결혼하기 위해 적극적으로 쫓아다녔던 학창 시절을 회상하다.
8) 일찍 퇴근 후 지방에서 올라 온 친구를 만나 술을 마시다.
9) 늦게 들어오는 남편을 찾아 아파트 주위의 포장마차를 뒤지다 자신이 술을 마시고 자괴감에 젖다.(일기 내용⑤)
10) 외로움 속에서 혼자 술을 마시다.(일기 내용⑥)
11) 평범한 주부의 하루 일과를 소개하다.(일기 내용⑦)
12) 술 마시고 늦게 귀가한 남편과 언쟁 후 며칠 동안 냉전이 지속되다.
13) 사우 아내를 위한 교양 강좌 프로그램에 참석을 권유하다.
14) 감기 든 아들녀석 곁에서 피곤에 지쳐 잠자는 아내를 바라보다.

이 작품은 이중적 플롯 형태로 작품의 주요 뼈대를 이루는 주된 플롯과 부수적으로 일기 내용이 첨가된 부차적 플롯으로 구성되어 있다. 서술자는 '나'의 시점을 통해 아내의 생각과 행동을 해석한다. 따라서 인과 관계에 의해 복잡하게 전개되는 사건 진행이라기보다 각자 독립된 여러 사건 내용을 개별적으로 나열해 가는 구성 방식(일기 내용)을 취했다. 이러한 구성 방식은 극적 긴장감이나 갈등 구조가 없이 단순히 반복되므로 주인공의 일관된 성격 변화나 주제의 발전 같은 것은 찾기 힘들다.

일기 이외의 단락 내용은 아내의 삶을 이해하는 데 별로 도움이 되지 않아 빼버려도 작품을 재구성하는 데 아무런 문제가 없다. 작품 전개는 남편인 '나'의 관찰자 시점에 의해 이루어지지만 아내의 모습을 관찰하거나 묘사하는 것이 아니라 아내의 글쓰기를 통해 그의 내면 세계를 이해한다. 정작 문제 의식은 아내의 일기 속에 나타나 있는 심리적 갈등에 따른 내면 세계의 변화이다. 이처럼 독백같이 대상 없는 글이라 할 수 있는 일기는 남편의 시점인 서술자가 아내의 노트를 훔쳐 읽는 과정을 통해 그녀가 얼마나 일상에 지쳐 있고, 외로운 나머지 자신의 결혼 생활에 대해 불행하다고 느끼고 있다는 사실까지 눈치 채도록 하는 장치로 활용되면서 아내와의 교신 기능 역할을 하는 것이다. 남편은 일기를 통해 과거를 회상하며 아내의 처지를 되돌아보고, 아내 또한 일기 쓰기를 통해 거울처럼 자신을 비추어 보는 것이다. 아내의 글쓰기 행위는 단순한 자리 바꾸기나 자기 위안에서 한 걸음 더 나아간다. 그녀는 타자와의 소통이 단절된 공간 속에 자신이 속해 있음을 깨닫게 되면서 소극적이지만 나름대로 자아 찾기를 위한 노력을 글쓰기를 통해 보여 주고 있다. 일기 쓰기를 통해 자신을 똑바로 응시함으로써 긍정적 자기 인식에 이르려고 노력하는 것이다.

여성의 글쓰기가 개인적·자전적 성격이 짙은 것은 내성적인 감정의 굴레에서 자질구레한 일상을 서술하는 가운데 여성의 자아에 대한 태도, 자기 정체감이 남성과 다르게 나타나 자기 구별성을 강조하기보다 다른 사람과의 관계에 바탕을 두기 때문이다. 여성은 자아를 정립하기 위해 신, 남편, 공동체라는 더 보편적인 틀을 필요로 한다.[5] 아내는 가정에 무관심한 남편에 대해 분노를 터뜨리며 목소리를 높이는 대신 오히려 남편을 이해하려는 폭 넓은 사고와 너그러운 모습을 보여줌으로써 일상 공간에서 여성이 얼마나 남성적 이데올로기에 지배되고 있는가를 역설적으로 드러내고 있다. 그녀는 일기 쓰기와 혼자 술마시는 행위를 통해 자신의 답답한 마음을 해소하며 결혼 생활의 권태감을 풀어가려고 시도하고, 남편은 아내의 일기를 통해 아내와 간접적인 대화를 나누면서 갈등을 풀어가려고 하고 있다.

---

5) 김경수 외, 『페미니즘과 문학비평』, 고려원(1994), pp.19-20 참조.

2) 모티베이션

작품 속에서 모티프나 상징적 이미지들은 주제를 뒷받침하는 체계로서 예술적인 통일성을 지녀야 한다. 러시아 형식주의자들은 모티프를 '가장 단순한 이야기'로, 플롯을 '모티프들의 집단'으로 보는 것이 일반적인 견해이다.6) 이러한 모티프 체계를 정당화시키는 다양한 방책들의 조직을 모티베이션이라 하는데, 작품에서 그 역할에 따라 ① 구성적 모티베이션 ② 현실적 모티베이션 ③ 예술적 모티베이션 등으로 나눌 수 있다. 구성적 모티베이션이 일련의 상징적 모티프로 작품의 주제를 환기시키는 데에 주요 인자로 작용한다면, 현실적 모티베이션은 비록 소설이 허구적인 이야기를 상상력을 통해 구성하고 있지만 그 이야기가 현실에서 있음직한 보편성을 지니는 데에 중점을 둔다. 그럴 때 독자는 신뢰감 속에서 작품을 읽는 중에 박진감 있는 흥미와 감동을 느껴 실제적인 삶의 가치를 찾게 된다. 예술적 모티베이션은 이런 이야기를 재미있게 꾸미는 방법상의 기교를 뜻한다. 이런 점에서 현실적 모티베이션이 필요 조건이라면, 구성적 모티베이션이나 예술적 모티베이션은 충분 조건이라 할 수 있다.

(1) 구성적 모티베이션

구성적 모티베이션은 경제성과 효율성의 원리를 바탕으로 작품의 사건 전개를 자연스럽게 구성하는 데 필요한 모티프들로 이루어진다. 작품 서두에서 무심코 제시된 것처럼 보이는 모티프가 후반에 가서 다른 부분과 긴밀하게 연결되면서 사건 전개를 정교하면서도 자연스럽게 구성하고 있다. 이런 모티프 도입은 구성적 모티베이션에 의해 이루어지는데, 은희경

---

6) 빅토르 어얼리치, 박거용 역, 『러시아 형식주의』, 문학과지성사(1993), p.38.

의 「빈처」에서는 뚜렷하게 나타나지 않으나 현진건의 「빈처」에서는 '모본단 저고리' '멍든 자국' 등이 여기에 해당된다. '모본단 저고리'는 서두에서부터 주요 모티프로 제시되면서 시종일관 상징적 모티프로 작용한다. 이 비단옷은 처가에 가는 도중 길가의 여인 행장에서부터 처갓집 처형의 옷차림, 처형이 동생집을 방문해서 새로 산 비단옷을 보여주는 것 등으로 반복되어 나타난다. 이 비단옷의 모티프에 '양산'이나 '신발'이 포함된다.

'나'는 신혼 초부터 처가 덕으로 집을 장만하고 살림을 시작했지만 거의 2년 동안 돈을 벌지 못하자 아내는 시집올 때 가져온 세간이나 비단옷을 맡겨가며 어려운 가정을 꾸려간다. 이런 상황에서 '나'는 예술가로서의 긍지나 자존심이 상해 한숨 섞인 자괴감을 나타내지만 아내에게는 미안한 생각이 들기도 한다. 이 비단옷은 물질의 척도로서 장인 생일날 부부가 처가에 갈 때 아내가 비단옷을 입지 못하고 당목옷을 입거나, 길가에 비단옷을 입은 다른 여인들의 행장과 비교해 누추하게 보이거나, 처가에서 잘 사는 처형의 비단옷과 대조를 이루어 '나'를 초라하게 만든다. 오죽했으면 처형이 동생인 아내의 누추한 신발과 옷차림에 측은한 생각이 들어 며칠 후 동생 집에 들러 비단신발을 선물하는 것이다. 이런 물질적 가치의 척도인 비단옷에 '양산'이 하위 모티프로 포함된다. 은행 다니는 친척 T가 '나'를 방문해 자기 아내에게 선물할 '양산'을 펴 보일 때 '나'는 아내의 눈물 고인 모습에서 미안한 마음이 들고, 또한 좀처럼 내색하지 않는 아내가 살아갈 방법을 강구하라는 말에 물질적 행복을 무시할 수 없다는 것을 느끼게 된다. 따라서 이런 모티프들은 '나'의 가난을 부각시키는 역할을 하면서 사회적 박탈감을 느끼게 하는 주요 인자로 작용한다.

우리의 이야기는 오늘 장인 생신 잔치로부터 처형 눈 위에 멍든 것에

옮겨 갔다.[7)]

'나'는 장인 생일날 처갓집에서 부유한 처형의 옷차림에 의기소침해 술만 마시고 일찍 집에 돌아왔지만, 아내와 서로 애틋한 사랑의 기분을 느끼는 것은 처형의 눈 위의 멍든 자국에 위안을 받았기 때문이다. 그들은 물질적인 부족이 매사에 결핍으로 생각되었지만 처형의 모습을 통해 상대방이 소유하지 못한 것을 자신들이 소유했다는 행복감에 젖는다. 그들은 정신적 행복감에 스스로 위로받는데, 남편은 자신의 경제적 무능력을 합리화하면서 아내에게 자신의 존재 가치를 부각시키며 처형이 물질적 만족만 얻으면 기뻐하는 모습이 가련하게 느껴진다. 이처럼 이 작품은 이원론적인 물질과 정신, 돈과 사랑의 대립적인 병렬 관계로 물질과 돈이 짝을 이루고 있는 묶음표의 세계와 정신과 사랑이 짝을 이루는 세계의 이원론이 서로 대립하는 것이다.[8)] 이런 모티프들은 작품 전개 과정에서 반복적으로 나타나면서 다른 부분들과 긴밀하게 엮어져 작품의 주제를 뒷받침하는 주요 인자로 작용한다.

(2) 예술적 모티베이션

현실적 모티베이션이 소설 속의 이야기를 실제 있었던 것처럼 믿게 하는 것이라면, 예술적 모티베이션은 그 이야기를 재미있게 꾸미는 방법상의 기교이다. 소설은 재미가 있어야 한다는 사실이 전제가 된다면 필연적으로 감동이 뒤따라야 한다. 감동을 얻기 위해서는 진부한 상황 전개나 상투적인 이야기에 머물지 않고 공상적인 신기함이나 극적 구성이 필연적

---

7) 현진건, 「무영탑」 외, 『한국소설문학대계7』, 동아출판사(1996), p.475.
8) 이재선, op.cit, p.288.

이다. 그러나 이런 신기성은 비현실성으로 인해 리얼리티가 반감될 수밖
에 없다. 따라서 모티프 사용은 현실적인 사실성과 예술적 구조 사이에
조화를 이뤄야 한다. 현진건의「빈처」는 싱거울 정도로 단편적인 일상사
의 이야기이다. 가난한 아내의 헌신적인 내조와 경제적으로 무능한 가장
이 추구하는 내적 욕구의 내면적 심리 세계를 사실적으로 묘사하였다. 작
가는 예술적 모티베이션에 의해 치밀하면서도 섬세하게 내면의 심리 묘사
를 다루었다.

> ㉠ 봄은 벌써 반이나 지났건마는 이슬을 실은 듯한 밤 기운이 방구석으로부
> 터 슬금슬금 기어 나와 사람에게 안기고 비가 오는 까닭인지 밤은 아직
> 깊지 않건만 인적조차 끊어지고 온 천지가 빈 듯이 고요한데 투닥투닥
> 떨어지는 빗소리가 한없는 구슬픈 생각을 자아낸다.[9]

> ㉡ 쓸쓸한 빗소리는 굵었다 가늘었다 의연히 적적한 밤 공기에 더욱 처량히 들리
> 고 그을음 앉은 등피(燈皮) 속에서 비추는 불빛은 구름에 가린 달빛처럼 우
> 는 듯 조는 듯 구차히 얻어 산 몇 권 양책의 표제에 금자가 번쩍거린다.[10]

> ㉢ 내게 시집 올 때에는 방글방글 피려는 꽃봉오리 같던 아내가 어느결에 기
> 울어 가는 꽃처럼 두 뺨에 선연한 빛이 스러지고 벌써 두어 금 가는 줄이
> 그리어졌다.[11]

㉠은 남편이 아내가 다음날 아침거리를 장만하기 위해 장롱 속에서 모
본단 저고리를 찾는 것을 보고 책을 덮으며 한숨을 내쉬는 심리적 상황을
섬세하게 묘사하고 있다. 인적조차 끊긴 고요한 밤중에 자신의 신세를 한
탄하는 내면의 심리 상태를 떨어지는 빗소리에 비유해 구슬픈 생각에 젖

---

9) 현진건, op.cit,, p.462.
10) Ibid., p.465.
11) Ibid., p.467.

는 광경이다.

ⓛ은 T가 다녀간 후 아내가 양산 때문에 자극을 받은 것인지, 자신의 처지를 처량하게 생각하는지 남편에게 살 궁리를 하라며 냉소적인 태도를 보인다. 이에 화난 그는 아내의 눈물에 측은한 생각이 들면서도 어렵게 산 책 표지를 바라보며 자괴감을 느낀다. 인용 부분은 주위의 쓸쓸하고 적막한 분위기와 대조되는 책 표지의 모습이다. 이처럼 자아와 세계의 갈등 대립은 처가에 가는 중 행장이 화려한 길가의 여인과, '넓고 높은 처갓집' 대문 앞에서 작고 초라한 아내의 모습을 통해 각각 엿볼 수 있다. 그리고 헌신적인 아내에게 연민의 정을 느껴 "위안을 주고 원조를 주는 천사"라 하지만, 자기 규범에 다소 일탈할 때는 "계집이란 할 수 없다"는 상반된 입장을 취한다. 이런 대립 갈등은 주인공이 갖는 긍정적 의미와 대상 세계의 냉혹성의 관계에서 주인공을 갈등하게 하는 그 세계 자체가 바람직한 원리의 세계가 아님을 보여 주려고 의도하고 있는 것이다.[12]

ⓒ은 지난날 아내의 예쁜 모습도 세월의 흐름과 가난으로 인한 고생으로 주름진 모습에 처연한 생각이 드는 부분이다. 남편으로서 아내에게 호강시켜 주고 싶지만 현실적으로 무기력하기에 애틋한 생각만 드는 것이다.

한편, 은희경의 「빈처」에서는 현진건의 작품에서처럼 예술적 모티베이션이 많이 나타나지 않지만 아래 인용 부분에서 엿볼 수 있다.

> 때때로 나는 똥을 보고 놀란다. 저 흉측한 것이 내 몸에서 나왔다고 인정할 수 없다. 그러나 똥은 엄연하다. 우리 관계는 부인할 수 없다. 그래서 한참을 보니 신기하게도 저것이 더러운 똥이라는 생각이 안 든다. 이제 막 굳고 수고로운 일을 마친 가족 같기도 하다. 나는 똥을 자세히 본다. 내 똥을 자세히 보는 나를 거울로 보니 참 정답다.[13]

---

12) 김용성 · 우한용, 『한국근대작가연구』, 삼지원(1985), p.125.

그녀는 처음에 배설물이 지저분하고 역겹게 느껴질지라도 이것은 살아 있는 생명체에게는 살아 있다는 존재의 현상이다. 생명체가 매일 배설하는 이 배설물은 낯설지 않다. 이런 '똥'을 보고 아내는 '사랑의 환상'을 깨고 삶의 평범한 진리를 깨달으며 적극적 · 긍정적 태도를 지닌다. 처음에는 남편의 무관심이 이기적으로 보이고 모든 것을 네 탓으로 돌렸지만 점차 서로가 책임과 관심을 가져야 한다는 것을 인식한다. 아내는 반복되는 이런 삶 속에서 구질구질하면서도 '남루한 일상'을 뜻하는 '똥'을 보면서 더럽다는 생각 대신에 점차 '정답다'는 생각이 든다. 이런 인식 변화는 삶이 얼마나 진지하고 엄숙한 일인가를 깨닫게 하는 것이다.

아내는 일기의 글쓰기를 통해 일상 생활에서 관습화된 남편의 사랑에 대한 내면의 심리적 변화를 섬세하게 보여 준다. 이런 모습은 현진건의 「빈처」에서 아내가 초지일관 남편을 믿고 헌신하는 맹목적인 희생과는 다르다. 이런 심리적 변화는 아내의 입장에서 3단계의 스토리 구성으로 나눌 수 있는데, ㉠ 남편에 대한 낭만적이고 열정적인 사랑의 기대감 ㉡ 그런 기대감이 무너짐으로써 남루한 일상사에서 느끼는 소외감 ㉢ 건강한 부부애란 서로 관심을 갖는 평범한 진리라는 것이다.

3. 작품의 주제 분석

주제는 가장 간단한 방법으로 많은 요소들을 구체적으로 설명해 주는 의미로서 인생의 어떤 양상을 조명하거나 해석함으로써 그 가치를 지닌

---

13) 은희경, 「빈처」, 『타인에게 말 걸기』, 문학동네(1996), p.183.

다. 그리고 작품 속의 인물, 플롯, 제재 등 문학적 장치에는 통일성을, 사건에는 의미를 각각 부여한다. 일반적으로 문학 작품은 전체적으로 하나의 주제를 가지지만, 그 작품을 구성하는 여러 부분들이 소주제를 형성한다. 이런 소주제는 상호 결합하여 일관성 있게 명확한 의미 구조를 형성한다. 그러니까 주제는 소주제들로 구성되는 의미 구조의 중심에 위치하여, 소주제가 의미 구조로부터 벗어나지 않도록 통합함으로써 구조의 통일성을 유지하게 한다.[14] 구성이 탄탄하고 짜임새가 있는 작품은 주제가 분명할 뿐만 아니라 그 주제를 중심축으로 하여 소주제들이 일관성 있게 적절한 순서대로 배열되어 있다. 따라서 정확한 주제 분석을 위해서는 먼저 작품의 부분들이 가지는 소주제를 파악한 후, 이 소주제들을 하나로 통합할 수 있는 통일적 의미를 찾아내는 것이다.

현진건의 「빈처」는 남편인 '나'의 초점에 맞추어 나, 아내, 처형 사이에서 일어나는 일들을 순차적으로 전개하고 있다. 그리고 여기에다 상황 분위기에 걸맞는 나의 생각이나 느낌의 서술적 상황 해설, 나에 대한 친척들의 시각, 동년배 친척인 T의 방문 등의 일화가 전체적인 주제를 뒷받침하고 있다. 따라서 4일 동안에 일어난 사건을 서술하는 형식을 취하면서, 내용상으로는 물질적 현실 가치와 예술적 가치관 사이의 괴리감에 대한 갈등을 다루었다. '나'와 아내는 「허생전」의 부부처럼 경제적으로는 궁핍한 처지에 있지만 그들에 비해 주어진 상황에 대처하는 방법과 의지가 미약하고 매사에 피동적이고 무기력하여 자기 연민에 빠져 있다. 물질적 가난이 부부 간의 갈등 요인이지만 아내는 자아 정체성을 추구하지 않고

---

14) 임영환, op. cit., p.207.
   본 논문은 이 저서에 실려 있는 「'메밀꽃 필 무렵'의 주제학」에 적용한 연구방법론에 전적으로 도움받았음을 밝혀 둔다.

현실에만 안주한다. 이 작품의 주제를 추출하기 위해 소주제를 살펴보면,

① 무명 작가인 '나'의 현실적 삶은 물질적 결핍으로 인해 고달프다.
'나'는 무명 작가로서 경제적 능력이 없이 독서하며 소설을 쓴다. 아내는
세간(器具)과 비단옷을 전당포에 맡겨가며 궁핍한 가정을 꾸려 간다. '나'
의 구차한 삶은 가까운 친척 간의 대소사도 챙기지 못하기에 그들과 발을
끊은 지 오래고, 동년배 친척인 T와 비교해 평판이 좋지 못한 상황이다.
이런 궁핍한 삶은 시류에 따라 주식이나 期米(쌀 시세를 이용해 약속으로
만 거래하는 일종의 투기 행위)로 부를 축적한 물질 지향성의 T나 동서,
부유한 옷차림의 처형 모습과 대조를 이루어 자신의 열등감으로 끝나지
않고 아내에게 가장으로서의 자책감마저 들게 한다. 열등감은 집안의 가
족 관계 유지에 소외 현상을 불러와 본가 친척으로부터 사람 구실을 못하
는 자로 낙인찍히고, 처갓집에서는 주눅이 든 상태이다. 이런 열등감은
장인 생일날 처가에서 못 먹는 술을 마심으로써 인사불성의 상태에 이르
기까지 한다.

② 예술가로서의 자아 실현 욕구와 물질적 가치 사이에서 갈등을 겪는다.
'나'는 무명 작가이지만 예술가로서 자존심과 긍지를 지녀 '보수 없는
독서와 가치 없는 창작'에 몰두한다. 그러나 물질적 삶을 무시할 수 없는
현실 앞에서 자신의 경제적 무능력에 자괴감을 느낀다. 그래서 아내에게
미안한 마음이 들기도 하지만 자신의 자존심을 합리화하기 위해 물질 문
제에 대해서는 과민 반응하거나 아내를 속물로 취급한다. '나'는 아내의
정당한 요구에도 "저 따위가 예술가의 처가 다 뭐야!"하며 자기 무능을
아내의 무식함으로 책임을 전가시킨다. 그러나 이런 자존심이 경제 문제

를 해결할 수 없다는 현실 앞에 한숨지으며 초라한 아내에게 연민의 정을 느낀다. 이러한 '나'의 태도는 은연중 자격지심에서 오는 우월감이나 여필종부의 유교적 관습에 기인하여 현실에 대한 아무런 대책이나 비전도 없이 아내의 이해만 바라는 소극적 위인의 모습을 반영한다. 자족적인 입신출세의 꿈이 동반하는 불만과 그 꿈이 사라진 데서 오는 좌절은 유아기적 상태로 퇴행함으로써 정신적인 균형을 유지하고자 한다.[15] 그래서 주위를 바라보는 시선은 항상 뒤틀리고 유아적이다.

③ 정신적 행복감에 자신의 경제적 무능력을 합리화시키며 스스로 위로받는다.

'나'는 장인 생일날 처가에서 처형의 눈가에 멍든 자국을 보며 스스로 위로받는다. 처형은 물질적으로 풍족하지만 남편의 방탕한 생활과 폭력으로 인해 마음 고생이 심한 편이다. 그렇지만 남편에게서 얻어낸 돈으로 자신을 치장함으로써 갈등을 해소하며 가난한 동생에게 비단신발을 선물하는 것으로써 부에서 비롯되는 행복에 만족해한다. 그러나 자기 부부는 물질적으로는 어렵게 살지만 처형 부부가 누리지 못하는 정신적 행복감을 지닌 것에 우월감을 느낀다. 따라서 정신적 고통을 느끼면서도 물질적 만족으로 기뻐하고 위로받는 처형의 삶이 측은하게 느껴지는 것이다. 처형의 눈가에 멍든 자국은 자신들이 가난하다는 열등감을 뛰어 넘어 행복의 원천으로 삼는 기제로 작용한다. '돈 많은 자'=난봉꾼, '돈 없는 자'=선량한 남편이라는 도식적 사고로 소극적 감상주의자가 되는 것이다. 아내도 형부의 부당한 권위적 표현 방식을 가부장적 사회에서 남편이 아내를 다루

---

15) 서종택·정덕준 편, 『한국현대소설연구』, 새문사(1990), p.222.

는 방식의 하나로 당연시하며 언니의 불화를 자신의 갈등과 고통을 인내하는 근거로 삼아 궁핍하지만 자신의 삶이 행복하다고 위로받는다. 그리고 언니의 입장에 서기보다 자신의 입장에서 예술가의 아내로서의 삶에 대한 정당성을 회복하고 긍지를 갖는 계기로 삼는 것이다.

④ 진정한 행복 가치의 조건을 인식하며 아내의 헌신적 사랑에 고마움을 느낀다.

'나'는 유학한 지식인으로서 자유연애와 신여성에 대한 동경 때문에 은근히 구여성인 아내에게 불만을 지니고 있다. 이런 태도는 아내가 경제적 불만을 토로할 때 그를 무시하고 힐난하는 모습에서 엿볼 수 있다. 그러나 아내가 보여준 구여성의 긍정적인 측면과 물질적 도움 때문에 불화로 확대되지는 않는다. 그녀는 줄곧 남편을 향한 무조건적인 믿음과 헌신적인 태도를 보여 준다. 이런 전통적인 순종의 미덕은 은연중 억압 받는 여성상으로 비쳐진다. 그러므로 아내는 여러번 그런 속박에서 벗어나고자 시도하나(언니로부터 선물받을 때나 남의 물건을 구경할 때) 남편의 기대 때문에 저항을 포기한다. 남편은 이런 아내에 대해 "위안을 주고 원조를 주는 천사"로 인식한다. 그녀의 이런 모습은 가정의 화평을 유지할 뿐만 아니라 남편의 자아 성취에 대한 욕구를 높이는 기재로 작용한다. 아내는 여성으로서 때로는 아름답게 치장하고 멋을 부리고 싶지만 남편에게 상처를 주지 않기 위해 내색하지 않는다. 그래서 언니가 사 온 신발과 비단신발을 보고 남편의 자존심이 상처받지 않을까 주춤하지만 그는 천진스럽게 좋아하는 아내의 표정에서 진정한 행복이란 물질적·정신적 충족을 통해 얻어진다는 것을 새롭게 인식한다. '나'는 지금까지 무명작가인 남편을 인정하며 묵묵히 어려운 가정을 꾸려온 아내의 헌신적인 사랑에 고마움을 느낀다.

이처럼 주제 분석을 위해 관점에 따라서는 더 미세하게 소주제를 나누거나 광범위하게 포괄할 수도 있겠지만 편의상 여기서는 네 개의 소주제문과 단락으로 나누었다. 이 소주제의 전개 순서는 대체로 플롯 전개와 일치한다. 이 과정에서 각 소주제문을 뒷받침하는 사실들을 가감 없이 작품에서 추출했으므로 논리적 타당성을 지닐 것이다. 그러면 이 소주제문들을 하나로 통합하는 주제문을 정리한다면, 그것은 예술가로서의 자아 실현 욕구와 아내의 헌신적인 사랑이다. 아내의 헌신적인 내조가 물질적 어려움 속에서도 작가로서의 자아 실현 욕구에 대한 꿈을 포기하지 않게 만든 것이다. 그는 어려운 살림을 꾸려가면서도 묵묵히 남편을 뒷바라지한 아내의 헌신적 사랑에 고마움을 느낀다.

한편, 은희경의 「빈처」는 부부 간의 소통이 단절된 공간 속에서 아내가 정신적 빈곤을 느끼며 갈등이 일어나는데, 남편이 아내가 쓴 일기를 보면서 간접 대화를 하게 되고 서로를 향해 배려하면서 갈등이 해소된다. 아내는 글쓰기를 통해 현실의 권태를 극복하면서 자아정체성을 찾기 위해 노력한다. 아내가 써 놓은 7일 동안의 일기 내용을 중심으로 소주제를 살펴보면 다음과 같다.

① 매일 술마시고 밤늦게 귀가하는 남편의 무관심에 소외감을 느낀다. (일기 내용①)

남편은 학창 시절에는 아내와 결혼하기 위해 매사에 열정적이고 적극적이었다. 때로는 도서관에 자리를 잡아 주거나 리포트 작성은 말할 것도 없이 멀리 배웅하기도 하였다. 그러나 결혼 후 남편은 매일 밤 술을 마시고 늦게 귀가한다. 아내는 이런 부부 관계를 일주일에 서너 번, 혹은 한번도 만나지 못하기 때문에 애인 관계라고 반어적으로 표현한다. 그리고 자신의 소외된 모습을 독신으로 생각하면서 가정 생활을 근무하는 직장으로 생각한다. 신혼 초에는 가정적이지 못한 남편과 싸우기도 했지만 지금은 가정 살림에 재미붙이고 남편을 포기했다고 할 정도이다. 아내의 이런 모습은 그가 상갓집에서 고교 친구들을 만났을 때 느끼는 소외감과 일맥상통한다. 그들은 친구 간에 추억을 더듬는 다정함보다는 물질적 성공으로 은근히 과시와 견제를 보인다. 그는 무력감 속에서 자기 합리화의 방법으로 학창 시절의 성적이나 대졸이라는 조건으로 위축감에서 벗어나고자 한다.

② 습관화된 남편의 사랑과 무관심을 거부하며 낭만적이고 열정적인 사랑을 소망한다.(일기 내용②)

아내는 결혼에 대해 그렇게 신비하고 낭만적인 기대감에 젖어 있지는 않다. 그러나 습관화되어버린 남편의 사랑에 탈출구를 찾고자 그를 애인이라는 대상으로 바꾸어 연애하는 감정에 젖고 싶어 한다. 그 전에는 남편과의 소외된 감정을 간혹 만나는 애인 관계로 느꼈던 것을 지금은 권태로운 일상사를 벗어나 열정적인 사랑을 나누고자 남편을 애인이라는 대상으로 생각하고 싶은 것이다. 그러나 그가 애인이라 하더라도 자신을 기다리게 하거나 바람맞히기 때문에 쓸쓸함을 안겨줄 것이다. 그렇지만 남편은 실제로 애인이 아니므로 자신은 쓸쓸한 기분이 아니라 상처를 받게 된다. 이처럼 남편의 자유로운 시간과 아내의 갇힌 공간에서의 시간은 서로 맞지 않는다. 간혹 다정다감한 것에 감격하기도 하는 아내는 무관심하게 느껴지는 남편에게 자신은 하찮은 존재라는 소외감에 젖어 있다. 연애하고 싶다는 것은 부부 간의 관심과 함께 하고 싶다는 소박한 여인의 바람이다. 아내는 남편과 낭만적인 열정에 빠지고 싶지만 그는 결혼한 여성을 가정의 테두리에 묶어 두려 한다. 그는 아내의 불평에도 아랑곳하지 않고 자신은 가정을 위해 헌신했다고 자신을 합리화 한다. 오히려 영업부 사원으로서 인간 관계 유지와 정보 획득을 위해 바쁘게 살 수밖에 없는 자신의 삶을 이해 못하는 아내가 답답하게 느껴질 뿐이다. 마치 현진건의 「빈처」에서 자신의 경제적 무능력을 아내의 무지로 책임 전가하는 면과 흡사하다. 그러면서도 남편은 일기 속에서 아내의 진솔한 고백에 가슴 아파하고 아픈 자식 곁에서 잠든 아내를 보고 애틋한 감정이 들기도 한다.

③ '남루한 일상'에서 느끼는 외로움을 고백하며 자괴감을 느낀다.(일기 내용③④⑤⑥)

아내는 각박한 생존 경쟁에서 고생하는 남편을 가정이라는 울타리에 가두기보다는 자유분방한 그의 삶을 이해하고 인정하려 하지만, 한편으로는 결혼이라는 사회 제도적 굴레에서 야기되는 외로움이 기다리고 있다. 그녀는 모처럼 남편이 일찍 귀가한 것에 감격하지만, 다시 남편의 저녁 외출이 최소한 부부 간의 사랑이 있고 없고를 떠나서 자신을 '하찮은' 존재로 생각한다는 자격지심에 자괴감이 들기도 한다. 남편이 귀가 후 친구의 전화를 받고 다시 외출하자 최소한의 '인간으로서의 예의'가 아니라고 자각하면서 일종의 모욕감을 느낀 나머지 포장마차를 찾아 나서고 돌아오는 길에 소주를 마시며 분개한다. 그녀는 단지 결혼이라는 제도 안에서 행복하기를 바라지만 남편의 철저한 무관심과 세상에서의 아줌마라 불리는 현실은 자신을 더욱 무력하게 만든다. 현실에서 아줌마에 대한 시각은 전적으로 가족을 위해 희생해야 한다는 논리이다. 자신의 삶을 즐기고 주체성을 모색할 여유가 존재하지 않는다. 부부관계도 남편의 일방적인 행위에서 아내는 자신의 욕구를 표현할 수 없으며, 늘 수동적인 역할만 한다. 그래서 그녀는 "왜 이렇게 쉬운 여자인가. 그에게 나는 왜 이렇게 하찮은

여자인가"하고 한숨짓는다. 이처럼 소외당하는 아내와 소외시키는 남편이
극명하게 대립됨으로써 아내의 불행이 더욱 부각되고 있다.

④ 상대방에 대한 관심과 배려를 통해 삶의 엄숙성과 진지성을 깨닫는다.
　아내는 세상과의 소통 부재와 남편으로 인한 외로움을 일기 쓰기와 술
로써 달래보지만 급기야 그 동안 남편에게 가졌던 불만을 삶에 대한 진지
성을 들어 항변한다. 아내가 보기에 이기적인 남편은 정작 자기 자신도
그다지 사랑하지 않는 것처럼 생각되었다. 자신에 대해 진지하지 못한 사
람이 상대방에 대해 진지할 수는 없는 것이다. 그녀는 지금까지 평범한
일상사에서 대수롭지 않게 여겼던 '똥'을 보면서 새삼스럽게 '정답다'는 생
각이 들며 '인생을 진지하게 살아야 한다'는 깨달음에 이른다. 시종일관
사랑의 환상에서 헤어나지 못해 소외감에 젖어 있던 자신이 평범한 진리
를 깨달으며 자기 긍정에 도달한 것이다. 그리고 이런 긍정적 가치관을
바탕으로 남편에게 바라는 것은 최소한의 '인간에 대한 예의'를 갖추는 것,
즉 '배려'이다. 이기적인 본성이 드러나 이미 습관적인 것이 되어버린 사랑
이라 할지라도, 최소한 상대방에 대한 배려는 해야 한다는 것이 아내의
생각이다.16) 자기 긍정에서 나온 이런 배려는 윤리적인 차원의 가치 척도
인 것이다.
　이처럼 편의상 나눈 4개의 소주제문을 하나로 통합하는 주제문으로 정
리해본다면, 일상적인 삶 속에서 무관심으로 인해 야기된 부부 간의 소외
감이 상대방에 대한 관심과 배려로 사랑을 회복할 수 있음을 뜻한다. 이런
회복 과정에서 남편과 아내는 서로 삶이 진지하고 엄숙한 것이라는 데
동의를 하는 것이다.

---

16) 장수익, 『대화와 살림으로서의 소설비평』, 월인(1999), p.293.

4. 결론

이상 상호텍스트성의 관점에서 두 작품을 작품 구조와 주제 중심으로 비교 분석한 내용을 정리해보면 다음과 같다.

첫째, 스토리 플롯 모티프에서 현진건의 「빈처」는 1인칭 시점의 남편이 작가의 실제 경험담을 말하는 것처럼 4일 동안의 일상사를 '현재−과거−현재' 장면으로 시종일관 서술하는 형태이다. 전체적인 구성은 치밀하면서도 필연적인 인과 관계의 역동적 모티프로 순행법에 의해 플롯을 전개하면서 종말 강조나 대조법 등 적절한 강조법을 구사해 극적 구성을 취했다. 은희경의 「빈처」는 이중적 플롯 형태로 1인칭 남성 화자의 시점에서 서술되고, 그 안에 아내의 일기가 삽입된 형식으로 액자소설 형태를 지닌다. 스토리가 인과 관계에 의해 복잡하게 전개되지 않고 독립된 여러 사건 내용을 개별적으로 나열해 가는 일기 형태로 극적 긴장감이나 갈등 구조가 없이 평면적으로 전개되어 짜임새의 긴밀도가 떨어진다.

둘째, 모티프 체계를 조직화하는 모티베이션으로 ㉠ 구성적 모티베이션과 ㉡ 예술적 모티베이션을 들 수 있는데, 구성적 모티베이션이 은희경의 「빈처」에서는 뚜렷하게 나타나지 않으나, 현진건의 「빈처」에서는 상징적 모티프인 '모본단 저고리' '양산' '신발' '멍든 자국' 등으로 나타난다. 다음 예술적 모티베이션으로 현진건의 「빈처」에서는 가난한 아내의 헌신적인 내조와 경제적으로 무능한 가장의 내적 욕구의 심리세계를 치밀하면서도 섬세하게 묘사했다. 은희경의 「빈처」에서는 '똥'의 배설물을 통해 존재의 현상을 인식하며 삶의 엄숙성과 진지성을 깨달아 적극적인 삶의 태도를 지닌다.

셋째, 주제로서 현진건의 「빈처」는 예술가로서의 자아실현 욕구와 아내의 헌신적인 사랑에 대한 고마움의 인식이다. 은희경의 「빈처」는 일상적인 삶 속에서 무관심으로 인해 야기된 부부 간의 소외감이 상대방에 대한 관심과 배려로 사랑을 회복할 수 있음을 뜻한다.

1. 서론

모방이 고전 시학에서는 주로 민족주체성, 載道的 문학관과 연결되면서 논란이 되었고, 현대에서는 시를 개인의 독창적인 사유물로 보려는 경향과 경제적 측면이 더해지면서 관심이 쏠리게 되었다. 흔히 모방에 대한 거부감은 한 시인의 독창적인 창조물을 다른 시인이 가져다 답습한다는 점에 있다. 따라서 개성과 독창성의 전유물인 예술 작품을 남이 모방한다는 것은 창조성을 거부하는 행위로 보았다. 작품이 유기적인 총체성을 가진다고 할 때 그것은 관습에 따른 자의적 언어 표현보다 필요불가결한 필연성에 의해 자율적이고 독립적인 구조로 이루어지는 것을 뜻한다. 시인은 영감을 가진 주체적 창조자로서 작품을 만인의 향유물이 아닌 사적 사유물로 신성시한다. 그러나 점차 자본주의 시대에 이르러 지적 소유권이 상업적인 문제가 되면서 모방에 대한 논란이 크게 제기되었다. 특히 상업성이 강한 소설은 모방에 따른 표절 시비로 법정에 오르게 되어 문제가 되기도 한다. 일반적으로 미술이나 음악은 문학보다 모방을 많이 사용하였지만 문학에 비해 대중성과 거리가 있기 때문에 문제가 덜 되었다. 요즈음 대중 음악에서 표절 시비가 문제되는 것도 이런 상업적인 면과 관련된 것이라 할 수 있다.[1]

그러나 모방은 하나의 기법으로서 그 존재 가치를 인정받아야 한다. 이것은 간접적 혹은 무의식적 모방뿐만 아니라 패러디와 패스티쉬라는 개념의 모방까지도 인정해야 한다. 모방은 독서 행위이자 창조 행위이다. 그것은 기존의 문학 전통과 세계관, 작가의 권위에 도전함으로써 새로운 독서와 창작의 가능성을 제시하며, 작품 자체의 반성을 불러일으키기도 하였다. 모방이 과거를 복사하거나 반복하면서 항상 비판적 거리를 유지하는 것 자체가 반권위적이다. 문학 작품은 작품에 의해서 스스로 검증·해석될 필요가 있고, 새롭게 쓰여질 수 있다는 점에서 또다른 의의를 찾을 수 있다.

독자는 원텍스트와 패러디한 텍스트 간의 간격을 좁히고 새로운 시각에서 조명하므로 차이를 둔 반복성의 시점에서 작품을 감상한다. 이 상호텍스트성은 하나의 텍스트가 다른 텍스트와 관계를 맺고 있는 상호 관련성

1) 홍승찬, 「음악에서의 창조와 모방」『문학과 사회』23호, 문학과 지성사(1993. 8), p.885.
'차용'에 부정적인 요소가 개입되면 '표절'이라는 문제에 논란의 여지가 있다. 차용의 결과에 대한 비평적 판단에서 표절이라는 말을 사용할 수도 있겠지만, 그보다는 윤리적·법적 차원에서 표절이 거론되는 경우가 더 많다. 사실 음악 출판업이 활성화되기 이전에 표절에 대한 논란이 많지 않았음을 생각한다면 표절은 독창성의 문제보다는 경제적 측면에서 다루어야 할 개념이라 생각된다. 오늘날 문화계에 논란이 되고 있는 표절 시비가 주로 대중 음악과 관련되어 있는 점도 경제적 이익과 결부되어 있기 때문이다.

으로 독자가 인식할 수 있는 다른 텍스트와의 관련 속에서 의미를 찾을 수 있다. 이 때 독자는 자신이 해독할 수 있는 원텍스트와 패러디한 텍스트간의 동화, 괴리 작용을 일으킴으로써 발생하는 변화에 놀라게 된다.

오늘날 패러디는 고전의 이야기가 현대 문학에 재투영되어 쓰여지는 경우가 많다. 현대 작가 중 채만식·최인훈·윤대녕 등은 고전 이야기를 차용해 현대인의 삶을 비추며 현실 인식에 눈을 뜨게 하려는 의도에서 패러디를 사용했다. 그들은 기존 작품에 대한 글 읽기와 다시 쓰기를 통해 절대적 가치를 재해석하고 반영함으로써 새로운 가치와 진실을 찾으려고 하는데, 이것은 하나의 문학적 전략으로서 창작이며 비평의 글인 것이다. 따라서 중요한 것은 패러디한 작품이 원본과 무엇이 다르고 유사하느냐가 문제가 아니라 일련의 모방이 새로운 맥락 속에서 어떤 효과를 자아내느냐, 그리고 작가가 왜, 어떻게, 무엇을 위해 다시 쓰느냐에 초점이 맞춰져야 한다.

예로서, 전진우의 「서울, 1986년 여름」은 김승옥의 「서울 1964년 겨울」을 패러디한 것으로서 당시 통치 체제의 야만성과 현실 부정과 폭력에 무관심한 당대인들의 부끄러운 삶을 질타하고 있다. 김석희의 「이상의 날개」는 이상의 「날개」를 패러디한 것으로서 잘못된 세상을 바로잡는 데는 고통이 따르지만 도피하거나 남의 도움을 받을 것이 아니라 직접 부조리한 현실에 맞서 싸움으로써 진실된 꿈을 실현할 수 있다고 역설한다. 최인훈의 「소설가 丘甫씨의 一日」은 박태원의 「소설가 仇甫씨의 一日」을 패러디한 것으로서 사소설적 성격으로 날카로운 현실 인식과 역사 의식을 지니는데, 세상의 부조리를 없애고 서로 간의 갈등과 고통을 극복하는 방법은 우리의 고유한 문화성을 재발견하고 회복시키는 것이라고 본다. 김융의 「나는 실천한다 내가 책에서 읽은 것을」은 양귀자의 「나는 소망한다

내게 금지된 것을」을 패러디한 것으로서 페미니스트의 입장에서 포르노 문학을 비판하며 교직 사회의 비리·독재 정치 체제·자본주의 체제의 모순성에 동성동본 금혼법의 불합리성을 지적하고 있다.

모방적 패러디는 원텍스트를 긍정적 입장에서 수용하고 작가 의식의 계승이나 의미 확장에 중점을 두므로 일반적 패러디의 본질인 비판성이나 풍자성이 미약하다. 따라서 원텍스트를 우월한 입장에서 바라보므로 그 권위를 재생시켜 영향력을 강화함으로써 자신의 작품에 대한 문학성을 보상받으려 한다. 「메밀꽃 필 무렵」은 무의지적 군상들이 고달프게 현실 순응적인 삶을 살아가는 이야기로 동물의 상징적 모티프를 통해 부자 관계가 밝혀지는 스토리 구조이다. 이 혈육이란 인간 의지와는 무관하게 우연적이면서도 숙명적인 필연의 과정으로 인식된다. 그러나 「말을 찾아서」는 모방적 패러디 관점에서 원작의 분위기와 향수를 고스란히 전하면서도 원작에서 느끼는 순수하고 아름다운 혈육의 정보다는 인위적인 양자 관계 맺기의 경험 속에서 좌절과 아픔이 한 인간의 무의식 속에 어떻게 자리 잡고 있나, 즉 자아에 대한 진지한 탐색을 추구하고 있다. 본래 원텍스트를 모방할 경우 정확히 출처를 밝히지 않거나 구체적으로 암시하지 않으면 패러디 관계를 인지하기 어렵지만 이 두 작품은 널리 알려져 모방 인자를 전경화하지 않더라도 쉽게 인식할 수 있다.

비판적 패러디는 원텍스트에 근거하여 그 세계관이나 의미를 새롭게 해석하여 비판적으로 개작하므로 풍자성이 강하다. 즉 다시 쓰기를 통해 새로운 가치와 진실을 발견하도록 하는 문학적 전략이다. 「이상의 날개」는 「날개」에서 힌트를 얻고 상당 부분을 모방하고 있으면서도 차별성을 두고 있다. 작품 서두부터 「날개」의 속편 같은 성격을 띨 것을 넌지시 암시하면서 독자의 호기심을 자극시킨다. 이처럼 주인공의 성격이나 아내의 직업, 무료한 일상성 등에서 쉽게 패러디 관계를 인지할 수 있는데, 「날개」
는 주인공의 자아 분열이 의식의 흐름을 통해 펼쳐지고, 「이상의 날개」는
동일한 의식을 가진 한 인물이 두 육신으로 나뉘어 의식의 흐름을 연상케
하는 대화를 주고 받는 구조이다. 두 작품 사이에는 반세기에 가까운 시간
이 지났음에도 왜곡된 시대 상황과 가치관이 그대로 자리잡고 있기에 「이
상의 날개」 주인공은 비상이란 초능력으로 거꾸로 보기의 세상을 펼침으
로써 모순에 찬 현실을 신랄히 야유하며 조소하고 있다.

따라서 본고에서는 이효석의 「메밀꽃 필 무렵」과 이순원의 「말을 찾아
서」(이상문학상 추천 우수작, 1996)를 창작 배경, 서사 구조, 부자 관계의
성격, 동물의 상징성 등을 중심으로 모방적 관점에서, 또한 이상의 「날개」
와 김석희의 「이상의 날개」(1988년 한국일보 신춘문예 당선작)를 주인공
의 성격과 제목의 상징성, 공간과 사건 구성 등을 중심으로 비판적 패러디
관점에서 각각 분석하고자 한다.

2. 「메밀꽃 필 무렵」과 「말을 찾아서」

모방적 패러디는 원텍스트를 긍정적 입장에서 수용하고 원작의 작가
의식 계승이나 의미 확장에 중점을 두므로 비판성이나 풍자적 희극성이
배제된다. 패러디스트는 원텍스트에 대해 모든 장치를 활용하여 밝힘으로
써 합법성과 정당성을 보장받으며, 또한 원텍스트가 독자에게 널리 알려
진 것을 활용하여 친밀감과 신뢰감을 기틀로 하여 자신의 창작 작품에
대한 예술적 가치를 보상받으려 한다. 이 때 패러디스트는 주체적인 상상
력 속에서 원텍스트를 닮아가는 과정, 원텍스트와 어떤 문맥의 차이와 대

화성을 유지하느냐가 중요하다. 이런 모방 관계는 원텍스트에 대해 비판
이나 조롱보다 우월한 입장에서 바라본 영향 관계라 할 수 있다.[2] 흔히
유명한 작품들을 모방적으로 패러디하는 패러디스트의 동기는 원텍스트
의 권위를 재생시켜 그 영향력을 강화하거나 그 이상의 힘을 발휘하도록
하려는 의도에서 비롯된다.

　이런 모방적 관점에서 패러디한 「메밀꽃 필 무렵」은 주인공이 얼금뱅
이요 왼손잡이인 허생원, 그의 동업자 조선달, 의부의 학대에 못 이겨 장
돌뱅이가 된 동이, 술주정하는 남편과 헤어져 제천 어딘가에 살고 있다는
동이 어머니 등이다. 이들은 한결같이 부평초처럼 어느 한 곳에 뿌리를
내리지 못하고 떠돌이 삶을 살아가는 소외된 계층이다. 또한 시대성이나
역사 의식이 없을 뿐만 아니라 생활 의식도 갖지 못해 일정한 공간에서
뿌리를 내리지 못하는 무의지적 군상들이다. 그러나 이들은 고달프고 지
친 삶 속에서도 현실에 절망하거나 자신의 운명을 비관하지 않고 언제나
현실 순응적이며 유유자적한 모습으로 애수의 정서에 싸여 살고 있다. 이
러한 순응적 삶은 서정적인 자연을 배경으로 한층 걸맞은 분위기를 자아
낸다. 반문명적인 원시적 공간에서 인간의 원시성과 숙명성을 추구했다고
볼 수 있다.

　이효석의 작품 세계에서는 한 인물의 설정과 함께 그와 정서적으로 융
합하는 동물을 하나의 상징으로서 등장시키고 있다.[3] 허생원의 모습은 마
치 털이 여기저기 빠져 있고 눈곱이 낀 나귀와 같다. 늙은 나귀가 암샘함
으로써 아이들의 웃음거리가 되는 것은 허생원이 충주집에 관심을 두고
동이에게 질투를 느끼는 것과 흡사하다. 허생원과 나귀는 서로 외모·행

---

　2) Margaret A. Rose, *Parody*, Cambridge University Press(1993), p.46.
　3) 이재선·조동일 편, 『한국현대소설 작품론』, 문장사(1981), p.216.

동·운명 등 정서적 일체감의 차원으로 설정되었다. 그는 반평생을 나귀와 동고동락하며 떠돌이 삶을 살아왔다. 나귀가 강릉집 피마에게서 새끼를 얻는 것처럼 그는 자식인 동이를 만나게 된다. 동이는 아버지 없이 불우한 가정 환경에서 살아왔지만 자신의 삶에 대해 불평하거나 불행을 남의 탓으로 돌리지 않고 그저 주어진 삶을 수용하며 살아간다. 그는 혈육을 찾거나 이별의 한을 극복하려고도 하지 않는다. 이처럼 그들의 자연 순응적인 삶은 메밀꽃이 만발한 달밤의 풍경 속에서 우연히 부자지간의 만남으로 이어진다.

특히 달빛에 의한 자연과의 조화는 이 작품에서 초점이 되고 있다. 이 작품의 서사 구조는 달이 뜨고 지는 시간의 흐름에 따라 온통 달빛에 젖어 있는 산길의 공간이 전개되는 양상이다. 서사가 사건의 인과적 연결에 의해 구성되는 것이 아니라 장소의 이동에 따라 평면적 구성으로 진행될 뿐이다. 이처럼 달빛은 주인공의 삶을 직·간접적으로 운명적이면서도 필연적으로 만들어간다. 그리고 플롯 진행이나 인물 성격의 창조가 없이 단지 분위기나 작품 전체에서 풍기는 톤에 의해 인물이나 사건의 의미를 제시하면서 감각적 표현에 의해 형상화되었다. 주인공들은 자연의 힘을 인위적으로 개척하거나 거부하지 않고 순리대로 살아가면서 현실을 행복하게 인식한다. 마치 자연과 조화를 이루며 함께 살아가는 유토피아적 이상 세계를 추구하는 것이다. 이 자연은 치열한 인간의 삶이나 인위적인 변화를 추구하는 궁극적 원리나 가치가 아니다.

이 작품은 주로 대화 형식으로 구성되어 있는데 중심 스토리는 남녀의 만남과 헤어짐, 친자 확인이 기본 줄거리이다. 사건의 절정은 허생원과 동이가 달빛 아래 길을 따라 이동하면서 지나온 삶을 이야기하는 가운데 그들이 부자 관계라는 것이 암시되는 부분이다. 동이가 허생원의 아들인지 아닌지 단정하기는 어렵지만 그가 '왼손잡이'라는 사실로 단지 추측할 뿐인데, 이는 하나의 문학적 장치로 볼 수 있다. 왼손잡이가 유전되든 안 되든 그리 문제가 되지 않는다. 그들이 좁고 넓은 길을 따라 힘든 언덕을 넘고 개울을 건너면서 부자 관계가 확인되는데, 이것은 그들이 살아온 힘 겨운 삶의 노정이라 할 수 있다. 일행이 좁은 길을 따라 외줄로 늘어설 때 허생원은 동이에게 성서방네 처녀와의 인연을 이야기한다. 그가 달빛 속의 물레방앗간에서 그 처녀와의 만남과 헤어짐, 그리고 그 후 반평생 동안 나귀와 인연을 맺고 봉평장을 떠돌게 된 사연을 들려 준다. 허생원이 달빛 속의 하얀 메밀꽃 핀 산길을 걸으면서 과거의 기억을 더듬으며 들려 주는 것은 은연중 동이가 자신의 아들이기를 바라는 마음의 표현이다. 그 에게 일생 단 한번의 이 '괴이한 인연'은 고달픈 장돌뱅이 생활 속에서도 삶의 활력소와 아름다운 추억으로 영원히 각인되는 것이다.

그러자 동이는 일행이 산길을 벗어나 큰 길에 접어들 때 자신이 아비 없이 자란 내력과 의부의 학대에 못이겨 집을 나와 떠돌이 신세가 되었다 는 사연을 이야기한다. 허생원의 과거 회상이 동이의 이야기에 이어져 진 행된다. 이 회상이 동이가 걸어온 길과 마주치면서 그들이 같은 왼손잡이 란 것을 알고 부자의 혈연 관계가 암시되는데, 이 스토리가 작품의 플롯이 다. 허생원은 무심결에 동이의 이야기를 통해 그가 친자식임을 확인하게 된다. 이런 복선은 허생원이 개울을 건너다 나귀가 강릉집 피마에게서 새 끼를 얻었다는 생각에 그만 실족하여 개울에 빠졌다고 동이에게 말하는 부분에서 암시된다. 허생원은 동이의 탁탁한 등에 업힐 때 뼈가 사무치는 서글픈 생각에 혈육의 정을 점차 느끼게 된다. 그는 동이에게서 핏줄을 느끼며 신비어린 눈으로 생명을 직시한다. 이렇듯 허생원과 동이의 만남 은 소설 전개상 화해의 국면으로서 혈육이란 인간의 의지와는 무관하게 우연적이면서도 숙명적인 필연의 과정으로 인식되는 것이다.

한편, 「메밀꽃 필 무렵」을 패러디한 「말을 찾아서」는 주인공이 유년의 경험을 통해 자아의 성장 과정을 보여 주고 있는데, 성장하면서 경험하는 좌절과 아픔이 그의 무의식 속에 어떻게 자리잡고 있는지 자아에 대한 진지한 탐색을 추구하고 있다. 이 작품은 주인공이면서 관찰자인 이수호가 현재 시점에서 과거의 유년 시절을 회상하고 다시 현재 시점으로 전환하는 서술 구조이다. 이야기의 발단은 수호가 잡지사로부터 '말에 관한 이야기'를 써 달라는 원고 청탁을 받지만 자신이 유년 시절 봉평에서 살았던 가슴 아픈 사연과 정초의 불길한 말 꿈 때문에 거절하다 잡지사 후배의 간곡한 부탁으로 어쩔 수 없이 원고 청탁을 수락하는 데서 시작한다. 그가 처음에 취재를 거부한 것은 「메밀꽃 필 무렵」에 '나귀'가 등장하기 때문이다. 이러한 그의 생각은 이 작품이 「메밀꽃 필 무렵」을 겨냥하고 있으며, 그 중 '나귀'에 집중되고 있음을 은연중 암시한다. 이것은 독자에게 「메밀꽃 필 무렵」을 연상하게 하면서도 성서방네 처녀에 대한 이야기보다 나귀에 대해 집중하게 만드는 효과가 있다. 이는 결국 두 소설을 '아버지와 아들의 관계' 안에 묶어 두는 것이다.[4]

작품 줄거리는 노새를 끄는 아부제(당숙)와 아부제의 양자가 되는 수호가 부자 관계를 맺기까지 많은 갈등을 겪으면서 마침내 화해에 이르는 내용이다. 아부제는 항상 성실하고 부지런하여 경제적으로 여유가 있지만 마흔이 넘었어도 후손이 없기에 언제나 의기소침한 상태이다. 그것은 당숙모가 자식을 가질 수 없기 때문이다. 그럴 즈음 수호는 어른들의 일방적인 결정으로 당숙의 양자가 된다. 그러나 어린 수호는 양자 입양에 대해

---

4) 이승준, 「한국 현대소설의 패러디에 대한 고찰」, 『한국문학에 나타난 用事와 패러디Ⅱ』(2007년 국제어문학회 봄 전국학술대회 발표 요지), 국제어문학회, p.14.

거부감을 갖는다. 그의 양자 입양은 구체적으로 친부모의 경제적 빈곤이 주원인이 되므로 자신이 더욱 초라하게 느껴진다. 자식을 양자로 보내는 그의 부모는 그에게 무능력한 존재로 비쳐진다. 그는 모두가 믿을 수 없는 적대감으로 자리잡아 말끝마다 "양재 안가"라는 반사적인 반항을 내뱉는다. 즉 부모의 역할이 양부모에게 옮겨지면서 분리의 심리적 불안과 그에 따른 적대감이 "양재 안가"에 표출된다. 이런 거부감은 일방적인 어른들의 결정인 탓도 있겠지만, 또한 당숙이 노새를 끌므로 주위에서 '노새 아비'라 부르기에 그의 양자가 된다는 것이 치욕스럽게 느꼈기 때문이다. 그가 양자 가기를 거부하는 것은 표면적으로 노새 부리는 사람을 천대하는 데에도 이유가 있지만, 내면적으로는 노새의 성적 무능력에 따른 수치심이 부수적인 원인으로 작용한다. 자식 없는 당숙이 '노새 아비'로 불려지는 것은 쌍욕보다 더한 모욕이다. 그래서 자식 없는 당숙은 그의 수치심을 더욱 부각시킨다. 노새는 인간이 노동력을 얻기 위해 암말과 수나귀를 인위적으로 교배시켜 태어나게 한 동물이다. 부지런하고 강인한 노새는 죽을 때까지 일만 하기 때문에 하나의 소모품과 같다. 그러면서도 마소보다 더 천박하게 느껴진다.

　우리 나라에서는 전통적으로 뿌리깊은 유교 사상에 젖어 있기 때문에 마소와 관련된 직업을 천대시하였다. 그래서 수호도 한사코 양자 입양을 마음 속으로 거부하는 것이다. 수호는 자신의 의지와 상관없이 일방적으로 결정한 어른들에 반발하여 아부제와 갈등을 겪는다. 아부제는 스스로 수호를 양자로 택했기 때문에 수호의 거부감에도 불구하고 쉽게 포기하지 않는다. 그는 수호를 이미 자신의 맏상주라고 확신하며 혈육에 대한 집착과 자신의 집념을 고집한다. 그러므로 수호 대신에 어떤 조카도 양자로 받아들이려 하지 않는다.

수호는 평소에도 아부제를 길거리에서 만나면 자리를 피하거나 고개를 숙이는 행동을 취하였다. 그러나 결정적인 사건은 수호가 아부제의 동료 앞에서 자신이 양자가 되지 않겠다는 말을 내뱉음으로써 당숙이 큰 충격을 받게 된 것이다. 아부제는 하굣길에 수호를 만나 자신의 동료들에게 자랑할 뜻으로 그를 불러 세우지만 수호의 당돌한 행위에 당혹감을 느끼며 큰 상처를 받게 된다. 이 일로 인해 아부제는 친자식을 얻겠다며 집을 나가 딴살림을 차린다. 그는 자신의 헌신적인 사랑과 관심이 소용없게 되고 자신이 선택한 의지가 실현될 수 없음을 알고 친자식에 대한 강렬한 욕구를 가진다. 이러한 아부제의 의식은 전통적인 유교 사상의 가부장제에 따른 남아선호 사상에 기인한 것이라 할 수 있다.

수호는 아부제의 가출로 인해 스스로 가책을 느끼며 한결 마음이 수그러진다. 그는 자신의 당돌한 행동으로 인해 당숙 집안에 분열이 생기고 둘째 형이 양자로 대신 갈 수도 있다는 생각, 또한 자신의 미안한 마음 때문에 당숙모의 부탁대로 아부제를 찾아나선다. 만일 당숙이 다른 여자 사이에 자식을 얻게 되면 당숙모의 존재 가치는 무의미해져 그 가족은 해체될 수 있는 것이다. 이런 수호의 능동적인 행동은 자신의 심경 변화에서 비롯된다. 이 결정은 어른들의 일방적인 통고와는 달리 스스로 자신의 의지에 따른 것이다. 그는 주체적인 자신의 의지에 따라 아부제를 찾아나설 정도로 능동적이며 어른스럽게 행동한다. 따라서 아부제나 수호의 관계는 수호의 심리적인 변화로 새로운 국면을 맞게 된다. 그는 이리저리 수소문 끝에 '진부옥'이라는 식당에서 딴살림을 차리고 있는 아부제를 어색하게 만나지만 수호의 아부제라는 말 한마디에 그들의 갈등은 해소된다. 수호는 아부제와 함께 돌아온 후 다시 부자 관계를 맺어 같이 생활한다. 아부제가 수호를 직접 선택했듯이 수호 역시 아부제를 자신의 의지대로 받아들인 것이다. 그렇지만 아부제가 말을 끄는 일과 말(은별이, 점방이, 얼룩이)에 대해서는 끝내 화해할 수 없었다. 그가 양자로서 누리던 모든 것이 말 등에서 나왔는데도 그것에 대한 설움과 미움의 감정은 가시지 않았다. 따라서 그는 노새가 죽게 되었을 때 미안함과 죄책감을 떨쳐버릴 수 없었다. 이 노새에 대한 연민은 한때 당숙에게 느꼈던 수치심이 당숙에 대한 연민으로 바뀌지는 것을 뜻한다.

이 작품의 구성은 수호를 중심으로 하여 두 사건의 축으로 전개되는데, 하나의 사건은 아부제와 수호의 갈등 관계에서 화해로, 다른 사건은 아부제의 개입이 없이 단지 상징물로 대체되어 나타난다. 그러나 두 사건 모두 아부제와 수호의 부자 관계 맺기에 관련되어 있고, 시간이 역전되어 먼저 현재 상황이 전개되고 후에 과거 상황이 서술된다. 현재의 스토리 전개는 성인이 된 수호의 시점에서, 과거의 스토리 전개는 유년 시절의 수호 시점에서 서술되고 있다.

스토리 A는 수호가 후손 없는 당숙의 양자가 되어야 하는 것에 대한 반발에서 시작된다. 이런 반발은 결국 아부제의 가출을 야기시킨다. 그래서 수호는 가출한 아부제를 직접 찾아 나서서 자신이 양자가 될 것을 수용함으로써 둘이 귀향하는 가운데 갈등이 해소되는 사건 구조이다. 두 사람은 노새가 끄는 마차를 따라 집으로 돌아오면서 정답게 대화를 나눈다. 아부제는 대화 가운데 수호에게 스스로 찾아온 것이냐고 반복하여 확인한다. 이런 아부제의 질문에 수호가 능동적으로 호응하면서 두 사람은 상호 화해를 하게 된다. 두 사람은 직접적인 혈연 관계가 아니기 때문에 이런 확인 과정이 필연적으로 필요하다. 그것은 두 사람의 능동적인 의지가 조화되어야 정식으로 양자 관계가 성립되기 때문이다. 이들은 혈연이 아닌 인위적인 관계로서 부자지간이 이루어지기 때문에 이런 확인 과정을 통해

야만 아부제는 후에 어떤 상황 하에서도 수호로부터 거부를 당하지 않을 수 있는 것이다.

이처럼 사건 A는 갈등이 해소되면서 수호에게 보상이 주어진다. 당숙은 아버지로서 권위를 갖고 역할을 하기 위해 수호에게 값비싼 시계를 선물한다. 법적인 부자 관계의 징표로서 시계가 보상 기제로 작용한다. 큰형은 시계가 있지만 작은형은 아직 시계가 없다. 그런데 셋째인 자신이 시계를 가진다는 것은 큰형과 같은 큰아들로서 위치가 격상되는 것을 의미한다. 그러나 수호는 아부제의 아들이 되었지만 노새와 노새를 끄는 것과는 화해하지 못한다.

> 그러나 그날 밤길에도 그랬고, 먼저 살던 집에서 아부제 집으로 살림을 옮기듯 책상과 책가방, 입던 옷가지들과 내가 쓰던 물건들을 옮겨 온 후에도 끝내 말과는, 그리고 아부제가 그것을 끄는 것과는 화해가 되지 않았다. 예전보다 덜 부끄럽다고 해도 그랬다. 그 때 나는 중학교 1학년이었고, 동네에서 아이들과 싸우다가도 '노새집 양재 새끼'라는 말을 들으면 그 말을 이 세상에서 가장 심한 욕으로 느껴진 열세 살의 소년이었다.

수호는 아부제의 양자가 되었음에도 노새와 노새 끄는 일을 기꺼이 마음 속으로 받아들이지 못한다. 이것은 수호가 진정으로 당숙을 아부제로서 수용하지 않고 단지 타협의 방책으로 받아들였음을 뜻한다. 두 사람 간에 진정한 교감이 있었을지라도 인위적인 부자 관계란 필연적인 혈연 관계가 아니기 때문에 항시 장애 요인이 따를 수 있다. 두 사람은 세월이 한참 지나서야 본질적인 부자 관계로 발전해 갔음을 알 수 있는데, 이것은 사건 B에서 나타난다.

사건 B는 작품 서두에서 서술되고 있다. 성인이 된 수호가 정초부터 말 꿈으로 인해 불길한 마음에서 헤어나오지 못하고 있는데, 이것은 일본에서 먹은 말사시미 때문이라고 생각한다. 그는 말고기를 먹는 자리에서 노새나 말에 관한 이야기가 나오면 괜히 어색하고 모르는 척한다. 그러나 그는 노새를 키운 아부제를 생각하며 말사시미를 먹는 것이 부담스러웠지만 동료들의 성화에 못 이겨 할 수 없이 씹지도 않고 맥주와 같이 삼켜버린다. 마치 쇠고기나 돼지고기처럼 먹으면 된다고 생각했던 것이다. 그후 이 사건은 그의 의식에 항상 껄끄럽게 자리잡아 결국 배탈이 나서 며칠간 고생하게 되고, 또한 정초에 말 꿈이라는 잠재의식으로까지 작용하여 갈등을 겪는다. 그러나 사건 B에서 수호가 괴로움을 당하는 것은 단순히 그가 말고기를 먹었고, 말이 꿈에 나타났다는 사실 때문만은 아니다. 그것은 진정으로 그가 아부제를 아버지로 수용하지 못했음을 뜻한다. 이미 아부제는 양자를 얻었기 때문에 노새가 아닌 말이 되었는데, 수호는 노새 정도로 적당히 타협했기 때문에 그 말이 자신의 과거에 상처를 입히고 있는 것이다.

이처럼 사건 A에는 수호가 아부제와 같이 부자 관계를 유지하며 함께 살았어도 본질적인 관계를 유지한 것은 아니다. 표면적으로 볼 때, 이들은 부자 관계를 유지하고 있으나 단지 수호의 타협에 의한 것이었다. 그가 노새나 아부제가 노새 끄는 일을 싫어한다는 것은 내면적으로 아부제를 아버지로 받아들이지 않았음을 뜻한다.

사건 A에서 화해는 근본적인 해결을 의미하는 것이 아니라 수호의 어중간한 타협에 따른 것이다. 그것은 '아부제'라는 호칭을 통해서 알 수 있다. '아부제'는 '아부지'(아버지)+'아제'(아저씨)를 합한 합성어이다.[5] 친아버지

---

5) '아부지'는 '아버지'의 방언이고, '아재'는 아저씨나 아주버니의 낮춤말이다. '아제'는 아재의 방언이다.

가 있어서 아버지라 부를 수 없고, 이젠 당숙이 아니니 '아재'라 부를 수도 없어 중간 상태로써 두 낱말을 합친 의미가 '아부제'인 것이다. 즉 '아부제'가 가지고 있는 원초적인 무의식 언어가 바로 유아의 관계로 되돌아가려는 환원론적 무의식의 체계를 내포한다. 유아의 아버지에 대한 호칭으로 아빠를 들 수 있고 그것을 넘어선 아부제라는 표현은 그 중간적인 위치에 있는 토속적인 언어라고 할 수 있다.[6] 이러한 수호의 어정쩡한 행위는 노새와 아부제 앞에 떳떳할 수 없는 것이다.

아부제의 모습은 '노새'라는 동물에 투영되어 나타난다. 노새는 암말과 수나귀 사이의 잡종으로 새끼를 얻지 못한다. 당숙모가 임신을 할 수 없기에 아부제는 자식을 얻을 수 없었다. 혈육이 없는 아부제는 새끼를 갖지 못하고 묵묵히 자기 일만 하는 노새의 모습인 것이다. 그리고 아부제의 부지런하고 강인한 삶은 일만을 위해 태어난 노새의 모습이다. 그러나 수호가 스스로 아부제를 찾아옴으로써 아부제는 수호의 아버지가 된다. 그렇기 때문에 아부제는 수호에게 어른들이 시켜서가 아니고 스스로 찾아온 것이냐고 거듭 확인한다. 이런 확인 절차 후에 아부제는 수호가 자신을 아버지로 받아들인 것으로 확신하고 수호의 정식 아버지가 된다. 즉 새끼를 가질 수 없는 노새에서 새끼를 가진 말이 되는 것이다. 아부제는 수호에게 아버지로서의 역할을 하기 위해 '말'이 되고자 했으나, 수호는 마지못해 양아버지로밖에 생각할 수 없으므로 '노새'로만 머무를 수밖에 없다. 그러나 아부제는 확인 과정을 거쳤기 때문에 스스로 말이 될 수 있었다. 수호의 꿈 속에 나타난 것은 노새가 아니라 말이었다. 수호는 겉으로는 아부제를 아버지로 받아들였으나 친아버지처럼 수용할 수 없었다. 그러나

---

6) 김택중, 「심층심리의 소설적 변용」, 『언어문학』50집, 한국언어문학회(2003.5), p.149.

아부제는 수호가 스스로 찾아옴으로써 부자 관계를 인정했으므로 아버지로서의 역할에 충실하려 했다. 수호가 부자지간을 표면적으로 인정했다면 아부제는 진심으로 이 관계를 수용한 것이다.

이 「말을 찾아서」는 작품 서두에서부터 독자들이 작품과 작품 배경을 이해하기 쉽게 작품이나 작품 무대 이야기 중심으로 써달라는 원고 청탁에서 패러디가 전제되었다.

「도표 1」

	메밀꽃 필 무렵	말을 찾아서
인물	허생원-성서방네 처녀-의부	아부제-당숙모
매개동물	나귀	노새
인연	우연한 만남	수호의 의지
주인공	동이	수호
관계	친자	양자

위 도표에서 알 수 있듯이, 이 작품은 구체적으로 원작을 모방한 창작 배경이나 부자 관계 이야기, 노새나 말의 상징적 암시가 유사한 모티프들이다. '허생원-나귀'의 고단한 삶이 '당숙-노새'에 부가되고, 이 나귀와 노새는 '말'이라는 종개념에 포함된다. 나귀와 노새의 차이는 성적 능력의 유무에 관계되지만, 이런 차이는 두 작품 간의 서사적 변별성을 결정하는 주요 인자로 작용한다. 수호는 작품 서두에서부터 원고 청탁을 받고 갈등을 느끼나 후배와의 친분 관계로 마지못해 원고를 쓰게 된다. 수호는 부모가 있는데도 당숙을 양부로 맞이하라는 어른들의 강요에 가치관의 혼란과 갈등을 겪으면서 당숙에 대한 연민의 동정과 자책의 책임감에 따라 스스로 타협적인 방법으로 부자 관계를 맺는다. 아부제(당숙)는 당숙모의 불임으로 자신의 처지가 노새와 같이 자식을 갖지 못하는 운명에 대해 힘든 삶의 무게를 느끼며 자식에 대한 열망과, 그에 따라 양자에 대해 헌신적인

애정과 관심을 갖는다.

그러나 수호는 친부가 아니라는 사실로 인해 갈등을 겪으며 타협적인 선으로 현실을 피해 갔던 그의 자의식이 어른이 된 지금 '말꿈'으로 잠재의식 속에 자리잡으며 자신을 진솔하게 돌아본다. 그들은 각자 갈등을 겪으면서 양자 관계를 맺기까지 현실에 대해 능동적이고 주체적인 입장에서 노력한다. 따라서 이 작품은 원작의 분위기와 향수를 고스란히 전하면서 원작에서 느끼는 순수하고 아름다운 혈육의 정보다는 인위적인 양자 관계에서 느끼는 갈등 속에서 더 *끈끈하고 애달픈* 양부의 사랑을 나타내고 있다.

그러나 「메밀꽃 필 무렵」의 주인공들은 그들의 삶에 대해 고민하거나 갈등을 느끼지 않는다. 허생원은 떠돌이 생활을 하면서도 성서방네 처녀와의 인연을 아름다운 추억으로 생각하면서 현실에 만족을 느낀다. 또한 동이도 의부와의 불화로 떠돌이 생활을 하면서 증오감이나 불만을 토로하지 않는다. 허생원은 성서방네 처녀와의 하룻밤 인연도, 또한 동이와의 만남도 우연한 사건이었다. 이처럼 그들은 운명적 삶에 불행이나 슬픔을 느끼지 않고 현실에 순응한다.

① 이지러는 졌으나 보름을 갓 지난 달은 부드러운 빛을 흐뭇이 흘리고 있다. 대화까지는 팔십리의 밤길, 고개를 둘이나 넘고 개울을 하나 건너고 벌판과 산길을 걸어야 된다. <u>길은 지금 긴 산허리에 걸려 있다.</u> 밤중을 지난 무렵인지 죽은 듯이 고요한 속에서 <u>짐승 같은 달의 숨소리가</u> 손에 잡힐 듯이 들리며, 콩포기와 옥수수 잎새가 한층 달에 푸르게 젖었다. 산허리는 온통 메밀밭이어서 피기 시작한 꽃이 <u>소금을 뿌린 듯이 흐뭇한 달빛에</u> 숨이 막힐 지경이다. <u>붉은 대공이 향기같이 애잔하고</u> 나귀들의 걸음도 시원하다. 길은 좁은 까닭에 세 사람은 나귀를 타고 외줄로 늘어섰다. 방울

소리가 시원스럽게 딸랑딸랑 메밀밭께로 흘러간다. 앞장선 허생원의 이
야기 소리는 꽁무니에 선 동이에게는 확적히는 안 들렸으나, 그는 그대로
개운한 제 멋에 적적하지는 않았다.

— 「메밀꽃 필 무렵」 중에서

② 진부옥을 나온 다음 아부제와 나는 밤길을 걸었다. 아니 걷지 않고 마차
앞자리에 타고 밤늦도록 이목정까지 나왔다. 달이 없어도 별이 좋은 밤이
었다. 아부제의 입에 풍기는 술냄새가 조금도 싫지 않았다. 노새는 연신
딸랑 딸랑 방울을 울리고, 길 옆은 온통 옥수수밭이거나 감자밭, 올갈이
무우와 배추를 뽑은 다음 씨를 뿌린 메밀밭이었다. 꽃향기도 좋고 저녁
바람도 시원했다.

"수호야"
"야."
"니가 날 데리러 완?"
"야. 아부제"
"수호야"
"야"
"니가 날 데리러 이 먼 데까지 완?"
"야, 아부제."
"니가……니가…… 나를 애비라고 데리러 완?"
"야, 아부제."

— 「말을 찾아서」 중에서

① 부분은 허생원 일행이 봉평에서 대화장으로 이동하는 달밤의 정겨
운 풍경이다. 허생원은 자연 속에서 태어나 자연에 동화되어 살아간다.
대화로 떠나는 밤길은 피곤하고 외롭지만 달빛의 아름다운 풍경은 아프고
고달픈 허생원으로 하여금 그 생활을 잊고 아름다운 추억에 잠기게 한
다.[7] 허생원은 일생에 단 한번 있었던 성서방네 처녀와의 달콤한 추억을

낭만적인 달밤의 분위기를 통해 되새긴다. 허생원이 그 여인과의 인연을 이야기하는 가운데 동이와 부자지간이라는 것이 암시된다. 이 달밤의 정겨운 풍경은 세련된 언어와 시적 분위기 속에서 낭만적 정취감을 자아내며 다채로운 어휘로써 언어 예술의 절정을 이루고 있다. 메밀꽃이 핀 하이얀 달밤에 나귀의 방울 소리 절렁대며 넘어가는 산길 묘사는 한층 시적 분위기를 띠는데, 치밀한 묘사의 사실성을 효과있게 하기 위해 주격어 생략, 현재형 종결어미, 부사·형용사의 수식어가 사용되어 훨씬 감각적인 만연체 문장으로 이루어져 있다. 특히 참신한 비유적 표현(밑줄친 부분)은 시적 언어에 흡사할 정도로 섬세하면서도 미묘한 색조를 불러일으킨다.

그들에게 이 길은 생업의 길목으로 고달픈 인생사의 현장이지만 낭만적 정취가 듬뿍한 달밤의 정취 하에 삶과 자연이 어우러진 환상적 분위기이다. 이런 분위기에 걸맞게 허생원과 동이의 부자 관계 암시는 자연의 일부처럼 수동적이며 동화된 모습이다.

② 부분은 수호가 봉평에 가서 당숙을 데리고 오는 화해의 장면이다. 수호는 당숙을 아부제로 인정하고, 당숙 역시 그를 양아들로 받아들인다. 원작에 비해 서정적 정취나 치밀한 묘사가 미흡하지만 친 혈육이 없는 당숙의 인간적 고뇌와 갈등을 엿볼 수 있다. 수호가 당숙을 찾아 아부제란 호칭을 부름으로써 부자 관계를 수용하기에 아부제는 이것을 확인함으로써 갈등을 해소한다. 특히 전반부의 정겨운 달밤에 펼쳐진 메밀밭이나 노새의 방울 소리 들으며 걷는 풍경은 원작에 아주 흡사한 분위기를 느끼게 한다. '달이 없어도 별이 좋은 밤'은 원작의 환한 달밤 분위기를 연상시킨다. 그러나 원작처럼 인간이 자연의 일부로 융합된 한 폭의 그림이라기보

---

7) 현길언, 『한국소설의 분석적 이해』, 문학과 비평사(1988), p.176.

다는 부자 관계 맺기를 확인하는 정겨운 분위기 묘사이다. 문체는 훨씬 간결하며 사실적이다.

3. 「날개」와 「이상의 날개」

비판적 패러디는 원텍스트에 근거를 두지만 그 세계관이나 의미를 완전히 새롭게 해석하거나 비판적으로 개작하므로 풍자성이 강하다. 이 패러디 대상은 원텍스트뿐만 아니라 상황에 따라서 일반화된 해석이나 당시의 정치적 현실, 사회적 관습까지 확대된다. 그리고 아이러닉한 방식으로 원텍스트를 재읽기하므로 기존의 관념화된 언어 모방을 벗어나 모순·부조화·조롱함을 나타냄으로써 원텍스트를 변형하거나 왜곡시킨다. 따라서 비판적 패러디는 규범화되고 관념화된 언어의 모방에서 한걸음 더 나아가 그것들을 거부함으로써 기존의 언어 질서를 파괴하고 재조정하려는 전략을 내포하고 있다.[8]

「날개」를 비판적 관점에서 패러디한 김석희의 「이상의 날개」는 1988년 한국일보 신춘문예 당선작으로 현실과 환상을 넘나들며 현시대의 왜곡된 현상을 조롱하고 비틀면서 현실을 우화한 작품이다. 이 작품은 1930년대 신심리주의 기법의 대표작이라 할 수 있는 이상의 「날개」를 패러디한 것으로 배경·인물·소재 등 긍정적 모방을 통해 현실을 비판한다. 이 작품에서 다뤄지는 환상적 기법은 현실에서 있을 수 없는 황당무계한 이야기이지만 현실의 모든 면을 생생하게 풍자하기 위한 의도적 장치라 할 수 있다.

---

8) 정끝별, op.cit., p.270.

줄거리를 간단히 살펴보면, 1930년대 작가 李箱이 살다가 요절하여 화장된 후 유골이 묻힌 공동묘지 자리에 50년이 지난 오늘날 이상이라는 다른 사람이 살고 있다. 그는 어느 날 상가 건물 옥상에서 이상의 「날개」 주인공이 외쳤던 "한번 날자꾸나"를 주문처럼 외우자 자신도 모르게 그의 몸이 공중에 날아오르는 것을 느낀다. 그는 밤중에 허공을 떠다니면서 현수막의 글씨나 간판을 바꾸어 놓으며 물질과 위선에 가득 찬 현실을 비틀며 조롱한다. 그러던 중 어느 날 50년 전에 죽은 작가 李箱이 새벽녘 그 앞에 나타나 두 번 다시 자신의 날개를 빌려 달고서 나쁜 짓을 하지 말라고 경고하면서 날개를 돌려 줄 것을 요구한다. 그것은 이상이 밤마다 자신의 날개를 달고 하늘을 날아다니는 바람에 李箱은 잠을 제대로 잘 수 없다는 것이다. 그러면서 이상이 맨 처음 했던 것처럼 상가 건물 옥상에 올라가 주문 없이 허공에 치솟아 다시 뛰어내리라고 당부한다. 그때 꿈과 현실이 하나가 되며, 앞으로는 자기의 날개 같은 것이 없이 날아야 한다고 말하며 사라진다.

이 작품의 주인공인 이상은 「날개」의 주인공과 유사한 성격의 인물로서 작가 李箱과 동일한 이름이다. 그리고 작품 제목 「이상의 날개」는 ① 李箱의 「날개」 ② 理想을 향하는 비상의 날개 ③ 異常의 날개 등 다양한 의미를 내포하고 있다. 이 소설의 주인공인 李祥은 1930년대 작가인 李箱이며 동시에 「날개」 속의 주인공이자 작가 김석희이다.[9] 또한 왜곡되고 가치관이 전도된 현실을 극복하기 위해 理想을 꿈꾸는 날개의 비상 이미지이며, 주인공이 현실을 조롱 비판하기 위해 주문을 외우며 밤하늘을 마음대로 날아다니는 '異常'의 의미를 지닌다.

---

9) 장양수, 『한국 패러디 소설 연구』, 이회문화사(1997), p.137.

이 작품의 주인공 성격은 「날개」의 주인공과 너무 흡사하다. 「날개」의 주인공은 아무런 능력이나 의욕도 없는 무기력한 자로서 윤락녀인 아내에 얹혀 하루하루를 살아간다. 주인공 '나'와 아내는 '발이 맞지 않는 절름발이'처럼 비정상적인 부부이다. 작품 배경은 흡사 유곽 같은 33번지, 한 번지에 있는 18가구 중 햇볕이 잘 안 드는 음산한 집이다. 그는 햇빛도 들지 않는 어둔 방에서 온종일 이불 속에 처박혀 있거나, 아내가 외출한 틈에 아내의 방에 들어가 화장품 냄새를 맡거나, 손거울로 장난치거나, 돋보기로 그슬려 불장난을 하며 무료하게 보낸다. 또한 아내가 아랫방에 사나이를 끌어들여 이상한 짓을 해도 분노할 줄 모른다. 그는 아내의 일상적인 생활, 현실적인 삶으로부터 억압당하고 있기 때문에 이 무의미한 삶을 벗어나기 위해 갈등을 겪는다. 이런 그의 생활에서 외출은 큰 전환점을 이룬다. 외출(5회)은 바깥 생활과 단절된 그에게 새로운 세계와 사물에 대한 인식과 관계를 형성해 준다. 그는 외출을 통해 아내의 사생활과 비밀을 알게 되었고, 마지막 외출에서 아내에게 종속된 삶을 탈출하게 된다. 그가 하루 내내 쏘다니다 집으로 돌아갈까 방황할 때 정오 사이렌이 울린다. 이 사이렌은 시침과 분침이 하나되는 순간이다. 이때 불현듯 그의 겨드랑이에 날개가 돋아나자 그는 날자고 외쳐본다. 이 탈출은 과거와의 결별로 분열된 자아로부터 본래적 자아를 회복하는 계기가 된다. 따라서 사회로부터 소외된 자아, 타락과 퇴폐와 고통의 올가미 속에 죄어져 있는 식민지 사회의 삶에서 벗어나, 새로운 가치 질서나 이념이 지배하는 세계로의 비상을 위한 갈등의 양상을 나타낸다.[10]

「이상의 날개」 주인공 이상은 집주인 남자와 별개로 등장하지만 사실

---

10) 서종택·정덕준 편, 『한국현대소설연구』, 새문사(1990), p.453.

은 분열된 자아상으로 동일한 인물이다. 주인집 남자는 초등학교 교사 출신으로 심장병을 앓아 누렇게 부은 병약자이고, 이상은 무명 작가로서 무료하고 권태로운 일과 속에서 아내를 위해 매일 읽을거리를 제공하며 사육당하는 인물이다. 그는 아내가 3일 동안 외박하고 들어와도 너그러운 모습이며, 언제나 혼자 생활에 익숙해져 무료함을 달래려 손톱을 씹고 커튼 밖에서 잠자는 아내의 숨소리를 엿듣거나 서울 시내를 무작정 배회하기도 한다. 그러나 아내에게 읽을거리를 제공하기 위해 두 편의 소설을 매일 200자 원고지로 각각 7매씩 일간지나 신문연재 소설을 옮겨 적는다.

이처럼 두 작품 속의 남자 주인공은 모두 음양 관계가 전도된 남성 거세자이다. 그러나 「날개」 주인공은 남성이 거세된 무기력함에서 벗어나기 위해 현실로부터 탈출을 향한 상승적 비상의지를 나타내지만, 「이상의 날개」의 주인공은 현실을 탈출하기 위해 환상 속에서 비상의 날개를 펼치나 현실의 질곡을 헤어나지 못한다. 또한 「날개」에서는 한 인간의 자아가 분열되어 그 의식의 흐름이 펼쳐져 있는데, 「이상의 날개」에서는 하나의 의식을 가진 하나의 자아가 그 육신이 둘로 나누어져 의식의 흐름을 연상케 하는 말들을 주고받고 있다.[11] 그리고 「날개」는 「이상의 날개」에 비해 주인공의 행위나 사건들이 시간적 인과 관계에 의해 거의 연결되지 않고 연상의 흐름이나 의식의 조류가 계속되는 내면적 모놀로그가 있을 뿐이다.

「날개」의 주인공 아내는 윤락녀이다. 그녀는 이상이 지병인 결핵 악화로 총독부 기사직을 사임하고 白川 온천에서 요양 중 만난, 그의 자전적 소설 「봉별기」에도 나오는 錦紅이다.[12] 그녀는 손님을 맞이하기 위해 남편에게 몇 푼의 동전을 쥐어주고 외출을 시키거나 수면제를 감기약이라

---

11) 장양수, 같은 책, p.139.
12) 이어령 편, 『현대작가 전기 연구·下』, 동화출판사(1980), p.77.

속여 잠들게 한다. 「이상의 날개」의 아내는 주간에는 다실, 야간에는 살롱인 업소에 나가는 96번 아가씨로 '연홍'이라는 이름을 가졌는데, 이는 蓮心(본명)과 錦紅(기명)에서 한 자씩 따와 패러디한 것이다.[13] 그들은 이상이 '天也' 출판사에 나갈 때 아마존이라는 스탠드 바에서 만나 동거를 시작했다. 그녀는 남편의 건강을 생각하여 장어를 고아줄 정도로 보살핌이 극진하다. 그렇지만 남편으로부터 매일 14매 정도의 읽을거리를 제공받는 것은 그 글귀 속에서 자신의 삶이 축복받는 모습으로 그려지길 바라기 때문이다.

이 작품 속에 나오는 방의 공간 구조와 숫자인 33, 18, 96 (「날개」에서는 69) 등도 비슷하다. 「날개」에서 장지 사이로 햇빛 드는 아내의 방과 어두운 내 방이 구분된 것처럼 「이상의 날개」에서도 커튼으로 두 공간이 나누어져 있다. 숫자 개념은 언어적 유희나 성적 표현이 내포되어 있는데, '33'은 시각적으로 교미하는 암수 체형의 연상으로 인간의 도착적 성희 모습을 연상시키며, '18'은 독음에서 외설스러움을 암시한다. '96'은 李箱이 한때 경영한 다방 이름 '69'를 패러디한 것이다.[14]

> ① 내가 이렇게까지 내 아내를 소중히 생각한 까닭은 이 三十三年번지 十八가구 가운데서 내 아내가 내 아내의 명함처럼 제일 작고 제일 아름다운 것을 안 까닭이다. 十八가구에 각기 별러 들은 송이송이 꽃들 가운데서도 내 아내는 특히 아름다운 한 떨기의 꽃으로 이 함석지붕 밑 볕 안 드는 지역에서 어디까지든지 찬란하였다. 따라서 그런 한떨기 꽃을 지키고— 아니 그 꽃에 매어달려 사는 나라는 존재가 도무지 형언할 수 없는 거북살스러운 존재가 아닐 수 없었던 것은 물론이다.
>
> ─「날개」─

---

13) 김승희 편저, 『이상』, 문화세계사(1993), p.300.
14) 김윤식, 『이상 소설 연구』, 문학과 비평사(1988), p.89.
　　김승희 편저, 앞의 책, p.301.

서울 특별시 도봉구 미아리 33번지 18호

......

그의 아내는 19세기에서 제법 인기있는 96번 아가씨였다. 비록 눈이 시릴
만큼 미인은 아니지만, 또 굽 높은 구두를 골라 신어도 머리끝이 평균치
한국인의 어깨 아래 놓일 정도로 작은 키지만, 매운 듯 요염한 눈매에다
나올 곳과 들어갈 곳이 선명하게 굴곡져 내린 선이 오히려 풍만함을 돋보
이고 있어서, 그녀를 한층 더 매력적으로 만들고 있었다. 가슴을 반쯤이나
드러낸 V라인 스웨터를 입고, 금방이라도 옷 밖으로 터져 나올 듯 부푼
엉덩이를 설레설레 흔들며 걸어 갈 때면, 사내들은 그녀를 안아보고픈 충
동으로 침을 삼키지 않을 수 없었다.

―「이상의 날개」―

② 뿐만 아니라 창을 넘어온 달빛은 환자를 덮고 있는 하얀 시트 위에, 레몬
빛 이국의 향기를 흩뿌려 놓고 있었다. 환자는 "흐느적거리는 육신 속에
서" 마치 달빛에 빛나는 "은화처럼 정신이 맑아지는" 듯한 느낌을 받았다.
그는 이 순간을 틈타서 자신을 둘러서 있는 얼굴들을 일별했다.
　―굿빠이, 이제 테이프가 끊어지면……그리고 환자는 조용히, 혈흔처럼 말
라붙은 마지막 숨을 안으로 삼키고 남들보다 한두 걸음 앞서서, 아직도
어둠이 희뿌옇게 남아 있는 새벽 속으로 깊이 자맥질해 들어갔다.
　임종했던 몇몇 친지들의 손으로, "박제가 되어버린 천재"의 주검은 화장되
었고 같은 해 6월, 한줌의 재로 그의 유해는 서울로 옮겨져 미아리 공동묘
지의 한 귀퉁이에 안장되었다.
《*위의 인용 부분은 이상의 소설 「날개」에서 발췌하여 약간의 변형을 가한 것임》

③ 나는 불현듯이 겨드랑이가 가렵다. 아하, 그것은 내 인공의 날개가 돋았던
자국이다……. 나는 걷던 걸음을 멈추고 그리고 어디 한번 이렇게 외쳐보
고 싶었다. 날개야 다시 돋아라. 날자. 날자. 날자. 한번만 더 날자꾸나.
한번만 더 날아 보자꾸나.

―「날개」―

날개가 있다면 날아오르고 싶구나. 이상은 가장 초보적인 가정법 문장을
중얼거리며, 문득 자기와 같은 이름을 가졌던 50년 전의 한 인물을 생각했
다. 폐렴과 아스피린과 정오의 사이렌 소리와 날개.
날개야 돋아라, 한번 날자꾸나.

　　　　　　　　　　　　　　　　　　　　　　　－「이상의 날개」－

　위 인용문 중 ①은 각각 아내의 아름다움을 서술, 묘사한 부분이다.
「날개」에서는 아내를 아름다운 꽃으로 비유하며 그 주위에서 아내가 가장
아름답기 때문에 자신은 소중히 생각하면서도, 한편으로는 버거운 생각이
든다는 자신의 콤플렉스를 반어적으로 서술하였다. 이런 계기가 작품 속
에서 시종일관 무기력하면서도 남성이 거세된 남편의 모습으로 비쳐진다.
「이상의 날개」에서는 카페에서 일하는 아내가 뭇 사내들로부터 관심을
끌게 되는 매력과 요염한 자태를 구체적이면서도 섬세하게 묘사하였다.
②는 「날개」의 도입부와 같이 「이상의 날개」 서두 부분으로 작가가 부연
설명을 하고 있듯이, 원텍스트 내용을 발췌한 부분은 '박제가 되어버린 천
재' '흐느적거리는 육신 속에서(육신이 흐느적흐느적 하도록)', '은화처럼
정신이 맑아지는' (정신이 은화처럼 맑소), '굿빠이(굿바이)' 등인데, '레몬
빛 이국의 향기를 흩뿌려 놓고 있었다.'는 표현과 더불어 「날개」의 작가인
이상의 죽음을 형상화하고 있다. 그의 죽음은 理想의 부재로서 30년대
「날개」에서 보여준 이상 추구의 상승 의지가 80년대 현실에는 존재하지
않는 것을 말한다.
　③의 「이상의 날개」 인용 부분 중 '50년 전의 한 인물', '폐렴'은 실제
李箱을 가리킨 것이고, '아스피린' '정오의 사이렌 소리와 날개' '한번만 날
자꾸나' 등은 「날개」의 주인공과 관련된 원작의 패러디이다.
　「이상의 날개」는 서두에서부터 「날개」의 속편처럼 예비 지식을 암시하

며 독자에게 친근감과 호기심을 자극하는 의도를 담고 있다. 전체 구성은 4장으로 되어 있다. 〈0〉은 「날개」의 도입부 형태를 취하면서 아울러 이 작품을 패러디했음을 암시한다. 즉 동경대 부속병원에서 그의 임종 상황, 죽은 후 화장되어 공동묘지에 묻혔지만 지금은 흔적조차 없는 내용을 간략히 '위 인용 부분은 이상의 소설 「날개」에서 발췌하여 약간의 변형을 가한 것'이라고 부연 설명을 하고 있다. 〈1〉은 작품의 공간적 배경 제시로 공동묘지 자리인 '도봉구 미아리 33번지 18호'라는 폐가의 모습이지만 주위는 개발 붐에 따라 현대화된 건물이 들어서 있다. 반세기 후에 되살아난 이상은 이 집에 세들어 살고 있는데, 주인은 전직 초등학교 교사로서 심장병을 앓고 있는 병자이고 그의 아내는 시장 터에서 순대나 돼지 머리를 팔고 있다. 그리고 무명 작가인 이상이 출판사에 근무할 때 스탠드바에서 일하던 지금 아내를 만나 동거하게 된 과정, 그가 아내를 위해 매일 글을 써야 하는 당위성이 소개된다. 〈2〉는 무료하고 권태로운 그의 일과와 아내의 '怨望'을 위해 매일 14매 정도 글을 써서 제공하는, 사실 글을 쓰는 것이 아니라 기존의 일본 번역 소설이나 일간지의 연재 소설을 베낀다는 내용이다. 〈3〉은 이 소설의 본 내용으로 기상천외의 주술적 방법을 이용해 왜곡된 현실을 신랄히 비판 풍자하고 있다. 〈4〉는 50년 전의 李箱이 나타나 이상에게 자기의 날개를 돌려달라며 맨 처음 뛰어내린 상가 건물 옥상에서 주문 없이 맨몸으로 뛰어내리라고 당부한다. 이때 꿈과 현실은 하나가 되는 순간이다. 이처럼 李箱을 등장시킨 것은 암울한 현실을 뛰어 넘으려는 비상 의지가 현실 속에 존재할 수밖에 없다는 가르침의 의도적 장치이다. 이상은 주문을 외우자 몸이 풍선처럼 허공에 떠올라 세상을 마음대로 날게 됨으로써 거꾸로 보기의 세상을 펼쳐 보인다. 그가 거꾸로 세상을 바라볼 때 평소에는 보잘 것 없던 것이 크게 보이기도 하고, 괴물

같이 크게 보였던 것이 티끌같이 사소하게 보이기도 한다. 〈3〉에서 다뤄진 현실 풍자 내용을 구체적으로 살펴보면 다음과 같다.

① 보람 상가 건물에 내걸린 「축 준공! 분양 개시!」란 현수막을 뒤집어 놓고, 다음에 '개시―개씨―개씹'의 욕설로 바꾸어 80년대 부동산 투기에 따른 물질 만능주의를 신랄히 비판한다. 그는 현수막을 뒤집어 놓아 주위의 시선을 끈 후 글씨를 일부 바꾸어 원색적인 욕설을 퍼붓는다. 뒤집힌 현수막은 정치적·사회적으로 가치관이 전도되거나 왜곡된 현실을 뜻한다.

② 봉천동 S대학 학생회관 현수막에 쓰여진 '大學은 大學人에게 맡겨라'의 '大'를 '犬'로 바꾸어 놓는다. 이것은 60년대 이후 군사문화의 획일성과 단선적인 명령식의 교육 정책으로 대학의 자율성과 이상이 왜곡된 현실의 단면이다. 대학 정책은 통치자의 통치 수단을 위해 수시로 뒤바뀌고 어용학자들은 통치자의 하수인으로 전락했다. 학생들은 이마에 띠를 두르고 데모하다 감옥에 가거나 녹화사업이란 구실로 군대에 끌려가지만 지식인들은 수수방관하는 모습이다.

③ '책 속에 길이 있다.'의 '길'을 '칼'로 고친 것은 신성한 학문이 군사 독재자에 의해 이용당하고, 곡학아세하는 어용 교수의 방관자적 태도를 비판한 것이다.

④ 본관 건물 옥상 위 교기에 쓰여진 교훈 '진리는 나의 빛' 중 '나의 빛'이 '나의 빚'으로 바뀐 것은 군사 독재 정권에 항거하다 끌려가 고문을 당하거나 감옥살이 한 젊은이에 대한 방관자의 빚이라 할 수 있다. 여기에는 행동하는 지식인으로서 현실을 살아가야 하는 고뇌와 책임이 담겨 있다.

⑤ 밤 사이에 많은 대자보와 포스터가 나붙기 시작하고 전지 한 장의 종이 위에는 공중 변소에서 볼 수 있는 낙서가 그려져 있고, 민주주의 밀

반출 사건의 진상을 밝히라는 제목 하에 정부 발표와 상반되는 상상력이 동원되어 있다.

⑥ 대학 도서관 입구에 그려진 '?' 포스터에 깨알같이 쓰여진 오랄 섹스에 관한 내용은 왜곡된 성문화를 풍자한 것이다. 그러나 이런 일련의 사건들이 대학 내에 머물지 않고 누구나 쉽게 볼 수 있도록 병원·교회·국기 게양대·목욕탕 굴뚝·전신주·유리창 등 주위에 확대되어 있다. 그전에는 이런 사건들이 S대학 내에서만 일어났기에 전국에서 많은 사람들이 구경하러 오므로 관내 경찰서는 2개 중대 병력으로 대학의 학문과 자유와 존엄성을 보고한다는 구실 하에 통제하였다. 그러나 이런 통제는 여론이나 사회 분위기를 차단하기 위한 방편에 지나지 않는다. 이런 사건이 사회에 확대되어 누구나 쉽게 볼 수 있다는 것은 어느 특권 계층만이 아닌 온 국민의 의식으로 확대되는 것이다.

⑦ 서울 도심의 한 백화점에 '가을 맞이 대축제'가 '칼을 맞아 다죽자'라는 유사한 발음으로 패러디된 것은 대학이라는 제한된 공간에서만 일어났던 자조적, 조롱적인 분위기가 온 시민을 향해 행동하는 의식을 장려하는 적극적 태도로 변화된 것이라고 할 수 있다. 이제는 굴종된 삶을 따라 군사 독재자에게 빼앗겼던 민주주의와 정통성을 회복하기 위해 적극적으로 싸워 이겨야 한다는 것이다.

⑧ 을지로 입구 온통 유리벽으로 지어진 18층 건물에 전지 한 장에 한자씩 7자로 '天天地地人不人'이라는 선문답식 글귀가 쓰여 있다. 이 뜻은 '하늘과 땅은 옛 그대로인데 사람은 옛사람이 아니다.'는 것으로 불변하는 자연에 비해 인간성을 상실해 가는 현대인의 단면을 비판하고, 또한 이름은 같지만 옛날 李箱과 주인공 이상이 다르듯이 「날개」와 「이상의 날개」는 소재·배경은 같지만 인물에 투영된 작가 의식이 다르다는 것을 암시

한다. 그리고 '유리벽'의 고층 건물은 '18'이라는 발음상의 욕설과 '유리벽'이라는 투명한 공간 속에 온갖 추악함이나 비밀이 포장되어 있는 현대 도시 공간을 뜻한다.

⑨ 시내 건물의 간판이 자주 뒤바뀌는, 즉 '행복 장의사'와 '장수 산부인과'가 맞바꿔지고, '세탁소' 간판이 '복덕방' 앞에, '목욕탕' 앞에는 '사진관' 간판이 걸려 있는데, 이것은 상식과 진리가 왜곡되고 가치관이 전도된 현대인의 위선과 기만을 신랄히 비꼰 것이다. '행복 장의사'가 '장수 산부인과'로 바뀐 것은 돈이 없어 병원에서 외면당해 생명을 잃거나 고가 수술비를 벌기 위해 수술 만능으로 치닫는 악덕 의료인의 생명 경시 풍조를 고발한다. '복덕방'이 '세탁소'로 바뀐 것은 옷과 같은 외형적 세탁이 아니라 재산 증식에 눈 어두운 졸부들의 비 양심을 질책한다. '목욕탕'이 '사진관'으로 바뀐 것은 겉으로는 그럴듯한 외모로서 서로를 모르지만 모든 껍데기를 벗어버린 목욕탕에서는 가식과 위선이 통하지 않는 인간의 본질을 엿볼 수 있다.

이처럼 이상은 밤중에 기상천외의 비상하는 초능력을 이용해 하늘을 마음대로 날음으로써 전도된 가치관과 부조리한 현실에 대해 야유와 조소를 쏟아낸다. 특히 80년대 후반 군사정치 상황에서 제 목소리를 내지 못하고 이용당했던 지성인들과 대학 사회를 신랄히 비판하고 있다.

이상의 「날개」가 쓰여진 30년대부터 김석희의 「이상의 날개」가 쓰여진 80년대까지 50여 년의 시간이 지났지만 현실은 조금도 변한 것이 없다. 이런 시간의 무의미성은 〈2〉에 나타나는 주인집 남자와의 무의미한 대화 속에서도 엿볼 수 있다. 남자 주인공들의 권태롭고 무기력한 삶은 때로는 자학적·성도착적인 성격으로 나타나는데, 이것은 비정상적인 부부 관계로 발전하여 기존 도덕관을 비판하거나 현실의 암울한 단면을 반영한다.

30년대의 식민지 상황이나 80년대 군사 정권의 시대적 상황은 조금도 다를 게 없다. 오히려 80년대는 도덕성 상실의 문제가 덧붙여진다.

> 이상 내외가 미아리 방면으로 이사 온 것은 순전히 아내의 직장 때문이었는데 그의 아내는 주간 다실−야간 살롱−19세기에 나가는 여자였고, 연홍이라는 이름은 그곳 마담 언니가 지어준 별명이었다. 미아리 삼거리에서 삼선교 방향으로 빠지다가 길음시장 다음 버스 정류장에서 내려 길 맞은편을 향하면 1층에 약국과 제과점, 2층에 당구장, 3층에 하나님 말씀 교회가 들어서 있는 3층 건물이 보이는데, 그 건물의 지하가 바로 그녀의 근무처였다.
>
> −「이상의 날개」 부분−

이런 현실의 암울한 단면은 한 건물 안에 자리잡은 각 공간의 위치를 통해 엿볼 수 있다. 지하에는 야간 살롱, 1층에 약국과 제과점, 2층에 당구장, 3층에 하나님 말씀 교회 등 같은 건물 안에 인간의 본능적 쾌락을 부추기는 술집과 당구장이 있고 그 중간에 병든 육신과 정신을 치유할 수 있는 약국과 교회가 혼재한 요지경 상태이다. 욕망과 향락에 빠진 현대인들이 병든 영혼을 근본적으로 치유하지 않고 단지 몇 알의 약으로써 병을 낫고자 하듯이 교회를 통해 일시적으로 치유와 구원을 얻으려 하는 것이다.

그러던 중 어느날 새벽 갑자기 50년 전의 李箱이 나타나 자신의 날개를 빌려 달고서 나쁜 짓을 하지 말라고 이상에게 당부하면서 날개를 돌려줄 것을 요구한다. 주위에서는 이 주인공의 비상하는 초능력 행동을 말세에 즈음한 하나님의 경고로, 외계인의 침략 징후로, 슈퍼맨의 출현이라고 각자 판단하지만, 정작 李箱은 자신의 날개나 주문 같은 것 없이 상가 옥상에서 직접 뛰어내리라고 이상에게 당부하면서 사라진다. 이처럼 李箱이 나타나 날개를 회수해 가는 것은 꿈과 현실이 하나가 되며 미망에서 깨어나기를 바라는 것이다. 현실의 모순과 불합리성을 피하기 위해 꿈속으로 도피하는 것은 일시적 위안이 되겠지만 근본적인 해결이 될 수 없다. 현실을 외면할 것이 아니라 꿋꿋이 맞서 딛고 일어설 때 그 꿈은 실현될 수 있다. 따라서 理想을 향한 비상 의지는 현실에의 회귀이고, 그 이상이란 것도 현실 속에 존재한다는 것이다.

4. 결론

패러디는 원텍스트와 패러디한 텍스트간의 상호 관계 속에 나타나는 행위로서 현재와 과거를 접목시키는 형식 구조의 긴장 관계이다. 글쓰기는 시·공간을 뛰어 넘어 글제를 끊임없이 반복함으로써 새로운 의미를 찾으며 변화를 추구하는 창작 행위이다. 이런 반복 과정 속에 과거를 재해석하고 동시대 것을 새롭게 수용하며 계승 발전하므로 끊임없는 부정과 실험 정신이 요구된다.

「말을 찾아서」는 「메밀꽃 필 무렵」을 모방적 관점에서 패러디한 것으로 주인공이 유년의 경험을 통해 자아에 대한 진지한 탐색을 추구한다. 이 작품은 구체적으로 원작을 모방한 창작 배경이나 부자 관계의 이야기, 나귀나 노새의 상징적 모티프가 유사하다. 그리고 원작에서 엿볼 수 있는 감각적인 문체와 참신한 비유, 세련된 언어와 시적 분위기, 순수하고 아름다운 혈육의 정보다는 훨씬 간결하면서도 사실적인 문체로써 인위적인 양자 관계에서 느끼는 갈등 속에서 더 끈끈하고 애달픈 양부의 사랑을 나타내고 있다.

「이상의 날개」는 이상의 「날개」를 공간 배경, 주인공의 성격, 숫자의 상징성, 의식의 흐름 기법 및 소재 등을 통해 비판적 관점에서 패러디한 것으로 현실을 신랄히 비판한다. 이 작품의 환상적 기법은 현실에서 있을 수 없는 황당무계한 이야기이지만 현실의 모든 면을 생생하게 풍자하기 위한 의도적 장치라 할 수 있다. 「날개」가 행위나 사건이 인과 관계 없이 한 인간의 자아가 분열되어 의식의 흐름으로 내면적 독백이 펼쳐지는 데 비해, 이 작품은 하나의 의식을 가진 자아가 그 육신이 둘로 나누어져 의식의 흐름을 연상케 하는 대화를 주고받는다. 그리고 타락하고 부조리한 현실을 고발하면서 이것을 극복하기 위해 미망에서 깨어나 고통을 딛고 일어서야 한다는 것이다.

10장 : 김승옥의 「서울 1964년 겨울」과 전진우의 「서울, 1986년 여름」

1. 서론

상호텍스트성은 포스트모더니즘 시대의 문예학에서 혼성 모방, 패러디 등을 중심으로 한 해체주의 문학의 주된 개념으로 자리 잡았다. 줄리아 크리스테바는 이 용어를 바흐친의 대화 이론을 바탕으로 정신분석학적 무의식 개념을 포함시켜 발전시켰지만, 궁극적으로 기존의 작가 중심의 분석 방법에 치중한 역사주의 비평에 대한 거부감에서 출발한 것이다. 모든 텍스트는 글 쓰는 주체와 글 읽는 객체, 그리고 외부적 텍스트의 상호 관련성을 통해 완성되므로 작가와 독자의 수평적 축과 융합성을 지향하는 전후 텍스트 간의 수직적 축을 갖는다. 따라서 텍스트의 이해는 독자의 입장에서 다양한 문화적 환경과 사회적 맥락이 삽입된 총체적 복합체와 대화적 관계를 형성하며 의미화 과정을 이루어낸다. 텍스트는 순수한 창작물이라기보다 과거나 미래의 모든 담론들과 상호 의존하므로 서로 교차하며 흡수되고 변형되는 것이다. 텍스트 간의 소통은 사회의 문화적 의미화의 장치들에 의해서 더 이루어진다. 상호텍스트성은 이런 텍스트의 서사 소통 과정에서 욕망의 투사와 결집으로 이루어지는 의미화의 작용에 매개적 역할을 담당한다. 따라서 패러디는 과거와 현재의 소통으로서 텍스트 간의 대화를 전제하지만, 그것은 단순한 인용 차원을 넘어 구조적 차원에까지 이른다. 이 때 원텍스트와 패러디한 텍스트 간의 소통 구조는 유비적 관계에 놓이면서 패러디되는 대상과 패러디스트, 그리고 독자와의 관계 속에서 이루어진다.

일반적으로 김승옥의 작품 세계는 사회적 현실 문제를 직접 다루기보다 감각적이면서도 현란한 감성적 문체로써 개인의 내면 의식에 치중한다. 이런 내면세계는 밝고 낙관적이기보다 칙칙한 어둠 속에서 환멸과 번민이 배어 있는 음습한 아름다움으로 나타난다. 이 아름다움이란 삶의 진실을 추구하다 현실 벽에 부딪쳐 방황하며 고뇌하는 젊음의 고통과 소외감, 도덕적 가치와 휴머니즘적 진리를 갈망하는 절망적 기원이 담겨 있다. 그러나 이 아름다운 이상과 진실된 가치는 우리 주위에서 쉽게 잊혀지고 사라져가는 존재로 머문다. 따라서 주인공들은 자의식 세계 속에 침잠하며 현실에서 무기력하게 무너져 가므로 씁쓸한 연민과 동정심만을 자아낸다. 그가 추구하는 존재 가치와 세계가 아무리 크고 아름다울지라도 현실에서는 실질적인 행동과 호응을 동반하지 못하고 과거적인 이상과 추억으로 밀려날 뿐이다. 본고에서는 이런 김승옥의 작품 중 대표작이라 할 수 있는 「서울 1964년 겨울」과 이 작품을 패러디한 전진우의 「서울, 1986년 여름」을 상호텍스트적인 맥락에서 서술 시점 및 서사 구성, 소외 양상과 현실 인식을 중심으로 비교 분석하고자 한다.

두 작품은 20여 년의 시간 간격이 있지만 '서울'로 상징되는 공간을 설정하여 그 시대의 정치적·사회적 현상과, 아울러 당대 한국인의 병증 현상을 작가의 시각적 관점에 따라 각각 들추어내 진단하고 있다. 60년대는 가난과 부정부패로 만연된 사회에 군사 정권이 들어서면서 과감한 산업개발 정책과 서구 자본주의의 경제 도입으로 개발도상국 진입의 기틀을 마련하게 된다. 그러나 민주주의의 정통성을 지니지 못한 통치자의 강력한 계획 경제 정책은 자본주의 사회가 안고 있는 모순과 부작용에 따른 사회적 갈등과 분열, 물질만능주의를 야기시켰다. 김승옥의 「서울 1964년 겨울」은 이런 60년대 사회적 현상의 징후를 잘 포착하여 나타낸 작품으로 그의 명성만큼이나 60년대 문학사를 언급할 때 빼놓을 수 없는 현대 소설의 고전으로 자리 잡았다. 전진우는 불혹 가까운 나이에 한국일보 신춘문예에 「서울, 1986년 여름」이 당선됨으로써 비교적 늦게 문단에 데뷔한 신인 작가이다. 그의 문단 활동이나 작가적 역량은 김승옥의 명성만큼에 비할 바는 아니지만, 이 작품은 당시 지면의 평에서 언급하듯이 한 시대의 고통과 그 고통으로 인해 상처 받은 젊은이의 내면을 치밀하게 접근한 점에서, 즉 사회적 관심사를 잘 지적한 참여적인 성향이 강한 점에 후한 점수를 얻고 있다. 80년대는 벽두에 들어서면서부터 신군부에 의한 정권 탈취와 광주사태의 비극에 따른 암울한 시기였다. 그 당시 보이지 않는 제도적 폭력은 민주화를 열망하는 젊은이들의 인권을 유린함으로써 통치 체제의 야만성을 여실히 보여주었다. 이런 시대의 격변기에 80년대 문학사를 언급할 때 감초격으로 등장하는 문학적 주제가 「서울, 1986년 여름」에서는 한 젊은이의 고뇌를 통해 어떠한 폭력 앞에서도 방관하거나 도피하지 않고 과감히 현실에 맞서 인간다운 삶의 모습을 추구하는 것을 보여주고 있다. 따라서 본고에서는 20여 년 간의 시·공간적 차이를 두고 그 시대에 투영되었던 사회적·정치적 상황을 비교하면서 당대를 살았던 사람들이 어떻게 문제의식을 인식하고 극복하려는지 두 작품을 상호텍스트적 관점에서 분석하고자 한다.

2. 시점 및 서사 구성

「서울 1964년 겨울」은 동인수상작(1965)으로서 서울의 한 포장마차에서 3명의 사내가 우연히 밤에 만나 다음날 아침까지 보낸 행적을 다룬 것으로 작품의 외적 서술자가 없이 '나'라는 1인칭 관찰자 시점에 의해 장면이 생생하게 드러나고 있다. 이 관찰자 시점의 '나'는 고교 졸업 후 육군사관학교에 지원했으나 실패하고 군복무를 마치고서 지금은 구청 병사계에서 근무하는 25살의 청년이다. 그는 복잡한 이야기를 꺼리는 평범한 청년으로 '김'으로도 호칭되는데, 작품 속에서는 주로 '나'라는 화자로 설정되어 1964년 겨울 서울에서 겪은 일을 생생하게 보여주고 있다. 그리고 '안'은 부잣집 장남으로 '김'과 동갑이며 대학원에 재학 중이다. 그들이 서울의 한 선술집에서 우연히 만나 넋두리하며 무의미한 대화를 나누는 중 30대의 중년 사내가 끼어든다. 그는 월부책 판매 사원으로 급성뇌막염으로 죽은 아내의 장례 비용이 없어 그 시신을 병원에 팔아 받은 4천원을 같이 쓰고 싶다고 한다. 그들은 중국집을 나와 밤거리를 헤매며 양품점에서 넥타이를 사고, 귤을 사먹고 불구경을 하다가 남아 있는 돈을 불 속에 던져버린다. 그 후 같이 있어 달라는 사내의 부탁으로 그들은 여관에 투숙하지만 다음날 그 사내는 자살한 시체로 발견되고, '안'과 '김'은 책임을 회피하기 위해 몰래 여관을 빠져 나온다. 그 사내는 결국 고독과 슬픔을 이겨내

지 못해 자살한 것이고, '안'과 '김'은 무관심했기 때문에 그의 죽음을 막지
못했던 것이다.

일반적으로 서술자는 작가와 독자 사이, 또는 이야기와 독자 사이에 중
개자로서 기능하므로 현실 상황을 있는 그대로가 아니라 경험한 대로 관
찰·지각하고 인식하는 자이다. 슈탄젤(F.K.Stanzel)은 서술상황을 ① 일
인칭 서술상황(first-person narrative situation) ② 인물적 서술상황(figual
narrative situation) ③ 작가적 서술상황(authorial narrative situation)으로
나눈다.[1] 일인칭 서술상황은 서술의 중개성이 전적으로 소설의 인물이라
는 허구적 영역 안에 속한다. 이 매개자인 일인칭 서술자는 다른 인물과
마찬가지로 허구적 세계의 한 인물이다. 작가적(주석적) 서술상황과 인물
적 서술상황은 서술자와 작중 인물이 한 인물 속에 내재하는 것이 아니라
분리되어 나타난다. 주석적 서술상황은 서술자가 인물의 세계 밖인 외부
시점에서 바라본다. 그러나 인물적 서술상황은 중개서술자가 반성자
(reflector)에 의해 대치된다. 반성자는 소설 속에서 생각하고 느끼고 자각
하는 인물로서 독자에게 직접 말하지 않는다. 독자는 이 반성자—인물
(reflector-character)의 눈을 통해 다른 인물을 보게 된다. 이 경우에 아무
도 서술을 하지 않기 때문에 전달이 직접적인 것처럼 느껴진다. 인물적
서술상황은 서술자의 존재를 가능한 배제하여 작중 인물의 지각으로 작중
세계가 감지되고, 그러한 것들을 작중 인물의 말로 기록함으로써 독자에
게 작중 세계에 밀접하게 연루되어 있다는 직접성의 환상을 갖게 한다.

이 작품은 인물적 서술상황으로서 작중 인물 중 하나인 '김(나)'의 시선
을 통해 모든 것이 전개된다. 서술자와 서술 대상 간의 거리가 부재하는,

---

[1] F.K.Stanzel, trans. Charlotte Goedsche, *A Theory of Narrative*, Cambridge
University Press, 1984, pp.4~5 참조.

즉 사건 밖 서술자가 별도로 존재하지 않기 때문에 단지 '김'이 보고 겪은 일만을 전개하고 있다. 서술자 위치에 있는 '김'은 복잡한 생각이나 해석을 꺼리므로 어떤 상황에 대한 해석력이 거의 불필요하여 단지 무기력과 답답함만을 나타낸다. 그러나 실질적인 인식 주체는 '김'에 의해 관찰되는 '안'이다. 그는 등장 인물들 간의 대화를 주도하고 있을 뿐만 아니라, 물화된 서울 거리의 풍경도 실은 '안'의 눈에 비친 것을 '나'를 통해 그려낸 것이라 할 수 있다.[2)]

이처럼 '김'의 관찰자 시점에서 전개되는 이 작품은 두 개의 서사 단락으로 구성되어 있는데, ① 포장마차에서 우연히 만난 '안'과 '김'이 주고 받는 대화 ② 두 사람의 대화에 서적 외판원인 중년 사내가 끼어들어 같이 밤거리를 배회하다 여관에 투숙한 후 다음날 그 사내가 자살한 시체로 발견되는 내용이다. 전반부의 배경 장소는 폐쇄된 공간에 걸맞게 포장마차 안으로서 주로 '김'과 '안'이 주고 받는 대화가 중심을 이룬다. 그런데 이 대화는 해체적이면서도 유희적인 담론 중심으로 소외와 고독으로 인한 주체 위기라는 주제를 뒷받침해주는 효과적 기능을 나타낸다. 후반부의 배경 장소는 전반부의 밀폐된 공간의 대화 중심에서 빠져나와 탁 트인 길거리에서 주인공의 성격이 행동으로 구체화되는 곳으로 황량하고 삭막한 '서울거리'가 중심을 이룬다. 이 '서울거리'는 휘황찬란한 불빛 속에서도 차갑게 얼어붙은 길 위에 거지가 돌덩이처럼 여기저기 엎드려 있고, 동행한 사내가 자살하자 뒷일이 귀찮아 몰래 빠져 나올 때 앙상한 나뭇가지 사이로 눈 내리는 황량한 분위기이다. 이런 분위기는 주위에 무관심하면서도 고독한 현대인의 내면의식을 잘 반영하고 있다. 그리고 사건 진행도 주제의식을

---

2) 류양선, 『한국현대문학의 탐색』, 역락(2005), p.285.

다양하게 뒷받침하기 위해 구체적이면서도 입체적으로 전개되고 있다.

〈도표 1〉

서사 단락	공 간	단락 내용
전 반 부	포장마차	① 60년대 겨울 서울 도심의 선술집 배경 및 등장인물 소개 ② 유희적이면서도 단절된 대화 　⊙ 파리를 사랑하는 것 　ⓛ 꿈틀거림을 사랑하는 것 　ⓒ 평화시장 가로등불 　ⓔ 서대문 버스 정류장 사람들 　ⓜ 단성사 골목 쓰레기통의 초콜릿 포장지 　ⓗ 적십자 병원 앞 부러진 호두나무가지 　ⓢ 을지로 3가 술집의 미자 이름 　ⓞ 서울역행 전차의 트롤리 불꽃 튀기 　ⓩ 영보빌딩의 변소문 손잡이 손톱자국 　ⓣ 그들이 밤거리를 왜 배회하는지에 대한 의문 　ⓡ 삶의 의미 찾기
후 반 부	서울거리 (길 위)	③ 누추한 중년 사내가 끼어들어 같이 동행함 ④ 사내가 중국집에서 일행에게 저녁 식사 권유 ⑤ 아내가 죽게 된 사연과 사내의 처지 고백 ⑥ 넥타이, 귤을 산 후 소방차 따라 불구경함 ⑦ 사내가 같이 투숙하기를 청하며 숙박비 마련 위해 월부책 　값 받으러 감 ⑧ 일행이 여관방에 각자 투숙함 ⑨ 사내가 자살한 시체로 발견되자 일행이 몰래 빠져 나감

일반적으로 소설 플롯은 인과 관계에 따른 사건의 배열이기 때문에 그 전개 과정에서 논리성을 배제할 수 없다. 플롯은 단지 스토리 재구성에 그치지 않고 사건 전개의 논리적인 면이나 리얼리티, 갈등과 분규, 긴장의 해소 등에 중점을 두어 구성 단계를 설정하는 것이 기본이다. 그런데 이 작품은 전체적인 긴장감이나 갈등 구조에 따른 극적 반전이 없이 지루할 정도로 시종일관 평면적인 서사 구조로 나열되어 있다. 단락 전환에 따른 몇 군데의 지문을 제외하고 거의 주인공의 대화 위주로 구성되어 있는데

도 사건 진행의 긴박감이 없이 수평적인 서사 구성으로 진행된다. 전반부에서 첫 단락은 기존 소설의 도입부인 발단처럼 작품 배경 및 등장 인물이 자세히 소개되지만, 두 번째 단락은 작품의 주제의식을 형식적인 구조에서 뒷받침하듯이 유희적이면서도 단절된 대화가 10여 개의 에피소드 형태로 무의미하게 반복되고 있다. 이들의 대화는 논리적 연계성이 없는 화젯거리를 교대로 반복하는 형태로 마치 언어 유희적인 말 이어가기나 수수께끼 풀이처럼 즐기는 모습이다("그러자 이번엔 내가 어리둥절해질 사태가 벌어졌다. 안의 얼굴에 놀라운 기쁨이 빛나기 시작했기 때문이다."). 상대방이 쉽게 화자의 의중을 파악하기보다 가능한 한 어리둥절하며 무지한 모습을 보임으로써 화제의 의미를 파악하기 위해 질문을 던지도록 유도한다. 그러므로 "아시겠습니까?", "잠깐 무슨 얘기를 하시자는 겁니까?" 등의 확인 과정의 의문형 어투나 질문투의 문장이 부자연스럽게 대화 중에 끼어들어 있다.

그러나 이런 무의미한 대화(㉠－㉢)는 마지막 단락(㉢)에서 언급하듯이 궁극적으로 삶의 의미 찾기에 귀결된다. 그는 무심결에 지나쳐 버리기 쉬운 대상이나 삶의 모습도 객관화의 시점에서 관찰하고 반추하며, 폐쇄된 공간보다 자유로운 길거리의 방황에서 삶의 의미를 찾고자 한다. 후반부는 이런 방황이 구체적으로 전개되면서 주인공들의 행동을 통해 전반부에서 제기되었던 주제의식을 뒷받침하고 있다. 중년 사내가 등장하여 사건이 복합적으로 얽힘으로써 전반부에서 암시되었던 소외나 단절감이 더 구체화되면서 현대인의 무기력, 무지향성, 물신주의적 사회 풍조, 무관심 등을 총체적으로 반영하고 있다.

후반부는 전반부처럼 간결한 대화가 중심을 이루지만 묘사적 지문에서 훨씬 섬세하면서도 감각적인 표현이 증가하고 있다. 이 감각적인 재치는

현실의 고통과 무의미를 순간적으로 이겨낼 수 있는 가벼운 즐거움 외의
기능은 가지고 있지 않기[3]에 소모적이다. 즉 전반부의 간단한 등장 인물
소개에 비해 중년 사내의 외모에 대한 구체적 묘사, 길거리 풍경이나 어떤
상황에 대한 섬세한 감각적 표현,[4] 열거식의 만연체 문장, 죽음을 결심한
사내의 고독과 슬픔을 표현한 대화와 서술 등이 잘 나타나 있다. 그리고
전반부에서 암시된 소외, 단절감이 후반부에도 중간 중간에 반복되는데,
가령 처갓집이 어딘지도 모르는 것, 아내의 시체를 실험 해부용으로 판
돈을 일행과 같이 사용하는 것, 처음 만난 일행에게 자신의 가족사를 넋두
리처럼 늘어 놓는 일 등이다.

「서울, 1986년 여름」(1987, 「한국일보」 신춘문예)은 중동 건설회사에서
일하다 귀국해 구조 조정으로 퇴직을 앞 둔 중년 남성이 포장마차에서
우연히 만나게 된 국문학도 최성기라는 대학생과 술을 마신 후 여관에서
하룻밤을 지내고 각각 헤어지는 내용이다. 이 작품은 원작처럼 결말에 자
살하는 충격적인 장면은 없지만 포장마차에서 두 사람이 우연히 만나 같
이 보내다 여관에서 투숙한 후 다음날 헤어지는 스토리 구조, 극적 갈등이
없는 밋밋한 이야기, 서두에서 제시하는 곁텍스트성에서 혹은 작품 속에
'꿈틀거림'이나 '겉늙음'에 관련된 이미지 언급, 유사한 대사("꿈틀거리는

---

3) 한상규, 「환멸의 낭만주의-김승옥론」, 『1960년대 문학연구』, 예하(1993), p.67.
4) 이런 감각적인 표현은 작품 도처에서 찾아볼 수 있다. 그 예로서,
　　㉠ 얼어 붙은 길 위에는 거지가 돌덩이처럼 여기저기 엎드려 있었고,
　　㉡ 거리는 영화에서 본 식민지의 거리처럼 춥고 한산했고,
　　㉢ 여전히 소주 광고는 부지런히, 약 광고는 게으름을 피우며 반짝이고 있었고,
　　㉣ 전차의 끽끽거리는 소리와 홍수난 강물 소리 같은 자동차들의 달리는 소리
　　　도……
　　㉤ 사람들은 불빛에 비쳐 무안당한 사람들처럼 붉은 얼굴로 정물처럼 서 있었다.
　　㉥ 여관에 들어서자 우리는 모든 프로가 끝나버린 극장에서 나오는 때처럼 어찌할
　　　바를 모르고……

것을 사랑하십니까?"—"꿈틀거리는 것을 좋아하시나요?")나 상황 묘사("이런 술집이란, 집으로 돌아가는 길에 잠깐 한잔 하고 싶은 생각이 든 사람이나 들어올 데지, 마시면서 곁에 선 사람과 무슨 얘기를 주고 받을 만한 데는 되지 못하는 곳이다."—"서울의 뒷골목에서 단지 옆자리에 앉았다는 이유만으로 말을 건넨다는 것은 가당찮은 짓이리라"), 화젯거리 확인("잠깐, 무슨 얘기를 하시자는 겁니까?"—"아, 조금 전에 우리가 무슨 말을 나누고 있었던가"), 제목 형태 등에서 김승옥의 「서울 1964년 겨울」을 차용하고 있음을 알 수 있다.

　서술 형태는 이야기 속의 인물이 아닌 작가관찰자 시점으로서 작품 밖에서 작가가 외적 관찰자로 등장 인물의 사상이나 감정 속에 들어가 이야기하고 있다. 작가는 자신의 주관을 배제하고 시종일관 객관적 태도로 주인공의 행동이나 모습과 같은 외부적인 사실이나 어떤 상황만을 구체적으로 관찰·묘사하므로 설명이 주되는 추상적 관념을 극복할 수 있다. 그리고 원작에 비해 훨씬 생생한 묘사와 구체적인 표현으로 스토리가 전개되고 있지만 단조롭고 평면적인 느낌이다. 작가는 한 인물에게만 성격의 초점을 집중시키지 않고 김동수와 최성기에게 수평적 입장에서 초점을 맞추어 이동시킴으로써 독자가 다각적인 위치에서 상황을 파악하도록 도와준다. 김동수의 처지와 상황을 통해 무기력한 소시민의 한계를, 최성기의 고뇌와 갈등을 통해 현실인식에 대한 각성을 보여주고 있다. 그리고 원작에서 중심을 이루는 대화 위주보다 훨씬 치밀한 묘사나 관찰하는 서술 지문, 감각적인 표현과 독특한 뉘앙스를 내포한 신선한 어휘가 많이 나타난다.5) 이런 감각적이고 신선한 표현은 전반부에 집중적으로 나타나 있다.

---

5) 원작에 비해 독특한 뉘앙스를 내포한 신선한 어휘가 많이 나타난다.
　ㄱ 굳이 시비를 가릴 생각은 <u>애저녁에</u> 없다.

ⓐ 오뎅과 군참새와 세 가지 종류의 술 등을 팔고 있고, 얼어붙은 거리를 휩쓸며 부는 차가운 바람이 펄럭거리게 하는 포장을 들치고 안으로 들어서게 되어 있고, 그 안에 들어서면 카바이드 불의 길쭉한 불꽃이 바람에 흔들리고 있고, 염색한 군용잠바를 입고 있는 중년 사내가 술을 따르고 안주를 구워 주고 있는 그러한 선술집에서, 그날 밤, 우리 세 사람은 우연히 만났다. 우리 세 사람이란 나와 도수 높은 안경을 쓴 안(安)이라는 대학원 학생과 정체는 알 수 없었지만 요컨대 가난뱅이라는 것만은 분명하여 그의 정체를 꼭 알고 싶다는 생각은 조금도 나지 않는 서른 대여섯 살짜리 사내를 말한다.

─「서울 1964년 겨울」─

ⓑ 우선 말이 포장마차지 그것은 얼기설기한 갈대 발이 길 쪽으로 드리워져 있을 뿐 거의 완전 노천에 가까운 손수레에 지나지 않는다. 또 바람에 흔들리는 길쭉한 카바이드 불꽃 대신 무슨 재주로 끌어댔는지 백 촉짜리 알전구가 버젓이 매달려 있어 다소 을씨년스러워야 제격일 듯한 분위기를 깡그리 밝혀 놓고 있다. 물들인 군용 잠바를 걸친 중년 사내는 물론 있을 턱이 없고, 젖무덤이 흐벅진 삼십대 중반의 아낙네 곁으로 멀쑥한 키에 말라깽이인 중늙은 사내가 푼수에 어울리지 않는 장발에 요란한 디자인의 남방을 걸치고 꺼벙하게 서 있다. 기둥서방이라기엔 나이로 보나 빈약한 생김새로 보나 걸맞지 않는 짝일진대 오히려 바지런하고 그악스런 여자에 빌붙어 밥술이나 축내는 위인이라야 맞춤인 듯싶다.

─「서울, 1986년 여름」─

ⓛ 아낙이 <u>재우쳐</u> 물었으나
ⓒ <u>애면글면</u> 공부시키면 뭐하나.
ⓔ <u>뜨악한</u> 눈으로 청년을 쳐다 보았다.
ⓜ 급작스레 맥이 풀려 <u>얼밋얼밋하자</u>
ⓗ 젖무덤이 <u>흐벅진</u> 삼십대 중반의 아낙네
ⓢ 최가 <u>말본새를</u> 고쳐잡았다.
ⓞ 거품이 <u>더깨를</u> 이룬 1천 cc의 생맥주
ⓩ 찢어진 신문지가 안개에 젖어 <u>후줄그레하니</u> 나뒹굴고

위에서 두 작품의 서두 부분에 나오는 포장마차의 풍경과 등장 인물의 성격을 비교해 봐도 ㉠에 비해 ㉡이 훨씬 치밀하면서도 섬세하게 묘사돼 있음을 알 수 있다. 원작이 감각적 표현도 간혹 있지만 대체로 간결한 대화 중심으로 전개되었다면, 패러디한 작품은 대화보다 서정적이고 감각적인 묘사 문체가 중심을 이루고 있다. 등장 인물에 대한 성격 묘사도 전자가 간결한 설명에 그친 데 비해 후자는 남편에 대한 묘사가 훨씬 치밀하다.

〈도표 2〉

서사 단락	공 간	단락 내용
전 반 부	포장마차	① 원작을 패러디한 곁텍스트성 제시 ② 포장마차의 풍경 및 주인 부부의 모습 소개 ③ 포장마차 안에서 손님들의 흥청스런 모습과 넋두리 ④ 김동수와 복학생인 최성기의 대화
후 반 부	생맥주집	⑤ 김동수와 최성기가 생맥주집으로 자리 옮김 　㉠ 원작 속의 '꿈틀거림'에 대한 설명과 60년대 시대 상황 언급 　㉡ 김동수의 신분 소개 　㉢ 옆 테이블의 아가씨 일행과 어울림
		⑥ 중동건설회사에서 근무하다 귀국해 해고 직전에 처한 김동수의 처지 ⑦ 해고 유예 기간을 무료하게 보내는 김동수의 고뇌
	여 관	⑧ 만취 상태에서 낯선 여자와 동숙한 자신을 발견하고 당황함 ⑨ 최성기로부터 전날 밤의 상황에 대해 자초지종 들음 ⑩ '꿈틀거림'을 향한 한 젊은이의 고뇌와 갈등 고백 ⑪ 최성기는 학교로 복귀하고, 김동수는 아내에게 사표낸다고 전화함

원작이 대체로 평면적인 구성으로 전개되어 단조롭지만, 이 작품의 서사 구조는 후반부에서 공간의 이동, 대화보다 묘사 중심, 현실과 내면의식 겹침, 주인공의 성격 변화 등 훨씬 다양하게 입체적 구성을 보여준다. 서사 구조도 원작처럼 크게 전반부와 후반부로 나눌 수 있고, 배경은 '포장마차─생맥주집─여관' 등 실내 공간에서 전개된다. 전반부는 발단처럼 패

러디한 곁텍스트성과 포장마차의 풍경 및 손님들의 흥청스러움, 등장 인물 등이 자세히 묘사되고, 80년대 군사 정권에 의한 제도적 폭력의 시대 상황이 나타난다. 김동수와 최성기의 만남도 원작에서처럼 "꿈틀거리는 것을 좋아하시나요?" "왼손잡이세요?" 등과 같은 질문 투의 대화로써 상대 방에게 관심을 가지면서 시작된다. 앞에서 두 작품의 서두 부분을 비교해 보았듯이, 60년대 중반의 포장마차 풍경만 봐도 원작에서는 추운 겨울 밤 카바이드 불꽃, 오뎅과 군참새의 안주, 염색한 군용 잠바 차림의 중년 사내 등이 22년이 지난 80년대의 여름 갈대밭 사이 노천의 손수레에 백촉짜리 전구, 삼십대 중반 아낙네와 남방 걸친 말라깽이인 중늙은 사내 등으로 변화된 모습이다.

　후반부는 생맥주집과 여관이라는 실내 공간 중심으로 스토리가 전개되는데, 이 부분은 다시 전·후반(⑤-⑥⑦)으로 나눌 수 있다. 후반부 도입은 원작처럼 장소가 옮겨지면서 시작되는데, 즉 김동수와 최성기가 자리를 생맥주집으로 옮겨 대화를 나누는 가운데 제도적 억압과 폭력에 갈등하는 젊은이와 현실 상황에 무기력한 중년 사내의 소시민적 모습을 엿볼 수 있다. 후반부의 전반 앞부분(⑤)은 그들의 대화 속에서 시대 상황과 문제의식을 ㉠㉡㉢의 미세한 단락을 통해 짐작할 수 있고, 뒷부분(⑥⑦)은 마치 영화의 회상 장면처럼 김동수의 내면 의식을 통해 무기력한 소시민이 겪는 고뇌와 갈등이 나타난다. 이 부분은 대화가 거의 없이 서술이나 묘사 중심의 지문으로 직접 화법과 간접 자유문체로써 구성되어 있다. 일반적으로 소설 문장에서 서술만 하면 구체적 형상화나 리얼리티의 환상을 잃기 쉽고, 묘사만 하면 플롯 전개가 어렵고 속도가 느려 생략과 압축 효과가 낮을 수 있는데, 이런 양면성의 단점을 잘 극복하고 있다. 서술이 사건 전개에 역동성을 부여한다면, 묘사와 대화는 극적 장면을 이루어 생생한 리얼리티 효과를 주기 때문이다.

후반부의 후반(⑧-⑪)은 다시 '여관'으로 공간이 이동되는데, 김동수는 자신이 만취한 상태에서 낯선 여자와 동숙했던 사실에 당황하며 최성기로 부터 '꿈틀거림'을 향한 젊은이의 고뇌와 갈등을 듣고 심한 부끄러움을 느낀다. 그리고 시종일관 무기력했던 자아를 일탈하는 용기를 갖게 된다. 그들은 서로의 만남을 통해 고뇌와 갈등, 소시민적 무기력성이 행동의 결단을 다짐하는 능동적인 의지로 발전해 가는 것이다.

3. 소외 양상

일반적으로 소외[6]는 어떠한 상황이나 사물, 또는 인간으로부터 부조화와 거리감을 갖는 상태이다. 심리학적 관점에서 접근하는 사회학자는 소외를 한 개인이 타자나 그로부터 분리된 무엇인가를 경험한다고 보는 데 비해, 철학자들은 잘 알지는 못하지만 무엇인가 있었던, 혹은 있어야 할 상태를 객관적인 현실과 비교하려고 하는 것이다. 따라서 소외된 자는 심리적 상태에서 이런 소외의 원천을 대중사회라는 구조 속에서 거대한 사

---

6) 흔히 소외는 루소를 비롯한 사회계약론자들의 이론을 바탕으로 여러 사상가들에 의해 중요한 개념으로 형성되어 오다 헤겔, 마르크스에 와서 중요한 철학적 개념으로 정착된다. 그 후 마르쿠제, 프롬, 카일러 등에 의해 집중적으로 연구되었다. 마르크스의 소외 개념은 1950년대 유행한 실존주의 사상과 더불어 현대의 인간적 상황을 표현해 주는 개념으로 등장한다. 프롬은 마르크스 사상의 인간주의적 재해석을 시도하여 그것을 프로이트의 정신분석학과 결합시켜 현대사회의 특징과 인간적 상황을 파악하는 데 주도적 역할을 하였다. 그는 소외 개념을 통한 마르크스와 헤겔 사상을 새롭게 조명하는 계기를 마련했고, 계급사회적 속성을 불식시켜 현대사회에서 소외를 보편화·대중화시켰다. 그리고 철학적 사변의 영역에다 역동적인 심리학을 연결시켜 경험적 연구를 시도했다.

회 조직, 규범, 노동, 운명 등을 이질적이면서도 이해할 수 없는 것, 혹은 자신과 무관한 것으로 생각한다. 그러나 후자의 관점에서 이 소외는 있어야 할 상태가 사유 재산이나 분업, 과학 기술 발달 등의 사회적 요소에 의해 왜곡됨으로써 본질적인 인간 본성의 진솔성이 상실되는 것이다. 따라서 인간이 만든 기계에 얽매이거나 거대한 조직·제도 속에 함몰되어 스스로의 주체성을 상실하는 상태이다.

마르크스는 소외의 원인을 급격한 산업화에 따른 자본주의 경제 체제의 구조적 특성에 두고 있다. 이런 현상은 궁극적으로 경제적 불평등을 야기시키는 사유 재산제와 분업의 발달에 기인한다. 모든 사유 재산의 주체적 본질이 노동임에도 불구하고 노동자는 생산품 과정이나 조직에서 주체적인 역할과 기능을 담당하지 못하고 자본가에게 종속된다. 그리고 고도로 기계화되고 세분화된 산업 현장에서 인간은 조직의 한 세포나 기계의 한 부품으로 취급됨으로써 개인의 주체적인 노동 의욕이 상실될 처지에 직면한 것이다. 이런 상황에서 인간의 생산 활동은 비자발적으로 강제되고 자신에 속해 있지 않는 독립적이며, 자신과 맞서는 활동으로 나타나 인간은 '비인간적인 방법'으로 자기 자신을 대상화시키는 것이다.[7]

1) 단절감과 무의미성

멜빈 시만(Melvin Seeman)은 소외의 속성을 ㉠ 무력감 ㉡ 무의미성 ㉢ 무규범성 ㉣ 고립 ㉤ 자기 소원(疎遠) 등으로 나누고 있다.[8] 무의미성은 장래의 결과에 대해 만족할 만한 예측이 내려질 수 있는 것에 대한 낮은

---

7) R. 터커, A. 샤프 외, 조희연 역, 『현대소외론』, 참한문화사(1983), p.117.
8) Ibid., pp.17~35 참조.

기대감으로서 한 개인이 스스로 무엇을 믿어야 할지, 어떻게 처신해야 할지 등 의사 결정을 내리는 데 필요한 최소치의 명확성조차 충족되지 않는 상태이다. 무규범성은 주어진 목표 달성을 위해 사회적으로 용인되지 않는 수단 방법이 필요하다는 데에 갖는 높은 기대감으로 개인의 행위를 규제하는 사회적 규범이 붕괴되거나 더 이상 행위의 규칙으로 작용하지 못하는 상황이다. 고립은 일반적으로 사회에서 통용되는 가치에 대한 거부이며, 사회적 적응력의 결여로 인해 사회의 문화로부터 소외된 상태이다. 자기 소원은 자신의 자아 및 능력이 하나의 수단이나 부속물에 불과하다고 여겨 자신을 이방인으로 경험하므로 타자에 대한 효과만을 위해 행동하는 타자 지향적 일면이 있다.

「서울 1964년 겨울」은 이런 소외의 속성 중 단절감의 고립성과 무의미성을 주인공의 대화 속에서 엿볼 수 있다. 서두에서부터 '김'과 '안'이 나누는 대화는 일상적 담론 형태가 아니라 서로 단절감이 나타난다. 전반부의 두 번째 단락에서 열거되는 10여 개의 에피소드, 즉 파리나 꿈틀거림을 사랑하는가, 단성사 골목 쓰레기통에 초콜릿 포장지가 2장 있다든가, 적십자 병원 앞 호두나무 가지가 있다는 등의 대화는 인과적 필연성에 따른 기호 담론으로서의 의미가 아닌 자신만이 신이 나서 즐기는 말장난 형태의 무의미한 넋두리에 불과하다. 이들이 서로 주고 받는 이야기는 사회적 맥락에서 소통 기호가 아니다.

그러면 이처럼 대화 같지 않는 말을 하는 것에 의미를 찾는다면 그 발화동기가 중요하다. 그들은 서로의 대화가 단절되지만 이에 개의치 않고 혼자서 신나게 이야기한다. 그리고 상대방에게 자신의 말이 동의를 얻지 못하면 서운해하고 상대방을 당황스럽게 하면서 자기 목소리에 도취되어 넋두리를 늘어 놓는다. 이런 점에서 단지 지껄인다는 자체가 하나의 욕망으로 다가오는 것이다. 그들이 이렇게 단절된 대화를 나누면서도 크게 당황하지 않는 것은 그들의 내면 의식에 소외와 절망감이 가득 차 있기 때문이다. 서로 대화를 나누며 같이 있지만 각각 존재하는 존재론적 고독 상태이다. 이러한 무의미한 대화의 반복을 통해 작가가 의도하고자 했던 바는 협력보다는 경쟁 관계가 더 지배적인 양상으로 드러나는 도시적 인간 관계의 불모성과 비인격성을 통해서 근대적 주체의 위기를 압축적으로 드러내고자 한 것이라고 할 수 있다.9)

　중간에 끼어드는 낯선 중년 사내의 초라한 모습은 그들에게는 안중에도 없다. 그가 식사를 사겠다고 했을 때도 그들은 어떤 꿍꿍이속이 있지 않을까 의심한다. 그들이 선술집을 나온 뒤 중국음식점에서 어색한 침묵에 싸여 있을 때 중년 사내가 그 침묵을 깨며 아내와의 삶, 급성뇌막염으로 인한 아내의 죽음, 아내의 시신을 팔아 돈을 받았다는 이야기를 진지하게 토로한다. 그는 누가 묻지도 않았는데 자신의 심경을 토로하지 않으면 견딜 수 없기에 단지 말하고자 하는 욕망에 따라 이야기한다. 남이야 어떻든 말한다는 그 자체가 목적이 되는 것이다. '김'과 '안'은 겉으로는 그에게 동정심을 갖는 것 같지만 그의 고독과 절망을 외면한 채 서로 귀찮다는 듯이 눈짓을 보내면서 자리 뜰 궁리만 한다. 그러나 그들의 무의식 속에는 사내의 절망적인 하소연을 진지하게 듣지 않지만 그의 모습에서 자신의 현재적 삶의 해답을 찾고 있다.10) 그것은 그의 요청대로 동행하여 함께 돈을 쓰기 때문이다.

　그들 중 좀 더 배우고 부유한 처지인 '안'이나 뚜렷한 목적도 없이 표리

---

9) 공종구, 「김승옥 소설의 근대성」, 『현대소설연구』제9호, 현대소설학회, p.333.
10) 송준호, 「김승옥의 '서울 1964년 겨울' 연구」, 『현대문학이론연구』29호, 현대문학이론학회(2006.12), p.204.

부동한 태도를 취하는 '김'이 이기적이고 이해타산적이라면, 그들에게 철저히 소외되고 있는 자는 중년 사내이다. 그는 아내 잃은 슬픔과 외로움을 잊기 위해 그들에게 같이 있어 달라고 부탁한다. 이처럼 그가 두 사람의 대화에 매달리는 이유는 아내의 사체를 팔아버린 죄의식과 자책감으로 인한 현실 감각의 상실 때문이다.[11] 그가 밤늦게 월부책을 받으러 가거나 아내의 시신을 판 돈을 낭비하는 상식 밖의 행동, 또는 뜨거운 불 속에서 아내의 고통을 체험하는 환시 경험은 무의식적 죄책감의 갈등에 따른 불안 의식의 한 단면이다. 이런 사내의 행동에서 프롬의 '도피의 메커니즘'적 심리 현상을 엿볼 수 있다.

프롬에게 있어 '도피의 메커니즘(mechanism of escape)'은 사회적으로 고립된 개인이 외부 세계와의 분리라는 견디기 어려운 상황에서 오는 불안을 극복하기 위해 택하는 방법 중의 하나로서 자아 실현이라는 측면에서 볼 때 부정적 의미를 갖는다.[12] 인간은 근대 산업사회와 시민사회에 접어들면서 외부적인 속박이나 굴레에서 해방되었으나 개별화의 촉진에 따라 인간과 인간과의 일차적인 연대 관계가 파괴됨으로써 각자 자신의 정체성에 대해 깊은 의혹과 회의를 갖게 되면서 무력감과 고독에 빠지게 된다. 어떤 사람은 이런 상황을 벗어나기 위해 적극적으로 대처하여 스스로 극복하는 경우가 있는 반면에, 어떤 이는 단순히 미봉책으로 대처하여 당면한 공포를 벗어나려는 데 급급한다. 이 후자의 경우 인간으로서 지극히 감당하기 어려운 고독과 두려움에서 벗어나는 것이 급선무이기에 그 행동은 자동적이거나 강제적인 성격을 띠게 된다.

그런데 '도피의 메커니즘'[13]은 이런 일차적인 연대 관계를 상실한 개인

---

11) 공종구, op.cit., p.332.
12) 정문길, 『소외론 연구』, 문학과 지성사(1983), p.158 재인용.

이 고독과 무력감의 공포를 벗어나기 위해 주체적인 독립성을 포기하고 자기 외부에 존재하는 타인이나 어떤 대상에게 복종이나 지배를 통해 자신을 융합시키는 경향을 띠게 되는 것이다. 이처럼 지배나 복종을 통해 개인적 자아나 자유로부터 도피함으로써 자아와 소외되고 적대적인 외부 세계에 직면하지 않아도 될 수 있게 해주는 심리적 메커니즘을 사디즘적 충동과 매저키즘적 충동에서 찾을 수 있다. 매저키즘적 충동은 자신을 비하시키거나 스스로 고통을 당함으로써 전혀 무의미한 존재로 인식한다. 그럼으로써 스스로 어떤 결단을 내리거나 운명에 대한 최종적인 책임을 짐으로써 자아를 잊으려는 도피의 방법이 되는 것이다. 따라서 개인적 자아의 무력감이나 독립적 존립의 불가능성을 지닌다.

> "나 혼자 있기가 무섭습니다" 그는 벌벌 떨며 말했다.
> "곧 통행 금지 시간이 됩니다. 난 여관으로 가서 잘 작정입니다." 안이 말했다.
> "난 집으로 갈 겁니다." 내가 말했다.
> "함께 갈 수 없겠습니까? 오늘 밤만 같이 지내 주십시오. 부탁합니다. 잠깐만 저를 따라와 주십시오." 사내는 말하고 나서 나를 붙잡고 있는 자기의 팔을 부채질하듯이 흔들었다.
>
> -「서울 1964년 겨울」-

두 사람은 어쩔 수 없이 여관까지 동행하지만 한 방에 같이 있어 달라는

---

13) Ibid., pp.159~168 참조.
   프롬은 현대의 사회적 현상을 심리학적으로 이해하는 데 도움이 되는 세 가지 '도피의 메커니즘'을 ① 권위주의 ② 파괴성 ③ 자동인형적 동조 등의 유형으로 나누고 있다. 이 중 '파괴'의 메커니즘은 고독과 무력감이 또다른 불안과 생의 위축을 유발하기 때문에 그 원인이 되는 인자를 제거하는 것이고, '자동인형적 동조'는 개인이 자아를 포기함으로써 문화적 형식이 그에게 제공하는 퍼스낼리티를 전적으로 받아들이는 것이다.

사내의 청을 거절한다. 그래도 '김'은 사내의 청을 받아주고픈 동정심을 갖지만 이기적이며 이해타산적인 '안'의 거절에 마지못해 수긍하는 우유부단한 모습이다. 그 사내는 다음날 자살한 시체로 발견되는데, '안'은 그가 슬픔과 외로움을 견디지 못해 자살하리라는 것을 알았는데 휘말리기 싫어서 방관했다는 것이다. 그들은 애초부터 사내의 절박한 처지를 이해하거나 도와주고자 할 관심도 없었다. 그러면서도 혼자 있게 해주면 자살하지 않을 줄 알았다는 말로 그들의 방관자적 태도를 합리화한다.

> 안은 눈을 맞고 있는 어느 앙상한 가로수 밑에서 멈췄다. 나도 그를 따라 멈췄다.
> 그가 이상하다는 얼굴로 나에게 물었다.
> "김형, 우리는 분명히 스물 다섯 살짜리죠?"
> "난 분명히 그렇습니다."
> "나도 그건 분명합니다." 그는 고개를 한번 기웃했다.
> "두려워집니다."
> "뭐가요?" 내가 물었다.
> "그 뭔가가, 그러니까……" 그가 한숨같은 음성으로 말했다.
> "우리가 너무 늙어버린 것 같지 않습니까?"
>
> ―「서울 1964년 겨울」―

인용 부분은 '안'과 '김'이 동행한 사내가 자살한 것을 확인하고 뒤처리가 귀찮아 몰래 빠져 나와서 나누는 대화이다. 그의 죽음을 방관한 자신들의 행동에 일말의 자책감과 부끄러움에서 던지는 '안'의 질문에 "우린 이제 겨우 스물 다섯 살입니다."는 김의 답변에는 작가의 냉소적인 시선이 깔려 있다. '안'은 사내의 죽음을 알고서 하룻밤 사이에 자신이 너무 늙었다고 자각한다. 이런 느낌은 그만큼 지난 하룻밤의 체험이 자신을 성숙하게 만

든 것으로 생각되었기 때문이다.[14) 이처럼 '안'이 그 사건을 충격으로 받아
들이는 것은 지난날 어려운 환경에서 실패와 좌절을 경험한 '김'보다 부유
한 가정 환경에서 순탄하게 살아오며 인생을 안일하게 바라보았기 때문이
다. 그의 한숨 섞인 어조는 자신도 비인간적이고 물화된 사회로부터 소외
당할지도 모른다는 두려움에 기인한다. 이 '늙음'은 육체적·정신적 성숙
한 상태라기보다 현실 인식에 따른 소외와 죽음으로 생각할 수 있다.

2) 무기력, 무지향성

무력감은 개인이 현대 사회에서 정치적·경제적·사회적으로 아무런
영향력을 미칠 수 없는 상태로 자신의 행위가 사회적 보상이 생기도록
통제할 수 있는 데에 대한 낮은 기대감이다. 따라서 자신의 활동을 통해
그가 추구하는 결과를 얻지 못하므로 외부적인 힘이나 강력한 타자에 의
해 운명에 맡겨져 있는 것처럼 보인다. 이런 무기력하면서도 방향 감각을
상실한 무지향성은 지난날 입시에 실패한 후 미아리 하숙 생활을 한 '김'이
나 무작정 밤거리를 배회하다 여관에서 자는 '안'의 생활에서 엿볼 수 있
다. '김'은 앞날을 걱정하는 일이나 복잡한 일을 생각하는 것을 기피하기에
무작정 하숙집을 나와 시내를 배회하면서 무미건조한 말을 주고 받으며
해방감을 갈구한다. 그는 어떤 뚜렷한 목표도 없이 현실의 답답한 상태를
벗어나기 위해 행동하는 무기력한 모습이다.

부잣집 장남이며 대학원생인 '안'과 대학조차 구경하지 못한 '김'은 같은
또래로서 대조가 되지만 그들은 진정한 삶의 가치를 찾지 못하고 무료하

---

14) 송준호, op.cit., p.206.

게 살아가는 모습에서 공통점이 있다. '김'은 '안'이 자기처럼 행동하고 생각하는 것에 대해 의아해하면서도 어떠한 의미도 부여하지 않는다. 그들은 사회에 동화되지 못하고 현실 세계에 대한 정확한 인식 능력도 없이 주위를 겉돌고 있다. '안'은 그냥 뭔가 뿌듯해지는 느낌 때문에 밤거리를 배회하다 여관에 자는 것이 그의 일과이다. 그들은 밤마다 외출하며 비상을 꿈꾸지만 뚜렷한 목적지도 없이 배회할 뿐이다. 그리고 '다른 길을 걸어서' 같은 지점인 도시 공간에서 우연히 만나 이야기를 나누지만 상대방에 대해 자세히 알려고도 하지 않는다.

> "이제 어디로 갈까?" 하고 아저씨가 말했다.
> "어디로 갈까?"라고 나도 그들의 말을 흉내냈다.
> 아무 데도 갈 데가 없었다.
>
> ─「서울 1964년 겨울」─

  그들이 아무런 목표도 없이 이곳저곳을 기웃거리며 표류하는 모습은 60년대 한국 산업사회의 물질주의에 따른 정신적 가치의 공허감을 나타낸다. 60년대는 근대 산업화와 도시화에 따른 거대한 변화의 시기였다. 무력으로써 권력을 장악한 군부 독재정권은 대내적으로 정통성 시비와, 대외적으로는 북한과의 체제 경쟁 우위를 확보하기 위해 혼신의 힘을 쏟았다. 이 때 안보 이데올로기 차원에서 추진된 산업화 정책은 물질적 풍요를 가져와 우리 사회에 커다란 질적 변화를 야기시켰다. 시장 경제 원리와 개인주의의 확산은 현실 사회의 토대를 이루는 가족 및 인간 관계는 물론 사회 조직 구성의 원리까지 변화시켰다. 특히 산업화의 발전에 따라 전통적인 가치관과 윤리관이 붕괴되면서 인간 관계도 더불어 공유하는 공동체 의식의 삶보다 개인의식에 기초한 긴장과 갈등, 이기심과 위선으로 포장된 인간 관계가 형성된다. 한쪽에는 대규모의 생산과 소비가 주는 물질적 풍요와 즐거움이 있는 데 반해, 다른 쪽에는 불평등과 소외에 따른 두려움과 우울, 좌절과 상실의 박탈감이 공존하는 것이다. 따라서 김승옥 소설속의 도시 공간에서 지배적인 삶의 모습은 인간성 상실과 단절감에 따른 소외와 고독, 위선과 가식의 타락성, 무료하고 권태로운 일상사, 자아의 정체성 상실과 주체 분열에 따른 존재론적 갈등 양상이 나타난다.

4. 비판적 현실 인식

갈등이란 사람 혹은 집단 간에 일어나는 사회적 상호 작용의 과정으로, 사회학적인 면에서 한쪽이 다른 쪽으로부터 불공평한 대우를 받는다고 생각하고 그것을 극복하기 위해 상대방과 투쟁 관계에 들어설 때 나타나는 사회적 현상이다. 이 갈등은 권력의 불평등을 토대로 한 것으로 어느 한쪽이 더 많은 권력을 가짐으로써 그것이 부당하다고 느껴질 때 발생하는 투쟁 관계이다. 그런데 이런 갈등 양상이 발현될 수 있는 사회적 바탕에서 문화적으로 억압될 때 그 갈등은 내적으로 더 심화되어 폭력으로 표출된다. 폭력은 자신의 법을 부과하기를 주저하지 않는 강한 자들의 소유물로서 또는 이와는 반대로 약한 자들의 마지막 자원으로서 가치 평가되어왔다.[15]

인류의 정신적 발전은 권력이나 제도적 폭력 앞에 과감히 맞서 온 용기있는 사람과 그들에게 용기를 심어주었던 양심과 신념, 그리고 그들을 따

---

15) 이브미쇼, 나정원 역, 『폭력과 정치』, 인간사랑(1990), p.82.

르던 사람들이 같이 나눴던 확신과 실천의 행동으로 가능했다. 이런 제도 적 폭력에 반하여 진리와 자유를 향한 확신에 찬 거부 행위만이 불복종이 고, 이런 불복종 행위를 통해 인간은 자유로워질 수 있다. 만일 우리가 자유롭지 못하거나 스스로 자유롭게 행동하는 것을 두려워한다면 우리는 감히 권력이나 제도를 거부할 수 없을 뿐만 아니라 불복종할 용기도 가질 수 없을 것이다. 불복종은 인간의 존엄성을 지키며 자유와 평화를 추구해 왔던 정의의 수호자에게 빼놓을 수 없는 숭고한 희생의 발자취였다. 따라 서 불복종과 직접 행동을 통한 투쟁은 인류의 양심과 사상과 제도를 발전 시켜 왔다. 시민 불복종을 실천한 사람들은 희생을 통해 자신들의 신념을 보여주었고, 불의에 저항했던 그들의 행동은 평화롭고 정의로운 세상에 대한 비전을 제시했다.16)

> 인류사란 바로 폭력의 역사라고도 할 수 있겠죠. 물론 상당 부분이 승자의 논리에 의해 정당화되고 미화되었겠지만 그것이 역사 발전의 원동력으로 작 용해 온 것도 부인할 수는 없을 겁니다. 이때의 폭력은 힘과 에너지를 의미하 죠. 그러나 요즈음 제도 속의 폭력은 그 다양한 형태로 인간을 무력화, 왜소 화시키고 있을 뿐입니다. 정당한 힘의 행사로 위장된 채 그것은 우리들을 속속들이 지배하고 있습니다. 질서의 이름으로, 공권력으로, 심지어는 법의 이름으로……. 경직된 이데올로기가 그것을 부추기며…….
> ─「서울, 1986년 여름」─

작가는 인류의 역사를 '폭력의 역사'라 규정하면서 그 폭력을 두 유형인 ① 힘과 에너지로서의 폭력 ② 제도 속의 폭력으로 나누고 있다. 전자는 역사 발전의 원동력으로서 인류의 올바른 발전을 위해 작용해 왔다면, 후 자는 합법성이라는 명분 하에 이데올로기나 질서, 법 등 다양한 형태를

---

16) 오연철, 『시민불복종─저항과 자유의 길』, 책세상(2001), p.21.

통해 인간을 무력화·왜소화시킨다는 것이다. 그런데 80년대의 시대적 상황은 정통성과 도덕성을 상실한 신군부가 무력으로 민주화를 요구하는 젊은이를 투옥하고 무자비하게 진압하는 통치 체제의 야만성을 드러냄으로써 70년대 유신독재 체제의 연장선상에 놓인다. 이런 폭력 체제에 항거하던 민심은 광주사태라는 민중 봉기를 통해 민주화를 열망하지만 무자비하게 짓밟히고, 많은 젊은이들은 녹화사업이라는 미명 하에 강제 징집당하거나 고문으로 인해 불구가 되고 전과자로 낙인 찍혀 사회의 국외자가 될 수밖에 없었다.

그 당시는 체제를 비판하거나 반대하면 흔히 좌익이나 공산주의자로 굴레를 씌워 사상적으로 매장시키므로 '왼쪽(왼손잡이세요?) 소리만 들어도 움츠러드는 상태이다. 이런 이데올로기적인 폭력 정치에 젊은이들의 고귀한 희생은 아무런 보상을 받지 못하고 처참하게 짓밟힌 끝에 허공으로 날아가 버리는 휘발성 물질과 같다. 따라서 '휘발성의 시대'란 그와 같은 폭력 정권에 대항해 싸우던 당시 젊은이들의 희생과 無賞性을 자탄한 말이다.17) 그런데 이런 젊은이들의 희생에도 불구하고 통치자의 제도적 폭력에 길들여진 많은 대중들은 현실 상황을 외면하고 도피하는 무기력한 삶에 익숙해져 있다. 그 당시 정치 세력은 그들의 권력 기반을 유지하고 대중의 불만을 여과시키기 위해 향락 산업과 스포츠를 활성화시켰던 것이다. 대중들은 스포츠에 열광하고 술과 노래에 빠져 현실 인식이 마비돼 현실을 방관하며 독재에 순응하는 소시민으로 전락한다. 주인공 김동수나 포장마차에서 흥청거리는 사람들에게서 이런 단면을 엿볼 수 있다.

김동수의 무기력한 모습과 소시민 의식은 80년대 중반 보편적 한국인의

---

17) 장양수, 『한국 패러디 소설연구』, 이화문화사(1997), p.99.

자화상이라 할 수 있다. 그는 해외 파견 근무에서 열심히 일하다 귀국하지만 그에게 돌아온 것은 회사의 일방적인 폭력이라 할 수 있는 해고 통지이다. 회사는 그를 해고하기 위해 3개월 간의 법적 유예 기간을 통해 교육이나 대기 발령이라는 명분으로 폭력을 합리화한다. 그런데도 그는 한마디의 항변이나 불만도 토로하지 못하고 무기력하게 당하고만 있고, 그의 동료들은 자신만 살아남기에 급급할 뿐 그에게 어떤 관심이나 동정도 갖지 않는다. 마치 최성기의 말마따나 '겉늙은' 모습이라 할 수 있다. 이 '겉늙음'이란 제도 속의 폭력에 길들여진 소시민을 뜻한다. 이런 폭력은 오늘날 우리의 삶 속에 법·이데올로기·공권력 등 다양한 형태로 현대인을 무력화·왜소화시키고 있다. 대부분의 대중들은 이런 폭력 앞에 과감한 용기와 비판을 통한 도전과 모험보다 현실에 안주하며 기득권을 보장받으려는 소시민적 태도를 취한다.

김동수의 무기력한 모습은 그의 무력한 남성 기능에도 나타난다. 그는 오랫동안 중동에 나가 금욕 생활을 한 탓으로 그의 남성이 제대로 기능하지 못한 것에 대해 고민한다. 이런 그에게 최성기는 맥주홀에서 같이 술 마신 후 여관에 투숙하여 김동수를 한 여인과 동침케함으로써 그의 남성이 제대로 기능할 수 있음을 확인시켜 준다. 그러나 김동수가 남성 기능의 확인 과정에서 깨닫게 된 것은 단지 육체적 성기능의 회복에 따른 기쁨보다 지금까지 죽어 있었던 주체성의 정체성과 현실 인식에 대한 자각이라는 점이다.

> 그는 팬티를 입으려다가 문득 자신의 성기에 눈을 주었다. 그것은 형편없이 쭈그러 붙어 추악한 오물 같아 보였다. 순간 그는 견디기 힘든 수치감과 함께 맹렬한 분노를 느꼈다. 그는 떨리는 손으로 팬티를 다리 사이로 꿰 넣으

려다 하마터면 자빠질 뻔했다.

—「서울, 1986년 여름」—

그가 자신의 육체적 성 기능이 정상이라는 데에 기쁨과 안도감을 느끼는 순간 참을 수 없는 수치심과 분노를 느끼는 것은 근본적으로 인간이 지녀야 할 정의나 진리에 대한 명징한 의식이 없다는 데에 대한 깨달음 때문이다. 형편없이 '쭈그러 붙어' 있는 성기는 그의 의식의 陰痿[18]을 뜻한다. '꿈틀거림'은 이런 명징한 의식의 자각에 이르는 과정이다. 이 작품에서 '꿈틀거림'의 이미지는 원작에서처럼 여러 번 반복되어 나타나 상징적 의미를 지닌다.

> ① ㉠ "난 방금 생각해 봤는데, 김형의 그 오르내림도 역시 <u>꿈틀거림</u>의 일종이라는 결론을 얻었습니다."
> "그렇죠?" 나는 즐거워졌다. "그것은 틀림없이 <u>꿈틀거림</u>입니다. 난 여자의 아랫배를 가장 사랑합니다. 안형은 어떤 <u>꿈틀거림</u>을 사랑합니까?"
> ㉡ "어떤 꿈틀거림이 아닙니다. 그냥 <u>꿈틀거리는</u> 거죠. 그냥 말입니다. 예를 들면…… 데모도……"
> "데모가? 데모를? 그러니까 데모……"
>
> —「서울 1964년 겨울」—

위 예문에 나타나듯이, '안'과 '김'이 나누는 대화 중 '꿈틀거림'이니 '꿈틀거리는 것을 사랑한다는 것'이 중심 화젯거리의 하나로 떠오른다. 이 '꿈틀거림'의 이미지는 「서울, 1986년 여름」에서도 김동수와 최성기의 첫 대화가 이루어지는 화두로서 '꿈틀거리는 것을 좋아시나요'가 던져지듯이 반복되어 나타난다. 원작에서 이 '꿈틀거림'의 이미지는 ㉠ '김'이 서울에서 좌

---

18) Ibid., p.104.

절과 권태로운 삶을 보낼 때 출퇴근 시간의 만원 버스 자리에 앉아 있는 여인의 숨 쉬는 아랫배에서 느끼는 감정으로 자신의 지친 육신과 영혼에게 마음의 평안과 상쾌한 기분을 갖게 하는, 즉 그 움직임에서 신선한 기분을 느끼는 것이다. 이것은 마치 지친 육신과 마음을 평안케하는 에덴의 낙원으로 모태회귀의 원형적 자질이라 할 수 있다.

ⓛ '안'이 같은 또래의 친구를 새롭게 만날 때 나누고 싶어 하는 화젯거리로서 현실 인식에 대한 생명의 역동성을 뜻한다. 그러나 이처럼 파편화된 의미의 상징성은 총체적인 작품 구조상 실없이 말장난으로 이어지는 대화 속에서 '공허한 언어의 무의미성'을 통해 뚜렷한 지표와 방향 감각을 상실한 젊은이의 의식세계라 할 수 있다.

② ㉠ 물 때 같은 기포가 뽀글거리는 어항 속에서는 옴쭉도 않고 달라붙어 있던 낙지는 토막쳐지자 잘리워진 모든 분위기가 되살아난 듯 맹렬히 <u>꿈틀거리기</u> 시작했다.

㉡ 토플리스 차림으로 드러난 여가수의 허연 몸뚱이가 선정적으로 <u>꿈틀거리기</u> 시작하자 여기저기 테이블에서 사람들이 무대 위로 쏟아져 올라갔다.

㉢ "실은 저는 어젯밤에 선생님과 일구팔육년도 여름의 가장 적나라한 <u>꿈틀거림</u>에 대한 얘기를 나누고 싶었습니다. 오랫동안 저를 끈질기게 학대하고 어젯밤에는 제 왕성한 성욕에까지 찬물을 끼얹는 그 놈의 <u>꿈틀거림</u>에 대해서 말입니다." 순간적인 격정으로인지 최가 말을 끊고 몸을 부르르 떨었다. "저는 제 눈으로 그 처절한 <u>꿈틀거림</u>을 똑똑히 보았습니다. 그것은……. 아아, 그건 분신한 젊은이의 몸뚱입니다…….
…… …… 정말 두려웠던 것은 빌어먹을 그 놈의 <u>꿈틀거림</u>이었습니다. 저를 끊임없이 유혹하고 환장하게 했던 그 <u>꿈틀거림</u>이 휘발유의 냄새 속에서 생생한 두려움으로 되살아나는 것이었습니다.

—「서울, 1986년 여름」—

이 작품의 마지막 부분에 '꿈틀거림'의 이미지가 반복되어 나타나는데, ㉠은 술안주로 회쳐 내놓은 낙지 토막에서 생생한 미각적인 맛을, ㉡은 생맥주홀에서 토플리스 차림으로 춤추는 여가수의 육체적 관능미를 각각 감각적으로 생생하게 묘사했다. 이런 이미지 반복은 주제 의식을 강조하기 위한 것으로 사건이 진행되면서 주인공의 성격 변화에 관계 맺는 상징적 패턴의 한 양상을 나타낸다. 따라서 이 '꿈틀거림'은 반역사적·폭력적 통치 체제에 항거하며 분신한 젊은이의 고통의 몸부림이며, 더 나아가서는 모순된 현실에 대한 각성으로 자유와 정의를 향한 삶의 역동성이라 할 수 있다.

이처럼 명징한 의식은 최성기의 삶을 통해 구체적으로 암시된다. 그는 김동수를 만나던 그날도 분신하려고 휘발유까지 준비했으나 구체적인 행동으로 옮기지 못한다. 그것은 죽음이 두려웠지만 분신한 젊은이가 떠올라 그 고통이 두려웠기 때문이다. 이 고통은 심리적·실존적·정신적 고통을 포함하며[19] 사회적·도덕적 차원에서 공동체 내의 책임·정의·가치 등과 같은 맥락으로 볼 수 있다. 그가 갈등을 겪는 것은 분신한 젊은이의 죽음을 생각하면서 현실에 안주하는 무관심한 현실 세태에, 또한 자신의 무기력한 모습에 부끄러움을 느끼기 때문이다. 그는 김동수에게 그 같은 사실을 자세히 이야기함으로써 용기 있는 청년의 죽음이 헛되지 않기 위해 방관자적인 포장마차의 소시민이나 자신들의 부끄러움을 일깨워 주는 것이다. 그 후 최성기는 학교로 돌아가는데, 그의 결연한 모습에서 방관자적인 삶을 떠나 부조리한 현실과 제도적 폭력에 대항해 싸우려는 강인한 의지를 읽을 수 있다.

---

19) 아서 클라인만·비나 다스 외, 안종설 역, 『사회적 고통』, 그린비(2002), p.123.

　김동수도 이런 최성기와의 만남을 통해 아내에게 전화를 걸어 회사를 그만 두기로 했다는 사실을 고백할 정도로 용기를 갖고 현실 세계에 대한 새로운 인식을 깨우치게 된다. 그는 지금까지 소심하고 무기력한 방관자의 모습에서 적극적으로 현실에 대처하며 주체성의 정체성을 인식하는 것이다. 따라서 최성기의 현실 인식을 통해 폭력적 억압에 두려움을 느껴 외면하거나 도피하는 소극적인 삶이 아니라, 모순된 현실에 과감히 맞서 부조리를 개혁하고 인간다운 삶의 가치관을 구현시켜 나아가야 한다는 의지를 느낄 수 있다.

5. 결론

　「서울 1964년 겨울」과 「서울, 1986년 여름」을 상호텍스트성의 관점에서 시점 및 서사구성, 현실 인식 중심으로 비교 분석한 내용을 정리하면 다음과 같다.

　「서울 1964년 겨울」의 시점은 인물적 서술상황으로 작중 인물인 '김'(나)의 시선을 통해 모든 것이 전개된다. '김'의 관찰자 시점에서 전개되는 이 작품은 사건 밖 서술자가 별도로 존재하지 않기에 그가 보고 겪은 일만을 전개하며 어떤 상황에 대한 해석이 없이 단지 무기력과 답답함만을 보여 준다. 그리고 긴장이나 갈등 구조에 따른 극적 반전이 없이 지루할 정도로 시종일관 평면적인 서사 구조가 전개되면서 해체적·유희적 담론 중심으로 소외와 고독으로 인한 주체의 위기라는 주제를 뒷받침하고 있다. 그들의 무의미한 대화는 단절감을 야기시키며 현대인의 무기력과 무지향성, 물신주의적 사회 풍조, 무관심 등을 총체적으로 반영하고 있다.

그들은 뚜렷한 목표도 없이 현실의 답답한 상태를 벗어나기 위해 행동하는 무기력한 모습으로 60년대 산업 사회의 물질주의에 따른 정신적 가치의 공허감을 표출하는 것이다.

「서울, 1986년 여름」은 원작처럼 결말의 자살 장면은 없지만 포장마차에서 두 사람이 우연히 만나 시간을 보내다 여관에 투숙한 후 다음날 헤어지는 스토리 구조, 극적 갈등이 없는 밋밋한 이야기, '꿈틀거림'이나 '겉늙음'에 관련된 이미지 언급, 유사한 대사나 상황 묘사, 제목 형태 등에서 김승옥의 「서울 1964년 겨울」을 패러디했음을 알 수 있다. 서술 형태는 작가 관찰자 시점으로서 작가가 외적 관찰자로 등장 인물의 사상이나 감정 속에 들어가 이야기하고 있다. 원작의 대화 위주보다 훨씬 치밀한 묘사나 관찰하는 서술 지문, 감각적인 표현과 독특한 뉘앙스를 내포한 신선한 어휘가 많이 나타난다. 그리고 원작의 평면적 구성의 단조로움에 비해 이 작품의 서사 구조는 후반부에서 공간의 이동, 대화보다 묘사 중심, 현실과 내면의식의 겹침, 주인공의 성격 변화 등 훨씬 다양하게 입체적으로 구성되어 있다.

제도 속의 폭력은 오늘날 우리 삶 속에서 법·이데올로기·공권력 등 다양한 형태로 현대인을 무력화·왜소화시킨다. 대중은 이런 폭력 앞에 과감히 맞서기보다 현실에 안주하며 기득권을 보장받으려는 소시민적 태도를 취한다. 이런 소시민 의식과 무기력성에 길들여진 김동수도 인간다운 삶의 가치관을 구현해 나가려는 한 젊은이의 현실 인식을 통해 소심하고 무기력한 방관자의 모습에서 적극적으로 현실을 대처하며 주체성의 정체성을 인식하게 된다.

11장 : 박지원의 「허생전」과 이남희의 「허생의 처」, 최시한의 「허생전을 배우는 시간」

1. 서론

패러디는 원텍스트를 재구성하는 창조적 모방으로서 원작의 형식·문체·사상·인물 등을 차용하면서도 원작에 대한 비판이나 풍자, 작가에 대한 비판까지 표현하므로 '차이가 있는 반복'이라 할 수 있다. 반복이 과거의 문학 유산이라면, 차이는 작가의 '비평적 거리'로서 원텍스트의 담론적 권위에 의존하여 새로운 의미 체계를 통해 나타낸다. 이 때 패러디 작가가 원텍스트에 친화적 입장이면 원작에 내재한 주제나 기법, 형식을 긍정적 입장에서 계승하거나 의미 확장에 치중하고, 비판적 입장이면 원작의 주제나 작가의 가치관에 저항하며 비판적인 내용을 담아낸다.

「허생전」을 현대소설로 패러디한 작품으로는 본고에서 논할 작품 이외에 이광수의 「허생전」과 채만식의 「허생전」이 있다. 이광수의 「허생전」

(동아일보 연재, 1923)은 1920년대 암울한 시대적 상황에서 민족 구원의 출구로 이상적 가치를 실현하는 능동적 인물과 다양한 사건을 통해 연재 소설로서의 대중성과 흥미성을 갖추었다. 채만식의 「허생전」(1946)은 박지원의 「허생전」, 이광수의 「허생전」, 전하는 설화 등을 참고해 창작한 것으로 민족의식과 역사의식에 투철한 미래지향적 인물을 설정해 인간 평등사상과 근대 지식인상을 반영하였다. 그리고 작중 현실의 구체성과 필연성의 행위로서 정치적 파벌, 부패한 관리 치부, 강대국의 영향력 등 당대의 절박한 문제의식을 잘 다루고 있다.

본고는 이용후생파적 실학사상의 관점에서 상업 경제의 중상주의와 올곧은 선비정신을 반영한 「허생전」을 원텍스트로 해 작품 형식 및 패러디 구조와 여성해방론적 관점에서 가부장제와 선비 정신의 이데올로기 중심으로 이남희의 「허생의 처」를, 수용미학적 관점에서 독자 중심의 글읽기와 주체적 행동의 신념화 중심으로 최시한의 「허생전을 배우는 시간」을 각각 분석하고자 한다. 즉, 고전의 이야기와 패러디한 현대소설과의 수직적 관계에서 나타나는 상호텍스트의 대화성을, 또한 동시대에 창작된 서사물 간의 수평적 관계에서 비교되는 대화적 다의성을 살펴볼 것이다.

여성해방론은 숨겨져 있던 여성의 역사를 찾아내고 여성 스스로 경험했던 억압과 소외의 보편성을 인식하여 자신의 것으로 새롭게 가꾸어 가는 것이다. 그리고 인간 사회의 불평등과 갈등 구조를 극복하여 남녀 모두를 새로운 역사로 만들어 가는 작업이다. 수용미학은 텍스트의 열림의 상태에서 독자 중심의 작품 감상으로부터 출발한다. 문학 작품이란 고정된 의미를 일방적으로 전달받는 수동적인 입장이 아니라 수용자인 독자의 독서 과정 속에서 그 의미가 구체화되고 활성화되는 것이다. 따라서 전통 미학처럼 작가의 의도나 작품의 감추어진 의미를 찾는 것이 아니라 텍스트와 독자 사이에 이루어지는 소통과정에서 생겨난 내용이 구체화되는 것이다.

2. 상업 경제의 중상주의와 자아 성찰의 선비정신 -「허생전」

1) 이용후생의 실학사상

「허생전」은 연암의 기행록 『열하일기』의 「옥갑야화」에 실려 있는 일화 중 한 편이다.[1] 그는 연경에서 돌아오는 도중 옥갑에서 여러 비장(裨將)들과 역관들로부터 그들이 체험한 의협적 · 회고적 이야기를 여기에 기록해 놓았는데, 이 「허생전」은 전대의 역관 변승업에 대한 이야기에다 그가 윤영이라는 노인에게서 들은 허생 고사를 덧붙여 허구화한 것이다. 따라서 허생이 실존 인물인지 확실하지 않지만 전기적 성격을 지니며, 당시 지배층의 북벌론에서는 실제 역사적인 상황을 엿볼 수 있다.

18C 새로운 사상 조류로 등장한 실학은 양란으로 피폐된 성리학 풍토와 무능한 지배층에 대한 불만과 비판의식 속에서 근대 과학 기술 중심으로 도탄에 빠진 민생구제에 그 학문의 실용성을 고취시켰다. 이 학문은 경세치용파와 이용후생파로 나눌 수 있는데, 경세치용파는 이수광 · 유형원 · 이익 등을 중심으로 농본주의적 자급자족과 토지 및 각종 제도 개혁에 치중하며 현실 파악 능력을 키움으로써 민생 구제에 중점을 두었고, 이용후생파는 홍대용 · 박제가 · 박지원 등을 중심으로 상공업의 유통구조 개선과 서구의 과학 기술 발전에 치중하는 실증적인 태도를 취했다.[2] 특히

---

1) 『열하일기』— 齋本, 卷 5 「進德齋夜話」 참조.
2) 윤사순, 「실학의미의 변이」, 『실학의 철학』, 한국사상연구회, 예문서원, pp.29~ 39 참조.

이용후생 중심의 연암학파는 지적 창조 활동을 문학 예술 분야에 중점을 두면서 상공업의 발전을 위해 주로 청 문화를 받아들여 현실 개혁에 주안점을 두었다. 이들은 위정자들의 상공업 천시가 빚어낸 경제적 후진성과 이에 따른 재정 궁핍 등 빈곤타파의 일환으로 상품 유통과 생산 기구의 개발을 주장했고, 勳戚·權貴 층의 부패와 사치, 주자학적 권위주의를 비판했다. 따라서 연암은 이 작품에서 한 노인으로부터 들은 이야기를 모티프화해 상업 경제의 중상주의와 자아 성찰의 선비사상, 위정자 비판 등을 주제화 해 이상적 인간상으로 '허생'을 설정하였다.

묵적골에 사는 허생은 10년 계획으로 책 읽기에 열중하던 중 어느 날 삯바느질로 생활하는 아내가 무엇인들 먹고 살아야 할 것이 아니냐는 투정에 홀연히 집을 나간다. 그는 장안의 변부자를 만나 만금을 빌려 안성에서 과일을, 제주도에서 말총을 매점하여 각각 10배의 이윤을 남기고, 도적들을 모아 무인도에서 농사를 지어 일본 장기도에 팔아 100만금의 이익을 남긴다. 이 중 50만금은 바다에 버리고, 나머지 50만금 중 40만금은 빈민 구제 사업에 쓰고 10만금은 원금과 이자값으로 변부자에게 갚는다. 그 후 변부자는 허생의 지혜와 유능함을 알고 어영 대장 이완에게 천거하매, 허생은 수락 조건으로 3가지 시책을 제시하자 이완 대장이 난색을 표하므로 신임받는 신하가 이 따위냐 하며 그의 무능을 꾸짖고 홀연히 사라져버린다.

이 내용을 간략히 정리하면, ㉠ 10년 계획으로 책 읽기─㉡ 생활고로 인한 아내의 항변─㉢ 변부자에게 돈 빌림─㉣ 매점 행위로 치부─㉤ 도둑 무리 이끌고 무인도에 정착─㉥ 농업을 통한 이상향 건설─㉦ 대외무역으로 거금 획득─㉧ 빈민구제─㉨ 원금·이자 상환─㉩ 어영대장 이완에게 3가지 시책 제시─㉪ 홀연히 집 떠남 등으로 나눌 수 있다. 따라서 '가정─사회─국가' 차원의 문제로 문제의식을 확대해 가면서 각 서사 공

간 내에서 야기되는 첨예한 문제들을 떠안고 있는 문제적 인물들을 주인
공 허생의 행위 중심 축으로 하여 구조화하였다.3) 허생이 가정 내 아내의
불만으로 집을 나와 사회 구조의 차원에서 상행위로 남긴 이윤을 가지고
도적들을 보살피고 빈민을 구제하고, 나아가서는 북벌론자인 실세 정치인
을 등장시켜 국가 차원의 정책 문제를 다루고 있는 것이다.

연암과 같은 북학파는 선비의 신분을 지키면서도 상인과의 접촉이나 교
류가 활발했고,4) 농공상의 발달을 위해서는 기술 개발에 따른 선비들의
이론적 뒷받침이 있어야 한다고 보았다. 선비는 농공상을 천시하거나 초연
하는 것이 아니라 그것을 주도하고 관장해 나가야 한다는 것이다. 그렇다고
직접 농사를 짓거나 상공업의 일선에 나서야 한다는 것은 아니다. 선비의
학문으로서 농공상에 기여할 때 그 존재 가치가 있는 것이다. 허생의 처가
남편에게 아무 쓸모없는 독서는 집어치우고 공장이 노릇이나 장사치가 되
든지, 그렇지 않으면 도적이 되라고 한 것은 시대가 변화하는 사회 현실상
과 관련되는 것이다. 순종만이 미덕으로 여기던 봉건사회에서 허생 처의
항변과 매도는 연암의 여성관에 대한 긍정적 입장을 엿볼 수 있다.

허생은 가난한 양반으로 신분은 상층에 속하나 실생활은 농공상에 종사
하는 하층민보다 빈궁한 것을 알 수 있다. 그러나 양반이란 체면 때문에
현실을 무시하고 독서만 하다 굶주림에 지친 아내의 항변과 모욕으로 인
해 현실세계로 뛰어든다. 그 당시 양반 계층인 선비가 미천한 역관 출신
변부자에게 돈을 빌린다는 것은 그 자세가 고고하다고 하나 매우 자존심
이 상하는 일이다. 그러나 그런 수치심을 감내하면서까지 돈을 빌린다는

---

3) 김학성, 「허생전」, 『한국고전소설 작품론』, 김진세화갑기념논문집, 집문당 (1990),
  p.216.
4) 이우성, 「실학파의 문학」, 『연암연구』, 계명대출판(1984), p.95.

것은 개인의 안일보다는 사회와 국가를 위한 거국적인 차원으로 볼 수 있다. 허생의 실리추구의 실천적 행위는 구체적으로 안성에서 전국의 과일을, 제주도에서 말총을 매점해 10배 이상의 이윤을 남긴다. 그는 매점의 상행위로 거대한 이익을 남겼지만, 그 이후의 행동으로 볼 때 치부 그 자체보다 그런 과정을 통한 그의 이상을 시험해 보는 것이라 할 수 있다. 정작 그가 변부자에게 전후 상황을 설명할 때는 독과점 행위의 사사로운 이익은 국가를 망치는 것이라 하여 상행위의 공익성을 강조하고 있다.

그리고 그는 변산의 도적 무리를 모아 무인도로 들어가 그들에게 가정을 이뤄 농사를 짓게 함으로써 이용후생의 정책 부재였던 당시 사회 문제의 해결 방안을 제시한다. 그들이 도적 무리가 된 것도 오랜 전란과 흉작, 권력층의 가렴주구로 인해 삶의 터전을 잃고 유랑민이 된 사회의 구조적 모순에 기인한다. 그들이 농사를 지어 남은 농산물을 장기도에 수출함으로써 부를 획득하는 것은 국외무역의 가능성을 실증적으로 보여준다. 여기에서 번 100만금은 너무 큰 돈이기에 국가의 경제(통화량)가 흔들린다 하여 50만금은 바다에 버리고, 나머지 중 40만금은 빈민을 구제하고 10만금은 변부자에게 갚는다. 그의 이런 행동은 개인의 호의호식을 위한 치부 목적이 아니라 번 돈을 어떻게 활용하느냐는 이상 구현을 위한 잠재적 역량을 나타낸 것이다. 그는 군도들에게도 먼저 부하게 한 후 문자를 만들고 의관을 새로 제정하듯이 우선적으로 이용후생 후에 규범과 덕목을 마련한다.

2) 자아성찰의 선비상

서두에서부터 두문불출하고 독서에만 열중하며 굶주림에 초연한 허생은 굶주려 훌쩍훌쩍 우는 아내와 대조를 이룬다. 그 고루한 선비 모습은 가난한 양반 신분으로 역관 출신인 변부자에게 돈을 빌리러 갔을 때부터 나타난다. 그는 초라한 행색이었지만 오기에 차 있으면서도 비굴함이 없는 당당한 모습이 변부자에게 물질로써 만족할 사람이 아니라는 확신을 심어 주어 신분도 모르고 담보도 없이 돈을 빌리게 된다. 그가 이렇게 빌린 돈으로 거금을 번 후 변부자에게 10만금을 갚으려 할 때 변부자가 만금만 받으려 하자 자신을 장사치로 대하는 데 분개하며 일생 동안 필요한 의식주만 요구하며 그 이상 바라지 않는다("재물에 의해서 기름 도는 것은 당신들 일이오, 만 냥이 어찌 도를 살찌게 하겠소. 또 당신은 나를 장사치로 보는가"). 이런 점에서 그가 현실에 참여해 돈을 번 것은 그의 이상을 실제로 시험해 본 것이지 선비의 자세를 벗어나 속화된 생활인으로 변신하고자 했던 것이 아님을 알 수 있다. 이용후생이 결여된 위정자의 실정을 실제로 현실에 뛰어들어 실증적으로 제시한 것이다. 그도 독점해 폭리를 취한 것은 '나라를 병들게 하는' 상행위로 규정하고 단지 '하늘이 시키는 일'에 따랐을 뿐이라고 한다. 이는 그의 실리추구가 단지 맹목적인 이기적 행위가 아니라 궁극적으로 천도에 따라 가난을 구제하고 덕을 펴는 수단으로 이용하고 있다는 것을 알 수 있다.

이런 그의 선비관은 맹목적인 것이 아니라 때로는 위선적이며 공리공론을 일삼는 유학자와 고루한 유교 전통사회의 폐습을 신랄히 비판한다. 그가 직접 상행위를 할 때도 과일과 말총에 한하는데, 과일은 잔치나 제삿상에, 말총은 갓을 만드는 데 필수적인 재료로 값에 구애받지 않고 늘 수요로 하는 물품이기 때문이다. 이 물건들은 당시 사회 윤리의 명분과 체면치레를 반영한 허례허식의 상징적 산물이다. 따라서 명분 추구에 치중하며 비생산적인 것에 치우쳐 있음을 구체적인 상행위를 통해 비판한다. 허생이 섬에서 화근을 미리 뽑아야 한다며 '글 아는 사람'을 데리고 나오는 것도 그만큼 지식층에 의해 자행되는 사회의 병리적 현상을 인식했기 때문이다. 또한 아이에게 숟가락 잡는 것을 먼저 가르치고 하루라도 빨리 태어난 아이에게 먼저 먹게 하라고 가르치는 것도 번거로운 허례허식의 불필요성을 지적한 것이다. 예란 단지 숟가락을 잡을 수 있고 윗사람을 알아볼 만하면 족한 것이다. 특히 말미 부분에서 북벌 책임자인 이완 대장이 변부자로부터 천거받은 허생을 회유하기 위해 찾아왔을 때 그는 변부자에게 돈을 빌리러 갔을 때나 도적 무리 앞에서 보여주었던 오만하면서도 당당한 태도로써 수락 조건으로 북벌 3안의 시책(時事三策)을 제시한다. 이 북벌안은 작가의 창작에 의한 것이 아니라 효종 당시 제기된 역사적 사실인데, 이것을 작품 말미에 반영한 것은 다분히 작가의 정치적 현실 인식이 가미되어 있음을 느낄 수 있다. 그 내용을 구체적으로 살펴보면 다음과 같다.

> ㉠ 와룡 선생을 천거할 테니 임금께 아뢰어 삼고 초려할 것.
> ㉡ 명 장수들이 조선에 은혜를 베풀었다 하여 그 후손들이 망명해 어렵게 유리걸식하고 있으니 그들에게 宗室의 딸들을 시집보내고, 勳戚·權貴家의 집을 뺏어 그들을 도와줄 것.
> ㉢ 병자호란 때의 국치를 보복할 기회를 얻기 위해 국내 자제들을 뽑아 변발하고 호복을 입혀, 그 중 선비는 賓貢科에 응시하고 서민은 강남에서 장사하면서 정탐하여 그 곳 호걸들과 결탁할 것.

㉠은 당파에 얽힌 인재 등용의 불합리성을, ㉡은 大明을 위한 복수와 의리를 위해서라면 유민들을 돌봐야 함에도 이에 무관심한 사대부층의 무관심, 勳戚·權貴家의 부패와 횡포를 비판한 것이고, ㉢은 원래 북벌론이 불가능한 상황이었지만 북벌의 성공을 위해 대안을 제시한 것이다. 이 시책은 당시 집권층이 병자호란의 치욕을 설욕하기 위해 '북벌책'을 제시했

다면 그대로 추진했어야 하는데도 그러지 못하고 그들은 예법과 체면의 명분을 내세워 자신의 무능을 합리화하고 있는 것이다. 따라서 허생은 북벌론의 명분이 그들의 정권을 유지하기 위한 수단에 지나지 않았음을, 또한 이 시책이 현실적으로 실현될 수 없다는 것을 이미 알고 있기 때문에 현실 참여를 통해 그들에게 협조할 생각을 처음부터 가지지 않았다. 따라서 그는 그런 집권층을 대변하는 이완 대장에게 자신의 목소리를 통해 정책적 북벌의 허위성을 폭로하고[5] 사대부층의 위선과 무능, 허위의식을 질책하며 비판한다. 그는 북벌을 주장하면서도 실제로는 지난날의 타성에 안주하는 사대부층의 가증스런 위선을 직시한다. 집권층의 명분 추구 때문에 실질적이고 효율적인 정책을 조금도 수용하지 못하는 당대의 정치 상황을 비판한 것이다. 허생이 마지막 장면에 홀연히 사라진 것은 바른 도를 펼치기 어려운 세상에서 뜻을 굽히며 부귀를 누리는 것은 선비의 길이 아니라고 믿었기 때문이다.[6] 그는 사업 수완이 좋아 돈을 벌고 구제 사업으로 많은 사람들을 도왔으나 도 없는 세상에서는 이상을 실현시킬 수 없다고 믿었기에 숨어버린 것이다.

3. 여성해방 의식 관점의 「허생의 처」

1) 작품 형식 및 패러디 구조

「허생의 처」는 「허생전」의 창작 배경의 후일담 형식으로 제기된 허생

---

5) 이재수, 『한국 소설 연구』, 선명문화사(1973), p.350.
6) 이미란, 「한국 현대 패러디 소설연구」, 전남대 박사논문(1998), p.48.

에 대한 이야기를 도입 부분에 제시했는데, 마치 내포작가인 연암이 윤영이라는 노인에게서 들은 허생 이야기에 대해 액자소설 형태를 취하고 있다. 이 도입부의 바깥 액자는 내포작가 형태인 연암이 윤영이라는 노인으로부터 들은 허생 이야기를 구체화해「허생전」을 쓰기로 했다는 내용이다. 이 바깥 액자 이야기는 연암이 20살 때부터 17년 동안 윤영 노인을 두 번 만나는 내용이다. 첫 번째는 노인이 들려준 이야기가 '거짓스럽고 괴상하고 홀황하기 짝이 없어서' 들음직했고, 두 번째는 허생 이야기 중 모순된 점을 질문하자 직접 겪은 일이나 다름없이 생생하게 설명하는 모습에서이다. 그리고 17년이 지났는데도 조금도 늙지 않은 그 노인을 윤영이라 부르자 그는 화를 내며 자신의 이름이 辛嗇이라 하기에 연암은 그가 필시 도술을 지닌 사람이었다고 술회한다.

이 작품은 연암의 창작 동기를 예고하면서 정작 작품 전개 과정에서는 허생 처의 일인칭 관찰자 시점에서 원텍스트의 허생 이야기를 후경화시키고 전혀 새로운 세계를 전경화시켜 독자의 기대와 다르게 스토리가 전개된다. 원텍스트인「허생전」의 흔적은 내부 액자 이야기 속 화자인 허생의 처를 통해 나타난다. 전반부의 내용은 현재와 과거의 회상 장면이 오우버랩 형식으로 반복되고, 후반부는 전부 현재 시점에서 이야기가 전개되고 있다. 현재의 이야기는 '등장인물인 나'가 이야기하는 내적 초점화의 양상이며, 과거의 회상 이야기는 '서술하는 나'가 이야기하는 외적 초점화의 양상이다.[7] 그리고「허생전」과 시·공간적 배경은 동일하나 마치 원텍스트의 후속편처럼 집 나갔던 허생이 5년 만에 돌아와서 다시 나가겠다는 뜻을 아내에게 전하는 서술 시간으로, 허생 처의 회상을 통해 그녀가 시집

---

7) Ibid. p.115.

오기 전과 남편이 집을 비운 5년간의 시간이 덧붙어 있다. 회상 내용은 구체적으로 병자호란 때 어머니는 자결하나 서모는 생존한 일, 전쟁 후 궁핍한 시절과 남편이 집나간 5년 동안의 이야기로서 지난날 자신의 삶을 돌이키면서 앞으로의 삶을 당당히 말할 수 있는 계기를 갖는다. 따라서 이 작품은 원텍스트와 같은 시·공간이지만 허생 처의 일대기이면서 그녀의 시점에서 본 허생의 이야기이다. 즉 노인이 생생하게 들려주는 들음직한 이야기가 허생 처의 시점을 통해 전개되는 작가의 글쓰기이다. 이 노인의 생생한 이야기는 마지막 부분에서 허생 처에 대해 "허생의 아내 말씀이오, 그러고도 그 여잔 여전히 굶주렸던 거요."[8]라는 동정적인 언사에서 직접적인 경험담의 분위기를 느낄 수 있다. 이런 비범한 노인 설정은 허생이라는 한 비범한 인물에 대한 이야기에 신뢰감을 주기 위한 장치로서 기능하고 있다.[9] 이처럼 이 작품은 기존의 작품 형식이나 내용을 밑바탕에 두고 작가의 새로운 시각에서 주제의식을 담아 냈는데, 아내의 인간적 권리를 도외시한 채 경세제민의 이상을 추구하는 허생의 가부장적 봉건성을 신랄히 비판한 것이다. 아울러 원텍스트의 형태를 구체적으로 차용한 부분을 살펴보면,

① 궁핍한 생활에 대한 허생 처의 항변
  ㉠ "당신은 한 평생에 과거(科擧)도 보지 않사오니 이럴진대 글은 읽어서
    무엇하시려오."
    하였다. 허생은,
    "난 아직 글 읽기에 세련되지 못한가 보오."
    하고 껄껄대곤 했다. 아내는,

---

8) 작가는 이 인용 구절에서 작품을 착상했다고 한다.(최인훈, 『내가 훔친 소설』,
    갑인출판사(1991), p.140.)
9) 박혜주, 「글읽기와 글쓰기」, 『한국패러디소설 연구』, 국학자료원(1996), p.246.

"그러면 공장이 노릇도 못하신단 말예요."

하였다. 허생은,

"공장이 일이란 애초부터 배우지 못했으니까 어떻게 할 수 있겠소."

하니, 아내는,

"그럼, 장사치 노릇이라도 하셔야죠."

한다. 허생은,

"장사치 노릇인들 밑천이 없고서야 어떻게 할 수 있겠소."

하였다. 그제야 아내는 곧,

"당신은 밤낮으로 글 읽었다는 것이 겨우 어찌할 수 있겠소 하는 것만
배웠소그려. 그래 공장이 노릇도 하기 싫고, 장사치 노릇도 하기 싫다면,
도둑질이라도 해보는 게 어떻소."

하고는 몹시 흥분하는 어조로 대꾸했다. 이에 허생은 할 수 없이 책장을
덮어 치우고 일어서면서,

"아아, 애석하구나. 내 애초 글을 읽을 제 십 년을 채우렸더니 이제 겨우
7년밖에 되지 않는군."[10]

ⓛ "당신은 밤낮없이 글을 읽는데, 과거에 응시하지 않으니 어찌 된 것입니까?"

남편은 여전히 책에 시선을 둔 채 가볍게 대꾸했다.

"공부가 미숙하기 때문이오."

"그럼 장사라도 하여 먹고 살아야지요."

"장사는 밑천이 없는데 어찌하겠소."

"그럼 공장이 일이라도 하시지요."

"공장이는 기술이 없으니 어찌하겠소."

"당신은 주야로 독서하더니 배운 것이 고작 어찌하겠소 타령입니까? 사
람은 생명이 있은 다음에야 무엇이든 할 수 있는 법인데 이제 우리는
굶어 죽을 지경에 이르렀으니 무슨 도리를 차리셔야 합니다."

---

10) 민족문화추진회, 『열하일기』II, 민족문화문고간행회(1984), pp.298~299.
　　인용 부분의 「허생전」 원문 내용은:
　　『子平生 不赴擧 讀書何爲』許生笑曰『吾讀書未熟』妻曰『不有工乎』生曰『工
　　未素學 奈何』妻曰『不有商乎』生曰『商無本錢 奈何』其妻 恚且罵曰『晝夜讀
　　書 只學「奈何」不工不商 何不盜賊』許生 掩卷起曰『惜乎 吾讀書 本期十年
　　今七年矣』

"십 년을 기약했는데 이제 칠 년밖에 되지 않았거늘 나더러 뭘 하라는 거요?"

"대체 무엇을 위해 독서하십니까?"

남편은 대답이 궁해지자 책을 탁 덮고 일어나 딴소리를 했다.

"애석하구나. 겨우 칠 년이라니."

그리고는 집을 나가 돌아오지 않았다.[11]

② 허생의 5년 간 행적 중 그가 변부자로부터 만금을 빌려 100만금의 이윤 남김

　㉠ 집나간 허생이 장안의 변부자에게서 만금을 빌려 100만금의 이윤을 남긴 후 원금과 이자로 10만금을 갚음.

　㉡ "형부가 무턱대고 변부자에게 가서 통성명도 않고 만금을 꾸어달라고 했더래요. 변부자는 두 말 않고 내주었대요. 어음도 안 받고, 이름조차 묻지 않았대요. 그런데 지난 여름에 나타나 십만금을 가져와 갚았다는 거예요. 오년 동안의 이자까지 셈한 거라고 하고선"[12]

③ 다시 허생이 집을 떠남

　㉠ 이완 대장이 다시 허생을 찾아갔으나 그가 이미 떠난 후이다.

　㉡ 대사동 이대감이 허생을 중용하려 하자 그는 이를 피하기 위해 집을 떠나려 한다.

앞에서 예시한 예문 중 ㉠ 부분은 「허생전」, ㉡ 부분은 「허생의 처」의 내용이다. ①은 「옥갑야화」 중 「허생전」의 후일담인 '許生後識Ⅱ'에 실려 있는 내용으로 거의 원전을 차용했는데, 단지 "안됐어, 허생 처 말이야. 필경 다시 굶게 될거야"의 미래시제를 "허생의 아내 말씀이오, 참 가엾더군. 그러고도 그 여잔 여전히 굶주렸던 거요"의 과거시제로 바꾸었다. 그리고 이 부분은 원전에서는 서두에 나와 허생이 집을 나가는 계기가 되지

---

11) 이남희, 「허생의 처」, 『또 하나의 문화』 제3호(1996.7), 또 하나의 문화, p.206.
12) Ibid. p.198.

만, 「허생의 처」에서는 마지막 부분 내용으로 오히려 허생의 처가 남편과 결별하겠다는 반대 상황이다. ②는 집나간 허생이 장안의 갑부 변부자를 만나 만금을 빌려 100만금을 벌어 빈민구제 사업과 원금·이자를 갚게 되는 5년 간의 행적을 요약한 부분이다. ③은 말미 부분으로 원텍스트에서는 이완 대장이 허생의 집을 다시 찾았으나 그가 이미 떠난 후이고, 「허생의 처」에서는 허생의 처가 집 떠나려는 허생의 계획을 알고 항변하므로 그가 집을 떠났는지, 떠나지 않았는지 정확히 알 수 없는 일이다. 이외 섬에서 화근을 없애기 위해 글 아는 자들을 데리고 나온 것, 허생의 교훈, 등장인물들이 그대로 차용되고 있다.

2) 가부장제 비판

가부장제란 남성이 사회제도나 문화적·경제적 차원에서 여성보다 상위 우월감을 갖는 지배체제로서 여성의 이익이 남성의 이익에 예속되는 권력 관계를 뜻한다.[13] 이 지배체제는 단지 남성이 생물학적 차원에서 강한 존재라기보다 오히려 가정 내에서 여성의 역할, 즉 성별 노동 분업과 출산 및 양육 문제에 얽매이지 않고 가족을 부양한다는 책임으로 가정 밖에서 더 활동적인 것에 기인한다.

원텍스트에서 허생의 처는 자신의 항변 때문에 허생이 집 나가는 동기가 되는 때 1회 등장하고, 그 외 부부 사이인데도 전혀 언급이 없을 정도로 허생 처의 삶은 구체적으로 나타나지 않고 철저히 배제되어 있다. 그러나 책만 읽는 남편의 무능력에 항변하는 아내의 모습은 허생의 성격 변화에

---

13) 크리스 위던, 조주현 역, 『여성해방의 실천과 후기구조주의이론』, 이대출판부 (1993), p.2.

활력소가 되고 있다. 이 작품에서도 허생은 5년 만에 집에 돌아왔지만 자신이 그동안 어떻게 생활했다는 것에 대해 전혀 언급이 없다. 단지 남편의 5년 간 행적도 우연히 동생으로부터 들었을 정도로 허생의 처는 철저히 주변적인 인물로 소외되어 있다.

그러나 이렇게 주변적이고 소외된 여성들의 삶은 허생 처의 목소리를 통해 가부장제에 희생당하는 여성의 삶을 비판하기 위한 장치로 후반부에서 작용한다. 그래서 허생의 처와 친정, 시댁 쪽의 이야기가 많이 부각되어 소개되고 있다. 즉 전란 때 오랑캐로부터 수모를 피하기 위해 기둥 주춧돌에 머리를 찧어 죽으면서 서모에게서 난 아들을 걱정하는 허생 처의 어머니, 임신 중인 넷째 아이까지 아들이기를 바라는 그녀의 이복 동생, 허생의 처가 아이를 낳지 못하고 허생이 집을 나가는 것도 모두 허생 처의 팔자소관이라 책망하는 시할머니 등은 전형적인 가부장제의 단면이라 할 수 있다. 이 여성들은 자신들이 가부장제에 의한 피해자이면서도 오히려 주위 여성들에게 가부장제의 실천과 희생을 강요한다.

허생의 처가 집나간 남편을 5년 동안이나 묵묵히 기다리며 모든 고통을 감내하는 것은 그런 가부장제에 길들여져 있기 때문이다. 여성이란 모름지기 시집가면 반드시 사내 아이를 낳아 대를 이어야 하고, 일부종사를 위해 절개를 지키기 위해서는 목숨을 버려야 하는 것이다. 전란 중 불상사가 생기면 자결해야 된다는 아버지의 말에 '알고 있습니다'라고 한마디로 답하는 어머니의 태도에서 비장감을 엿볼 수 있다. 이런 정절관은 그녀가 백중 날 어머니의 영혼을 위로하기 위해 절에 갔다 봉변당한 후 그 죄책감 때문에 자결하는 것이 도리라는 무의식적 윤리관이 꿈 속에서 어머니를 만나고, 스스로 목맬 준비라도 하듯 자투리 헝겊을 모아 끈을 꼬고 있는 자신을 발견하며 당황하기도 한다. 그녀는 남편이 가출한 후에도 언제나 남편이 옷을 입을 수 있게 매만지며 식사를 위해 양식을 구하고 심지어 제사까지 지내야겠다고 생각하는데, 이것은 참고 기다려야 한다는 부덕의 가치관에 따른 것이다.

그런데 이런 완고한 가치관과 인생관이 전환적으로 바뀌게 되는 것은 꿈 속에서 어머니를 만나고 불길함 속에서 점차 삶에 대해 회의하면서부터이다. 그러다 결정적인 계기는 그녀가 양식이라도 얻기 위해 친정집에 갈 목적으로 노자를 변통하려고 동생집과 큰집에 들렀을 때 놀라운 이야기를 들은 후이다. 가출했던 남편의 지난 행적을 전혀 몰랐던 그녀가 남편이 변부자에게서 만금을 꾸어 장사해 10만금을 갚았다는 사실을 동생으로부터, 남편이 관리로 등용시키려는 이대감을 피하기 위해 자신을 큰집에 맡기고 다시 집을 떠나기로 했다는 사실을 그곳에서 듣게 된다. 그녀는 남편이 돌아왔을 때 "그동안 무엇을 했느냐"는 질문에 "조그맣게 한 가지를 시험해 봤소"라고 일축해버렸던 일을 떠올리며 심한 배신감과 모욕을 느낀다. 아내를 위한 일말의 배려에도 인색한 남편의 권위주의적 사고에 굴욕감을 느낄 수밖에 없는 것이다. 지어미는 지아비가 바깥에서 하는 일을 전혀 알 필요가 없고, 자신이 굶주림에 초연하니까 아내도 당연히 그래야만 된다는 그의 종속적 사고는 전형적인 가부장제의 일면을 보여준다. 그는 남편으로부터 종속된 하찮은 물건 취급밖에 받지 못하고 있는 자신이나, 그와 같이 비인간적 대접을 하면서 그것을 당연한 양 생각하고 있는 남편의 삶이 모두 참다운 인간의 삶이 아니라는 것을 깨닫는다. 그녀는 이런 일련의 사건을 통해 주체적으로 자신을 바라보며 자아에 눈뜨기 시작한다. 이런 의식의 변화는 자신을 되돌아보는 기회이면서 '나'를 찾고자 하는 욕망이다. 나의 욕망이 적극적으로 변화하는 태도는 시대에 대한 도전이며, 가부장적이고 봉건적인 사회와 맞부딪쳐 생을 이겨내려는 적극적

인 삶의 자세이다.[14)]

① 다 어머님이 가르치신 바였다. 어쨌든 남편이었고, 살아 있다면 언젠가
　돌아올 것이었고, 난 기다릴 도리밖에 없었다.(p.199)
② 남편은 남편대로 나는 나대로 전혀 딴 세상에 살고 있는 것 같았다.(p.200)
③ 난 남편을 모르고 남편은 제 아내인 나를 모르고……우리는 제가끔 다른
　인생을 살고 있다.(p.204)
④ 난 그 때 똑똑히 알았다. 남편은 언제까지나 저렇게 신선놀음만 할 터이고,
　난 언제까지나 굶주려야 할 것이라는 것을(p.206)
⑤ 당신은 대답할 수 없으시지요! 난 말할 수 있어요. 그건 사람이 살고 자식
　을 낳고 그 자식들을 보다 좋은 세상에서 살게 하려는 때문이라고요. 난
　그렇게 하고 싶고, 꼭 할거예요……(pp.208~209)

위 인용 예문에서 허생의 처인 '나'의 의식이 어떻게 변모하고 있는지
알 수 있다. 그것은 여성이 어느 제도나 관습에 갇혀 있는 것이 아니라
동시대 속에서 스스로 깨어져 문제를 극복하고 일어서려는 의지의 표상이
기 때문이다. ①에서 ⑤로 변이되는 '나'의 태도는 점차 현실적이면서 능
동적이다. 그것은 시대상의 문제를 뛰어 넘어 현실에 처한 문제를 바로
보고, 그것을 이겨내고자 하는 의식에서 기인한다. 그녀는 전통적으로 인
식되어 온 여성의 삶의 자세가 결국 여성 자신의 삶을 피폐하게 하고 실리
적이지 못하다는 사고에 이르게 된 것이다.[15)] 자신이 고달프고 힘겨운 상
황에 놓여 있다는 인식을 갖고 있으면서 그런 불안전한 상황에 그대로
주저앉는 것이 아니라 문제 극복을 위한 의지를 갖고 있다. 이것은 당시
억압되고 뒤로 물러서 있던 여성의 환경에서 반영된 '나'의 목소리로 진정

---

14) 장양수, 『한국패러디소설 연구』, 이회문화사(1997), p.282.
15) 송경빈, 『패러디와 현대 소설의 세계』, 국학자료원(1999), p.178.

으로 자신이 원하는 것이 무엇인가를 깨닫는 주체적인 모습이다.

그녀는 지금까지 남편에게 예속된 물건으로만 취급당한 사실에 배신감과 모욕감을 느낄 수밖에 없었다. 아무리 주위로부터 남편이 재능 있는 인재라 평가받아도 부부 관계의 삶에 무관심하고 인격적인 만남이 없다면 그런 재능은 무슨 필요가 있겠는가? 남편은 결혼을 신의라 말하지만 그녀에게는 부부로서의 기본적 의무마저 방기하는 그런 일방적인 신의란 허울에 지나지 않는다. 결혼이란 함께 행복하게 번성하며 사는 것이다. 바람직한 부부의 삶이란 서로의 인격적인 만남에서 관심을 갖고 이해하는 것이다. 자식은 단지 대를 잇는 존재가 아니라 행복한 삶의 한 구성원으로 부모는 그들에게 보다 좋은 세상을 만들어 주는 것이다.

그녀가 바라는 인간적 행복이란 이처럼 매우 소박하므로 선비와 결혼했다고 자신을 부러워했던 동생의 삶을, 밭에서 함께 일하는 농부 부부를 보며 부러워한다. 그녀는 지금까지 '죽든지 도망치든지'하고 싶다는 소극적 태도에서 '팔자를 고쳤으면'하며 남편에게 절연을 요구할 정도로 능동적 태도를 보여준다. 남성의 타자로서 사는 수동적 세계에서 벗어나 자기 발견과 자기 초월을 통해 주체성을 확립한다. 소외되고 상대화된 남성의 대상물이 아니라 주체의 중심에서 여성 정체성을 추구하기 위해 여성의 특성과 경험에 가치 부여를 하는 것이다.[16] 그녀의 변화된 시선은 여성의 정절관에도 나타난다. 그녀는 정절을 지키기 위해 스스로 자결한 어머니의 삶에 비해 오랑캐에게 수모를 당하고도 살아서 자식을 돌보는 서모의 삶을 훨씬 현실지향적인 태도로 생각한다. 어쩔 수 없는 상황에서 수모를 당했다고 절개라는 명분하에 귀한 목숨을 끊는다는 것은 부질없는 행동인

---

16) Robert Con Davis, *Contempory Literary Criticism*, *Longman* : New York& London(1986), pp.176~178참조.

것이다. 그녀는 하나의 인격적인 개체로서 능동적인 삶을 개척해 보겠다는 자신의 태도에 남편이 사대부 집안의 아녀자로서의 논리를 강조하며 반대하자 그의 사고적 가치관의 허점을 비판하면서 자신의 의지를 확고히 피력한다.

특히 이 작품 마지막 부분에서 그녀가 남편과의 대화에서 지루할 정도로 길게 논박하는 것은 여성해방 의식을 반영하는 작가의 목소리이다. 원 텍스트에서는 이완 대장이 다시 허생을 찾아갔을 때 빈집만 남아 있다고 했으니 허생의 처는 물건처럼 필연적으로 남편을 따라간 것으로 추측된다. 그러나 「허생의 처」에서는 허생에 대해 신랄한 항변과 자기 주장을 피력하고 있지만, 그것에 대한 허생의 대답과 태도는 유보되어 있다. 그 다음날 허생이 본래 계획대로 다시 집을 떠났는지, 아니면 아내의 항변에 자신의 완고한 생각을 바꿔 아내와 행복한 삶을 새롭게 시작했는지 확실히 알 수 없다.

3) 선비정신의 이데올로기

우리 민족에게 전통적으로 계승되는 정신적 문화 유산의 핵심은 선비정신이다. 이 정신은 유교의 성리학이 연구되던 조선시대에 전형적인 가치 기준으로 설정되어 이상화된 지식인의 인품으로 작용하였다. 본래 선비라는 한자어는 士, 혹은 儒로 학문을 읽혀 벼슬하는 자를 뜻한다. 선비는 전통적인 유교사회에서 지식인으로 경전에 대한 깊은 지식과 예술에 대한 조예를 갖고 매사에 몸소 실천하는 자이다. 그리고 다른 사람의 모범이 되어야 하므로 마음 내키는 대로 처신하지 않고 거동에는 반드시 예의염치를 알고 사리를 올바르게 판단하여 관직에 나가면 국가에 봉사하고 무지한 백성들을 깨우쳐 지도하는 자이다. 그리고 사리사욕을 탐하지 않고 언제나 의로운 입장에서 정사를 펼치며, 절개와 지조를 중요한 덕목으로 여겨 의리를 존중하고 때로는 이것을 지키기 위해 목숨을 바치는 의연한 정신을 갖는다.

이 작품에서 주변적인 인물들은 선비로서의 삶을 갈망하지만 현실적인 여건과 제약 때문에 그런 삶을 누리지 못하는 계층이다. 허생 처의 친정은 본래 양반 계층이었으나 전란으로 집안이 몰락하자 아버지는 장사를 해 돈을 번다. 그렇지만 친정아버지는 주위로부터 선비의 체통에 맞지 않게 장사해 돈을 모았다는 비난을 의식해 '뛰어난 선비'를 사위로 맞이해 체면을 보상받으려 한다. 그 대가로 인해 허생의 처는 가정 살림에 무관심한 채 책만 읽는 남편 때문에 친정아버지가 죽을 때까지 친정에 의지해 가정을 꾸려갈 수밖에 없었다. 비록 살기가 어려워도 선비는 농공상으로 호구지책을 해결해서는 안 된다는 생각이 남편이나 친정아버지의 공통된 견해이다. 이런 태도는 가치 기준을 물질적인 것보다 정신적인 것에 우위를 두어 경제적 지위보다 신분적인 지위를 우선하는 당시의 풍조 때문이었을 것이다.[17] 서녀로 태어난 이복 동생도 아버지만 살아 있어도 자신이 신분 낮은 중인 계층에게 시집가지 않았으리라는 푸념을 늘어 놓는다. 허생 집안도 어려운 형편이지만 다섯째 집의 유일한 자손인 허생에게 온갖 뒷바라지하는 것은 선비로서 입신양명함으로써 허씨 가문을 일으킬 수 있다고 믿었기 때문이다. 시할머니가 허생의 처에게 남편이 집나가는 것도 네 팔자소관이라 질책하며, 사촌 시아주버니가 남편이 관직에 나가도록 나에게 당부하듯이 온 집안 식구가 기대하는 허생의 성격은 재주가 뛰어나고 성품

---

17) 차용주, 「허생전의 모순과 한계성에 대한 고찰」, 『연암연구』, 계명대출판부 (1984), p.363.

이 강직하여 더러운 세태에 동화되지 않는 올곧은 선비상으로 비춰진다.

그러나 이런 고고한 선비관도 현실 생활에서 경제적으로 무능한 남편 때문에 점차 비판의 대상이 된다. 주위로부터 뛰어난 선비라 칭송받고 자신도 긍지를 가졌던 남편에 대해 궁핍한 생활 때문에 권위와 신뢰감이 점차 줄어든다. 지고한 선비로서 책만 읽는다는 구실 아래 생계도 돌보지 않는 남편은 무능력자로 보일 수밖에 없다. 10년을 기약하고 독서는 왜 했는지, 실용성 없는 학문이 무슨 의미가 있는지 그녀는 의문점을 가질 수밖에 없다. 아무리 남편이 우주 진리를 꿰뚫어 보기 위해 독서를 하고 세상이 더럽고 추악해 현실에 뛰어들지 않는다고 변명해도, 그것은 절박한 현실에 처한 허생의 처에게는 무능력의 합리화로밖에 볼 수 없는 것이다. 중인에게 시집간 동생이 서자라도 좋으니 선비에게만 시집가고 싶어 언니를 부러워했지만 지금은 궁색하면서도 초라하게 살아가는 언니 처지를 보고 자신의 바람이 한낱 부질없는 욕심이었음을 깨닫게 된다.

허생의 처는 남편이 우주 진리를 깨우치고 참다운 삶의 길을 추구하기 위해 독서한다 하지만, 그는 그것을 찾지 못하고 미망에서 헤어나지 못할 것이라 생각하면서 자신은 오히려 그 진리를 찾았다고 한다. 따라서 더러운 세상을 경멸하고 유유자적하는 삶을 추구하며 독서로 소일하는 허생의 태도야말로 철저히 한 여성의 일생을 희생시키는 데서 가능했던 것이다.

4. 수용미학적 관점의 「허생전을 배우는 시간」

수용미학은 기존의 문학 연구 방법이 작가나 작품 중심에 치우친 것을 비판하고 독자 중심의 문학 작품 이해를 주장하는 데서 출발한다. 문학 작품이란 하나의 고정된 의미를 전달하는 진리 표현 양식이 아니라 수용자인 독자의 작품 경험에서 그 내용 의미가 활성화되고 구체화되는 것이다.

작가의 예술적 생산물인 텍스트는 독자의 의식 속에 심미적 구체화로 재정비·구성되므로 수많은 작품이 탄생된다. 따라서 예술 작품으로서의 문학 작품은 심미적 대상만으로 이루어지는 것이 아니라 예술가의 예술품과 수용자의 심미 대상의 긴장 관계에서 비로소 탄생한다.[18] 이것은 한 작품에 대한 다양한 해석이나 과거 창작물이 끊임없이 새롭게 해석되는 것에서 입증할 수 있다.

1) 독자 중심의 글읽기

이 작품은 14일 간의 일기체 형태로 토론식 교육을 통해 글읽기와 현실을 살아가는 삶의 태도를 진지하게 보여준다. 낯설게 표현한 기법적 장치를 통해 기존 소설의 관습을 과감히 탈피하여 자동화된 우리의 의식을 일깨우고 닫혀진 시야를 열리게 함으로써 텍스트가 어떻게 새롭게 읽혀지나를 탐색하는 것이다. 장치(device)는 전적으로 예술 작품을 구성하는 방식으로서 형식적인 요소로 간주되므로 작품을 가치 있게 혹은 순수한 미적 대상으로 만들어 주면서 텍스트와 독자 간의 갭을 연결해 주는 요소가 되고 있다.[19] 이 장치는 어떤 대상을 알게 하는 수단이며 사물을 지각하고 예술적인 것으로 만드는 기술이다. 문학성은 작품을 문학적으로 만드는 특질이므로 다양한 장치를 통해서 가능하다. 이 장치에 의한 문학의 제반 규약을 텍스트의 레퍼토리라 하는데, 이것은 텍스트와 독자가 커뮤니케이

---

18) 박찬기 외, 『수용미학』, 고려원(1992), p.100.
19) Robert C. Holub, *Reception Theory*, Londen;Methuen&Co.Ltd.(1984), p.18.

션을 시작하기 위해 만나는 '낯익은 땅'이다. 레퍼토리는 소통 과정의 배경을 형성하는 다양한 도식들을 만들어 의미를 조직할 수 있는 골격을 형성한다.

이 작품은 1인칭 화자 시점인 '나'라는 고등학교 남학생의 시선을 통해 동료 급우들, 옆반 여학생, 왜냐선생, 「허생전」을 다양하게 바라보며 읽어 간다. 최초 독자에 의한 이해가 여러 세대에 걸쳐 고리를 형성하면서 많은 독자들을 통해 의미가 풍부해진다. 그 사이에 하나의 작품의 역사적 의의도 결정되는 것이다. 이 작품의 일기체 형식 구조는 화자의 내면 고백을 통해 스스로를 돌이키며 반추함으로써 자신을 깨닫는 계기를 갖게 한다.

국어 과목을 담당하는 '왜냐선생'은 학생들에게 열림의 상태에서 꾸준히 「허생전」 글읽기를 통해 텍스트성을 밝혀가게 한다. 닫힌 텍스트에서 작가와 독자의 관계는 상호 소통이 불가능하므로 독자는 상상력을 자유롭게 펼치지 못하고 주어진 의미만을 전달받는 수동자로 길들여진다. 그러나 열린 텍스트에서 작가와 독자는 수평적 관계로 변해 독자는 다양한 의미 생산에 함께 참여할 수 있다. 따라서 교사도 일방적인 수업으로 강의하던 방식을 벗어나 학습자와 상호 소통을 늘일 수 있으므로 학생은 다양한 의미 생산을 통해 작품 감상의 안목을 키울 수 있다. '왜냐선생'이라는 별명도 책 읽기를 하면서 미로를 헤쳐나가듯 학생들에게 계속 '왜'라는 질문을 던지는 데서 붙여졌다. 선생이 학생들에게 「허생전」 줄거리를 요약해 오라는 것도 각자 능동적인 독서를 통해 자신의 경험을 표출하게 만드는 것이다. 따라서 독자의 모습으로 등장하는 주인공들이 「허생전」을 읽는 과정을 통해 독서 행위가 구체적으로 무엇을 의미하는지, 또는 다양한 독자의 모습을 통해 텍스트가 얼마나 다양하게 읽힐 수 있는지를 알 수 있다.

텍스트는 독자가 읽고 이해하는 능동적·적극적 수용 행위를 통해 구체화된다. 그전에는 독자는 작가가 작품 속에 나타낸 '의도'에 일치하는 것만으로 작품을 이해했기에 진정한 소통 가능성을 박탈당해 단지 '명상적 존재'로만 여겨졌다. 종전의 작품 해석이 그 내용이 무엇인가 하는 의미만을 밝혔지만, 지금은 텍스트 구조가 독서 과정에서 수용자의 심미적 경험에 얽혀 짜이는 가운데 의미가 활성화된다. 심미성은 무엇이라는 것을 객관적으로 해명하는 것이 아니라 어떻게 생겼는가를 인식할 수 있는 성질의 것이다. 의미(meaning)는 텍스트와 독자와의 상호 작용의 결과 경험되어야 할 어떤 효과이다. 문학 작품의 다양한 대상들은 여러 가지 의미 단위와 의미면(aspect)으로부터 의도적으로 투사된 것이기 때문에 어느 정도 불확정성을 지닌다. 따라서 구체화는 보충적인 확정 행위와 불확정성이 있는 곳을 메꾸기 위해 독자가 취사선택한 주도권을 뜻한다.[20]

텍스트란 빈틈 부분의 집합체이므로 이 불확정성을 메꾸는 작업은 창의성과 기술, 명쾌성을 필요로 한다. 이 빈틈의 폭은 미리 정해진 것이 아니라 독자의 반응에 따라 넓어질 수도 좁아질 수도 있다. 작가가 의식적·무의식적으로 남겨 놓은 빈틈들은 독자의 상상력의 활동 무대가 된다. 이때 독자는 텍스트를 유희 공간으로 활용하므로 각자 독자적인 자유를 향유하면서 아직 기록되지 않거나, 결정되지 않는 간극이나 불확정적 영역을 보충하여 메꾸어 가거나 기대지평을 수정 변형하여 텍스트를 재구성한다. 기대지평이란[21] 작품에 대한 이해의 범위와 한계로서 독자가 작품을 대할 때 과거 읽었던 다른 작품이나 자신의 체험, 관점 등에 따라 새로운 작품이 어떠하리라는 기대를 가진다. 즉 수용자의 이해를 구성하는 요소들로

---

20) Ibid. p.26.
21) Ibid. p.59.

선험적이거나 체험적인 지식·전통·습관 등이 모두 내재되어 있다. 따라서 텍스트는 그 창작되는 시대적 상황과 관련되고 그 속에 내재한 것과의 대화라는 소통의 필요성에 따라 수용자의 참여가 이루어진다.

이 작품 속에서 주인공들은 처음 허생의 글읽기에 '나'는 허생이 마음에 든다고 고백한 상태에서 시작한다. 윤수는 허생을 알아주는 이가 없는 사람으로, 동철은 돈을 많이 번 수완 있는 사람으로 생각하며 글읽기를 계속 이어간다. 이들이 본격적으로 왜냐선생의 질문에 답하는 글읽기에 앞서 부분적으로 자신의 견해를 피력하는데, 먼저 윤수는 허생이 결말 부분에서 사라진 것은 아무도 자신을 알아주지 않기 때문에 세상이 싫어서 숨어 버렸다고 해석한다. 이런 윤수의 독해법은 나에게는 신선하면서도 좀 억지스럽게 느껴진다. 그것은 허생을 알아주지 않았다면 어떻게 처음 만난 변부자가 무담보로 그에게 돈을 빌려주었고, 이완 대장이 그를 찾아왔겠는가 하는 점이다. 윤수의 이런 글읽기는 아마도 자신이 말할 때 더듬듯이 소심한 자신의 모습을 남들이 알아주지 않기 때문에 기인된 듯하다. 내가 이렇게 동일화시켜 해석하는 것도 윤수의 마음을 읽었기 때문인데, 말더듬이 신념의 진실된 모습을 보여주지 못하는 것으로 느꼈던 것이다.

한편, 경석은 허생이 자신을 무시한 아내에게 앙갚음하려고 돈을 벌어 변부자에게 모두 주었다거나, 이완 대장이 자신의 청을 거절하며 말을 듣지 않으므로 죽이려다가 도망쳤다고 해석한다. 그러나 이런 독해법은 인과성이 없기에 너무 비약적인 느낌이 드는 것이다.

첫 번째 시간의 글읽기 내용은 '왜냐'라는 관점에서 사건과 줄거리 중심으로 파악하는데, 첫 번째 질문은 '허생이 과일과 말총을 매점한 이유'이다. 먼저 동철은 허생이 돈을 벌어 다른 사람을 도우려 했다고 답한다. 그래야만 그는 변부자에게 빌린 돈을 갚고 가난해서 도둑이 된 사람들을 도울 수 있기 때문이다. 그리고 50만금을 바다에 버린 것은 나라가 작아 불필요하므로, 그러면서도 가정에 무관심한 것은 변부자가 먹을 것을 대 주니까 그 당시 선비는 모름지기 돈을 초월해야 했기 때문이다.

이에 반해, 나는 과일과 말총이 양반과 관련된 것이므로 위선적이면서 도 허례허식에 젖은 지배층을 비판하려 했다고 본다. 그것은 과일이 제사 에, 말총은 망건과 갓을 만드는 데 주로 쓰였기 때문이다. 이런 각자의 답변에 선생은 양쪽 견해의 타당성을 인정하며 정리해 준다. 허생은 허례 허식에 젖은 양반을 비판하면서도 목적이 아닌 수단으로서 돈을 벌었다고 볼 수 있기 때문이다.

두 번째 질문은 '허생이란 인물이 누구인지' 다른 주인공과 비교해 살피 는 일이다. 이 답변에 ㉠ 장사 수완이 좋은 사람 ㉡ 가정을 돌보지 않는 매정한 사람 ㉢ 형식에 얽매이지 않고 추진력이 강한 사람 ㉣ 외로운 사람 ㉤ 홍길동과 비슷한 의로운 사람 ㉥ 돈·재물을 하찮게 여기는 사람 등으 로 다양한 관점에서 허생의 인물에 대해 읽기를 한다. 그 중에서 돈 문제 에 초점을 맞추어 논란이 집중되는데, 동철은 허생이 돈을 목적이 아닌 수단으로 사용했기에 가난한 자를 위해 사용했다는 것은 역설적으로 무능 하고 위선적인 벼슬아치와 양반을 비판하는 의미가 담겨 있다고 본다. 그 리고 매점의 방법으로 돈을 벌었다는 것은 그 당시 사회의 경제 규모의 협소함과 백성에 대한 통치자들의 무관심을 알 수 있다. 이런 점에서 허생 의 수단과 생각은 놀랍다고 할 수 있다.

한편, 경석은 선비인 허생의 그런 가치관에 대해 도덕적인 부당성을 지 적한다. 허생이 변부자가 자신을 장사치로 보는 것에 대하여 불만을 토로 한 것은 그 자신이 선비로서 또는 사대부로서 긍지를 지니고 있었다는 것을 알 수 있다. 그런 그가 물품을 매점한 것은 어떤 방법으로도 합리화

될 수 없는 행위이다. 허생은 가난한 자를 돕는 데는 홍길동과 일치한다. 그러나 허생은 빈민을 구제하기 위해 사회를 앞서가는 선각자로서 부조리한 사회 구조를 비판, 풍자하지만 정작 그것을 바로 잡으려는 데는 인색한 모습이다. 단지 선비의 처세관에 길들여져 문제의식을 제기하고 비판만 할 뿐 책임을 지지 않는다. 홍길동은 일종의 투사로서 부하와 일치단결하여 불의와 싸워 승리한다는 점에 있어 다르다. 이런 나의 견해에 왜냐선생은 공감하지만 동철은 허생의 패배에 반론을 제기한다.

다음의 글읽기는 ㉠ 허생은 왜 홀연히 떠나버렸는가 ㉡ 「허생전」이 창작된 시대상황(실학사상, 북벌론) 등의 문제를 제기하지만 왜냐선생이 전교조 문제로 교단에 서지 못해 수업이 더 이상 진행되지 못한다. 왜냐선생은 계속 감시를 받아오다 수업을 하지 못하고 출근도 저지당한다. 그렇지만 「허생전」의 글읽기 수업은 계속될 것이다.

2) 주체적 행동의 신념화

허생에 대한 다양한 글읽기는 부수적으로 왜냐선생의 '전교조 활동'에 대한 제자들의 견해와 판단이 다르게 표출된다. 동철은 전교조 활동은 국가에서 금하고, 교사는 노동자가 아니므로 왜냐선생이 전교조에 가입하는 것은 잘못된 일이라고 당당하게 자신의 의견을 피력한다. 용준은 교사도 정신 노동자에 포함되므로 노동조합에 가입할 수 있지만 왜냐선생은 나쁜 일을 할 분이 아니므로 관망하자는 견해이고, 경석은 뚜렷한 주관도 없이 아버지의 말대로 교사가 노동조합에 드는 것은 빨갱이라며 맹목적으로 타인의 견해에 추종하는 태도이다.

이에 반해 나는 선생의 신념과 의로운 행동에 공감하지만 주위 교사들의 무관심, 대학입시나 수업 방식 등에만 관심 갖는 동료 학생들의 태도에 자괴감을 갖는다. 나는 중간자 입장에서 왜냐선생의 행동에 대한 판단에 고민하며 자신의 방관자적인 태도에 스스로 무력감과 부끄러움을 느낀다. 용기 없는 윤수가 나에게 선생의 정정당당한 태도를 변호하지 못하는 것을 질타할 때에도 나는 여전히 무사안일주의에 젖는 현대인의 방관자 모습이다. 이런 자책감의 자의식은 말 잘하고 글 잘 쓰는 자신이 더듬고 있는 것으로 상징화된다.

주체적 행동의 신념을 보여주는 왜냐선생의 모습은 허생의 모습으로 치환된다. 곧은 신념을 갖고 개혁을 주장하는 허생처럼 용기 있게 정의의 길을 걸으려는 선생의 태도는 현실에 안주하는 이완 대장처럼 기득권 계층으로부터 저항에 부딪치지 않을 수 없다. 마치 허생이 홀연히 집을 떠나간 것처럼 선생이 강단에서 제지당하는 것은 가치관의 변화를 수용하지 않고 현실에 안주하려는 제도권의 거부의 몸짓이다. 선생은 잘 닦여진 길에 들어 안주하지 않고, 그 길이 어디로 향하고 있는지 살펴보면서 필요하다면 새로운 길을 닦아가고 있다. 그는 자신이 선택한 삶을 실천하면서 새로운 길을 걷는다. 그러므로 허생이 선각자로서 뛰어난 능력과 확고한 이상을 지녔지만 현실 정치에 직접 뛰어들지 않고 은둔하는 선비의 처세관을 보여주기 때문에 못마땅하게 느끼는 것이다.

> K, 나는 무척 곤혹스러웠다. 나 역시 왜냐선생이 너무 외로운 처지고 어쩌면 쫓겨날지도 모른다는 생각이 들었지만, 윤수가 바라는 행동같은 걸 하러 나서고 싶지 않았기 때문이었다. 무슨 일이 어떻게 될지, 아직 잘 모르는 상태가 아니냐. 동철이 따위하고 싸워서 이겨봐야, 무슨 소용이냐……나는 더듬고 있었다.[22]

「허생전」의 시대적 배경은 오늘의 시대상황으로 볼 수 있다. 허생의 개혁이 성공하지 못하고 왜냐선생의 투쟁이 실패한다면 18C 영·정조 때와 조금도 다를 바 없다. 오히려 스스로 떠나는 허생에 비해 교단에서 강제로 제지당하는 선생의 모습이 더 후퇴한 느낌이다. 선생의 올곧은 신념은 작품 서두에서부터 등장하는 영화 속의 투사로서 암시된다. 계곡의 눈보라 속에서 험한 산길을 걷는 투사의 모습은 머리에 가시관을 쓴 예수의 고난 받는 모습이다. 눈보라는 적을, 해진 군복은 상처받은 마음을, 창과 탄알·빛나는 눈은 적개심에 찬 투쟁 정신을 뜻한다.

허생은 상공업을 장려하고 빈민을 구제하며 북벌책 같은 국가 대사를 논하지만 조정에 들어가 현실을 개혁하고 몸소 실천하려는 점이 부족하다. 그는 위선과 허례허식을 비판하며 올바른 방향을 제시하지만 행동으로 실천하지 못하는 한계가 있다. 이런 점에서 허생은 확고한 이상과 탁월한 능력을 지녔지만 실천에 옮기지 못하기에 당시 지배층에게 패배하거나, 혹은 갑자기 자취를 감춤으로써 현실도피의 모습으로 보일 수 있다.

이처럼 허생이 부딪친 현실의 벽은 주체적 신념으로 행동하려는 왜냐선생의 현실 상황에 비유할 수 있다. 왜냐선생의 수업은 교감선생과 낯선 사람의 감시로 인해 중단된다. 결국 「허생전」의 세 번째 수업은 오지 않고 학생들은 왜냐선생으로부터 「허생전」을 영원히 배우지 못하게 된다. 허생이 없었다면 민중을 구제할 수 없었고, 오히려 지배층의 눈치를 보는 것은 이완 대장인데, 과연 그의 행동이 옳고 그를 질타하던 허생의 태도는 옳지 않은가라는 것에 대해 나 스스로 의문을 제기한다.

그러나 윤수는 땡볕 쏟아지는 운동장에서 혼자 앉아 있는 용기를 보여

---

22) 최시한, 「허생전을 배우는 시간」, 『문예중앙』(1992. 가을호), p.168.

준다. 그는 소심하지만 오히려 용기없는 '나'에게 진실된 모습을 보게 하고 행동으로 실천케 하는 동기를 부여한다. 그가 쓰러져 내가 업으려고 달려 나갈 때 나는 '내가 업으러 가는지 업히러 가는지 알 수 없었다'고 고백한다. 나는 윤수를 아는 것이 아니라 윤수의 마음을 알아주고 있기 때문에 그를 업으러 달려간다. 그것은 왜냐선생이 우리들에게 가르친 「허생전」의 배움을 실천하는 자세이다. 나는 왜냐선생과 윤수를 알아주는 것이다. 왜냐선생과 윤수를 알고 있는 담임선생과 동료 학생들은 두 사람의 마음을 알아주지 못하기 때문에 교실에서 그 광경을 바라보며 방관할 뿐이다. 이런 점에서 아는 것과 알아주는 것은 다르다고 할 수 있다. 윤수에 대한 나의 행동은 가르친 문학 읽기가 일상적인 삶 속에서 배움을 실천한다는 것을 보여주는 단면이다.

5. 결론

실학은 무능한 지배층에 대한 불만과 비판의식 속에서 근대 과학 기술 중심으로 도탄에 빠진 민생 구제에 그 학문의 실용성을 고취시켰다. 특히 이용후생 중심의 연암학파는 상공업의 발전을 위해 주로 청 문화를 받아 들여 현실 개혁에 주안점을 두었다. 이들은 위정자들의 상공업 천시가 빚어낸 경제적 후진성과 이에 따른 재정 궁핍 등 빈곤 타파의 일환으로 상품 유통과 생산 기구의 개발을 주장했고 권력층의 부패와 사치, 주자학적·권위주의를 비판했다. 연암의 「허생전」은 상업 경제의 중상주의와 자아성찰의 선비사상, 위정자 등을 주제화했다. 그는 위선적이며 공리공론을 일삼는 유학자와 고루한 유교 전통과 사회 폐습을 신랄히 비판한다.

「허생의 처」는 연암의 창작 동기를 예고하며 허생 처의 관찰자 시점에서 원텍스트의 허생 이야기를 후경화시키고 새로운 세계를 전경화시키고 있다. 원텍스트와 같은 시·공간이지만 허생 처의 일대기이면서 그녀의 시점에서 본 허생의 이야기이다. 주변적이고 소외된 여성들의 삶은 허생 처의 목소리를 통해 가부장제에서 희생당하는 여성의 삶을 비판하기 위한 장치로 후반부에서 작용한다. 허생의 처는 점차 타자로서 사는 수동적 세계에서 벗어나 자기 발견과 자기 초월을 통해 주체성을 확립한다. 소외되고 상대화된 남성의 대상물이 아니라 주체의 중심에서 여성 정체성을 추구하기 위해 여성의 특성과 경험에 가치 부여를 하는 것이다.

「허생전을 배우는 시간」은 수용미학적 관점에서 일기체 형태로 토론식 교육을 통해 글읽기와 현실을 살아가는 삶의 태도를 진지하게 보여준다. 낯설게 표현한 기법적 장치를 통해 기존 소설의 관습을 과감히 탈피하여 자동화된 우리의 의식을 일깨우고 닫힌 시야를 열어 줌으로써 텍스트가 어떻게 새롭게 읽히나를 탐색하는 것이다. 이 작품은 독자의 모습으로 등장하는 주인공들이 「허생전」을 읽는 과정을 통해 독서 행위가 구체적으로 무엇을 의미하는지, 또한 다양한 독자의 모습을 통해 텍스트가 얼마나 다양하게 읽힐 수 있는지를 알 수 있게 해준다.

12장 : 박태원의 「소설가 仇甫씨의 일일」과 최인훈의 「소설가 丘甫씨의 一日」, 주인석의 「소설가 구보씨의 하루」

1. 서론

「소설가 구보씨의 일일」 세 작품 모두 소설 쓰는 '구보'라는 주인공이 산책자로서 오전에 외출했다 주위를 배회하며 관찰하고 저녁에 귀가하는 스토리 구조로 연재 형태인 각 장으로 나눠져 있다. 이들 작품은 뚜렷한 결론이나 갈등 구조가 없이 순차적인 시간의 흐름에 따라 공간이 이동된다. 박태원의 작품은 정오에 집을 나가 전차를 타거나 산책하며 사람을 만나고 주위를 관찰하다 다음날 새벽 2시에 귀가하고, 최인훈의 작품은 1969년 동짓달부터 1972년 5월까지 2년 반 동안의 시간 배경이지만 일상사의 하루 일과와 유사하고, 주인석의 작품은 1991.3~1995년 겨울까지의 시간 배경이다. 이 두 작품이 박태원의 작품과 제목은 같을지라도 '하루'(1日)가 아니라, 최인훈의 작품은 2년 반 동안 중 15일의 이야기이고, 주인석의 작품은 4년 중 5일의 이야기이다. 그런데도 원작과 제목을 똑같이 사용한 것은 패러디를 전제로 한 의도적 장치라 추측할 수 있다.

이들 작품은 30년이라는 시간 간격을 지니면서 주인공의 이름이 한자 표기는 다르지만 '구보'라는 동일음으로 박태원이 '仇甫', 최인훈은 '丘甫', 주인석은 한글로 '구보'를 각각 사용하고 있다. 이처럼 표기는 다르지만 동일음이라는 것은 우연이라기보다 작가의 의도적인 장치가 스며 있음을 알 수 있다. 즉 30년이라는 시간 간격 속에서 주인공이 살았던 시대적·사회적 배경과 정치적 상황·가치관 등을 엿볼 수 있다. 따라서 본고는 박태원의 「소설가 仇甫씨의 一日」을 형태 구조 기법 및 현실 인식의 관점에서 분석하고, 이 원작을 후대의 최인훈과 주인석이 어떻게 패러디화해 나타내고 있는지 서술 구조 및 글쓰기 양상, 현실 인식의 관점에서 비교해 살펴볼 것이다. 서술 구조 및 글쓰기 양상에서는 각 작품의 구조 형태를 분석하고 소설의 본질적 의미 탐구와 창작 방법론에 대한 인식 태도를 살필 것이다. 그리고 현실 인식에서는 작중 인물인 '구보'가 자신이 살았던 당대의 시대 배경을 어떻게 인식하고 수용하는지 살펴보도록 하겠다.

2. 박태원의 「소설가 仇甫씨의 일일」의 형태 구조 및 기법, 현실 인식

1) 형태 구조 및 기법

이 작품은 『조선중앙일보』(1934.8.1~9.19)에 연재된 작품으로 첫 어절을 큰 활자 크기로 배치함으로써 제목의 성격을 대신하며 31개 장으로 구성되어 있다. 이런 장 구분은 대개 특정한 장소 중심으로 이루어져 구보의 장소 이동의 변화를 알 수 있다. 그러나 이런 제목은 각 장의 내용을 압축하는 상징적인 의미를 갖는 것이 아니라 단지 장의 변별성을 나타내는 숫자 개념에 지나지 않는다. 각 장의 분량도 거의 비슷해 한정된 시간 내에서 지면에 연재된 형태라는 것을 알 수 있다. 그리고 31개 장 중 처음과 마지막 장을 제외하고 29개 장을 순서에 상관없이 흩트려 놓아도 전체적인 의미 전달에 혼란이 일어나지 않는 독립성을 지닌다. 단지 주어진 순서대로 읽으면 구보가 시간의 흐름에 따라 산책한 공간 이동의 궤적을 확인할 수 있다. 여기서 시간의 흐름은 한 공간에서 다른 공간으로 이동하는 과정에서 표현되는 부수적인 요인인 바, 지속적인 시간의 흐름이 거부되고 도시 공간 포착의 순간순간 속에 정지되어 있을 뿐이다.[1] 따라서 작품의 형태 구조도 어떤 극적 구성이나 주요 사건이 없이 구보가 경성을 배회하면서 과거를 회상하는 단순한 일상사의 모습이다.

전체 31개 장 중 첫 장은 정오에 집을 나서는, 마지막 장은 새벽 2시에 귀가하는 내용이고, 중간 29개 장은 구보가 외출하는 과정 속에서 시간의 흐름에 따라 공간 이동하는 현장성을 자세히 보여 주고 있다. 그가 이처럼 공간 이동시 마음 내키는 대로 찾아가므로 인과론적인 구조가 없어 장이 뒤바뀌어도 구조나 의미 해석에 아무런 영향을 미치지 않는다. 그 공간 이동을 보면, '집 – 광교·화신상회 – 조선은행 앞 – 장곡천정·다방 – 태평통 거리 – 경성역 – 조선은행 앞·다방 – 종로 네거리 – 종로 경찰서·다방·대창옥 식당 – 광화문통·다방 – 조선호텔 앞 거리 – 종로 – 낙원정·카페 – 종로 네거리 – 귀가' 구조이다. 이처럼 구보의 여정은 정오에 외출해 새벽 2시에 귀가하는 한나절 이야기로 다방을 중심으로 해서 도심 산책

---

1) 최혜실, 『한국현대소설의 이론』, 국학자료원(1994), p.72.

으로 이루어지고 있다. 그러나 이 한나절은 특정한 날이 아니라 매일 반복되는 임의의 하루로 일상사의 의미를 지닌 것으로서 과거뿐만 아니라 앞으로도 그런 생활이 반복되리라는 것을 뜻한다.

서술 시점은 작중 인물의 서술자는 배제되고 시종일관 구보 어머니와 구보의 시점에서 작중 세계가 인식되고 그들의 입을 통해 스토리가 전개된다. 1, 2장에서 어머니가 초점 주체의 시점에서 초점 대상인 아들에 대해 관찰하며 정보를 제공한다. 구보는 동경 유학을 다녀온 26세의 미혼남으로서 뚜렷한 직장도 없이 정오에 외출해 새벽에 귀가하는 글 쓰는 사람이라는 것을 알 수 있다. 어머니는 아들이 결혼하지 않은 채 떳떳한 직장도 갖지 않고 밤늦게까지 돌아다니며 글 쓰는 것을 못마땅해한다. 단지 가족이라는 모자간의 입장에서 아들의 존재에 대해 알 뿐 밖에서 아들이 무슨 일을 하는지 궁금해한다. 어머니는 독자에게 직접 서술하지 않고 관찰자 시점에서 아들에 대한 객관적인 정보를 제공한다. 이런 객관적인 정보는 당시 시대 상황에 대한 구보의 비판적인 인식을 독자들이 긍정적이면서도 구체적으로 수용할 수 있도록 도와준다.

3장부터 마지막 장까지는 초점 주체가 구보로 바뀌어 그의 의식 속에서 바라보고 느끼고 생각하는 것을 마치 서술자처럼 독자에게 전달한다. 초점 주체인 구보의 시점에서 그의 주변 인물이나 모든 대상이 초점 대상으로 나타난다. 외적 초점화에 의한 객관적 묘사는 거의 없이 내적 초점화로서 구보의 의식이 '그, 자기, 구보, 나' 등으로 언표가 다양하게 나타난다. 모든 스토리 전개가 작중 인물의 행위나 표현에 의해 이루어진다. 따라서 외적 행동보다 내면 의식에 중점을 둔 서술 방식으로 현재시제형 어투가 많이 사용되고 있다.

흔히 3인칭 시점은 객관적 거리를 유지하면서 모든 대상을 서술하는 기법으로 주석적 서술상황과 인물시각적 서술상황이 있다. 주석적 서술상황은 서술자와 작중 인물의 세계가 다른 차원에서 존재하며 전달 과정도 외부 시점에 의해 이루어진다. 반면 인물시각적 서술상황은 중개 서술자가 반성자에 의해 대치된다. 반성자는 작품 속에서 느끼고 지각하는 인물인데, 서술자처럼 독자에게 말하지 않는다. 독자는 이 반성자—인물의 눈을 통해 다른 인물을 보게 된다. 그런데 이 작품은 내적 초점화를 통한 인물시각적 서술상황으로 구보의 시각에서 서술하지만 서술자라는 존재는 뒤로 물러나고 구보의 내면 세계만이 전면에 객관화되어 나타난다.

(1) 고현학(考現學)적 방법

구보는 행복을 찾기 위해 공책과 단장을 들고 집을 나선다. 이 공책에는 그가 배회하는 중에 관찰하고 경험하는 모든 이야기거리가 기록되어 있다. 그가 궁극적으로 산책자로서 경성 시내를 배회하는 것은 소설 쓰는 작업에 비유된다. 따라서 공책에 기록된 것은 소설의 '창작 과정'이라 할 수 있다. 단장과 공책은 그가 길거리에서 글 쓰는 작가라는 사실을 나타내는 징표이다. 단장은 한가롭게 길 가는 사람의 길잡이 역할에 필요한 것이지 바쁜 사람에게는 걸리적거릴 뿐 불필요하다. 이런 창작 방법은 '모데로노로지오(고현학)'[2]이라 하는데, 즉 ㉠ 공책에다 현장에서 직접 접한 사물이나 대상을 관찰하고 ㉡ 현대인의 삶을 체계적으로 조사 연구하여 현재의 풍속을 분석·해설하는 것이다. 또한 온갖 지식을 생활 현장에서 관찰하고 기록하기도 한다. 그는 이런 일종의 고현학적 방법론으로서 병명이나 약물명을 전문적인 의학 상식으로 자세히 조사해 소개하기도 한다. 그

---

2) '考現學'은 考古學(archaeology)의 반대 개념으로 1920년대 중반 일본의 今和次郎 등에 의해 간행된 '고현학 전람회'에서 유래된 명칭이다.

는 이런 창작 방법을 구현하기 위해 자신이 직접 체험하고 관찰한 단편의 흔적을 공책에 기록한다. 그러나 체험된 내용들은 단상으로 끝날 뿐 어떠한 사색이나 행동으로 옮겨지지 않는다. 그가 기록할 때는 주관적인 감정을 배제하고 언제나 현실과의 객관적 거리를 두고 눈에 비치는 단상을 그대로 옮겨 놓는다. 그 글 속에는 자신과의 일정한 거리가 유지되어 그의 의지나 주관이 전혀 개입되어 있지 않다. 이는 구보와 현실과의 거리를 나타내는 것이다. 그는 이런 개별적인 현실을 직접 즉물적으로 표현함으로써 파편화된 현대인의 삶을 직접적으로 나타낸다.

고현학이 대상에 대해 즉물적으로 대하는 단상을 기록하므로 그 구성 방법에 있어 어떤 순차적인 순서나 개연성을 찾을 수 없다. 따라서 손에 떨어뜨린 동전이 우연히 모두 뒤집혀 있을 수도 있고 다양한 방법으로 능금을 맛있게 먹을 수도 있다. 그 동전을 발행 년도의 순서대로 배열하는 것은 아무런 의미가 없다. 이처럼 어떤 사건이나 모티브들이 인과 관계나 논리적인 전개 과정의 필연성이 없이 우연히 배열되는 것이다. 이런 배열이 불필요한 것이라 할지라도 거기에는 그 나름의 새로운 질서를 찾는다. 그는 이런 동전 배열이나 능금 먹는 방법에서처럼 그가 관찰하고 경험하는 현실을 개연성 없이 기록하는 글쓰기 방법론을 시도함으로써 기존 소설 구성의 질서를 파괴하고 그 나름의 새로운 질서를 추구하는 것이다. 이것은 글쓰기의 구성 원리이지 소설 자체는 아니다. 따라서 고현학적 방법은 한 산책자가 도시 공간에서 체험하는 단상들에 대해 일시적인 공간성과 생생한 시각성에 걸맞은 서술 장치로 적합하다. 그런데 구보는 고현학적 창작 방법론의 매체인 공책과 담장에서 행복을 찾을 수 없다고 한다. 그는 글쓰기 방법론보다 소설의 본질에서 행복을 찾으려 한다. 그래서 경성 거리의 배회를 마치고 밤늦게 귀가한 후 집에서 글을 쓰면서 행복을 느낀다. 그는 방법론이 아닌 좋은 소설 쓰기에서 진정으로 행복을 찾는 것이다.

(2) 몽타주 기법

이중노출(over-lab)은 영화 용어로서 제임스 조이스의 소설류에 나타나는 '의식의 흐름'의 심리 소설 기법 중 한 형태이다. '의식의 흐름'은 짧은 시간에 자유연상 작용을 통해 현재와 과거, 현실과 환상이 동시에 교차하는 것으로 영화 편집 기술인 '몽타주 기법'이라고도 한다. 원래 몽타주란 영화·사진·회화 등 시각 예술의 기본적 기법인데 심리 소설에서 이 기법을 차용해 쓰고 있다. 몽타주는 단일한 쇼트(shot)와 쇼트를 결합하여 특정한 의미나 효과를 얻기 위해 하나의 대상에 대한 복합적, 혹은 다양한 관점을 보여주는 것으로서, 시간 몽타주와 공간 몽타주로 나눌 수 있다. 시간 몽타주는 대상이 공간 속에서 고정된 상태로 머물러 있는 채 의식이 시간 속에서 움직이는 것이고, 공간 몽타주는 시간이 고정되고 공간적 요소가 변화하는 형태이다. 심리 소설에서는 주로 시간 몽타주가 주를 이루는데, 이 작품에서도 현재-과거의 교차를 보여 주기 위해 시간 몽타주가 나타난다.

그는 뚜렷한 목적도 없이 경성 시내를 걷지만 마주치는 어떤 사건이나 상황이 그의 의식 속에서 끊임없이 회상과 생각들을 자유롭게 연상시키는 계기로 작용한다. 가령, ① 길가에서 자전거 소리를 듣지 못해 청력 문제로 병원에 갔던 일 ② 행인과 맞닥뜨리다 시력 약화로 안과 병원에 갔던 일 ③ 교외 노선의 전차 앞에서 고독한 자화상 회상 ④ 창 밖 대학병원 건물을 보고 연구실에서 정신병 공부하는 친구 회상 ⑤ 전차 타는 한 여성이 자신과 혼담이 오갔던 장본인이라는 걸 확인하고 당시 상황과 친구 누이에게서 짝사랑을 느꼈던 감정 연상 ⑥ 다방에 드는 한 손님을 보고 과거에 인사 나눴던 탐탁지 않은 생각 ⑦ 건장한 행인 모습을 보고 어린 시절 밤늦게까지 독서한 탓으로 현재 쇠약해진 체력 연상 ⑧ 길거리에서 옛 동무를 보고 어린 시절 회상 ⑨ 어린애 울음을 듣고 죄악의 씨앗을 생각하며 여성 편력이 있는 벗 연상 ⑩ 다방에서 연인을 보고 지난날 동경의 끽다점 연상 ⑪ 헤어지는 벗의 뒷모습을 바라보며 지난날 사랑했던 여인과의 이별 회상 ⑫ 전보 배달하는 자전거를 보고 집에서 반가운 소식을 받을 어머니 회상 ⑬ 경성 우체국을 지나며 좋은 소식의 편지를 기다림 ⑭ 여급 모집 광고를 보고 찾아온 여인에게 연민의 정을 느끼는 것 등이다.

위 예문 중 단적인 예로서, ⑤에서 그가 전차 안에서 자신과 혼담이 오갔던 여성을 보고 놀라며 혹시 그녀가 자신을 알아보면 어떠할까 상상하는데, 그것은 여인이 행복이란 의미와 관련되어 그의 의식이 과거에 만났던 그 여자의 기억으로 옮겨지기 때문이다. 또한 ⑫에서 전보 배달하는 자전거를 보고 자신이 그 전보를 받고 싶은 충동을 느끼며 격조했던 벗을 생각한다. 그리고 수 천 장의 엽서를 보내는 자신의 모습을 상상하는데, 그것은 그의 의식 속에 내재된 소외 의식을 반영하는 것이다.

그의 의식은 끊임없이 외부와 만나는 대상과 상황에 따라 이동하거나 단절되는 반복 과정을 거친다. 그의 행위는 심리적 갈등이나 인과적인 연계성에 바탕을 두지 않고 단지 마음 내키는 대로 발길을 옮기는 관념과 의식의 파편들이다. 그는 과거와 현재, 내면과 현실 사이를 자유롭게 넘나들며 길거리에서 보고 듣고 만나는 것에 대한 자신의 의식과 관념을 마음대로 표출시킨다. 이 파편화된 의식의 단편들이 그의 내면 세계를 이어주는 연결 고리로 작용한다. 그는 일상적인 현실에 대해 단지 바라보고 느끼면서 연상할 뿐 어떤 상황에 주체적으로 개입하지 않는다. 이런 인식은 모두 자아와 세계의 대립이나 갈등에 연유하고 있다고 볼 수도 있으나,

이것은 세계에 대한 자아의 순응과 패배의 순간들을 보여준 것에 다름 아니다. 현실에 대한 무기력한 지식인의 하루를 통해 30년대 한국 사회에 권태와 중압감을 유의미하게 그려 보인 것이다.[3]

이 작품은 제임스 조이스의 「율리시즈」(Ulysses)가 더블린에 거주하는 주인공 블룸의 하루 일과를 다룬 것처럼 구보의 서울의 하루 일과를 다루었다. 시간 몽타주와 함께 순차적 시간의 흐름은 거의 정지된 상태에서 공시적·공간적 극대화가 펼쳐진다. 그리고 경성 시내라는 고정된 공간 설정을 통해 그 곳에서 펼쳐지는 상황, 일어나는 사건, 사람과의 만남 등의 관찰과 경험을 최대한 동시적으로 보여줌으로써 각 에피소드의 조합과 같은 형태의 공간적 몽타주[4]를 나타내고 있다. 그의 공간 이동에 따른 의식은 비논리적·불연속적으로 나타나면서 하나의 스토리를 구성한다. 초점도 특정한 인물에게 맞춰지지 않고 몽타주 구성의 핵심이 되는 경성 시내의 많은 사람들에게 맞춰져 그 관심과 시야가 분산된다. 이런 다중화된 인물들은 한 개인으로 머물지 않고 30년대의 역사성과 사회적 현상을 반영하는 전형상이라 할 수 있다. 이처럼 거의 정지된 상태에서 공간 확대는 서사성의 부재를 가져오고, 더 나아가서는 역사 인식의 부재로 나타난다.

박태원은 이런 소설 기법을 스스로 '心境小說'[5](신변소설, 사소설)이라 칭한다. 이것은 일종의 1인칭 시점으로서 '작가—관찰자'가 자신의 일상사

---

3) 서종택·장덕준, 『한국현대소설 연구』, 새문사(1990), p.276.
4) F.K.Stanzel, *A Theory of Narrative*, Cambridge University Press(1984), p.234. 공간적 묘사에는 뚜렷하게 시점화된 것과 반시점화된 것으로 나눌 수 있다. 엄격하게 시점화된 공간 표현의 예는 서술자가 그 스스로를 한 장면 무대의 묘사 대상으로 만든 작품에서 찾을 수 있는데, 대개 '카메라 눈'(camera eye) 기법으로 불린다. 이 기법은 대상들이 연상에 의해 배열되지 않고 그 대상들의 공간적 인접성에 의해, 그것들이 지각될 수 있는 윤곽에 의해 배열된다는 것이다.
5) 박태원, "표현—묘사—기교", 「조선중앙일보」(1934.12.28) 참조.

와 경험을 객관화된 주관적 내면 세계에 치중하여 사회적 총체성보다 삶의 단편성, 작가의 개별성을 드러내는 데에 중점을 둔다. 그는 역사적 전환기를 맞고 있던 동시대를 개인적 행복의 실현이 거의 불가능한 것으로, 사회적 전체성보다는 작가의 개별성, 내면성이 중요한 것으로 인식하고, 심경 소설을 통해 개인과 사회와의 관계를 탐구한다.[6) 이런 심경 소설은 체험의 단편성과 내면적 진실 세계를 깊이 있게 묘사하므로 단순한 사건의 서사적 전개가 아니라 외부 세계에 반응하는 주인공의 심리적 추이 상태 중심으로 현실 체험을 재구성하는 것이다. 따라서 일반적인 본격 소설에 비해 다루는 범위가 좁으나 깊이가 있고 작가의 내면 세계에 직접 접근할 수 있어 심리 해부에 적합하다.

이외 박태원의 작품 속에 나타나는 형식적인 실험 기법으로 감각적이고 신선한 언어 구사 외에 빈번한 쉼표와 현재 시제 사용, 호흡이 긴 문장, 數式이나 소설의 본문 일부를 중간 제목으로 붙이는 것, 뉴우스의 단편이나 연설, 신문 광고 등을 이야기 사이에 삽입하는 뉴우스 릴(news reel) 기법 등을 들 수 있다. 적절한 쉼표 사용은 호흡 조절로 내용의 산만함과 의식의 흐름을 통제하고, 뉴우스 릴 기법은 그 시대의 분위기를 풍겨 주고 현재시제형은 관찰에 의해 현재화된 묘사에 치중하는 효과를 준다.

2) 현실 인식

이 '仇甫'는 실제 작가인 박태원의 필명인 '丘甫'와 동일음으로서 작가의 자서전적 환상을 불러일으킨다. 더욱 이런 환상을 뒷받침해 주는 것은 주인공의 나이나 미혼의 동경 유학생, 신인 작가라는 것뿐만 아니라 작품

---

6) 서준섭, 『한국모더니즘 문학연구』, 일지사(1988), p.179.

속에서 최학송(서해)·최독견(최상덕)·윤백남 등 작가의 호나 실명이 그대로 사용되고 있다는 점에서 느낄 수 있다. 작가가 직접 자신과 작중 인물이 동일인이 아닌 것을 밝히고 있지만 실제 작가의 행적이 허구화되지 않았느냐는 느낌을 떨쳐버릴 수 없다. 그러나 작품은 실제 작가가 아닌 허구화된 세계인 만큼 작중 세계에 나타난 주인공의 가치관과 시대 상황을 통해 현실인식을 추출할 수 있다.

仇甫는 26세로 결혼하지 않은 채 어머니, 형수와 함께 살고 있다. 그가 동경 유학을 다녀와서도 뚜렷한 직업도 없이 가정을 꾸리지 못하는 것은 경제적 무능력 때문이다. 그는 사회적 분위기에 적응하지 못하므로 행복하지 않다고 생각해 어디에서 행복을 찾을까 방황한다. 그의 어머니는 아들이 글 쓰는 작가이기보다 안정된 월급쟁이가 되어 가정을 이루기를 바란다. 그런데도 아들은 월급쟁이에 무관심한 채 책만 읽고 글쓰기에 몰입하고 있다. 그는 소설을 쓰기 위해 매일 외출해서 이곳저곳을 배회하며 관찰하지만 어머니로서 이해가 되지 않는다. 어머니는 아들이 글 쓰는 것만으로 삶을 꾸려 갈 수 없기에 일상인의 시각에서 볼 때 아들은 경제적으로 무능력한 룸펜으로 비쳐질 수밖에 없다. 뚜렷한 행선지나 목적 의식이 없는 그의 외출은 정상적인 직장인이나 가장의 삶으로 볼 때 무능력한 모습으로 보인다. 따라서 그는 경제적으로 안정된 여건을 지니지 못하므로 행복한 가정 생활과 사회적 혜택을 누리지 못한다. 그는 소설가라는 신분이 경제적으로 월급쟁이보다 못한 현실 상황에 어떤 긍지나 자부심을 갖지 못하고 자괴감과 소외감을 느낀다. 경제적 능력의 부재가 사회적 무능력으로 비쳐지는 현실이 근본적으로 모순된 사회 구조에 있는 것이다. 당시 식민지 상황에서는 일본인이나 친일적인 세력에서만 상류층이나 관료층이 될 수 있는 기회가 주어졌기에 웬만한 지식인은 경제적·사회적 측면에서 소외될 수밖에 없었던 것이다.

> 황금광시대(黃金狂時代) -
> 저도 모를 사이에 구보의 입술은 무거운 한숨이 새어 나왔다. 황금을 찾
> 아, 황금을 찾아, 그것도 역시 숨김없는 인생의, 분명히, 일면이다. 그것은
> 적어도, 한 손에 단장과 또 한 손에 공책을 들고, 목적 없이 거리로 나온
> 자기보다는 좀 더 진실한 인생이었는지도 모른다.…… 그들 중에는 평론가
> 와 시인, 이러한 문인들조차 끼어 있었다.
> ─「小說家 仇甫氏의 一日」─

시인이건 소설가이건 문인은 글만을 써서 삶을 꾸려갈 수 없기에 신문
사 사회부 기자로서 사건 기사를 쓰게 된다. 진정한 글쓰기만으로 경제적
문제를 해결할 수 없는 실정이다. 그래서 문인들이 부를 축적하기 위해
황금을 찾아 글을 쓰는 것이다. 구보는 표면적으로는 이런 가치관이 전도
된 현실을 은연중 비판하지만 오히려 그들의 실용적인 태도가 자신보다
더 현명한 처신술이었는지 모른다며 자조적인 태도를 취한다. 경제적 효
율성을 지니지 못하는 문인의 글쓰기가 실용적이며 물질만능주의적인 가
치관에 매도되는 것이다. 이런 비참한 현실은 한 개인의 무능력보다 본질
적으로 사회의 구조적 모순에 기인한다. 일반적으로 일상인들은 물질적
충족에서 행복의 가치 척도를 중시하기 때문에 상품성을 지니지 못하는
작품에서 경제적 효용 가치를 찾을 수 없다. 그는 물질을 중시하는 현실에
서 경제적 능력을 동반하지 못하는 글쓰기로 일상인의 삶을 충족시키지
못하기에 소외감과 자괴감에 젖을 수밖에 없다. 그래서 무의식적으로 일
상인의 현실을 갈망하지만 적응할 수 없기에 방관자의 모습으로 남아 현
실과의 일정한 거리를 두고 산책자로서 현실을 관찰하며 글쓰기를 계속하
는 것이다.

  그는 이런 사회의 소외와 고독으로부터 벗어나기 위해 문명의 교류이자 통로로서 대중들이 밀집하는 경성역을 찾는다. 이곳은 당시 경성의 대표적 상징물로서 수많은 사람들이 이동하는 공간이다. 그러나 그곳에는 도시의 축소판으로 온갖 군상들이 모이지만 서로 무관심으로 일관하기 때문에 옆자리에 앉은 사람에게조차 말 한마디 건네지 않는다. 그들은 도시 실업자·지게꾼·거만한 신사·쇠잔한 노파·병든 노동자들로 당시의 실업난과 이농 현상, 물질지상주의를 반영한다. 이런 부조리한 사회의 단면은 당시 식민지 사회뿐만 아니라 궁극적으로 근대화 과정 속에서 야기되는 인간성 상실과 물질 중심의 가치관 인식에 기인한다. 이러한 비정상적 인식은 주인공이 신경쇠약·중이질환·시력 장애·두통 등의 많은 질병에 시달리는 것이나 권태로운 삶으로 상징화된다. 그의 불행은 비정상적이면서도 건강하지 못한 현실 상황의 구조적 모순에 따른 것이다. 따라서 그는 물질지향주의에 따른 물질의 풍요가 모든 능력의 가치 척도가 되는 현실에서 소외감을 느낄 수밖에 없다.

  한편, 이 작품 속에는 일제시대의 비인간적 식민 통치에 따른 고통이나 지식인의 고뇌와 갈등이 나타나지 않는다. 작품 전반에 울적하면서도 감상적인 분위기가 나타나지만, 그것은 어디까지나 역사적 현실 인식과는 달리 개인사적 감정에 기인한다. 자신이 용기가 없어 이루지 못했던 사랑과 그로 인해 불행해지게 되었던 여성에 대한 연민의 정이 있을 뿐이다. 금시계를 자랑하면서 물질을 과시하는 졸부들의 모습이나 편협한 이기심의 속물 근성에 혐오감은 나타나지만 정작 일제의 수탈이나 핍박 등 극악한 식민 통치에 신음하는 민중의 모습은 나타나지 않는다. 오히려 서양이나 동양의 거리를 동경하면서 화려했던 날들을 그리워한다.

  구보는 도중에 조선인을 감시하는 형사를 만나 우울감을 느끼지만 나라

없는 망국민의 슬픔이나 동족의 아픔 같은 것은 떠오르지 않는다. 그는 식민지 시대의 고통스런 삶이나 절박한 상황을 외면한 채 글쓰기에서 행복을 추구하는 개인 안주에 집착한다. 시대 상황을 직시하는 역사 인식이 없이 당대 사회 구조 속에 편입하여 안주하고자 하는 방관자적 지식인의 모습이다. 이는 비판 의식의 상실에서가 아니라 구체적인 행위를 통해서 변화시킬 수 없다는 뚜렷한 한계 상황에 대한 인식 때문에 행위에 의미를 두지 않기 때문이다.[7] 따라서 사회의 구조적 모순이나 첨예한 시대 의식에 정면 대결은 피하고 관념의 유희 속에 빠져든 느낌이다. 그러나 세태 문제와 개인적 체험 문제를 잘 배열시켜 나타냈다.

3. 최인훈의 「소설가 丘甫씨의 一日」의 서술 구조 및 글쓰기 양상, 현실 인식

1) 서술 구조 및 글쓰기 양상

이 작품은 전체 15개 삽화 형식의 장으로 각 장마다 주요 일과가 제목으로 붙여져 15일 동안의 일정이 펼쳐져 있다. 각 장은 하루의 일과로서 15일(1969. 11월 하순 ~ 1972. 5월 하순) 동안의 삶의 모습을 보여 주는데, 원작처럼 '외출—바깥 세계—귀가'의 순환 구조의 형태를 지니고 있다. 이 연작 형태의 각 장은 독자성을 지니지만 서로 연계되어 총체적인 삶의 이야기로 모아져 그 폭을 넓힐 수 있다. 이 '하루'는 매월 중 임의대로 선택해 반복한다는 점에서 반복적인 일상의 의미를 넘어 생애, 역사로까지 확

---

7) 김봉진, 『박태원 소설 연구』, 한양대 박사논문(1992), p.43.

대된다. 하루가 반복되고 축적되면서 '생애'를 이룬다는 의미에서, 그리고 '생애'라는 것도 '전체'의 기준에서 보면 하루와 다름없이 '부분적'이라는 의미에서 '일일'은 일생을 의미한다.[8] 이처럼 일상적인 하루의 삶을 역사적 차원으로 접근하는 것은 작가의 역사에 대한 통찰력으로 엿볼 수 있다.

① 제1장〈느릅나무가 있는 풍경〉: '자광대학'에서 문학 강연을 마친 후 잡지사의 문학상 심사, 출판기념회 참석, 동료 문인 만남.

② 제2장〈창경원에서〉: 창경원에서 동물 구경을 함.

③ 제3장〈이 강산 흘러가는 피난민들아〉: '한심대학'에서 근무하는 친구와 족보학에 관련된 역사적 상황과 민중론에 대해 논쟁한 후 심등사에서 법신 스님 만남.

④ 제4장〈위대한 단테는〉: 김중배와 영화 관람 후 영화 이야기 나누고, 단테의 「신곡」을 읽으며 이탈리와 피란민의 탄식을 느낌.

⑤ 제5장〈홍콩부기우기〉: 문인들과 함께 신문 기사의 시사적 이야기와 문학 예술론에 대해 토론하고 글쓰기를 통한 현실 비판 인식.

⑥ 제6장〈마음이여 야무져다오〉: 고향 친구 만나 남북 적십자 이야기를 나누고 문단 선배 아들의 결혼식 참석, 시인 한태석과 쇼핑 다님.

⑦ 제7장〈노래하는 蛇蝎〉: 샤갈의 미술전람회를 관람한 후 '詩心'을 바탕으로 한 그의 예술관 언급, 역사적 진리가 현실 상황에 따라 변하는 현실을 개탄.

⑧ 제8장〈八路軍이 좋아서 띵호아〉: 중국의 유엔 가입과 대학가 위수령 발동 등 시사적 상황 언급과 김견해와 문학전집 편집 논의.

⑨ 제9장〈가노라면 있겠지〉: 시인의 결혼식 참석 후 헌책방 돌며 진열장 쇼핑, 동료와 친구 만나 세상사 이야기 나누며 식사함.

⑩ 제10장〈갈대의 사계〉: 한 젊은이의 유작 시집 읽고 감동 느낌, 김공론과 문학전집 편집 회의 마치고 외출.

⑪ 제11장〈겨울낚시〉: 소설가 김홍철과 '민중신문 꽁트' 심사 마친 후 '신세계' 잡지사 들러 설문서 작성.

---

8) 최인훈, 『문학과 이데올로기』, 문학과지성사(1998), p.421.

⑫ 제12장〈다시 창경원에서〉 : 올바른 글쓰기의 고통을 재차 인식하며 동물
    원·식물원·전시장 등을 방문.
⑬ 제13장〈남북조시대 어느 예술 노동자의 초상〉 : 이중섭의 전람회 통해 주
    체성 인식하며 친구와 미·중 수교, 남북이산가족 등 시사적 문제에 대해
    대화 나눔.
⑭ 제14장〈홍길레진 나스레동〉 : 잡지사의 원고 심사 및 '산업신문사' 좌담회
    참석, 출판사와 문협 사무실 방문 후 고교 동기생 만남.
⑮ 제15장〈난세를 사는 마음 釋迦氏를 꿈에 보네〉 : 미·소의 대리전 양상인
    월남의 처지와 우리의 민족 분단 처지를 생각함, 꿈속에서 절터 방문해
    스님을 만남.

　이처럼 편의상 각 장의 내용을 간략히 요약했지만 전체 스토리를 집약
할 수 없는 신변잡기 형태로서 평범한 일상 생활에서 대수롭지 않게 지나
쳐 버릴 수 있는 이야기를 모자이크식으로 얽어 놓았다. 반복되는 일상사
이지만 주로 잡지사 및 신문사 문학상 심사, 출판기념회 및 결혼식 참석,
영화관 및 전람회 관람, 문학 강연회, 동료 문인이나 친구 만남, 신문 기사
에 관련된 시사 이야기 등이 주류를 이루고 있다.
　이 작품의 순환 구조는 1장과 11장에서 신인 작품 심사 과정을 병아리
감별사에 비유, 2장과 12장에서 동물원 우리에 갇힌 동물과 사람의 경우
연상, 7장과 13장에서 샤갈과 이중섭의 전람회 참석, 3장과 15장에서 심등
사와 옛 절터에서 스님과의 만남을 통해 마음의 평화를 얻는 장면 등이
반복되어 동일한 이야기의 이미지 효과를 높여 주고 있다. 또한 관념적인
표현(3장의 동물 구경)과 꿈이나 상상에 의한 환상적 기법(3장에서 마을
찾아가는 모습, 4장에서 로마시대 당파에 휘말린 단테가 구보가 되는 꿈,
7장에서 임금과 대감들의 샤갈 그림 관람, 15장에서 절터 방문해 스님 만
남)이 반복되어 나타난다.

이 작품의 서술 형태는 인물시각적 서술상황이 부분적으로, 주석적 서술상황이 중심적으로 사용되었다. 주석적 서술상황의 서술자는 구보라는 주인공의 인적 상황이나 역사적 상황을 자세히 서술한다. 그러다 간접적인 자유 문체와 대화를 통해 인물시각적 서술상황으로 바뀌는 서술 방식을 취한다. 그럼으로써 가능한 한 구보의 생각을 독자가 공감하도록 하면서 그의 관념 세계를 직접 전달할 수 있는 효과를 가져 온다. 따라서 극적 사건의 입체성은 없으나 주인공의 내면 세계를 지루할 정도로 자세하게 보여준다. 이 초점 주체인 서술자는 구보를 초점 대상으로 바라보기 때문에 독자는 그의 표현에 모든 것을 따르며 공감한다. 그는 '씨'의 존대법을 사용할 정도로 예의 바르며 사회·정치·역사·문화 등 해박한 지식을 가지고 있다.

구보는 글쓰기가 당대의 역사·정치·사회 등에 대한 의식을 반영해야 하는데, 직설적으로 묘사하는 것보다 꿈이나 내면 세계의 환상적 기법을 통해 나타내는 것이 현실의 본질적 측면을 잘 나타낼 수 있다고 본다. 그는 글 쓰는 방법론이나 구성 기법보다 글쓰기가 어떤 의미를 찾고 어떻게 해야 한다는 것에 중점을 둔다. 그가 작가를 소설 노동자라 칭하는 것은 작품 속에서 작가의 고통을 비롯한 모든 것을 전부 드러내야 한다고 보기 때문이다. 글 쓰는 목적은 인간이 가장 행복하다는 생활 원리인 ① 자연을 알라 ② 사회를 알라 ③ 혼자만 잘 살자고 말아라 등을 작품을 통해 보급하는 일이다. 즉 궁극적인 목적은 행복을 추구하는 일인데, 그것은 자연과 인간, 사회를 알고 더불어 살아가는 이치를 깨달아 옳고 그름을 가리는 것이다.

소설이란 삶의 도식화에 대해 끊임 없는 해독제와 보완 원리로써 작용하며 제도적인 굴레와 관습에 저항하는 것이다. 위대한 예술가는 어떠한 외부의 작용에도 흔들리지 않고 모든 것을 자신의 생애라는 실존을 통해 드러내야 한다. 이중섭이나 샤갈이 혼신의 힘으로 예술 세계를 표현했듯이 모든 사물이나 대상을 詩心으로 바라 봐야 한다. 모든 사물이나 대상의 의미는 일상 생활에서 관습적인 시점에서 본 것이지 절대적인 것은 아니다. 이처럼 모든 대상은 보기에 따라 달라지므로 정치마저도 이기적인 욕망에서 탈피해 시심으로 바라 본다면 예술이 될 수 있는 것이다. 따라서 이런 시심을 가지고 세상을 바라본다면 동물원의 동물도 인간과 더불어 조화를 이루고, 샤갈 작품에 대해 임금과 신하들이 함께 감상하며 토론하고, 옛 절터에서 명상하며 스님과도 해후가 가능한 것이다. 여기에 구보의 예술관이 집약되어 있다.

2) 현실 인식

이 작품은 '丘甫'가 박태원의 필명과 동일한 것으로 보아 원작의 주인공 '仇甫'와 변별성을 지니면서 아울러 원작의 스토리와 박태원의 삶을 동시에 다루고자 했음을 알 수 있다. 30대 초반의 미혼인 구보는 혈혈단신으로 일정한 수입이 없는 소설 노동자이다. 그의 일과는 가끔 작품을 쓰고, 신인 작품 심사, 출판 기획 자문 역할, 출판 기념회 참석, 옛 친구와 동료 문인들을 만나는 정도이다. 그리고 간혹 고궁 동물원이나 미술 전람회를 관람하기도 한다. 그는 혈혈단신 피란민으로 주위의 눈치나 어떤 구속도 받지 않고 가정을 이루려고도 하지 않는다. 따라서 원작의 仇甫와는 달리 일상인의 삶을 풍족하게 누리려 하지 않기 때문에 물질적 풍요를 갈망하거나, 그것으로 인해 어떤 소외감에 젖지도 않는다.

그가 독신으로 사는 것은 단지 피란민이기 때문이다. 그는 6·25 때 월남했기 때문에 피란민으로서 귀향의 기회가 온다면 다시 돌아가리라는 희망을 갖고 현재까지도 임시 거처로서 살아가고 있다. 그러므로 전쟁이 끝난 지 20여 년이 지났어도 한 곳에 영구히 뿌리내리지 못하고 표류하는 이방인으로 머물고 있다. 미국과 중국의 해빙 무드는 실향민인 그에게 이데올로기적 피해 의식을 더욱 절감케 한다. 그가 하숙을 하는 것은 타향살이의 서러움을 이기지 못하며 인간 관계에서도 공유하는 공동체의 삶을 살아가지 못하기 때문이다. 그는 주위 사람들과 같이 어울리고 싶지만 겉돌 수밖에 없다. 서울에서 잠시 머무는 하숙 생활은 현재 자신이 처한 현실과 흡사하다. 그는 샤갈의 전시회를 구경하거나 단테의「신곡」을 읽을 때도 피란민 의식을 떨치지 못한다. 그의 피란민 의식은 타향살이의 서러움과 고향에 대한 간절한 그리움에 기인한다.

그는 서울에서 20년 간 살았어도 문화나 어투에서 이질감을 느낄 정도로 소외되어 있다. 서울은 분단으로 인해 그가 삶의 근거지인 고향을 잃어버린 공간이고, 급속한 외래 문화의 유입과 사회 변화로 전통적인 문화와 가치관이 상실됨으로써 뿌리 뽑힌 삶이 지배하는 곳이다. 주체적인 문화는 외면당하고 거센 외래 문화의 범람으로 우리 전통 문화는 나이론 팬티로 평가 절하된다. 급속한 산업 발달과 근대화 사업은 6, 70년대 도시적 삶에 물질적인 풍요를 가져 왔지만, 이것에 따른 역기능인 무관심과 이기주의, 양심 부재, 인간성 상실 등을 초래했다. 따라서 그의 피란민 의식은 소외감과 동시에 삭막한 도시의 세태를 내포한다. 그는 이런 소외의식을 피란민이라는 자신의 처지를 객관화시키고 타향살이의 상황을 부각시킴으로써 모든 것을 피란민의 시각으로 현실 세계를 인식하고 사유하는 것이다.

신가놈이란 '神哥놈'이란 말로서, 즉 '神'을 가리킨다. 그가 속으로 이렇게 뇌까리는 심정은—잘도 짜 놓았다. 결국 이것인가, 무서운 힘일 수밖에, 아

아, 이것이 세상인가, 여기 걸려 넘어진단 말이지?-이런 심정을 나타내는
말이다.

전통 문화의 상실과 주체성 의식의 미약화는 존재 기반 자체의 상실을
초래했다. 그는 이런 문화적·사회적 현상을 접했을 때 '에익 神哥놈'이라
고 중얼거린다. 이 '神哥놈'이란 넋두리는 그의 힘으로 어떻게 해결할 수
없는 상황에 부딪쳤을 때 내뱉는 말이다. 즉 그가 피란민이라는 것을 인식
할 때, 무장공비 침투로 통일이 요원하다 느꼈을 때, 글 쓰는 소설가로서
자신에게 만족하지 못할 때, 이해할 수 없는 현실에 직면했을 때 이 말을
내뱉는다. 그는 불가항력적인 자신의 한계에 직면하여 자신뿐만 아니라
신까지도 원망한다. 이것은 세상 일에 무능력한 자신에 대한 자괴감이면
서 동시에 신의 장난처럼 현실이 아이러니컬하게 되어 갈 때 자신의 울분
을 토로하는 넋두리이다. 그는 근본적인 문제 해결이나 극복 의지가 없이
모든 것을 신의 탓으로 돌린다. 그리고 현실 인식에 큰 안목은 없지만 정
작 그것에 대한 해결책이나 의지가 필요할 때는 자괴감을 갖는다. 그의
이런 현실 인식은 스스로 무력감에 사로잡히게 된다.

> 해방이 될 때까지만 해도 구보씨는 천황 폐하에 충성하고 싸움터에 나가
> 서 천황 폐하 만세 하고 죽는 것이 사람의 도리인 줄 알았다. 그런데 어느
> 해 여름 난데없이 러시아 군대가 들어온 다음부터는 일본은 한국의 원수고
> 스탈린 대원수를 위해 죽는 것이 사람의 도리라, 이렇게 되었다. 영문을 알
> 수 없는 일이었다. 다음에 남한에 와서 본즉 이도 저도 다 거짓말이고 미국이
> 우리 친구요, 미국 친구들과 친구인 이승만 박사가 우리나라 아버지다, 이렇
> 다는 것이었다.

소설이란 세상의 이치와 시비곡직을 가릴 수 있어야 하는데 현실은 그

렇지 못하다. 그가 믿었던 진리는 정치적 상황에 따라 변하고 현실적으로 허위처럼 느껴진다. 일제 시대는 일본 천황이, 해방 후에는 스탈린 원수가, 월남 후에는 이승만이 지도자로 바뀌는 상황이다. 그것은 시대의 혼돈과 그에 대한 적절한 대처가 없었기 때문이다. 그는 오랫동안 글을 써 오면서도 세상의 이치를 밝히지 못하고 시대의 통념을 깨뜨리지 못했다는 사실에 그의 고뇌와 갈등이 따른다. 작가는 자신의 인생관이나 세계관을 나타내려는 것이 아니라 단지 소설가 '구보'로 등장하여 자신의 삶을 통해 소설이란 무엇인가 또는 소설가란 어떠한 존재인가를 문제 삼고 있는 것이다.[9] 따라서 원작의 '구보'가 현실 상황의 문제 해결에 무관심하고 보여주기만으로 일관했다면, 이 '구보'는 그런 문제 의식에 대해 관심을 갖고 해결 방안을 찾으려 하지만 무기력할 정도로 행동이 뒤따르지 못하고 있다. 그는 자신이 처한 현실과 정치적 상황 사이의 괴리감으로 인해 고뇌하며 좌절하는 지식인상을 보여준다.

4. 주인석의 「소설가 구보씨의 하루」의 서술 구조 및 글쓰기 양상, 현실 인식

1) 서술 구조 및 글쓰기 양상

90년대 초에 씌어진 이 작품은 전체 5개 장으로 구성되어 있는데, 각 장은 상호 관련성을 지니지만 순서에 상관없이 독립된 개체로 존재하며 글의 핵심 문구를 장 제목으로 붙였다. 그리고 각 장의 부제 번호와 여러

---

9) 김외곤, 「소설가에 의한 소설, 소설가의 존재 방식에 대한 탐색」, 『1960년대 문학연구』, 예하(1993), p.75.

소항목 번호로 공간 이동이나 시간 변화에 따른 구분을 나타내고 있다. 각 장은 모두 몇 개의 소단락을 가지고, 다시 소단락의 제목은 아라비아 숫자로 표기했다. 즉 1장은 12개 단락, 2장은 9개 단락, 3장은 10개 단락, 4장은 6개 단락, 5장은 8개 단락으로 각각 나누었다. 각 장은 최인훈의 작품처럼 평범한 일상사의 하루가 단위로 되어 4년 중 5일 간의 이야기로 구성되어 있다. 이 소단락은 각각 하루를 보내는 구보의 행동이나 의식의 변화, 순환적 시간의 변화에 따라 나누었다. 따라서 박태원과 최인훈 작품의 장 분할 형태를 복합적으로 지니고 있다.

각 장의 내용은 구보가 글쓰기의 의미를 탐색하기 위해 외출했다가 그 의미를 찾고 귀가하는 순환 구조로서 하루의 일상성을 뜻한다. 이런 장과 소단락의 구성은 각 단편 소설이 갖는 독립적인 분절성과 총체적인 테두리의 연작성 사이에 조화와 긴장감을 지속시켜 준다. 그가 외출할 때는 글쓰기의 어려움을 느끼나 귀가할 때는 오히려 강한 의욕과 의미를 찾게 된다. 이런 순환 구조는 여로형 소설처럼 일상사에서 글쓰기에 권태로움을 느끼다 낯선 여행지에서 얻는 신선감을 통해 미로를 탈출해 새롭게 의욕을 갖는 것과 흡사하다.

구보는 소설이 제대로 쓰여지지 않아 고민하던 중 우연히 집안을 뒤지다 아버지 장례식 때의 사진을 발견하게 된다. 이 아버지에 대한 생각은 그에게 고향을 찾게 만드는데, 그가 고향에서 경험한 이런저런 일들이 작품의 출발점이 되고 있다. 각 장의 내용을 구체적으로 요약하면,

① 제1장〈옛날 이야기를 좋아하면 가난하게 산단다.〉: 구보는 원고 청탁을 받고서 제대로 글을 쓸 수 없어 고민하던 중 아버지의 생각에 젖어 고향 파주를 방문한다. 그는 옛날 이야기꾼이 가난이 두려워 이야기를 하지 않은 것이 아니듯 오늘날 작가도 부끄러워 숨기고 싶었던 과거 이야기를

솔직하게 해야 한다는 것이다. 따라서 소설이란 과거 이야기를 폭로하고 반성하는 데에 그 의미를 찾아야 한다는 것으로 자기 존재에 대한 깨달음을 찾고 귀가한다.

② 제2장〈사잇길로 접어든 歷史〉: 과거에 운동권 시인이었던 동창 H의 결혼식에 참석하여 그의 현실 타협적인 삶에 자신이 소외감을 느끼며 진정한 글쓰기의 의미에 대하여 회의한다. 그러나 이런 의문은 서대문 형무소를 다녀와서 해답을 얻게 되는데, 작가는 글쓰기를 통해 사대의 역사·정치·사회 현실에 깨어 있는 의식을 가져야 한다는 책임을 느낀다.

③ 제3장〈그 때 시라노는 달나라로 떠나가고〉: 도형기 시인의 부음을 듣고 지난날의 그의 삶을 추적해 가면서 예술가나 시인의 본질에 대한 의미를 탐색한다.

④ 제4장〈한국 문학의 현 단계, 1992년 겨울〉: 한국 문단의 권위와 엄숙주의를 비판하며 단지 자유분방한 창작 기법으로써 그것을 극복할 수 없다고 본다. 또한 권력이 글쓰기의 시시비비를 재단하는 것은 옳지 않다고 생각하며 문단의 혼란과 문학의 가치를 상실한 시대에 글쓰기의 어려움을 극복하려 한다.

⑤ 제5장〈지옥의 복수가 내 마음을 불타게 한다〉: 글쓰기의 암울한 현실에서 꿈 속에서 80년대 역사의 현장인 경복궁을 찾는다. 이 '꿈'은 구보가 현실에서 표출할 수 없었던 모든 것을 말할 수 있는 기회를 갖는데, 그는 어떠한 협박에도 굴하지 않고 글쓰기를 통해 진실을 폭로하여 시대의 정의와 진리를 구현하는 데 앞장서겠다고 다짐한다.

1장의 주제 의식은 고향 찾기에 머물지 않고 3장에 계속 이어지는데, 혼신의 열정으로 살아온 한 시인의 삶이 누군가에게 감동을 주었듯이 글쓰기의 존재 의미 탐구로 이어진다. 이런 글쓰기는 개인의 존재 의미에 대한 인식으로 끝나지 않고 2, 5장에 나타나듯이 시대의 역사와 운명까지 책임져야 하는 존재라는 신념이 담겨 있다. 구보는 과거의 신념을 부정하고 현실 타협적인 삶을 살아가는 H와 동화될 수는 없는 것이다. 이처럼 주제 의식은 각 장에 반복되어 귀결되는 구조를 띠고 있다.

이 작품은 박태원과 최인훈의 작품에 나타나는 서술상황의 장점을 혼용한 주석적 서술상황 시점이 중심을 이룬다. 작중 서술자는 구보에 대한 정보나 역사적·사회적 현실 상황을 객관적으로 전달하기보다 자신의 목소리를 통해 나타낸다. 박태원의 작품처럼 어머니가 초점 주체인 경우는 초점 대상이 구보가 되어 어머니의 시점을 통해 아들이 미혼으로서 국가보안법의 전과가 있고, 낮에는 주로 외출하고 밤중에 귀가하여 소설을 쓴다는 것을 알 수 있다. 그러나 어머니의 초점이 한계가 있을 때는 구보의 의식과 행동을 통해 나타내는 것이 아니라 서술자의 목소리를 통해 자세한 정보가 제공된다.

이 서술자는 독자에게 구보에 대한 자세한 정보나 역사적·사회적 현실 상황을 객관적으로 전달하기보다 자신의 목소리를 통해 주관적인 생각이나 판단을 전달하고 있다. 구보의 시선을 통해 그 당시의 사회 문제나 국제 정세, 문단 상황이나 문화 예술계 등을 총체적으로 접근하여 적극적으로 문제 해결에 참여하도록 한다. 그러나 이런 모든 면이 인물시각적 서술상황인 구보의 시선만으로는 한계가 있으므로 서술자가 전면적으로 부각된다. 구보의 초점은 객관적인 상황을, 서술자의 시선은 주관적인 상황을 각각 분담하고 있다. 따라서 전체적인 서술상황은 작중 인물인 구보와 또 다른 서술자의 언술이 혼합되어 나타나 대화보다 자유 간접 문체가 중심을 이룬다.

2) 현실 인식

친구나 주위에서 불러주기 시작한 '구보'라는 호칭은 그의 본명 대신 사용되는데, 그 자신도 그렇게 불려지기를 바란다. 이 구보는 박태원·최인훈의 작품에 나오듯이 글 쓰는 직업을 가진 자를 통칭하는 호칭으로 각각 다른 한자명을 아우르는 대명사로 인식된다. 그는 20대 중반의 미혼으로 90년대에 서울에서 어머니와 함께 살고 있다. 어머니의 소박한 꿈은 아들이 안정된 직장을 갖고 참한 여성과 결혼하는 것이다. 그는 박태원의 구보처럼 경제적 능력이 없다거나 최인훈의 구보처럼 피란민이라는 소외감 때문에 일상인의 삶을 누리지 못하는 것이 아니라, 학창시절 학생 운동을 하다 3년간 투옥되어 국가 보안법 위반이라는 전과 때문에 제대로 직장을 가질 수가 없다. 이런 왜곡된 현실은 그의 어머니가 국가 보안법 위반으로 투옥된 아들이 혹시 빨갱이에게 투표하지 않을까 하여 비밀투표도 믿지 못해 투표 용지를 펴 보고 걱정할 정도이다.

80년대는 역사의 격변기로서 10·26 사태, 5·17 광주항쟁, 신군부 시대로 이어지는 공포와 억압의 비극적인 '재앙의 날'들이었다. 그는 이런 불의의 시대에 왜곡된 현실을 비판하며 진리와 자유를 추구하기 위해 학생 운동에 뛰어든다. 그 결과 전과자란 낙인이 찍혀 그의 삶에 굴레가 된다. 그러나 90년대에 들어서서 많은 사람들은 역사적·정치적 현실에 무관심한 채 물질적 풍요를 누리기 위해 경제 성장에 매달려 그 역사의 아픔과 고통을 기억하지 못하고 있다. 그들은 인권이 짓밟히고 노동자가 착취당해도 개의치 않는다. 그리고 이기심과 물질 만능주의에 젖어 부를 축적하기 위해 부동산 투기에 혈안이 되어 있다. 이미 도덕적 가치나 양심은 상실되어 민주주의나 정치적 발전이 후퇴하더라도 경제만 성장하면 문제가 되지 않는다. 모든 관대함은 경제적 여건에 기인한다. 구보는 이런 현실 상황에 적응하지 못해 소외감을 느낄 수밖에 없다. 그에게 80년대는 역사의 '사잇길'과 같은 시기이다.

구보의 고향은 '파주'인데, 이곳은 기지촌으로서 분단시대의 상처와 아픔이 어려 있는 상징적 공간이다. 그의 본고향은 이북이지만 가족이 월남해 파주에 정착함으로써 제2의 고향이 되었다. 파주 기지촌은 양키·코쟁이·깜둥이·양공주·혼혈아·씨레이션 등의 낱말이 친숙하게 뒤따르는 공간으로 씹다 버린 껌처럼, 또는 아무 데서나 사정해버린 정액처럼 불결하게 인식되는 곳이다. 그는 이런 불결하고 수치심으로 점철된 고향이 차라리 없기를 바랄 정도로 열등감을 가진다. 그러나 이런 열등감은 고향이 기지촌으로 인식되는 현실에 있는 것이 아니라 남북 분단이라는 상황을 겪어야 했던 역사적 현실에 따른 것이다. 그의 소외감은 최인훈의 구보처럼 실향민 의식에 기인한 것이 아니라 상흔의 흔적에 따른 것이다. 그는 고통스럽게 자신의 뿌리를 탐색하면서 그의 고향이 기지촌이 된 역사적 배경에 대해 깊이 있게 생각한다.

그의 현실관은 박태원이나 최인훈의 '구보'처럼 현실에 전개된 상황적 단면만이 아니고 궁극적으로 무엇이 문제이고, 어떻게 해결할 것인가에 대해 근본적인 원인을 정확히 인식하고 있다. 이런 현실 인식은 역사·정치·사회·경제 등 총체적인 사회 문제에 걸쳐 펼쳐지는데, 그는 박태원의 구보처럼 관조와 방관자의 무기력한 태도나 최인훈의 구보처럼 혼란스러워하거나 어찌할 수 없이 안타까워하지 않고 현실에 적극적으로 뛰어들어 행동으로 옮긴다. 즉 '빌어먹을' 세상이지만 방관하지 않고 직접 학생 운동에 참여함으로써 사회에 대한 신랄한 비판을 보여 준다. 이런 현실관은 그가 평소에 갖고 있는 작가 의식의 반영이라 할 수 있다. 그가 생각하는 작가란 과거를 폭로하고 반성함으로써 현시대의 좌절된 의식을 밝히고 깨우치는 데 있다고 본다. 이것이 바로 그의 글쓰기의 의미이다.

5. 결론

「소설가 구보씨의 하루」는 동일한 제목 하에 각기 다른 시대를 살고 있는 동일한 주인공을 등장시키고 있다. 본고는 이런 유사한 글쓰기가 어떻게 계속되고 있는지 그 원인과 의의를 밝히고자 서술 구조 및 글쓰기 양상, 현실 인식의 차원에서 분석하여 그 특징을 살펴 보았다.

첫째, 서술 구조 및 글쓰기 양상에서 살펴본 내용을 정리하면 다음과 같다. 세 작품 모두 장 분할 전개, 외출과 귀가의 구조, 작중 인물과 서술자의 분리 등의 공통점을 지닌다.

「소설가 仇甫씨의 일일」은 31개 장 각 단락의 첫머리를 글씨체의 크기와 모양을 바꾸어 제목을 붙였다. 서술상황은 인물시각적 서술 유형으로 '구보'와 구보 어머니의 시점에서 작중 세계가 인식되어 스토리가 전개된다. 이 '하루'는 구보의 외출과 귀가가 끊임없이 반복될 것을 암시함으로써 일상성의 모습을 나타낸다. 작가의 글쓰기는 소설의 의미보다 소설 창작의 방법론과 구성 원리에 중점을 두어 고현학적 방법과 몽타주 기법으로써 현실을 관찰하고 개연성이나 인과성이 없이 순차적으로 기록하는 데에 의미를 두고 있다.

「소설가 丘甫씨의 一日」은 숫자로 장을 구분하고 각 장에 제목을 붙였다. 15개 장은 몇 년 간에 걸친 15일의 이야기로 각각 독자성을 지니지만 서로 연계되어 총체적인 삶의 모습을 나타낸다. 서술 시점은 주석적 서술상황과 인물시각적 서술상황이 겹쳐져 나타난다. 주석적 서술상황 서술자는 구보의 인적 상황이나 역사적 상황을 자세히 서술하고 간접적인 자유문체와 대화를 통해서는 점차 인물시각적 서술상황을 취하게 된다. 주인공은 글쓰기를 인간의 행복 추구에 두고 세상의 어질머리를 풀고 시비곡

직을 가리는 데 있다고 보지만, 작가로서 광범위한 현실 인식 범위에 무력
감을 느낀다.

「소설가 구보씨의 하루」는 5개의 장 속에 몇 개의 소단락으로 구성되었
는데, 작은 단락은 숫자를 매겼고 큰 장은 한글 제목을 붙였다. 이 소단락
은 각각 하루를 보내는 구보의 행동이나 의식의 변화, 순환적 시간의 변화
에 따라 나누었다. 서술상황은 주·객관이 혼재하는 형태로 서술자의 언
술, 작중 인물의 언술이 복합적으로 나타난다. 작가의 글쓰기는 사람들이
숨기고 방관하려는 과거를 청산하고 역사와 사회를 올바르게 인식하고 정
립하는 데에 중점을 둔다.

둘째, 현실 인식 차원에서 각 작품을 살펴보면,

「소설가 仇甫씨의 일일」은 물질 지향의 가치관 중심에 따른 인간의 소
외감, 물질만능주의의 팽배에 대한 불신과 경제적 제도권 밖으로 밀려난
문학의 소외 등을 나타내고 있다. 그러나 구보는 현실에 대한 방관자로서
무기력한 모습이다. 「소설가 丘甫씨의 一日」은 도시 문명의 황폐함과 더
불어 한국 동란 시 월남한 피난민들의 뿌리 뽑힌 삶을 보여 준다. 구보의
의식은 정치·문화·경제 등 다양한 분야로 확대되어 현실 상황을 분석하
고 극복하려 하나 뚜렷한 대안을 찾지 못한다. 「소설가 구보씨의 하루」는
구보가 전대의 구보들이 인식한 현실에 바탕을 두고 새로운 시대를 살고
있지만 현실 상황은 혼란스럽다. 그는 역사·정치·사회·경제 등으로
인식 범위를 확대해 현실의 모순과 문제점을 비판하면서 능동적으로 참여
하여 지나간 역사를 청산하려 노력한다.

1. 메타 픽션 기법

문학사에서 하나의 텍스트는 독자적으로 고립되지 않고 다른 시대의 모든 텍스트와의 상호 관계 속에서 형성된다. 이런 영향 관계와 모방 속에서 창작된 텍스트는 근대 이후 활성화된 메타 언어의 이론적 근거를 뒷받침한다. 이것은 다양한 담론들이 상대방의 존재 가치를 부여하고 서로 간에 대화적 배경을 이루며 상호 조명하고 반응한다는 바흐친의 대화이론과도 상통한다. 문학사의 이런 연속성과 관계성은 장르 해체에도 영향을 미친다. 한 시대의 장르 변화는 선행 장르와의 조합이나 변형에 따른 결과이다. 따라서 장르는 여러 기법과 양식에 의해 계속 지속, 변형되면서 문학사를 이끌어 간다.

일반적으로 패러디 소설이 어느 특정 작품을 원텍스트로 대상화해 패러

디하고 있는 데 반해, 장정일의 「실크 커튼은 말한다」는 모든 장르를 넘나
드는 탈장르적 경향으로 서사의 한 분절을 타장르의 담론 형식으로 끼워
넣는 텍스트내적 패러디의 실험성을 나타낸다. 이러한 텍스트내적 패러디
외에도 內話의 전개 과정에 끼어드는 작가의 목소리는 내화의 줄거리 중
어느 부분이나 대화 등이 어떤 영화나 책의 일부를 패러디하고 있다는
것을 의도적으로 밝히고 있다. 이는 텍스트의 본질이 순수한 창작물이라
기보다 이전의 텍스트를 고쳐 쓰고 이어 쓰는 작업임을 텍스트 자체를
통해 보여주는 담론 전략이라 할 수 있다. 그리고 모더니즘 미학을 해체하
면서 실험적인 포스트모더니즘 경향을 반영하는 단적인 증거이다. 전위적
인 이런 글쓰기는 기존 질서와 이성적 가치에 대한 거부이며 메타 픽션적
인 창작 기법의 전개이기도 하다. 즉 현대인의 소외와 단절감, 무기력과
혼란을 표현하는 데에 문학적 형식마저도 의도적으로 파괴함으로써 기존
의 질서나 지배 형식에 대한 해체와 재창조 과정을 나름대로 시도하려는
전략인 것이다. 그는 기존의 이항대립 체계 속에서 현존, 이성, 의식 중심
의 지배담론을 거부하거나 해체시킴으로써 전위적인 글쓰기를 보여준다.

현대는 단절과 소비, 해체의 시대라고 해도 과언이 아니다. 문명의 이기
는 인간성 상실과 단절을 야기시켰고 전통적인 가족 관계를 해체시켰다.
이런 고립과 단절감은 개인 중심적인 경향을 만연시키고 끊임없이 소비
지향적 삶을 추구하게 만들었다. 장정일은 이런 소비사회에서 정체성을
상실한 인간의 모습을 성도착증으로 적나라하게 표현한다. 다양한 재구성
기법을 사용한 그의 소설은 다분히 자기반영적인 메타 픽션[1]의 요소가

---

1) 메타 픽션은 포스트모더니즘 소설의 경향을 대변한 것으로 ① 소설 속에 또 다른
   작품을 삽입하거나 작품 속의 허구와 현실의 내용을 혼합해 전개 ② 스토리 전개
   과정에 현실을 반영하는 대신 소설 창작이나 독서 과정을 자의식적으로 다룸 ③
   자전적 소설을 통해 효율적으로 현실을 통찰하거나 비판함 등 다양한 실험적 기법

나타난다. 텍스트 속에 또 다른 텍스트를 끼워 넣어 재구성하는 것은 기표와 기의, 혹은 의미와 무의미를 자유롭게 넘나들려는 의도로 혼란과 단절감을 극복하려는 장치라 할 수 있다. 그는 자유분방하면서도 복잡한 글쓰기를 능동적으로 시도하며 항상 의문과 회의를 제기할 수 있는 여지를 끊임없이 제공하면서 텍스트의 공간을 열림과 비워둠의 상태에 놓는다. 그리고 독자가 열림의 상태에서 텍스트를 다양한 방식으로 읽기를 기대한다. 박학다식한 그의 소설은 허구와 현실 사이를 지속적으로 왕래함으로써 틀과 틀 사이의 파괴를 반복한다. 즉 틀을 자각할 수 없도록 만들어서 환상을 구성하고, 그리고 틀을 계속해서 노출시킴으로써 환상을 깨뜨리는 메타 픽션의 고유한 해체적 방법을 보여준다.[2]

2. 단절과 욕망의 충동

본문 내용에서 패러디한 것을 살펴보면 본인의 시 「나, 실크 커튼」, 조용필의 노래 「창밖의 여자」, 필립 라킨의 시 「나날」, 록 오페라 「지저스 크라이스트 슈퍼스타」, 『누가복음』16:19~26('부자와 나사로' 이야기), 잉게보르크 바하만의 방송극 「맨하탄의 선신」, 나폴리 민요 가사, 윌리엄 블레이크의 시 「경험의 노래」 등 다양한 장르가 나타난다. 그 외 이상의 「날개」를 연상할 수 있게끔 열여덟 개 셋방의 배경 공간, 폐결핵 환자인

을 시도한다. 특히 기존의 소설 구성법 대신 순환구조의 서사형식으로 결말이 아닌 열린 구조를 지향하며, 독자는 독서 과정 중에 어떻게 결말을 맺을까 고민하면서 다시 스토리를 회상하며 작가가 되기도 한다. 창조적 주체로서 작가의 권위가 무너진다.

2) 정정호 편, 『포스트모더니즘과 한국문학』, 글도서출판(1991), p.215.

남자 주인공, 작부 출신인 그녀 등에서 유사점을 느낄 수 있다. 이런 다양한 장르 차용은 본 작품의 주제를 발전시키거나 주인공이 처한 운명이나 상황을 암시하기 위한 복선으로 제시된다.

이 작품의 담화 주체는 外話와 內話의 서술을 담당하는 작가적 목소리와 서사적 목소리의 분열된 현상으로 나타난다. 즉 작가, 서술자, 수음하는 남자, 발 씻는 여자, 실크 커튼 등 여러 목소리가 혼재해 있다. 내화의 서술은 3인칭 중립적 서술자의 목소리와 1인칭(수음하는 남자, 발 씻는 여자, 실크 커튼) 서술자의 목소리가 교차하고 있고, 이 내화의 혼성적 목소리는 다시 외화에 형성되는 작가적 목소리와 여기에서 분열되는 시 장르의 서정적 목소리, 희곡에서 형성되는 독립적 인물 목소리(대사) 등과 혼합되는 다양한 다성성을 보여준다. 본고에서는 이런 다양한 장르 패러디 중 자작시 「나, 실크 커튼」과의 상호텍스트성을 통해 영향 관계 및 장르 패러디의 변별성을 살펴볼 것이다.

① 나는 그 남자를 본다. 수돗가를 향해
　조그만 창이 나 있는 골방 속에 들어 있는 남자를
　나는 본다. 그는 심한 기침을 해대며
　나, 실크 커튼이 쳐진 작은 창이 달린
　골방 속에 산다. 그는 입을 오물거려 껌을 씹고
　몸은 움직이지 않는다. 가끔 파스 하이드라지드를
　입에 털어넣고 주전자째로 물을 마시는 남자.
　정말이지 나, 실크 커튼이 보기에 그는 전혀
　움직이지 않고 사는 것 같아 보인다.

② 나는 본다. 그 남자를 보고, 또 한 여자를
　나는 본다. 그녀는 하루에도 수차례씩

비누를 들고 나와 수돗가에서 발을 씻는다.
발가락 사이 사이와 발꿈치 복숭아뼈를 거쳐
종아리와 정강이, 무릎에다 잔뜩 비누칠을 하고서
거친 수건으로 그것들을 세심히 문지르는 그녀.
나, 실크 커튼이 보기에 그녀는 마치
씻기 위해 사는 것처럼 보인다.

③ 나는 본다. 한 남자와 한 여자의 외로운 노래를,
　 나, 실크 커튼은 본다. 수돗가에서 스테인레스 대야가
　 햇빛 바스락거리는 소리를 낼 때마다 그 남자가
　 나, 실크 커튼 앞에 바짝 다가서는 것을. 나는
　 본다. 여자는 두 허벅지 사이에 치마를 끼운 채 발을 씻고,
　 그 모습을 보며 남자가 수음에 열중하는 것을. 나, 실크 커튼은
　 하염없이 본다. 클클거리며 수음하는 남자를,
　 기침이 달겨들 때마다 사시나무 떨듯 몸을 떠는 남자를.
　 그럴 때 그의 몸뚱이는 거대한 기침이 그를 뱉았다,
　 다시 집어삼키는 것 같고, 그때 그는
　 커다란 기침 속에 들어 있는 것만 같다.

④ 나는 본다. 그 남자의 깊은 땀샘으로부터, 이마
　 밖으로 솟아나는 땀방울을. 그래, 그는 땀을 흘리며
　 손을 움직인다. 그것은 나, 실크 커튼이
　 보기에도 무척 힘겨워 보이고, 그것은 그 남자의
　 외로움이 어쩔 수 없이 그렇게 시키는 것 같다.
　 그리고 그 남자의 행동은 해변의 모랫벌에서 모래성을
　 짓는 순수의 소년들이 하는 허망한 짓을 닮았다.
　 그렇지 않은가? 나, 실크 커튼이 보기에
　 수음은 금세 부서질 모래성을 쌓는 것과 같다.

⑤ 나는 본다. 수돗가에서 발을 씻는 여자를.

그녀 가슴 또한 얼마나 외로움이 사무친 것일까.
나, 실크 커튼이 보기에 그녀는, 저 골방 속에서
한 남자가 나, 실크 커튼을 통하여 비치는 자신의
각선을 훔쳐보며 수음에 열중하고 있는 것을
알고 있는 듯이 보인다. 나, 실크 커튼이 보기에
그녀는 그 남자가 골방 속에서 뛰쳐나와
그녀를 비누 묻은 채 거칠게 수돗가에 쓰러뜨리기를
원하고 있는 듯이 보인다. 그러니까 그녀는
그의 욕정을 유발시키고 있는 중이고, 강간당하기를
바라는 것이며 나, 실크 커튼이 보기에
처녀들의 결벽증은 그녀들의 욕망과 비례하는 듯이 보인다.

⑥ 나는 본다. 매일 방안에서 벌레처럼 꼬물거리는
남자와, 하루에도 수차례 발을 씻어야
마음이 놓이는 여자를 나는 나, 실크 커튼을 통해
보고 있다. 나는 그 여자가 발을 씻을 때마다
나, 실크 커튼을 통해 그녀의 모습을 훔쳐보며
수음에 열중하는 남자를 보고, 그 남자가
모래 흩어지는 소리를 내며 쓰러지는 것을 본다.
그래, 그는 정말 모래성같이 풀썩
쓰러졌다. 단 한 번의 가래침으로 만들어진 우리들.
계속해서 나는 본다. 그녀가 마른 수건으로 손과 발을 닦고
흘깃, 골방 쪽의 창문을 바라다보는 것을, 그러나
그녀는 나, 실크 커튼 뒤에 있는 나를 보지 못한다.

⑦ 나는 본다. 방바닥에 웅크린 남자를.
아무 책장이나 죽, 찢어 그 남자가
자신의 손가락 사이와 방바닥에 끈적이는 점액질을
닦아내고 있는 것을 나, 실크 커튼은 본다.
그리고 나는 그가 모래처럼 흩어져 있다가

다시 하나의 모래성으로 모이는 것을 볼 것이다.
그녀는 몇 시간 뒤 수돗가에서 다시 발을 씻을 테고
그때 그는 나, 실크 커튼 앞에 서서
나, 실크 커튼을 통해 안전하게 보여지는 그녀의 자태를
훔쳐보며 굳은 모래성을 쌓을 것이기에.

⑧ 결벽증에 걸린 뜨거운 여자이자
한 줌의 모래 1과
욕정이 절정에 달한 결핵 3기의 남자인
한 줌의 모래 2의
서로 만나지 못하는 연극.
나, 실크 커튼으로 가로막힌
－장정일의 「나, 실크 커튼」 전문－

'나'와 '실크 커튼'은 동격으로 관찰자 시점에서 남자와 여자를 관찰하고 있다. 이 '실크 커튼'은 남자의 작은 골방 속 창가에 쳐져 있다. '실크 커튼'은 그들을 바라보지만 그들은 '나'를 직접 보지 못한다. 마지막 연을 제외한 매 연마다 서두에 '나는 본다'를 도치시킨 것은 그만큼 보는 행위 주체를 강조하기 위한 장치이다. 그러나 8연만은 이런 반복성이나 객관적 서술의 관찰자 시점을 일탈하여 시적 비유의 함축성과 급박한 마무리의 단절감으로 강도 높은 긴장감과 여운을 불러일으킨다. 보편적으로 그의 시는 화려한 비유나 고도의 상징성, 또는 목가적 서정성이나 환상적 분위기가 없이 무미건조해 현실 반영에 걸맞지 않는 느낌이 든다.

1연과 2연, 4연과 5연은 각각 차례대로 남자와 여자를, 3연과 6, 7연은 동시에 남녀를 관찰하고, 마지막 8연은 객관적 관찰자 시점을 벗어나 결론 형태로 전체 내용을 아우르는 구조이다. 남자의 생활 공간은 수돗가를 향한 작은 골방이다. 그는 방안에서만 생활하는 결핵 환자로 간혹 수돗가에

씻으러 나온 여자를 '실크 커튼'을 통해 몰래 훔쳐 보며 수음 행위에 열중한다. 그 여자는 하루에도 수 차례씩 수돗가에 나와 발꿈치, 종아리, 정강이, 무릎 등 하체 부위를 비누칠하며 거친 수건으로 씻고 있다. 그런데 시적 화자는 이런 남녀의 반복적 행위를 외로움을 떨치기 위한 것이라고 진술한다. 여자의 씻기 반복은 은근히 자신이 유혹당하기를 바라는, 즉 자신의 욕정을 유발시키는 무의식적 발로이다. 여자의 씻는 모습을 훔쳐 보며 집착하는 남자의 수음 행위는 마치 '모래성'을 쌓는 허망한 짓으로 비쳐진다. 모래성으로 모이는 것은 수음의 절정이지만 다시 모래로 흩어지는 것은 욕망의 쾌락을 누리지 못하는 상태이다.

그러면 두 장르 간의 구조적 패러디 관계를 구체적으로 비교해 살펴보면 다음과 같다.

① 시 : 1연
소설: 수돗가를 향해 작은 창이 나 있는 골방 속에 들어 있는 남자. … (중략) … 저 방에 사는 남자는 움직이지 않고 사는 것 같아요.(p.161.하단 ~ p.162.상단)[3]

② 시 : 2연
소설: 이제 그녀는 그 거친 수건으로 자신의 발바닥, 발가락, 발등, 발꿈치, … (중략) … 세심히 문지를 것인데, 이웃 여자들의 말처럼, 그녀는 마치 씻기 위해 사는 것 같아 보인다.(p.164.하단 ~ p.165.상단)

③ 시 : 3연
소설: 3연 전체 인용(p.166.)

---

3) 본고에서 인용하는 소설 작품의 페이지는 『아담이 눈 뜰 때』(미학사, 1990)를 참고했음.

④ 시 : 4연
소설: 이미 그의 이마는 그의 깊은 땀샘으로부터 솟아나온 땀방울로 번지르르하다. 그는 땀을 흘리며 손을 움직인다. … (중략) … (시 4연 부분) … 그렇다. 그는 지금 금세 부서질 모래성을 쌓고 있는 것이다.(p.166. 하단 ~ p.168. 상단)

⑤ 시 : 5연
소설: 5연 전체 인용(p.171.)

⑥ 시 : 6연
소설: 6연 부분 인용(p.173. 하단)

⑦ 시 : 7연
소설: 7연 부분 인용(p.173. 하단 ~ p.174. 상단)

⑧ 시 : 8연
소설: 8연 전체 인용(p.178.)

이처럼 「실크 커튼은 말한다」는 「나, 실크 커튼」을 패러디하는 과정에서 3, 5, 8연을 원문 그대로, 그 외 연을 부분적으로 차용하고 있다. 두 작품을 비교하면 상황 전개가 시보다는 소설이 장르의 특성상 더 구체적이다. 시에서는 보편적인 두 남녀의 행동을 객관적 관찰자 시점에서 '실크 커튼'이 묘사한다. 그러나 소설에서 여주인공은 고등학교에 다니는 여동생을 뒷바라지하려고 시골에서 올라온, 과거에 작부 전력이 있는 시골 처녀이고, 남자 주인공은 폐병 3기의 중병을 앓으며 고시 공부를 하는 시골 출신의 청년이다.

이 작품에서도 시에서처럼 '실크 커튼'은 남자와 여자의 모습을 지켜보고 있다. 이 '실크 커튼'은 두 남녀의 세세한 행동을 들여다보고, 그 행동을 통해 감춰진 욕망을 읽고 있다. 그가 바라보는 대상은 멀리 떨어져 있지도 않고, 그렇다고 서로 닿아 있지도 않다. 어느 정도 거리에 놓인 대상을 바라보는 '실크 커튼'의 눈은 자유롭다. 캄캄한 골방에서 수음하는 폐병 3기의 남자는 별로 활동하지 않는 무기력하면서도 고독한 모습이다. 또한 수돗가에 나와 자주 발을 씻는, 마치 씻기 위해 사는 것처럼 보이는 그녀는 결벽증과 외로움에 가득 차 있다. 그녀는 나르시스적인 자기애에 빠져 있으면서 씻기 반복으로 욕망을 표출시킨다. 그들은 온통 산으로 둘러싸인 분지의 셋방 공간에서 생활하면서 현대 도시문명과 차단된 소외된 삶을 살아간다. 그들은 무기력하고 권태로운 삶 속에서 자유롭기를 원하면서도 지극히 단절되어 내면의 욕망을 지닌다. 서로 소통의 대화를 하지 않는 그들의 내면은 닫혀 있다. 그래서 그들의 욕망을 대신하여 말하고 있는 매개체가 '실크 커튼'이다. 이 '실크 커튼'은 그들 사이의 경계를 허물어 내면의 욕망을 말하는 역할을 하면서도 둘 사이에 벽처럼 자리해 있어 그 거리를 유지해 준다. 그들은 서로 훔쳐보기만 할 뿐 더 이상의 욕망을 적극적으로 보여주지 못한다.

'그'의 훔쳐보기는 고독한 자기 내면의 바라봄과 서로 통한다. '그'는 수음 행위를 통해 살아 있음을 느끼고, '그녀'는 자신의 아름다운 다리로 실크 커튼 너머의 그를 유혹한다. 그것은 그와 그녀가 실크 커튼 너머로 서로에게 다가가려는 미미한 노력이라 할 수 있다. 작가는 그의 훔쳐보기 행위를 통해 독자 스스로 자기 내면을 고백하고 들여다보게끔 하는 효과를 노린다. 따라서 '실크 커튼'은 둘 사이를 가로막고 있는 것이 아니라 자기 내면의 욕망에 달하지 못하는 벽일지 모른다. 현대 사회의 인간 관계에서 수많은 대화의 소통이 이루어지지만 그 말은 소모적으로 흘러 정작 내면의 진실한 말은 입안에서만 머물고 만다.

남자가 실크 커튼이 쳐진 공간에서 수음 행위를 하는 것은 '모래성'을 쌓는 것으로 비유된다. 바닷가에서 만든 모래성은 아무리 크고 단단할지라도 바닷물이 밀려오면 흔적도 없이 사라진다. 모래성을 쌓는 행위는 결과물에 있는 것이 아니라 그 행위 자체에 기쁨과 가치가 있는 것이다. 그렇기 때문에 남자와 여자가 만나지 못하는 이유가 여기에 있다. 그들이 서로 만나서 각자의 욕구를 충족하게 된다면 두 작품 속의 주인공의 모습은 수학 공식으로 표현하면 $1/3 + 2/3 = 3/3 = 1$과 같을 것이다.

> 결벽증에 걸린 뜨거운 여자이자
> 한 줌의 모래 1과
> 욕정이 절정에 달한 결핵 3기의 남자인
> 한 줌의 모래 2의
> 서로 만나지 못하는 연극.
> 나, 실크 커튼으로 가로막힌
>
> —장정일의 「나, 실크 커튼」 부분—

'한 줌의 모래 1과/ 욕정이 절정에 달한 결핵 3기의 남자인/ 한 줌의 모래 2의' 숫자처럼, 그것을 인수분해하면 위와 같은 1의 숫자가 된다. 그 숫자는 정상적인 욕구 충족을 하면 두 남녀의 욕망은 분해되고 새로운 모습으로 탄생하게 될 것이다. 그 모습은 아마도 숫자 1의 상태일 것이다. 그러나 두 남녀는 '실크 커튼'으로 단절되어 아무런 변화도 없이 서로의 욕구를 충족하지 못하고 있다. 여자는 노출증에 빠져 자신의 아름다운 다리(상품)를 보여주며 남자(고객)를 유혹한다. 이처럼 욕망을 표출하려는 그녀의 모습은 「샴프의 요정」 「아파트 묘지」에 나오는 여성 이미지와 같다. 이 여인들은 희고 아름다운 다리와 머릿결로 인간 내면에 잠재되어 있는 욕망을 충동시킨다. 반면에 결핵 3기의 남자는 욕망의 충동에 유혹당하지만 무기력하게 관음증에 빠져 수음 행위만 한다. 만일 그들이 서로 사랑을 하게 된다면 잉게보르크 바하만의 「맨하탄의 선신」에 나오는 이야기처럼 비극으로 끝났을지도 모른다. 그것은 조용필 노래 가사에서 '나를 잠들게 하라'고 하듯 그들은 죽음의 잠 속에 빠져 들게 될 것이다. 그들은 단절된 상태에서 산다. 그러나 소설에서는 '실크 커튼이 가리는 대로 내버려 두지 말라'고 끝맺으면서 한결 소통의 가능성을 열어 놓는다.

그녀의 성적 욕망의 충동과 거기에 유혹당하지만 무기력한 남자 주인공의 모습은 자본주의 시대를 살아가는 현대 도시인들의 자화상을 반영한다. 현대 산업사회에서 획일화된 이들의 삶은 미래에 대한 전망이 불확실하며 어떠한 현실 상황에서도 순응적이다. 후기 자본주의 사회에서 산업광고는 물건에 대한 호기심의 욕망에 빠지게 한다. 소비문화에 익숙해진 현대인에게 광고는 소비를 유도하는 욕망의 장치이다. 이런 욕망은 돈이 없으면 아무런 가치나 효력이 없다. 욕망과 소비가 지배하는 현대사회에서 돈이 없으면 합일되지 못하고 단절된 상태에서 바라보게만 된다. 이때 아무런 욕구 충족을 이루지 못하고 단절된 상태에서 살아가므로 소외감에 젖는다.

14장 : 카프카의 「변신」과 김영현의 「벌레」

1. 존재 탐구

　「변신」의 주인공 그레고르 잠자(Gregor gamsa)는 어느 날 아침에 깨어 보니 자신이 커다란 한 마리의 딱정벌레(甲蟲)로 변해 있었다. 그는 세일 즈맨으로서 아침 일찍 출근해 회사일로 먼 곳으로 출장가게 되어 있었으나 갑작스런 변신으로 걱정만 하고 있다. 그가 방문을 잠근 채 나오지 않고 늦게까지 출근하지 않자 가족이 걱정하고 회사 상사가 찾아와 그의 직무태만을 질책한다. 그는 할 수 없이 그들의 성화에 못 이겨 문 밖을 나오지만 그의 흉측한 모습에 모두가 놀라 회사 지배인은 혼비백산해 뛰쳐나가고 그의 아버지는 그를 강제로 방안에 밀쳐 넣는다. 가족은 창피해서 주위에 말도 못하고 그를 방안에 가두어 둔 채 누이가 매일 쓰레기 같은 음식을 날라다 주며 마지못해 돌봐 준다. 그러던 어느 날 그는 가족

을 괴롭힌다 하여 화난 아버지가 던진 사과에 맞아 등에 상처를 입고 화농
과 굶주림으로 죽게 된다. 단지 가정부가 그의 시체를 쓰레기통에 치워버
리자 그의 가족은 아무 일도 없었다는 듯이 오랜만에 홀가분한 기분으로
교외로 산책을 나간다. 3부로 구성된 이 작품의 내용을 더 세분화시켜 보면;

① 1부 : 주로 장면 묘사로 사건 진행이 자세히 서술되는 구조이다. 갑작스런
  주인공의 변신에 가족과 회사 지배인이 놀라고 자신은 가족 부양을 책임
  진 가장으로서 앞날 걱정을 한다. 화난 아버지는 그를 방안에 유폐시킨다.
② 2부 : 2, 3부는 화자가 나름대로 사건 진행을 요약해 독자에게 전달하는
  설명문식 보고 형태가 주류를 이룬다. 누이는 가족과 갑충으로 변한 오빠
  와의 중간에서 교량적 역할을 하며 그에게 매일 음식을 가져다준다. 그는
  자신이 처한 곤경에 적응하려 노력하지만 화난 아버지가 던진 사과에 맞
  아 등에 상처를 입는다.
③ 3부 : 점차 집안 형편이 어려워지자 온 가족이 생활 전선에 뛰어들고 하숙
  을 치른다. 가족은 하숙인들에게 온갖 비위를 맞추려 하면서도 정작 그에
  게는 무관심해지며 그를 귀찮은 존재로 인식한다. 그가 상처난 화농으로
  죽게 되자 가족은 아무 일 없었다는 듯이 평범한 일상사로 되돌아간다.
  이 3부는 가족뿐만 아니라 하숙인, 가정부가 대하는 태도, 자신이 죽음에
  임하는 태도가 나타난다.

이 작품은 크리스마스 전 무렵부터 3월말까지 수개 월 가량 진행되는
내용으로 매우 사실적·객관적 관점에서 별도의 서술자 없이 주인공의
시선을 통해 전개되고 있다. 가족이나 타자의 시선은 부분적으로 제한되
어 독자는 모든 정보를 서술자인 주인공의 의식이나 사고, 관찰을 통해서
만 인식한다. 서술자는 사건이나 등장인물에 대해 자세한 논평이나 묘사
가 없이 사건 진행만 객관적으로 서술하므로(선택적 전지시점) 독자는 서
술자의 의식과 생략에 동화되어 동일시되는 착각을 일으킨다. 그리고 간
결한 문체와 생략법으로 가족의 동정과 주인공이 처한 상황을 간략히 묘

사하지만, 때로는 신랄한 풍자로써 반어적[1] 효과를 잘 나타내고 있다. 작품은 서두부터 주인공이 기상천외의 '벌레'로 변신함으로써 꿈과 같은 초현실 세계와 일상생활의 현실 세계가 대립되어 사실적·즉물적 묘사가 주조를 이룬다. 이처럼 인간을 열등 동물에 비교하는 작가의 의도는 주인공들의 무가치한 삶을 궁극적인 죽음에 연관시키는 데 있다.[2] 즉 출구 없는 절망적 상황에 대한 작가의 인식 노력의 산물이다.

그레고르는 벌레로 변신하기 전에는 부모가 진 빚 때문에 어쩔 수 없이 출근하기 싫은 회사에 나가 사장이나 지배인의 비인격적인 대우를 받으며 근무한다. 그는 아버지가 사업 실패 후 그의 회사 사장에게 많은 빚을 지고 있기 때문에 몇 년 더 근무해야 할 처지이다. 외판원인 그에게 사장의 경멸하는 듯한 태도와 의심, 지배인의 실적 부진에 대한 질책은 그에게 고통을 안겨 준다. 그는 내면적으로 회사를 그만 두고 현실의 굴레에서 해방되고 싶다는 충동에 사로잡혀 있다. 그러나 가족 부양을 책임진 자로서 어쩔 수 없는 갈등 속에서 불안과 초조가 '뒤숭숭한 꿈'이 원인이 되어 어느 날 깨어 보니 한 마리의 딱정벌레(甲蟲)로 변해 있었다. 이처럼 가족 부양의 의무와 직장에서의 혐오감이 그가 처한 실존 상황이다. 그는 매일 여행해야 하고, 불규칙한 식사와 고객과의 사무적인 교제, 회사의 신임도 등으로 걱정과 불안감에서 헤어나지 못하는 상태이다.

그의 변신은 가족과 직장에 대한 책임과 의무로부터의 도피 기능으로

---

1) 부자 간의 진정한 애정 결핍을 반어적으로 풍자한 예로,
 "한 달 이상이나 그레고르를 괴롭힌 이 무거운 상처는—아무도 감히 뽑아 내려고 하는 사람이 없었기 때문에, 그 사과는 이 사건의 눈에 보이는 기념품으로서 살 속에 박힌 채로 있었다.—현재의 그레고르의 모습이 아무리 참담하고 징그럽다 하더라도, 가족의 일원인 그를 원수처럼 취급해서는 안 된다는 것을 아버지로 하여금 깨닫도록 하였다."(카프카, 박환덕·김영룡 역, 『변신』, 인디북(2004), p.85)
2) 김용익, 『프란츠 카프카 연구』, 삼영사(1984), p.106.

자아가 타인에 의해 훼방 받지 않는 자기 본질의 순수한 정체성을 지키는 것을 의미한다. 이 때는 존재로서의 의미 상실로 어떤 사회나 가정에 소속감이 없는 상태이다. 즉 가족 부양에 대한 의무감, 어쩔 수 없는 직장 근무에 대한 억압된 좌절감에서 해방이 되는 것이다. 그러나 자신에게 가족의 생계 문제가 달려 있다는 꿈이 아닌 현실적인 문제에 직면함으로써 불안과 공포심이 엄습한다. 이런 불안감은 가장으로서 의무를 수행할 수 없다는 죄책감을 불러온다. 가족의 부양을 위한 의무감에서 죄의식을 느낄 때의 감정은 구심적인 성격을 띠지만 그 지긋지긋한 회사에서 빨리 사직서를 써 내겠다고 할 때는 원심성 내지 분산성(分散性)이 작용하는 것이다. 이러한 양면에서 고뇌하며 갈피를 못 잡고 있는 상태가 변신이 된 상황이요, '감추어진' 자기분신인 것이다.[3]

벌레로 변한 그의 모습은 놀란 가족에게는 인간의 존재 가치를 상실한 한낱 해충으로만 여겨진다. 그레고르는 자신의 모습이 그저 낯설기만 해 변신한 사실을 무시한 채 인간 세계 속에 변함없이 머물고자 한다. 그는 변신하기 이전의 가족에 대한 인간으로서 의식과 애정을 그대로 유지하고 있다. 가족에게는 되도록 흉측스런 몰골의 공포감을 주지 않기 위해 안락의자 밑에 모포를 쓰고 숨어 있거나, 식구들이 방안에 들어오면 갑자기 몸을 피하고, 이런 자신의 행동이 악의로 비쳐지지 않을까 두려워 잠시 마룻바닥에 머물러 있기도 한다. 지금까지 자신은 가족의 안녕을 위해 희생해 왔고, 또한 가족도 그런대로 행복하고 평화로운 삶을 유지해 왔다고 생각했는데, 이 순간 모든 게 두려움과 절망으로 끝난다는 것이 그에게는 도저히 견딜 수 없는 고통으로 느껴진다. 지금까지의 자신의 희생은 아무

---

3) 김윤섭, 「카프카의 '변신'과 이상의 '날개'에 나타난 구심성과 원심성」, 『카프카 연구』, 범우사(1984), p.320.

런 쓸모가 없게 되어버렸다.

처음에는 초기 감기 비슷한 그의 증상을 보고 어머니는 의사를 빨리 불러오라고, 아버지는 자물쇠 장수라도 불러와 문을 열라고 하면서 애정 어린 관심을 보이지만 실상은 모두가 경제적 목적으로 존재 가치를 이용하려는 것이었음을 알 수 있다. 그가 생활 능력이 없게 되자 파산해 생활력이 없었던 부모는 노후를 위해 이미 돈이 될 만한 증서를 금고에 보관해 놓은 채 다시 생활 전선에 뛰어든다. 아버지는 은행의 수위로 근무하고, 어머니는 옷감을 맡아 바느질하고, 여동생은 바이올린 공부를 포기하고 상점 판매원으로 일하며 기술을 배운다. 그가 변신 후 가정을 위한 기능인으로서 제 역할을 못하자 점차 가족의 냉대는 심화된다. 가족은 처음에 생활을 감당한 그에게 감사한 마음이 습관화되어 당연시하다 지금은 짐이 되자 냉정한 태도로 바뀌어 가정 내 애정과 행복도 위선에 바탕을 두고 있음을 알 수 있다. 즉 인간이 경제적 기능인으로서 그 역할을 감당할 때 존재 가치를 인정받는 것이다. 이런 점에서 그레고르와 가족과의 관계는 상호간 유용한 경제 수단으로만 맺어진 것이지 진실된 인간 본연의 애정 어린 관계로 맺어진 것이 아님이 명백해진다.[4]

가족은 벌레가 된 그레고르가 방안에서 자유롭게 활동할 수 있도록 모든 가구를 치웠다가 하숙인들이 들어오자 다시 잡동사니 가구를 그의 방에 옮겨 놓는다. 이런 변화는 그에 대해 가족 구성원으로서 전과 같은 인격적인 대우를 포기하는 것이다. 가족은 그레고르를 추방하지도, 죽이지도, 그렇다고 가족으로서 끌어안지도 않는다. 자식이기 때문에 버릴 수도 없고, 벌레이기 때문에 받아들일 수도 없는 애매한 상황에서 나오는 해결책이 유폐인 것이다.[5] 그가 음악학교에 보내려 마음먹고 아꼈던 누이동생도

---

4) 김윤섭, 「'변신'에 나타난 동물의 상징성」, 『카프카』, 문학과지성사(1982), p.114.

그에게 음식마저 부패한 것을 가져다 주고 남은 음식을 쓰레기통에 붓고 성급히 나가버릴 정도로 전에 비해 전혀 다른 태도를 보인다. 오빠가 방에 나와 하숙인들을 놀라게 했을 때 그레테는 그가 오빠가 아닌 벌레일 뿐 더 이상 같이 살 수 없다고 울부짖는다. 그들이 추한 해충이 집안에 있었다는 사실을 알려 주지 않았다고 하여 계약 해지뿐만 아니라 손해 배상까지 청구하겠다고 협박하자 오히려 누이동생이 아버지를 대신해 그들에게 용서를 구하면서 침구를 정리하며 그들의 비위를 맞춘다. 또한 하숙인들 앞에서 연주하는 누이의 바이올린은 고독한 자신에게 '마음의 양식을 얻기 위한 것'으로 내면적 양식을 찾을 수 있는 정신적인 힘이었는데, 지금은 한낱 그들에게 오락적인 효과밖에 주지 못하는 오락거리로 추락한 것이다.

그는 자신의 모습이 하숙인들에게 불쾌감을 야기시킴으로써 가족으로부터 천대를 받게 되자 자신의 존재가 가족의 행복을 파괴하고 주위에 혐오감을 불러오는 거추장스런 존재라는 것을 자각하게 된다. 이런 처절한 상황에서 그는 고독과 슬픔을 억누르며 자신이 가족으로부터 사라져야 한다는 것을 인식하며 죽음을 맞이한다. 그는 아버지가 던진 사과가 등에 박혀 썩어서 화농이 되어 죽게 된다. 그의 시체는 가정부 노파에 의해 쓰레기통에 버려지고 가족은 전과 다름없이 평화로운 분위기의 일상사로 되돌아간다. 그들은 아들의 변신과 죽음에 대해 진지하게 의미를 찾거나 성찰하기는커녕 우선 골칫거리가 사라졌다는 데에 안도감을 갖고 홀가분한 마음으로 각자 직장에 결근계를 내고 야외산책을 나간다. 그리고 딸을 결혼시키리라 생각하면서 가족의 희망찬 앞날을 의논한다. 그들의 모습은 새로운 꿈과 아름다운 계획을 보증받은 것처럼 보인다. 그러나 그는 가족에게 버림받았음에도 죽기 직전까지 가족에 대한 연민과 사랑으로 돌이켜

---

5) 김태환, 「모험적 시간과 일상적 시간」, 『카프카 연구』 15집(2006), 한국카프카학회, p.16.

보는데, 이 점은 가족과 극명한 대조를 이룬다.

그의 죽음은 가족과의 가식적인 애정 관계에서 진정한 자아의 정체성을 찾으려는 몸부림으로 무의미한 파멸이 아니라 구원의 깨달음이다. 그레고르는 삶의 부조리를 느끼며 한계 상황 속에서 정처없이 방황하는 현대의 인간상이기도 하다.[6] 즉 획일화된 현대 산업사회 속에서 인간성 상실로 인해 고독과 불안 속에 헤매는 현대인의 자화상이다. 인간이 존재한다는 것은 사회 속에서 서로 유대 관계를 맺으며 어떤 기능적 조직에 소속되어 있다는 것을 뜻한다. 그러나 이런 환경 속에서 뿌리내리지 못하고 단절될 때는 주위로부터 소외되어 세계 질서를 어지럽히고 자기 파멸에 이르는 것이다.

소외는 주체(자아)의 객관화와 비인간화의 과정에서 현대인 모두가 감수해야 하는 보편적인 정신 현상이다.[7] 이 소외는 카프카 작품 주제의 한 주류로서 그의 실제 생활에서 파생된 경험적 현상으로 이방인이나 실향민으로서의 우울한 감정에 기인한 것이다. 이런 소외감은 고립 내지 불안의식과 관련되어 인간이 현실 세계 속에서 추방되는 데에 따른 결과의 산물이다. 그레고르는 변화된 상황 속에서 그 변화에 대한 이유와 의문을 제기하며 자아 주체의 정체성을 확인하려 하지만 그 결과는 추방과 죽음만을 야기시킨다. 따라서 그의 소외는 피고용인으로서 낮은 신분의 '소유' 세계와 당위론적 주체 찾기의 '존재'의 세계와의 대립적인 긴장에서 비롯된다. 그레고르의 벌레 변신도 직업과 자기 본질과의 갈등에서 나온 소외의 한 양상이다.

---

6) 김정진, 『카프카 연구』, 탐구당(1983), p.190.
7) 김용익, op.cit., p.86.
   헤겔은 정신이 자신을 대상화·객관화함으로써 소외시키지만, 이러한 과정을 통해 더욱 높은 경지로 발전·승화해 간다고 보았고, 마르크스는 자본주의와 노동을 관련시켜 근대자본주의사회에서 노동의 생산물이 노동의 주체인 노동자와 대립하는 데서 소외가 발생한다고 보았다.

2. 정의 사회 구현

「벌레」(『창작과 비평』, 1989. 가을호)는 작가의 자전적 성격이 짙은 작품으로 나레이터이자 주인공인 '나'가 지난날 읽은 카프카의 「변신」의 주인공과 같이 자신이 한 마리 벌레처럼 변해버린 느낌을 받는다. '나'는 70년대 유신시대에 독재 권력의 횡포에 저항한 운동권 청년으로 반정부 시위를 주도하다 감옥에 투옥되어 독방에 갇힌 채 온갖 인권 유린을 당하며 짐승 취급을 받는다. 이때 자신이 마치 한 마리의 벌레로 변해버린 느낌을 받는데, 이런 자의식적 경험은 그 후 사회인이 되어 낯설고 어두운 거리를 지날 때나 혼자 방안에 앉아 있을 때 지속되어 자신을 괴롭히곤 한다. 즉 불안과 불투명한 두려움의 산물이라 할 수 있다.

이 작품은 서두에서부터 일반적인 소설 구성을 벗어나 서술자가 원작인 「변신」의 줄거리와 그 작가에 대한 군더더기의 사족을 달고 있다. 서술자의 시각은 객관적인 시점에서 벗어나 작가와 작품에 대해 신랄히 비꼬는 부정적인 시선을 유지한다. 그래서 원작의 줄거리는 간단한 내용인데도 '장황하게 떠벌여 놓은 말들'을 거의 이해할 수 없다거나, 번역자가 언급한 작품 해설이 난삽하여 더 헷갈린다거나, 작품 서두에 시작되는 어투가 흔히 발견되는 발상법의 하나로서 '유치한 짓거리'에 불과하다는 등 원작을 전반적으로 폄하시키고 있다. 그리고 작가를 '카프카란 놈' '주뼛하니 머리를 치켜 깎고 꽹이 눈'을 한 '약간 머리가 돈 친구'라고 비하시키거나, 그 원작에 대해서도 읽은 지가 오래되어 기억이 흐리다면서 일부 줄거리 내용을 의도적으로 비틀고 있다. 원작의 실제 내용은 벌레가 된 그레고르의 시체를 가정부 노파가 버리는데, 패러디한 작품의 서술자는 누이동생이 벌레 시체를 연탄집게 같은 것으로 쓰레기통에 버린다고 소개한다. 또한 원작 작가의 창작 행위를 '수작' '유치한 짓거리'로 비하시키거나, 카프카의 다른 작품인 「城」은 전도가 유망한 한 청년이 자살하도록 동기를 부여해 그의 가족을 불행하게 만들었다면서 가증스러운 것이라고 조롱한다.

이후 서술자는 본격적인 소설 구성에 앞서 계속 사족으로 카프카에 얽힌 하나의 에피소드로 젊은 교도관이 미결수인 '나'에게 자신의 신변에 관련된 이야기를 들려준다. 그의 형은 대학 3학년 때 카프카 문학에 몰입하여 '갈 수 없는 성'으로 가야겠다는 유서를 남긴 채 갑자기 자살함으로써 모든 희망을 형에게 두었던 그의 가족에게 절망을 안겨 주었다는 것이다. 그의 형은 어렸을 때부터 총명해 좋은 대학에 진학함으로써 궁핍한 가족에게 유일한 희망이 되었기 때문이다. 서술자는 이 지엽적인 내용이 본 작품과 아무런 관련이 없는데도 길게 소개했다면서 독자에게 미안한 생각이 든다며 바쁜 독자라면 이 부분을 읽지 않고 넘어가도 좋다든가, 혹은 카프카에 대한 판단은 독자에게 맡긴다는 불필요한 사설을 늘어놓으면서 본론적인 작품의 시작을 알리고 있다.

그러나 「변신」에 이어지는 「성」에 대한 사족은 깊은 의미를 지닌다. 「성」은 신학적·실존철학적·심리분석적·사회학적 관점에서 다각적으로 해석할 수 있다. 마을에 도착한 K는 성에 도달하려고 노력하다 기력이 지쳐 죽어간다. 그의 임종 무렵에 마을 사람들이 모이고 성으로부터 소식이 온다. K가 마을에 체재할 권리가 없으나 사정을 참작하여 허락한다는 내용이다. 이 작품은 신학적 관점에서 신의 은총을 받으려고 갈구하는 인간의 헛된 노력이라든가, 실존철학적 측면에서 내버려지고 아무런 보장도 받지 못한 인간의 현존재, 혹은 어떤 상호의존 체계에서 서로 헤어날 수 없는 상황을 암시했다고 볼 수 있다. 즉 인간 존재에 대한 고독과 절망의 해답을 찾을 수 없는 곳에서 찾으려는 노력이 결국 무의미로 끝나버린다는 허무한 현상을 표현한 것이다. 작가는 이런 카프카의 인간 존재 탐구 문제를 다룬 「성」과 「변신」이 독재자의 폭정으로 인권이 유린당하고 자유가 짓밟힌 절박한 현실에서는 관념적이거나 유희적일 수밖에 없다고 판단한다. 따라서 이런 원작의 난해성과 관념성을 민중적인 사실주의 문학의 관점에서 공격하는 패러디의 본질을 나타내고 있는 것이다.

「벌레」는 자전적 성격이 짙은 소설로 초반까지 「변신」, 「성」과 관련된 내용을 서술자의 사족으로 언급하다, 중반부부터 주인공이 유신 독재에 항거하다 투옥되어 감옥에서 인권 유린을 당하는 과정에서 자신이 벌레가 된 느낌을 받는 경험에 관련된 이야기로 구성되어 있다. 이 작품이 원작을 차용해 비판하는 것은 70년대 유신 독재 시대의 권력의 횡포와 정치적 양심수에 대한 인권 유린의 야만성과 폭력이다. 주인공은 교도관들이 양심수들에게 방성구와 수갑을 채워 더러운 징벌방에 감금한 후 최소한의 인간적인 대우조차 하지 않는 상황에서 자신이 '벌레'가 되는 느낌을 경험한다. 그 후 사회인이 되어서도 인생을 살아가면서 피치 못할 사정으로 몇 번 벌레 취급당하는 경험을 한다. '나'는 대학졸업을 한 학기 남겨 놓고 유신시대 독재 정권에 항거하며 불법 시위를 음모했다는 죄명으로 감옥에 투옥되고, 단식 투쟁과 반정부 구호를 외쳤다는 죄목으로 더러운 징벌방에 감치된다. 그는 그곳에서 최소한의 인간적인 대우를 받지 못하고 짐승과 같은 취급을 받는다. 인간의 본능적인 배설 욕구도 누리지 못해 그대로 자기 옷에 오줌을 싸거나, 입에는 방성구가 채워져 침을 제대로 삼키지 못해 앞섶에 누렇게 흘러내리고, 그런 상태에서 외쳐대는 그의 목소리는 늑대의 울음처럼 공허하게 울릴 뿐이다.

그러나 이처럼 짓밟히고 억압을 받지만 그는 두려움에 휩싸이기보다 자유인의 편안함과 희열을 맛보기 때문에 자신의 의지를 꺾지 않고 항거하다 벌레가 되는 순간 아이러니컬하게 더 이상 고통으로 느껴지지 않는 것이다. 비참하고 괴로운 경험이 동시에 위안을 느끼게 해준다. 형의 갑작스런 자살로 인해 가족이 몰락했다는 교도관이 '나'에게 가족과 주위의 고통을 방관한 채 정의라는 미명하에 무모한 행동을 저지르는 자를 '무책임한 놈'이라고 힐난 할 때 '나'는 기꺼이 수긍할 수 없다고 항변한다. 오히려 그 이야기를 듣고 자아의 고뇌 속에서 '부르주아적 감성의 반민중성'에 대해 경멸하겠다는 강인한 의지를 보인다. 그것은 자신의 행동이 정의 사회 구현과 민주화를 위한 신념에 찬 행동이라고 확신하기 때문이다. 그래서 벌레가 되는 비참하고 굴욕적인 경험 속에서도 오히려 '편안함'과 '이상한 위안감'을 느끼게 된다. 이런 상반된 감정은 인간다운 권리를 누리기 위해서는 어떤 억압과 폭력이 뒤따를지라도 모든 고통을 감수하며 자기 의지를 실현시키겠다는 태도를 반영한다. 비록 권력이 물리적 폭력으로 육체를 억압할 수 있지만 자신의 정신적 의지를 굴복시킬 수 없다는 신념에 따른 것이다. 현재는 벌레처럼 고통을 당하고 절망적인 상황이지만 구호를 외쳐대는 순간 자기 신념에서 야기된 희열감은 자신을 절대적 시간 속에 붙들어 주기 때문이다.

> 나는 천천히 눈을 들어 시찰구 쪽을 쳐다보았다. 황토색 페인트칠이 되어 있는 철문의 윗부분 손수건만한 크기로 뚫려 있는 시찰구에 안경을 쓴 사내의 얼굴이 하나 들어 있었다. 시찰구는 손가락 굵기의 쇠막대로 나뉘어져 있었기 때문에 나는 사내가 거꾸로 어딘가에 갇혀 있다는 착각을 했다. 이를 테면 벽에 걸려 있는 사진곽 같은 곳에[8]

현실은 내가 감시받고 물리적 억압으로 인해 자유가 구속된 상태이지만

---

8) 김영현, 『깊은 강은 멀리 흐른다』, 실천문학사(2005), p.55.

정신만은 자유를 열망하는 강한 의지가 있기에 의식 상태는 진정한 자유를 향유하고 있는 것이다. 오히려 이런 의식이 없이 체제와 제도에 길들여져 있는 교도관이 더 진정한 자유가 없는 것처럼 보인다. '나'는 벌레로 변한 의식 속에서 자신을 숨긴 채 세상을 바라보기 때문에 바깥에서는 자신을 볼 수 없지만 자신은 바깥을 더 바라볼 수 있다. 벌레로 변해버린 자신의 '몸통의 눈 속'에 의식이 들어 있어 벌레의 눈을 통해 자신을 숨긴 채 세상을 바라보고 있다는 느낌이다. 바깥에서는 자신을 굴욕적인 모습인 벌레로 볼지라도 자신은 바깥에서 보지 못하는 눈으로 세상을 바라볼 수 있기 때문에 그들이 정말 벌레라고 깨닫는다. 이처럼 자신이 벌레로 인식되는 것은 자발적인 자각 현상에 기인하는 것이 아니라 독재 권력의 억압과 폭력에 의해 강요된 결과에 따른 것이다. '나'는 현실을 방관하거나 도피하지 않고 적극적인 행동으로 왜곡된 현실을 비판하며 고발하는 강한 의지를 보여준다. 세계는 변화하고 절대 권력은 반드시 황혼이 오리라는 독백 속에서 미래의 희망을 갖는 예언자적 신념이 나타난다.

그러면 두 작품에 대한 공통점과 차이점을 비교해 보겠다.

① 두 작품 모두 3부로 구성되어 있다.

「변신」은 표면적으로 전체 3부로서 장 구분이 되어 1부는 주인공이 갑작스럽게 벌레가 된 후 가족 부양을 책임진 자신이 앞으로 어떻게 가정을 꾸려갈 것인가에 대한 걱정, 2부는 자신이 처한 현실 상황을 어쩔 수 없이 수용하면서 가족과의 단절감에 따른 고뇌와 갈등, 가족과의 관계를, 3부는 점차 가족과의 사랑이 단절된 것에 따른 소외감과 실존적 자아의 현실 상황을 각각 다루고 있다. 이에 반해 「벌레」는 표면적으로 장 구분이 없지만 소설 구성의 형태로 볼 때, 전반부는 서술자가 사설적인 사족으로 언급한 카프카의 「변신」「성」이 본 작품과 패러디 관계의 암시를, 중반부는 본론적인 본 작품을, 후반부는 본 작품의 전개 과정에서 벌레가 되어버린 감정을 이야기한 것에 고통을 느끼며, 이외 여러 번의 경험을 이야기하기에는 모두 불유쾌하고 짜증스러울 것이기에 더 이상 언급하지 않고 다음 기회로 미루겠다는 여운을 남긴다. 또한 모든 이들이 갖가지 벌레가 되어버린 불유쾌한 경험을 가지고 살아가는 것이 얼마나 고통스러운 일인가를 언급하고 있다. 따라서 전·후반이 작가의 고백처럼 서술자가 사족으로 끝을 맺는 등 3부로 구성되어 있다.

② 두 작품에서 주인공이 처한 공간은 '방안'과 '감옥'과 같은 밀폐된 장소이다.

「변신」에서 그레고르는 갑자기 벌레로 변신한 후 죽을 때까지 시종일관 방안에 갇혀 사육당하는 모습이다. 그는 가족들의 걱정에 위축되어 가능한 한 부모 앞에 보이지 않기 위해 창가나 거실에 나타나지 않고 좁은 방안에서 맴돈다. 간혹 무료할 때는 벽이나 천장을 기어다니거나 매달려 기분 전환을 꾀한다. 평소에도 가족과의 만남은 거의 단절된 채 식사 때만 누이가 방안에 들어와 먹을 것을 가져다준다. 이처럼 활동 영역이 제한된 그레고르의 모습은 「벌레」에서 '나'를 비롯한 죄수들의 처지와 비슷하다. 감옥 안에서 생활하는 양심수들의 삶은 철저히 자유가 구속된 채 인권이 유린되어 있다. 단지 주어진 자유는 밀폐된 공간에서 점호 이후 달력 날짜에 엑스표를 하고 체력 관리를 위해 운동하거나 불경이나 성경책을 읽으며 콧노래를 부를 정도이다.

③ 도구로서의 언어 소통 구조는 단절되었지만 그들은 인간 의식을 정

상적으로 소유하고 있다.

　그레고르가 변신한 후 방문이 열리자 가족들은 아연실색하고 지배인은 혼비백산해 줄행랑을 치지만 그는 인간으로서 존재 의식을 느끼며 가정에 대해 전과 다름없이 소속감과 의무감을 지닌다. 이런 부양자로서의 의무감과 죄책감이 조금도 변함없이 가족을 대하게 만든다. 그는 변신 후에도 가족의 운명과 출근 시간을 걱정할 정도로 사고 능력이나 의식적인 면, 심리 작용에는 변화가 없다. 그러나 주변 인물들은 그에 대해 인간으로서의 실존적 자격을 상실한 것으로 보고 냉대하므로 자신은 점차 자아를 성찰함으로써 죄의식에서 좌절감으로 변화되는 것이다. 그는 사람들이 주고받는 말소리는 알아듣지만 정작 자신이 표현하고자 하는 뜻을 아무리 설명해도 상대방이 제대로 알아 듣지 못한다. 처음에는 가족 및 지배인과의 대화에서 언어를 사용하고 있다고 착각하고 일시적 질환의 증상이라고 믿는다. 그러나 그의 지각을 질책하는 가족과 지배인에게 자신의 처지를 변호하고 설명하지만 그들은 알아 듣지 못하고 자신의 목소리를 무슨 동물이 지르는 흉칙스러운 괴성이라고 말한다. 이처럼 그가 인간으로서 느끼고 사유하면서도 정작 타인에게 자신의 존재를 알릴 수 없는 것이다. 그의 의식 상태는 정상적이면서도 이런 소통 부재에 답답하고 절망적인 생각이 든다. 오빠를 돌봐 왔던 누이동생이 인간으로서 할 수 있는 도리를 다 했다면서 더 이상 그 괴물을 오빠로 인식하지 못하겠다면서 은연중 없애버려야겠다는 분위기를 가족 앞에서 이야기할 때 그레고르는 이미 다 간파하고 있다.

　「벌레」에서 '나'를 비롯한 운동권 젊은이들이 감방 안에서 유신 독재에 항거하는 구호를 외치자 교도관들은 그들의 얼굴에 防聲具를 채워 말을 못하게 한다. 방성구는 가죽으로 만든 일종의 마스크로서 나무로 된 돌출부가 있어 그것이 입안으로 들어와 혀의 놀림을 완전히 차단해 버리는 기구이다. 그들이 아무리 반독재 구호를 외치더라도 방성구가 혀를 짓누르고 소리를 차단하므로 그들의 구호는 '우우'하고 늑대가 우는 소리로 들릴 뿐이다. 심지어는 징벌방인 '먹방'에 끌려가 손에 수갑이 채워져 본능적인 배설 기능도 통제된 채 한 마리 벌레처럼 주위를 돌며 온몸에 땀이 젖는다.

한편, 두 작품의 차이점은,

① 벌레가 되는 인과 관계성과 인간성 회복에 차이가 있다.

「변신」에서 주인공이 벌레가 되는 계기는 어떤 인과 관계의 필연성이 없이 우화적 성격을 지녀 우리의 경험적 사고로 이해할 수 없는, 즉 서두부터 결정된 상태에서 시작되지만 주인공은 그런 현실 상황을 수용한다. 벌레가 되는 동기는 표면적으로 나타나지 않지만 자신의 삶을 갖고 싶다는 욕구가 주원인이 된다. 일반적으로 우화적 동물 상징은 사회생활 속에서 인간 관계의 허위성 폭로에 바탕을 두므로 인간의 순수성을 이해하고 받아들이지 못하는 애정의 결핍을 뜻한다. 따라서 주인공은 벌레가 된 상태에서 인간 의식을 지니지만 가족뿐만 아니라 주위로부터 버림받으며 죽을 때까지 시종일관 인간으로 회복되지 못한다. 그러나 「벌레」의 주인공은 원작에서처럼 바닥과 벽과 천장을 돌아다니며 끈적거리는 점액을 남기듯이 침 같은 액체를[9] 흘리지만 벌레로 완전히 변한 것이 아니라 가끔

---

9) ㉠ "누르스름한 액체가 그의 입에서 흘러나와 열쇠 위를 따라 방바닥에 뚝뚝 떨어지고 있었다."(『변신』, p. 34)
"그레고르는 벽이나 천장에 끈적거리는 점액 자국을 남겼던 것이다."(『변신』, p.68)
㉡ "입에서는 끊임없이 거무튀튀한 액체가 흘러나오고 발에서도 진득진득한 풀 같은 액체가 독한 냄새를 풍기며 흘러나온다"(김영현,『깊은 강은 멀리 흐른다』, p.51)

벌레가 되는 착각에 젖다 다시 정상적인 의식 상태를 회복한다. 원래 벌레가 되는 느낌은 교도소에서 인권을 유린하고 자유를 구속하는 권력 집단의 강요에 의한 강제성에 기인한다. 이런 고통스러운 자각 증상은 자신이 출옥과 제대 후 사회생활을 하는 중에 몇 번 경험하는데, 즉 불쾌하면서도 두려움과 불안의식에 따른 인식에서 비롯되지만 사회적 분위기와 연관이 있음을 알 수 있다. 그리고 주인공은 시종일관 어머니와 여동생, 애인의 헌신적인 사랑과 보살핌을 받거나 같은 처지의 동료들과 끈끈한 동지애와 불변하는 의지를 지닌다.

② 서술 시점은 각각 '체험화법'[10]과 일인칭 서술상황이 중심을 이룬다. 「변신」은 그레고르의 시점 중심에서 바라본 내면의 독백이나 현실적 상황 묘사가 '체험화법' 중심으로 서술되고 있다. 이 화법은 서술자가 직접적인 안목으로 본 직관적 서술이 아니라 작중인물의 내적 독백이나 생각, 시선을 서술자의 입을 통해 간접 화법으로 표현하는, 즉 '3인칭 과거형'으로 나타나는 이중적 성격을 지닌다. 따라서 주인공의 내부에 자리 잡고 그의 의식을 같이 나누던 서술자가 주인공의 바깥에 나와 그를 관찰하고 있는 것이다. 서술자는 자기 존재를 드러내어 이야기를 이끌어 가는 어조를 유지하면서 작중 인물의 목소리를 독자에게 생생하게 전달한다. 즉 그레고르가 눈과 귀를 통해 보고 듣거나, 그의 의식에 떠오르는 것만을 사건 밖의 서술자가 관찰자 시점에서 서술하므로 마치 일인칭 서술상황을 작가적 서술상황으로 서술하는 형태이다. 그러나 「벌레」는 '나'라는 주인공의

---

10) 단적인 예로, 서술자가 서술하는 중에 주인공의 생각이나 말이 중단되고 설의법이나 의문투로, "이 사람이 과연 내 아버지란 말인가?" "누이동생이 어찌 한 집안을 떠맡을 수가 있겠는가?" "방안 어딘가에 내가 있는 것은 당연한 일 아닌가!" 등처럼 전후 의미 맥락을 중단시킨다.

시선을 통해 시종일관 서술되는 '일인칭 서술상황'을 취하고 있다. 이 매개자인 일인칭 서술자는 다른 인물과 마찬가지로 허구적 세계의 한 인물인 '나'의 시선과 지각으로 작중 세계가 감지되고, 그러한 것들을 '나'의 말로 기록함으로써 독자에게 작중 세계에 밀접하게 연루되어 있다는 직접성의 환상을 갖게 한다.

　③ 존재론적 물음과 정의 사회 구현을 추구한다.

　「변신」이 인간의 본질성을 자각하고 그것을 찾으려는 존재론적 물음을 제기한다면, 「벌레」는 불합리한 정치 사회의 시대적 상황을 비판하는 현실 참여 문제를 다루고 있다. 「변신」의 주인공이 심각한 사태에 직면한 상황에서도 진지한 대결이나 능동적인 극복 의지가 없다면, 「벌레」의 주인공은 절박한 상황에서도 방관하거나 굴복하지 않고 초지일관 자신의 신념을 관철시키려는 의연한 태도를 보인다. 그 외 「변신」에서 벌레에 대한 묘사나 움직임이 구체적이면서도 치밀하게 현상적·의식적으로 묘사되었다면11), 「벌레」에서는 벌레에 대해 구체적이고 현상적으로 묘사하지 않고 자의식적 현상을 관념적으로 표현하였다.

---

11) 「변신」과 「벌레」에서 묘사된 '벌레' 모습이나 움직임은 다음과 같다.
　　㉠ "머리를 약간 쳐들자, 활모양의 각질로 골이 쳐진 부풀어 오른 갈색의 복부가 보였다. … 다른 몸통 크기에 비해서 가련할 정도로 가느다란 수많은 다리들이 어찌할 바 모르게 그의 눈앞에 가물거리고 있었다."(「변신」, pp.13-14)
　　㉡ 복부 위쪽이 어쩐지 좀 가려웠다. 머리를 좀 더 높이 쳐들 수 있도록 드러누운 채 조금씩 몸을 침대 손잡이 기둥 쪽으로 밀고 올라가서 보니 그 가려운 자리가 보였다. 그 곳에는 온통 조그맣고 하얀 점들이 붙어 있었다.(「변신」, p.16)
　　㉢ "내 몸이 마치 여름날 나뭇잎새에서 흔히 발견되는 나방의 애벌레처럼 물렁물렁해진 것을 알았다. 다리나 팔 대신에 빨판 같은 게 끝에 붙어 있는 여러 개의 발이 몸통에 달려 있었다."(김영현, 『깊은 강은 멀리 흐른다』, p.73)

● 참고문헌 ●

단행본

가스통 바슐라르, 곽광수 역, 『공간의 시학』, 동문선(2003).

_____, 이가림 역, 『촛불의 미학』, 문예출판사(2001).

구인환, 『한국근대소설연구』, 삼영사(1980).

기형도, 『기형도 전집』, 문학과 지성사(1999).

_____, 『잎속의 검은 잎』, 문학과 지성사(2007).

김 현, 「박재삼을 찾아서」, 『시인을 찾아서』, 민음사(1975).

김경수 외, 『페미니즘과 문학비평』, 고려원(1994).

김수영, 「詩여, 침을 뱉어라」, 『김수영 전집2』, 민음사(1997).

김승옥, 「서울 1964년 겨울」, 『한국현대문학전집』44, 삼성출판사(1978).

김승희 편저, 『이상』, 문화세계사(1993).

김영민, 『백석 시 특질 연구』, 현대문학(1989).

김영순 외, 『패러디와 문화』, 한양대출판부(2005).

김영현, 『깊은 강은 멀리 흐른다』, 실천문학사(2005).

김용성·우한용, 『한국근대작가연구』, 삼지원(1985).

김용익, 『프란츠 카프카 연구』, 삼영사(1984).

김용희, 『현대시의 어법과 이미지 연구』, 하문사(1996).

김욱동, 『문학의 위기』, 문예출판사(1993).

_____, 『은유와 환유』, 민음사(2007).

김윤식, 『이상 소설 연구』, 문학과 비평사(1988).

_____, 『한국 현대시론 비판』, 일지사(1975).

김재홍, 『한국현대시인 연구』, 일지사(1986).

김정진, 『카프카 연구』, 탐구당(1983).

김종길, 『서정주 연구』, 동화출판공사(1975).

김준오, 『가면의 해석학』, 이우출판사(1985).

_____, 『도시시와 해체시』, 문학과비평사(1992).

_____, 『한국 현대시와 패러디』, 현대미학사(1996).

김춘수, 「의미에서 무의미까지」, 『김춘수 전집2』, 문장사(1982).

김태길 외 3인, 『한국사회와 시민의식』, 문음사(1988).

김학성, 「허생전」, 『한국고전소설 작품론』, 김진세화갑기념논문집, 집문당(1990).

김한식, 『서정시의 운명』, 역락(2006).

김 현, 「박재삼을 찾아서」, 『시인을 찾아서』, 민음사(1975).

김화영, 『미당 서정주의 시에 대하여』, 민음사(1984).

류양선, 『한국현대문학의 탐색』, 역락(1983).

문덕수・함종선 편, 『한국 현대 시인론』, 보고사(1996).

민족문화추진회, 『열하일기』Ⅱ, 민족문화문고간행회(1984).

박노준・이창민, 『현대시의 전통과 창조』, 열화당(1988).

박덕은, 『한국현대소설의 이론과 적용』, 새문사(1989).

박상준, 『소설의 숲에서 문학을 생각한다』, 소명출판사(2003).

박종석, 『한국 현대시의 탐색』, 역락(2001).

박지원, 「進德齋夜話」, 『열하일기』— 齋本, 卷5.

박찬기 외, 『수용미학』, 고려원(1992).

박철희・김시태 편, 『현대시의 이해』, 문학과 비평사(1988).

박태원, "표현-묘사-기교", 조선중앙일보(1934).

박태원, 『소설가 구보씨의 일일』, 깊은샘(1994).

박호영, 『한국현대시인론고』, 민지사(1995).

백운복, 『현대시의 논리와 변명』, 국학자료원(2001).

빅토르 어얼리치, 박거용 역, 『러시아 형식주의』, 문학과지성사(1993).

서종택・정덕준 편, 『한국현대소설연구』, 새문사(1990).

서준섭, 『한국모더니즘 문학연구』, 일지사(1988).

송경빈, 『패러디와 현대 소설의 세계』, 국학자료원(1999).

송기한, 『한국전후시와 시간 의식』, 태학사(1996).

송현호, 『한국 현대문학의 비평적 연구』, 국학자료원(1996).

신경숙, 『겨울우화』, 고려원(1990).

_____, 『오래전 집을 떠날 때』, 창작과비평사(1996).

아서 클라인만・비나 다스 외, 안종설 역, 『사회적 고통』, 그린비(2002).

양병호, 『한국 현대시의 인지시학적 이해』, 태학사(2005).

오세영, 『20세기 한국시의 표정』, 새미(2001).

_____, 『문학 연구 방법론』, 이우출판사(1988).

오연철, 『시민불복종-저항과 자유의 길』, 책세상(2001).

윤여탁, 『리얼리즘 시의 이론과 실제』, 태학사(1994).

은희경, 「빈처」, 『타인에게 말 걸기』, 문학동네(1996).

이광호, 「'춘향전' 현재화의 의의와 한계」, 『현대시의 전통과 창조』, 열화당(1998).

이남호, 『문학의 위족』, 민음사(1990).

이남희, 「허생의 처」, 『또하나의 문화』제3호, 또 하나의 문화(1996).

이동순 편, 『백석 시 전집』, 창작과비평사(1989).

이미순, 『한국 현대시와 언어의 수사성』, 국학자료원(1997).

이브미쇼, 나정원 역, 『폭력과 정치』, 인간사랑(1990).

이승원, 『20세기 한국시인론』, 국학자료원(1997).

이승원·박호영, 『한국시문학의 비평적 탐구』, 삼지원(1985).

이승하 외, 『한국현대시학사』, 소명출판사(2005).

이승훈, 『포스트모더니즘 시론』, 세계사(1991).

＿＿＿, 『한국 현대시 새롭게 읽기』, 세계사(1996).

＿＿＿, 『한국시의 구조분석』, 종로서적(1987).

＿＿＿, 『한국 현대시 새롭게 읽기』, 세계사(1996).

＿＿＿, 『한국시의 구조분석』, 종로서적(1987).

이어령 편, 『현대작가 전기 연구·下』, 동화출판사(1980).

이어령, 『詩 다시 읽기』, 문학사상사(1995).

이우성, 「실학파의 문학」, 『연암연구』, 계명대출판부(1984).

이재선, 『한국현대소설사』, 홍성사(1979).

이재선·조동일 편, 『한국현대소설 작품론』, 문장사(1981).

이재수, 『한국 소설 연구』, 선명문화사(1973).

임영환, 『한국현대소설연구』, 태학사(1995).

임철우, 「사평역」, 『오늘의 한국소설』, 민음사(1999).

장도준, 『우리시 어떻게 읽을 것인가』, 태학사(1996).

장양수, 『한국패러디소설 연구』, 이회문화사(1997).

전진우, 「서울, 1986년 여름」, 『내가 훔친 소설』, 갑인출판사(1991).

정끝별, 『패러디 시학』, 문학세계사(1997).

정문길, 『소외론 연구』, 문학과지성사(1983).

정승석, 『불교의 이해』, 대원정사(1989).

정영자, 『한국 여성시인 연구』, 평민사(1996).

정의홍, 『정지용 시 연구』, 형설출판사(1995).

정정호 편, 『포스트모더니즘과 한국문학』, 글도서출판(1991).

조동일, 『문학사와 철학사의 관련 양상』, 한샘(1992).

조창환, 『한국시의 넓이와 깊이』, 국학자료원(1998).

주인석, 『검은 상회의 블루스－소설가 구보씨의 하루』, 문학과지성사(1995).

차봉희 편저, 『수용미학』, 문학과 지성사(1985).

최시한, 「허생전을 배우는 시간」, 『문예중앙』가을호(1992).

최인훈, 「소설가 구보씨의 一日」, 『최인훈 전집4』, 문학과지성사(1996).

＿＿＿, 『내가 훔친 소설』, 갑인출판사(1991).

_____, 『문학과 이데올로기』, 문학과지성사(1998).

최혜실, 『한국현대소설의 이론』, 국학자료원(1994).

크리스 위턴, 조주현 역, 『여성해방의 실천과 후기구조주의 이론』, 이대출판부(1993).

平野喜-郞 外, 최광렬 역, 『한마당강좌 7』, 한마당(1991).

한상규, 「환멸의 낭만주의-김승옥론」, 『1960년대문학연구』, 예하(1993).

한완상, 「민중의 개념과 실체」, 『민중』, 문학과 지성사(1984).

현길언, 『한국소설의 분석적 이해』, 문학과 비평사(1988).

현진건, 「무영탑」 외, 『한국소설문학대계7』, 동아출판사(1996).

F.K.Stanzel, A Theory of Narrative, Cambridge University Press(1984).

Harold Bloom, 윤호병(편역), 『시적 영향에 대한 불안』(The Anxiety of Influence : A Theory of Poetry), 고려원(1991).

Linda Hutcheon, 김상구·윤여복 역, 『패로디 이론』, 문예출판사(1992).

M. H. ABRAMS, 최상규 역, 『문학용어사전』, 대방출판사(1985).

Margaret A. Rose, Parody, Cambridge University Press(1993).

R·터커, A·샤프 외, 조희연 역, 『현대소외론』, 함한 문화사(1983).

Robert C. Holub, Reception Theory, Londen;Methuen&Co.Ltd.,(1984).

Robert Con Davis, Contempory Literary Criticism, Longman : New York& London, (1986).

논문

공종구, 「김승옥 소설의 근대성」, 『현대소설연구』제9호(1998).

권태효, 「기형도의 시에 투영된 '빈집'의 이미지와 그 지향점」, 『인문논총』8호, 경기대학교(2002).

김동근, 「1930년대 시의 담론체계 연구」, 전남대 박사학위논문(1996).

김봉진, 「박태원 소설 연구」, 한양대 박사논문(1992).

김시태, 「영상 미학의 탐구」, 『한국 현대 작가·작품론』, 이우출판사(1982).

김영동, 「연암 박지원의 소설연구」, 동국대 박사논문(1987).

김외곤, 「소설가에 의한 소설, 소설가의 존재 방식에 대한 탐색」, 『1960년대 문학연구』, 예하(1993).

김윤섭, 「'변신'에 나타난 동물의 상징성」, 『카프카』, 문학과지성사(1982).

_____, 「카프카의 '변신'과 이상의 '날개'에 나타난 구심성과 원심성」, 『카프카 연구』, 범우사(1984).

김태환, 「모험적 시간과 일상적 시간」, 『카프카 연구』15집, 한국카프카학회(2006).

김택중, 「심층심리의 소설적 변용」, 『언어문학』50집, 한국언어문학회(2003).

노 철, 「1980년대 민중시의 서정 연구」, 『한국시학연구』16호, 한국시학회(2006).

문관규, 「기형도 시 연구」, 서울시립대 석사논문(1997).

박상천, 「기형도 시에 나타난 죽음의 상상력 연구」, 부산대 석사논문(2001).

박수연, 「곽재구편」, 『대표시』, 실천문학사(2000).

박현채, 「민중과 역사」, 『민중』, 문학과 지성사(1984).

박혜주, 「글읽기와 글쓰기」, 『한국패러디소설 연구』, 국학자료원(1996).

송준호, 「김승옥의 '서울 1964년 겨울' 연구」, 『현대문학이론연구』29호(2006).

신규호, 「박재삼론」, 『한국현대시연구』, 민음사(1989).

안남연, 「신경숙 소설의 부재성」, 『여성문학연구』제2호(1999).

오생근, 「집과 시적 상상력」, 『그리움으로 짓는 문학의 집』, 문학과 지성사(2000).

윤사순, 「실학의미의 변이」, 『실학의 철학』, 한국사상연구회, 예문서원(1996).

이경수, 「서정주와 박재삼의 '춘향' 모티브시 비교연구」, 『고대민족문화연구29』(1996).

이미란, 「한국 현대 패러디 소설연구」, 전남대 박사논문(1998).

이미순, 「김춘수의 '꽃'에 대한 해체론적 독서」, 『梧堂 趙恒瑾 先生 華甲紀念論叢』, 보고사(1997).

이연승, 「장르해체 현상을 활용한 시 교육 방법 연구」, 『한국시학연구』16호, 한국시학회(2006).

이영섭, 「어둠과 고통의 시학」, 『한국문예비평연구』2집, 한국현대문예비평학회(1998).

이재복, 「신경숙 소설의 미학과 대중성에 관한 연구」, 『한국언어문화』21집, 한국언어문화학회(2002).

장석주, 「빈집의 시학」, 『현대시세계』여름호(1992).

정수자, 「박목월 시의 산에 나타난 미학적 특성」, 『한국시학연구』제16호(2006).

차용주, 「허생전의 모순과 한계성에 대한 고찰」, 『연암연구』, 계명대출판부(1984).

홍승찬, 「음악에서의 창조와 모방」, 『문학과 사회』23호, 문학과 지성사(1993).

● 찾아보기 ●

약력 신익호

○ 한남대 국문과, 전북대 대학원 국문과(문학박사)
○ University of Alabama, University of the Philippines
  교환 교수 역임

○ 현 한남대 국문과 교수
○ 저서 : 『기독교와 한국 현대시』
       『기독교와 현대소설』
       『문학과 종교의 만남』
       『한국 현대시 연구』
       『현대시의 구조와 정신』 등
  역서 : 『일본 문학 속의 성서』

개정판

현대문학과 패러디

초판 인쇄 2012년 02월 20일
초판 발행 2012년 03월 05일

저 자 신익호
발 행 인 윤석현
발 행 처 제이앤씨
등록번호 제7-220호
책임편집 정지혜

우편주소 132-702 서울시 도봉구 창동 624-1 북한산현대홈시티 102-1206
대표전화 (02) 992-3253
전 송 (02) 991-1285
홈페이지 http://www.jncbms.co.kr
전자우편 jncbook@hanmail.net

ⓒ 신익호 2012 All rights reserved. Printed in KOREA

ISBN 978-89-5668-888-6 93810   **정가** 21,000원